【完全版】

魔虐の実験病棟

人妻と女医

結城 彩雨

フランス書院文庫X

【完全版】魔虐の実験病棟
人妻と女医

もくじ

フランス書院文庫X

【完全版】魔虐の実験病棟

人妻と女医

第一章　解き放たれた肛姦鬼

1

医大生による連続婦女誘拐暴行事件が世間を騒がせてから、もう五年半になる。今ではほとんど事件のことも忘れられた。

そんな八月のうだるような暑い日の早朝、刑期を終えて鬼頭謙は出所した。もう医大生の面影はなく、刑務所できたえられた精悍なつらがまえはヤクザを思わせた。

鬼頭は一度刑務所をふりかえると、ペッと唾を吐きすてた。

それまで自由気ままに生きてきた鬼頭にとって、刑務所での五年六カ月は長かった。厚いコンクリートの壁に向かって、女の裸のことばかりを考えた。女をあれやこれや責めなぶることを妄想しては、淫らな情熱を燃やしてきたのだ。

それは厚いコンクリートの壁で内にこめられることによって、いっそう激しく熱く鬼頭のなかで燃えつづけた。

「フフフ、女か……」

これでまた自由に女の身体を弄べると思うと、鬼頭は思わず笑いが出た。今は他のどんなことより、女を思いっきり責めなぶってみたい。

刑務所の高い塀にそった道を少し行くと、黒いベンツが待っていた。

「鬼頭、長い間ご苦労だったたな」

運転席から氷室が迎えた。

鬼頭はニヤリと笑ってうなずくと、助手席に乗りこんだ。

「きっと迎えに来てくれると信じてたぜ」

「当たり前じゃねえか。俺とお前の仲だ、フフフ。出所後のポストもちゃんと用意してあるぜ」

車を走らせながら、氷室は横眼で鬼頭を見て言った。

鬼頭と氷室は高校から同じ三流私大の医学部へ裏口入学した同期の桜で、気の合った悪友であった。女遊びをするのもいつも一緒で、連続婦女誘拐暴行も共犯だった。

運悪く顔を見られた鬼頭だけが告訴されて逮捕されたが、鬼頭は最後まで共犯者氷室の名は口にせず、ひとり刑務所へ入ったのだ。

その間に氷室は医学部を卒業、今では産婦人科医である。氷室の金ブチ眼鏡とチョビひげ、ピシッときまったダークスーツが、いかにも医者らしい。

「すっかり医者らしくなったな、氷室。女遊びのほうはどうだ」

「フフフ、まあまあってところだ。お前が出てくるまでの準備体操っていうわけだぜ」

「また俺と組んで女遊びをやろうってことか」

「そういうことだ。今度はドジを踏まねえように頭を使ってな」

氷室と鬼頭は顔を見合わせて、ゲラゲラと笑った。

一時間近くも走っただろうか、やがて車は高層マンションの駐車場へ入った。十六階に氷室の部屋がある。

高級な感じのソファが置かれた応接間は、ぶ厚いカーペットも壁も紫に統一されて、まるで高級クラブの雰囲気だ。ミニバーまでそなえつけられている。

大病院の理事長である父親を持つ氷室にしてみれば、このくらい簡単なことだ。

奥の寝室もすごい。内装がすべて濃紺で統一され、中央に置かれたダブルベッドはシーツまで濃紺だった。しかもよく見ると、ベッドの四隅には女体を拘束するための革ベルトが取りつけられ、天井からは鎖が垂れている。

壁の棚には張型や浣腸器、婦人科用の器具などが並べられて、それが紫色の棚にひときわ鮮やかに浮かびあがっていた。縄の束や鞭もあった。

「こいつはすげえ、フフフ。お前も変わってねえな。こういうのに凝るところは、相変わらずだぜ」

鬼頭はじっくりと寝室のなかを見まわして、ゲラゲラと笑った。

「フフフ、この色だと女の白い裸が際立つからな。ここならじっくり楽しめるぜ、鬼頭」

「お前のそういうところ、好きだぜ」

氷室と鬼頭はまた顔を見合わせて、ゲラゲラと笑った。

「それにしても、よくこれだけそろえたな。さすがに凝り性の氷室だけあるぜ」

鬼頭は棚の上の責め具をひとつひとつ手に取ってながめた。

張型だけでも直径一センチぐらいのものから十センチまで、形も様々だ。浣腸器も、ガラス製の注射型のが、いちばん小さいのは五十CCから最大は四千CCのまでズラリと並び、さらにエネマシリンジや大小のイルリガートル浣腸器もそろっている。

「こいつは楽しみだ、フフフ」

鬼頭の眼が淫らな色に光った。それらの責め具を女に使う時のことを考えて、早くも胴ぶるいがくる。

そんな鬼頭を見て、氷室はニヤニヤと笑いながら聞いた。

「フフフ、鬼頭、まず酒にするか。それとも女か」

「女に決まってるだろうが、フフフ」

「そう言うと思ったぜ。お前のためにとびきりの美人を用意してある」

「ど、どこだ」

「あせるな。すぐに連れてくるから、シャワーでも浴びて待っててくれ」

氷室は片眼をつぶってみせた。

鬼頭の顔が、じれたように欲情を剝きだしにした。女好きの鬼頭が五年半もまったく女の肌に触れていないのだ。

「あせることはなかったぜ、フフフ。もういくらでも女を抱けるんだったな」

鬼頭は苦笑いをした。

バスルームに入って、頭から湯を浴びた。体じゅうにしみついた刑務所の匂いが、洗い流されていく。それとともに、内にこもった淫らな欲情がドッと噴きでる。寝室で見た責め具の数々が頭から離れない。それらの責め具を使って、思いっきり女を責めなぶりたい。

いったいどんな女を、氷室は用意しているというのだろうか。女を見る氷室の眼は確かなだけに、鬼頭の期待はふくらんだ。

シャワーを浴びた鬼頭が腰にバスタオルを巻いた姿で応接間へもどり、ミニバーでウイスキーの水割りをつくっていると、氷室がもどってきた。

氷室は女を一人連れていた。首のところで柔らかくカールさせた艶やかな黒髪、綺麗に鼻筋の通った美貌、濡れたように光る瞳と情熱を内に秘めた妖しく赤い唇。そして黒色のタイトスカートからのびた白い両脚と細く締まった足首。悩ましい曲線を持つ見事なまでの肢体が、ワンピースの上からも充分に想像できた。

……な、なんていい女なんだ。

さすがの鬼頭も一瞬、そのしたたるような美貌に圧倒され、思わず生唾を呑み、水割りのグラスを手にしたまま、その場に棒立ちになった。

「フフフ、どうだ鬼頭、いい女だろ。黒田瞳といって、れっきとした人妻だぜ」

氷室は瞳の腕を取って前へ押しだすと、黒髪をつかんでその美貌をさらに鬼頭にさらした。

美貌の人妻は、鬼頭を見る眼がおびえ、唇がワナワナとふるえた。唇だけでなく肩も両膝も、身体じゅうが小さくふるえている。

「あいさつはどうした、奥さん」

氷室は瞳の艶やかな黒髪をつかんでしごいた。その口調にはすでに美貌の人妻を征服しているという余裕が感じられた。

「……黒田瞳と申します。どうぞ、よろしくお願いします……」

瞳はわななく唇ですすり泣くように言った。

氷室がまた瞳の黒髪をしごき、スカートの上からムチッと張った双臀をパシッとてのひらで張った。

「あいさつはそれだけか」

「ああ……」

瞳は弱々しく頭を左右へ振った。まばゆいばかりの美貌が、今にもベソをかかんばかりだ。

「さっさとしろ、奥さん。この俺を怒らせるなよ」

氷室の言葉にいっそうおびえ、瞳はビクッと身体をふるわせた。

向きを変えて鬼頭に背中を見せた瞳は、ふるえる手でおずおずとスカートをたくしあげはじめた。

白く官能美あふれる瞳の太腿が、しだいに露わになって鬼頭の眼が吸いついた。パンティストッキングをつけていないことは、すぐにわかった。

ムチムチとした太腿の肉づき、そして透けるような肌の白さ……今にもしゃぶりつかんばかりに視線を這わせる鬼頭の眼は、もうギラギラと血走っていた。

瞳はスカートの下にパンティもつけていない。裸の双臀が白くムチッと剝きだしになった。

「す、すげえ……なんて尻してやがるんだ」

鬼頭の眼がまぶしいものでも見るように細くなり、思わず声が出た。

瞳の裸の双臀はムチッと形よく盛りあがって、剝き玉子みたいな白さと肌の張りを見せ、見事な肉づきだ。それを見つめる鬼頭ののどがゴクリと鳴り、何度も舌なめずりした。

「ああ……」

鬼頭の食い入るような視線を感じ、瞳の双臀がキュウと尻たぼを食い締める動きを見せてブルブルとふるえた。

「……ど、どうか、瞳のお尻を……」

瞳の唇がワナワナとふるえ、まくりあげたスカートを持つ手もおののいている。

「お尻じゃなくて、尻の穴だろうが」

氷室があざ笑うように言った。

「ああ……どうか、瞳のお尻の……穴を、存分になぶってください……」

瞳は口にしながら、それが自分の意志でないことを訴えるためか、右に左にと頭を振りたてた。

「フフフ、聞いての通りだ、鬼頭。この尻を好きにしていいぜ。お前の出所祝いの引き出物ってわけだ」

氷室は瞳の裸の双臀を撫でまわしてニヤリと笑った。

「気がきいてるな、氷室。フフフ、責めがいのありそうな尻してるぜ」

笑って言ったものの、鬼頭の声はうわずった。出所そうそうこれほどの美女を責めなぶれるとは、正直言って思いもしなかった。まして鬼頭が以前から一度責めてみたいと思っていた人妻だ。

「よく仕込んであるじゃねえか。さすがに氷室だな」

「まだ尻の穴の調教は不充分なんで、尻責めはいやがって泣くけどよ。感度と味のほうは保証するぜ」

「なあに、いやがって泣くほうが尻責めの楽しみも大きいってもんだ、フフフ」

鬼頭と氷室は顔を見合わせて、ゲラゲラと笑った。

瞳はスカートをまくって裸の双臀をさらしたまま、肩をふるわせてすすり泣きだした。氷室だけでなく、この男もまたおぞましい排泄器官に興味を寄せる変質者なのかと思うと、おそろしさと絶望とで今にも気が遠くなりそうだ。

「泣くのはまだ早いぜ、奥さん。尻の穴をたっぷりと責めて、いやでも泣かせてやるからよ、フフフ」

瞳の裸の双臀を見つめながら、鬼頭はうれしそうに舌なめずりした。

「素っ裸になりな、奥さん。そのムチムチの身体を全部見せるんだ」

鬼頭はうわずった声で言った。そして、一気に襲いかかってしゃぶりつきたい衝動をこらえ、手に持ったグラスの水割りをあおった。

五年半ぶりに見る女体。それも一気に犯ってしまうのが惜しいような美貌の人妻だ。あせることはない、じっくりと楽しめばいいのだと自分に言い聞かせる。

「ああ……」

瞳はすがるような眼で氷室を見た。他人のなぶりものにしようとする氷室が信じられない。

「か、かんにんして、氷室さん……」

「俺の友だちは奥さんのストリップが見たいと言ってるんだ。聞こえないのか」

氷室はオーディオのスイッチを入れて、妖しげなムード音楽を流しはじめた。

瞳はもうなにも言わなかった。わななく唇をかみしめて、後ろへまわした手でワンピースの背中のファスナーを引きおろしていく。処女雪のように白い瞳の肩が露わになり、胸のふくらみを隠すようにして両腕が袖から抜かれた。

「ゆ、許して……」

瞳はもう一度すがるように氷室を見た。氷室だけならともかく、見知らぬ鬼頭にまで裸身をさらすのが、いつになく羞恥と屈辱を呼ぶのだ。

それも氷室の冷たいひと言で終わりだった。

「素っ裸だ、奥さん」

「ああ……」

ふるえる瞳の身体から、黒地のワンピースが肌を撫でるようにすべり落ち、よろめく足もとに輪を描いた。

瞳はワンピースの下に、なにもつけていなかった。

鬼頭は思わず生唾を呑みこんだ。まぶしいばかりの瞳の全裸に眼が吸い寄せられるように、身を乗りだした。

2

鬼頭は胴ぶるいがとまらない。

ムンムンと人妻の色気が匂うような妖しく美しい瞳の裸身だ。いくら手で隠そうとしてもあふれてしまう豊満な乳房、なめらかな腹部と細い腰、そして人妻らしい成熟味にあふれた腰から太腿にかけての曲線と肉づき……どれをとっても、思わず生唾を呑むような妖しさだ。

そしてなんという肌の白さか。シミひとつなく透けるような光沢を放って、肌理の細かい肌はまぶしいほどだ。

「い、いや……」

食い入るような鬼頭の視線を感じて、瞳は少しでも肌を隠そうと腕で豊満な乳房をおおい、必死に片脚をくの字に折って、もう一方の手で下腹の茂みを隠そうとする。

「手をどかして全部見せるんだ、奥さん」

氷室の冷酷な命令だ。

瞳はビクッと裸身をふるわせた。が、もうあらがいは見せず、氷室の命令にあやつられるように、乳房と下腹をおおった手を垂らした。

豊満でいて形のいい瞳の乳房が、透けるような白い肌に羞じらいの色を匂わせて、重たげに揺れた。今にも乳が出てきそうだ。それでいて乳首はポッチリと小さく、初初しい色をとどめている。

「フフフ、いいおっぱいしてるじゃねえか」

鬼頭はニヤニヤと舌なめずりすると、眼だけでなく手まで吸い寄せられたように、腕をのばして瞳の乳房に触れた。

ふるえる乳房を下からすくいあげて揺さぶり、ゆっくりと揉みこむ。豊満な肉づきを物語る重さが心地よく、しっとりと汗を含んだ肌がジワッと吸いついてくる。

「あ、あ……いや……」

思わず鬼頭の手を振り払おうとしたが、瞳の手首は氷室につかまれた。そのまま背中へねじあげられ、交差させられた手首に縄が巻きついた。

「おとなしくしてろ」

「いや、縛らないで……か、かんにんして」

「フフフ、いつも尻責めの時は縛らねえと、いやがって世話がやけるじゃないか」

氷室はあざ笑いながら、瞳を後ろ手に縛った縄尻を、鬼頭がいじりまわしている乳首の上下にも巻きつけて、ギリギリと絞った。

「ほう、縄がよく似合うじゃねえか」

鬼頭は縄に絞られた瞳の乳房を、しだいに力をこめてタプタプと揉みこんだ。乳首もつまみあげてひねり、しごく。

五年半ぶりに触る女の身体だ。手にしみこむような瞳の乳房の柔らかさ。それだけで鬼頭はほとんど恍惚となる。

「こいつはたまらねえや。黒田瞳か……いい身体してやがる」

鬼頭は、瞳の乳房をいじっていた手を、さらに腹部から腰のくびれへと這いおろした。ギラついた眼は瞳の太腿の付け根に吸いついている。

そこには、艶やかにもつれ合った茂みが、妖しく女の匂いを漂わせていた。必死に閉じ合わせて少しでも隠そうとする瞳の太腿がブルブルとふるえている。瞳の白い肌にその繊毛の黒さがひときわ鮮やかで、ハッとするような妖しさがあった。

「フフフ、いい匂いをさせやがって。そそられるぜ、奥さん」

「い、いやッ……」

瞳はビクッと身体をふるわせて、鬼頭のいやらしい眼から逃げるように腰をよじりたてた。

それがかえって鬼頭の欲情を昂らせる。鬼頭は欲望のおもむくままに、細い腰を撫でていた手を瞳の下腹へとすべらせた。茂みをかき混ぜ、指で梳きあげるようにいじった。

「いやッ……ああ、やめてッ……」

瞳は泣き声をあげて、思わずあとずさろうとしたが、後ろの氷室に押さえつけられた。

「今日はどうしたってんだ、奥さん。いつもは太腿を開いてオマ×コまで触らせるくせに」

「だって、だって……ああ、他の人のなぶりものにするなんて……ああ……」

「なにを言ってやがる。俺と鬼頭とは楽しみはなんでも分け合ってきたんだ。鬼頭にもこの身体を使って、充分に楽しませるんだよ、奥さん」

「いや、いやッ……かんにんして……」

瞳は泣き声をあげて頭を振り、腰をよじりたてた。鬼頭の指が繊毛をかきあげるようにして、小高く柔らかい丘をさらけだし、そこから妖しく切れこんだ肉の割れ目に指先を這わせて、股間へしのびこませようとしはじめたのだ。

「あ、ああッ……い、いやあ……」

瞳は泣き声を高めてのけぞった。それは激しくあらがうというより、さっきからいじりまわされている女体に火をつけられるのをおそれているように見えた。

「脚を開いて奥さんのオマ×コをしっかり見てもらうんだ、フフフ」

後ろから瞳を抱いて逃げられないようにしながら、氷室が瞳の耳もとで言った。

「そんな……いや、かんにんして……」

「ダダをこねてきつい浣腸の仕置きをされたいのか、奥さん」

「いやッ、それだけはッ……」

浣腸と聞いて瞳はにわかにおびえ、泣き声をひきつらせた。瞳は浣腸をひどくおそれている。

「だったら脚を開くんだ。たっぷりオマ×コを見せていじらせりゃ、鬼頭は尻責めをやめてオマ×コのほうへ変えるかもしれないぜ」

氷室は平然とうそぶいた。鬼頭は氷室以上に女の肛門に執念がある。浣腸で女を責めることを氷室に教えたのも、鬼頭である。鬼頭はかつて医学部に在学中、肛門科を希望したほどだ。

そんなこととも知らぬ瞳は、尻責めから逃れたい一心で、おずおずと両脚を開きはじめた。ブルブルとふるえる膝が割れ、ぴっちりと閉じ合わせた太腿がゆるみ、ひろがっていく。

「あ、いや……あぁッ……」

瞳はキリキリと唇をかんで頭を振りたてた。太腿を開くにつれて鬼頭の食い入るような視線が、外気とともに入りこんでくるのがたまらない。

「もっとひろげろ、奥さん」

鬼頭は瞳の前にしゃがみこんでのぞきつつ言った。

瞳の白い内腿の筋がヒクヒクと痙攣して、その奥に秘められた媚肉の合わせ目が剝きだされた。割れ目はわずかにほぐれて、妖しく肉襞をのぞかせたが、いかにも上品な人妻らしい、ひっそりとした感じである。

「ああ、いや……」

瞳は唇をかみしめたまま、右に左に顔を振りたてている。その美貌は首筋まで真っ赤に染まり、白い裸身までピンクに色づくようだ。

鬼頭は手をのばして媚肉の割れ目をつまむと左右にくつろげた。

「やめてッ、いやあ……ああ、いやですッ」

瞳が泣き声をあげるのもかまわず、鬼頭は鼻がくっつかんばかりにのぞきこむ。

「どうだ、鬼頭」

後ろから瞳の乳房をわしづかみにして身悶えを封じ、氷室がニヤニヤしながら聞いた。

「色といい形といい綺麗なもんだ。フフフ、いいオマ×コしてやがるぜ」

「そうだろ。味のほうも締まりがよくて、最高だぜ」

「このオマ×コを見りゃ、味がいいのは想像できるってもんだ」

鬼頭は欲情の笑いをこぼすと、指先で押しひろげた瞳の媚肉にいきなり吸いついた。

「ああッ……ヒッ、ヒイッ……」

瞳は電気でも流されたように氷室の腕のなかでのけぞり、腰をよじりたててのどを絞った。内腿の筋がピクピクとひきつり、膝がガクガクとふるえた。

「やめてッ……かんにんしてッ……あ、ああ、いやあ……」

瞳がいくら腰をよじりたてても、鬼頭の口は蛭みたいに瞳の媚肉に吸いついて離れない。まるでおいしいものでもすするように媚肉を口いっぱいにとらえて吸い、ペロペロと肉襞を舐めまわす。

「いや、いやあッ……ああ、やめてッ……」

「フフフ、ガタガタ言ってねえで、うんと気分を出すんだ、奥さん」

氷室も瞳の乳房をつかんでタプタプと揉みこみ、乳首をいじりはじめた。

「気分を出してうんとお汁をあふれさせるんだ。そうすりゃ鬼頭も喜んですすってく

れるぜ、奥さん」

「い、いや、いやあッ……ヒッ、ヒッ……」

瞳はとてもじっとしていられず、腰をよじり裸身をうねらせ、黒髪を振りたてて泣き声を放った。

鬼頭の唇と舌は瞳の割れ目の頂点にひっそりとのぞく肉芽にまで襲ってきた。尖らせた舌先で女芯の表皮を剝いて肉芽を舐め、次には音をたてて吸う。

「ヒッ……そ、そこは……ああ、いやあッ」

瞳は顔をのけぞらせたまま、ヒイヒイとのどを絞った。

瞳の成熟した人妻の肉は、いくらつつしみ深くても、こんないたぶりに耐えられるはずがない。それでなくても、これまで氷室による色責めでさんざん弄ばれ、性の奴隷として調教されてきた瞳の女体である。さっきから、身体に火をつけられるのをおそれてきたのが、鬼頭の唇と舌とでドッと崩れそうになった。

「あ……ああ……やめて……も、もう、いや、いやです……」

いくらこらえようとしても、女の官能が揺さぶられてとろかされるのを抑えきれない。身体の芯がしびれ、熱く疼いてドロドロにとろけだす。

媚肉がヒクヒクとうごめいて、熱くたぎったものがジクジクとあふれだすのを、鬼頭の唇と舌がはっきりと感じ取った。それとともに瞳の泣き声までが勢いを失って、弱々しくどこか艶めいてきた。

「あ、あ……いや……ああ……」

「感じてきやがった。フフフ、えらい敏感なんだな、奥さん」

ようやく口を離して顔をあげた鬼頭は、ベトベトの口でニヤリと笑った。

もう瞳の媚肉は充血して割れ目を生々しくほぐれさせ、甘く匂う蜜をジクジクとにじませた。女芯は包皮を剝いてツンと赤く尖り、ヒクヒクとおののいている。そして瞳の裸身は乳首を硬くしこらせ、匂うような色にくるまれて、じっとりと汗を光らせた。

「この人妻、気に入ったぜ。これだけの女と楽しめるなんて、最高の出所祝いだぜ。

フフフ、黒田瞳か……」

鬼頭はうれしそうに言った。

「お前が気に入ってくれてよかったぜ。思いっきり楽しんでくれ」

「これほどの女をモノにしているとは、さすがに氷室だな。昔からお前は女を見る眼があったからな」

「なあに、お前と組めばもっといい女だって手に入るぜ、フフフ」

氷室はもう次の獲物のことを考えているらしかったが、今の鬼頭は眼の前の黒田瞳のことでいっぱいだった。

鬼頭は瞳の媚肉から口こそ離したものの、まだ手は内腿や双臀を撫でまわし、指先で茂みをいじりまわしていた。股間をまさぐると、灼けるように熱した柔肉がしとどの蜜にまみれて指先にからみついてくる。

「ああ……」

瞳はもうガックリと首を折り、身体を氷室の腕にあずけてあえぎ、すすり泣いている。そして鬼頭の指にあやつられるままに、腰がうごめき、揺れた。

「フフフ、奥さんの身体で見てないところはあとひとつか」

鬼頭はニヤニヤと舌なめずりをして、瞳の顔をのぞきこんだ。

瞳は唇をかみしめ、固く両眼を閉じていたが、ハッとしたように眼を開いた。かみしめた唇がワナワナとふるえる。

「……い、いや……」

「フフフ、そうだ。奥さんの尻の穴だぜ。どんな肛門をしてるか、じっくり品定めしなくちゃな」

鬼頭はわざとらしく言った。

瞳の美貌がおびえと嫌悪にひきつった。

「いや、いやあッ……かんにんしてッ……」

「フフフ、見られるだけでそんな悲鳴をあげてちゃ、尻責めの時はどうなるんだ」

鬼頭の楽しみがふくれあがった。

3

いやいやと泣き悶える瞳を抱いて、氷室がさかんに耳もとでささやいた。

「もっと自分から鬼頭に甘えてみせるんだ。世話をかけて俺に恥をかかせる気か」

「ああ、許して……お尻はいや……」

「いつまでもダダをこねてると、それだけ家に帰るのが遅くなるぜ、奥さん。鬼頭はしつこくて、満足しないことには奥さんを離さないだろうからな」

「そ、そんな……ああ……」

瞳は狼狽して唇をわななかせ、黒髪を振りたくった。

「明日の夜には亭主が出張からもどってくるんだろ、奥さん。それまでに家へ帰りたけりゃ、鬼頭を満足させることだ」

このムチムチした尻でな……と氷室はネチネチとささやいた。

それを聞いて鬼頭はゲラゲラと笑った。

「氷室、無理にサービスさせることもねえぜ。いやがる女の尻を責めるのも面白えもんだぜ、フフフ」

「お前がそう言うなら……」

「さっそく黒田瞳の尻の穴を見せてもらうとするか。さぞかし色っぽい肛門をしていることだろうぜ。なんたってこれだけいい尻をしているんだ」

鬼頭と氷室は瞳を応接間から奥の寝室へと連れこんだ。ダブルベッドの上へ乗せ、両膝をつかせて大きく開かせ、足首を左右の革ベルトで固定する。

さらに瞳の上体を前へ倒し、顔をシーツに押し伏せるようにして、双臀を高くもたげさせた。

「いや……ああ、許して……お尻はいや、いやです……」

瞳は双臀をブルブルとふるわせ、よじりたてながらすすり泣きを強める。

「フフフ、まったくいい尻しやがって」

鬼頭はニヤニヤと笑って舌なめずりをし、高くもたげられた瞳の双臀の前に陣取った。その豊かな肉づきを確かめるように、白い臀丘をゆっくりと撫でまわした。

ムチッと張った瞳の尻肉に指先が弾かれそうなほどの、見事なまでの肉づきだった。それでいてピチッと引き締まって臀丘の谷間は深く切れこんでいる。

その奥にどんな肛門が秘められているのかと思うと、鬼頭は体が熱くなった。

「尻を開け。尻の穴を見せるんだ、奥さん」

「い、いやあッ」

瞳は夢中で双臀を振りたてようとした。が、瞳の腰は氷室によってがっしりと押さえつけられている。

氷室の手が瞳の臀丘の谷間を割りひろげにかかった。

「奥さんの色っぽい尻の穴を、鬼頭に見てもらうんだよ、フフフ」

「いや、お尻はいや……ああ、かんにんして、お願い……」

「はじめてじゃあるまいし、いやじゃねえよ。開かねえか」

氷室はムチムチの尻肉に指を食いこませ、強引に割って底までさらした。

秘められた谷底に、瞳の肛門が可憐なまでにひっそりとすぼまっていた。これまで氷室に何度も責められていることを感じさせない、綺麗なたたずまいだ。

「フフフ、これが黒田瞳の尻の穴か……」

鬼頭は舌なめずりをすると、首をのばして、食い入るようにのぞきこんだ。嗜虐の血が淫らにざわめき、ドクッドクッと脈打った。

鬼頭はゴクリとのどを鳴らすと、手をのばして指先に媚肉の蜜をすくい取り、それを瞳の肛門に塗りこむように、ゆるゆる揉みほぐしにかかった。

「いやッ……そこ、いやですッ」

「フフフ、キュッキュッとすぼまるのが可愛いぜ、奥さん」

「やめてッ……ああ、いや……」

双臀をブルブルとふるわせて、瞳は泣いた。

その泣き声と肛門のうごめきを楽しみつつ、鬼頭は指先に吸いついてくる瞳の肛門の感触に、ゾクゾクとした。少しでも指を入れる気配を見せると、瞳の泣き声がヒッヒッと高まり、悲鳴に近くなった。

「ああ、いや……も、もう、いやッ」

きつくすぼめているのをいやおうなくほぐされ、開かされていく感覚が瞳をいっそう悩乱させる。

たちまち瞳の肛門はほぐれてふっくらとふくらみ、とろけるような柔らかさを見せはじめた。

「なるほど、氷室の言う通り、感度のいい尻の穴をしてやがる」


「フフ、この奥さんみたいに上品にとりすましてる女ほど、尻の穴の感覚が鋭いというが、本当だぜ」

「実験ずみってわけか、フフフ」

そんなことを言いながら、鬼頭は瞳の肛門を揉む指先に力を加えた。ジワジワと指で縫うように貫きはじめる。

「そ、そんな……ああ、いやあ……」

瞳はビクッと裸身を硬直させた。だが、ジワジワと入ってくる指の感覚に、はや息をするのも苦しいほどに昂るのだ。

「あ、あむ……いや、ああ……」

「いい感じだぜ、奥さん。うーんと深く入れてやるからな」

「ああ……やめてッ、あむ……」

瞳は双臀を硬直させてブルブルふるわせながら、キリキリとシーツをかみしばった。

鬼頭はうれしそうに何度も舌なめずりをしている。指を入れるにつれて、生ゴムのような感覚がきつく締めつけてくるのが心地よかった。しっかりと食い締めて、ヒクヒクとおののく。それをじっくりと味わいつつ、ゆっくりと指の根元まで入れた。

「あ、あ、気が変になっちゃう……ああ……」

もう瞳はとてもじっとしていられない。腰をよじりうねらせ、舌をもつらせながら、鬼頭の指をキリキリ食い締める。

「どうだ、鬼頭。いい締まりだろうが」

深々と指に縫われた瞳の肛門をのぞきながら氷室が聞いた。

「たいしたもんだ。まだ調教途中でこれだけ反応すりゃよ、フフフ」

「オマ×コまでヒクヒクさせてるぜ。お前の指に感じてる証拠だ、フフフ。ますます好きになるようだ」

「あとでお前とサンドイッチにするには、ぴったりの女じゃねえかよ」

「五年半ぶりのサンドイッチか。いいな」

氷室と鬼頭はニヤニヤと笑った。

鬼頭の指はゆっくりとまわされ、抽送されて出入りを繰りかえし、瞳の肛門を責め苛みつづける。

サンドイッチ……それがなにを意味するのか考える余裕すらなく、瞳は息も絶えだえにあえぎ、ヒイヒイのどを絞った。

「許して……ヒッ、ヒッ、お尻はいや……もう、もう、いや……」

という泣き声さえ、あえぎと悲鳴とに呑みこまれた。

鬼頭が根元まで埋めこんだ指先を曲げるようにしてまわし、瞳の双臀を吊りあげるようにすると、瞳はそれだけで今にもイキそうな感覚に見舞われる。

まるで鬼頭の指をしっかりとらえ、味わいつくそうとするかのように、瞳は腰を振りたてて肛門をキリキリ収縮させた。さすがの鬼頭も舌を巻くほどだ。

「フフフ、これだけ尻の穴がとろけりゃ充分だろう。そろそろ尻責め本番といくか」

「なにからはじめる、鬼頭。責め具ならなんでもそろってるからな」

「出所したら真っ先にやってみてえと思ってたことは、決まってるぜ」

ニヤリと笑った鬼頭は、ようやく瞳の肛門から指を抜いた。

その感覚に瞳はヒッとのどを絞った。もう上気した裸身は汗がじっとりと光って、あとはハアハアとあえぐばかりだ。次はなにをされるのか、すぐには気にする余裕すらない。

責め具の並んだ棚から鬼頭が取りあげたのは、注射型のガラス製浣腸器だった。容量千五百CCの一升瓶ほどの大きなものである。

それにグリセリン原液をたっぷりと吸いあげた。キィーッとガラスが不気味に鳴って、ドロリと薬液が充満した。

「フフフ、やっぱり浣腸か。五年半たってもお前の好みは変わってねえな」

氷室が笑いながら、便器やティッシュなどを準備する。

浣腸……という言葉に、瞳はハッとして顔をあげた。その眼に、鬼頭が長大な浣腸器を手にしてニヤニヤと笑っているのが見えた。

「そ、そんなッ……」

おびえに声がつまった。これまで氷室に何度か浣腸されている瞳だったが、いつもは媚唇と膣をさんざん責められてからだ。いきなりはじめに浣腸しようとする鬼頭が信じられない。

「い、いや……そんなこと、いやですッ……ああ、それだけはッ」

瞳はほとんど悲鳴に近い声をあげ、ひきつった美貌を打ち振った。浣腸のおそろしさ恥ずかしさは氷室によって思い知らされている。逃げようとしても両足首は革ベルトで固定され、しかも腰は氷室につかまえられている。逃れる術はまったくなかった。それでも瞳は腰をうねらせ、後ろ手に縛られた縄をほどこうともがき、なんとか逃れようとのたうちまわった。

「いや、かんにんしてッ。それだけはいやッ」

「フフフ、いやだから浣腸は面白えんじゃねえかよ、奥さん」

鬼頭は長大な浣腸器の先端で瞳の双臀をつつき、悲鳴をあげさせてはせせら笑った。

さっきは気がつかなかったが、濃紺で統一された内装とシートに瞳の白い双臀がくっきりと浮かびあがって、その白い肉を際立たせている。まるで祭壇にささげられた生贄だ。

その効果を意図して氷室が寝室を同色で統一したのは明らかだった。鬼頭もまた、そんななかでいっそう嗜虐の欲情を煽られる。

「たっぷりと浣腸してやるぜ、奥さん。フフフ、この時がくるのを五年半も待ってたんだからな」

「いや、いやあッ……許してッ……」

瞳が泣き叫ぶのを心地よく聞きながら、鬼頭は長大な浣腸器のノズルを瞳の肛門にあてがった。

すでにふっくらととろけた瞳の肛門は、妖しいまでの柔らかさでノズルを含んだ。キュウとおびえ縮まろうとするのを、こねまわすようにしてノズルでなぶった。

「ヒイッ……やめてッ、いや、いやあ……そんないやらしいことは、しないでッ」

「鬼頭がたっぷりと浣腸してくれるから、うんと気分出せよ、奥さん」

瞳の腰を押さえつけていた氷室も、臀丘の谷間を割りひろげて肛門を剝きだし、鬼頭を手伝っている。

そのお蔭で鬼頭は、思う存分に瞳の肛門をノズルでなぶることができた。

「いや、いやあッ」

「フフフ、いい声で泣くじゃねえか、奥さん。もっと泣かせてやるぜ」

「やめてッ……ああ、かんにんしてッ……」

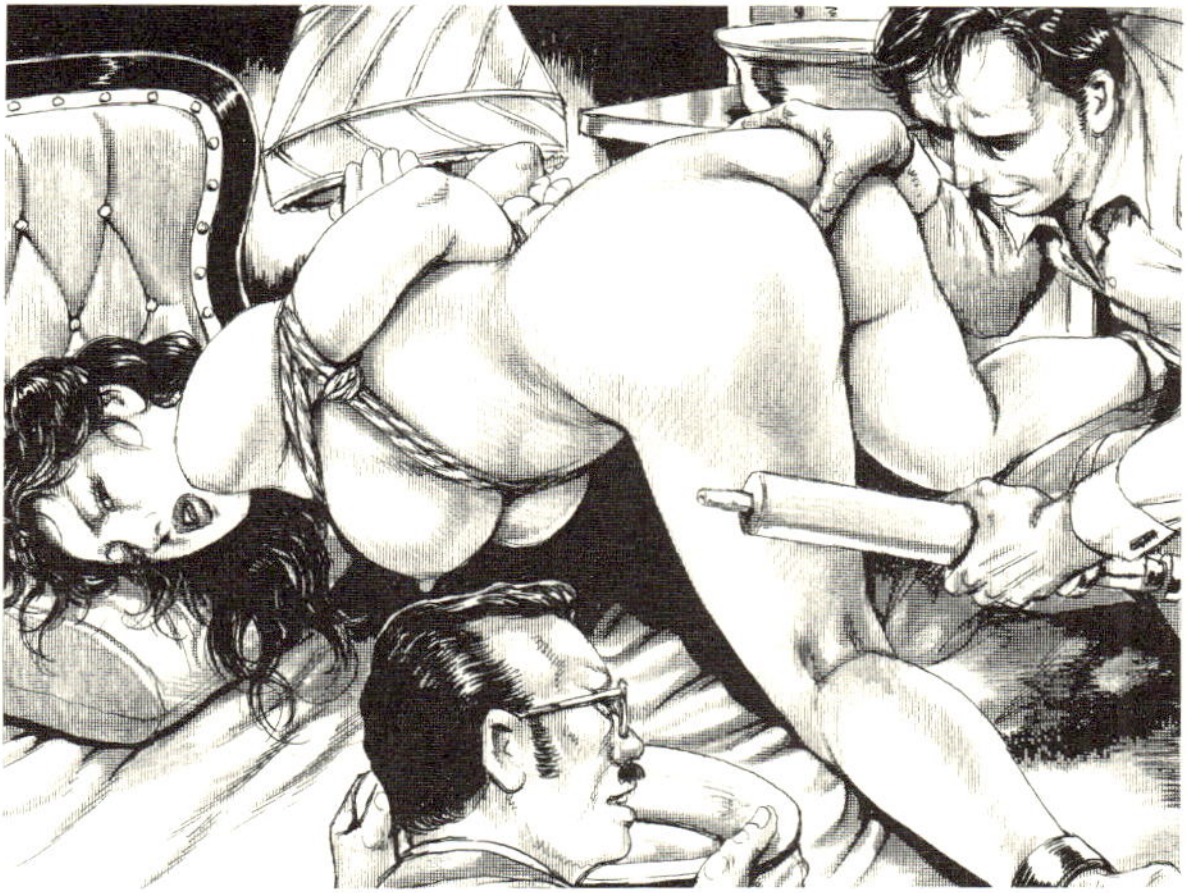

「入れるぜ、奥さん」

わざと知らせて、一度ピシッと瞳の双臀をはたいてから、鬼頭はゆっくりと浣腸器の長大なシリンダーを押しはじめた。

「あ……」

ビクッと瞳の裸身が硬直した。

「ああ……ああッ、い、いやあッ……」

ドクッ、ドクッと入ってくるグリセリン原液に、瞳は悲鳴をあげてシーツをキリキリとかみしばった。

「そんなッ……あ、ああッ……」

「フフフ、どうだ、奥さん、入っていくのがわかるだろ。それ……それッ……」

「ああ、許して……あ、あむッ……」

「泣け。もっと泣くんだ、黒田瞳。ほれ、どんどん入っていきやがる」

シリンダーを押す鬼頭の手に、しだい

に力が入った。

ゆっくりと注入してやるつもりだったがだめだった。五年半ぶりに美貌の人妻に浣腸しているという昂りが、我れを忘れてシリンダーを押す手を速めた。

「それッ……それッ……フフフ、こいつはたまらねえや。もっと泣けッ」

鬼頭はもう、とりつかれたように長大なシリンダーを押して、一気におびただしくドッと注入していく。

「ああ、そんなッ……ヒッ、ヒイッ……許してッ……」

瞳は白眼を剝き、キリキリとシーツをかみしばったまま、ヒイヒイとのどを絞った。

4

瞳の反応を見ながらジワジワと注入してくる氷室のやり方とは、まるで違う。一気にドッと入れられ、腸のなかがこねまわされて胃が押しあげられ、口から噴きでるかと思うほどの荒々しい注入だ。

「やめてッ……そんなに一気にしないで……ヒッ、ヒイッ、やさしくしてッ……」

瞳がいくら哀願しても、鬼頭はニヤニヤと笑うだけで、荒々しくシリンダーを押すのをやめようとしない。たちまち五百ＣＣも注入され、さらに九百、八百、七百とシリンダーがガラス筒の目盛りを刻んでいく。

「……あ、あむ……かんにんして……」

瞳の悲鳴がかすれた。ドッとあぶら汗の噴きでた裸身がヌラヌラと光り、ブルブルふるえるばかり。

荒々しい注入だけでなく、薬液も瞳を責めはじめた。腸管に充満していくグリセリン原液が、猛烈な便意をふくれあがらせる。

「……お願い……もう、許して……あ、ああ、これ以上は……」

瞳は背中を丸くして、腰を揉みながらうめき、泣き、そしてあえいだ。さっきまで真っ赤だった美貌は今では蒼ざめてひきつり、歯がカチカチと鳴った。油でも塗ったように汗でヌラヌラの瞳の肌から、玉の汗がツーッとすべり落ちる。

「どうだい、いやいやと泣きながら、どんどん呑みこんでいくじゃねえか。フフフ、好きな尻しやがって」

鬼頭は千二百CCまで注入したところで、いったんシリンダーを押す手をとめた。ノズルを瞳の肛門にしっかりと咥えこませたまま、手をのばして媚肉をまさぐる。

「やっぱり浣腸で感じてやがる。オマ×コがさっきよりとろけて、灼けるみたいだぜ」

「ビチョビチョじゃねえか。尻の穴だけでなくオマ×コもヒクヒクさせてたってわけか」

「フフフ、まったく浣腸しごたえのある奥さんだ。ますます気に入ったぜ」

鬼頭と氷室は後ろから瞳の股間をのぞきこみつつ、ニヤニヤとせせら笑った。

そんなことをされても、瞳は反発する気力もない。もう瞳の思考をさまたげるまでに、便意がふくれあがって荒れ狂っている。そして、恥ずかしい反応を知られてしまったことが、いっそう瞳の気力を萎えさせた。

「う、ううッ……もう、かんにんして……これで許して……」

瞳はしとどのあぶら汗のなかで、そう言うのがやっとだった。

「フフフ、こんなに感じてるくせに、なにがこれで許してだ。気どるなよ、奥さん」

鬼頭は不意にまたシリンダーを押しはじめた。ググッと力まかせに押して、残り三百CCを一気に注入した。

「ああッ……ヒイッ、ヒイーッ……」

瞳は白眼を剝いて、あたかも絶頂へ昇りつめたかのようにのどを絞ってのけぞった。

もう長大なシリンダーは底まで押しきられていた。

あとはブルッ、ブルッと裸身をふるわせるばかり。瞳はグッタリと息も絶えだえになってあえいだ。だが、それで終わったわけではない。猛烈な便意が、今にも気死しそうな瞳を現実に引きもどした。

ああ、苦しい……お腹が……。

悪寒が瞳の裸身を駆けまわりだした。

便器に排泄させられ、氷室にすべてを見られたおそろしい記憶が甦った。その恥ずかしさ、おそろしさは、思いだすだけでも気が狂いそうになる。

「……お願い、おトイレに……」

瞳はワナワナと唇をふるわせた。

だが鬼頭は空になった浣腸器を手の上でころがして、うれしそうにゲラゲラと笑っている。

「お、おトイレに、行かせて……」

瞳は必死の思いで哀願した。カチカチ鳴る歯をかみしめ、胴ぶるいしつつ、必死の眼を氷室に向けた。

「入れ終わったばかりじゃねえか。そんなこらえ性のないことでどうする」

氷室は意地悪くあざ笑う。

「そんな……ああ、行かせて……も、もう……お願いッ」

「みっともなく尻を振りやがって。それでも人妻か、フフフ。こんないい尻しやがって」

いきなり鬼頭はピシッと瞳の双臀を張った。

さらに瞳の肛門をジワジワといたぶろうとねじり棒を持っていたが、鬼頭はもう瞳を犯したい衝動を抑えきれない。

鬼頭は瞳の身体に手をのばすと、上体を抱き起こして、足首の革ベルトはそのままにベッドの上に瞳を立ちあがらせた。

「早くトイレに行きたけりゃ、その前に氷室を楽しませることだ、奥さん」

鬼頭はニヤリと笑った。

瞳はなにを言われたのかわからないが、氷室のほうはすぐにピンときて、ニヤニヤしながら服を脱ぎはじめた。裸になってベッドにあがると、革ベルトで左右へ開かれた瞳の両足首の間にあおむけになった。

「奥さんのほうからオマ×コでつながってくるんだ。一発やったらトイレに行かせてやると言ってるんだよ」

氷室は、たくましく屹立している肉棒をつかみ、揺すってみせた。

「そ、そんな……」

瞳は絶句した。荒々しい便意はもう限界に迫って、さっきから瞳はとてもじっとしていられない。少しでも気を抜くと、今にもドッと駆けくだりそうだ。そんな身体で氷室との性行為を強いるのか……。

「ああ……そ、そんなひどいこと……いや、かんにんしてッ……」

「早くしねえと、それだけトイレに行くのが遅くなるぜ、奥さん。フフフ」

氷室が肉棒を揺すりつつ意地悪く言った。

「グズグズしててもらしたら、奥さんはここですべてを見せることになる」

鬼頭も意地悪く便器を瞳に見せつけて、せせら笑った。

「いやッ、それだけはッ……」

瞳に迷っている余裕はもはやない。おぞましい排泄行為を見られるのだけは、なんとしても避けなければ。

「ひ、ひどい……ああ、こんなことって……」

トイレに行かせてほしい一心で、瞳はおずおずと氷室に向かって腰を落としはじめた。とはいえ、あまりのみじめさに瞳の口から泣き声がこぼれた。

できない……ああ、こんな浅ましいこと、自分からなんてできるわけがないわ……。

胸の内で狂おしいまでに叫びながらも、瞳は排泄行為を見られるおそろしさに、ためらう腰を叱りつけるようにして、さらに腰を落としていく。

火のような氷室の肉棒の先端が内腿に触れ、瞳はヒイッと腰を硬張らせた。歯がカチカチと鳴る美貌をのけぞらせ、瞳は肉棒の先端を自ら媚肉のひろがりにあてがった。

「あ、ああ……いや、いや……ああ……」

瞳は悲鳴をあげて逃げたくなる。だが、急がなければ便意は限界に近づきつつあった。

キリキリと唇をかみしめ、乳房から腹部を波打たせ、内腿をガクガクさせながら、瞳は萎えそうな気力をふり絞った。

ジワジワと灼熱を自ら媚肉に受け入れていく。

「あ、ああ……こんな……」

「ほれ、さっさとしねえとトイレに行くまでもたなくなるぜ、奥さん」

「ああ……あ、あ……」

「フフフ、しっかり底まで受け入れろよ」

逃がさないように下から両手で瞳の腰をつかまえて、氷室は命じた。

荒々しい便意に苛まれているというのに、瞳の媚肉の感触は妖美このうえない。熱くたぎった肉が氷室をつつみこみ、ヒクヒクとからみついてくる。

必死に肛門を引き締めているのが前の媚肉にまで伝わって、キリキリと締めつけてくるのだ。

「もっと深くつながるんだ、奥さん」

「あ、あ……」

あぶら汗がヌラヌラ光る肌に、さらにドッと汗を噴いて瞳は氷室の上に乗った。瞳の両膝が氷室の腰をまたぎ、シーツにつく。

「ああッ……」

瞳は白い歯を剝いてキリキリかみしめ、黒髪を振りたくった。後ろ手に縛られた裸身が、氷室の上でグラグラと揺れる。

「フフフ、腰を使うんだ、奥さん。早くトイレに行きたきゃな」

鬼頭がニヤニヤと瞳の顔をのぞきこんだ。

瞳の美貌は汗にまみれ、氷室とつながった快美と便意の苦痛とを妖しく交錯させて、すぐには返事もできない。

「早く腰を使って気分出さねえと、ここでウンチをひりだすことになるぜ」

「……いや……かんにんして、あ

あ……」

瞳の声がかすれた。歯をかみしばって腰を揺すろうとするが、その動きが便意を荒れ狂わせ、腹のなかがかきむしられるようになった。

「あ……うむ、ううむ……」

すぐに瞳の腰の動きがとまり、苦悶のうめき声が出た。

「だ、だめ……ああ、できないわ……」

「腰を使えと言ってるんだ。これだけいい尻をして、弱音を吐くんじゃねえよ」

鬼頭はピシッと瞳の双臀をはたいた。

5

瞳は蒼白な美貌をグラグラと揺らし、ヒイヒイのどを絞った。

「ああ、も、もう……我慢できないッ……」

「それじゃここでひりだすか、奥さん。オマ×コでつながったままひりだすってのも、オツなものかもしれねえぜ」

「いや、いやッ……ここではいや、ああ、おトイレに行かせてッ」

瞳は泣き声をひきつらせた。ブルブルと腰のふるえがいちだんと露わになった。

「そんなにこらえ性がねえなら、栓をしてやろうか、奥さん」

鬼頭はもう欲情の昂りをこらえきれない。

それがなにを意味するかすぐに悟った氷室が、下でニヤリと笑った。

「いつでもいいぜ、鬼頭、フフフ」

逃がさないように腰をつかんでいた両手で瞳の臀丘の谷間をいっぱいに割り開いて、氷室は待ちかまえた。

剝きだされた瞳の肛門が、今にも内から爆ぜんばかりにヒクヒクとふるえている。その少し前には、赤く充血した瞳の媚肉がせいいっぱいといった感じで、ドス黒い肉棒を咥えこんでいた。

それだけに肛門のヒクつきは、媚肉につられたようになにか咥えたがっておののいているようにも思えた。

鬼頭は腰のバスタオルをはずすと、後ろから瞳の乳房をわしづかみにした。若くたくましい鬼頭の肉棒は、五年半の思いを爆発させるかのように天を突かんばかりに屹立して生々しく脈打っている。

「太い栓をしてやるからな、奥さん。ひりだすのはお楽しみがすんでからだ」

鬼頭は瞳の耳もとでささやいた。

栓をする……。瞳は、ひきはだけられた双臀に押しつけられてきた灼熱に、はじめてなにをされようとしているかを知った。

「ああ、そんな……」

二人の男を前と後ろとに同時に受け入れさせられるなど考えもしなかった。

「そ、そんなおそろしいこと……いや、いやですッ、かんにんしてッ……」

瞳は魂消えるような悲鳴をあげて、逃げようともがいた。だが瞳の身体は、すでに氷室によって媚肉を貫かれ、杭のようにつなぎとめられている。

「こ、こわいッ……許してッ」

瞳の声はすぐにヒイッという悲鳴に変わった。ガクッと瞳の美貌がのけぞった。

鬼頭は五年半ぶりに女を犯せる喜びに酔いしれて背筋をしびれさせつつ、ゆっくりと瞳の肛門を押し割っていった。

「ヒッ、ヒイイィ……」

灼熱がめりこんでくる感覚が、瞳の口から悲鳴を絞り取った。

ああ……こんな、こんなことって……。

瞳は眼の前が暗くなった。その闇に火花がバチバチと散った。

肛門を犯されるのはこれがはじめてではない。だが瞳の肛門は荒れ狂う便意に耐えて引き締まり、そのうえ、媚肉を氷室に貫かれていることで圧迫され、いっそう狭くなっている。

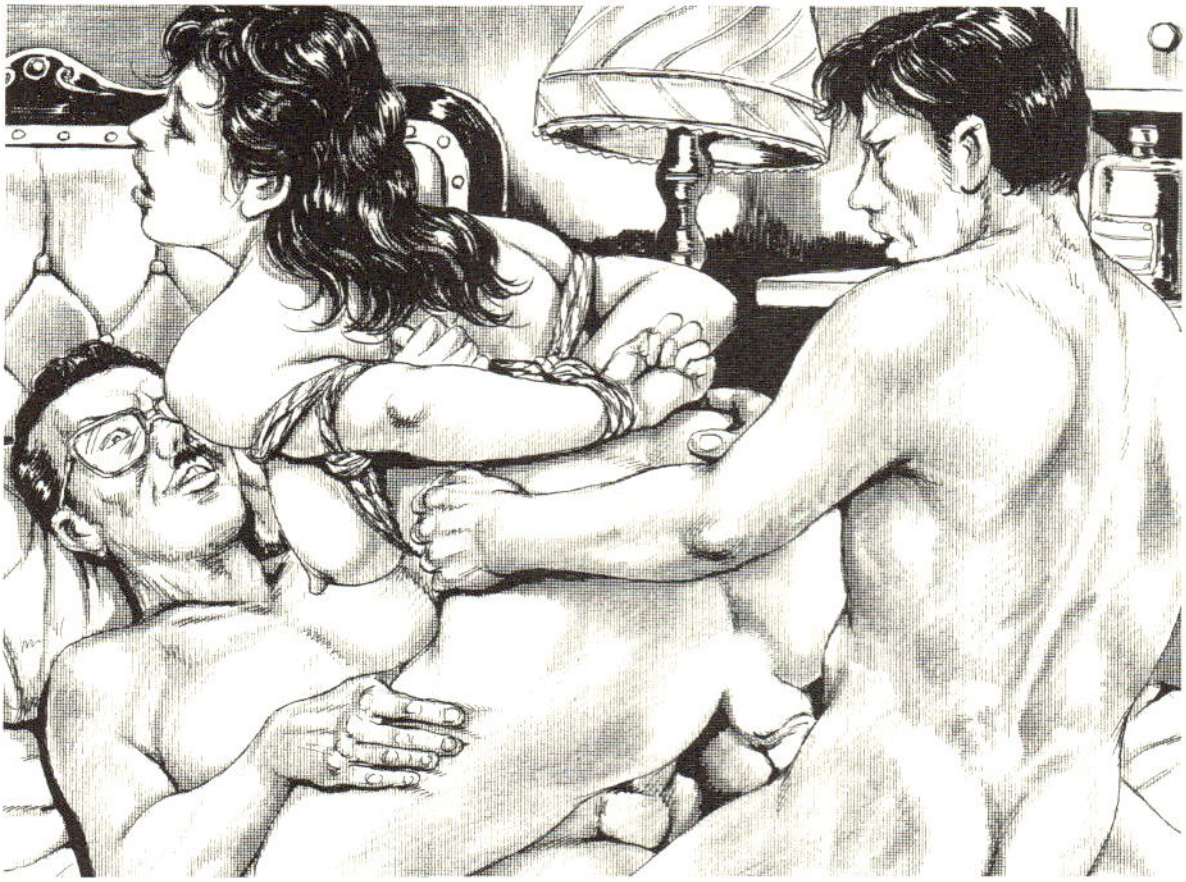

それを鬼頭の肉棒で貫かれて、ミシミシときしみ裂けるようだ。

「う、うむ……ヒッ、ヒイッ……」

瞳は白眼を剝き、キリキリと歯をかみしばってのどを絞った。

だが引き裂かれるような苦痛よりも、二人の男を同時に受け入れさせられることのほうがおそろしい。しかも肛門は浣腸されて排泄も許されずに犯されるのだ。

「た、助けて……う、うむ……」

駆けくだろうとする便意が押しとどめられて逆流する感覚と、薄い粘膜をへだてて二本の肉棒がこすれ合う感覚とに、瞳は黒髪を振りたてて半狂乱に泣きわめいた。

「ほれ、尻の穴にもしっかり入って、栓になったのがわかるだろうが、奥さん」

鬼頭が聞いても瞳は泣きじゃくるばかりだった。後ろからのぞきこんだ瞳の美貌は、あぶら汗にまみれてまなじりをひきつらせ、キリキリと唇をかみしばって苦痛と快美を交錯させて、凄惨きわまりない。

「鬼頭、どうだ。黒田瞳の尻の穴は」

下から氷室がニヤニヤして聞いた。

「フフフ、お前の言った通りだ。いい味してるぜ。クイクイ締めつけてきて、こりゃ手が抜けねえな」

「お前でも油断すると負けるぜ、フフフ。オマ×コだってすげえからな。浣腸して尻にお前がぶちこんだんで、いつもよりずっときついぜ」

「それじゃサンドイッチの二重奏といくか、フフフ。この味、五年半ぶりだぜ」

鬼頭と氷室は瞳を間に上と下とでそんなことを言って笑うと、互いにリズムを合わせてゆっくりと突きあげはじめた。

「あ、ああ、許してッ……お願いッ……死んじゃう」

瞳は狂ったように頭を振り、悲鳴をあげて裸身を揉み絞った。

氷室と鬼頭との間で瞳の身体はギシギシときしみ、揉みつぶされる。薄い粘膜をへだてててたくましい二本の肉棒がこすれ合う感覚が、さらに瞳を悩乱させた。そしてそれが便意をいっそう荒れ狂わせる。

「お、お腹が……ああ、あむむ、裂けちゃう……あうう……」

瞳のなかで苦痛と快美とがからまり、もつれ合って、ジリジリと肉を灼いていく。

「あ、あ……」

不意に瞳の身体が電気でも流されたようにのけぞって、ブルルッと激しい痙攣を裸身に走らせた。

「ヒイイッ……」

瞳の悲鳴とともに、食い千切られるような収縮が鬼頭と氷室を襲った。

さすがの鬼頭と氷室も顔を真っ赤にしてうめいた。とくに鬼頭は五年半ぶりとあって、そのきつい収縮に耐えられなかった。また耐える気もなくなった。

「それッ、それッ、くらえッ」

鬼頭は五年半の思いをぶつけるように激しく瞳の肛門を突きあげて、獣のように吠えた。おびただしいまでの白濁が、まるで洪水のようにドッと瞳の直腸へほとばしった。

「ヒッ、ヒイイ……」

さらに二度三度とのけぞって、瞳はガクガクと腰をはねあげた。

そしてガックリと瞳の身体から力が抜けた。あとは失神したみたいに、ハアハアとあえぐばかりだ。

鬼頭もまた瞳の背中にのしかかったまま、フウーッと大きく息を吐いた。瞳からゆっくりと離れて便器をあてがうや、ゆるみきった瞳の肛門は荒れ狂う便意をドッとほとばしらせた。

「フフフ、さすがにきつく締まるな。思いっきり注いでやったぜ」

あとからあとからおびただしくひりだすのをながめつつ、鬼頭は苦笑いした。

氷室のほうはまだ果てていず、瞳を上に乗せて深々と媚肉を貫いたまま引き抜こうとしない。

「だから油断するなって言ったんだ。それでなくても、お前は五年半ぶりなんだからな」

「なあに、一発出しとけば今度は大丈夫だ。このままじゃすまさねえよ、氷室」

「フフフ、そうこなくちゃな。いつでもきていいぜ。時間はたっぷりある」

氷室はまだ排泄している瞳の臀丘を再び両手で割り開いて、ニンマリとした。

グッタリとしてあえいでいた瞳は、シクシクすすり泣きだした。一度堰を切ってほとばしったものは、押しとどめようがなかった。一度途切れたかと思うと、またドッと噴きこぼし、ウネウネとひりだす。

「ずいぶん派手にひりだすじゃねえかよ、奥さん。氷室をオマ×コに咥えこんでひりだす気分は、どんなものだ」

鬼頭は瞳をからかってニヤニヤとのぞいた。

五年半も女に触れなかったせいか、瞳の排泄さえゾクゾクと胴ぶるいがくるほどそそられるながめだった。時々、氷室が面白がって下からグイグイ突きあげると、瞳は揺さぶられながらヒッ、ヒッとのどを絞った。

「フフフ、いくら気持ちいいからって、そんなに腰を振ると便器からはみでるぜ」

鬼頭はまた瞳をからかって、ゲラゲラと笑った。

ようやく瞳が絞りきると、鬼頭はまた長大なガラス製浣腸器を取りあげた。グリセリン原液を千五百CC吸いあげて充満させる。

「そ、そんな……」

瞳はハッとして、戦慄に顔をひきつらせ、唇をわななかせた。

「また浣腸して、サンドイッチのつづきだぜ、奥さん」

「いやッ……ああ、も、もう、いやです……かんにんして……」

「なにを言ってやがる。まだこれからだぜ、フフフ。体力のつづく限り何時間でもたっぷりと楽しませてもらうぜ」

鬼頭はせせら笑うと、またおもむろに浣腸器を瞳の肛門に突き立てていった。

「いやあッ……ああ、許してッ……」

再び浣腸されて二人の男に同時に犯されるおそろしさに、瞳は悲鳴をあげてのけぞった。

「今度はオマ×コで氷室を咥えたままでの浣腸だからな。さっきとはまたひと味違うはずだぜ、奥さん」

鬼頭が長大なシリンダーを押しはじめると、氷室はそれに合わせるようにゆっくりと突きあげはじめた。

「どうだ、気持ちいいか、奥さん」

「やめて……いや……いやあッ……」

今度は薄い粘膜をへだてて氷室の肉棒とおぞましい薬液の流入とがこすれ合う。瞳の悲鳴と泣き声もしだいに力を失って、消え入るようなすすり泣きに変わっていく。

「じっくりと味わうんだ、奥さん。こいつを全部呑んだら、また太いので尻の穴に栓をしてやるからな」

シリンダーを押して薬液を注入しながら、鬼頭はうれしそうに言った。

6

鬼頭はひどく機嫌がよかった。

出所した日の昼から翌日の昼すぎまで、思う存分に黒田瞳の身体を楽しみつくしたのだ。刑務所での五年半に鬱積した思いを一気に爆発させるように、食事もとらず休みもせず、ひたすら瞳の身体を貪った。いったい何度瞳に浣腸しただろう、何度犯しただろう、多すぎてその数もわからないほどだ。

「いつでも責められるんだ。そう急いでガタガタにしちまうこともないぜ、鬼頭」

そう言って氷室がとめなければ、まだ瞳を責めていたにちがいない。

ようやく鬼頭が責めをやめた時には、瞳は完全に気を失って死んだようになり、口から泡さえ噴いていた。

あせることはないと鬼頭は自分に言い聞かせてはいたが、やめられなかった。

「黒田瞳か……ちとやりすぎたかな、フフフ。それにしても尻の穴もオマ×コも、いい味してやがる」

鬼頭は思いだしたように笑った。思わずまた舌なめずりが出た。

「ところで、お前がどうやって黒田瞳をモノにしたか、まだ聞いてなかったな」

「フフフ、病院だよ。まだ黒田瞳でしか試してねえが、お前と組めば必ずうまくいくはずだ」

「頭を使ったやり方ってのか？」

「そうだ。さっそく試してみようと思ってな。口で説明するより、やってみながら説明するぜ、フフフ」

氷室と鬼頭は今、氷室が婦人科医をつとめる大手病院へ向かう車のなかにいた。

二人ともダークスーツに身をつつみ、ピシッときめている。まさか鬼頭が刑務所から出所したばかりとは誰も思わないだろう。さすがに元医学生だっただけあって、氷室に負けず劣らずの雰囲気だ。

「いいな、お前のことは病院長には話してあるからな。計画の実行のためにもお前に病院へ入りこんでもらわなくちゃよ」

氷室は車を運転しながら、もう一度鬼頭に念を押した。

「わかってるぜ。俺は研究のために大学病院から派遣されてきて、お前と組むってわけだったよな、フフフ」

鬼頭はニンマリとうなずいた。

すでに氷室は鬼頭のために医師国家免許まで用意していた。しかも推薦人は、病院の理事長である氷室の父ということにしてある。鬼頭を疑う者などいないはずだ。病院へ着くと病院長の簡単な面接があっただけで、すぐに鬼頭は氷室を手伝うということで決まった。

「うまくいったな、フフフ。これでお前はもう立派な産婦人科と肛門科の医者だぜ」

「それじゃさっそく例の計画とやらを実行に移そうじゃねえか、フフフ」

氷室と鬼頭はニヤリと笑うと、氷室の診察室へ向かった。

産婦人科棟の第六診察室が氷室担当で、いちばん奥にあった。今日から鬼頭医師が手伝ってくれるので、呼ぶまで看護婦はいらないと追い払った。

氷室と鬼頭はスーツの上衣を脱いで、白衣をまとった。

「この白衣が女を安心させ、油断させるんだぜ、フフフ。どんな女でもこの白衣に命じられちゃ、ここでは堂々と股をひろげるんだからな」

「しかしお前も考えたな、氷室。ここで女の品定めをやってたわけか」

「品定めだけじゃないぜ、フフフ。さて、今日はどんな女が来ているかな」

氷室が机の上のテレビのスイッチを入れると、画面に待合室の様子が映しだされた。妊婦や若い女性など二十人近い女たちの姿が待合室にあった。それを一人ひとり、じっくりと見ていく。

「おい、鬼頭、この女はどうだ」

氷室がめざとく美人を見つけて、画面のなかを指差した。

「どれどれ……ほう、いい女じゃねえか。こりゃ気に入ったぜ」

鬼頭は思わず身を乗りだして画面の女をのぞきこんだ。

黒田瞳と甲乙つけがたいほどの美人だ。黒髪をポニーテールにした美貌は、目鼻立ちがキリッとしてハーフの感じさえする。真っ赤なルージュを引いた唇は、ゾクゾクするほどの悩ましさだった。

そして豊かな胸のふくらみとプロポーションのよさが、白色のブラウスとスカートの上から見てとれた。組んだ脚もスラリとして、ハイヒールをはいた足首がキュウと細く締まっていた。

「あの色気、どうやら人妻だな」

鬼頭はニンマリと舌なめずりした。

「はじめて見る顔だが、フフフ、それにしてもなかなかそそられる女だな」

氷室はパソコンをあやつってカルテを調べはじめた。初診者を中心に調べて、すぐにわかった。

「やっぱり人妻か。名前は須藤三枝子、二十五歳だ。さっそく診てやるか」

カルテに、須藤三枝子の担当医師は氷室と打ちこんでから、氷室はインターホンで看護婦に三枝子を自分の診察室へ通すように指示した。

『須藤三枝子さん、第六診察室へお入りください』

待合室のスピーカーが三枝子を呼びだすのが聞こえた。

すぐにドアがノックされて、三枝子が診察室へ入ってきた。

「須藤三枝子さんですね。ここへ座ってください」

氷室は三枝子を自分の前へ座らせた。そばで見る三枝子は、テレビの画面で見るよりも美しい。思わずドキッとさせられる女の色気があった。

氷室の後ろに立った鬼頭は、ゾクゾクと胴ぶるいがきた。これから氷室がどんなふうに三枝子をあつかうか、まずはお手並み拝見といこう。

「今日はどうしました、奥さん」

氷室が三枝子の顔を見て聞いた。

「は、はい……このところ生理がないものですから、赤ちゃんができたのではないかと思いまして」

「そうですか。診てみましょう。胸を開いてください、奥さん」

「はい」

三枝子は言われるままにブラウスのボタンをはずしはじめた。まったく氷室を疑っていない。鬼頭がいることも不審に思っていないようだ。

鬼頭は思わず腹のなかで苦笑いをした。

なるほど、医者ってのは役得だな。こんな美人のおっぱいを堂々と見られるんだから、こたえられねえや……。

医者と患者である限り、医者は患者をどうにでもできる、そこに眼をつけた氷室は、だからこそ産婦人科医を選んだといえる。

7

三枝子はブラウスの前を開き、ブラジャーをはずして、乳房を氷室と鬼頭の眼にさらした。九十センチ近くはあると思われる見事な乳房が、重たげに揺れた。

「乳がいっぱい出そうなおっぱいですね、奥さん。これなら赤ちゃんができても大丈夫ですよ」

そんなことを言いながら、氷室は聴診器をあて、手をのばして三枝子の乳房をいじった。診察にかこつけて揉みこみ、この豊かな肉づきと形とを味わうのだ。タプタプとはずむ肉づきと張り、そして少しも型崩れしていない形のよさ……氷室の指に思わず力がこもった。三枝子は小さくうめいたが、氷室の手をそらそうとはしなかった。

「だいぶ張っているかな。乳首も少し色づいているし、妊娠の可能性がありますね」

そう言って氷室は三枝子の乳房から手を離した。もっといじりまわしたかったが、しつこくしては怪しまれる。

三枝子はわずかに顔を赤くした。いくら診察でも、成熟した人妻の性は氷室の指の動きに平静ではいられなかった。

「内診しますから、下は全部脱いでください、奥さん」

氷室は無表情をよそおって平然と言った。

「は、はい……」

三枝子は立ちあがると後ろを向いてスカートのホックをはずし、ファスナーをさげた。

スカートを脱ぐとパンティストッキングとパンティを脱ぎ、綺麗にたたんだスカートの間に隠して、診察室の脱衣篭に置く。そんな三枝子の剝きだしになった裸の下半身を氷室と鬼頭はそっと盗み見た。

三枝子の両脚はスラリと長く、太腿はムチムチと官能味にあふれていた。そしてムチッと張った白い双臀は、圧倒されるほどの肉づきを見せて高く吊りあがり、ピチッと引き締まってしゃぶりつきたくなるほどの見事さであった。黒田瞳の妖美な白桃のような双臀と、いい勝負だ。

三枝子が少し前かがみになって手で太腿の付け根を隠してふりかえったので、氷室と鬼頭はあわてて眼をそらした。

「脱いだらこの上にあがってください」

氷室が産婦人科用の内診台を指差した。

「はい……」

三枝子はすましてはいるが、美しい顔がみるみる赤くなってきた。

太腿の付け根を手で隠すようにして、三枝子は内診台にあがった。裸の双臀に触れた内診台のレザーの冷たさに、思わず声をあげそうになって唇をかんだ。

「手は左右の取手をつかんでください」

「……は、はい……」

三枝子の返事が消え入るようにか細くなった。それでも太腿の付け根を隠していた両手がおずおずとどいて、腰の左右にある取手をつかんだ。

ブラウスを着ただけで裸の下半身が、氷室と鬼頭の眼にまぶしいまでの白さで露わになった。ぴったりと太腿を閉じ合わせていても、その付け根に茂みが黒く艶やかにもつれ合って、妖しく女の匂いをたち昇らせていた。

心なしか、しっかりと閉じ合わされた三枝子の太腿がふるえている。

氷室と鬼頭は思わず眼と眼を見合わせた。想像していたよりもずっと三枝子の裸の下半身は官能的で美しかったのだ。まさかこれほどの獲物が最初からかかるとは、思っていなかった。

官能的な太腿の奥にどんな肉の構造が秘められているのか、それをこれからじっくりとのぞき、いじりまわせると思うと、氷室と鬼頭はゾクゾクと嗜虐の血がざわめいた。今すぐに三枝子の肛門まで剝きだしにしてやるのだ。

そんなことは夢にも思わない三枝子は、内診台の上でただじっとしているばかりだ。

産婦人科では内診台の真ん中にカーテンが引かれ、医師と患者は互いに顔を見えないようにしてあるのだが、氷室はそれをしなかった。内診台の獲物の秘園だけでなく、羞恥する顔の表情や反応もひと目で見わたそうという魂胆だ。

それだけでなかった。足台は患者が足を乗せてから開くのだが、氷室はすでにはじめから足台を左右へ大きく開いておいた。

「それじゃ奥さん、両脚を大きく開いて足台に乗せてください」

氷室は足台の間に腰をおろして言った。その後ろには鬼頭が立つ。

「早く開いてください、奥さん」

「は、はい……」

消え入るように返事をするのが、三枝子はやっとだった。三枝子の美貌は、耳たぶから首筋まで真っ赤に染まっている。

「ああ……」

固く閉じ合わせていた太腿を左右へ開きながら、三枝子の口から思わず羞恥が声となって出た。かみしめた唇とブルブルとふるえる太腿が、三枝子の羞恥を示している。自ら開いていく両脚の前には、医師とはいえ氷室と鬼頭の二人の眼が光っている。

フフフ、どうやら亭主以外の男の前で股を開くのはこれがはじめてのようだな……。

これからたっぷりいたずらされるってのに、自分から股を開いてくれるとは、フフフ、医者の力は偉大だぜ……。

しだいに割れていく三枝子の太腿の間に視線をもぐりこませつつ、氷室と鬼頭は腹のなかでニヤニヤと笑った。

無理やり開かせるのは面白いが、こうやって女に自分から開かせていくのも色っぽい刺激があった。

やがてブルブルとふるえる太腿の奥に、妖しく女の肉がのぞきはじめた。

「あ、あ……」

三枝子のかみしばった口から声が出た。食い入るようにのぞきこんでくる視線を、痛いまでに感じてしまうのだ。

「なにを恥ずかしがっているんですか。ここは病院ですよ、奥さん。そんなことじゃ診察できないでしょうが」

氷室が事務的な口調で言った。

「は、はい……すみません……」

三枝子の声がふるえ、両脚がさらに大きく左右へ開いた。

もう三枝子の股間は開ききって、肉の花園をはっきりとのぞかせた。だが、それでもまだ両脚は足台に届かない。さらに太腿を開くしかない。

「あ、ああ……まだ……」

ようやく三枝子の両脚が足台に届き、ふくらはぎが受け台に乗った時には、もう三枝子の太腿は百八十度に近いまでに開ききっていた。

　鬼頭がすばやく三枝子の膝のところを足台の革ベルトで固定した。

　さすがの氷室と鬼頭も、思わず生唾を呑みこんで、三枝子の股間をのぞきこんだ。剝きだされた媚肉は若妻らしくひっそりと割れ目を見せていた。それは百八十度に近いまでに開いた内腿の筋に引っ張られ、割れ目をほころばせて奥の柔肉までのぞかせている。

　色といい形といい、そのひっそりと美しいたたずまいが、若妻としての三枝子の初々しさを感じさせた。そしてそのわずか下、三枝子の肛門までが可憐にすぼまって初々しい菊の蕾をのぞかせる。

「診察をはじめますよ、奥さん。ちょっと時間がかかりますから、リラックスしててください」

　そう言うと氷室は手をのばして三枝子の媚肉に触れた。

「あ……あ……」

　リラックスなどできるはずもなく、三枝子は触れてきた指に思わず声をあげた。氷室はゆっくり媚肉の割れ目にそって指先を這わせ、その形や色を確かめていく。普通はまず洗浄からはじめるのだが、氷室はそれもはぶいた。そのほうが三枝子の媚肉の生の感触や匂いが味わえるからだ。

見ろよ、鬼頭。見事なオマ×コじゃねえか。人妻で孕んでるかもしれねえってのに、少しも崩れてねえぜ……。

氷室は眼で鬼頭に言って、さらに割れ目を押しひろげ、さらした。

妖しい肉彩を見せて、秘められた肉層がムッと女の匂いをたち昇らせた。じっとりとした肉襞が指先に吸いついてくる。

いい肉の構造してやがる。そそられるな、フフフ。この人妻、少し仕込めばいい牝になるにちがいねえぜ……。

鬼頭も眼で氷室に応えた。さっきから鬼頭は触りたくてウズウズしているが、ここでへたな真似はできない。氷室も鬼頭もますます三枝子が気に入ったようだ。

「とくに異常はないようですな……おりものもないようだし」

氷室はもっともらしいことを言って、ゆるゆると肉襞をまさぐった。

媚肉の割れ目の頂点に秘められた女芯にも指をもっていって、ゆっくりと包皮から肉芽を剝きだした。綺麗なピンクの肉芽が、おびえるようにツンとのぞいた。

「あ、ああ……」

思わず三枝子は声をあげて腰をよじりたてた。足台に革ベルトで固定された両脚が、閉じようとうごめく。

氷室はすぐに三枝子の女芯から指を離した。

「じっとして、奥さん」

少しきつい口調でごまかして、今度は指を二本、三枝子の膣のなかへもぐりこませた。ゆるゆると肉襞をまさぐりつつ、子宮口をいじった。

「あ、いや……ああ……」

また三枝子は腰をよじって声をあげた。火のようになった顔が狼狽を露わにして、今にもベソをかかんばかりになる。

「じっとしてるんですよ、奥さん」

「だって、ああ……そんな……」

「こうして子宮口をいじらないと、妊娠しているかどうか診察できないんですからね」

「す、すみません……あ、あ……」

必死に耐えようとする三枝子の腰がブルブルとふるえてとまらない。

氷室は深く三枝子に埋めこんだ指で子宮口をまさぐりつつ、親指でさりげなく女芯の肉芽をいじったり、肛門をいじったりした。

「あ、ああ……あ……」

三枝子は唇をかみしめて頭を右や左に伏せていたが、その声がすすり泣かんばかりになった。

恥ずかしさのあまりか、三枝子はもう眼を開けていられずに固くつぶっていた。眼をつぶればかえってまさぐられる肉に神経が集中するが、そんなことを考える余裕もない。

フフフ、こりゃいかすぜ。かなりいろいろ楽しめそうだ。死産のおそれがあるということにでもして、こってりといたずらしてやろうぜ……。

そいつはいいな。いろいろ検査することになりゃ、浣腸もやれるかもな……。

氷室と鬼頭は眼と眼で言って、ニンマリと笑った。

「鬼頭先生、少し気になる症状があるんですが。診察してもらえますか」

氷室が鬼頭を見て、もっともらしくうそぶいた。

三枝子が妊娠していることは、もうわかっている。状態はきわめて安定していて、気になる症状などあるはずもない。

「どれ、私が診ましょう」

鬼頭が氷室にとってかわった。

氷室の指が引かれるなり、かわって鬼頭の指が三枝子の媚肉をまさぐりはじめる。

さっきから見せつけられるだけで、じれたようになっていた鬼頭だ。それだけに鬼頭は三枝子の肉をまさぐりつつ、もう恍惚状態だった。

「ああ……あ、あ……せ、先生……」

おそろしいことがはじまろうとしているのも知らずに、三枝子は真っ赤になってまた、すすり泣くような声をあげた。

女はみんなこんな恥ずかしさを経験して、母となっていくのだ……三枝子は何度も自分に言い聞かせて、耐えようとしているようだった。

「あ、あ……いや……」

子宮口をいじってくる鬼頭の指先に耐えきれず、三枝子は取手を握っていた手を離して、顔をおおった。

そんな三枝子の姿はかえって鬼頭と氷室の嗜虐の欲情をそそるばかりだった。

第二章　標的は二十五歳の人妻

1

美貌の人妻の肉にしゃぶりつきたい衝動をグッとこらえて、鬼頭は何度も舌なめずりした。

眼の前に、三枝子の秘めやかな股間が開ききっている。内診台の足台に乗せられて、ほとんど百八十度に近いまでにひろげられた内腿は、白く透けるようでシミひとつない。

なめらかな白い腹部と艶やかにもつれ合ってそよいでいる女っぽい茂みから、ムッとするような色香がたち昇る。

そして繊毛におおわれた小高い丘から切れこんだ媚肉の割れ目は、内腿の筋に引っ張られてほころび、妖しい肉の構造を見せていた。

たまらねえ……なんていいオマ×コした人妻なんだ。さぞかし味のほうも……。

鬼頭は腹のなかでうなった。

こんな美貌の人妻の股間まで堂々とのぞきこみ、いじりまわせるのも、医者という立場ならではのことだ。鬼頭は診察をよそおって指を二本、三枝子の柔肉に分け入らせて膣をまさぐり、子宮をいじりまわした。

「あ、あ……」

三枝子は美しい顔を真っ赤にして、小さく声をあげる。

鬼頭の指が膣でうごめくたびに、三枝子の開ききった内腿の筋がピクピクして、下腹部があえぐ。そして三枝子の膣は、濡れているというのではないが、熱く柔肉がとろけるようだ。

「あ……あ、あ、先生……」

「どうしました、奥さん」

「……いえ……すみません……」

三枝子は唇をかみしめた。

鬼頭の指のうごめきに羞恥はしても、診察を疑うなど思いもしないのだ。まして鬼頭が偽医者とは夢にも思わないようだ。

だからといっていつまでも、ただいじりまわしているわけにもいかない。

「どうですか、鬼頭先生」

後ろから氷室がわざとらしく聞いた。

鬼頭はその声にうなずきつつ、三枝子の膣に埋めこんだ二本の指で柔肉をひろげるようにして、食い入るようにのぞきこんだ。

「あ……」

三枝子はかみしめた口から、また小さな声をあげた。思わずブルッと腰をふるわせてよじった。

「じっとしててください、奥さん」

鬼頭は感情を押し殺した声で言い、さらに指で三枝子の膣を開いていく。

内診の場合は簡単に触診してから膣鏡を使うが、鬼頭はそれを使わずに指で開いていく。神秘的な肉の構造を指でじかにひろげ、肉襞までさらしていく感触が指に心地よかった。

収縮しようとする柔肉のうごめきが、指にからみついてくるようにはっきりと感じ取れた。締めつける力もなかなかのものだ。

こりゃたまらねえ、フフフ。早く味わってみたいものだぜ……。

そんな卑猥な想像をしながら、鬼頭は眼を細くしてのぞきこんだ。

三枝子の膣は指でいびつにひろげられ、生々しく肉腔を見せていた。さらけだされた肉襞は綺麗な彩色を見せて粘液にまみれ、ヒクヒクとうごめいている。

その奥には三枝子の子宮口がドーナッ状の肉環を見せていた。粘液にまみれてヌラヌラと光り、薄紫色に妊娠の特徴を示している。鬼頭の食い入るような視線を感じるのか、ヒクッヒクッとうごめいた。

「あ……あ……」

三枝子はかみしめた唇をわななかせて、小さな声をあげる。美しい顔だけでなく、首筋まで真っ赤にして、剝きだしの下半身まで色づくようだ。

耐えきれなくなったように、また三枝子の腰がブルブルとふるえだし、よじれた。

「ああ……せ、先生……」

なにか言おうと三枝子の唇がわなないたが、それをさえぎるように氷室が口をはさんだ。

「間違いなくおめでたですね、奥さん」

「え……ほ、本当ですか、先生……」

「三カ月ちょっとというところ」

羞恥に色づいた三枝子の美貌に、愛する夫の子を孕んだという喜びが漂った。

その前で氷室はカルテを取って鬼頭に見せ、なにかボソボソと相談するふりをした。

それからあらためて、わざとらしく三枝子の顔を見た。

「ただ、子宮の状態が不安定なんですよ、奥さん。このままでは流産の危険がありましてねえ」

氷室は平然と嘘をついた。

三枝子の子宮の状態はきわめて安定していて、正常そのものである。だが、はじめて妊娠した三枝子にはわかるはずもない。

三枝子の美貌から喜びの色が消え、唇がワナワナとふるえて不安が走った。

「せ、先生……」

三枝子は言葉がつづかない。

氷室と鬼頭は顔を見合わせて、腹のなかでニヤリと笑った。三枝子が不安がれば、それだけ医師の立場を利用して、つけこむ隙が大きくなるというものだ。

「奥さん、すぐ治療すれば大丈夫だと思いますよ。おまかせください」

「早く治療すればするほど、流産の危険も小さくなりますからね。さっそくはじめましょう、奥さん」

氷室と鬼頭は平然として言ってのけた。

「……お、お願いします、先生……」

不安いっぱいの三枝子は氷室と鬼頭にすがりつくように声をふるわせた。妊娠という喜びが大きかっただけに、流産への不安と動揺も大きい。

鬼頭がまだしつこく膣に指を入れてひろげ、いじりまわしていることも、三枝子は忘れているようだ。

「まず浣腸しますよ、奥さん」

氷室はそう言って浣腸の準備をはじめた。二百CC用の注射型ガラス製浣腸器に、ゆっくりとグリセリン原液を吸いあげていく。

「ああ……そ、そんな……」

三枝子は狼狽に声をふるわせた。浣腸されるなど思いもしなかったのだ。

だが三枝子よりもびっくりしたのは、顔にこそ出さなかったが鬼頭だ。

いきなり浣腸とはな……。

普通の男でもとても口に出せるものではない。医者だからこそ平然と言えるのだ。そして相手が医者だからこそ、三枝子は狼狽こそすれあとはなにも言わず、なにも疑っていない。

そこに眼をつけて女を弄ぼうという氷室の考えに、鬼頭はあらためて感心させられると同時にあきれはてた。

フフフ、医者ってのはまったくおいしい商売だぜ。こんな美人の人妻のオマ×コをいじりまわし、堂々と浣腸までできるんだからな。どれ、さっそく尻の穴をいじってやるか……。

鬼頭は三枝子の膣をいじっていた指を、そのわずか下の肛門へすべらせた。

「ああ、いや……そんなところを……」

三枝子は思わず声をあげて、腰をよじりたてた。おぞましい排泄器官までいじられるなど、思ってもみなかった。

「あ、あ……そこは、いやです……」

「よくマッサージしておかないと、浣腸する時につらいだけですよ」

「あ、ああ、浣腸だなんて……ど、どうしても、しなければいけませんの……」

「治療中によくもらすことがありましてね。そうなって胎児が菌に汚染されたら大変ですよ。ですから腸のほうを綺麗にしておいてから治療するんです」

「……は、はい……ああ……」

「わかったら肛門の力を抜いてください、奥さん」

鬼頭は慣れてきたのか、もっともらしいことを言いながら、三枝子の肛門を指先でゆるゆると揉みこんだ。

「あ、あ……」

三枝子はキリキリと唇をかみしめて、ブルブルと双臀をふるわせた。キュウッとすくみあがった三枝子の肛門が、円を描くような鬼頭の指の動きにヒクヒクとあえぐ。

可愛い尻の穴をしてやがる。どうやらここはまだバージンだな、フフフ……。

2

鬼頭は、ひっそりとすぼまった三枝子の肛門の粘膜の、指先に吸いつくような感触を楽しんだ。思わずしゃぶりつきたくなるような、可憐なまでの三枝子のアヌスだ。

「あ……ああ……」

三枝子は懸命にこらえようとするが、肛門を揉みほぐされていく異様な感覚に思わず声が出てしまう。

「ずいぶん緊張してますね、奥さん。もっと肛門をゆるめないと、いつまでも浣腸できませんよ」

「は、はい……すみません……」

消え入るような声で言う三枝子の顔は狼狽と羞恥とを露わにして、首筋まで火のようにした。今にもベソをかかんばかりの表情が悩ましく、嗜虐の欲情をそそる。

ひょっとすると浣腸もはじめてかもしれねえな……。

そんなことを思いながら、鬼頭は執拗に三枝子のアヌスを揉みほぐしていく。

もし三枝子が病院での浣腸の経験があるなら、鬼頭がゴム手袋を使わないでじかに肛門をいじってくることや、消毒用の綿を使わないこと、執拗に揉みほぐしてくることなどに不審をいだくはずである。だが三枝子はまるで疑っていず、鬼頭の指に肛門をすっかりゆだねていた。

「あ……あ、ああ……」

きつくすぼまった肛門がしだいにほぐれ、柔らかくとろけるにつれて三枝子の声がすすり泣きに変わった。あまりの異常な感覚に、気もそぞろになるのだ。

フフフ、なかなか尻の穴の感度もいいな。こりゃ少し仕込んだら極上品になりそうだ……。

鬼頭は柔らかくゆるんでヒクヒクうごめく三枝子の肛門に、指をねじりこみたい欲望をグッとこらえた。

「そろそろいいようですね、鬼頭先生」

のぞきこんで氷室が言った。二百ＣＣたっぷりとグリセリン原液を吸って不気味に光る浣腸器を、鬼頭に手渡す。

「半分ずつだぜ、鬼頭」

氷室はさりげなく鬼頭の耳もとでささやいた。

わかっているというように、鬼頭は小さくうなずいた。

もう三枝子の肛門は充分に揉みほぐされて、水分を含んだ綿のような柔らかさを見せ、ふっくらとふくらんでいた。ヒクヒクとうごめいて、おびえるようにキュウとすぼまるのがたまらなく色っぽい。

「そ、それじゃ浣腸しますよ、奥さん」

さすがの鬼頭も美貌の人妻に浣腸できるというので、声がうわずった。浣腸器を持つ手もじっとりと汗ばんで、鬼頭は白衣で拭って持ち直した。

指にかわって浣腸器のガラスのノズルが三枝子の肛門にあてがわれた。

「ああッ……せ、先生……」

ビクッと三枝子の腰が羞恥とおびえにふるえて硬直した。剝きだされている肛門も、キュウとすぼまる動きを見せて収縮しようとするのがわかった。

「力を入れてはだめですよ、奥さん」

「あ、あ、だって……ああ……」

ゆっくりと肛門の粘膜を縫うように入ってくるノズルに、三枝子はキリキリと唇をかんで顔をのけぞらせた。真っ赤になった顔だけでなく、頭のなかまで灼けるようだ。

「奥さん、浣腸ははじめてですか」

「は、はい……ああ、先生……」

「大丈夫、慣れると気持ちいいもんですよ」

やはり浣腸ははじめてだったのか。ということは、俺がこの人妻に最初に浣腸する幸運な男になるんだ……そう思うと、さすがの鬼頭も胴ぶるいがきた。鬼頭はできるだけ深くノズルを埋めた。三枝子の肛門がわななくようにキュウ、キュウッとノズルを締めつける。

「入れますよ、奥さん」

鬼頭はわざと知らせた。嗜虐の快感に酔いしれつつ、ゆっくりとシリンダーを押す。

「あ……あ、あむ……」

ビクッと腰をふるわせ、三枝子はキリキリ唇をかんで、顔をのけぞらせた。その顔は今にも泣きださんばかりだ。

ドクッ、ドクッと入ってくる冷たい薬液の刺激をなににたとえればいいのか……得体の知れないものに犯されなぶられているようなおぞましさだ。

「こ、こんな……い、いや……あああ……」

「動かないで、奥さん。自分から肛門で呑みこむようにするんですよ」

「そんな……あ、ああ……」

三枝子は必死に耐えようとするが、ドクドクと入ってくるおぞましさが、いやでも不安をかきたて、戦慄を呼ぶ。それでなくても鬼頭はわざとノズルで三枝子の肛門をなぶりつつ、少量ずつ区切って射精のように注入するのだ。

「あ、あ……せ、先生、あむ……」

たまらない……と言わんばかりに、三枝子は右に左にと頭を振りたてた。おぞましい感覚から逃れようと、ひとりでに腰がふるえてよじれた。

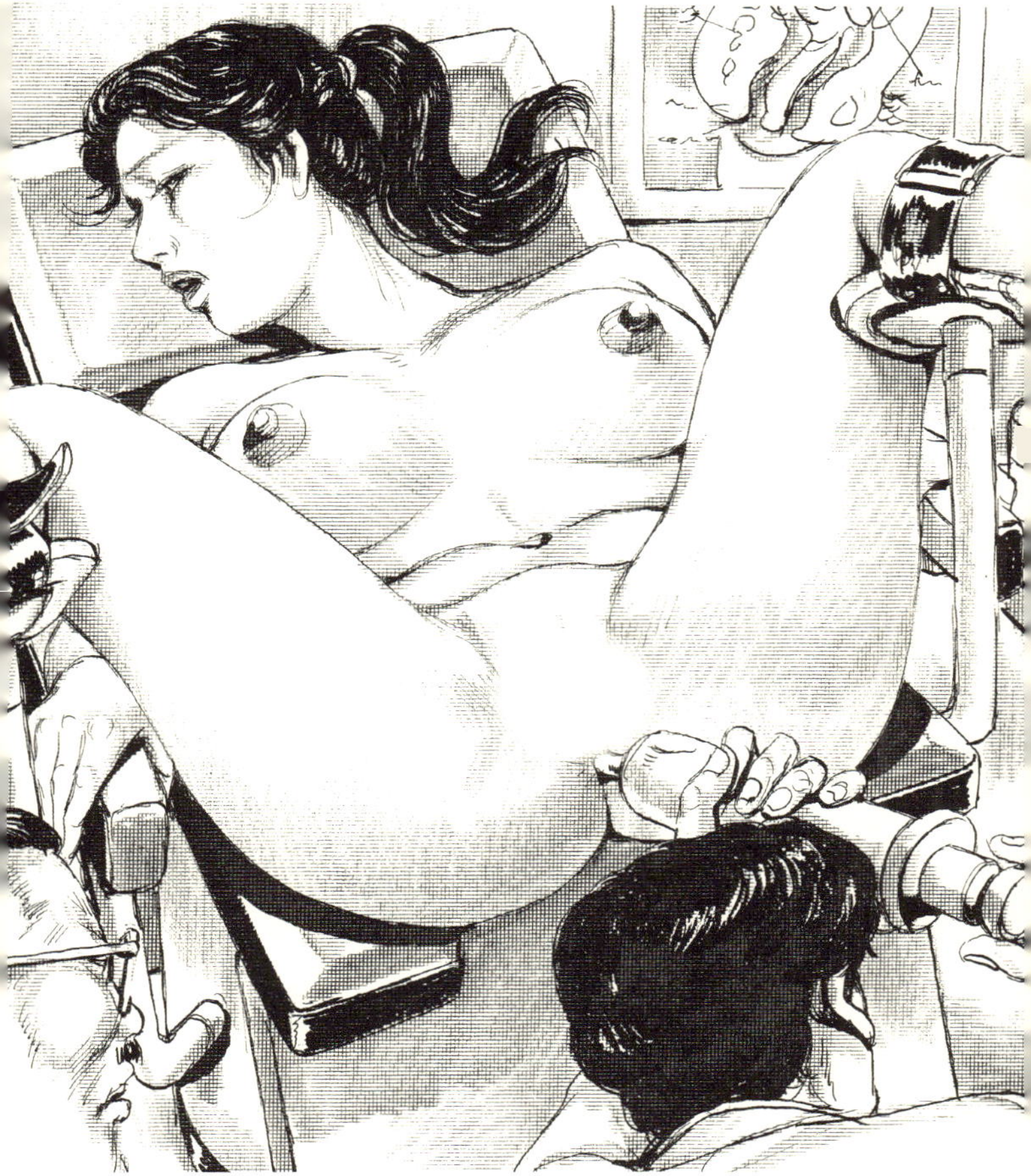

ノズルに貫かれた肛門がキュッ、キュウとあえぐように収縮を見せ、それにつれて前の媚肉もヒクヒクうごめいた。

敏感な尻をしやがって、フフフ……こりゃ仕込みがいがあるぜ……。

食い入るようにのぞきつつ、鬼頭はゆっくりと断続的にシリンダーを押した。

「あ……あむ……」

唇をかみしばって頭をグラグラと揺らす三枝子は、もうおぞましい薬液に全身を侵されたように、息も絶えだえにあえぐばかりになった。

ちょうど半分の百CCまで注入され、鬼頭と氷室が入れかわったのも気づかない。

「せ、先生……ああ、まだなの……もう……」

こらえきれないように三枝子は言った。早くも強烈なグリセリン原液に、三枝子の腹部が熱っぽくグルグル鳴った。

「もう少しですよ、奥さん。これを全部入れきれないと、効き目が弱くなってもう一度浣腸することになりますよ」

氷室もまたゆっくりとシリンダーを押しながら三枝子の肛門感覚を楽しんでいる。

3

ようやく氷室がシリンダーを底まで押しきらせた。三枝子は息も絶えだえにあえいでいる。

「すっかり入りましたよ、奥さん」

氷室はしてやったりと言わんばかりにニヤリとした。ノズルを引き抜いて、指先でゆるゆると三枝子の肛門をマッサージしていく。

「あ、あ……」

三枝子はブルルッと身ぶるいした。揉みこまれる肛門が戦慄めいた痙攣を見せる。そして三枝子の歯がカチカチと鳴りだした。浣腸の恥ずかしさとおぞましさに打ちひしがれている余裕もなく、荒々しい便意が押し寄せてくる。

「せ、先生……ああ……」

「なんですか、奥さん」

氷室は三枝子の肛門を指先で揉みながらとぼけた。指先でヒクヒクとうごめく肛門の感触が心地いい。

「……お、おトイレに、行かせてください」

「十五分我慢してください」

「そんな……十五分なんて……」

三枝子は唇をワナワナとふるわせた。もうふくれあがる便意に片時もじっとしていられない。三枝子はふるえがとまらないのだ。

それでなくても、肛門を揉みこんでくる氷室の指に、今にもフッとゆるんでしまいそうで必死に引きすぼめるのがやっとだった。あぶら汗が噴きだして、三枝子の下腹や太腿がヌラヌラとぬめりを帯びた。

「あ……も、もう……」

「あと十二分ですよ、奥さん」

「……ああ、もう我慢できません……先生、おトイレに……」

「今出しては薬の効き目がないんですよ。我慢するんです」

美貌の人妻がトイレに行きたいと泣きだしそうになって腰をブルブルふるわせているのが、嗜虐の欲情をそそる。

「あ……う、うむ……」

三枝子はもうまともに口さえきけない。ワナワナと唇をふるわせてうめき、息も絶えだえにあえいだ。さっきまで火のようだった三枝子の美貌は蒼白になって、ひきつった。

「……う、うむ……まだですか、先生……」

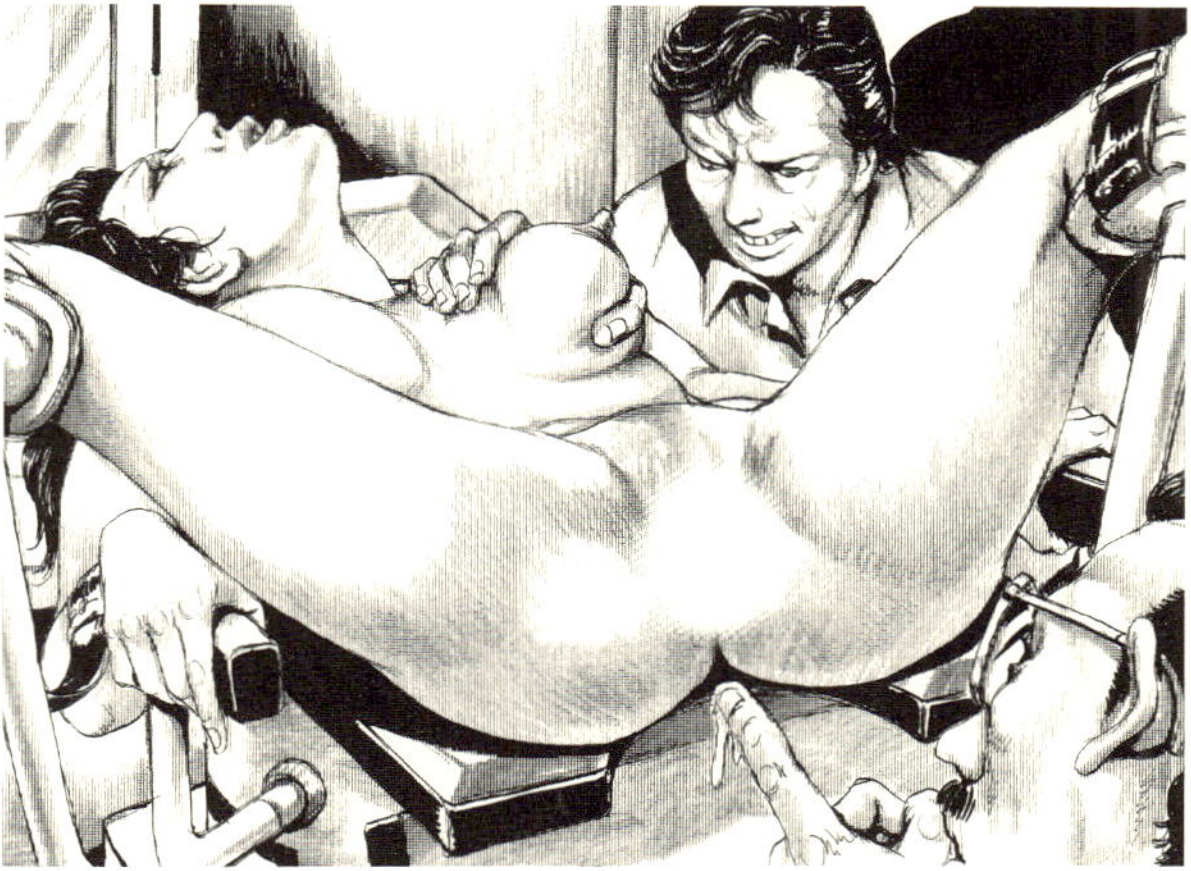

「まだ五分しかたってませんよ、奥さん。あと十分、その間に膣内の消毒をしておきましょうね」

鬼頭はぬけぬけと言うと、なにやら薬用瓶のようなものを取りだし、なかのクリームをたっぷりと指先にすくい取った。消毒薬などといったものではなく、催淫媚薬クリームである。

鬼頭は三枝子の股間に手をのばすと、下腹の茂みをかきあげるようにして、肉の花園をさらにさらけだした。媚肉の割れ目を左右へ大きく押し開く。そのひろがりにそってなぞるように指先を這わせた。

「あ……あ、うむ……」

三枝子は思わず声をあげたが、なにも言わなかった。

媚肉を這う鬼頭の指と、肛門を揉みこんでくる氷室の指と……それが身体の芯にズンズンと響いて、いっそう便意を狂わせた。

声を出せばもれそうで、唇をかみしめて必死の思いで肛門を引き締めているのがやっとだった。

それをあざ笑うように、鬼頭は膣のなかへ指を埋めこんで、催淫媚薬クリームを塗りこんでいく。

「胎児に菌がうつらないように、よく消毒しておきませんとね、奥さん」

「あ、あむむ……もう、おトイレに行かせてください……我慢できませんッ……」

「あと少しで膣内消毒が終わりますから、しっかり肛門を締めていてください」

もっともらしいことを言いながら、鬼頭は三枝子の膣に催淫媚薬クリームを塗りつつ、ヒクヒクとからみついてくる肉襞のうごめきを楽しんだ。

必死に肛門を引き締める息ばりが、媚肉にも連動して妖しいうごめきを見せる。鬼頭は女芯の包皮を剝いて肉芽にも催淫媚薬クリームを塗った。肉芽がピクピクと反応を見せて赤く充血してくる。

「あ、ああ……うむ……」

三枝子はもうなにをされているのかも、よくわからない。荒れ狂う便意に頭のなかもうつろだ。

そんな三枝子の肛門を氷室はまだ指先でマッサージしていた。今にも内からほとばしらんばかりにふくらみそうになっては、キュウッと必死にすぼまる肛門のうごめきを楽しんでいる。指が吸いこまれるようだ。

「フフフ、そろそろ限界だぜ。このくらいでトイレに行かせてやるか」

「なんだ、ここでひりださせねえのか、氷室。どんなふうにひりだすか、見てみてえぜ」

「最初からそう欲張るなよ、鬼頭。怪しませねえようにじっくり進めるんだ。ここで変に思われちゃ元も子もねえぜ」

氷室と鬼頭はニヤニヤとささやき合った。だが、それも三枝子には聞こえない。もう限界に迫った荒々しい便意に、今にも遠くなりそうな意識が灼きつくされていく。

「う、うむ……先生ッ……もう、だめッ……我慢できませんッ」

三枝子の声が切迫してひきつり、ふるえた。その顔は、襲いかかる便意にまなじりをひきつらせ、唇をかみしばって鳥肌立っている。

「あと四分残っているけど、しようがないですな、奥さん」

氷室は三枝子の両脚を固定している足台の革ベルトをはずした。

ブルブルとふるえながら内診台からおりた三枝子は、下腹を押さえてしゃがみこんでしまいそうだった。

「う、うむ……」

三枝子はもうひとりでは歩けない。ムチッと張った人妻らしい官能味あふれる裸の双臀が、あぶら汗にヌラヌラと光っている。それが膝がガクガクするたびに、妖しく揺れて玉の汗をツーッとしたたらせた。

「大丈夫ですか、奥さん」

「さあ、トイレはこっちですよ」

氷室と鬼頭は左右から三枝子を抱き支えるようにして裸の双臀を撫でまわし、診察室の奥のトイレへと連れていく。

「ああ、あ……」

双臀を撫でまわされていることさえ気づかない。三枝子はうめきあえぐばかりだ。トイレの戸を開けられると、倒れこむように入って和式便器の上にしゃがみこんだ。

「ドアを……ああ、早く……ド、ドアを閉めてくださいッ」

三枝子は最後の気力をふり絞るようにして叫んだ。

氷室がドアを閉めると同時に、抑えていたものがドッとほとばしる音が聞こえた。それに三枝子のすすり泣く声が入り混じった。

氷室と鬼頭は耳をすましてそれに聞き入った。薄いドア一枚へだてた向こうで、人妻が禁断の排泄行為をしていると思うと、妙な刺激があってゾクゾクとした。

「どうだ、鬼頭。思ったよりずっとうまくいっただろうが。治療や検査ってことにすりゃ、どんなことだってやり放題だぜ」

「フフフ、まったくうまいことを考えたもんだぜ。まさかこんなおいしい仕事が待ってようとは、刑務所じゃ思ってもみなかったぜ」

「まだまだ、お楽しみはこれからだ。肝心の治療が残ってるからな、鬼頭先生」

「どんな治療か、こいつは楽しみだ。どんなことでも喜んで手伝わさせてもらいますよ、氷室先生」

鬼頭と氷室は低い声でささやいて、ニヤニヤと笑った。

三枝子はなかなか出てこない。

「ずいぶんと遅いな。のぞいてみるか」

「フフフ、恥ずかしくて出てこれねえのかもな。あせることはねえよ」

そんなことを言っているうちに、トイレから三枝子が出てきた。

三枝子は必死に平静をよそおっていたが、美しい顔から首筋まで真っ赤に羞恥している。眼を伏せるようにして前かがみになり、手で太腿の付け根を隠して、氷室と鬼頭の前へもどってきた。

「すっかり出ましたか、奥さん」

せせら笑いしたいのをこらえて、氷室は事務的な口調で聞いた。

「……は、はい……」

消え入るような声で答えて、三枝子は美しい顔をいっそう赤くした。肩も下腹をおおった手も、小さくふるえている。

「それではもう一度、内診台に乗ってください、奥さん」

「は、はい……」

「治療で服が汚れるといけませんからね。今度は上も全部脱いでください」

氷室はさりげなく言って鬼頭と顔を見合わせ、眼でニヤリと笑った。

三枝子は言われるままにブラウスを脱ぎ、ブラジャーをはずして全裸になった。婦人科の治療で患者が全裸になることはないのだが、はじめての三枝子は知るよしもない。

氷室と鬼頭は三枝子の裸身を見て、思わず生唾を呑みこんだ。もうさんざん見たくせに、全裸になった三枝子はゾクッとするほどの妖しさを漂わせた。

豊満でいて形よく白桃のような乳房、なめらかな腹部と細い腰、そして人妻らしい肉感にあふれた双臀から太腿にかけて、どこをとっても見事なまでの女体美を見せて、圧倒されるようだ。

なんていい身体してやがるんだ……そそられるぜ……。

これだけ美人でいい身体をした人妻はめったにいるもんじゃねえ……。

氷室と鬼頭は腹のなかでうなった。

三枝子は、熱っぽい視線から肌を隠すように手で乳房と下腹とをおおい、内診台の上にあがった。

「ああ……」

背中と双臀に触れたレザーの冷たさに、三枝子は小さな声をあげた。

「両脚を足台に乗せてください、奥さん」

氷室に言われて、三枝子は声にならない返事をし、おずおずと両脚を足台に乗りあげた。足台は先ほどと違って三十センチほどの間隔まで閉じられていたが、それでも三枝子は羞恥がぶりかえすようだ。

三枝子の足首と膝が革ベルトで足台に固定された。

「あ、ああッ……」

内診台の歯車がキリキリと鳴って、足台が左右へ開きはじめる。

「い、いや……ああ……」

三枝子は我れを忘れて口走った。反射的に膝に力を入れて拒もうとしたが、容赦なく脚をくつろげられた。

「あ、あ……」

氷室と鬼頭の視線に三枝子の内腿がピクピクとひきつった。

三枝子の内腿がほとんど百八十度に開き、股関節がギクッと鳴ったところで、ようやく足台はとまった。

「は、恥ずかしい……」

思わず顔をおおった三枝子の手は、鬼頭によって左右へもっていかれ、内診台のアームに革ベルトで手首を固定された。

そうしておいて氷室と鬼頭はあらためて、開ききった三枝子の股間をのぞきこんだ。

剝きだされた三枝子の肛門は、浣腸と排泄とにまだ腫れぼったくふくれていた。まだおびえるかのようにヒクヒクとふるえている。

そして肉の花園は妖しくひろがって奥の襞まで見せ、ムンムンと人妻の色香をたち昇らせていた。それはさっきまでのつつましやかなたたずまいとうって変わって、赤く充血した肉襞をじっとりと濡れたぎらせていた。女芯もツンと尖って、ヒクヒクとふるえている。

便意の苦痛からの解放感と、催淫媚薬クリームの効き目とが入り混じって、三枝子の人妻の性を反応させている。

「あ、ああ……ああ……」

恥ずかしい反応をのぞかれて、三枝子は真っ赤に染めた美貌を右に左にと伏せて、狼狽の声をあげた。まさか催淫媚薬クリームを塗られたなどと思いもしないだけに、三枝子は自分の身体の成りゆきが信じられない。

「敏感なんですね、奥さん。でもそのほうが治療がしやすいんですよ。子宮に薬を注入するのが楽ですからね」

「…………」

氷室の言葉に三枝子は返事もできず、全身が火になった。

「でも、いちおう麻酔しますよ、奥さん」

氷室は注射器を取ると、三枝子の腕に刺した。

4

麻酔が効いてたちまち三枝子はグッタリと意識がなくなった。

「フフフ、これでしばらくは眼をさまさねえぜ。意識はなくても身体のほうはしっかり反応するはずだから、思いっきり楽しめるってもんだ」

氷室は三枝子の頬をピタピタとたたいて、ニンマリとした。

三枝子は低くうめいても気がつく様子はなかった。

「身体は反応するのか。便利な麻酔薬があるもんだ、フフフ。それじゃ肛門も消毒してあげますよ、奥さん」

鬼頭はわざとらしく言って、いきなり口を尖らせて三枝子の肛門に吸いついた。

「う、うむ……」

意識を失っていても三枝子の身体は、電気にでも触れたようにビクッとふるえた。腰がよじれ、足台に固定された両脚がグラリとうねった。

それを楽しむように鬼頭の口は、まだ腫れぼったくふくれた三枝子の肛門を吸い、尖らせた舌先でペロペロと舐めまわす。

「う……いや……うむ……」

まるで意識があるように三枝子は声をあげて、グラグラと頭を揺らした。腰をよじらせ、乳房を揺さぶり、足台で宙に支えられた爪先をよじらせて足指を開かせる。

「こりゃいいや。死んだ人形のようじゃ面白くねえからな」

一度顔をあげた鬼頭はうれしそうに言って、さらに強くしゃぶりついていく。

唇と舌の動きに三枝子の肛門はヒクヒクと反応を見せた。おびえるようにキュウとすぼまる動きを見せてはフッとゆるみ、それを繰りかえしながらふっくらとほぐれ、とろけていく。

鬼頭の眼の前の女芯が、肛門を舐めまわす唇と舌の刺激に共鳴して、赤く充血して尖り、ヒクヒクとうごめくのがわかった。舌をのばして肉芽を舐めあげてやると、

「ヒッ、ヒッ……あああ……」

ガクガクと腰をはねあげるようにして、三枝子はのけぞった。

「フフフ、意識がないぶんだけ人妻の本性が剝きだしになって、敏感になるんだぜ」

氷室もニヤニヤと笑って舌なめずりをすると、豊満な乳房に手をやってタプタプと揉みはじめた。付け根から乳房を絞るようにして乳首を突きださせ、舌先でうれしそうに舐めまわしてはしゃぶりついた。

たちまちツンと尖ってくる乳首を、氷室はガキガキとかんだ。

「あ、ううン……」

「フフフ、感じるんだろ、奥さん。遠慮せずに、もっと身体をとろけさせるんだ。オマ×コに入れてほしくてしようがなくなるまでにな」

「あ、あ……ああ……」

三枝子の身悶えがしだいに露わになり、唇からもれる声もどこか艶めいてきた。

「フフフ、たまらねえぜ。これだけいい尻の穴をしてて、まだバージンアヌスってんだからよ」

ようやく三枝子の肛門から口を離した鬼頭は、うれしそうに言ってベトベトの口で舌なめずりした。

「氷室、同時責めといこうぜ、フフフ」

「いいねえ。どうせお前は尻の穴のほうだろうから、俺はオマ×コだ」

氷室と鬼頭は指先にたっぷり催淫媚薬クリームをすくい取った。

まず鬼頭がゆっくりと指先で三枝子の肛門を縫いはじめた。ふっくら盛りあがってとろけている三枝子の肛門は、驚くほどの柔らかさで鬼頭の指を受け入れていく。

「あ、あ……いや……」

時々キュウッと収縮してキリキリと鬼頭の指を食い締めるが、すぐにフッとゆるむ。

「どうだ、鬼頭」

氷室がニヤニヤして聞いた。

「フフフ、熱くて指がとろけそうだぜ。それにもう締めたりゆるめたりしやがる。締まりもきついし、A感覚の素質充分だぜ」

「だから人妻ってのはたまらねえんだよ、フフフ。どれ、オマ×コはどんな具合いかな」

鬼頭が指の根元まで沈めたのを見てから、氷室は三枝子の女芯をいじった。催淫媚薬クリームを肉芽に塗りつつ、つまんでグリグリとしごく。

「ヒッ……あ、ああ、ヒッ……」

意識はなくても三枝子は悲鳴のような泣き声をあげた。ガクガクと腰をはねあげようとするが、肛門を貫いている鬼頭の指が杭のように動きを封じた。

充血してツンと尖った女芯は、氷室の指と催淫クリームとの刺激に、いっそうヒクヒクとふくらんで、今にも血を噴きださんばかりになった。たちまちジクジクと蜜があふれてきた。

「あ、あああ……」

「フフフ、たいした感じようじゃねえか。尻の穴に指を入れられてると、ズンといいだろうが、奥さん」

「ああ……あ、あ……ハアッ……」

からかわれても聞こえるはずもなく、三枝子は肉芽をヒクヒクさせてあえいだ。

鬼頭の指もキュッ、キュウと締めつけられて、食い千切られそうだ。

氷室は肉芽をいじっていた指先を媚肉のひろがりにそってすべらせ、まさぐりつつ膣へ押し入れた。

「あ、あああ……」

三枝子の声がいちだんと露わになった。

しとどに濡れそぼって、三枝子の膣はさながらたぎる肉壺だ。薄い粘膜をへだてて膣と直腸とで氷室と鬼頭の指がこすれ合った。

「あ、ああッ……あなた、ああ……」

三枝子の脳裡には、夫に抱かれているという思いがよぎっているのか、腰をガクガクさせてうねらせる。

「フフフ、オマ×コがよく締まりやがる。どんどんお汁をあふれさせてよ」

「尻の穴のほうもすごい締まりだぜ、フフフ」

氷室と鬼頭は指先で肉襞をまさぐりつつ、指を抽送し、薄い粘膜をへだてて前と後ろとでこすり合わせ、ニヤニヤと笑った。

まるで打てば響く太鼓だ。ビンビンと反応を見せる三枝子の身体がたまらなかった。人妻の貪欲なまでの性感覚に圧倒される。

「あ、あなた……あ、あ……」

ワナワナとふるえる三枝子の口から、また夫を呼ぶ声がもれた。夫を求める妻の甘く悩ましい響きだ。

もうこらえきれなくなったように、氷室は白衣の前を開けてズボンをずらし、若くたくましい肉棒をつかみだした。

「俺が先でいいな、鬼頭」

「いいぜ。俺はもう少し奥さんの尻の穴をいじっていたいからよ、フフフ」

鬼頭が三枝子の肛門を指で深く縫ったまま腸壁をまさぐりつづけているのもかまわず、氷室は三枝子の上へおおいかぶさっていく。

両手で三枝子の豊満な乳房をわしづかみにした。

「フフフ、それじゃ、奥さん。肉の注射で子宮にたっぷりと白い薬を入れてあげます

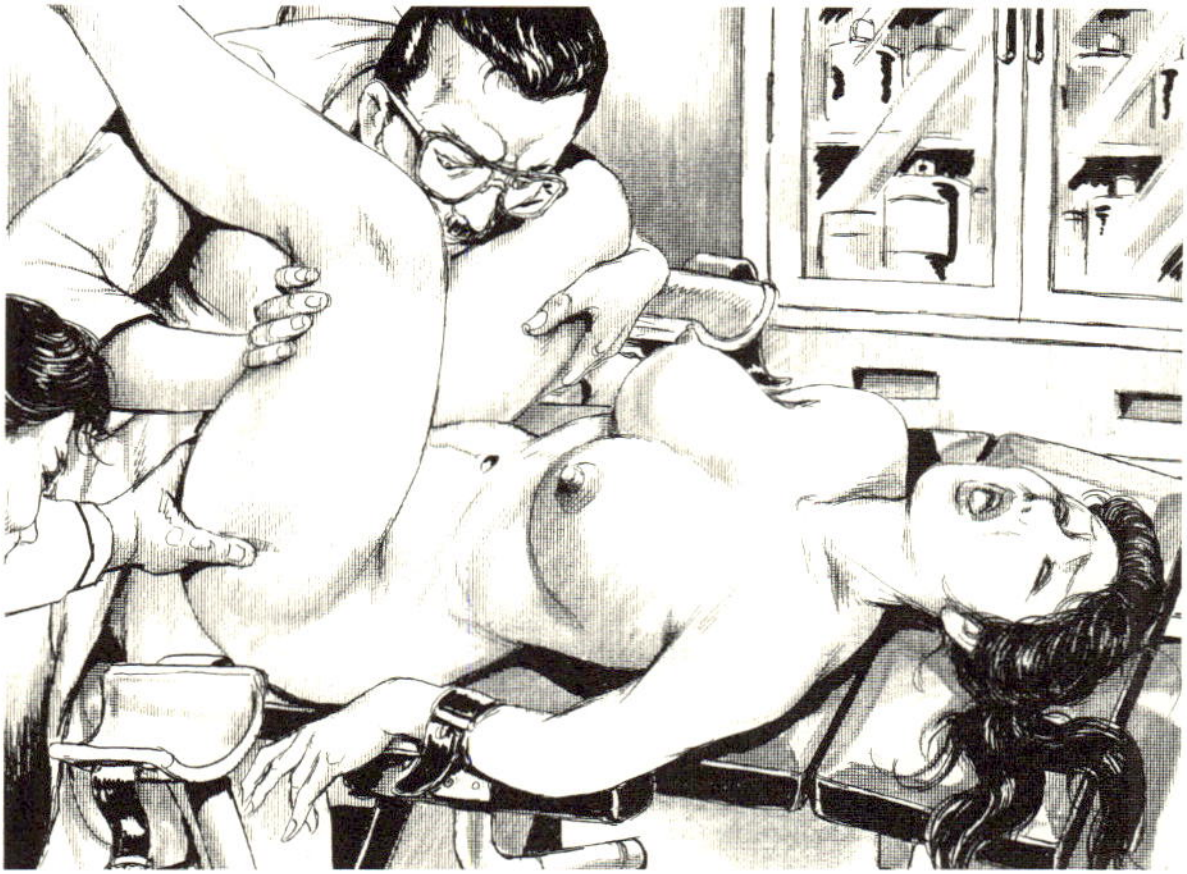

よ」

　そう言ってから氷室は、たくましく屹立した肉棒の頭をゆっくりと三枝子の媚肉に分け入らせはじめた。

「あ、ああッ……」

　三枝子はブルブルと腰をふるわせて、顔をのけぞらせた。その顔は意識がなくても、たくましいものを与えられる悦びを露わにして、輝くばかりの色を昇らせた。

　それを見つめながら、氷室はさらにジワジワと貫いた。

「あ、あなた……あああっ……あ、あなたァ……」

　あふれたぎる柔肉がヒクヒクと氷室の肉棒にからみつき、熱くつつみこんでくる。三枝子の腰が愉悦にふるえ、よじれた。

「こりゃすげえ。ヒクヒクからみついて……いい味してやがるぜ。さすがに人妻だな」

氷室がうなるように言った。

「フフフ、いい声で泣くじゃねえか。いつも亭主に抱かれて、こんな声を出してるってわけか」

三枝子の肛門を指で貫いたまま、鬼頭もニヤニヤとのぞきこんだ。しとどに濡れそぼった媚肉がいっぱいにひろがって、ドス黒い氷室の肉棒を咥えこんでいくのが、はっきりと見えた。媚肉の間からジワジワと蜜がとめどもなくあふれ、指を埋めこんだ肛門までヒクヒクとあえぎ、きつく締まった。

ズシッという感じで肉棒の先端が三枝子の子宮口に達した。

「ああッ……ああ、あなた……あうう……」

あられもない声とともに、三枝子の身体の芯がひきつるように収縮を見せ、繰りかえした。

足台に固定された両脚がガクガクと突っ張る動きを見せ、腰がうねる。

「フフフ、とうとうぶちこんだぜ。これでこの人妻も、もう俺たちのものだ。とろけるようないい味しやがって」

氷室はじっくりと人妻の肉の感触を味わった。まだ動きださないのに、三枝子の膣は快感を貪るようにヒクヒクとうごめきを見せ、からみつき締めつけてくるのがたまらない。

「あ、あなた……ああ、ねえ……」

氷室の動きを求めるようにすすり泣く声をあえがせ、三枝子は自ら腰をうねらせた。それをじっくりと味わいながら、氷室はゆっくりと腰を動かして突きあげはじめた。

「あ、あうう……ああ……ああ……」

「フフフ、よほどうれしいとみえて、たいした感じようじゃねえか」

「あうッ……あううッ……」

まるで意識があるように三枝子はあられもない声をあげ、突きあげてくる氷室の動きに合わせて腰を揺すりたてる。

悩ましい唇がパクパクとしてあえぎ、すすり泣きをもらしたかと思うと、いいッと歯をかみしばって頭をグラグラと揺らした。両眼を閉じていることを除けば、とても麻酔で意識がないとは思えない。

「フフフ、好きなんだな、この奥さん」

鬼頭も氷室の動きに合わせて、肛門を深く縫った指で腸壁をまさぐり、抽送した。薄い粘膜をへだてて膣の肉棒の動きが鬼頭の指にはっきりと感じ取れた。それとこすり合わせるように指を動かしてやる。

「あ、あああ……あうッ……」

三枝子はもう汗まみれになって腰を揺すりたてた。

いくら意識がなくても、三枝子の人妻としての成熟した性は、こんな仕打ちに耐えられるはずもなかった。それでなくても催淫媚薬クリームが三枝子の身体を燃え狂わせるだけでなく、夫との愛の営みが意識の奥底で呼び起こされているのだ。

「ああッ、あなた……も、もうッ」

ひときわ大きくのけぞって、三枝子の腰が浮きあがるようにガクガクとはねた。きつい収縮が氷室の肉棒と鬼頭の指を襲ってくる。

「もうイクのか、奥さん。まったく敏感なんだな」

あられもない恍惚の三枝子の表情をのぞきつつ、氷室はさらに深くえぐった。

「あッ……あああッ、あなたァ……」

たちまち三枝子はめくるめく絶頂へと昇りつめ、身体の芯をおそろしいばかりにひきつらせた。

「あ、あなたッ……イクッ」

三枝子は総身をおそろしいばかりに収縮させ、前も後ろもキリキリと食い締め、絞りたてた。

氷室はそのきつい収縮に耐えようとはせず、ドッと白濁の精を心ゆくまで放っていた。

「ヒッ、ヒイッ……」

灼けるようなしぶきを子宮口に浴びて、三枝子はガクガクとのけぞってさらに痙攣を激しくくした。

「なんだ、氷室、一発で出しちまったのか。おめえらしくないな」

肛門のきつい締まりを指で楽しみながら、鬼頭は氷室を見あげた。

「なにを言ってんだ。あまり時間がないんだ。途中で眼をさまされたらヤバいだろう。ほれ、鬼頭の番だぜ」

「そういうことか、フフフ」

鬼頭は苦笑いをした。ここが診察室であり、麻酔もそういつまでも効いているわけではないことを、つい忘れてしまう。

「フフフ、バージンアヌスは次のお楽しみにとっておくか。いきなりじゃ気づかれる危険もでかいしな」

鬼頭はそんなことを言いながらズボンをさげて肉棒を剥きだしにすると、氷室とかわって三枝子の上におおいかぶさっていく。

しとどに濡れて白濁を垂らしているのもかまわず、鬼頭は一気に三枝子の膣に押し入った。

5

思いっきり精を放った鬼頭が満足げに三枝子から離れると、氷室はすぐに膣洗浄の準備にかかった。

三枝子の媚肉はしとどに濡れた肉襞を見せて赤くひろがったままで、注ぎこまれた白濁をトロリと吐きだしている。このままでは犯されたことがすぐにわかってしまう。

「フフフ、たっぷりと楽しんでオマ×コは満足したようだな」

ニヤニヤとのぞきつつ、氷室は洗浄液をかけて汚れを綺麗に洗い流していく。

三枝子はまだ意識がないままに、グッタリと余韻の痙攣のなかに沈んでいた。赤く充血した柔肉や女芯の肉芽が、犯されたことを物語るようにまだヒクヒクと生々しい。

「これからどうするんだ」

鬼頭もニヤニヤとのぞきこんで聞いた。ヒクヒクとからみついてきた柔肉の妖美な感触を思いだすだけで、鬼頭は舌なめずりが出た。同時に三枝子の肛門への新たな欲情がふくれあがる。

「そろそろ麻酔も切れるだろうし、今日のところはここまでだ」

お楽しみのつづきは明日だ……そう言って氷室はニヤリと笑った。

綺麗に洗浄し終えると、氷室は座薬を二つ取りだして、ひとつを鬼頭に渡した。

「こいつは催淫媚薬の座薬だ、フフフ。ジワジワと効いて明日には奥さんは発情してたまらなくなっているはずだぜ」

「そいつは面白え。こっちは尻の穴に入れるってわけだな」

氷室は三枝子の膣に、鬼頭は三枝子の肛門に、それぞれ催淫媚薬の座薬を指で深く押し入れていく。

「……あ、あ……」

三枝子がまた声をあげて、弱々しく頭を揺らした。今までと違って意識がもどりそうな気配だ。

「ああ……」

三枝子はうつろに眼を開いた。しばらく焦点が定まらないように宙を見つめていたが、

「気がつきましたか、奥さん。治療のほうはもうすみましたよ」

氷室に顔をのぞきこまれて、三枝子はハッと我れにかえった。

「せ、先生……」

「流産を抑える薬を入れておきましたから、心配ないでしょう。ただ薬の効果で膣や

肛門が疼くような時があるかもしれませんが、気にしないでください」

氷室は三枝子の媚肉を左右からつまんでくつろげ、のぞきつつ言った。

「膣はいじらないようにしてください。ですから当分の間、ご主人とのセックスはしないように」

「……は、はい……」

「それと大便のほうも明日の診察までしないようにしてください。大便の時に流産する例が多いものですからね」

氷室と鬼頭はもっともらしいことを言った。

今まで治療を受けていたとばかり思っている三枝子は、氷室と鬼頭の言葉にも小さくうなずくばかりだった。身体じゅうを熱っぽくおおうけだるさも、まだ残っている下腹の疼きも、麻酔と治療のせいだと信じている。

「子宮の状態が落ちつくまで、もう少しこのままでいてください」

「今動くとせっかくの薬が出てしまうおそれがありますからね」

氷室と鬼頭は三枝子の媚肉をのぞきつつ、平然と嘘をつく。

「は、はい……」

三枝子は消え入るような声で返事した。唇をかみしめて顔を横に伏せるようにする。

氷室と鬼頭が食い入るようにのぞいてくる視線を痛いまでに感じた。氷室の指でくつろげられた柔肉はだるく、疼くようになっている。

「どうです、奥さん。どこか痛いところはありますか」

そんなことを言いながら、氷室は指先で三枝子の柔肉をまさぐった。

「あ、ありません……ああ……」

三枝子の声がすすり泣くようにふるえた。

「では、これでいいでしょう」

ようやく服を着ることを許されて内診台の革ベルトをはずされると、三枝子は反射的に両脚を閉じ合わせ、手で乳房と下腹を隠した。

そして内診台からおりた三枝子は思わずフラッとよろめいた。あわてて内診台につかまった。

「ああ……」

三枝子は腰がだるく重く、力が入らない。膝もガクガクと崩れそうだ。まさか氷室と鬼頭に犯され、二度にわたって官能の絶頂へ昇りつめさせられたせいだとは、夢にも思わないようだ。

「大丈夫ですか、奥さん」

鬼頭がさも心配そうなそぶりを見せて、三枝子の身体を抱き支えようとした。

「ああ、先生……だ、大丈夫ですから……」

三枝子はあわてて脱衣篭に手をのばしてブラウスを取り、肌を隠した。診察が終わってホッとしたと思ったら、にわかに激しい羞恥が甦った。後ろを向いて下着をつけ、ブラウスとスカートをつけていく三枝子を、氷室と鬼頭はニヤニヤとながめた。

全裸で羞恥する女から上品で美しい人妻へとしだいにもどっていく三枝子……衣服をまとうと、三枝子はすっかり落ちつきを取りもどした。今まで内診台で股間をひろげきり、柔肉の奥まで見せたのが嘘のようだ。

「明日は十時に来てください、奥さん」

「ではお大事に」

氷室と鬼頭は感情を押し殺して、事務的な口調で言った。

「はい、ありがとうございました、先生」

三枝子は深々と頭をさげた。それは医者をまったく疑っていない患者の態度であった。

罠にはまったことも知らねえでよ、フフフ。明日はそのことをそのムチムチの身体に思い知らせてやるぜ……。

もう逃がしやしねえ。それだけいい尻をしていることを後悔させてやる。明日は覚悟しろよ……。

診察室を出る三枝子の後ろ姿を見ながら、氷室と鬼頭は胸の内でつぶやいていた。

ドアが閉まると氷室と鬼頭は互いに顔を見合わせて、フウーッと大きく息を吐いた。

そしてゲラゲラと笑いだした。

「こうもうまくいくとは思わなかったぜ。あれだけの美人の人妻がまんまと罠にかかるとはな」

「やっぱりお前は悪知恵の天才だよ、氷室。それにしてもいい味してやがったぜ。これもお前の悪知恵のお蔭だ、フフフ」

「なあに、鬼頭がいるから俺も度胸がつくんだ。俺とお前が組めば、もうこわいもんなしだぜ」

そんなことを言いながら、氷室と鬼頭はまだ興奮さめやらない。

明日になれば思いっきり三枝子を責めることができると思うと、さらに欲情の炎がメラメラと燃えあがった。このままではとても明日まで待てそうにない。

だからといってあせっては、せっかくの計画も台なしである。

「このままじゃおさまりがつかねえぜ、氷室。あの黒田瞳を呼びだして、また思いっきり楽しもうじゃねえか」

鬼頭は苛立たしげに言った。

「そう言うと思ったぜ。だが今日はまずい。亭主が出張からもどってきてるだろうからな」

「ちくしょう。そうだったな」

「そのかわりというわけじゃねえが、実は狙ってる女がもう一人いるんだ」

氷室はそう言うと、机のなかから一枚の写真を取りだして鬼頭に見せた。水着姿の美女が写っていた。

「ほう、これもすげえ美人じゃねえか。しかもいい身体してやがる。お前の患者か」

「そうなら簡単なんだが、森下慶子といって、この病院の精神カウンセラーの女医だ」

「そうか、フフフ」

鬼頭は興味をそそられたらしく、ニヤリとして舌なめずりした。

「一度は女医ってのも味わってみてえもんだな、フフフ」

「そうだろ。おまけに亭主と死に別れた二十九歳の未亡人ときてるんだぜ。だがモノにするうまい方法がなかなか見つからなくてよ」

氷室は声をうわずらせてしゃべりはじめた。

少し前に電車のなかで痴漢にさんざんいたずらされたあげくレイプされた女性を、氷室が治療したことがあったという。その女性の精神カウンセラーを担当したのが慶子だった。

「しょせん森下先生には患者の心理はわかりませんよ」

それまで慶子を何度誘っても冷たく断わられた氷室は、皮肉を言った。

「あら、どうしてですの」

「痴漢にあってもなにも言えない女性の心理がわかるわけがない。森下先生がいたずらされたら、とても黙ってないでしょうからね」

「当たり前ですわ」

「やっぱりね。一度はされるがままになって心理を勉強したらどうです」

「そんなバカなこと……話になりませんわ」

その時は相手にもしなかった慶子だったが、患者の精神カウンセラーが順調でないこともあって、しだいに動揺しはじめた。

「やっぱり氷室先生のおっしゃる通り、一度経験する必要があるのかしら」

「そうですよ。その時は私がいざという時のためにボディガードをつとめますよ」

氷室は皮肉と軽い冗談で言ったつもりだったが、にわかに現実性を帯びてきたというのである。

慶子の人一倍研究熱心なことと、負けん気の強さがつけこむ隙だった。

「それとも、さすがの森下先生でも痴漢はこわいのかな」

「そんなことありませんわ。痴漢ぐらい……いいわ、氷室先生がボディガードをしてくださるなら」

「嘘じゃないでしょうね」

氷室は腹のなかでニヤリと笑った。

そんな氷室の話を、鬼頭はニヤニヤと聞いていた。もう一度、写真の水着姿の慶子を見てから、

「なるほど、この俺がその痴漢になって女医をいじりまくって、レイプすりゃいいってわけだな」

「そういうことだ。まだお前はメンが割れてねえし、まさか俺たちがグルだとは思いもしねえだろうからな、フフフ」

「女医を罠にかけるのも面白えな。これだけのいい女なら、喜んでやるぜ」

鬼頭と氷室はゲラゲラと笑った。その眼は早くも新たな獲物に思いをはせ、嗜虐の欲情にギラギラと光った。

夕方のラッシュ時に駅で女を物色し、満員電車のなかでいじりまわして女体の品定めをしてから、夜道で襲ってレイプするというのは、鬼頭と氷室が学生時代によくやったことだ。得意技といってよかった。

「フフフ、それじゃ女医を痴漢電車にご招待といくか」

「うまいことを言ってミニスカートをはかせろよ。それにパンストやガーターはねえ

ほうがいいな、フフフ」

「まかしとけって」

氷室はニンマリすると、精神科病棟の慶子の診察室へ向かった。

残された鬼頭はひとりニヤニヤと笑った。冷たいコンクリートの壁にかこまれた刑務所を出てから、いいことずくめだ。人妻の黒田瞳を思う存分に弄び、須藤三枝子を犯し、さらに女医の森下慶子の美肉を楽しめそうなのだ。

鬼頭は思わず笑いが出るのをこらえきれなかった。

6

電車が入ってくるたびに人波が大きく動いた。もう夕方のラッシュがはじまっていて、駅はどこも大変な混雑だ。

そんななかで鬼頭は柱の陰からじっと改札口を見ていた。そろそろ氷室が女医の森下慶子を連れてくる時間だ。

フフフ、痴漢をやるのも久しぶりだな。相手が美人の女医となりゃ、腕が鳴るってもんだぜ……。

時計を見ながら鬼頭はつぶやいた。

ようやく氷室が改札口を入ってくるのが見えたのは、予定よりも十五分遅れだった。ハッとするほどの美人を連れている。

実際に見る森下慶子は、写真で見たよりもっと美しかった。いかにも気の強そうな知的な美貌、さわやかさを思わせるショートカットの黒髪、それが女医らしい知性を感じさせた。

そして見事なプロポーションを見せる肢体は、ベージュのブラウスと白色のミニスカートをつけて、ハイヒールも白色だった。スラリとのびた両脚は、パンストをはいていいずに素脚だ。

鬼頭に気づいた氷室は、そっと片眼をつぶってニヤリとした。

十五分も遅れたのは、慶子にミニスカートをつけさせ、パンストを脱がすことに手こずったせいだ。

「どうして、そんなかっこうをしなければなりませんの、氷室先生」

「痴漢にあうのはそれなりのかっこうをしないと。パンストってのは痴漢が嫌うんですよ。嫌われては実地勉強になりませんからね」

「あら、氷室先生は痴漢のことずいぶんくわしいんですのね」

すんなりと氷室の言うことを聞く慶子ではなかった。

「相手の心理状態に立って考えるというのは森下先生の持論じゃないですか。ならばここは痴漢の好みに合わせて」

「痴漢の好みに合わせるなんて、そんなことできません。相手は異常なのよ」

「それなら臆病風に吹かれて、やめにしますか」

「やめるとは言ってませんわ」

そんなやりとりが何度か繰りかえされて、ようやく氷室は慶子とともにいちばん混雑の激しいホームの最後部に並んだ。

すぐ後ろに、サングラスをかけた鬼頭がすばやく並ぶ。

氷室はさかんに慶子に話しかけていた。

「いざとなるとこわくなってきたんじゃないですか、森下先生」

「大丈夫です。痴漢ぐらいでこわがる私ではありませんから」

「それはけっこう。ですが痴漢にあったらなにも言えない、なにも抵抗できない羞恥する乙女になりきってくださいよ」

「しつこく言わなくてもわかっています。抵抗しては実地勉強にならないとおっしゃるのでしょう」

慶子はきっぱりとした口調で言った。

だがこの時はまだ、慶子は痴漢にあうということを軽く考えていた。スカートの上から双臀や太腿を撫でまわされるくらいに思っていたのだ。

「耐えられなくなったら、この私に合図してください。すぐに間に割って入りますから」

「頼りにしてますわ、ボディガードの氷室先生」

慶子は皮肉っぽく言った。

ことの成りゆき上、痴漢にあう女性の心理を研究する実地勉強などというくだらないことをすることになってしまった。だが氷室もつきそっている今となっては、もうやめるわけにもいかない慶子だ。

「それにしてもミニスカート姿の森下先生は色っぽいな。これならきっと痴漢が寄ってきますよ」

「やめてください、氷室先生、そんな痴漢のような言い方は」

ムッとしたように慶子は言った。

なるほど、こりゃ気の強い女医さんだ。だがよ、どこまで突っ張ってられるかな。

後ろで聞いていた鬼頭は、腹のなかでニンマリと舌なめずりした。

氷室は各駅停車をやりすごし、とくに混雑の激しい通勤快速の電車を待った。通勤快速が満員の乗客を乗せて入ってきた。そのドアめがけて、さらに人波がドッと押し寄せる。

鬼頭はさすがに慣れたものだ。割りこまれないように慶子の後ろにぴったりと密着し、両手で腰をつかんでグイグイと電車のなかへ押しこんだ。

「ああ……」

あまりの混みように慶子は思わず声をあげた。身体が押しつぶされそうだ。

いつもは車を利用しているだけに、その混雑は慶子にとって驚異的だった。だがそれよりも、慶子はスカートの上からぴったりと双臀に押しつけられた男の手に、ハッとした。ミニスカートからなかば剝きでている太腿に男の手があった。

しかもそれは手の甲ではなく、てのひらを押しつけている。指がはっきりとわかった。

ああ、もう痴漢だわ……。

慶子の身体に緊張が走った。

慶子の双臀と太腿にいやらしく押しあてられたその手は、言うまでもなく鬼頭のものだ。もうしっかりと慶子の身体を確保している。

フフフ、いい身体してやがる。ムチムチのプリンプリンじゃねえか……。

鬼頭の手はゆっくりと慶子の双臀を撫でまわした。スカートとパンティを通して、その豊かな肉づきと形のよさがはっきりとわかった。ムチッと張って高く吊りあがり、臀丘の谷間も深い。

そしてパンストをはかない慶子の太腿は、素肌がスベスベして、妖しいまでの官能的な肉づきだった。

鬼頭は思わずゾクッと胴ぶるいがきた。

電車はまだあふれた人々が乗りこもうとして、なかなかドアが閉まらない。それをいいことに、鬼頭はギュウギュウと押されるがままに慶子に密着して、太腿を撫でまわしていた手を内腿へすべりこませようとした。

「あ……」

慶子の身体がビクンとふるえ、夢中で太腿を固く閉じ合わせた。

だが鬼頭にとって太腿に這わせた手は、陽動作戦にすぎない。慶子の関心を太腿に這う手のほうに集中させておいて、その間に双臀を撫でまわしていた手をミニスカートのなかへすべりこませたのだ。

「ああッ……」

慶子が気づいた時には、もう鬼頭の手はミニスカートのなかでパンティの上から双臀をわしづかみにしていた。

そして太腿に這っていた手もミニスカートのなかへすべりこんできた。

そ、そんな……。

満員電車のなかでスカートのなかにまで手を入れられるなど、慶子は信じられなかった。

いや、いやよッ……やめてッ……。

カアッと頭のなかが灼けて、慶子は声を必死に殺した。腰をよじって逃げようとしても、すさまじい混雑に動くことも男の手を振り払うこともできない。

慶子はそんな自分が信じられなかった。まさか痴漢がここまで大胆な行為に出るとは思ってもみなかったし、満員の人々のなかで痴漢にいたずらされることがこれほど屈辱的とも思わなかったのだ。

それでなくても美しい慶子はまわりの男たちの視線を集め、またすぐ前に氷室がいるということが、いっそう羞恥をふくれあがらせる。

その間も鬼頭の手はミニスカートのなかで太腿やパンティ、はちきれんばかりの双臀を撫でまわし、パンティラインにそって指を這わせてくる。

いや、ああ……こんな……いや……。

今ならまだ慶子は声を出せたかもしれなかった。これでもまだ序の口で、次には今度こそ声も出せない羞恥が待っていようとは、思いもしなかった。

ようやく電車のドアが閉まって走りだした。ガタンと大きく揺れたとたん、慶子のパンティはミニスカートのなかで後ろからクルリと剝きおろされた。

「あ、いやッ」

慶子は思わず声をあげてもがいた。

「どうしました、森下先生。痴漢ですか」

氷室はわざと大きな声で言って、慶子の顔をのぞきこんだ。

まわりの男たちもいっせいに慶子の顔を見た。

「…………」

慶子はカアッと激しい羞恥を顔に昇らせた。声もなく顔を横に振るだけで、もうなにも言えない。

気が強いだけに、かえって不意の羞恥に弱いのだ。それを見抜いて氷室はわざと大きな声で言っては、慶子がいっそうなにも言えないように追いつめた。

「痴漢にあっても、気の強い森下先生が男に救いを求めるなんてことは、まずないか。ハハハ、こりゃ私の思いすごしでしたよ」

氷室がそんなことを言っている間に、鬼頭はパンティを太腿のなかばまでずりおろした。そしてミニスカートのなかで裸の双臀をゆっくりと撫でまわしはじめた。

あ、あ……いや……ああ……。

慶子は美しい顔を首筋まで真っ赤にして唇をかみしめた。もうなにも言えず、必死に平静をよそおう顔がしだいに伏せ気味になった。

フフフ、気の強い女医さんもこの俺にかかりゃ、このザマだ。可愛いもんだぜ……。

さすがだな、鬼頭。もっと思いっきりいたずらしてやれよ。ヤバくなったら、俺の

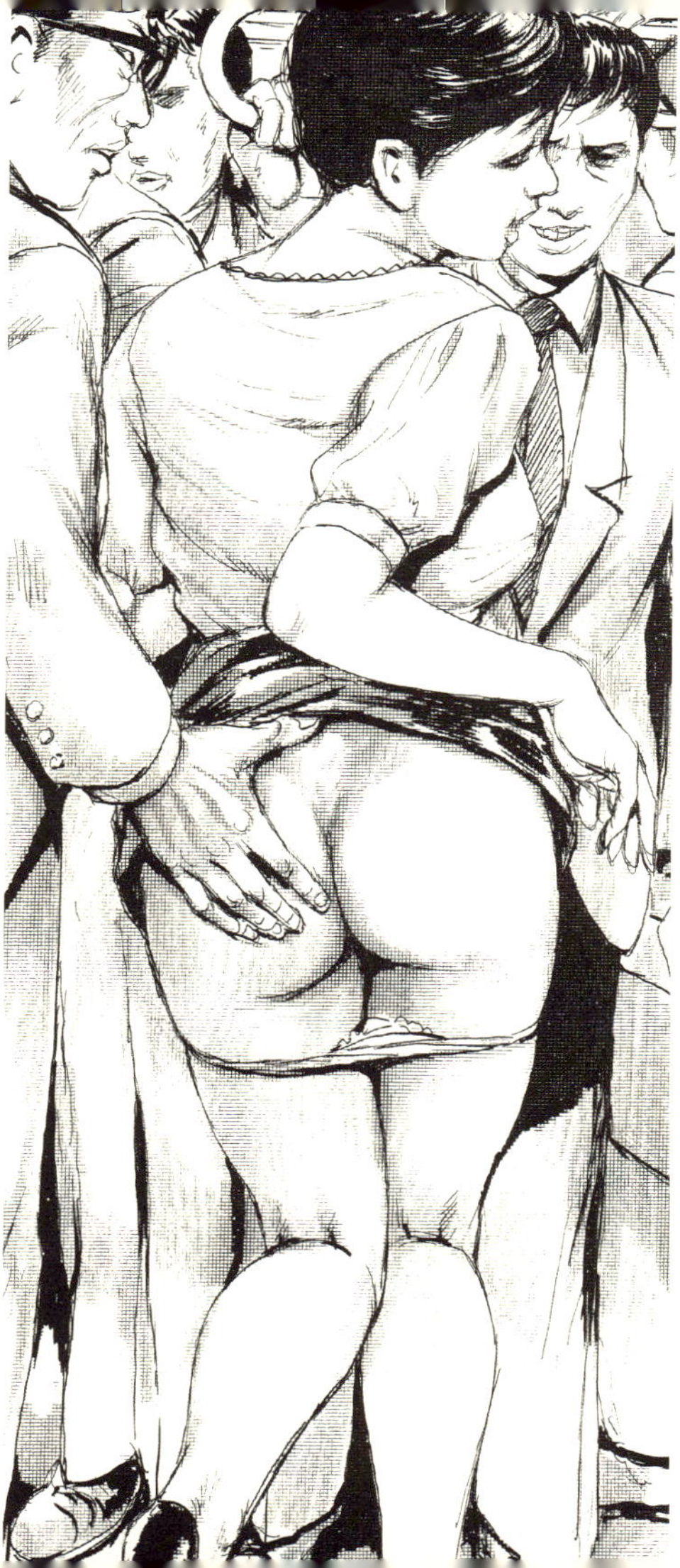

ほうでフォローするからよ……。

ここまでくりゃ、もうされるがままだ……。

慶子を間にはさんで、鬼頭と氷室は眼と眼で語り合った。

女が悲鳴をあげる危険があるのは、パンティをずりさげるまでだ。ずりさげてしまえばもう声も出せなくなる……経験からそのことを知っている鬼頭だ。

ああ……ど、どうすればいいの……痴漢なんかに……。

スカートのなかに手を入れられた時、思いきって声を出さなかったことを後悔しても遅かった。パンティまでずりさげられた今となっては、激しい羞恥にもう声をあげられなくなった。氷室に救いを求めることさえ、痴漢にいたずらされていることを知られるのさえ、恥ずかしい。

いい尻しやがって、フフフ、こりゃ予想してたよりずっといいぜ……。

鬼頭は慶子の双臀を撫でまわし、その豊かな肉づきを味わうように指先を食いこませ、次には下からすくいあげるようにして揺さぶった。

しゃぶりつきたくなるほどの見事さだ。黒田瞳や須藤三枝子のような若い張りこそないが、つきたてのモチみたいなしっとりとした肉づきは成熟味が手にしみこむようだ。

「どうです、森下先生。痴漢は現われましたか」

氷室はわざとらしく慶子の耳もとでささやいた。慶子はもう氷室の胸に顔を埋めんばかりになっていた。氷室の声が聞こえているのかいないのか、慶子の返事はない。

それをいいことに氷室も手をスカートのなかへ入れ、慶子の太腿や下腹に這わせだした。指先に柔らかな茂みが触れた。それを指先でかきまわすようにしてまさぐった。

あ、ああ……いや、いや……。

ビクッ、ビクッと慶子の腰がふるえた。まさか茂みをいじっているのが氷室だとは、思わない。

電車がカーブにさしかかって大きく揺れた。

その瞬間、鬼頭はすばやく後ろから慶子の両膝の間に自分の脚をこじ入れた。

ぴったりと閉じ合わせていた慶子の太腿がゆるんだ。それを待っていたかのように、茂みをいじっていた氷室の手が股間へとすべりこんだ。

ビクッとふるえて、慶子はハッと顔をあげて唇をわななかせた。

「どうしました、森下先生」

氷室のとぼけた顔が待ちかまえていて、慶子はあわててまた顔を伏せた。氷室と眼が合ったことで、慶子はますますなにも言えなくなった。

股間にすべりこんだ指は、媚肉の合わせ目をゆっくりとなぞり、ジワジワと分け入ってくる。

や、やめて……ああ……。

慶子は生きた心地もなく、唇をキリキリとかみしめて、必死に耐えるばかりだ。

7

慶子が身動きすることもできず、ゆるんだ太腿を閉じ合わせることもできないのをいいことに、氷室の指は媚肉に分け入ったまま、ゆるゆるとまさぐりつづけた。

あ、あ……そんな……ああ……。

慶子は膝がガクガクとした。後ろからは裸の双臀が執拗に撫でまわされる。そうやってもう十分あまりも電車に揺られている。

「あ……」

慶子はキリキリと唇をかみしばって、声をかみ殺した。

あらがいや告発の声ではない。身体に火をつけられるのをおそれるかのようだ。

夫と死に別れてからもうずいぶんになる。その間、慶子は男性との交わりは一度も持っていない。言い寄る男は多かったが、慶子はどうしても亡き夫が忘れられなかった。

慶子が人一倍気が強くふるまってきたのも、そのせいである。

それだけに二十九歳という成熟した女の性は、いくら気丈にふるまっても、ミニスカートのなかでうごめく指の刺激に耐えられるはずがなかった。痴漢にいたずらされているというのに、身体が夫との愛の行為を呼び起こし、これまで抑えてきたものが弾けそうだった。

こんな……ああ、こんなことって……。

しだいに反応しはじめる自分の身体の成りゆきが、慶子には信じられない。いくら抑えて耐えようとしても、まさぐられる媚肉は熱く疼きだしてしまう。

やっぱりな。本当は好きなくせして、今までせいいっぱい突っ張ってきたってわけだ……。

これほどいい身体してて、男なしでいられるわけがねえ。フフフ、痴漢にいじられてこれだけ反応するのが、その証拠だ……。

氷室と鬼頭は眼を見合わせてニヤリとした。

さすがに未亡人はこれまで痴漢行為をしかけてきたどの女とも違っていた。痴漢にとっては貴重ともいえる敏感な女体だ。

ヒクヒクと肉襞が氷室の指に反応を見せたかと思うと、たちまちジクジクと熱いものがたぎりはじめた。

や、やめて……ああ、これ以上は……。

今にもベソをかかんばかりになって、慶子はこらえきれずに氷室の胸に顔を埋めた。泣きたくなり、慶子は唇をかみしめて耐えた。もう気の強かった慶子はどこかへ消え、身体に火をつけられておののくばかりの未亡人である。

まだまだこれからだぜ。もっとうんと恥ずかしいことをしてやるからな……。

鬼頭は腹のなかでつぶやくと、慶子の双臀を撫でまわしていた手でゆっくりと臀丘の谷間を割り開いた。

電車がまた大きく揺れた時を狙って、割り開いた臀丘の谷間へすべりこませた指先が、慶子の肛門をさぐりあてた。

「ヒッ……いやッ」

まったく思いもしなかったところをいじられて、さすがに慶子は悲鳴をあげた。あわてて唇をかみしめても遅かった。

「どうしました、森下先生」

また氷室がわざとらしく聞いた。

「足を踏まれたり痴漢にいたずらされたり、ラッシュは大変ですな、ハハハ」

そんなことを言いながら、氷室の指は慶子の媚肉をまさぐりつづける。もうじっとりと蜜にまみれた肉襞をいじり、その頂点の女芯を剝きだして指先でこする。

そして鬼頭の指は慶子の肛門をゆるゆると揉みこみはじめた。

やめて……ああ、そんなところを……いや、ああ、いや……。

慶子は胸の内で狂おしいまでに叫びながらも、じっとされるがままだ。

媚肉と肉芽をいじられる快感に、肛門を揉みこまれるおぞましさが入り混じって、得体の知れない妖しい快美を呼ぶ。

「あ……あ……ハアッ」

慶子の口から小さな声とあえぎがもれ、小鼻がピクピクとした。電車の振動に合わせて今にも腰がひとりでにうごめきそうだ。

ああ、いや……このままでは、慶子……だめになっちゃう……。

いくらそう思っても、熟れた慶子の身体は言うことを聞かない。

もうどうなってもいい……思いっきりされたい……身体の奥からもう一人の自分がささやいている気さえした。

だ、だめッ……そんなこと……。

慶子は胸の内であわてて叫んだ。

いつしか慶子の肛門は揉みほぐされ、ふっくらととろけるような柔らかさを見せた。女芯も充血してツンと尖り、肉襞もしとどの蜜のなかにヒクヒクとあえいだ。それがまた慶子の頭を悩乱させ、二人の自分を葛藤させた。

まさかこれほど電車のなかで反応するとはな。さすがに未亡人、一度感じるとあとは底なしだぜ……。

尻の穴のほうだって、とてもはじめてとは思えねえ反応だ。こりゃ亭主との間で少しは経験があったかもな……。

氷室と鬼頭は前と後ろから慶子の股間をいじりまわしつつ、眼で言った。さりげなくのぞきこんだ慶子の美貌は上気して眼もうつろで、もう屈服した女のようであった。

そんな慶子の表情に、鬼頭は嗜虐の欲情がさらにメラメラと燃えあがった。もうすぐ停車駅に着くが、その前にどうしてもやってみたいことがあった。

思いきってやるか。これだけ電車のなかで触らせる女は、めったにいないからな。このチャンスを逃がしちゃ……。

鬼頭はポケットにイチジク浣腸をしのばせていた。だが電車のなかでの浣腸だけは、さすがの鬼頭も危険が大きすぎて、まだやったことはなかった。

そっとポケットからイチジク浣腸を取りだしてキャップをはずした。そして氷室が指を慶子の膣へ沈めるのに合わせ、ふっくらとゆるんだ肛門へズブリと突き刺した。

「ああ……」

慶子はブルルッと腰をふるわせ、思わずすすり泣くような声をあげた。

鬼頭は慶子の反応を見つつ、ゆっくりとプラスチックの容器をつぶした。

チビチビと肛門の粘膜にしみこませるようにのろく少量ずつ注入していく。慶子は

すぐにはなにをされているのかわからない。膣に深く埋めこんで肉襞をまさぐる氷室の指の動きが、慶子の頭をうつろにして正常な判断をさまたげるのだ。

鬼頭は電車の振動に合わせてチビチビと注入した。イチジク浣腸のプラスチック容器が押しつぶされると床に捨てられ、すぐに二個目がしかけられていく。

……なにをしているの、ああ……。

慶子はブルブル腰をふるわせながら、かみしめた唇をわななかせた。

二個目のイチジク浣腸もなにをされているかわからないほどののろさで注入された。

「あ、あ……」

氷室に膣をいじりまわされ、さらにジクジクと蜜があふれでた。それは慶子の肛門にまでしたたって、プラスチックの容器を蜜にまみれさせた。

肛門になにをされているのか慶子が知ったのは、三個目のイチジク浣腸を突き刺された時だった。

ちょうど電車がホームに入った時で、鬼頭はとどめだとばかりに、一気にプラスチック容器を押しつぶしたのだ。ペコッと音をたてて、チュルチュルと薬液が注入された。

「あ、ああッ……いやあ……」

慶子は我れを忘れて悲鳴をあげた。いくら女の官能を翻弄されていたとはいえ、浣腸されて、慶子は平然さをよそおっていられない。

「いや、いやです……ああ……」

だが慶子の悲鳴は、電車がとまってドアが開き、ドッと流れでる人波の雑音にかき消された。

そして慶子も鬼頭と氷室と一緒にホームへ押しだされた。

まくれあがったミニスカート、太腿のなかばにからまったパンティ、剝きだしの女の下半身に、まわりの人波がギョッとして立ちどまった。

「ああッ、いやあッ」

慶子は悲鳴をあげ、まくれあがったミニスカートを直して、その場にしゃがみこんでしまった。

「大丈夫ですか、森下先生。やっぱり電車のなかで痴漢にあってたんですね」

氷室は慶子に駆け寄って、しらじらしく言った。慶子はなにも言わず、唇をかみしめて顔をうなだれたままだ。ハアハアと肩があえいでいる。

「本当に大丈夫ですか、森下先生」

氷室は慶子の肩を抱いて立ちあがらせ、ホームのベンチに座らせた。

グルルと慶子の腹部が鳴った。イチジク浣腸が効いてきたのだ。

ハッとしたように慶子は顔をあげ、トイレをさがした。もう人波はほとんど改札口へ向かって、鬼頭の姿もなかった。慶子はフラフラと立ちあがると、トイレへ向かった。駅のトイレは階段の裏にあった。

「フフフ、なかなか面白かったな。うまくいったぜ。浣腸もしてやったしよ」

慶子がトイレに消えると、どこからともなく鬼頭が現われた。

「あの女医、相当の好きもんだぜ。もう犯られたくて、しようがねえといったところだ」

「フフフ、ずっと男を寄せつけなかったぶん、一度崩れるとそれだけ激しいってわけだ」

「このぶんなら案外楽にホテルへ連れこめるぜ。今ごろウンチをひりだしながら、よがり泣いてるだろうからな、フフフ」

「あとは鬼頭にまかせたぜ。俺は例のホテルで落ち合うからよ」

「まかしとけって、フフフ」

鬼頭は階段の裏のトイレへ向かうと、そっとなかをのぞきこんだ。慶子以外の人の気配はなかった。

慶子をのぞき見たとたん、鬼頭は思わず眼を見張った。

これは……フフフ……。

鬼頭の顔がだらしなく崩れた。

もう慶子は排泄も終わって、立ったままトイレの壁に背中をもたれさせていた。そして片手を胸のふくらみへもっていき、もう一方の手をミニスカートのなかへ入れて指先を股間に這わせていた。

「あ、ああ……ハアッ……」

慶子の唇が悩ましげに半開きになってあえぎをもらした。

「い、いけない……みじめになるだけだわ……ああ……」

あえぐように言いながらも、慶子はしとどに濡れた部分に指を這わせるのをやめられない。

「あ、あなた……あ、あああっ、だめ……」

慶子の太腿がさらに左右へゆる

んで開き、ヒクヒクと膝がふるえる。太腿のなかばにからまったパンティが、ピンと張ったりゆるんだりを繰りかえした。

「いけないわ……ああ、こんなこと……だ、だめよ……」

時折り我れにかえったように言うのだが、すぐにまたあえぎとすすり泣きがもれる。電車のなかで鬼頭と氷室によって火をつけられた慶子の身体は、もう行きつくところまでいかないと、おさまりがつかないようだ。

「フフフ、女医さんがオナニーかい」

鬼頭はいきなりトイレのドアを開けた。

「ヒ、ヒッ……」

慶子は美貌を凍りつかせた。唇がワナワナとふるえて、悲鳴は声にならなかった。まさか電車のなかの痴漢がこんなところへ現われるとは、思いもしなかった。身体じゅうからスーッと力が抜ける。

「電車のなかだけじゃ、ものたりないんだろ。それでオナニーとはみじめだな、フフフ」

「い、いやッ……」

「気どるなよ。電車のなかのつづきをしてやろうというんだ」

「ああ、いや……」

鬼頭は慶子の手首をつかんで引き寄せ、グイと抱きしめた。

「フフフ、うんと太いので犯られてえんだろ。たっぷりと可愛がってやるからよ」

「ああ……」

慶子は弱々しく頭を振っただけで、ほとんど抵抗しなかった。鬼頭が太腿にからまったパンティを脱がせ、ミニスカートのなかへ手を入れて裸の双臀を撫でまわしても、されるがままだ。

「ああ……こ、こわい……」

「フフフ、この好きな身体がどう狂うかがこわいってわけか」

ミニスカートのなかで裸の双臀を撫でまわしながら、鬼頭は慶子を引きたてていく。どこへ連れていかれるのか……それがどんなところであろうと、もう慶子は逃げる気力はなかった。

成熟した慶子の身体は、これからされることを思うと、もう内股はあふれたものでヌルヌルになっていた。

改札口を出て駅前広場へと引きたてられながら、慶子は身体の芯のたぎりが声にまで出そうなのを必死にこらえた。ミニスカートのなかで裸の双臀を撫でまわされて、背筋のふるえがとまらなくなった。

ああ……こんなことって……。

いやらしい痴漢に弄ばれるというのに逃げようともせず、おとなしく鬼頭の手に双臀をゆだね、引きたてられていく自分が信じられなかった。

どうしたっていうの……ああ、こんないやらしい男の言いなりになるなんて……。

いくら自分に言い聞かせようとしてもだめだ。ジクジクとあふれる蜜が、ツーッと慶子の内腿をしたたり流れた。

道ですれちがう男たちが慶子の妖しい美しさにふりかえり、鬼頭の手がミニスカートのなかへもぐりこんでいるのに気づいて、好奇の視線を這わせてくる。だが慶子はそれも気にならないほどに、昂っていた。

もう眼の前はいかがわしいネオンの並ぶラブホテル街だった。

第三章　全裸緊縛嬲りの診察室

1

ラブホテルのなかへ入ると、さすがに森下慶子は狼狽し、今にもベソをかかんばかりになった。

「いや……は、離してください……」

慶子の細腰を抱き、ミニスカートのなかに手をもぐりこませて裸の双臀を撫でまわしてくる鬼頭を突き離そうとする。

「こんなところ、いやです……ああ、帰ります。離して……」

「気どるなよ。ここまで来て、いやもねえもんだぜ。電車のなかじゃ、じっくり触らせてたじゃねえかよ」

鬼頭は慶子の細腰をグイッと抱き寄せ、ラブホテルのエレベーターに乗った。

「素直にいっぱい犯られたいと言ってみろよ。もうオマ×コはビチョビチョじゃねえか」

慶子の耳もとでからかいながら、鬼頭はいやらしく唇を尖らせて首筋に吸いつく。

いや……すすり泣くような声をあげて、慶子は鬼頭の唇から逃れようと上体をのけぞらせた。だが慶子のあらがいは弱々しい。ミニスカートのなかで裸の双臀を撫でまわされている感覚が、慶子の成熟した性をとろけさせてしまい、それがあらがいの気力も萎えさせる。

だめ……ああ、逃げるのよ……このままでは、こんないやらしい男に弄ばれて……いや、こんな男に犯されるのは、いやよ……。

いくら自分に言い聞かせようとしても、二十九歳という熟れざかりの肉は言うことを聞かない。それでなくても夫と死別してから、ずっとひとり身の慶子の肉体だ。これまで抑えてきた女の性が、鬼頭の手のうごめきに弾けそうで、いくらこらえようとしても身体の芯が疼いて、ジクジクと熱いものがたぎった。

も、もう、どうにでもして……早くめちゃくちゃにして……。

そんな声がのどまで出そうになって、慶子はあわててキリキリと唇をかみしめた。それでも腰がひとりでに揺れ、ハンドバッグを持った手が、今にも鬼頭にしがみつかんばかりにブルブルとふるえる。

「フフフ、たっぷりと可愛がってやるからな。ムチムチといい身体しやがって」

首筋に唇を這わせながら言うと、鬼頭はいきなり慶子の唇に吸いついた。しゃぶりつくように慶子の唇を激しく吸い、舌を口のなかへ押し入れる。

「うむ……」

慶子は弱々しく頭を振りたてて口をふりほどこうとしたが、たちまち鬼頭の舌の侵入を許し、舌をからめ取られてしまった。

その間も鬼頭の手はミニスカートのなかで慶子の双臀を撫でまわしている。ミニスカートはもう腰の上までまくりあげられ、裸の双臀が剝きだしだ。ムチッと官能味あふれる臀丘が盛りあがって、真っ白い剝き玉子のようだ。

鬼頭のもう一方の手は、慶子のブラウスのボタンをはずし、ブラジャーに隠された胸のふくらみを剝きだしにした。

「う、うん……」

狼狽のうめき声とともに、ブラジャーのフロントホックがはずされ、ブルンと豊満な乳房が露わになった。重たげに揺れる慶子の乳房は見事なまでの成熟美で乳首をツンと尖らせていた。

それをつまんでこすり、ゆっくりと味わうように乳房をわしづかみにして揉んだ。

「ううン……」

ラブホテルのエレベーターのなかで半裸にされているというのに、乳房をいじられて双臀を撫でまわされる心地よさに、慶子は耐えきれずに快美のうめき声をあげた。頭のなかまでしびれてうつろになる。

いつしか慶子は我れを忘れたように鬼頭の舌に自分の舌をからませていった。その舌を鬼頭はきつく吸い、さらにたっぷりと唾液を流しこんで慶子に呑ませた。

「うむ……うむ……」

慶子は快美のうめき声をもらし、小鼻をピクピクさせて息づかいを乱した。

フフフ、お高い女医さんも、こうなりゃ可愛い小娘だぜ……。

鬼頭はズボンのチャックをさげて、たくましく屹立した肉棒をつかみだすと慶子の手に握らせた。

ビクッと慶子は身体をふるわせたが、握らされたものから手を離そうとはしない。ブルブルと手がふるえている。

ああ……こんなことって……。

かつて夫の肉棒で幾度となく愛の営みに喜悦した記憶が慶子の子宮を疼かせ、手を離すことができない。

欲しい……ああ、だめ……そんなこと……。

そんな切なげな思いが、いっそう慶子を悩乱させる。

慶子の双臀を撫でまわしていた手が、股間へともぐりこんだ。

「ううむ……」

悦びにおののき腰をふるわせ、慶子はうわずったうめきをあげた。

鬼頭の指先が媚肉の割れ目をなぞり、分け入った。しとどに濡れたぎった柔肉が、とろけるように熱い。

それがヒクヒクとざわめくのを感じつつ、鬼頭はさらに慶子の乳房を揉み、激しく唇と舌を吸った。

慶子はうめきながら鬼頭の唇を吸いかえしつつ、もっとして、とせがむように腰をうねらせた。

「身体は正直だな、フフフ。オマ×コがどんどんお汁をあふれさせて、指にからみついてきやがる」

ようやく口を離して鬼頭はせせら笑い、舌なめずりをした。意地悪く慶子の顔をのぞきこむ。

「男が欲しくてしようがなかったようだな。すげえ反応じゃねえか」

鬼頭がからかっても、慶子は反発する気力もなく、ハアハアとあえぐばかりだ。激しい口づけに唇と舌がしびれたようになって、すぐには声も出ない。

慶子の手は、鬼頭のたくましい肉棒をしっかりと握ったままだ。身体は鬼頭にあず

け、剝きだしの乳房と股間とを指の愛撫にゆだねている姿は、もう屈服した女という
よりも不倫に身を灼く人妻のそれだ。
「あ、ああ……」
こらえきれなくなった慶子の腰のうねりが大きくなった。握らされた肉棒を自分か
ら受け入れようとするかのようだ。
「そうあせらなくても、すぐに思いっきり腰が抜けるまでぶちこんでやるぜ、フフ
フ」
鬼頭は笑いながら、慶子の豊満な乳房と媚肉を飽くことなくいじりつづけた。それ
ばかりか前をはだけたブラウスを脱がして、慶子の上半身を裸にしていく。さらに、
まくりあげたミニスカートのホックをはずし、ファスナーを引きさげた。
「か、かんにんして……いやあ……」
ハッとした慶子が声をあげた時には、もうミニスカートは太腿をすべり落ちて、ハ
イヒールのまわりに輪を描いていた。
あとは慶子はハイヒールだけの一糸まとわぬ全裸だ。
「い、いやッ」
思わずその場にうずくまろうとしたが、鬼頭の手がそれを許さなかった。

2

さっきからエレベーターは五階でとまったままだ。いつ誰が乗ってくるかわからない。こんなところで生まれたままの姿に剝かれるなど、慶子には信じられなかった。

「こりゃいい身体してやがる。敏感なのもわかるぜ、フフフ。これだけいい身体してりゃ、男なしでいられるわけがねえよな」

鬼頭はまぶしそうに眼を細め、舌なめずりをして慶子の肌をまさぐった。

「やめて、こんなところで……ああ、かんにんして……」

「電車のなかじゃ触らせても、ラブホテルのエレベーターのなかじゃいやっていうのか、フフフ。どうせ、すぐに素っ裸にされるんだ」

「ああ、許して……」

憎いまでに女の官能をさぐりあててくる鬼頭の指の動きに、慶子はあらがう力もない。膝の力がガクガクと抜け落ちた。

「あ、ああン……」

女芯を剝きあげられて、慶子は思わず恥ずかしい声をあげて上体をのけぞらせた。

「フフフ、ベッドまで待ちきれずに、たいした悦びようじゃねえか。なんならエレベーターのなかで犯ってやろうか。いつ誰が来るかってスリルがあって、よけい感じるかもな」

「いやッ……そんなこと、ああ……か、かんにんして……」

「オマ×コはここで犯られたがってるぜ」

鬼頭は意地悪く慶子をからかって、ニヤニヤと笑った。慶子の手はまだ鬼頭の肉棒を握ったままだった。その手が腰のうねりに合わせるように、いつしか肉棒をしごきはじめていた。

「お願い……お部屋のなかで……ああ、ここでは、いや……」

「フフフ、部屋のなかなら犯られてもいいっていうのか」

慶子は我れを忘れてガクガクとうなずいていた。誰が来るかもわからないエレベーターから一刻も早く逃げだしたい。それに慶子は、もう自分でもなにを言っているのかわからなかった。

「それじゃ、ベッドでいっぱいして、と言ってみろ。腰が抜けるまで何度も気をやらせてほしいとよ」

「………」

「どうした、言わねえのか」

鬼頭は慶子の乳首をつまんでひねり、女芯を指先でこすり、弾いた。

ヒッと慶子は上体をのけぞらせ、腰をガクガクと振りたてた。

「やめてッ……いや、ああ、許してッ……」

「早く言うんだよ」

「あ、ああッ……ああッ……」

慶子は今にも気がいかんばかりに、のどを絞りたてた。

「ああ……べ、ベッドで、いっぱい……い、いっぱいして……こ、腰が……抜けるまで……」

我れを忘れて口にする慶子の前で、エレベーターのドアが開いた。

若いアベックが乗りこもうとしたが、全裸で泣き悶える女にギョッとして、その場に立ちつくした。

「あ、ああッ……いやあッ……」

慶子は悲鳴をあげて、うずくまろうとした。だが鬼頭は慶子をしっかりと抱いたまま、乳首や股間から手を離そうとしない。それどころか見せつけるように慶子の乳房をつかんで揺さぶり、茂みをかきあげるようにして、しとどに濡れそぼった媚肉の割れ目をさらけだす。

「とんだところを見られちまったな、フフフ。ベッドまで待てなくて、エレベーターのなかでしてほしいなんて言うからだぜ」

アベックに聞かせるように、鬼頭は慶子に向かって言った。

「フフフ、あきれたもんだ。他人に素っ裸を見られて、ますますオマ×コが濡れてきたじゃねえかよ」

慶子は激しく黒髪を振りたくった。

「いやッ……い、いや……」

うわ言のように繰りかえすばかり。今にも気を失いそうだ。身悶える膝がガクガクと崩れ、そのたびに慶子の裸身は鬼頭の腕で抱き起こされて若いアベックの眼にさらされた。

若いアベックは、慶子の美しさと、ビッショリ濡れた股間をさらした裸身の生々しさに圧倒され、その場に立ちつくしたまま、声すらも失った。

そんなアベックにこれでもかと見せつけるように、鬼頭は慶子をエレベーターから引きずりおろした。そして慶子を後ろから太腿の裏側に手をあてて抱きあげ、幼児におしっこをさせるかっこうにする。

「そんなに見られるのが好きなら、もっとよく見てもらえよ、フフフ」

鬼頭は下から抱きあげた慶子の太腿を、思いっきり左右に開いた。

「ああッ、い、いやあッ」

慶子は悲鳴をあげて、鬼頭の腕のなかでのけぞった。

アベックに向いて開ききった太腿の付け根に、肉の割れ目がしとどの蜜をあふれさせてパックリと開いた。

若いアベックはびっくりして、あわててエレベーターのなかへ逃げこんだ。

「フフフ、ちょいと奴らには刺激が強すぎたか」

鬼頭はうれしそうに笑った。

慶子はもうシクシクとすすり泣くばかりだ。あまりの恥ずかしさとショックに声も出ない。

そんな慶子を抱いたまま、鬼頭は廊下のいちばん奥の部屋に入った。床の上に慶子をおろすなり、両手を背中へねじあげ、手首に縄を巻きつける。

「ああ、なにをするのッ」

すすり泣いていた慶子はハッとして、鬼頭をふりかえった。

「決まってるだろ。縛るんじゃねえか」

「そんな……いやッ、縛られるなんていや、いやです……やめて」

「フフフ、女は縛ったほうが味がよくなるんだよ。いやらしいことをされても、どうしようもないと泣き悶えながら、俺に犯られちまうってわけだ」

「いや……そんなこと……」

泣き声をあげるのもかまわず、鬼頭は慶子の背中で両手首を縛りあげ、豊満な乳房の上下にも縄をまわして、キリキリと絞りあげた。

「ああ……縛られるなんて、いや……かんにんして……」

慶子は泣き声をあげ総身を揉んだ。

後ろ手に縛った縄尻を天井の柱にひっかけて引き、鬼頭は慶子の裸身をピンとのばした立ち姿に吊る。さらに慶子に手拭いで眼隠しをほどこした。

「ああ、いや……こわい……」

慶子は泣き声をふるわせた。

3

慶子に眼隠しがされると、奥にひそんでいた氷室がニヤニヤと現われた。

フフフ、うまくいったな。それにしてもいい身体をしてるじゃねえか……。

こいつは責めがいがあるぜ、フフフ、思いっきり楽しもうじゃねえか……。

氷室と鬼頭は眼で語り合ってニヤリと顔を崩した。氷室がいることをすぐに慶子に教えては面白くない。

氷室はゆっくりと慶子のまわりを歩いて、ニヤニヤと豊満な肉づきをながめるだけで口をきかなかった。

「ほどいて……ああ、許して……」

慶子は氷室が現われたこともまったく気づかず、眼隠しをされた顔を弱々しく振ってすすり泣いている。

上下を縄で絞られた慶子の乳房は重たげに揺れて乳首をあえがせ、白い腹部はなめらかで腰は細くくびれ、ムンムンと官能味あふれる太腿をぴっちりと閉じ合わせて、その付け根の茂みをフルフルとふるわせる。

そして慶子の双臀はムチッと張って妖しい肉づきを見せ、ハイヒールをはいているためにいっそう高く吊りあがってピチッと引き締まっている。まるで剝き玉子みたいで、シミひとつない。

どこをとってもまぶしい。鬼頭の眼が細くなる。しゃぶりつきたくなるほどの見事な慶子の裸身だった。

「フフフ、女医さんにしとくのがもったいねえほどのいい身体だぜ」

鬼頭も氷室も思わず舌なめずりが出て、早くも嗜虐の欲情に胴ぶるいがきた。

「それじゃ女医さんのオマ×コを見せてもらうか。股をおっぴろげな」

慶子の双臀をピタピタとたたいて、鬼頭はニヤリと笑った。

「いやッ」

慶子は弾けるように叫んで、激しくかぶりを振った。

「股をひろげねえと、たっぷり可愛がってやることもできねえだろうが」

「ああ……許して、いや……いやです」

「いっぱいしてほしいと泣きながらねだってたくせして、今さら気どるなよ、女医さん」

「かんにんして……ああ、いや……」

「どうやら無理やりひろげられてのぞかれたいようだな」

鬼頭は氷室を見て言った。

氷室は縄を手にしてニンマリとうなずくと、慶子の右足首をつかんだ。左足首は鬼頭がつかむ。

「ああ……いやあッ」

慶子は裸身を硬直させた。

ジワジワと足首が左右へ割り開かれていく。いくら必死に両脚に力をこめても、男二人の力ではなす術もなかった。鬼頭以外にもう一人いることに気づく余裕すらなく、慶子は泣き叫んであらがいに両脚を波打たせる。だが慶子の足首は左右に開いて、必死に閉じ合わせた膝が割れた。

「いや、いやあッ」

慶子の悲鳴とともに、太腿がメリメリと音をたてて生木が裂けるように大きく割りひろげられた。

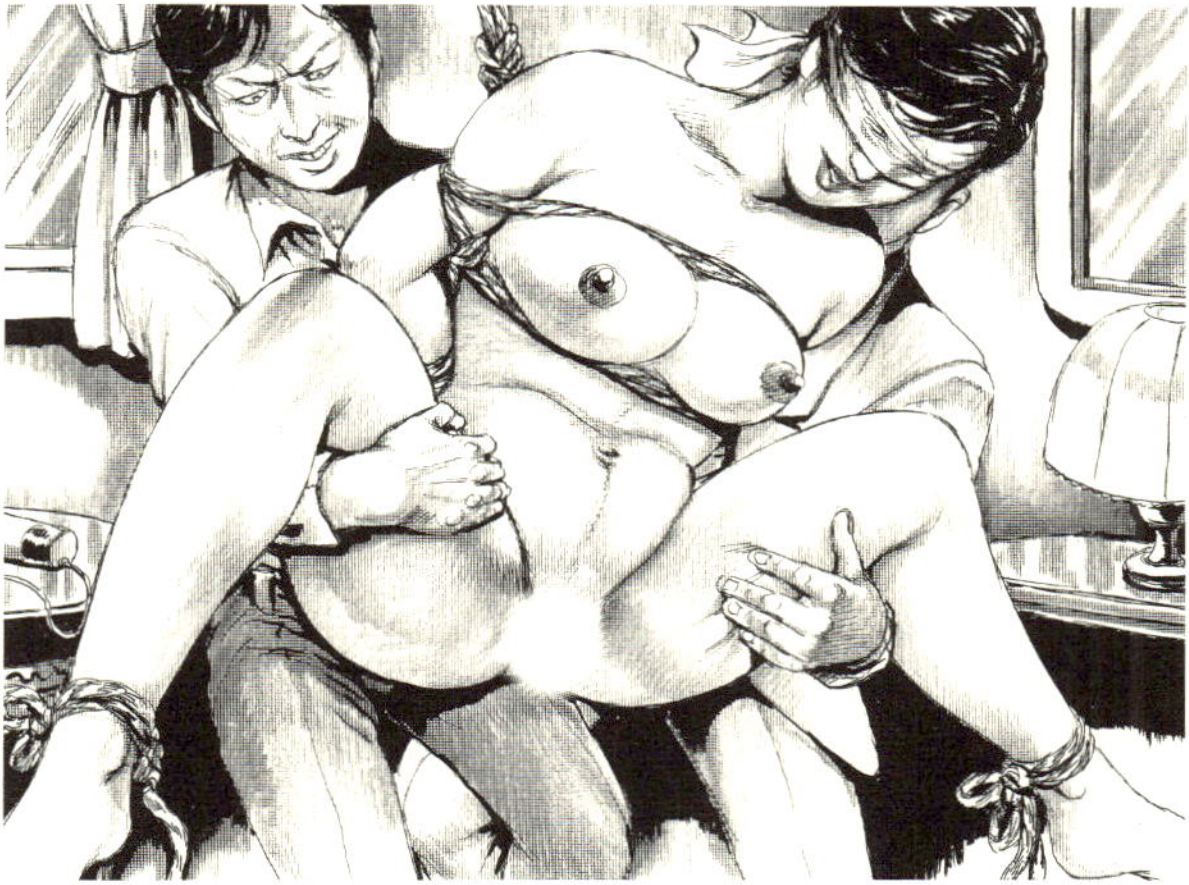

　左右の足首に縄が巻きつき、ピンと張って固定される。いっぱいに開かれた慶子の内腿が、筋を浮き立ててヒクヒクひきつった。

「どうだ、思いっきり股をおっぴろげた気分は。どれ、じっくりと女医さんのオマ×コを見せてもらうかな」

　鬼頭がそう言ってしゃがみこんだ。氷室も一緒にのぞきこむ。

「やめてッ……見ないでッ、ああ、いや、いやあッ」

　慶子は我れを忘れて泣き叫び、腰をガクガクと揺さぶりたてた。

　眼隠しをされて闇におおわれていることが不安をかきたて、かえって鬼頭のいやらしい視線を感じ取って羞恥をふくれあがらせた。

どうして逃げださなかったのか……後悔しても、遅い。

氷室と鬼頭は食い入るようにのぞきこんで、ニヤニヤと舌なめずりをした。

艶やかにもつれ合った茂みが、妖しい女の匂いをたち昇らせて、鬼頭と氷室の眼の前にあった。その繊毛におおわれた丘は小高く、そこから媚肉の割れ目がくっきりと切れこんでいた。

それは内腿の筋に引っ張られるようにほぐれて、赤く充血した肉襞をしとどに濡れたぎらせ、ヒクヒクとうごめいている。その頂点には女芯が包皮を剝いて、ツンと尖っていた。鬼頭と氷室がのぞいている間にも、媚肉はジクジクと蜜をあふれさせ、可憐にすぼまった肛門まで蜜にまみれて、ツーッと内腿をしたたった。

「フフフ、いいオマ×コしてるじゃねえか。股をおっぴろげたら、またいちだんとお汁があふれてきたな。洪水だぜ」

鬼頭はせせら笑った。

慶子は泣きながら頭を振り、腰をよじりたてた。いくらこらえようとしても、さっきから火にくるまれている慶子の身体は、もうどうしようもなかった。それでなくても眼隠しをされているため、身体じゅうの神経が、のぞかれている一点に集中して、身体が燃えてならない。

「お汁をあふれさせながらヒクヒクさせてるところなんぞ、早く太いのを咥えこみたいと催促してるみたいだぜ、女医さん」

「い、いや……言わないで……」

「フフフ、いっぱいいしてほしい、腰が抜けるまで気をやらせてほしいと言ってたわけだぜ。こんなにオマ×コをとろけさせてりゃよう」

鬼頭は慶子をからかってゲラゲラと笑った。氷室が手をのばして茂みをかきあげ、媚肉の割れ目をつまんで、さらに割りひろげた。

「あ、いや……ああッ……」

ビクッと慶子の腰がふるえた。腰をよじって指先をそらそうとする。

だがそんな動きとは裏腹に、慶子の媚肉はざわめいて、なぞってくる指先にからみつくうごめきを見せた。

「あ、ああ……こんなふうになぶられるのは、いや……もう、いやです……」

慶子は眼隠しをされた美貌を右に左にと振りたてた。

「お願い……ベッドで……ああ、普通にしてください……」

「フフフ、そうあせるなって」

鬼頭はせせら笑って慶子の後ろへまわると、双臀をゆるゆると撫ではじめる。

氷室のほうはニヤニヤと舌なめずりをして、慶子の媚肉を指先でまさぐり、時々、肉芽をつまんでいじる。

そのたびに慶子は、ヒッヒッとのどを絞った。

「かんにんしてッ……あ、ああッ……」

まさか氷室にいじられているとは夢にも思わない。鬼頭の指が媚肉をまさぐりつつ、もう一方の手で双臀を撫でまわしているものとばかり思っている。

「こ、こんなの、いや……ベッドで……ああ、お願い……」

慶子は泣きながら哀願を繰りかえした。

「オマ×コをいじられるだけじゃ、ものたりねえってわけかい、女医さん。フフフ、好きだな」

鬼頭はピタピタと慶子の双臀をたたくと、臀丘の谷間へ指先をすべりこませた。慶子の肛門をさぐりあてる。

「いやあッ……そんなところを……」

戦慄の悲鳴をあげて、慶子は双臀をブルブルとふるわせた。いくら腰を振りたてても、鬼頭の指は蛭のように吸いついて離れない。

「フフフ、尻の穴までビッショリだぜ。たいした感じようだな」

キュウとすくみあがるのをあざ笑い、鬼頭は指先で円を描くようにゆるゆると揉みこんだ。指先に肛門の粘膜が妖しく吸いつく。

「いやあ……そこは、ああ、いや……」

「電車のなかじゃおとなしく触らせて、浣腸までさせたじゃねえか、フフフ」

「ああ、いや……許して……」

肛門を揉みほぐされる異常さと、媚肉をいじられる心地よさとに、慶子の泣き声がしだいに力を失っていく。

鬼頭と氷室の指は後ろと前とでまさぐるリズムを合わせた。

「あ、ああ、いや……あああ……」

たちまち慶子は息をするのも苦しいほどに昂る。

「オマ×コと尻の穴を同時にいじられる気分はどうだ、フフフ。眼隠しをされているので、よけいに感じるだろうが」

女芯をいじりまわされる感覚にめくるめく官能を刺激され、必死に引き締めている肛門をいやおうなくほぐされていく。慶子は胴ぶるいがとまらなくなった。眼隠しでおおわれた闇に、スーッと意識が吸いこまれていきそうだ。

「ああ……ゆ、許して……ああ、あむ……」

慶子はキリキリと唇をかみしめ、次には口をパクパクとさせて、眼隠しの美貌をグラグラと揺らした。

もう慶子の白い肌に汗がじっとりと光り、腰がひとりでにうねった。まさぐられる女芯は赤く充血してツンと尖り、今にも血を噴かんばかりにヒクついて、肉襞もただれんばかりだ。

そしてゆるゆると揉みこまれる肛門は、もうとろけるような柔らかさを見せてふっくらとふくらんでいた。

「あ、あああ……もう、ベッドで……ああ、あむむ……」

慶子は息も絶えだえにあえいだ。身体の芯がドロドロに灼けただれ、頭のなかもうつろになって今にも気が狂いそうだ。

「もう、もう……ああ、してッ……」

「フフフ、ちゃんとおねだりしねえかよ」

「ああ……慶子にして……腰が抜けるまで、何度でも気をやらせて」

慶子は眼隠しの美貌をグラグラと揺らして、我れを忘れて口走った。

鬼頭と氷室は顔を見合わせて、ニンマリと顔を崩した。

「それじゃ一度気をやらせてやるか、フフフ。女医さんのイキっぷりはどんなかな」

鬼頭が肛門用のねじり棒を取りあげて言うと、氷室はニンマリとうなずいてグロテスクな張型を手にした。

まず氷室が張型を慶子の媚肉に埋めこみにかかった。一度媚肉の割れ目にそって張型の頭を這わせてから、ジワジワと柔肉に分け入らせていく。

「あ、あ、なにを……変なもの、使わないでッ……い、いやあ……」

眼隠しをされていても、押し開かれ、はめこまれるものが、男の生身でないことはわかる。

不安とおそろしさとが慶子をおおった。だが、これまでのいたぶりの連続に、慶子の肉は火のように燃えている。たとえ異物でも、ようやく与えられる悦びに背筋がふるえ、泣き声がうわずった。

たくましいものが柔らかくとろけきった肉襞を巻きこむように入ってくる。

「あ、ああ、かんにんして……いや……い、いやあ……」

いやいやと泣きながらも、眼隠しをされた慶子の美貌はのけぞり、悶える裸身は愉悦を隠しきれずにボウッと匂うように色づいた。

そしていつしか自分から積極的に受け入れようと、慶子の腰がうねりはじめた。媚肉はおびただしく蜜をあふれさせ、ヒクヒクと肉襞を張型にからみつかせる。

「すげえな、オマ×コがうなってるみたいだぜ。フフフ、よほど欲求不満だったんだな」

ニヤニヤとのぞきこんでいる鬼頭がからかった。慶子は腰をブルブルとふるわせながらあえぎ、からかいの声も聞こえていない。

そして張型の先端が慶子の子宮に届いて、ズンと突きあげた。

「あぁッ……う、ううむッ」

慶子はキリキリと唇をかみしめ、大きく割り開かれた両脚をピンと突っ張らせて、総身をふるわせた。

身体の芯がひきつるように収縮を繰りかえし、今にもつきはてそうな感覚がググッとせりあがった。

4

慶子は汗にまみれて、息も絶えだえにあえいでいた。

「よほどうれしいとみえて、クイクイ締めつけてるじゃねえか、フフフ」

鬼頭はあざ笑うように言って、氷室と二人してニヤニヤのぞきこんだ。

慶子の媚肉が太いのをしっかりと咥えこんで、妖しく肉襞をうごめかせつつとめどもなく蜜を吐きだしている。

女芯も赤く尖ったままピクピクとふるえ、ふっくらと盛りあがった肛門もあえぐようにゆるんだり締まったりを繰りかえして、どこもかしこもしとどの蜜だった。

「す、すげえな……」

さすがの氷室も低い声でつぶやいた。白衣に身をつつみ、冷たいまでの美しさを見せる気高い女医の森下慶子からは想像もできない乱れようだった。

男を寄せつけず、氷室の誘いを冷たく突っぱねてきた慶子が、あられもなく股間を剝きだしにして、官能の炎に翻弄されている。氷室は愉快でならなかった。

「いいながめだぜ、フフフ、お高い女医さんがオマ×コと尻の穴まで剝きだしにして、こんなに発情してるとは。同僚の医者や患者たちもびっくりするぜ」

氷室の気持ちを代弁するように、鬼頭がからかった。

「これじゃ女医というより、色情狂の患者だぜ、フフフ」

「……ああ、もう……いじめないで……」

「よしよし、もっとよくしてやるからな。色情狂になってよがり狂いな」

鬼頭がそう言うと、氷室はニンマリとして張型をゆっくり動かしはじめた。浅く深く、円を描くようにとあやつり、そのたびに充血した肉襞が張型にめくりだされめくりこまれる。

「あ、ああ……あむ……」

慶子はあられもない声をあげて、張型を貪ろうと腰を揺すりたてた。

上下を縄に絞られた豊満な乳房が悩ましげにはずみ、うねる肌を玉の汗がツーッとすべり落ちた。そしてピンと張った両脚は、膝とハイヒールとがガクガクと揺れた。

「ああ、たまらない……あうう……」

眼隠しをされているせいで、慶子は張型の動きをおそろしいまでに感じ、それが送りこんでくる肉の快美も強烈だった。

「フフフ、まだはじめたばかりだってのに激しいな」

鬼頭もねじり棒の先端を慶子の肛門にあてがった。

ふっくらととろけている慶子の肛門に、ねじり棒の先端を含ませ、ゆっくりとまわしてねじりこんでいく。ビクッと慶子の双臀がふるえて、肛門がギュウッとすぼまった。

「な、なにをッ……ああッ……ああッ……」

慶子は排泄器官にまで異物を使われるなど思ってもみなかった。

「尻の穴にも入れてやるからな。これだけいい身体をしてりゃ、オマ×コだけじゃものたりねえだろうからよ」

「いや、いや、かんにんしてッ……お尻なんて、やめてッ」

「すぐにズンとよくなるぜ。深く入れてほしいって、尻の穴はとろけてるじゃねえかよ、フフフ」

ねじり棒に慶子の肛門がゆっくりと押しひろげられ、粘膜が巻きこまれていく。拒もうと肛門を締めれば、巻きこまれる感覚がおそろしいまでに強まり、かといってゆるめればどこまでも入ってきそうなのだ。

「ああ、許して……こわい……」

「フフフ、尻の穴はうれしそうにヒクヒク呑みこんでいくぜ、ほれ……」

「あ、あああ……いや、ああ……」

前の張型が送りこんでくる肉の快美と肛門のおぞましさとが入り混じった。それが慶子をいっそう悩乱させる。

「ああ……あむ……」

慶子は眼隠しされた美貌をのけぞらせたまま白いのどをピクピクとふるわせ、ヒイーッと絶息するようにのどを絞った。

もうねじり棒は十五センチほども入っただろうか。慶子の肛門は三センチも拡張されて、ぴっちりとねじり棒を食い締めた。

「フフフ、どうだ、オマ×コにも尻の穴にも咥えこんだ気分は。色情狂の患者みたいな気がするだろうが」

鬼頭はニヤニヤと慶子の股間をのぞきこんだ。氷室も張型をあやつる手をとめて、のぞきこむ。

ねじり棒と張型が慶子の股間に食いこんで、一種凄絶なながめだ。前も後ろも弛緩と収縮を繰りかえして張型とねじり棒とをうごめかせ、ジクジクと蜜をしたたらせる。ムンムンと女の色香がむせるようだ。

「……許して……ううむ……」

慶子はうめき、あえいで、そう言うのがやっとだった。

「まだこれからじゃねえか、フフフ。思いっきり気をやらせてやるからな。うんと気分を出すんだぜ」

鬼頭はパシッと慶子の双臀をはたいた。

顔を見合わせた鬼頭と氷室はニヤリとすると、同時にねじり棒と張型をあやつり、抽送をはじめた。張型はバイブレーターのスイッチも入れられ、ジジーッと不気味な電動音とともに淫らな振動とうねりが、慶子の膣を襲った。

「あッ……ヒイィ……」

のけぞった慶子ののどに悲鳴が噴きあがった。ガクガクと腰が振りたてられる。

「あぁッ、あああ……変になっちゃうッ……あむむ、たまらないッ」

慶子はたちまち半狂乱に泣き叫んだ。肛門や膣がねじり棒と張型とにこねくりまわされるのだ。しかも薄い粘膜をへだてて二本の異物がこすれ合う感覚に火と化した慶子の身体に、さらに火花が走った。

「死ぬッ……あああ、あむ……し、死んじゃうッ……いいッ……」

慶子はよがり泣いて腰を揺すりたてた。

「たいした悦びようじゃねえか。グイグイ締めつけてきてよ」

「オマ×コのほうもすごいもんだぜ、フフフ。これがあのお高い森下慶子先生とは驚きだぜ」

鬼頭と氷室がそんなことを言って笑っても、慶子には聞こえない。ヒイヒイとあえぐ口の端から涎れさえあふれさせ、二本の責め具にあやつられるままに泣き、よがり、叫んだ。

「このぶんならサンドイッチで楽しめそうだな、フフフ。さすがに未亡人はすげえや」

「いきなりサンドイッチか。それも面白えな、フフフ。朝までたっぷり時間もあるし、とことん楽しむか」

慶子の前と後ろとで氷室と鬼頭はゲラゲラと笑った。

「それにしても、あの森下慶子先生がここまで崩れるとはな。まるで色きちがいだぜ」

「お高い女ほど一度崩れると、あとは底なしってもんだ。この際、徹底的に牝であることを思い知らせてやろうじゃねえか」

「フフフ、それにはやっぱりサンドイッチがいちばんだな」

氷室と鬼頭は前から後ろから慶子を責めつづけた。

「あ、もうッ……あああ……いいッ……」

あふれでる涎れをすすりあげながら、慶子はよがり声に、ヒッヒッという悲鳴さえ交えはじめた。

自分の身体がどうなっているのかももうわからない。

「ヒッ、ヒッ……も、もう、イッちゃうッ……あぁッ……あぁッ……」

そう叫んだ慶子は白い歯をキリキリとかみしばり、両脚を激しく突っ張らせて痙攣を走らせだした。

「いっ、イッちゃうッ……あぁッ……」

その瞬間、慶子は生々しいうめき声を絞りだしてのけぞった。肛門と膣がキリキリと収縮して責め具を食い締めた。そして慶子は何度も絶息せんばかりのうめき声にのどを絞り、ガクンガクンと激しくのけぞった。

そのまま意識が痙攣のなかに吸いこまれるように、慶子の身体からガックリと力が抜けた。あとは余韻の痙攣に腰をふるわせるばかりだ。

「フフフ、あの森下慶子先生が気をやりやがったぜ」

「それにしてもたいしたイキっぷりだ。こりゃ牝の素質充分だぜ」

氷室と鬼頭はようやく張型とねじり棒の動きをとめて、満足げに言った。動きはとめても、張型とねじり棒を慶子の身体に深々と咥えこませたままだ。

「気をやったところで、さっそくサンドイッチといこうか、氷室」

「ちょっと待てや、鬼頭。その前に牝になった証しに、ここのオケケを剃ってやろうじゃねえか」

「そいつは面白え」

氷室と鬼頭はさっそく剃刀を持ってくると、鬼頭はしとどにあふれでた蜜を茂みに塗っていく。

「これだけ濡れてちゃ、石けんはいらねえな、フフフ。それにしてもお汁の多い女医さんだぜ。ビチョビチョだ」

鬼頭は張型もねじり棒も抜き取ろうとはしなかった。それどころか、深く埋めこんだ張型をあやつって周辺の肉を盛りあがらせ、氷室が剃りやすくしようとした。

「フフフ、こう柔らかなオケケだと、剃ってしまうのが惜しい気もするがな」

氷室はニヤニヤと笑いながら、慶子の柔肌に剃刀をすべらせはじめた。

まず艶やかな繊毛におおわれた小高い丘からだ。剃刀がすべって繊毛を少しずつ刈り取っていく。

その感覚に慶子は弱々しく頭を揺らしてうめいた。意識がもどってきても、眼隠しをされていては、なにをされているのかもわからない。

「ああ……なにを……なにをしているの……もう、かんにんして……」

まだうつろげに慶子はあえいだ。

「フフフ、オマ×コの毛を剃ってるんだよ。お高くとまった女医さんが、ここを剃られてツルツルにしてるなんて、考えるだけでも傑作じゃねえか」

鬼頭が氷室にかわって言った。

信じられない言葉に、慶子はハッと我れにかえった。官能の絶頂に昇りつめた余韻も、一瞬にどこかへ消し飛ぶ。

「そ、そんな……そんなこと、いや、いやですッ……かんにんしてッ」

「あばれると大事なところが剃刀で切れちまうぞ。じっとしてな」

「いや、ああ……いやです。どうして、そんなひどいことを……」

「フフフ、ツルツルにされて剝きだしのオマ×コを見るたびに、今夜のことを思いだすってわけだ。さんざんおもちゃにされて、腰が抜けるまで気をやらされて、俺のものになったことをよ」

鬼頭はゲラゲラと笑った。氷室も笑いたいのをこらえて、剃刀をさらにすべらせた。ほんのりと色づいた丘がしだいに剝きだしになっていく。

「ああ……ひ、ひどい……」

慶子は眼隠しをされた顔を弱々しく振ってすすり泣きだした。

茂みがすっかり剃り取られると、丘のふくらみの高さが目立った。剃刀はさらに媚肉のひろがりの左右へとすべっていく。

「許して……ああ、いや……」

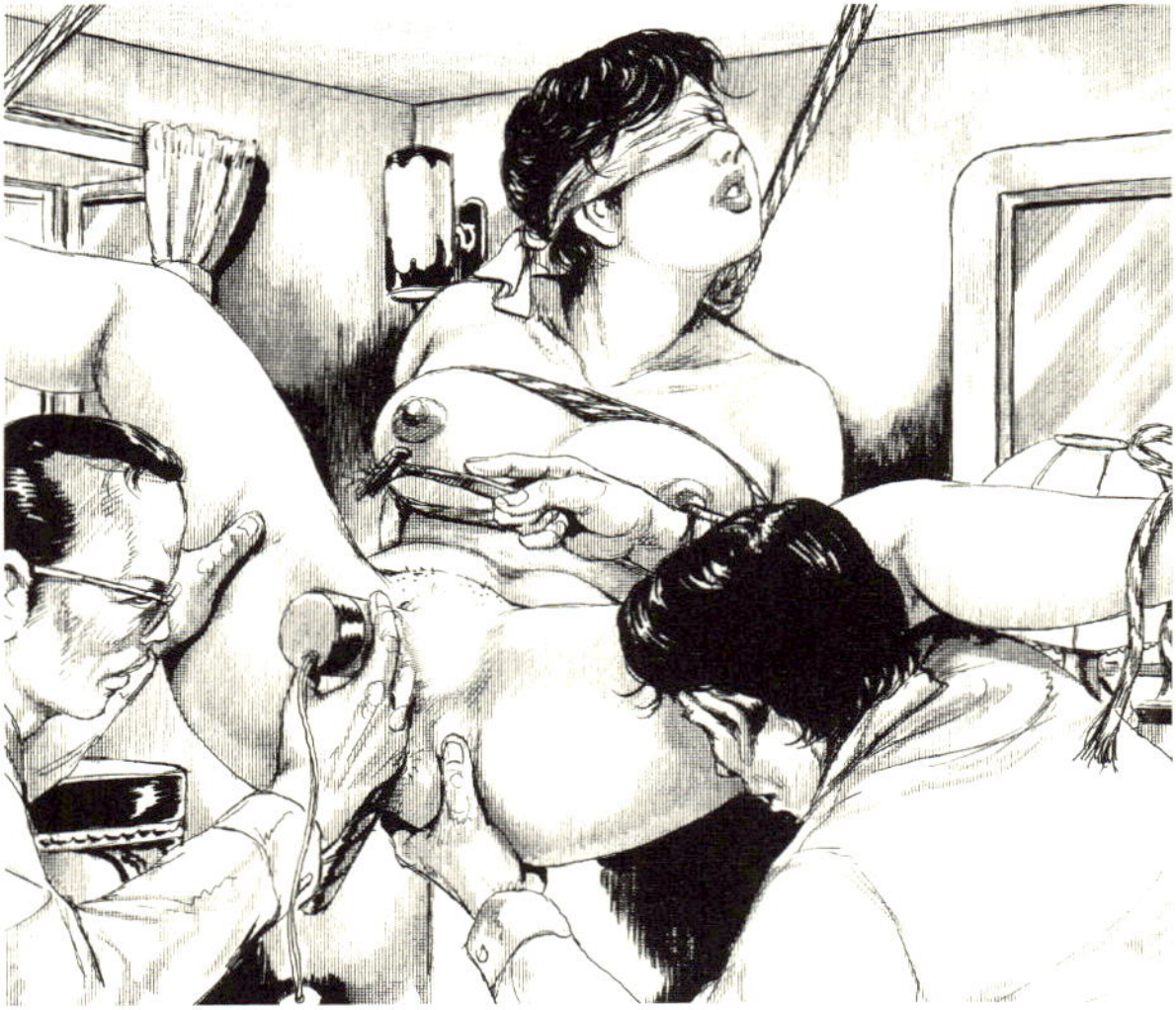

「泣くのはまだ早いぜ。すっかり剃ったら今度は生身で可愛がってやるからよ」

鬼頭は慶子の双臀をピタピタとたたいた。

すっかり剃毛されると、テラテラと光る肌が剥きだしになった。媚肉もくっきりと露わになり、それがグロテスクな張型を咥えこんでいるさまは、生々しさを際立たせた。

「ツルツルになって綺麗になったぜ、女医さん。こりゃいいながめだ、フフフ」

鬼頭が意地悪く言い、氷室はツルツルの肌を指でなぞって慶子に感じ取らせた。

「あ、ああ……そんな……」

慶子は裸身をブルブルとふるわせて、泣き声を高くした。

5

鬼頭と氷室は服を脱いで裸になり、たくましく屹立した肉棒を剝きだしにした。もう激しい欲情に天を突かんばかりで、ドクンドクンと脈打っている。

だが眼隠しをされている慶子にはわかるはずもない。まして鬼頭だけでなく、氷室までいることなど、まだまったく気づいていない。

「フフフ、一度気をやって、身体もほぐれただろうからな。今度はもっと気分を出して、思いっきりイクんだぜ」

鬼頭は慶子の乳房に手をのばして、タプタプと揉みながら言った。乳首を絞りだすようにして口に含み、舌でころがして、しゃぶる。

「ああ……」

慶子は弱々しく頭を揺らした。

乳房だけでなく、剃毛されてツルツルの肌には氷室の指がまだしつこく這っていた。

「こんなかっこうじゃ……も、もう、いや……ああ、お願い、ベッドで……」

「このほうが燃えるんじゃねえのか。さっきはすげえイキっぷりだったぜ、フフフ。激しすぎて気が狂ったかと思ったくらいだ」

「いや……ベッドで……ああ、こんなのは、いやです……」

慶子はすすり泣く声で哀願した。

その声には、もう屈服した女の甘えのような響きが感じられた。

「ガタガタ言うな。どんなふうに犯るかは俺が決める。女医さんはいい声で泣いて、気分出すことだけ考えてりゃいいんだ」

鬼頭はピシッと慶子の双臀をはたいた。それから鬼頭と氷室は顔を見合わせて、互いにニンマリとうなずき合った。

まず鬼頭から犯れよ。おめえの狙いは尻の穴だろ、フフフ……。

同時に犯らねえのか?……

尻の穴を犯られると知って、森下慶子がどんな反応をするか見てえんだ。そのうえでオマ×コにもぶちこまれて男が二人とわかりゃ、ダブルショックってわけだ……。

そういうことなら、まず俺から……。

鬼頭が後ろから慶子の裸身にまとわりついて、細腰に手をかけた。たくましい肉棒が慶子の臀丘にこすりつけられる。

「あッ……許して……」

なにをされるかも知らず、期待感のようなものが慶子の背筋をわななかせた。ねじり棒がいきなり引き抜かれるや、灼熱の頭が慶子の肛門に押しつけられてきた。

「ああ、そこは……ち、違いますッ」

慶子はハッとして腰を硬張らせた。押しあてられた肉棒の頭は、慶子の肛門を割る気配を見せた。

「ち、違うッ……ああ、いやッ……」

「ここでいい。犯りてえのは女医さんの尻の穴だ」

「い、いやあッ」

慶子はおびえた声をひきつらせた。肛門を犯されるなど信じられない。

「やめてッ……そんなところ、いや……ああ、いやあッ……」

よじりたてる慶子の腰を、鬼頭はがっしり押さえつけた。

氷室も媚肉の張型をつかんで、杭のように慶子の動きを封じ、鬼頭が肛門を貫くのを手助けする。

押しつけられる灼熱に、慶子の肛門はジワジワと押しひろげられた。

「ああッ……こわいッ……」

慶子は激しくかぶりを振った。

ねじり棒の時の比ではなく、なにか巨大なものがめりこんでくるみたいだ。のびきったチューブのようにいっぱいに拡張された肛門の粘膜が、ミシミシときしむ。

「い、痛い……うむむ……」

「もう少しだ。自分から尻の穴を開くようにしねえか」

「いや……いやッ……やめてッ……あむむ、裂けちゃうッ」

狂ったように黒髪を振りたてて、ガクガクと慶子はのけぞった。のけぞったのどから、ヒイーッと悲鳴が絞りだされた。

たちまち慶子の肌にあぶら汗がドッと噴きでた。身体を真っ二つに引き裂かれるような激痛に、慶子は身を揉んで息もできないように口をパクパクさせては、またヒイーッとのどを絞った。

もう慶子の肛門は限界まで拡張されて、鬼頭のたくましい肉棒の頭部を呑みこもうとしていた。押しかえそうとする力がからみついてくるのが、鬼頭にわかった。

鬼頭はかまわずジワジワと押し進めた。一寸刻みの動きのたびに、慶子は絶息せんばかりにのどを絞った。

「ヒッ、ヒイッ……死んじゃうッ、かんにんして……ヒッ、ヒッ……」

眼隠しをされた慶子の闇のなかに、バチバチと激痛の火花が散った。

肉棒の頭が入ると、あとは思ったよりスムーズだ。鬼頭は肉棒の根元まで深々と貫いた。鬼頭の下腹がぴったりと慶子の双臀に密着した。

「フフフ、とうとう尻の穴でつながったぜ。気分はどうだ」

「……う、うむ……苦しい……ああ、こんなことって……」

「ヒクヒク締めつけてくるのが、すごくいいぜ、女医さん」

鬼頭は慶子の耳もとで意地悪くささやいた。

それからゆっくりと腰を動かして、慶子の直腸を突きあげはじめた。

ヒイッと慶子は悲鳴をあげた。

「あ、ああッ、痛い……うむむ、動かないで……や、やめてッ」

引き裂かれるような激痛。肛門を貫かれているおぞましさ。慶子は白い歯を剝き、総身を揉んで泣き叫んだ。

「痛いのは最初のうちだけで、すぐによくなるぜ。ここの感覚が抜群なのは、さっきで実験ずみだからな」

「いや……う、うむむ、かんにんして……」

「フフフ、とことんいじめてやると言っただろ。俺のものになるってことは、こういうことなんだよ」

「う、うむ……ヒッ……ヒイィ……」

揺さぶられて慶子は号泣した。

鬼頭の肉棒のたくましさは、エレベーターのなかで握らされ、知っている。そのた

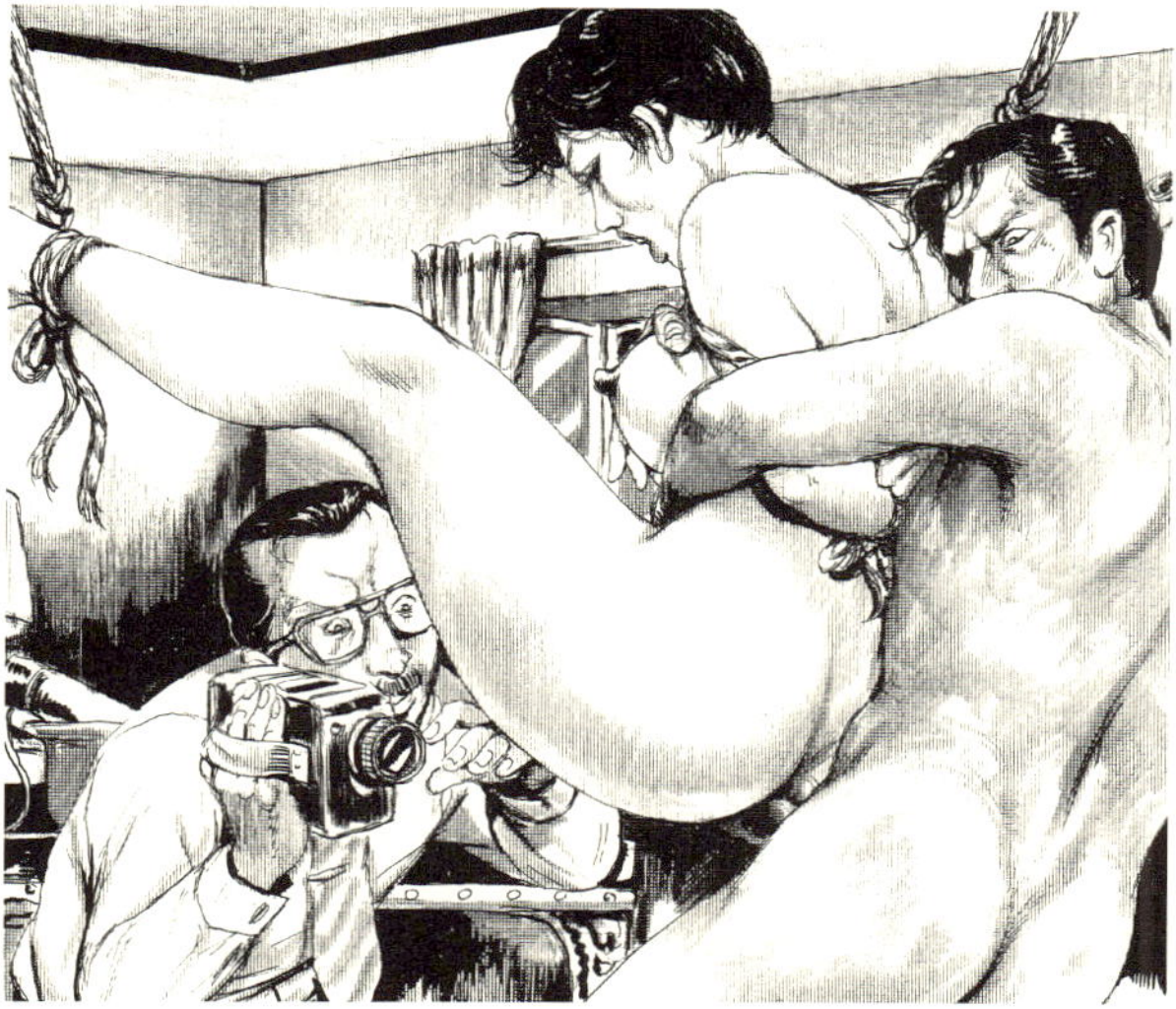

くましさは肛門を貫かれたことであらためて思い知らされた。

引き裂かれんばかりに拡張され、キリキリと食い締めているのが、とても自分の身体とは思えなかった。

「……ああ、死んじゃう……許して……」

慶子は泣き、うめき、そしてハアッハアッとふいごのようにあえいだ。

「フフフ、俺からもう逃げられねえな。尻の穴まで征服されたんだからよ。俺のものになると誓いな」

鬼頭は突きあげながら慶子の耳もとでささやいた。

「ああ、あなたのものになるわ……あ、あむ、慶子はもう、あなたのものです……」

悩乱のなかに慶子は我れを忘れて強要された言葉を口にしていく。

「慶子の……お尻の穴は、もう……ああ、あなたのものです……」

「よしよし、この俺の奴隷になると言うんだ。どんなことでもされる肉の奴隷にな」

「ああ……あなたのどんなことでもされる肉の奴隷になります……慶子は、どんなことでもされる肉の奴隷……」

そばで氷室がビデオカメラをまわし、慶子の言葉を録音している。もうすさまじい肛交の翻弄に息も絶えだえの慶子は、まったく気づかない。

「フフフ、今夜は肉の奴隷であることをこの身体に思い知らせてやるからな」

そう言うと、鬼頭は腰の動きを突然ピタッととめた。

そろそろこいや、氷室……。

鬼頭は氷室に眼で言って、片眼をつぶった。ニヤリとうなずいた氷室は、ビデオカメラを自動撮影にセットして三脚に固定すると、慶子の正面へまわった。しゃがんで結合部をのぞきこむ。まず張型を慶子の媚肉からゆっくりと抜き取った。

「あ、ああッ……ああッ……」

離すまいと、慶子は肉襞をうごめかせて狼狽の声をあげた。

抜き取られたあとは赤くただれたような肉層をヒクヒクさせ、しとどの蜜が内腿をツーッとしたたった。

そのわずか後ろ、慶子の肛門がドス黒い肉棒に深々と貫かれているのが、氷室にはっきりと見えた。せいいっぱいといった感じで肛門の粘膜がのびきっている。そのくせ媚肉からとめどもなく蜜を吐いているのだから、女の性の貪欲さにあきれてしまう。

「どうした、そんなに腰をふるわせて。オマ×コから抜かれたのが不満だったのか、女医さん」

鬼頭は慶子の耳もとでからかった。

「オマ×コにも太いのが欲しいってわけか。欲張りな女医さんだぜ」

「ああ……あああ……いや……」

「よしよし、悪かったな。すぐにオマ×コに太いのを入れてやるからな」

鬼頭がそう言うなり、氷室は立ちあがって正面から慶子の身体を抱きこみにかかった。たくましく屹立した肉棒の先端を、剃毛された無毛の丘に這わせ、媚肉のひろがりを二度三度となぞる。

あえぎすすり泣く慶子はハッとして、ピクッと身体をふるわせた。

「誰なのッ……ああ、誰がいるのッ」

鬼頭の他にもう一人いることに、やっと気づいたのだ。

そして、二人がかりで前と後ろから犯されると知った慶子は、肛門を鬼頭に串刺しにされていることも忘れ、悲鳴をあげてのけぞり、悶え狂った。

「いや、いやッ……そんなおそろしいこと、しないでッ……」

「フフフ、よけいなことは考えねえで、気分出してりゃいいと言っただろうが。二人でも三人でも、俺の言う通りにして牝になってりゃいいんだ」

「いや、いやあッ……かんにんしてッ」

慶子の泣き声は、ジワッと媚肉に分け入ってくる氷室の肉棒によって、途中から悲鳴に変わった。ヒイッ……とのどを絞る。

いくらそらそうとしても、慶子の身体は肛門を貫いた鬼頭の肉棒で、がっしりと杭のようにつなぎとめられている。

「ああッ……ヒッ、ヒイーッ……」

媚肉に押し入ってくる肉棒に、慶子は泣きわめいた。前と後ろから二人がかりで貫かれるなど、二十九歳になる今日まで想像すらしたことがない。

薄い粘膜をへだてて直腸の肉棒とこすれ合いながら膣を貫いてくるもう一本の肉棒……もう火にくるまれて灼けただれる身体に、さらに火柱が走った。

「オマ×コのほうもしっかりつながったな。どうだ、オマ×コと尻の穴とにぶちこまれている気分は」

鬼頭が聞いても、慶子は黒髪を振りたくって泣きわめくばかりだ。

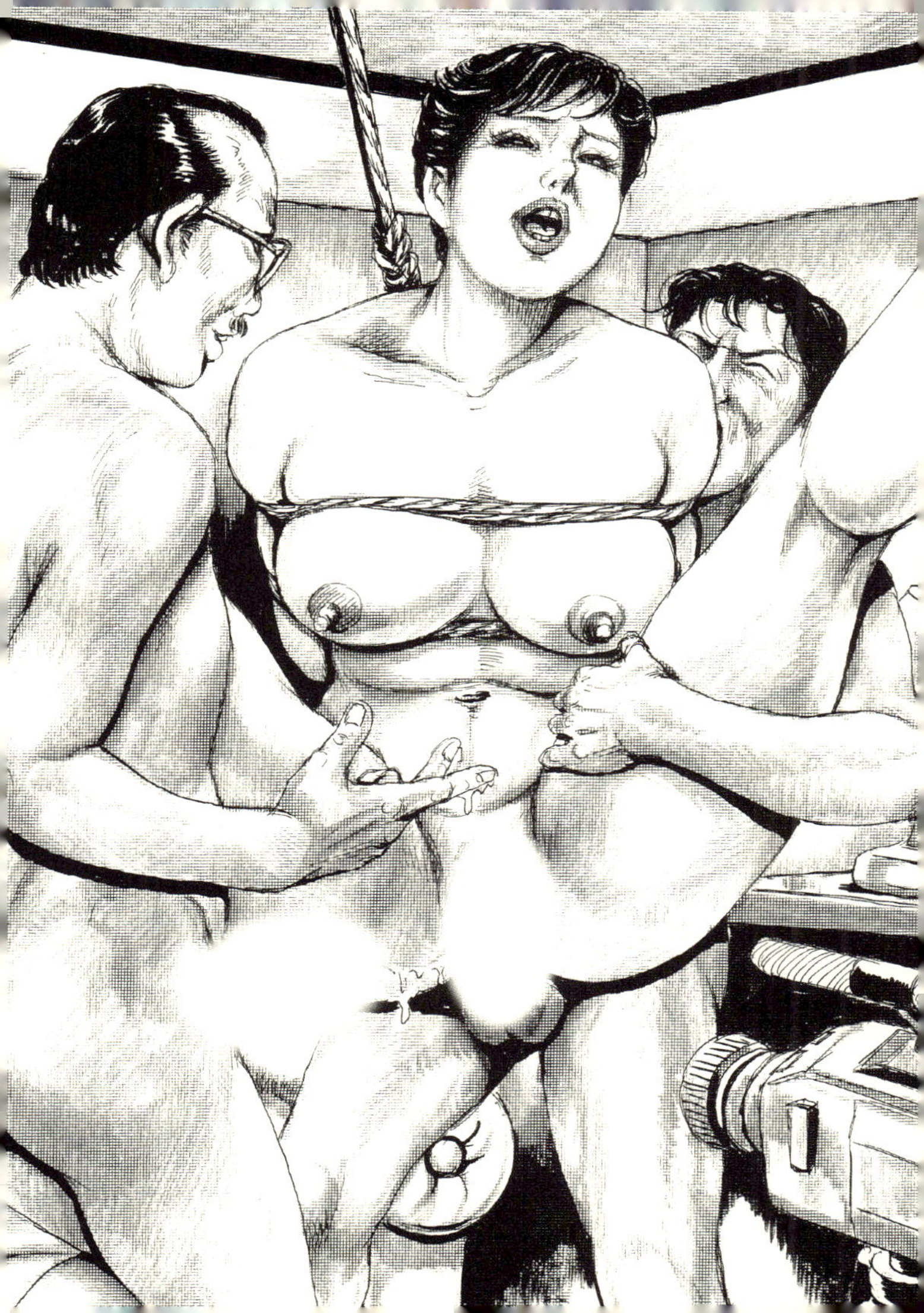

もう慶子は腹の底までびっしりとつめこまれて占領され、生きた心地もなかった。鬼頭と氷室は慶子をはさんでニンマリ笑うと、リズムを合わせて後ろと前から突きあげはじめた。

「いやあッ……あ、ああッ……気が狂っちゃうッ……ああッ……」

慶子の身体は鬼頭と氷室の間で、揉みつぶされるようにギシギシと鳴った。

薄い粘膜をへだててたくましい肉棒がこすれ合う感覚のおそろしさ。だが、それがこれまで経験したこともないすさまじいまでの肉の快美を生むのが、もっとおそろしい。

もう肛門を引き裂かれるような苦痛さえ、灼けただれるような肉の快美に呑みこまれた。

「ああッ……あ、あわわわ……ヒッ、ヒイッ……死ぬッ……いいッ……」

狂ったように喜悦の声を張りあげて、慶子は身も心も灼きつくされる瞬間に向け、暴走していった。

6

もう錯乱状態の慶子をサンドイッチで思う存分に弄んだ鬼頭と氷室だった。グッタりと死んだような慶子を残してラブホテルを出たのは、もう明け方近かった。

マンションで少し休んでから病院へ向かう。さすがに氷室と鬼頭も疲れが残っている。

「女医の森下慶子か、フフフ。オマ×コといい尻の穴といい、とびきりの味してやがったな。いい女だぜ」

「今ごろは腰が抜けたまま泣いてるだろうな。今日は病院に出てくるどころじゃねえってわけだ、フフフ」

「明日になりゃ、あのお高い女医がどんな顔をして出てくるか、フフフ、こりゃ楽しみだぜ」

「それより急げよ、氷室。須藤三枝子の診察予約は十時だぜ」

「フフフ、女医の次は人妻か。つくづく俺たちはタフだと思うぜ」

車のなかで氷室と鬼頭は顔を見合わせて、ゲラゲラと笑った。

病院へ着いたのが九時四十五分、氷室と鬼頭が急いで白衣をまとって第六診察室へ入ると、待合室にはすでに三枝子の姿があった。

今日の三枝子はイエローのワンピースである。それがいかにも上品な人妻を思わせる。そしてポニーテールにした黒髪とハーフを思わせる美貌、ルージュは燃えるような赤だ。

そんな三枝子の姿を見たとたん、氷室と鬼頭は疲れもどこかへ消し飛んだ。メラメラと新たな嗜虐の欲情の炎が燃えあがった。

「見ろよ、あの色気。フフフ、だいぶ薬が効いてるようだな」

「オマ×コと尻の穴がどうなってるか、診察が楽しみだぜ」

テレビが映しだす待合室の三枝子をながめながら、氷室と鬼頭はニヤニヤと笑った。治療薬と偽って催淫媚薬の座薬を、昨日の診察で三枝子の膣と肛門に入れておいたのだ。即効性はないものの、ジワジワと肉をとろけさせて、二十四時間は持続するはずだ。

待合室でさっきから立ったり座ったりと落ちつかないのは、そのせいだろう。三枝子の美貌はほのかに上気して色づき、薄っすらと汗を浮かべていた。その汗に三枝子は何度もハンカチを押しあてた。

「フフフ、それじゃさっそく本日のお楽しみといくか、鬼頭」

「ではまた、昨日みたいに医者になりきるとするか。氷室先生、患者のご婦人をここへ。診察時間です」

「わかりました、鬼頭先生。本日もお手伝いよろしく願います」

芝居がかった口調で言って、氷室と鬼頭はニヤリと笑った。

『須藤三枝子さん、第六診察室へお入りください』

待合室のスピーカーが三枝子を呼ぶと、三枝子が立ちあがって、こっちへ来るのがテレビで見えた。

すぐにドアがノックされて、三枝子が入ってきた。

「ええと、須藤三枝子さんでしたね。あれから具合いはいかがですかな」

氷室は座ったままカルテを見るふりをして、三枝子には眼をやらずに言った。

「は、はい……」

氷室の前に座った三枝子は、小さな声で返事をした。

「それが、身体がだるくて、熱っぽい感じなんです……」

「ほう」

氷室はカルテを置いて三枝子のほうを見た。

なるほど三枝子の美貌は綺麗に化粧をしていても、ボウッとけぶるようなピンクに上気している。薄っすらと汗をかいて、時々小鼻がピクピク動いた。

そして発情した女の妖しい匂いが、かすかに漂ってくる。確かに催淫媚薬の効き目が表われている。

「もう少しくわしく言ってもらえますか」

「はい……腰のあたりが疼くみたいで……ちょうど生理の前みたいに、時々たまらなくなるんです」

三枝子は消え入るような声で言った。相手が医者でなければ、言えることではない。

「なるほど、昨夜ご主人と夫婦生活は？」

「し、していません……今週、主人は旅行中で……」

「大便もしていませんね、奥さん」

「………」

三枝子は声を出さずに返事をして、小さくうなずいた。

氷室と鬼頭は腹のなかでニンマリと笑った。膣と肛門に含まされた座薬が催淫媚薬とも知らず、三枝子はさぞかし悶々とした一夜をすごしたにちがいない。

それでなくても昨日の診察で、麻酔で意識のない間、氷室と鬼頭に犯されたのだ。だるく熱っぽいのが当たり前だ。

「それじゃ診てみましょう。裸になってあれに乗ってください」

氷室は平然と言って、婦人科用の内診台を指差した。

内診台のところには鬼頭がいて、足台をわざとはじめから左右へいっぱいに開いていた。また三枝子に自分から股を開かせようという魂胆なのだ。

「は、はい……」

三枝子は脱衣篭の前へ行くと、ワンピースの背中のファスナーをさげて脱ぎはじめた。

氷室と鬼頭をまるで疑っていない。ワンピースを脱ぐと、白いスリップをすべらせて、さらにブラジャー、パンスト、パンティと脱いで全裸になっていく。

さりげなく見つめる氷室と鬼頭は、思わずゴクリとのどを鳴らした。

羞恥からか、それとも催淫媚薬の効き目か、三枝子のまぶしいばかりの肢体は匂うようなピンクに色づいて、じっとりと汗ばんでいた。ムンムンと人妻の熟れた色香を発散している。

女が無防備になるのは夫と医者の前だけだと氷室が言っていたが、まったくその通りだと鬼頭は思った。婦人科の内診で患者が全裸になることはないが、三枝子は氷室の言葉を疑っていない。

こうもたやすく人妻を全裸にしてしまう医者という立場の力に、鬼頭はあらためて驚かされる。

三枝子は両手で乳房と下腹の茂みを隠すようにして、内診台にあがった。なにも言わないが、美しい顔は耳や首筋まで真っ赤だった。

「両脚を開いて足台に乗せてください」

そう言って氷室は左右へ大きく開かれている足台の間に腰をおろした。ななめ後ろには鬼頭が座る。

「どうしました、奥さん。そう緊張しないでリラックスして。さあ、開いてください」

「みなさん堂々と開かれますよ。奥さんは恥ずかしがり屋ですな」

氷室と鬼頭は昂る欲情を抑えて言った。

「は、はい……すみません……」

三枝子はつとめて平静をよそおうとするのだが、声がふるえた。身体じゅうがさらにじっとりと汗ばんで、小さくふるえだした。

それでも三枝子は内診台の上にあおむけになると、縮めていた両脚をおずおずと左右の足台へ向けて開きはじめる。

「あ、あ……」

ガクガクと膝がふるえ、ひとりでにまた両脚が閉じてしまう。

「どうしたというんですか、奥さん。恥ずかしがってては診察になりませんよ」

「す、すみません……ああ……」

三枝子は唇をかみしめて、両眼を閉じた。そして気力をふり絞るようにして、再び両脚を開きはじめた。

氷室と鬼頭の眼の前で、美貌の人妻の足首が膝が、そして太腿がゆっくりと左右へ割れひろがっていく。

フフフ、こいつはたまらねえや。これほどの美人の人妻が自分から股を開くなんてよ……。

これだから医者はやめられねえよ。おお、オマ×コがのぞいてきたぜ……。

鬼頭と氷室は三枝子が両眼を閉じているのをいいことに、ニヤニヤと舌なめずりをしてのぞきこんだ。

「あ、あ……」

三枝子は弱々しく頭を振って、狼狽の声をあげた。

もう三枝子の両脚は左右に大きく開かれているにもかかわらず、まだ足台に届かないのだ。鬼頭が足台を昨日よりも大きく開いておいたのである。

「もう少しですよ、奥さん」

「は、はい……ああ……」

ようやく三枝子の両脚が足台に届いた時には、太腿はほとんど百八十度に近いまでに開ききっていた。

やがて氷室と鬼頭は、三枝子のふくらはぎの部分を革ベルトで足台に固定した。両手も左右へ開かせてパイプにつなぐ。

「ああ……せ、先生……」

「どうしました、奥さん」

「……恥ずかしい……」

三枝子は固く閉じた両眼を開こうとはしなかった。火のようになった美貌を右に左にと伏せるばかりだ。

昨日よりも恥ずかしがった原因は、やっぱりこれか、フフフ……。

こりゃすげえ。これほど効き目があるとはな……。

氷室と鬼頭は眼を見合わせてニヤリとした。

内腿の筋が浮きあがるまでに開ききった股間に、肉の花園がくっきりと剝きだされていた。それは妖しく咲き開いて肉層まで見せ、しかもしとどに濡れたぎっていた。

そのわずか下、三枝子の肛門もまたふっくらとほぐれて、ヒクヒクとあえいでいた。

「ああ……恥ずかしい……」

恥ずかしい反応に気づかれて、三枝子はすすり泣かんばかりだ。

「流産しそうになると、とくに敏感になるんですよ。それにしても奥さんは人並み以上のようですな」

氷室は平然と嘘をついた。

三枝子はいっそう右に左にと顔を伏せて、かえす言葉もない。

氷室は触診するふりをして、三枝子の媚肉に手をのばした。媚肉の割れ目を左右からつまんでさらにくつろげ、奥の肉襞までさらけだしてのぞきこむ。

「あ、あ……先生、ああ……」

三枝子は声をうわずらせた。

催淫媚薬でとろけさせられた三枝子の柔肉は、氷室の指を感じて肉襞をざわめかせるようにヒクヒクとうごめいた。頂点の女芯も包皮を剝いて、肉芽をヒクヒクと尖らせるようだ。

それにしゃぶりつきたい衝動を、氷室と鬼頭はグッとこらえた。ここであわてて三枝子に疑われては、せっかくの楽しみも半減するというものだ。

「感じるんですね、奥さん」

「ああ……」

「少し我慢してください。すぐに終わりますからね。気を楽にして」

そんなことを平然と言いながら、氷室は鉗子を二つ引き寄せた。ひとつを三枝子の媚肉の合わせ目の右に、もうひとつを左にかませて左右へひろげる。

これでもう指をそえてくつろげなくても、三枝子の溝は生々しいまでにパックリと剝きだしだ。

「あ、ああ……」

秘められた肉がさらけだしっぱなしになって外気にさらされる感覚が、三枝子をさらに激しい羞恥で見舞った。

そうしておいて氷室は指先に催淫媚薬クリームをすくい取り、さらに三枝子の媚肉に塗りこんでいく。

触診するふりをして、丹念に肉襞のひとつひとつに塗りこむ。肉襞がヒクヒクとうごめき、ねっとりと蜜が氷室の指先を濡らして糸を引いた。

7

鬼頭も今日は黙っていない。

「今のうちに内臓の体温を測っておきましょう。肛門で測りますからね、奥さん」

鬼頭は体温計を取りあげた。

三枝子がもう恥ずかしさに気もそぞろなのをいいことに、有無を言わさず、ふっくらとほぐれた三枝子の肛門に体温計をあてがい、おもむろに押し入れていく。

体温計の冷たいガラス棒がおぞましい排泄器官を貫いてくる感覚に、三枝子はヒッと息を呑んだ。

疼くようなむず痒さが、肛門から直腸へと走る。

「あ、あ……うむ……なにを……」

たまらずに声をあげそうになって、三枝子はキリキリと唇をかみしめた。

キュッ、キュッと三枝子の肛門が体温計を締めつけてくる。体温計にも催淫媚薬クリームがベットリと塗られてあり、締めつければそれだけ粘膜にしみこむのだが、三枝子にはわかるはずもない。

　氷室のほうはたっぷりと催淫媚薬クリームを塗り終わっても、まだ執拗に三枝子の媚肉をまさぐっていた。

　指を二本、三枝子の膣に埋めこんで子宮口をまさぐり、さらに肉襞をいじって薄い粘膜をへだてて直腸の体温計を感じ取ろうとした。

「あ、あ……先生、ああ……」

　いくら唇をかみしめても、三枝子の口から思わず声がこぼれてしまう。成熟した人妻の性はそんないたぶりに耐えられるはずもなかった。ひとりでに身体が氷室の指の動きに応じてしまうのだ。

「せ、先生ッ……ああ……」

「気持ちよくても我慢してください、奥さん。よく診ておかなくては、適切な治療もできませんからね」

「は、はい……」

　三枝子の声はうわずり、今にも泣きださんばかりだ。

　媚肉をまさぐられる刺激に、肛門の体温計のむず痒さも加わって、さらに肉が疼いてジクジク蜜を吐くのが、いっそう三枝子にはたまらなかった。

ああ、こんな……。

氷室と鬼頭の診察を疑うよりも、恥ずかしく反応してしまう我が身の浅ましさで頭はいっぱいで、消え入りたいほどだった。

ようやく肛門から体温計が引き抜かれた。が、氷室はまだ三枝子の媚肉をゆるゆるとまさぐりつづけていた。

「奥さん、氷室先生が触診している間に、浣腸をすませておきましょう」

鬼頭は感情を押し殺した声で言った。

浣腸という言葉に三枝子はビクッと裸身を硬張らせた。

「そ、そんな……」

昨日、浣腸された時の恥ずかしさが、にわかに甦ってくる。

「腸のほうも綺麗にしておかないと、治療もできませんからね。今日は昨日よりも少し多く入れますよ、奥さん」

三枝子の狼狽を横眼に、鬼頭は容量五百CCの注射型のガラス製浣腸器を取りあげた。昨日は二百CCだから二倍以上の大きさだ。

それにたっぷりとグリセリンの原液を吸いあげた。キィーッとガラスが鳴って、ガラス筒に薬液が不気味に渦巻いた。

それを見る三枝子の眼がおびえ、唇がワナワナとふるえた。昨日、一度されているだけにその恥ずかしさは思い知らされている。

「先生……それをしなければ、いけませんの……それは、恥ずかしいんです……」

「恥ずかしくてもしなければだめです。産婦人科では浣腸はつきものですよ」

「ああ、どうしても……」

三枝子がすすり泣かんばかりに言う間にも、鬼頭は長大な浣腸器のノズルをゆっくりと突き立てた。まるで赤ん坊が乳首をしゃぶるように、三枝子の肛門はノズルを咥えこんだ。

「あ……ああ、先生ッ……」

三枝子の声がおびえにひきつり、双臀がブルルッとふるえた。

「昨日よりも量が多いですからね。あばれるとつらいだけですよ、奥さん」

鬼頭は長大なシリンダーをジワッと押しはじめた。

ドクッ、ドクッと流入するグリセリン原液の感覚に、三枝子はヒイッとのどを絞った。背筋にふるえが走り、かみしめた歯がカチカチ鳴ってとまらない。

流入するグリセリン原液のリズムに合わせるように、氷室は膣に埋めこんだ二本の指で直腸との間をまさぐった。そしてもう一方の手で、赤く充血してツンと尖った肉芽をつまんで絞った。

「あぁッ……ヒッ、ヒッ……」

三枝子は悲鳴をあげて腰をはねあげた。白い腹部が激しく波打ち、豊満な乳房がブルブルと揺れた。

「や、やめてッ……あぁッ……」

「そんなにあばれると診察できませんよ、奥さん。我慢して、じっとしてるんです」

氷室はいたぶりをやめずにわざとらしく言った。

「だって、だってッ……ああ、ヒッ、ヒッ」

三枝子はもう泣きだしている。

ドクッ、ドクッと区切って断続的に入ってくる薬液のおぞましさと、膣をまさぐり肉芽をいじってくる官能の刺激と、それらが入り混じってドロドロになり、三枝子をおおっていく。

そんないたぶりに、催淫媚薬クリームを塗られた成熟した女体は、ひとたまりもなかった。昨日から内にこもって悶々とした思いが、一気にドッと弾けそうだ。

「ああッ……ああッ……」

「まるで今にも気がいきそうじゃないですか、奥さん。しっかりしてくださいよ」

しらじらしく言いながら、氷室は膣に埋めこんだ指で子宮口をまさぐり、もう一方の手で女芯をつまんでしごいた。

今だ、鬼頭。射精してやれ……。

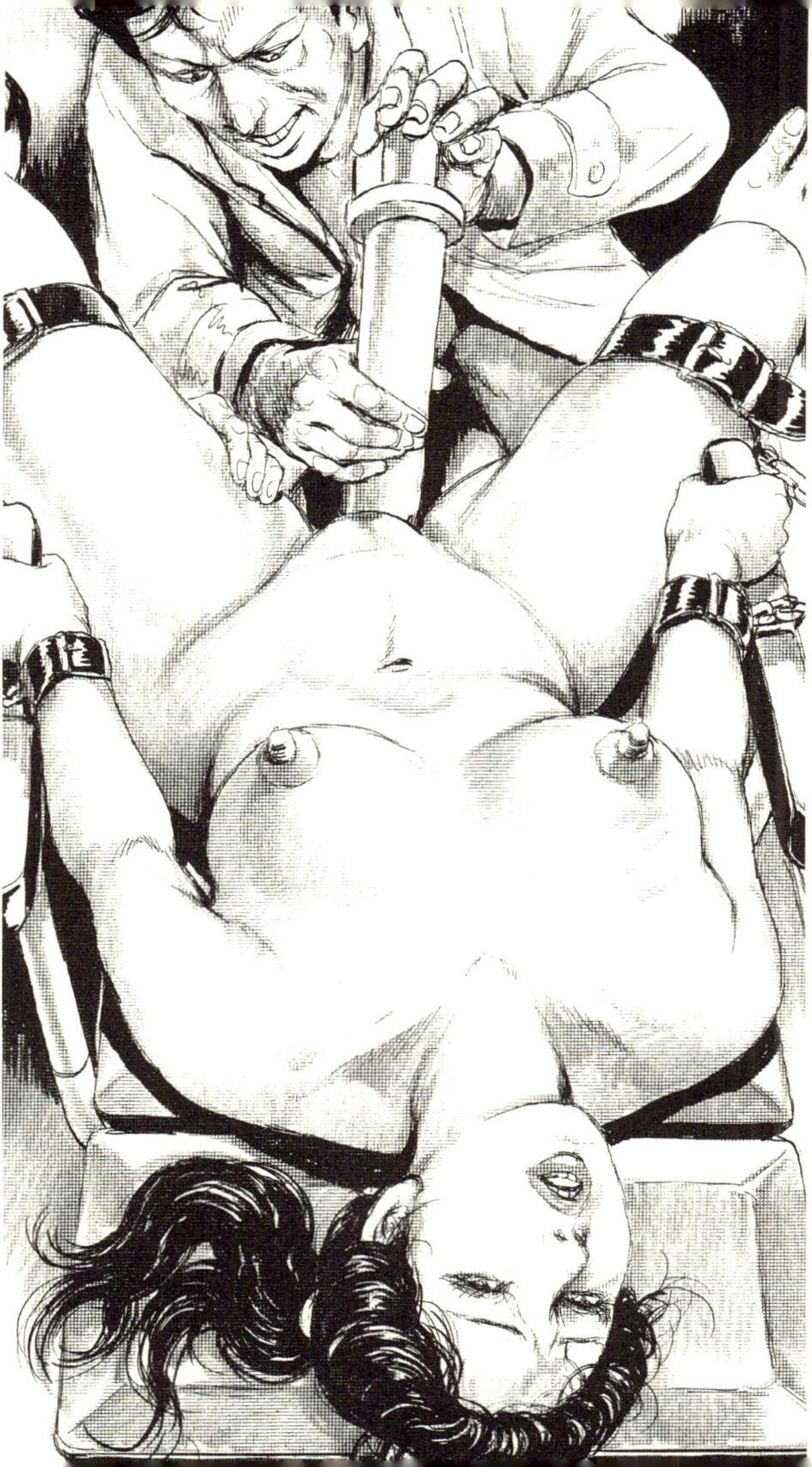

よし、ほうれ、フフフ……。

鬼頭は氷室と息を合わせて、百CCほど一気に注入した。

「あ……ヒイィ……」

三枝子は白眼を剝いてのけぞり、ガクガクと腰をはねあげて絶頂をきわめた。

総身がキリキリと収縮し、前も後ろも氷室の指と浣腸器のノズルをキリキリと食い締めた。

「おやおや、診察と浣腸で気をやるとは、どうしたことかな」

「びっくりしましたな、いきなり気をやるとは。そんなによかったんですか、奥さん」

氷室と鬼頭はさも驚いたように言って、三枝子の顔をのぞきこんだ。

だが三枝子はそれも気づかないように、二度三度と総身を痙攣させている。

それでも鬼頭はシリンダーを押すのをやめず、氷室も三枝子の媚肉をまさぐるのをやめなかった。

「ああ……いや、ああ……」

グッタリと余韻の痙攣に沈む間も与えられず、三枝子は泣き声を露わにした。

「だめ……ああ、そんなにされたら……ま、また……ああ……」

「なにがまたなんですかな、奥さん」

鬼頭はわざとらしくとぼけておいて、再び長大なシリンダーを大きく押し、百ＣＣほど一気にピュッと注入した。

「ヒッ……ああ、ヒイッ……」

内診台の上で三枝子はのけぞり、白い歯を剝いてのどをヒクヒクひきつらせた。

「ああ、またッ……あむむッ……」

三枝子がまた昇りつめるのが、収縮してキリキリと氷室の指を締めつけてくる膣の力からわかった。ノズルに貫かれた肛門も、ヒクヒクわなないてキュッ、キュッとすぼまった。

あとはグリセリン原液をゆっくりと注入されるままに、三枝子は息も絶えだえにヒクヒクと総身をふるわせるばかり。どこもかしこもあぶら汗にまみれ、まるで油でも塗ったかのようにヌラヌラと光った。

「あ……う、うむ……」

三枝子は時折り、また昇りつめそうになるのだが、しだいにふくれあがる便意のほうが大きくなった。

二度にわたって昇りつめた羞恥に打ちひしがれるどころではなく、今度は便意の苦痛が三枝子に追い討ちをかけた。昨日からトイレに行くことを許されていない三枝子に、五百ＣＣのグリセリン原液の効き目は強烈だ。

「うむ……ううむ……」

三枝子はギリギリと歯をかみしめ、黒髪を振りたててうめいた。

さっきまでボウッとけぶるような赤味を帯びていた三枝子の裸身は、ブルブルとふるえて蒼ざめ、襲いくる便意に総毛立った。もう片時もじっとしていられない。腰がよじれうごめいた。

ようやく鬼頭が長大なシリンダーを底まで押しきった時には、三枝子は便意の苦痛にまなじりをひきつらせて唇をかみしばり、息も絶えだえだった。

「一滴残らずすっかり入りましたよ」

「……お、おトイレに……」

三枝子はうめくように言った。声を出すのさえやっとだ。

「我慢してください、奥さん。すぐに出しては効き目がないですからね」

「そ、そんな……うう……」

「それより、感じやすいのはわかりますが、触診と浣腸でエクスタシーを迎えるとは、いやはや、どうしたわけですかな?」

三枝子の哀願を無視して、氷室は意地悪く顔をのぞきこんだ。

便意の苦悶に蒼ざめた三枝子の美貌に、狼狽が走った。

「ああ、恥ずかしい……こんなことって……ああ、どうかしてるんだわ」

「それも、たてつづけに二回ですよ。身体のほうは、まだイキたがっているようですし……」

「い、言わないで……」

三枝子は弱々しくかぶりを振った。

今の三枝子には冷静に判断する余裕は失われていた。恥ずかしいと思う心さえ、荒々しい便意に呑みこまれ、頭のなかがうつろになる。

「せ、先生ッ……もう、おトイレに……」

「まだですよ、奥さん」

鬼頭は三枝子に気づかれないように、足もとに便器を用意した。今日は三枝子の排泄をじっくりと見てやるつもりだ。そんなことはまだ知らない三枝子は、

「ああ、もう我慢できないんですッ……ああ、先生ッ……」

「こらえ性のないのは性器だけでなくて、肛門もですな、奥さん」

「そ、そんな……ああ、早くしないと……もれてしまいますッ」

いよいよ便意は限界に達したのか、三枝子の身体のふるえが大きくなって、ヒッ、ヒッとのどを絞る。眼の前が暗くなって灼けただれる。

そのくせ三枝子の媚肉は鉗子でひろげられたまま、とめどなくジクジクと蜜をあふれさせた。二度にわたって絶頂をきわめ、さらに便意の苦痛に苛まれているというの

に、催淫媚薬クリームがいっそうの効果を発揮しはじめたようだ。

だが、荒れ狂う便意に三枝子はそのことさえ気づく余裕もない。

「は、早く……先生、ほどいてッ」

手足を内診台に固定した革ベルトをはずそうと、三枝子はもがいた。氷室も鬼頭も革ベルトをはずす気配はまったくなかった。

それどころか、氷室と鬼頭は顔を見合わせてニヤリと笑うと、

「しようがない奥さんだ、十分も我慢できないとは。それじゃこれにさせてあげますよ」

「思いっきりひりだして、腹のなかをすっかり綺麗にするんですよ、

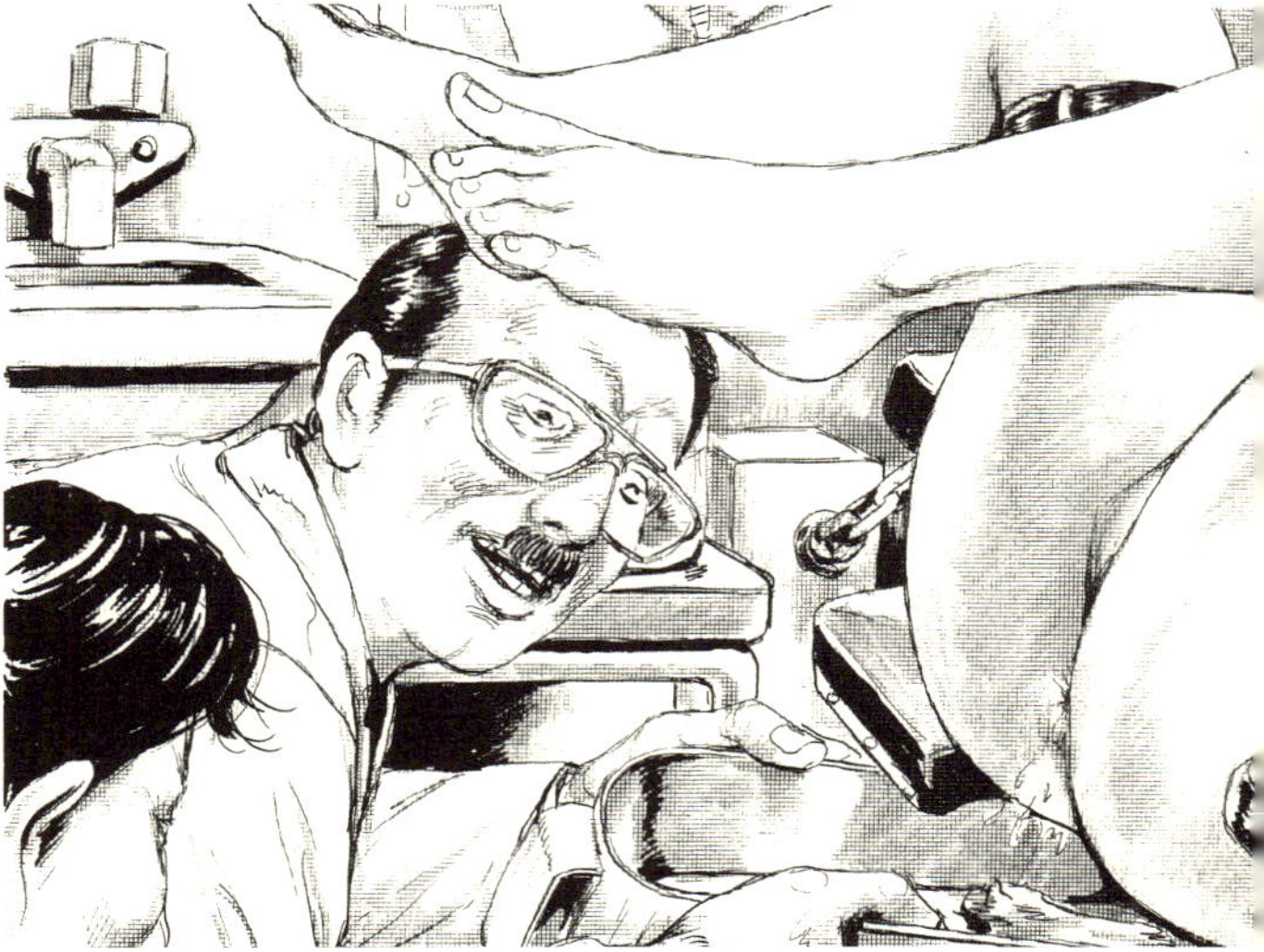

奥さん」

　冷たい容器が三枝子の双臀に押しあてられた。それが便器であることはすぐにわかった。

　ヒイッ……と三枝子は総身が凍りついた。すぐにはあまりのショックに声も出なかった。

「い、いや……ここでなんて、いや、ああ、おトイレにッ」

「奥さんがどんなウンチを、どんなふうにひりだすか、一度見ておきたいんですよ」

「そんな……いや、いやあ……」

　三枝子は悲鳴をあげた。

　だが荒々しい便意は、もう耐えうる限界を越えた。今からでは革ベルトを解かれても、とてもトイレまではもたないだろう。

「あ、ああッ……」

三枝子は肛門の痙攣を自覚した。必死に歯をかみしばって最後の気力をふり絞ろうとしたがだめだった。

「いやッ……いやッ……ああッ、見ないでッ」

悲痛な叫びとともに三枝子の肛門が内から盛りあがって、ドッとほとばしらせた。あとからあとからひりだしながら、号泣が三枝子ののどをかきむしった。

第四章　浣虐と淫撮のダブル蹂躪

1

氷室と鬼頭は便器のなかをのぞきこんで、ニヤニヤと笑った。

「見てください。こんなに派手にひりだしちゃって、奥さん」

「ほら、健康的な色ですよね。便の状態は良好です」

からかっても、三枝子の反応はない。

浣腸されて気をやってしまい、排泄まで見られた恥ずかしさとショックに、三枝子は固く両眼を閉じた顔を横に伏せ、気を失ったみたいに半開きの唇でハアハアとあえぐばかり。

内診台に乗せられ、両脚を足台でいっぱいに開かされたままの三枝子の全裸は、しとどの汗にヌラヌラと光っていた。

ハアハアとあえぎ波打つ乳房や腹部から、玉の汗が上気した肌をツーッとすべり落ちた。

そんな三枝子の姿がゾクゾクするような色気を感じさせて、氷室と鬼頭は思わず胴ぶるいがきた。

すぐにでもしゃぶりつきたい欲望を抑えて氷室は洗浄器を手にすると、三枝子の股間にぬるま湯を浴びせていく。そしてもう一方の手で三枝子の媚肉をまさぐり、洗い流しはじめると、鬼頭も、じっとしている三枝子の肛門に手をのばした。

「あ、いや……ああ……」

三枝子の口から小さな悲鳴がもれ、あとはシクシクと小娘のようにすすり泣きだした。秘められた排泄行為まで見られるなど、死にたいほどの恥ずかしさだ。

「たっぷりとひりだしたあとを綺麗にしてあげますからね、奥さん」

「それにしてもすごい。どこもかしこも汚れてベトベトだ」

洗い流される三枝子の肛門は、まだ腫れぼったくふくれて腸襞までのぞかせ、ヒクヒクとふるえていた。

膣鏡でひろげられたままの媚肉もしとどの蜜にまみれて、充血した肉襞を生々しくうごめかせている。湯で洗い流しても、あとからあとからジクジクととめどもなくあふれる。

「ああ……」

三枝子は固く眼を閉じた美貌を右に左にと伏せた。

指でまさぐられて洗い流される感覚が、三枝子の官能の残り火を妖しく刺激し、疼かせる。むずかるように腰をうごめかせて、三枝子は低くすすり泣いた。それでも固く閉じた眼を開けようとはしない。

「綺麗になりましたよ、奥さん。すっきりとしたでしょう」

鬼頭と氷室が三枝子の顔をのぞきこんでも、返事はない。

「それとも、まだ身体が疼くのかな。またこんなにお汁をあふれさせて」

恥ずかしくて声も出ねえというわけか、フフフ。色っぽい顔しやがって、そそられるぜ……。

今なら犯っても大丈夫だな。早いとこお楽しみといこうじゃねえか……。

鬼頭と氷室は顔を見合わせて眼で言うと、ニンマリとうなずき合った。

三枝子が正気にもどってからでは、なにかとやりにくい。恥ずかしさとショックに打ちひしがれ、わけがわからないうちに、一気につながってしまおうというのだ。

俺が先でいいな。それじゃ肉の治療といくか……。

氷室はニヤニヤしてズボンを脱ぐと、白衣の前から、たくましく屹立した肉棒をつかみだした。グロテスクで、まるでドス黒い蛇が鎌首をもたげているようだ。

「綺麗になったところで、さっそく治療に入りますよ、奥さん。まず最初に膣に注射です」

三枝子が固く両眼を閉じているのをいいことに、氷室はたくましい肉棒をつかんだまま、左右に大きく開いた足台の間に立った。

おもむろに膣鏡を引き抜くと、拡張された媚肉が閉じきらぬうちに、肉棒の先端を押しあてた。三枝子の太腿の間に腰を割りこませるようにして、一気に貫いた。

ズシッという感じで肉棒の先端が、三枝子の子宮口に達した。

「ヒイッ……」

ビクンと腰をふるわせ、三枝子は悲鳴をあげてのけぞった。

「あ、ああッ、なにを……」

「注射ですよ、奥さん。太くてたくましい肉の注射です、フフフ」

「…………」

大きく見開かれた三枝子の瞳が、一瞬に凍りついた。

上におおいかぶさって眼の前でニヤニヤと笑っている氷室の顔、そして媚肉を深く貫かれた張り裂けんばかりの感覚……なにをされたのか聞くまでもなかった。

「そ、そんなッ……いやあッ」

三枝子ののどに戦慄の絶叫が噴きあがった。

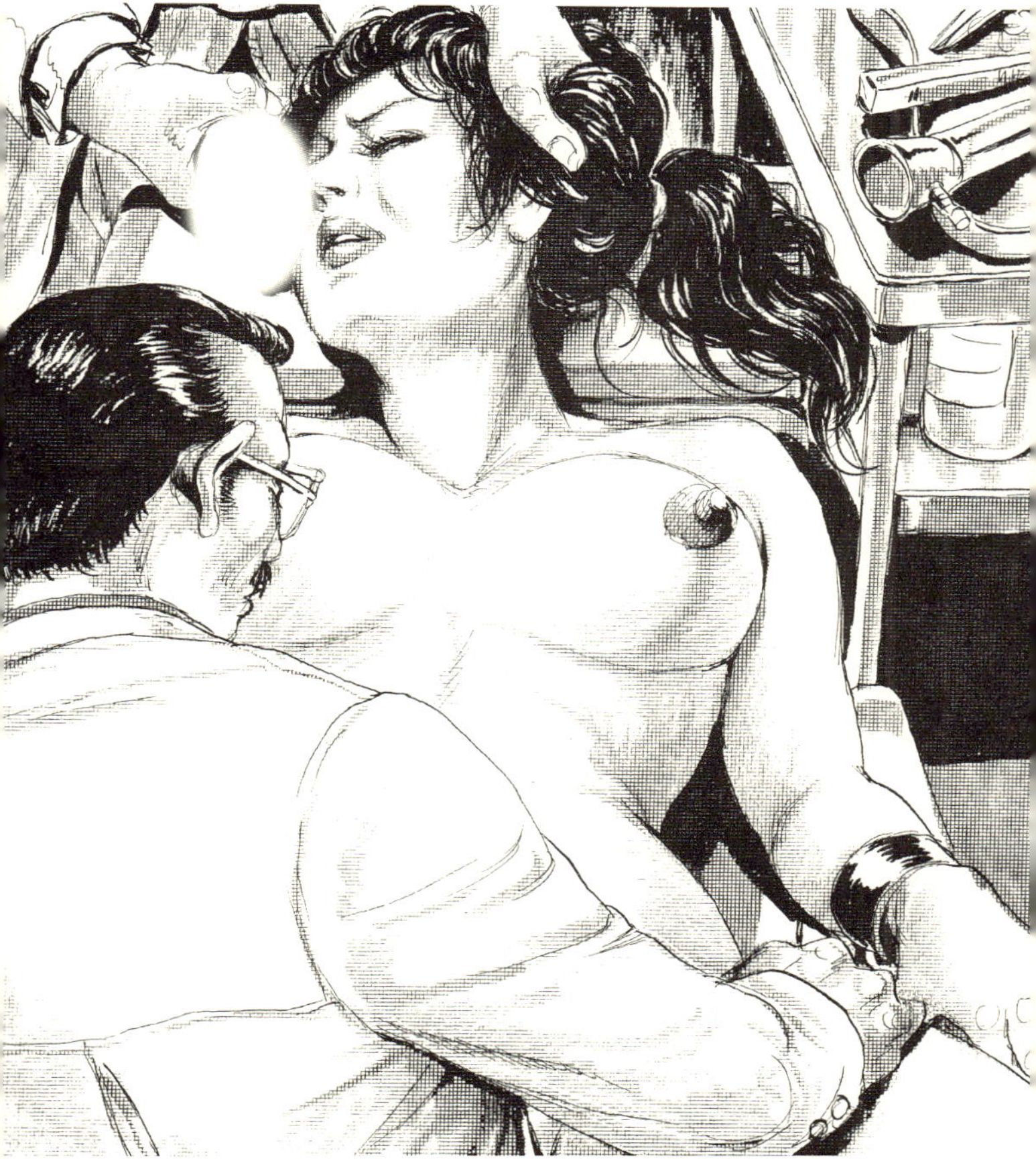

だが、その声はすばやく三枝子の口をふさいだ鬼頭の手で、くぐもったうめき声に。

「おやおや、治療だというのにこの騒ぎよう。たかが注射にオーバーな奥さんだ」

鬼頭は三枝子の顔をのぞきこんでからかい、せせら笑った。

「う、うむ……うむッ」

大きく見開いた瞳に驚愕と恐怖の色を露わにして、三枝子はふさがれた口の奥でうめき、氷室を突き離そうともがいた。

だが三枝子の手足は内診台に革ベルトで固定されていて、腰をよじり、頭を振ることしかできない。腰をよじればかえって、深く貫いているもののたくましさを思い知らされるばかりだ。

「よく締まりますな、奥さん。注射器にからみついてヒクヒク締めつけてきますよ」

氷室はすぐには動きだそうとはせず、じっくりと三枝子の媚肉の感触を味わった。

熱くとろけるような柔肉が、ざわめくようにからみついてくる感触は、三枝子がもがくたびに締まって胴ぶるいがくるほどの心地よさだ。

昨日、麻酔で眠らせた三枝子を犯した時よりも、ずっとすばらしい肉の感触だ。

「注射はどうですか、奥さん。これだけいい身体をしていれば、注射がよく効くはずですよ、フフフ」

「うむ……うぐぐ……」

氷室はまだ腰を使わず、乳房をつかんでタプタプと揉みながら、乳首を口に含んだ。

三枝子の身悶えがいちだんと露わになり、氷室を弾きとばそうとのたうつ。

「気持ちよくてたまらないのかな。それでこんなに腰を振ってるんだな、フフフ」

氷室は一度乳首から口を離し、ニヤニヤと三枝子をからかってから、またしゃぶりついていく。

2

鬼頭のほうは片手で三枝子の口をふさいだまま、もう一方の手をのばし、テーブルのビデオのスイッチを入れた。

「これがはじめてじゃないんですよ、奥さん。昨日の注射の時みたいに素直に悦んでみせてくださいよ」

鬼頭は三枝子の顔をテレビのほうへ向けた。

激しく身悶える三枝子は、テレビの画面になにが映っているのか、すぐにはわからないようだ。

「しっかり見るんですよ、奥さん」

鬼頭は三枝子の黒髪をしごいた。

三枝子の瞳に、全裸の女体と、その上にのしかかった男の後ろ姿が見えた。そしてその全裸の女体は、まぎれもなく三枝子自身だった。

グッタリと意識を失った三枝子を、氷室が犯している。ドス黒い肉棒が三枝子の媚肉を深々と貫いて、出入りを繰りかえすたびに、蜜が吐きだされるところまで、はっきりと映しだされていた。

「ヒッ……う、うむッ……」

また三枝子の瞳が凍りついて、ふさがれた口のなかで悲鳴をあげた。昨日、診察の時に犯されていたなど、三枝子には信じられなかった。

「フフフ、奥さんのあの気持ちよさそうな様子。昨日は肉の注射であんなにうれしそうに、自分から腰を振っていたんですよ」

「うむッ……」

三枝子は狂ったように頭を振ったが、口は鬼頭に押さえられ、腰は氷室の肉棒で杭のように打ちつけられている。それでも三枝子はもがき、悲鳴をあげようとした。

「騒ぐと人が集まってきますよ、奥さん。いいのかな、こんなビデオをみんなに見られても、フフフ」

「それだけでなく、たっぷりとひりだしたばかりのウンチまで見られることになりますよ。ほら、便器はまだそこに置いてある」

「ご主人を呼んで見せてもいいんですよ。いくら治療でも、あの奥さんの気持ちよさそうな顔を見たり、こんなにウンチをひりだしたと知ったら、ご主人はなんと言うかな」

鬼頭と氷室の言葉に、三枝子の身体からあらがいの力が急速に抜け、手でふさがれた口のなかの悲鳴も力を弱めた。

「注射だけでなく、奥さんに浣腸したところもビデオに撮ってあるんですよ、フフフ。奥さんがあんまり世話をかけると、ご主人に見せますからね」

鬼頭はしつこく念を押してから、三枝子の反応を見ながらゆっくりと口をおおった手をゆるめた。

三枝子はハアハアとあえぎ、もう悲鳴をあげなかった。

「ああ、ひどい……先生がこんなことをするなんて……気でも狂ったの……」

三枝子はワナワナと唇をふるわせた。

「……ひ、卑劣だわ……ああ、こんなことをして、タダですむと思っているの……」

「フフフ、タダですむもなにも、これは治療ですよ、奥さん。太い注射をしているだけじゃないですか」

「そ、そんな……ああ、いや、いや……」

三枝子は嗚咽にむせびながら、黒髪を振りたてた。

悲鳴をあげて救いを求めたくても、すでに深々と媚肉を貫かれてしまっているということが、三枝子の気力を萎えさせた。そして多くの人が集まってきて、こんな姿を見られたらと思うと、とても声が出ない。ドス黒い絶望がふくれあがって三枝子をおおった。

「やめて……ああ、いやです……」

「昨日はあんなに悦んでたのに、今日はどうしたというんです。これはやっぱりもっとたくさん注射が必要かな、フフフ」

氷室は三枝子の乳首をタプタプと揉みながら、ゆっくりと腰を揺り動かして突きあげはじめた。

「あ、あッ……いやあッ……」

三枝子はキリキリと歯をかみしばって腰をよじりたてた。とてもじっとしていられない。

「フフフ、どうです、奥さん」

「いや……ああ、いや、いやあ……」

「早く白い薬を注射しないので、すねているのかな、奥さん」

「これだけいい身体をしていれば、やっぱり何度も注射してやらないと、治療の効果は出てこないようですな、フフフ」

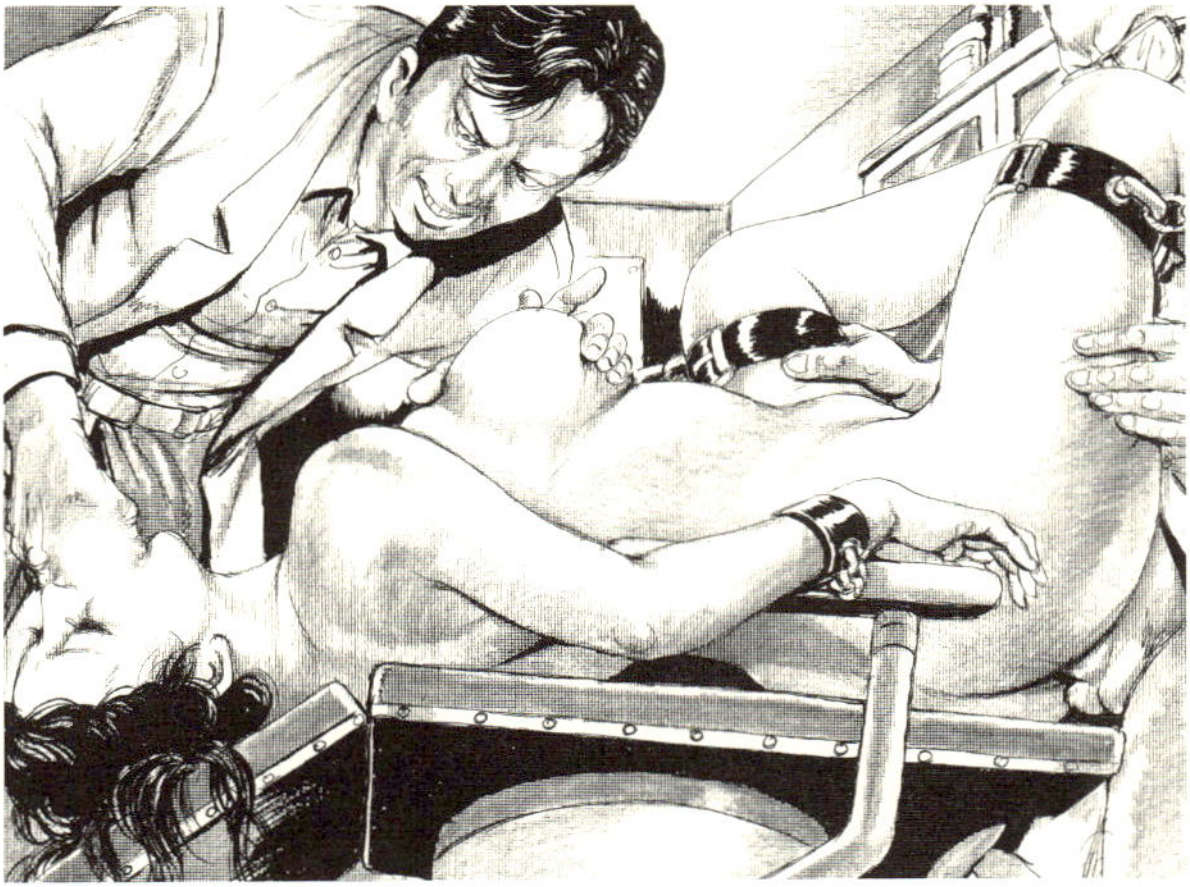

氷室と鬼頭は三枝子をからかって、ニヤニヤとあざ笑った。

それも聞こえない三枝子は真っ赤な顔をさらしてうめいた。キリキリと唇をかみしばっても口はすぐにゆるんで開き、溺れるみたいにパクパクあえぎ、泣き声をこぼした。

その口に、鬼頭はつかみだした肉棒を、三枝子の頭のほうからいきなり押し入れた。

「うむッ……うぐぐ……」

三枝子は白眼を剝いて、のけぞった顔を屈辱にゆがめた。たちまち満足に息もできなくなって、のどを押しつぶされるようなくぐもったうめき声をもらした。

「フフフ、上の口にも太い注射をしてあげるから、しっかりしゃぶるんですよ、奥さん」

鬼頭は腰をよじるようにして、さらに深く三枝子ののどをふさがんばかりにこねまわした。

そればかりか、三枝子の頭のほうから押し入れているために、のけぞった三枝子の顔にわざとブラブラ揺れる袋の玉を押しつけ、鼻にこすりつけて弄んだ。

「うぐ……ぐふ……」

下から上から同時に押し入れられるなど、三枝子には信じられない。

長い肉棒で身体を串刺しにされたようだ。胃が上下から突きあげられるすさまじさに、三枝子の身体じゅうの肉がきしむ。

し、死んじゃう……。

苦しくて息ができない……うめきのなかにもがきながら三枝子は思った。

「上から下から太い注射をしてもらってる気分はどうです、奥さん」

「うんと気分を出していいんですよ、奥さん。そのほうが治療の効き目も大きいですからね」

そんなことを言いながら、鬼頭と氷室は容赦なく三枝子を責めたてた。

上から下から三枝子の官能が揺さぶられる。そんないたぶりに、二十五歳の人妻の性は、ひとたまりもない。

それでなくても三枝子の身体は、さっきからのいたぶりで火にくるまれているのだ。

「うむ……うう、うむッ……」

三枝子の身体の芯がカアッと灼け、ひきつるように収縮を繰りかえした。熱く蜜がたぎって、肉がひとりでに快感を貪るうごめきを露わにした。

氷室がわざと引き抜く気配を見せると、三枝子は狼狽のうめき声をあげて、腰をあられもなくせりあげた。

「う、うッ……」

三枝子のうめき声も、どこか艶めく。汗まみれの裸身がボウッとけぶり、匂うような色にくるまれ、くねりのたうった。

「どうやら注射の効き目が表われてきたようですな、フフフ」

「これは、今にもイキそうだ。そんなに注射がいいんですか、奥さん」

氷室と鬼頭がニヤニヤとあざ笑ううちにも、三枝子はひときわ大きくのけぞって、せりあがった腰が氷室の肉棒をきつく締めつけつつ、ブルブルとふるえた。

「う、ううむッ」

生々しいうめき声を絞りだし、三枝子は足台の両脚を突っ張らせて総身をキリキリと収縮させた。

ねじ切るように締めつけてくるきつい収縮に、ドッと精を放ちたい欲望を氷室はグッとこらえた。さすがの氷室も油断すると果てそうだ。

3

今日は、何度か三枝子をイカせてじっくり楽しんでから、白濁の精を注いでやるつもりだ。

「こりゃすごい……なんて締まりだ」

氷室はうなった。

三枝子はしばし痙攣を走らせてから、ガックリと裸身から力が抜けた。

「見事ないきっぷりですね、奥さん。だが、注射はまだ終わってませんよ」

氷室は三枝子を休ませようともせず、リズミカルに腰を揺すりつづけた。

「そろそろいい声を聞かせてくれるかな」

鬼頭のほうもまだ果てていなかったが、三枝子の口から肉棒を抜き取ると、ニヤニヤと顔をのぞきこんだ。

「……ハアッ……」

三枝子は口をパクパクとあえがせ、すぐには声も出ない。さんざん鬼頭の肉棒で荒された三枝子の口は、端から唾液さえ垂らしていた。

「……も、もう、許して……ああ……」

「まだこれからですよ、奥さん。注射で薬を入れるまでは終わりませんよ、フフフ」

「そんな……あ、ああ、どうにかなっちゃう……許して……」

三枝子は頭をグラグラと揺らして、息も絶えだえにあえいだ。

絶頂に昇りつめたのに、たてつづけに責められるなど、これまで一度もないことだ。

絶頂感が引く余裕もなく、三枝子はめくるめく官能に翻弄された。

「あ……こんな、あ、あああ……」

「フフフ、やっぱりいい声で泣きはじめましたね。奥さんには注射がよく効くようだ」

「い、いや……ああ、いや……」

三枝子はかぶりを振るのだが、もう恥ずかしい声が出るのをこらえきれなかった。

ひとりでに氷室に応じるように腰が揺れてしまう。

そんな三枝子をニヤニヤとながめながら、鬼頭は三枝子の足のほうへまわってしゃがみこみ、結合部をのぞきこんだ。

氷室のドス黒い肉棒を三枝子の媚肉がぴっちりと咥えこんでいた。赤く充血した肉襞が、肉棒の動きにつれてめくりだされ、引きずりこまれてジクジクと蜜をあふれさせているのが、はっきりと見えた。

そしてそのわずか下には、三枝子の肛門が、あふれでた蜜にまみれてヒクヒクとあえいでいた。まだふっくらと盛りあがってヒクつくさまは、なにかを咥えこみたがっているようにも見えた。

いい尻の穴してやがる。そそられるぜ……。

鬼頭はニンマリと顔を崩して舌なめずりをした。

欲望のおもむくままに手をもぐりこませ、指先で三枝子の肛門に触れた。ゆるゆると揉みこむようにまさぐる。

キュッ、キュッと三枝子の肛門がすぼまる動きを見せた。だが、氷室に揺さぶられて突きあげられる三枝子は、すぐにはなにをされているのかもわからない。

それをいいことに、鬼頭はジワジワと指先を沈めにかかった。

「ああッ」

ビクンと三枝子の腰が硬張った。

「い、いやッ……そんなところ、ああッ、かんにんしてッ」

三枝子は戦慄の声をあげて双臀をよじり、振りたてた。こんな時に肛門をいじってくるなど、思いもしない。

鬼頭の指はゆっくりと三枝子の肛門を縫うように入ってくる。ブルブルと背筋にふるえが走ってとまらなくなった。

「あ、ああッ……かんにんして……」

「フフフ、ほうれ、もう指の付け根まで入りましたよ、奥さん。うれしそうにクイクイと締めつけてくるじゃないですか」

鬼頭は深く埋めこんだ指を三枝子に感じ取らせるように、指をグルグルとまわして指先で腸襞をまさぐった。

「いやッ……ああ、そんなところ、いや……や、やめてッ」

三枝子を悩乱が襲い、みじめに泣いた。

前を氷室の肉襞で貫かれ、官能の炎にくるまれている身体を、さらに肛門を指で貫かれる。肉の快美とおぞましさ、おそろしさが入り混じって、三枝子はヒッ、ヒッとのどを絞った。

とくに鬼頭の指先が腸襞をまさぐって、薄い粘膜をへだてて前の肉棒とこすれ合うおそろしさは、気も遠くなるほどだ。それがまた妖美なこの世のものとは思えぬ肉の快美を生むことが、さらにおそろしかった。

「ああッ……や、やめてッ……あああ、あうッ、あうう……」

「たいしたよがりようですな、奥さん。尻の穴に指を入れると、注射の効き目がいちだんといいようだ、フフフ」

鬼頭はせせら笑って、深く埋めこんだ指に抽送を加えた。

「こりゃすごい。なんという締まりだ、フフフ。尻の穴に指を入れられただけで、こんなに締まるとは」

氷室も腰を揺すりつつあざ笑った。

三枝子は反発する気力もなく、キリキリと唇をかみしばり、次には息もできないようにあえいで、ヒッヒッとのどを絞った。

「も、もう、許して……ああ、あううッ」

「そんな声で泣かれると、注射のしがいがあるというもの。フフフ、奥さんもじっくり注射を味わうんですよ」

「ああ……気が、気が狂ってしまう……」

「気が狂うほど気持ちいいというわけですか。それでこんなに腰をうねらせてるんですな」

鬼頭と氷室は三枝子を責めたてつつゲラゲラと笑った。

そんなからかいを屈辱に感じる余裕すらなく、三枝子の身悶えがいちだんと露わになった。もう満足に声も出ず、息すらできなくなって、時折り絶息せんばかりの悲鳴をもらす。

もう三枝子は媚肉の肉棒と肛門の指とに踊らされる肉の人形だった。

「……ああ……もう、もう……」

三枝子は激しくあえぐうちにも、うねりのたうつ汗まみれの裸身に、痙攣が走りはじめた。

そしてガクガクと腰をはねあげて、三枝子はのけぞった。

「い、イクッ」

身体の芯をおそろしいばかりにひきつらせて、前も後ろもキリキリと収縮させて昇りつめた。一度昇りつめた余韻が引かぬうちに、また絶頂へと達する。

氷室は果てたい欲望をまたもやグッとこらえた。腰の動きをとめ、三枝子のきつい収縮をこらえて余韻の痙攣を味わった。

「そんなに締めつけられては、注射器がこわれそうですよ、奥さん。激しい気のやりようですな」

氷室はこらえつつ言った。

三枝子の裸身が内診台の上にガックリと沈んだ。その顔は両眼を閉じて半開きの口であえぎ、しとどの汗に洗われて初産を終えたばかりの若妻みたいだ。

あとは三枝子は豊満な乳房から腹部にかけて、ハアハアとあえぎ波打たせるばかり。

鬼頭は余韻の痙攣がおさまるのを待って、三枝子の肛門から指を抜いた。

きつく締めつけられていた指はベットリと濡れ光って、湯気をたち昇らせている。

「鬼頭、どうする。俺が終わってからアヌスを犯るのか。それともすぐサンドイッチか？」

氷室は三枝子を貫いたままで鬼頭を見た。

鬼頭はニンマリと笑って引き抜いた指を舐めて舌なめずりをした。

「フフフ、やっぱりサンドイッチじゃねえのか。俺も早いとこ、この尻にぶちこみてえからよ」

「となりゃ、このままのかっこうじゃまずいな。立ったままでってのはどうだ」

「そりゃあ面白い、フフフ」

鬼頭はうれしそうに笑って、三枝子の手足を内診台に固定した革ベルトをはずしにかかった。

三枝子はなにをされるのかも知らず、グッタリとした裸身をあえがせていた。

「しっかりするんですよ、奥さん。治療はまだこれからですからね、フフフ。さあ、内診台からおりてください」

氷室は三枝子の腰に手をまわすと、いっそう深く抱きこんでから、抱き起こしにかかった。もちろんしっかりとつながったままだ。

鬼頭が三枝子の上体を起こして支え、氷室を手伝う。

「あ、ああ……」

焦点を失った瞳を開いて、三枝子は力なくかぶりを振った。上体を起こされて抱きあげられるにつれて、自分の身体の重みで結合がさらに深くなっていく。

「い、いやあッ」

悲鳴をあげても、三枝子は両手で氷室を突き離す気力もない。

三枝子の両脚がブランと垂れた。立ったままの氷室にだっこされたかっこうになり、三枝子の身体は双臀を支える氷室の両手と身体の中心をほとんど下から垂直に貫いた肉棒とだけで宙に吊られた。

「いや、いやあ……ああ……う、うむ……かんにんしてッ」

三枝子は両脚を床につけようとうねらせた。だが爪先がむなしく宙をかくだけで、子宮に食いこむばかりの肉棒を思い知らされるばかりだ。

「これはすごい。まさに串刺しってとこですね、フフフ」

鬼頭はかがみこんでニヤニヤとのぞきこんだ。そして狙いの肛門をのぞいた。

ふっくらしやがって、ちょうどやりごろってとこだな……。

いよいよ三枝子の肛門に進入すると思うと、鬼頭は胴ぶるいがきた。

「いつでもいいですよ、鬼頭先生」

氷室は両手で抱き支えた三枝子の双臀の谷間を割りひろげて言った。

大きくうなずいた鬼頭はニヤニヤと立ちあがると、三枝子の後ろからまとわりつこうとした。

「あ、ああ、いやッ……こ、これ以上、なにをしようというのッ」

三枝子は狼狽の声をあげて、後ろの鬼頭をふりかえった。

「フフフ、もう一本、注射をしてあげますよ。奥さんのお尻の穴にね」

「……そんな……い、いや……」

信じられない鬼頭の言葉だ。三枝子は唇がワナワナとふるえて、言葉が出ない。

「膣だけでなく、同時に肛門にも太い注射をすれば、強烈な効き目ですよ」

「いや、そんなこと……ああ、いやですッ」

「奥さんのお尻の穴は太い注射をされたくて、こんなにヒクついてますよ。身体は正直だ、フフフ」

鬼頭は意地悪く指先でつついてから、たくましく屹立した肉棒の先端をあてがった。

「いやあッ……そんなこと、狂ってるわッ……ああ、お尻でなんて、やめてッ」

三枝子は悲鳴をあげて、宙に抱かれた裸身をよじりたてた。

おぞましい排泄器官を犯される――三枝子は気が狂いそうになった。氷室に貫かれているのに、さらに後ろから犯されるのだ。

三枝子のおびえようを、氷室はからかった。

「鬼頭先生の注射は太いから、お尻の穴に入れるのが大変ですよ、フフフ」

「なあに、これだけいい尻をした奥さんですからね。なんとか入れますよ」

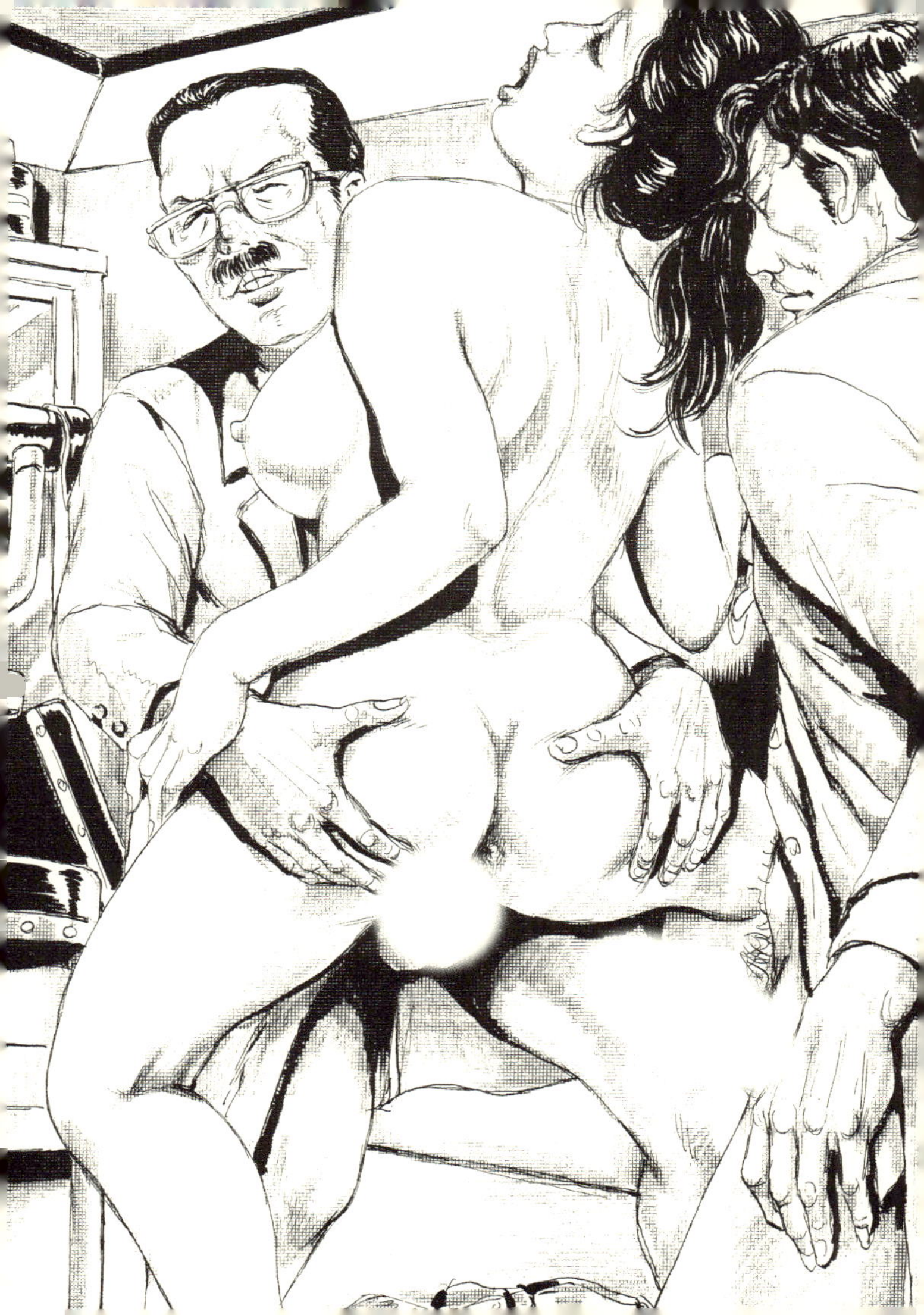

そう言う鬼頭の声は、いよいよ三枝子の肛門に入れるとあって、声がうわずっている。

「かんにんしてッ……ああ、こわいッ」

おびえた声をひきつらせて、三枝子は腰をよじりたてた。そんなことをすれば膣の肉棒が杭となっていっそう子宮に食いこんでくるのだが。

「あ……いやッ、いやあッ……」

肛門に押しあてられた肉棒がググッと力を加えてくる。三枝子はビクンと腰を硬張らせた。

「ヒイィ……」

叫びながら三枝子は肛門がメリメリと拡張されるのを感じた。激痛が走り、三枝子はのけぞったまま、息もできない。何度も悲痛な声を放った。

「ああッ……いた、痛いッ……むむ……」

「自分から尻の穴を開くようにして、受け入れるんですよ、奥さん。ほら、力を抜いて」

「裂けちゃう……ヒッ、ヒイ……」

ジワジワと肛門を押しひろげて入ってくる。たちまち三枝子は揉みくちゃにされてのどを絞った。

「ううむッ……うむッ……」

三枝子は寸断されるような苦痛に苛まれ、眼の前が暗くなった。その闇に激痛の火花が散る。

鬼頭はあせらなかった。ゆっくりと一寸刻みに押し入れた。肉棒の頭が三枝子の肛門を限界まで拡張してなんとかもぐりこむと、あとはスムーズだった。

「やっと入りましたよ、奥さん。肉の注射器が根元まで奥さんの尻の穴に入っているのがわかるでしょう」

後ろから鬼頭に顔をのぞきこまれても、三枝子はまともに返事ができない。

「う、ううッ……許して……うむ……」

「気持ちいいんでしょう、奥さん。グイグイ締めつけてくるじゃないですか」

「た、助けて……お願い……」

「フフフ、膣のほうもきつく締めつけてきて、前も後ろもよく締まる奥さんですな」

三枝子をなかにはさんで、鬼頭と氷室はニヤニヤと勝ち誇ったように言った。

そして前から後ろから、リズムを合わせて突きあげはじめた。三枝子は悲鳴をあげ、泣き声を噴きこぼした。

4

三枝子の身体は氷室と鬼頭の間で宙に抱かれたまま、揉みつぶされるようにギシギシと鳴った。

薄い粘膜をへだてて、長大な二本の肉棒がこすれ合う感覚。三枝子は泣きじゃくった。

「か、かんにんしてッ……ああ……死んじゃう、死ぬッ……」

苦痛と快美とを妖しく交差させた顔をのけぞらせっぱなしにして泣き叫び、次には頭をグラグラと揺すってハアハアッとふいごのように息を吐く。

「こんな……こんなッ……ああ、もう……」

三枝子は苦悶と快美のなかにわけがわからなくなっていく。のけぞらせた三枝子の口の端から、唾液が糸を引いた。

も、もう、だめ……死んじゃう……。

苦痛と肉の愉悦がからまりもつれ合って、眼の前にバチバチと火花が散った。

不意に電気でも流されたかのように、三枝子の身体がガクン、ガクンと氷室と鬼頭の間でのけぞった。

「ヒイィ……」

三枝子は白眼を剝き、歯をキリキリとかみしばって凄絶な表情をさらし、総身を激しく収縮させた。垂れさがった両脚が突っ張ってブルブルと痙攣した。

前も後ろもおそろしいまでにキリキリと食い締めて、三枝子は昇りつめた。

「よく締まる。そろそろ薬をドッと注いでやるか、氷室」

きつい収縮に耐えながら鬼頭が言った。

「まだまだ。そうあっさり出しちゃ面白くねえ。あと五回イカせてからでねえとな」

「おいおい、こっちは尻の穴にぶちこんでるんだ。いくら俺でもそんなにもたねえぜ。なにしろ、このきつさだ」

「それじゃ、あと二回といくか、フフフ」

そんなことを前と後ろとで言いながら、氷室と鬼頭はさらに三枝子を責めつづけた。

グッタリすることも許されずに、三枝子は悲鳴をあげた。

「かんにんしてッ……もう、もう、いやあッ」

三枝子は激しくかぶりを振りたてた。

「か、身体がこわれちゃうッ……ああ、休ませて……」

いくら泣いても、氷室と鬼頭はニヤニヤと笑うだけだ。

「いや……いやあッ……も、もう、やめてッ」

泣き叫ぶ三枝子だったが、すぐにその声はまた、官能の渦に巻きこまれて身も心もゆだねきったようなあえぎとすすり泣きに変わっていった。

「あ、あああ……狂っちゃう……」

身体じゅうの肉がドロドロにとろけてただれ、頭のなかまで灼けただれる。三枝子は何度か気を失いそうになって、そのたびにひときわ激しく突きあげられて、ヒイーッ、ヒイーッとのどを絞って昇りつめる。声も出せず息もできない。

「激しいですな、奥さん。こりゃたいした悦びようだ、フフフ」

「そのぶんだと、今に二本がかりで責められないと満足できなくなりますよ」

鬼頭と氷室は三枝子をからかいながら、前から後ろから揉みつぶさんばかりに容赦なく責めたてた。

「そろそろ薬を入れてやっちゃどうだ」

「そうだな。ここらでひと休みさせねえと、本当に狂っちまうかもな」

氷室と鬼頭がそんなことを言う間にも、三枝子は声にならない声をのけぞらせたのどから絞りだして、また昇りつめる。

その妖しい表情ときつい収縮が、氷室と鬼頭を突きあげた。ほとんど同時に、前から後ろからドッと白濁の精を噴きあげていた。

「ヒイーッ……」

身体を引き裂かれるような忌まわしい膨張と灼熱に、三枝子はガクガクとのけぞってもう一度キリキリ食い締めた。

「う、うむ……」

何度も裸身を痙攣させながら、三枝子は眼の前が暗くなった。そのまま意識が暗闇に吸いこまれた。

どのくらいの時間、気を失っていたのだろうか。ほんの二、三分か……。

「しっかりするんだ、奥さん」

頬をたたかれて、三枝子は深い闇の底から引きずりあげられた。

もう氷室も鬼頭も離れていて、いつの間にか内診台の上へもどされていた。なのに開ききった股間は、前も後ろもまだ肉棒に押し入られているような拡張感と疼きとが残っていた。

そこに洗浄器の水が浴びせられ、汚れが洗い流されていく。その水の冷たさにハッとして、三枝子は正気にもどった。

「ああ……」

三枝子はシクシクとすすり泣きだした。犯された女が決まって見せる、絶望と混迷とに打ちひしがれた、魂にしみ入るようなすすり泣きだ。

氷室と鬼頭に二人がかりで犯され、それも肛門まで犯されて……それを思うと三枝子は二度と立ち直ることができないように思えた。

完全に身体を征服されつくした感じで、前から後ろから押し入っていた征服者の強靭さだけが、まだ三枝子をおおっている。

「フフフ、たいしたよがりようでしたね、奥さん。何度気をやったか覚えてますか」

「しっかり咥えこんで、離そうとしないんですからね。よほど膣と肛門の同時注射が、気に入ったんですな」

のぞきこまれて三枝子は首筋まで真っ赤にして、すすり泣きながらキリキリと唇をかみしめた。

「……け、けだもの……」

三枝子はすすり泣く声で言ったが、言葉にはならなかった。

氷室と鬼頭は汚れを綺麗に洗浄すると、あらためて催淫媚薬クリームを三枝子の膣と肛門に塗りこんだ。

「あ、ああ……」

三枝子は小さく声をあげただけで、もうほとんどされるがままだった。手足を革ベルトで固定されてなくても、三枝子はあらがおうとも逃げようともしない。

そこに鬼頭と氷室は三枝子の屈服ぶりを見る。

「……ああ……も、もう、いや……」

たっぷりと催淫クリームを塗りこまれた三枝子は、しとどの汗にヌラヌラと光る裸身をふるわせてあえいだ。

　氷室はニヤニヤと笑いながらコップに水を注いで利尿剤を混ぜると、三枝子の首を支えて口にあてがった。

　のどが渇いていたのか、三枝子は利尿剤入りとも知らずにのどを鳴らして飲んだ。

「さあ、服を着るんですよ、奥さん。今度は特別治療室で肉の注射をしますからね」

　氷室の言葉に三枝子はビクッとふるえ、唇をワナワナとふるわせた。

「……そ、そんな……まだ辱しめようというの……いや……もう、もう、いやですッ」

　三枝子は泣き声を高くして、弱々しく身を揉んだ。

「辱しめなんかしませんよ。ちゃんとした治療ですよ、フフフ」

「嘘ッ……ああ、もう、いやです……けだものだわ……」

「そんな口をきくようじゃ、ますます肉の注射が必要ですな、フフフ。今度の注射は手かげんしませんよ、奥さん」

　氷室と鬼頭はゲラゲラと笑った。

　三枝子を内診台からおろしても、その場にうずくまってしまい、肩をふるわせてすすり泣くばかりだ。

「……もう、かんにんして……」

「早く服を着ないと、素っ裸のまま連れていきますよ」

「ああ……」

三枝子はキリキリと唇をかみしめて立ちあがると、フラフラと脱衣篭のところへ歩み寄った。脱衣篭からはパンティやブラジャー、パンストがなくなっていて、ワンピースしかなかった。

「フフフ、どうせすぐに肉の注射で素っ裸にされるんですからね。下着はいらないはず」

「…………」

三枝子はもうなにも言わずに、素肌の上にじかにワンピースをつけた。

「……いや……もう、いやです、これ以上は……ああ……」

肌をおおったことで少しは気力が甦ってきたのか、三枝子は唇をわななかせてあとずさった。

「奥さんのビデオテープのことを忘れちゃ困りますな、フフフ。さっき奥さんが膣と肛門とに注射されて何度も気をやったのも、ちゃんと撮ってあるんですよ」

「あんまり奥さんが世話をかけると、本当にご主人にこのビデオテープを見せますよ」

意地悪く言いながら、氷室と鬼頭はジワジワと三枝子を追いつめた。

三枝子の背中はもう壁だ。逃げることもできず腕をつかまれると、三枝子の身体からわずかに甦った気力も消えた。

「ああ……こんなことって……」

唇をわななかせて、三枝子は弱々しくかぶりを振った。

「フフフ、それじゃ特別治療室へ行きますか、奥さん。また、たっぷりと太い注射をしてあげますからね」

「うれしくてもうオマ×コも、膣も尻の穴もビクビク疼くんじゃないですか、奥さん」

氷室と鬼頭は左右から三枝子の腕を取って歩かせはじめた。

診察室を出て、長い廊下を進んでいく。三枝子は膝がガクガクして、ハイヒールの足がもつれ、思わずフラついた。

ああ、助けて……誰か、助けて……。

すれちがう人や診察を待つ人に救いを求めたくても、さんざんなぶられた姿をビデオに撮られていると思うと声が出ない。そして三枝子がいくら哀しげな表情でうなだれていても、引きたてているのが白衣の医師ではどうにもならない。

あ、あ……あむ……。

足を進ませるにつれて、塗りこまれた催淫クリームがジワジワと効きはじめ、三枝子の股間が疼きはじめた。

熱くドロドロしたものが媚肉にたぎり、肛門はヒクヒクとむず痒くあえぎだす。同時に、飲まされた利尿剤に、早くも尿意がふくれあがった。

ああ、こんな……た、助けて、誰か……。

三枝子はワナワナと唇をふるわせるばかり。

病棟を出ると駐車場に向かい、三枝子を車に乗せた。氷室が運転し、鬼頭は三枝子と一緒に後部座席に座った。

どこへ連れていかれるのか……おそろしさと絶望とに、三枝子は聞く気力もない。

車が走りだして数分もしないうちに、三枝子はブルブルとふるえだした。さっきから鈍痛のように下腹部をおおっていた尿意が、急激にふくれあがったのだ。

「あ、ああ……」

「どうしました、奥さん、フフフ」

わかっているくせに、鬼頭はわざととぼけて意地悪く笑った。

「…………」

三枝子はキリキリと唇をかみしばった。必死に尿意を耐える。催淫クリームもいっそう効き目を表わし、肉の疼きがさらに尿意をたまらなくする。

「……お、お願い……」

こらえきれなくなった三枝子はワナワナと唇をふるわせた。

「なんですかな、奥さん」

「……おトイレに、行かせて……お願い」

「ほう、さっき浣腸でたっぷりとひりだしたのに、またトイレ？　フフフ、出したいのはどっちなのかな」

「…………」

屈辱に三枝子の美貌がゆがむ。

だが尿意は限界に近づきつつある。早くしないとトイレまでもちそうになかった。恥ずかしがっている余裕はない。

「……ち、小さいほうです……」

「そんな言い方はないですよ。はっきりとなにがしたいと言うんです、奥さん」

「ああ……お、おしっこがしたいんです……」

三枝子は唇をワナワナとふるわせ、すすり泣く声で言った。

氷室と鬼頭はゲラゲラと笑った。

「おしっこですか、奥さん。とはいってもこのあたりにトイレはないし……」

「そ、そんな……」

「尿瓶にでもしますか、奥さん」

「いやッ」

三枝子は悲鳴をあげて、ひきつった美貌を振った。

「それじゃそこらの道端でしますか。もっとも人に気づかれて大騒ぎになるかな」

「走ってる車から外へまき散らすって方法もありますよ、奥さん」

などと、さんざん三枝子をからかってから、氷室は公園の横で車をとめた。

「フフフ、ここでなら奥さんもおしっこをする気になるでしょう」

「ああ……早く、おトイレに……」

三枝子は腕をつかまれて車をおろされると、ほとんど氷室と鬼頭に抱きかかえられるようにして、公園のなかへ連れこまれた。

公園はところどころに子供たちが遊び、散歩をする老人の姿があるだけで、夕方の静かなたたずまいである。

かなり大きな公園で、ちょっと奥へ入れば木々に隠れて通りからはまったく見えなかった。そして公衆トイレは、そんな木々のなかにひっそりとあった。

「ああ……」

トイレへ駆けこもうとする三枝子を、鬼頭は腕をつかんでとめた。

「まだですよ、奥さん。その前に身体の状態を診てからです、フフフ」

「そんな……ああ、先におトイレに……」

「おしっこをする前の身体を診なくては意味がないんですよ」

「……いや……変なことをされるのは、もう、いやです……」

「グズグズしているともれちゃうんじゃないのかな、フフフ」

氷室と鬼頭は有無を言わさず三枝子を公衆トイレの横のベンチの前へ連れていく。まっすぐに立たせてから、三枝子の上体を前へ倒して両肘をベンチの上につかせた。

「脚を大きく開いて、お尻をもっと後ろへ突きだして」

「言うことを聞かないと、それだけトイレに行くのが遅くなるだけですよ、奥さん」

そんなことを言いながら、氷室と鬼頭は後ろからスカートをまくって、下着をつけない裸の双臀を剝きだしにした。

「あ、いや……ああ……」

すすり泣く声をあげながら、三枝子は今にももれそうな尿意にあらがうことができなかった。

5

剝きだされた三枝子のムチッと張った双臀は、まぶしいばかりの白さでブルブルとふるえていた。それればかりか、もう片時もじっとしていられないように左右へよじれる。

「……おトイレに……は、早く……」

三枝子は途切れとぎれに言ってうめいた。

だが氷室と鬼頭はニヤニヤと笑って三枝子の双臀の前にかがみこみ、臀丘の谷間を割ってのぞきこんでいた。

眼の前に三枝子の肛門と媚肉が、生々しく剝きだされていた。それは催淫クリームにただれんばかりに充血してとろけ、ヒクヒクあえいで、ゾクゾクするほどの生々しさだ。

「こりゃすごいですな、フフフ。あれだけ気をやったのに、またこんなにとろけさせて、ただれるんじゃないか」

「ここはひとつ肉の注射をしてやったほうがいいようですな」

「フフフ、それじゃお尻の穴に注射といきますかねえ」

鬼頭と氷室は顔を見合わせて、ニヤリと笑った。

三枝子がハッとした時にはもう遅い。鬼頭が三枝子の腰に手をまわしてがっしりと押さえつけ、氷室がズボンのファスナーを引いて白衣の前からつかみだした肉棒の先端が、三枝子の肛門に押しつけられた。

「そ、そんなッ……いやあッ……」

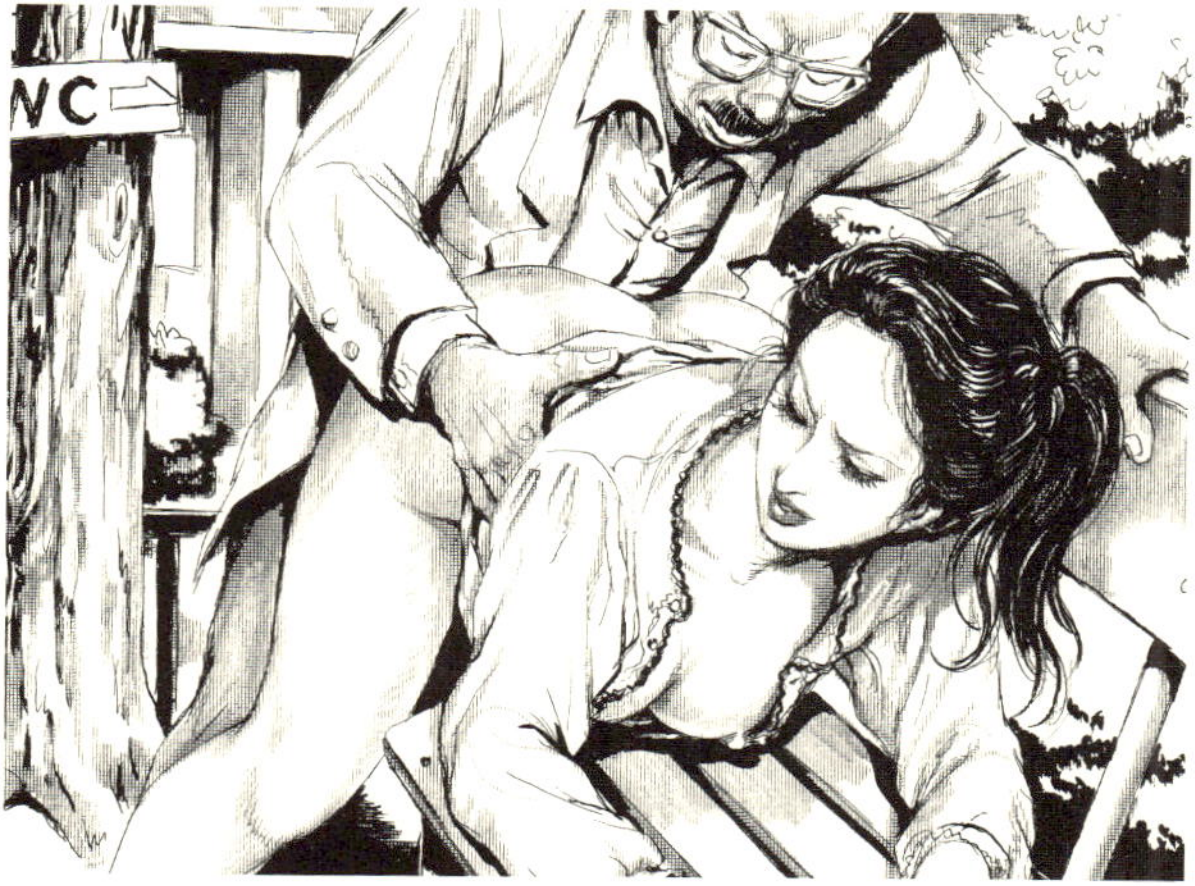

ビクンと三枝子の裸の双臀が硬直した。尿意に苛まれる身体を、よりによって肛門から犯される。次から次へとおそろしいいたぶりを加えられる現実が三枝子には信じられない。

「待ってッ……いや、今はやめてッ……ああ、もう、いやあ……」

「おとなしくするんですよ。お尻の穴に注射したら、おしっこさせてあげますからね」

「いや……いやッ……やめてッ、い、いた……うむむ……」

尿意に苛まれている身体を貫かれるおそろしさが、いっそう苦痛を感じさせる。

「か、かんにんしてッ……う、うむ、ううむ……」

三枝子は白眼を剝いて、狂ったように

黒髪を振りたてた。膝が、ハイヒールが、ガクガクと崩れる。

氷室はあせらずにジワジワと三枝子の肛門を押しひろげた。押しもどそうとする力がからみついてくるのを、巻きこむようにして肉棒の頭を進ませた。

「奥さん、鬼頭先生のと較べて私の注射はどうですか」

「うむ……く、苦しいッ……」

「ヒクヒク食い締めてくるのがいい感じですよ、奥さん。なるほど、たいした締まりだ」

氷室は根元までしっかりと埋めた。

「う、うむむ……」

三枝子はキリキリと歯をかみしばってうめき、あえいだ。

もはや限界に迫った尿意にいやでも肛門が収縮し、押し入った肉棒のたくましさをいっそう感じさせられ、苦痛と恐怖が増した。弾けんばかりに拡張を強いられている肛門が、とても自分のものとは思えない。

「しっかり注射器が入ったところで、おしっこをさせてあげますからね」

氷室は深くつながったまま腰を動かそうとはせずに、後ろから三枝子の顔をのぞきこんで言った。

「……許して……」

三枝子は唇をかみしばったり、パクパクとあえがせたり、力なく頭を振った。

そんな三枝子の顔をのぞきながら、氷室は三枝子の腰をつかんで、ゆっくりと上体を起こしていく。

「あ、あッ……いやあッ……」

鬼頭も手伝って三枝子の上体は起こされ、今度はベンチに腰をおろした氷室の上に前向きに乗せあげられた。三枝子の両脚は、氷室の膝をまたいで開ききった。

そのために自分の身体の重みで、いやでも結合が深くなった。

「あ、ああ……こんな……う、うむッ……」

「さすがに二度目の注射だと、ずいぶんスムーズに受け入れたじゃないですか」

鬼頭は前からのぞきこんでからかった。

そんなからかいも聞こえないように、三枝子は氷室の膝の上で上体をグラグラと揺らしている。その上体を氷室が両手で乳首をつかみだして支えた。

「さあ、おしっこしてもいいですよ」

鬼頭は手をのばして三枝子の茂みをかきあげると、左右から媚肉の合わせ目をつまんで押しひろげた。

催淫クリームでとろけきった柔肉が充血して妖しくうごめき、そのわずか下にはドス黒い肉棒が杭のように三枝子の肛門を貫いていた。思わずのどがゴクリと鳴る。

「どうしたんです、奥さん。おしっこがしたいんでしょう、フフフ」

「……いや……ああ、こんなこと、ひどすぎます……」

三枝子は息も絶えだえにあえぎ、頭をグラグラと揺らした。

夕方の公園で肛門を犯され、媚肉を指でくつろげられている姿で、排尿を強いられる。食い入るような鬼頭の視線が痛い。

「い、いや……いやッ……」

だが尿意はもう、耐える限界に達していた。剝きだしの乳房や下半身に、あぶら汗がじっとりと光った。両手で黒髪をかきむしる。そして三枝子の身体は、氷室の膝の上で、ふるえがとまらなくなった。

「う、う……おトイレに……」

「だからいつでも出していいと言っているでしょう。しようがない奥さんだ、フフフ」

氷室はせせら笑って、意地悪く三枝子の身体を揺さぶり、下から腸腔を二度三度と突きあげた。

「ヒイィ……やめてッ、で、出ちゃうッ」

「出ていいんですよ、奥さん」

「いやッ……ヒッ、いや……ああ……」

三枝子は狂ったように黒髪を振りたくった。

揺さぶられたことで、限界に達していた三枝子の尿意はブルルッという身悶えとともにショボショボともれはじめた。

「あ、ああッ……いやあッ、見ないで……」

三枝子は悲鳴をあげて、必死に押しとどめようとした。が、いったん堰を切った流れはとどめようもなく、しだいに勢いを増していく。思わず両手で隠そうとしても、

「こりゃすごい。どんどん出てくるじゃないですか、奥さん」

鬼頭は食い入るようにのぞきながら、意地悪くからかって三枝子の手を払いのけた。

「ほう、小便を出しながら、尻の穴は締まったりゆるんだり……フフフ、これほどいい味をしてるとは」

氷室は三枝子の肛門の妖しいうごめきに誘われ、三枝子を揺さぶってグイグイと下から突きあげはじめた。

「いやッ……ああ、いやッ……」

三枝子はもうなりふりかまわず泣き声を噴きこぼした。身体を揺さぶられるたびに、ほとばしりでる清流があっちこっちにうねって飛び散った。

そのしぶきがかかるのもかまわず、鬼頭は舌なめずりをして食い入るようにのぞきこんでいる。

充血した肉襞からほとばしりでる清流と、そのわずか下で肛門をこねまわし、出入りを繰りかえすドス黒い肉棒……思わず胴ぶるいがくるほどの禍々しいながめだ。

いいながめだ……そそられるぜ、フフフ……。

鬼頭はポケットカメラを取りだすと、夢中で撮った。

三枝子はカメラに撮られていることさえ気づかずに、あとからあとから清流をほとばしらせ、氷室の上で泣き悶えている。

ようやく清流が途切れた時には、カメラで撮ったフィルムは三本ぶんにもなっていた。

「もういいのかな、奥さん。すっかり出しましたか、フフフ」

氷室も動きをとめて、後ろから三枝子の顔をのぞきこんだ。

三枝子はもう放心したようにグッタリと顔を伏せた。汗に光る美貌は乱れ髪を額や頬にへばりつかせ、固く両眼を閉じたまま、ハアハアとあえいでいる。それは排尿までさらけだしてしまったショックに身も心もまいりはてたようであり、また、肛姦の快美にあえいでいるようにも見えた。

ベンチの前の地面には、恥流の水たまりができて、かすかに湯気が立った。

「どうです、奥さん。こんなに出して、すっきりしましたかな」

鬼頭もニヤニヤと三枝子の顔をのぞきこんで言った。

三枝子はあえぐだけで、なにも言わない。鬼頭がティッシュで拭いても、三枝子は弱々しくかぶりを振るだけだ。閉じた眼を開こうとはしない。

「すっきりしたところで、特別治療室へ急ぎますかね、フフフ」

氷室は三枝子の腰をしっかり抱きこみ、肛門でつながったまま立ちあがった。一歩また一歩と後ろから三枝子の足を押しだすようにして、歩きはじめる。

「そ、そんな……」

三枝子は思わずしゃがみこみそうになったが、腰をつかんだ氷室の手と肛門を貫いた肉棒がそれを許さない。

「あ、あ……もう、離れて……」

「奥さんのお尻の穴に注射の最中だというのに、途中でやめるわけにはいきませんよ、フフフ」

「いや……ああ、ひどい……」

三枝子はキリキリと唇をかみしめた。

足を進まされるたびに、肛門で肉棒が位置を変えてうごめき、張り裂けるような感覚がふくれあがった。それが三枝子に、深々と貫かれている肛門を思い知らせた。

木々の茂みから出て芝の上を歩かされ、三枝子は生きた心地もない。

まくられたスカートは前の部分だけは垂れて、剝きだしの下半身の正面は隠されたとはいえ、後ろはまくられたまま肛門を貫かれている。そして豊満な乳房も剝きだしのままだ。

こんな姿を誰かに見られたら……。

「ああ……」

気が遠くなりそうになっては、氷室にグイと腸管を突きあげられ、三枝子はヒッとのどを絞った。

どうして公園の芝はこんなに広いのか。一刻も早く人目のない車のなかへもどりたいのに、芝は永遠と思われるほどにつづいた。

ようやく車へもどった。氷室に肛門を貫かれたまま、また膝の上に抱きあげられて後部座席に乗せられた。そして今度は鬼頭が車を運転した。

「ああ……ハアッ……」

走りだした車のなかで、三枝子は上体を氷室にもたせかけてあえいだ。

公園で誰にも気づかれなかったのはせめてもの救いだ。だが三枝子は、人目のない車のなかに連れもどされて、ホッとする余裕はない。肛門を貫いていた肉棒の存在を、車の振動でいやでも思い知らされる。

「あ、あ……離れて……も、もう、かんにんして……」

「こんなに気持ちよさそうに尻の穴が注射器を咥えこんでいるのにですか。いつまで気どってるんです」

「……いや……」

これからなにをされるのか、新たなおびえが三枝子のなかでふくれあがった。

「フフフ、着くまでの間、じっくりと注射器を味わうんですよ、奥さん」

氷室は車の振動に合わせるように三枝子を責めるというのではなく、少し突きあげて三枝子を泣かせては動きをピタリととめ、少し休んでまた突きあげるという繰りかえしだった。

だがそれも本格的に三枝子の身体を揺さぶり、下から突きあげた。

そうやって三枝子の反応を見ながら遊んでいるのだ。

「ああ、そんな……もう、もう、いや……」

三枝子にしてみれば、あげられたりさげられたりと官能のトロ火のなかにじらされているのと同じだ。

「か、かんにんして……ああ……」

ようやく車がとまった時には、三枝子は総身をしとどの汗にして、息も絶えだえだった。

車がとまったのは、氷室の部屋のあるマンションの地下駐車場だった。

「フフフ、もうここまで来れば裸になってもいいでしょう」

氷室は車のなかで三枝子のワンピースを脱がせ、ハイヒールをはいただけの全裸に

してから、車からおろした。

　三枝子は唇をワナワナとふるわせ、もう声も出ない。肛門を貫いた肉棒に頭のなかまで灼かれ、悩乱におおわれている。

　氷室と鬼頭は全裸の三枝子の上体を前へ倒し、両手を床につかせた。手足をまっすぐのばして床につき、双臀を高くもたげた四つん這いだ。

「ここらで注射器をチェンジしますかな。ずっと同じ注射器じゃ、奥さんもつまらないだろうからね、フフフ」

「それとも、もう一本を膣のほうに入れられたほうがいいかな」

　からかいながら氷室が三枝子の

肛門から肉棒を引き抜くと、すぐに鬼頭が押し入ってきた。

「ああ……」

背筋に戦慄を走らせながら、三枝子はうめいた。

肛門の粘膜を引きずりだすように引き抜かれる感覚、そしてつづけざまの、巻きこむようにして入ってくる感覚に、三枝子は眼がくらみドッと生汗が噴きこぼれた。

今にもつきはてそうな感覚がせりあがって、三枝子はジワジワと貫いてくるものをキリキリ食い締め、腰をよじりたてた。

「いい声を出して、クイクイ締めつけてくるじゃねえか」

「もうよさがわかってきたのか、フフフ。色っぽい、いい顔しやがって」

鬼頭と氷室は自分たちの巣窟にもどったせいか、口調までガラリと変わった。

「フフフ、鬼頭。縛って連れていくか」

氷室が縄を取りだしてビシビシとしごきながら聞いた。

「それよりもっと面白え方法があるぜ、フフフ。肉車ってヤツよ。まあ、見てな」

そう言うなり、鬼頭は三枝子の両手を床の上につかせたまま、太腿を両腕に抱きあげてかかえこんだ。

「あ、ああッ」

三枝子は床についた両手が崩れそうになって、あわてて踏んばった。太腿を鬼頭の両腕にかかえこまれたことで三枝子の下半身は宙に浮き、身体を支えるのは両手だけだ。

「い、いや……ああ、なにをするの……」

「フフフ、特別治療室まで両手で這っていくんだよ、奥さん。ほれ、行くぜ」

鬼頭は三枝子の太腿を両腕にかかえ、肛門を深く貫いた肉棒でカジを取り、三枝子の裸身をゆっくりと前へ押した。

「あ、あ……いやッ……こんなこと、やめて……いやですッ」

両手で歩きながら、三枝子は戦慄の泣き声をあげた。

それを見て、氷室はゲラゲラ笑いだした。

「なるほど、肉車か。こりゃ傑作だ。それにしても、ずいぶん色っぽい手押し車じゃねえか」

「こいつをやると、きつく締まってたまらねえぜ、フフフ」

鬼頭もニヤニヤと笑いながら、三枝子をエレベーターのなかへと押していった。

6

氷室の部屋はマンションの十六階にある。エレベーターをおり、廊下を肉車を押して部屋へ入った。

「さあ、特別治療室に着いたぜ、奥さん」

鬼頭はようやく三枝子をカーペットの上にころがした。

そこは氷室の寝室だった。寝室といっても天井や壁、ベッドには女を拘束する道具が取りつけられ、棚にはおそろしい責め具がズラリと並び、女を責めるための部屋に改造されていた。

女の白い裸身を際立たせるために、天井も壁も床も、そしてベッドなども内装はすべて濃紺で統一されていた。

それに気づいた三枝子の美貌がひきつり、裸身が硬直した。

「…………」

おそろしさに三枝子はしばし声を失った。身体じゅうが総毛立って血が逆流する。女のための拷問部屋だ。氷室と鬼頭がおそろしい変質者であることを、三枝子はあらためて思い知らされた。

「ここなら完全防音だからな。いくら泣きわめいても大丈夫ってわけだ、フフフ」

「思いっきり奥さんを責められる。おっと、治療できるってわけだぜ。道具も全部そろってるしよ」

氷室と鬼頭はゲラゲラと笑った。

ブルルッとふるえると、三枝子はすすり泣きだした。

「い、いや……ああ……許して……」

あまりのおそろしさに、悲鳴をあげる気力も萎えている。

「……助けて……」

「ここへ来た以上は、あきらめるんだな、奥さん。いくら助けを呼んだって、外には聞こえやしねえんだよ」

「いや……ああ、こわい……」

「可愛いこと言いやがる。さあ、おとなしく両手を背中へまわすんだ、奥さん」

鬼頭と氷室が縄の束を取りあげると、三枝子は思わずあとずさった。

「……かんにんして……縛ったりしないで……ああ、いやです……」

「これも治療だよ、奥さん。これからはこの身体で縄の味も覚えるんだ」

「ああッ……いや、いやあッ……」

足首をつかまれてズルズル引きもどされ、三枝子は悲鳴をあげた。

たちまち両手を背中へねじりあげられて交差させられ、縄が蛇みたいに巻きついた。

「いやッ……縛られるのは、いやッ……」

「フフフ、奥さんの身体には縄がよく似合うんだよ。それに縛られてなきゃ、これからされることは、とても耐えられねえぜ」

氷室は三枝子を後ろ手に縛りあげると、豊満な乳房の上下にも縄をまわして、ギリギリと絞りあげた。

さらに縄尻を天井の鉤にひっかけて引き、三枝子を爪先立ちの立ち姿に吊った。

鬼頭は三枝子の足首をつかんで左右へ開き、床の革ベルトに固定した。

「いや、ほどいてッ……ああ、こんなの、いやです……」

三枝子は泣きながらかぶりを振った。身体の自由を奪われ、なにをされてもあらがう術がない。三枝子は生きた心地もなくなった。

これからどんなことをされるのか……。

「まずはオマ×コにこいつを使ってやるとするか、フフフ」

「尻の穴にはこいつだ、奥さん」

氷室と鬼頭が手にしたものを見せつけられて、三枝子は思わず息を呑んだ。

氷室と鬼頭の手に、グロテスクな男根を型どった長大な張型が、それぞれあった。

それはスイッチを入れると、ジジーと電動音をたてて頭を振動させ、不気味にうねった。

「どうだ、今までの肉の注射とはまたひと味違うぜ、奥さん」

「奥さんのために特別でかいのを用意したんだぜ。こいつを使われると、商売女でも泣きわめくっていうからな」

氷室と鬼頭は見せつけつつ、ニヤニヤと三枝子の顔をのぞきこんだ。

「……いや……そんなもの、使わないで……」

三枝子は泣きながら声をふるわせた。

「フフフ、心配いらねえぜ。ここでなら奥さんがいくら泣き叫んでも大丈夫だと言っただろうが」

「それにこれくらいでおびえてちゃ、身がもたねえぜ。こんなのはほんの序の口だからよ」

氷室と鬼頭は笑いながら、三枝子の前と後ろにかがみこんだ。

そして前から後ろから、おもむろに長大な張型の頭を這わせた。淫らな振動が、三枝子の内腿から茂みへ、そして後ろではムチッと張った臀丘からその谷間へと、ゆっくりと這っていく。

三枝子は悲鳴をあげてのけぞり、腰をよじりたてて悶え狂った。おそろしさに身体じゅうがブルブルとふるえて、あぶら汗がドッと噴きでた。

「泣くのはまだ早いぜ、奥さん。入れてからだ」

「今にいやでもヒイヒイ泣かなきゃならなくなるからな、奥さん」

氷室と鬼頭は前と後ろとで顔を見合わせてニヤリと笑うと、長大な張型を三枝子の媚肉と肛門にあてがって、ほとんど同時に押し入れはじめた。

「あ、いやッ……あぁッ……いやあッ」

のけぞった三枝子ののどに、悲鳴が噴きあがった。

「ヒッ、ヒッ……いや、いやあッ」

「フフフ、その調子だぜ、奥さん。いい声で泣いてしっかり咥えこむんだ」

「やめてッ……う、うむ……」

鈍痛にも似た感覚が、柔らかくとろけた肉を巻きこむようにして重く入ってくる。

さっきからの肛姦と催淫媚薬クリームとで、三枝子の膣と肛門はたぎるようになっているのに、異物を使われるおそろしさが鈍痛を引き起こす。

「うまそうに咥えこんでいくじゃねえか。オマ×コがうなりをあげてからみついてくるぜ、フフフ」

「尻の穴のほうもたいしたもんだ。こんなに太いのが思ったよりずっと楽に入っていきやがる」

三枝子はのけぞったまま、ヒイヒイとのどを絞った。いやがって腰をよじるのが、かえって挿入を助ける。

もう三枝子の媚肉も肛門もいっぱいに拡張されて、長大な張型に深々と貫かれていく。

薄い粘膜をへだてて二本の張型がこすれ合い、淫らな振動とうねりとが共鳴して、三枝子はたちまち息もできなくなった。

「ああ……許してッ……た、たまんないッ、狂っちゃう……」

三枝子の声はうめきとあえぎとに呑みこまれた。身体の芯がたちまち燃えて、ひきつるように収縮を繰りかえした。そして、もうわけもわからなくなっていく。

三枝子の腰がひとりでに快美を貪る動きを見せはじめた。

「見事な咥えっぷりだぜ。そのまましっかり食い締めてろよ」

「落とすんじゃねえぞ、奥さん。なるべく深く入れてやるからな」

張型をほとんど根元近くまで入れてから、氷室と鬼頭は手を離した。

「あ、ああッ……ああ……」

三枝子はキリキリと唇をかみしばって、前も後ろも食い締めた。淫らな振動とうねりとに、いやでも柔肉がからみつく。

氷室と鬼頭はニヤニヤと三枝子をながめた。美貌の人妻がドス黒い張型を前と後ろに突き立て、ひとり腰をうねらせ、縄に絞りこまれた乳房をふるわせている。ゾクゾクと嗜虐の欲情を煽られる光景だ。

「フフフ、たまらねえ奥さんだぜ」

鬼頭が舌なめずりをすると、鞭を取りあげて三枝子の後ろへまわった。

三枝子の双臀はムチッと盛りあがって肉が締まり、形よく高く吊りあがっている。

それが肛門に張型を刺しているだけで、凄絶なまでの色気をかもしだし、いっそう妖しい肉づきを際立たせた。

その肉めがけて鬼頭は鞭を振りおろした。ピシッ……三枝子の臀丘に鞭が弾け、肉がブルルッとふるえた。

「ヒイッ……」

三枝子は下腹を前へ突きだすようにしてのけぞった。

あわてて後ろをふりかえった三枝子の眼に、鬼頭がニヤニヤと笑って鞭の先を揺らしているのが見えた。

「そんな……ああ、鞭なんて、いやッ……どうして、そんなひどいことを……」

「フフフ、鞭で打たれるとオマ×コも尻の穴も締まって、ズンといいだろうが。こういう淫らな尻には、鞭がよく合うぜ」

「いや……ああ、打たれるなんて、いや……」

おびえに声をふるわせる三枝子の眼に、鬼頭がまた鞭を振りあげるのが見えた。

「ああ……や、やめてッ……」

ひきつる美貌と思わず硬張る裸身。そして空を切る鞭の音……。

ピシッと鞭が三枝子の双臀に鳴った。

「ヒイッ……許してッ」

悲痛な声が噴きあがった。

肉が締まって、それが膣と肛門の張型の振動とうねりとをいっそう感じさせ、三枝子を悩乱させる。

「あ、ああッ……」

三枝子の腰がガクガク揺れた。口の端から涎れがあふれ、下の口からもあふれでた蜜がツーッと内腿をしたたった。

「フフフ、どうだ、奥さん」

鬼頭はあざ笑って、また三枝子の双臀をピシッと打った。

「ヒイーッ……」

「いい声だ、奥さん」

鬼頭はたてつづけに打つのではなく、一定の間隔で鞭をふるった。

ひと打ちごとに、三枝子の白い双臀がボウッと色づいて淫らさを増し、官能美は大きくなっていく。そしておびえおののいて硬張り、次には鞭にブルルッとふるえる尻肉……。そんな三枝子の身悶えが、氷室の眼をこよなく楽しませる。

だが、氷室はニヤニヤとながめているだけではなかった。ロウソクを取りあげると火をつけ、三枝子の正面へまわった。

「尻だけじゃものたりないだろ、奥さん。こいつでもっとズンとよくしてやるよ」

「…………」

ロウソクの炎を見る三枝子の眼が、恐怖にひきつった。

「や、やめてッ……いやあッ」

三枝子は金切り声をあげて、総身を揉みしだく。

それをあざ笑うように、氷室はロウソクを三枝子の乳房の上で傾けた。

「ヒッ、ヒイッ……熱いッ……」

ポタポタと乳房に垂れる。三枝子は泣き叫んでのたうった。

「熱い、熱いッ……ヒッ、ヒッ、やめてッ……」

泣き叫んだと思うと次には鞭を双臀に受けて、ヒイーッと絶叫し、のけぞる。

思わず前へ突きだした下腹にも、熱ロウは容赦なく襲った。ビクッと裸身を硬直させて、熱ロウから逃げようと腰を引けば、後ろから突きだした双臀にまた鞭が弾けた。

「ヒイーッ……もう、かんにんしてッ」

前からは熱ロウが、後ろからは鞭が襲って、三枝子は泣き叫びつづけた。

そして、絶えず三枝子の膣と肛門とをこねまわし、官能をまさぐってくる二本の張型。

いつしか三枝子はしとどの汗に光る裸身を、匂うような薔薇色に上気させ、乳首をツンと尖らせて、充血した女芯までのぞかせ、蜜を内腿にジクジクとしたたらせた。

「ああ……もう、もう……ヒイーッ……許してッ……」

泣き叫ぶ声も最初の悲愴さはなく、どこか艶めいた響きだ。

「フフフ、たいした感じようだぜ。張型をしっかり咥えこんで落とさねえだけでも、たいしたもんだ」

「思った通り、牝の素質充分だな。どこまで堕ちるか、楽しみってもんだ」

氷室と鬼頭はあざ笑いながら、執拗に熱ロウを垂らし、鞭をふるった。

「ああ……あああ、ヒッ、ヒッ……熱いッ……あうう……」

のけぞりのたうつ三枝子の裸身に、小さな痙攣が走りはじめた。熱ロウの熱さや鞭の痛みというよりも、肉が内からざわめく痙攣だ。

「おお、気をやるのか、奥さん」

「いやッ……あ……あぁッ……」

黒髪を振りたてた三枝子だったが、次の瞬間、両脚をピンと突っ張らせるようにして激しくのけぞった。

「ヒッ、ヒイッ……イッちゃうッ」

三枝子はガクガクと腰を揺すりたて、昇りつめた絶頂感にヒイッ、ヒッとのどを絞って、総身を収縮させた。前も後ろもキリキリと張型を食い締め、絞りたてた。

そして氷室と鬼頭がようやくロウソクと鞭を引くと、両脚がガクッと力を失って三枝子の裸身が縄目にあずけられた。

三枝子の媚肉から長大な張型が抜け、床に落ちた。それは蜜にまみれてヌラヌラと光り、湯気さえたち昇らせて、まだジーと振動し、うねっていた。

「フフフ、たいしたイキっぷりじゃねえか。本質的に好きなんだな」

「こうビンビンとこっちの責めに反応してくれると、こたえられねえな」

氷室と鬼頭はゲラゲラと笑った。

三枝子はグッタリと身体を縄目にあずけたまま、髪がおどろに胸に垂れた。

その黒髪をかきあげてのぞきこんだ三枝子の顔は、両眼を閉じて口もとから唾液を垂らし、意識がなかった。

汗まみれの乳房から腹部をハアハアと波打たせ、張型の抜け落ちた媚肉も赤くひろがったままで、まだ時々ヒクヒクと余韻の痙攣を見せていた。

肛門はぴっちりと張型を咥えたままで、張型だけが淫らな振動とうねりとを繰りかえしている。

「尻の穴はまだ離したくねえってわけか。フフフ、好きな尻しやがって」

鬼頭は一度パシッと三枝子の双臀をはたくと、ゆっくり張型を引き抜いた。長時間にわたって肛姦と張型で拡張を強いられた肛門は、生々しく口を開いたまま奥の腸腔までのぞかせている。

そんな三枝子をニヤニヤとながめながら、氷室と鬼頭は服を脱いで裸になった。すでに天を突かんばかりの肉棒をうれしそうに揺する。

「おらおら、いつまでのびてるんだよ。太い肉の注射の時間だぜ」

「フフフ、前から後ろから、とことん注射してやるからな、奥さん」

氷室と鬼頭は三枝子の前と後ろとにしゃがみこむと、ニンマリと顔を崩した。

「綺麗に舐め取ってから注射してやるぜ」

「注射には消毒がつきものだからな」

そう言うなり、氷室と鬼頭は口を尖らせて三枝子の媚肉と肛門に吸いついた。

「う、ううむ……」

吸いつき舐めまわしてくる唇と舌の動きに、三枝子はうつつのなかにうめき声をあげ、腰をうごめかせた。

氷室は肉襞のひとつひとつを舌でなぞるように舐め、女芯を吸いこみ舌をからませた。

鬼頭は三枝子の肛門に激しく吸いついて、尖らせた舌先を、まだゆるんだままの肛門に押し入れようとする。

「う……ああ……な、なにを!?……」

腰をよじるようにして、三枝子は頭をグラグラと揺らした。そして、乱れ髪の奥にうつろな瞳を開いた。

「ああ、やめて……」

三枝子の眼に、前と後ろとにしゃがみこんだ氷室と鬼頭とが見えた。

媚肉と肛門に這う唇と舌の感覚……。なにをされているのか、うつろな身でもすぐにわかった。

「あ……ああ……」

三枝子は狼狽の声をあげた。まだ絶頂の余韻のくすぶっている三枝子の身体は、意志に関係なく唇と舌による攻撃に、また官能の波に襲われた。

「も、もう、いや……」

「いやでも注射するぜ、奥さん。オマ×コも尻の穴もこんなにとろけてるんだからな」

鬼頭はベトベトの口で言うと、立ちあがって、三枝子の後ろからまとわりつこうとした。前からは氷室がまとわりついてくる。

また二人の男に同時に前後から犯されるのだ。

「い、いやあッ」

死んだようだった三枝子の身体が、悲鳴をあげて反りかえった。

「いや、いやあッ……もう、いやあッ」

「フフフ、いつも二人がかりで犯られねえと、満足できねえ身体にしてやるよ」

「ああッ……もう、許してッ……」

三枝子は泣き叫んだ。

だが、その悲鳴もおそろしさも、氷室と鬼頭がジワジワと三枝子を貫き、サンドイッチにするまでのことだった。

あとはもう、三枝子は狂乱のなかになにもわからなくなった。

第五章　群姦に灼かれる媚肉

1

鬼頭が眼をさましたのは昼すぎだった。

となりに寝ているはずの三枝子の姿がなかった。氷室もいない。

バスルームのほうからシャワーの音が聞こえてくる。氷室は三枝子を風呂に入れているようだ。

鬼頭は横になったまま、煙草に火をつけた。うまそうに吸うと、天井に向けて大きく煙を吐きだした。

フフフ、須藤三枝子か……まったくいい味した人妻だぜ。美人のうえにいい身体しやがって、とくに尻がたまらねえ……。

鬼頭は三枝子の肛門の、きつく締めつけてきた妖美な感触を思いかえし、ニヤニヤと笑った。

昨日、夫の旅行をさいわい、三枝子を氷室のマンションへ連れこんでから、二人で三枝子をサンドイッチにして、思う存分に楽しんだ。三枝子の身体は、鬼頭と氷室の間で揉みつぶされるように、ギシギシと鳴った。

三枝子は泣き叫び、うめき、のたうった。そして声も出せなくなって、ヒイッ、ヒイーッとのどを絞るばかりになった。その間にも三枝子はたてつづけに、めくるめく絶頂へ昇りつめ、ついには白眼を剝いて失神してしまった。

それでも鬼頭と氷室は許さず、三枝子を何度も失神から揺り起こして、明け方近くまで責めたてたのである。

「起きたか、鬼頭」

バスルームから氷室が全裸の三枝子を抱いてもどってきた。

三枝子は瞳もうつろに放心したように、じっと氷室に身をゆだねている。後ろ手に縛られた縄は、もう解かれていた。

「フフフ、昨日の奥さん、激しかったぜ。ヒイヒイ泣いて、イキっぱなしだったからな。たっぷりと満足したか」

鬼頭は立ちあがると、朝勃ちの肉棒を剝きだしにしてニヤニヤと三枝子に近づいた。

三枝子はハッとしたが、なにも言わない。弱々しく頭を振るだけだ。剝きだしの肉棒におびえるだけでなく、昨夜のことを言われるのが死にたいほどつらいのだ。

「綺麗になったところで、また昨日のつづきといくか、奥さん。俺も見ての通り、すっかり元気になったしな」

「……も、もう、いや……許して……」

「フフフ、また肉の注射をされたくて、綺麗にしてきたんだろうが」

三枝子の湯あがりの肌に手をのばそうとする鬼頭を、氷室がとめた。

「そうあせるなって、鬼頭。もう奥さんは俺たちから逃げられやしねえんだ。これ以上犯ってガタガタにすることもねえだろうが」

「このまま奥さんを帰すってのか、氷室」

「そうだ。追いつめすぎちゃ元も子もなくなるってもんだ。人妻を飼うには、生かさず殺さずでいかなくちゃよ」

氷室にそう言われると、鬼頭は渋々と従うしかなかった。

悪知恵にかけては氷室がうわ手だ。かつて氷室の意見を聞かずに女を襲い、くさい飯を食うはめになった鬼頭は、氷室の忠告は聞くことにしている。

とはいっても、三枝子のムチムチの裸身を前に、淫らな欲望をこらえる鬼頭はかなり苛立った。

「そうイラつくなよ、鬼頭。別のお楽しみを考えてあるからな、フフフ」

氷室は鬼頭をなだめた。三枝子をおろすと、足もとにワンピースを投げた。

「奥さん。家へ帰りてえんだろ」

三枝子はあわててワンピースを取ると、身につけた。パンティもブラジャーもなく、素肌にじかにつけるのだが、肌を隠せるだけでも救いだった。

生気が甦ってくる。

「ほ、本当に帰してくれるのですか……」

「帰してあげますよ。ただし、次の診察に、必ず来てくれればねえ、フフフ」

氷室はニヤニヤと三枝子の顔をのぞきこんで舌なめずりし、医者の言葉使いで言った。

「次の診察日は電話を入れたら必ず、ということでどうです、奥さん」

「そ、そんな……」

「まだまだ奥さんの膣と肛門には、肉の注射が必要なんですよ。昨日の治療はほんの準備みたいなもんでしてね」

あまりの氷室の言葉に、三枝子は声もなく黒髪を振りたくった。

いきなり鬼頭が三枝子の頬を張った。ああッと三枝子はのけぞった。

「いやなら奥さんの恥ずかしいビデオや写真をバラまくぜ。もちろん亭主にもな」

鬼頭はすごみ、三枝子に浣腸したところやサンドイッチで犯したところをビデオテープや写真に何枚も撮ってあることを、思いださせた。

「ああ……そ、それだけはッ……」

「これから奥さんが電話のたび、素直に診察を受けにくれば、ご主人にバラすようなことはしませんよ、フフフ」

「ああ……」

三枝子は唇をワナワナとふるわせて、弱々しく首を左右へ振った。

2

これから先、たびたびこんな男たちに弄ばれるなんて耐えられない。だが、二人がかりで前と後ろまで犯されたことを夫に知られるのは、もっとおそろしい。

「どうなんだ、奥さん。わかったら返事をしねえかよ」

鬼頭がスカートの上からバシッと三枝子の双臀をはたいた。

三枝子は、蒼白になった頬をひきつらせた。

「ああ、こんなこと、もう……もう、耐えられません」

三枝子はふるえる声で言った。

「耐えられなくて気をやってしまうというんでしょう、奥さん。それでいいんですよ。

フフフ、何度も肉の注射をされて気をやるのも、大事な治療ですからね」

「それだけじゃなくて、膣と尻の穴にもっといろいろ治療しなくちゃよ、フフフ。いやがって泣くようじゃ、まだまだだぜ、奥さん」

氷室と鬼頭はせせら笑った。三枝子は小さく肩をふるわせた。

「ああ……ひ、ひどすぎます……」

「ビデオと写真をバラまかれないだけでも感謝するんだな。それとも亭主のところへ持っていこうか、奥さん」

「や、やめて……言われる通り、診察を受けに来ますから……夫にだけは、そんなおそろしいものは……」

三枝子が泣き声に言葉をつまらせながら言った。固く握りしめた手がブルブルとふるえてとまらない。

鬼頭と氷室はゲラゲラと笑った。

「これからも患者は主治医の言うことは、いつも素直に聞くんですよ、奥さん」

「それじゃ最後に、主治医に向かって心から礼を言いな。オマ×コと尻の穴に肉の注射をいっぱいしていただき、ありがとうございました、とな」

鬼頭は三枝子の黒髪をつかんで顔をあげさせると、氷室のほうへ向けた。

「ああ……」

三枝子はワナワナと唇をふるわせた。が、あらがう気はない。

「……三枝子のオ……」

「どうした。はっきりオマ×コと言え」

「……み、三枝子のオ……オマ×コとお尻の穴に……肉の注射をいっぱいしていただき……ありがとうございました……」

三枝子はすすり泣く声で言った。

今度は氷室が、三枝子の黒髪をつかんで鬼頭のほうへ向けた。

「鬼頭先生にもお礼を言うんですよ。とっても気持ちいい浣腸をしてくださいまして、ありがとうございます。今度はもっと激しい浣腸をいっぱいしてくださいね、フフフ」

「…………」

「この俺には礼を言えねえっていうのか」

鬼頭が声を荒らげた。ビクッと三枝子の身体がふるえ、おずおずと口が開く。

「……三枝子にとっても気持ちのいい……か、浣腸をしてくださいまして、ありがとうございます……今度はもっと、激しい浣腸をいっぱいしてください……」

強要された言葉をようやく口にすると、三枝子は総身を揉みつつ泣きだした。そのまま床に泣き崩れるのを、鬼頭と氷室は左右から腕を取って引き起こす。

「さあ、家へ帰してあげますよ、奥さん」

よろめく三枝子を引きたてて部屋を出ると、地下の駐車場へおりた。鬼頭が三枝子の腰を抱くようにして車の後部席に乗り、氷室が車を運転する。

「いつまで泣いてやがるんだ。家へ帰りたくねえのか」

車が走りだすと、鬼頭はすぐに三枝子のスカートのなかへ手をすべりこませた。パンティをつけない裸の双臀をネチネチと撫でまわす。

「あ、あ……いや……もう、かんにんして」

臀丘の谷間へすべりこんで肛門をさぐってくる鬼頭の指に、三枝子は腰をよじりたてたてのけぞった。

「いやッ……そこは、やめて……ああ、いやですッ……」

「フフフ、昨日は肉の太い注射をされて、尻の穴でよがり狂ったくせに、気どりやがって」

鬼頭はせせら笑うように言って、指先に三枝子の肛門をとらえた。いつの間にか指先にワセリンをすくい取っていて、それを肛門に塗りこむようにゆるゆると揉む。

「あ、ああッ……いや、いやです……」

「おとなしくしてねえと、指じゃなくて、また肉の注射をするぜ、奥さん」

「そ、それは……ああ、許してッ……」

ワセリンのすべりを利用して縫うように入ってくる鬼頭の指に、三枝子はヒッ、ヒッとのどを鳴らした。まだほぐれていない肛門を押しひろげ、深く入ってくる指が、昨夜の肛姦を思いださせる。

「さんざん太い注射をしてやったのに、よく締まるじゃねえか。そそられるぜ」

鬼頭は深く根元まで埋めこんだ指を、ゆっくりと抽送した。

「か、かんにんして……ああ……」

三枝子は腰をよじりたて、黒髪を振りたくった。鬼頭の手を両手で押しのけようとするが、ビクともしない。

鬼頭の指に肛門と直腸がこねくりまわされ、三枝子はその汚辱感に声をあげて泣きだした。その泣き声に、ヒッ、ヒッという悲鳴まで入り混じった。

「鬼頭、遊んでねえで、早いとこ薬を入れてやれよ、フフフ」

車を運転する氷室が、バックミラーで顔を見ながら言った。氷室がとめなければ、鬼頭のいたぶりは限りなくエスカレートしそうだった。

「そうだな、フフフ、家に着く前に薬を飲ませとかなくちゃな」

鬼頭はポケットからイチジク浣腸を取りだすと、指と交代して三枝子の肛門に突き立てた。その硬質な感覚に、

「ああッ……な、なにを!?……」

三枝子がそう言った時には、イチジク浣腸の容器は押しつぶされて、薬液がチュルチュル流入していた。

「ヒッ……あ、あむ……」

三枝子は顔をのけぞらせてのどを絞った。昨日、浣腸された時のおぞましさ恥ずかしさがドッと甦った。

「気持ちいいだろ、奥さん。ほれ、もうひとつだ、フフフ」

押しつぶした容器を引き抜くなり、すぐに二個目のイチジク浣腸を押し入れて、鬼頭はあざ笑った。

「あ……ああッ……もう、いや……」

「奥さんの尻の穴はうれしそうに咥えこんでるぜ。ヒクヒクさせてよ」

「かんにんして……か、浣腸なんて、いや……ああ……」

またチュルチュルと入ってくる。三枝子はキリキリと唇をかみしばった。それでもおぞましさに歯がガチガチと鳴りだして、こみあげる嘔吐感に三枝子は息もつまるようだ。

「フフフ、いい飲みっぷりだぜ、奥さん」

鬼頭はうれしそうに言って、三個目、四個目と三枝子にイチジク浣腸をしかけていく。

「あ、あむむ……もう、入れないで……」

三枝子はうめき、あえぎ、泣き悶えた。ブルブルとふるえる双臀がひとりでにうねり、じっとりと汗がにじみでた。

ようやく鬼頭が五個目のイチジク浣腸の容器を押しつぶして引き抜いた時には、三枝子はあぶら汗にまみれて息も絶えだえだった。

だが、三枝子にはグッタリとしてあえいでいる余裕はなかった。早くも腹部がグルルと鳴って、荒々しい便意がふくれあがってきた。

鬼頭はそれ以上はイチジク浣腸をしかけようとはせず、ニヤニヤと笑って三枝子の双臀を撫でまわすだけだった。

昨日みたいに、見られるのでは……。

そう思っただけで、悪寒が身体じゅうを駆けまわりだした。

「……お願い……お、おトイレに……」

「フフフ……」

鬼頭は笑い、イチジク浣腸を三個取りだして、三枝子の手に持たせる。

「こいつは次の時のぶんだ。診察に来る時、家を出る前に尻の穴に入れて、トイレには行かずに病院まで来るんだ」

「そ、そんなこと……」

「できないというなら、家へ帰すのはやめにしますよ、奥さん。医師の指示にも従えない患者を帰すわけにはいきませんからね」

三枝子はガチガチ鳴る歯をきつくかみしめて、すがるような瞳を氷室に向けた。

「ああ……言われた通りにしますから……は、早く、おトイレに……」

三枝子は泣きながら言った。

どのくらい走っただろうか。三枝子は蒼ざめた美貌を力なく揺さぶって、ワナワナとふるえだした。

「ああ、もう、我慢が……は、早く……」

「まだですよ。これくらい我慢できないと、今度病院に来る時に大変ですよ。なにしろ家で自分で薬を入れて、もらさないようにして病院まで来なくちゃならないですからね、奥さん、フフフ」

「だって……だって、ああ……も、もう、もれてしまいます……」

三枝子はギリギリと歯をかみしばった。一時もじっとしていられない。三枝子の双臀がよじれた。

「なんなら車の窓から尻を出して、垂れ流すか、奥さん」

しつこくスカートのなかで三枝子の双臀を撫でまわしつつ、鬼頭はゲラゲラと笑った。

いや……声を出すのも苦しいように、三枝子は黒髪を振りたくった。

もう羞じらう余裕もない。限界に迫った便意に今にも爆ぜそうな肛門を必死に引き締めワナワナとふるえるばかりだ。

ようやく車がとまった。三枝子の家の前だった。

「着きましたよ、奥さん。本日の診察はこれで終わりですからね。もらさないうちに、早くトイレに行くんですな」

氷室が運転席からふりかえって言った。

鬼頭は三枝子を手離したくないのだが、渋々と車のドアを開けた。

「この尻ともしばしのお別れか。ちくしょう、いい尻をしやがって」

鬼頭はパシッと三枝子の双臀をはたいた。

3

「フフフ、今ごろはよがり泣きながら、ひりだしてるだろうぜ」

車を運転しながら、氷室は助手席の鬼頭を見て言った。鬼頭は三枝子を手離したことで不満たらたらだ。

「ひりだすところを見てやりたかったぜ。それに、ひりだした直後はとくにアナルセックスの味がいいってのによ」

鬼頭は未練がましく言った。

それを聞いて氷室は苦笑いして、また鬼頭を見た。

「これからはちょいちょい楽しめるんだ。急いでガタガタにしちまうこともねえだろう。あの人妻は、使い捨てには惜しい上玉だぜ」

「お前の言うことはわかっているんだけどよ……くそッ、あの尻が……」

五年半もの刑務所暮らしで余裕がなくなったのか。鬼頭は三枝子の白い双臀が頭から離れない。三枝子への嗜虐の欲情が限りなくふくれあがるのを、どうしようもなかった。

「なあ、氷室。このままじゃ、どうにもおさまりがつかねえぜ。やっぱり一発は犯っとかなくちゃよ」

「じゃあ、別のお楽しみといこうじゃねえか、鬼頭」

「それはそれとして、あの人妻の尻に一発ぶちこもうぜ。浣腸だけってのは、もったいねえってもんだ」

鬼頭はしつこい。よほど三枝子を気に入ったのだろう。あまりのしつこさにさすがの氷室も、

「負けたよ。ただし一発だけだぜ、鬼頭」

と、車をUターンさせた。

三枝子の家の前へもどると、鬼頭と氷室はあたりに人目がないのを確かめてから、すばやく庭のほうへまわりこんだ。そっと家のなかをうかがう。

応接間にも台所にも、どこにも人影はない。庭から家のなかにあがりこんだ鬼頭と氷室は、二階へあがった。

「どこだ。まさか逃げたんじゃねえだろうな」

鬼頭はつぶやきながら、三枝子の姿をさがした。

寝室から三枝子のすすり泣く声が聞こえてきた。

三枝子はベッドの上で泣き伏していた。

「フフフ、こんなところで泣いてやがったのか」

鬼頭の声に三枝子はハッと顔をあげた。後ろをふりかえった三枝子の瞳に、ニヤニ

ヤといやらしく笑う鬼頭と氷室の顔が見えた。夢にも思わなかった恐怖に三枝子の総身が凍りついた。

「……い、いやあッ……」

悲鳴をあげて、三枝子は弾かれるように逃げようとした。

が、それよりも早く、鬼頭の手がズルズルと引きもどした。

「どこへ行こうってんだ、奥さん。たっぷりひりだして、すっきりしたか、フフフ」

「もう、かんにんして……ああ、いやあ……」

「ほれ、すっきりとした尻の穴を見せるんだよ、奥さん」

「いやッ、お尻はいやッ……やめてッ」

三枝子は両脚をふるわせ、腰をよじりたてながら逃げようとした。双臀にのびてくる鬼頭の手を必死に振り払おうとする。

「さっきまでおとなしく尻の穴を触らせてたってのに、どうしたんだよ。ジタバタするんじゃねえ」

いきなり鬼頭の平手が、バシッと三枝子の頰を張った。

ヒッと三枝子はベッドの上にのけぞった。それで三枝子のあらがいも終わりだ。力の抜けた三枝子の身体は、ベッドの上に上体を押し伏せられ、双臀を高くもたげるかっこうにされた。

「ゆ、許して……お尻は、いや……」

すすり泣くような声で、弱々しく哀願を繰りかえすばかりだった。

「お尻はいやでも、その尻に治療し忘れたことがありましてね。さあ、尻の穴を見せてもらいますよ」

氷室は後ろから三枝子のスカートをまくりあげた。三枝子の双臀は白いパンティにくるまれていた。

「ちょっとの間に、こんなもんはきやがって。奥さんはノーパンが似合うんだよ」

鬼頭はパンティをつかむなり、一気に引き裂いてむしり取った。

「ああ、いやッ……」

「これからはいつもノーパンでいるんだぜ。フフフ、これだけいい尻を隠すなんてもったいない」

氷室は三枝子の双臀に両手をのばすと、ゆっくりと臀丘の谷間を割りひろげた。

「あ、あ……いや……そんなところ……」

三枝子は泣き声をあげて、キリキリと歯にシーツをかみしばった。

氷室と鬼頭のいやらしい眼が、剝きだされた肛門に突き刺さってくるのが、痛いまでにわかった。今度は夫との愛の営みの寝室で、おぞましい排泄器官をなぶられると思うと、三枝子は気が遠くなった。

剝きだされた三枝子の肛門は、浣腸と排泄の直後とあって、まだ腫れぼったくふくれていた。おびえるようにヒクヒクとふるえ、キュウとすぼまる。

それが鬼頭と氷室には、なにか咥えこみたがってあえいでいるようにも見えた。

「フフフ、何度見てもたまらねえ尻の穴をしてやがる。そそられるぜ」

「ちょうど肉の注射のしごろというところですな、鬼頭先生」

鬼頭と氷室は食い入るようにのぞきつつ、ニヤニヤと舌なめずりをした。

肛門を狙われていると知って、三枝子は悲鳴をあげた。

「いや、いやですッ……お尻は、許してッ」

「尻の穴に肉の注射をする必要があるんですよ、奥さん。前にもされたいでしょうが、今は尻の穴だけなんですよ、フフフ」

「そ、そんなッ……ああ、お尻には、もうさんざんされました……」

「それは昨日のことじゃねえか。今日はまだ一発もしてねえだろうが」

氷室と鬼頭はゲラゲラと笑った。

氷室は指先にたっぷりとワセリンをすくい取ると、三枝子の肛門に塗りこんだ。キュウ、キュウと吸いつくようにうごめく肛門の感触が、指先に心地いい。少しでも力を加えると、たちまちヌルッと奥へ咥えこまれそうになる。

「やめてッ……お尻なんて、いや……ああ、かんにんしてッ」

うねる三枝子の双臀を、氷室はがっしりと押さえつけて、両手で臀丘の谷間をいっぱいに引きはだけた。

ねっとりとワセリンの光る三枝子の肛門がヒクヒクとおびえ、あえいでいる。

「準備オーケイですよ、鬼頭先生。奥さんも尻の穴に早く肉の注射をされたがってますよ」

「嘘ッ……ああ、いやですッ……」

おびえて泣きだした三枝子をあざ笑うように、鬼頭はつかみだしたグロテスクな肉棒の先端を、剝きだされた肛門に押しあてた。

「あ、あッ……かんにんして……」

泣き声をひきつらせて、三枝子は双臀を硬張らせた。

次の瞬間、ジワジワと肛門が押しひろげられはじめた。

「ヒッ、ヒイッ……いやあッ……」

引き裂かれるような苦痛。そんなところを犯される汚辱感。三枝子は狂いそうだ。

「う、うむ……ヒッ、ヒッ……」

「昨日何度もぶちこんでるんで、さすがに昨日よりスムーズに入っていくぜ。うんと深く入れてやるからな」

「裂けちゃう……うむ……うむ……」

たちまち三枝子はあぶら汗にまみれ、ヒイヒイのどを絞った。まるで肛門がミシミシときしんで裂けていくようだ。三枝子は両手でベッドをたたき、シーツをかきむしった。眼の前にバチバチと火花が散った。

「ほうれ、思ったより楽に入りやがった」

鬼頭は肉棒の根元まで深々と入れた。灼けるような肉が、肉棒の根を食い千切らんばかりにクイクイと絞めつけてくる。

さすがの鬼頭もうなった。すぐには動きだそうとはしない。

「こりゃすごい。まさに串刺しっていうところだな」

氷室は食い入るようにのぞきこんだ。

ドス黒い鬼頭の肉棒を、三枝子のアヌスがせいいっぱいという感じで咥えこんでいた。肛門の粘膜はのびきったゴムのチューブのように苦しげにきしむ。見ているだけでも三枝子の肛門がメリメリ音をたてて裂けるようだ。

「どうです、奥さん」

氷室が次にのぞきこんだ三枝子の顔は、血の気を失って張り裂けんばかりの苦痛と汚辱感とに、ひきつっていた。もう声も出せず、満足に息すらできない。

「そのうちに尻の穴に肉の注射をされたくてしようがなくなりますよ、フフフ」

「そうとも。もう尻の穴を締めたりゆるめたりと、覚えが早いようだからな」

鬼頭はニヤリと笑い、ゆっくり腰を突きあげはじめた。それにつれ、裂けんばかりの肛門の粘膜が、肉棒に引きずりこまれ、めくりだされるのが氷室に見えた。

「ああッ、死んじゃうッ……ヒッ、ヒッ……」

三枝子は白眼を剝いて悲鳴をあげた。

すでに昨夜、肛門を犯されているせいか、苦痛と汚辱感のなかにただれるような得体の知れぬ感覚がざわめいた。背筋が灼けただれ、身体の芯が麻薬にでも侵されていくようだ。

「いい感じだぜ。奥さんも感じてるんだろ」

「いや、いやッ……ううン、死んでしまいます……ああ、ヒッ、ヒッ……」

「氷室、奥さんのオマ×コはどんな具合いか見てくれ」

リズミカルに責めたてつつ、鬼頭は氷室に言った。

ニンマリとうなずいた氷室は、のぞきこみつつ手をもぐりこませて、三枝子の媚肉をまさぐった。

熱くとろけるような柔肉が、じっとりと潤っていた。指先を柔肉に分け入らせると、からみつくうごめきを見せた。そして女芯も、包皮を剝いてヒクヒクと頭をもたげようとしていた。

「フフフ、見ての通りだぜ、鬼頭」

氷室は三枝子の媚肉をまさぐった指をかざして、鬼頭に見せた。指先は三枝子の蜜にまみれてヌラヌラだ。ねっとりと糸を引いていた。

「やっぱりな、奥さんは尻の穴だけでも充分に感じるってわけだ」

鬼頭はニンマリとした。

きつい収縮は変わらないものの、三枝子の肛門がしだいに肉棒になじんでくるのを、鬼頭は感じていた。ただ締めつけてくるばかりでなく、締めたりゆるめたりするうごめきを繰りかえしはじめた。

「うんと気分を出しな、奥さん。尻の穴だけでよがり狂うんだ」

「やめて……あ、あむ、死ぬッ……うむッ」

「フフフ、死ぬほど気持ちいいんだろ」

鬼頭はあせらずにじっくりと責めたてた。浅く深く、弱く強く、そしてこねくりまわすようにと変化をつけ、三枝子の肛門の妖美な感触を味わっていく。

「ああ……あああ……ヒッ、ヒイッ……」

三枝子はもう半狂乱だ。揺さぶられるままに泣き、叫び、うめいた。両手でシーツをかきむしり、キリキリとシーツをかみしばった。

苦痛と肉の快美とがからまりもつれ合った。それでも三枝子はまだ、肛門だけで官能の絶頂へと昇りつめるのは無理のようだ。

「もっと気分を出せ。思いっきり声を出して、よがり狂うんだ、奥さん」

鬼頭は容赦なく責めたてた。

三枝子の背中へのしかかるようにして、ワンピースの前を胸もとから引き裂き、乳房をつかみだす。タプタプと絞りこむように揉み、乳首をつまんでいびった。

「ヒッ、ヒイッ……」

三枝子はいっそう悩乱に駆りたてられて、白眼を剝いてのどを絞った。もう三枝子の身体は汗ビッショリで、引き裂かれたワンピースが肌にへばりつくほどだ。

そんな三枝子の狂いように、冷静だった氷室までが巻きこまれた。いつしか氷室は眼の色が変わった。

「鬼頭、まだか。早く俺にもアナルを犯らせろよ」

氷室はじれたように言った。

4

一発でやめるつもりがやめられない。鬼頭も氷室も二度、三度と三枝子の肛門を犯し、白濁の精を放った。

「犯りすぎたな」

「だがいい味してたぜ」

車のなかで氷室と鬼頭は顔を見合わせて、苦笑いをした。

ようやく三枝子の身体から離れた時は、三枝子は白眼を剝いて死んだようになっていた。両脚は開ききり、肛門も生々しく口を開いたまま、注ぎこまれた白濁をトロトロと吐きだしていた。しばらくは起きあがることもできないだろう。

「やっとすっきりしたぜ。これで別のお楽しみに、とりかかれるってものだ」

鬼頭は氷室に向かって言った。氷室は車を運転しながら、あきれたように笑った。

「鬼頭、お前も好きだな、フフフ」

「そう言うお前だって、ほどほどとか言いながら、あの人妻の尻を三回も掘ったじゃねえかよ」

「フフフ、お互い好きでタフってことか。それじゃ次のお楽しみといくか」

氷室は車のスピードをあげた。もう陽は西に沈みかかって、あたりを夕焼けがおおっていた。

十五分も走っただろうか。氷室は大きな公園の横で車をとめた。

「ここはのぞきで有名な公園なんだ。次のお楽しみは、ここでやろうじゃねえか」

「ターゲットは誰だ、氷室」

「黒田瞳だ、フフフ。そろそろ他の男に犯らせてもいいころだろうと思ってよ」

「フフフ、黒田瞳か……」

鬼頭はニヤニヤと笑って舌なめずりをした。

瞳は鬼頭が出所して、最初に抱いた女だ。氷室がモノにした人妻を出所祝いで提供されたのだが、それ以来、鬼頭は瞳に会っていなかった。

瞳のことを思いだすと、鬼頭はたちまちムズムズと嗜虐の欲情がざわめきだして、もう三枝子のことは忘れていた。

「フフフ、久しぶりに黒田瞳をたっぷりと泣かせてやるか」

「それじゃ、さっそく呼びだすとしようぜ」

氷室と鬼頭は車をおりると、電話ボックスへ向かった。

瞳の家は、この公園から歩いて五分ほどのところにある。

電話をかけようとすると、瞳が通りの向こう側を歩いてくるのが見えた。黒いスーツにピチッと身をつつんで、タクシーをさがしている。

「こいつはついてるぜ。電話もしねえのにあっちから来やがった、フフフ」

氷室は電話ボックスを飛びだした。

タクシーをとめようとした瞳の手を、氷室はつかんだ。

「どこかへ行くのは中止だ、奥さん、フフフ」

「あぁッ……」

突然現われた氷室と鬼頭に、瞳の美貌がひきつった。

「急に奥さんを可愛がりたくなってよ」

「そ、そんな……」

瞳はワナワナと唇をふるわせた。家が近いせいか、あたりの人目が気になる。

「突然、そんなこと……」

「しばらく放っておいたんで、すねているのか、奥さん」

「ち、違います」

「フフフ、いいからこっちへ来な」

氷室は瞳の手首をつかんだまま、公園へ向かって歩きだした。氷室は強引で有無を言わせなかった。

瞳はあたりの人目を気にしてか、それとも氷室には服従して逆らえないのか、おとなしく引きたてられていく。

「ゆ、許して……」

瞳は消え入るような声で言った。

そんな瞳を鬼頭はじっと見つめた。

綺麗にセットされた黒髪と、ハーフを思わせる鼻筋の通った美貌――。鬼頭に責められてよがり狂った牝の面影は、まったくなかった。先日、出所祝いで瞳を抱いたのが嘘のようだ。さすがの鬼頭も一瞬、その美しさに圧倒された。

「お願い、今日はかんにんして……これからお友だちのパーティに出なければならないんです」

「そりゃ好都合じゃねえかよ。パーティが終わるまでの間、亭主に怪しまれずにたっぷりと楽しめるってもんだ」

「そ、そんな……」

瞳は今にもベソをかかんばかりになって、わななく唇をかみしめた。

「ああ、どこまで辱しめれば、気がすむというの……」

「気どるなよ。本当はうれしいくせしやがって。責められると思うと、もうオマ×コが疼くんじゃねえのか」

氷室は公園のなかの大きなイチョウの木の陰へ瞳を連れこんだ。瞳の背を木に押しつける。

「今日は許して……大切なお友だちのパーティなんです……行かせて。明日、あなたのお部屋に行きますから……」

瞳は氷室にすがりついて哀願した。

「ガタガタ言うんじゃねえ。せっかくのお楽しみだっていうのによ」

鬼頭はドスのきいた声で言うと、瞳の前にしゃがみこんだ。

瞳のふくらはぎから膝へと撫でまわしてから、スカートのなかへと手をすべりこませた。

「いやッ……かんにんして……」

あわてて鬼頭の手を振り払おうとしたが、瞳の両手は氷室にがっしりと押さえつけられている。腰をよじることしかできなかった。

それをいいことに鬼頭の手は、ストッキングにつつまれた瞳の太腿を撫でまわし、パンティをはちきらんばかりの双臀にゆるゆると手を這わせた。

「ああ……いやです……今日は、いやッ」

「なにがいやだ、いい身体しやがって。フフフ、さあ、パンティを脱ぐんだ」

「待ってッ……ああ、いや、こんなところでは、いやです……」

鬼頭の指先がパンティのゴムにかかるのを感じて、瞳は狼狽の声をあげた。

「こ、ここではいや……お願い、氷室さんのお部屋で……」

「フフフ、今日はいつもと違う方法で責めてやるぜ、奥さん」

鬼頭はゆっくりとパンティストッキングをずりさげはじめた。まるで瞳の生皮を剝いでいくように足もとまでおろし、爪先から抜き取った。

つづいてパンティがゆっくりとずりさげられた。上眼使いに瞳の反応をうかがいながら、わざとゆっくりさげていく。

「あ、あ……ここでは、許して……」

瞳はすすり泣き、わななく唇をキリキリとかみしめた。屈辱のあまり右に左にと顔を振りたてた。

「フフフ、これでノーパンだぜ、奥さん」

「い、いや……」

「素っ裸にされねえだけでも感謝するんだな、フフフ。ノーパンになったら、またいちだんと色っぽくなったぜ」

鬼頭と氷室は瞳の顔をのぞきこんでせせら笑った。唇をかみしめて今にもベソをかかんばかりの瞳の表情が、二人の嗜虐の欲情をそそった。

「よし。スカートをまくって、ノーパンなのをはっきり見せてみな、奥さん」

鬼頭が舌なめずりをした。

「そ、そんな……」

「いやなら、ここで素っ裸だぞ」

「ああ……」

瞳は唇をワナワナとふるわせると、やがて観念し両手をスカートの裾へもっていった。おずおずとスカートの裾をまくりはじめる。

いくら哀願しても聞いてくれる男たちでないことは、充分思い知らされている。逆らったりグズグズしていると、もっとおそろしい仕置きをされるだけだった。

ムチムチと官能味あふれる太腿がしだいに露わになっていく。まぶしいほどの白さだ。そして瞳の太腿の付け根に、茂みがのぞいた。白い肌にハッとするほどの黒を際立たせて、艶やかにもつれ合い、フルフルとふるえていた。

「もっと上までまくりな、奥さん」

「足もおっぴろげるんだ。奥さんのオマ×コがはっきり見えるまでな、フフフ」

氷室と鬼頭は瞳の前にしゃがみこんで、ニヤニヤと見つめつつ言った。

「ああ……こんなところでなんて……あんまりです……」

瞳は生きた心地がしない。

自らスカートをまくって裸の下半身を剝きだしにしている……こんなところを誰か

に見られたらと思うと、瞳は膝がふるえてハイヒールがガクガクとした。

それでも瞳はさらにスカートをまくると、両脚を左右へ開いていく。もうさんざん氷室に責めなぶられた瞳の身体は、命令にあらがうことができなくなっていた。

「そ、そんなに見ないで……」

外気とともに開いていく内腿を這いあがってくる男たちの視線が、いっそう羞恥と屈辱を呼んで、瞳は弱々しく顔を振った。

秘められた柔肉に強烈な視線を感じた瞳は、身体の芯がカアッと灼けた。その熱に肉がとろけだし、ズキズキ疼く。

こんな……ああ、こんなことって……。

とろけだす肉が瞳をいっそう狼狽させた。のぞかれていると思うと、もう瞳の身体は淫らな責めの予感にひとりでに反応してしまう。氷室によって覚えこまされた性感がざわめきだすのを、どうしようもなかった。

「フフフ、そのままじっとしてろよ。勝手にスカートをおろしたり、股を閉じたりしたら素っ裸にするぜ、奥さん」

鬼頭はのぞきつつ手をのばすと、茂みをかきあげるようにして、媚肉の割れ目を指先でなぞった。

「あ、やめて……人に見られます」

「奥さんがいやがってあばれりゃ、よけいに人目につくぜ、フフフ」

「許して……お、お願いッ……」

瞳の哀願をあざ笑うように、鬼頭は二度三度と割れ目をなぞると、左右から指先でつまみ、グイッと割りひろげた。

「そ、そんなッ……やめてください、いや、いや……」

「そんな声を出すと、人が集まってくるぜ」

「ああ……」

瞳はあわてて唇をかみしめ、声をかみ殺した。スカートを大きくまくった両手が、裾を強く握りしめてブルブルとふるえた。

鬼頭は思わず舌なめずりをした。さらけだされた瞳の媚肉は、綺麗な肉の色を見せてじっとりと湿り、ヒクヒクと肉襞をうごめかせていた。

三枝子の肛門を思う存分に楽しんだあとだけに、瞳の媚肉の構造が新鮮に見えて欲情をそそった。

「股を閉じたら、本当にここで素っ裸にするからな、奥さん。スカートもまくったままでいろよ」

鬼頭は上眼使いに瞳の顔をのぞいて念を押すと、欲望のおもむくままに押しひろげた柔肉に口を押しつけた。貪るように激しく肉襞を吸う。

「ヒッ……そんなッ……やめて……」

瞳はのけぞり、腰を振りたてての どを絞った。

鬼頭の口は蛭みたいに吸いついて離れない。柔肉を口いっぱいに吸い、舌で肉襞を舐めまわし、グチュグチュと音をたてる。

「いや、いやあ……かんにんしてっ……」

「オマ×コを舐められるくらいで、オーバーな奥さんだぜ。それとも、もううれし泣きしてるのか」

立ちあがった氷室は、後ろから瞳の胸のふくらみを両手につかんだ。スーツとブラウスの胸もとのボタンをはずし、白のブラジャーをむしり取る。

ブルンッと、豊満な乳房が剝きだされた。それを両手でわしづかみ、付け根から絞りこむように揉みはじめた。

「あ、ああ……許して、ここでは……ああ、いや……」

身体に火をつけられるのをおそれ、瞳はすすり泣く。

媚肉に吸いつかれ、舌を動かされ、舐めまわされ、さらに乳房まで剝きだされて、揉まれている……。

人妻としての瞳の熟れた肉は、いくらこらえようとしても、こんな仕打ちに耐えられるはずがない。それでなくても瞳の身体は、氷室によって数々のいたぶりを覚えこまされている。

「ああ……あ、あああッ……」

いくらこらえようとしても、瞳の身体は鬼頭の口と氷室の手と指で、女の官能をなぶられていく。

腰がひとりでにうごめきだし、肉奥に熱いものがたぎりはじめた。鬼頭にスカートのなかに手を入れられた時にはじまった官能の疼きが、油を注がれた火のように燃えあがっていく。

ああ、だめッ……こんな……。

瞳は声が出そうになって、必死に抑えた。

「フフフ、感じてきたな。お汁があふれてきたぜ。まったく敏感な奥さんだ」

口を離した鬼頭はそう言ってニヤリとすると、唾液やら蜜やらでベトベトの唇をいやらしく舌なめずりした。

さっきまで綺麗な肉の色を見せていた媚肉は、もう生々しく充血して、しとどに蜜をたたえている。

「クリちゃんもこんなに大きくして、ピクピクさせてやがる」

「おっぱいの先も硬く尖ってるぜ。肉がとろけてきたようだな」

上では瞳の乳房をこねまわし、タプタプと揉みながら、氷室がニヤニヤと笑った。

「……許して……」

めくるめく官能に翻弄されて、瞳はハアハアと息も絶えだえだ。

「これだけ発情すりゃ、もう充分だろう。あたりもだいぶ暗くなってきたし、そろそろおっぱじめるか」

そう言う氷室に鬼頭はニンマリとうなずいた。ポケットからなにやら瓶を取りだすと、

「仕上げはこいつだ、フフフ」

瓶のなかの催淫クリームをたっぷりと指にすくい取って、瞳の媚肉に塗りこんでいく。後ろの肛門にもたっぷりと塗った。

「尻の穴もあとでいじってやるからな。それまでに充分とろけさせてろよ、奥さん」

「フフフ、すぐにでもオマ×コに太いのが欲しいだろうが、少しの間おあずけだ」

鬼頭と氷室はあざ笑って、ようやく瞳に両脚を閉じ、まくりあげたスカートを直すことを許した。

「……ああ、なにをする気なの……」

スカートの裾をおろして押さえ、瞳は不安のあまり声をふるわせた。

氷室と鬼頭はなにやらヒソヒソと打ち合わせて、ニンマリと顔を崩した。

「フフフ、打ち合わせ通りにうまくやれよ」

「そっちこそな」

そう言うと氷室は瞳の腰に手をまわして歩きだし、鬼頭は反対の茂みのなかへ消えた。

なんの打ち合わせなのか……鬼頭はどこへ行ったのか……瞳の不安はいっそうふくれあがった。

5

氷室は瞳の腰を抱いたまま公園のなかを歩くと、花壇の前のベンチに腰をおろした。

まわりにはいくつものベンチがあって、どれもアベックで占められていた。

「フフフ、奥さん。俺たちも向こうのアベックみたいにキスしようじゃねえか」

氷室は瞳を抱き寄せて耳もとでささやくと、首筋に唇を押しつけた。

「い、いや……」

瞳は思わず顔をそむけた。

「いやがるとかえって目につくぜ。まわりはアツアツのアベックばかりだからな」

「ああ……」

もうなにも言えなくなって、瞳は唇をかみしめた。

氷室の唇が首筋から耳もとへと這いあがってきたかと思うと、いきなり瞳の口に吸いついた。かみしめた歯をたちまちこじ開けられ、舌をからめ取られた。そして氷室の一方の手は、瞳のスカートのなかへもぐりこんで太腿を撫でまわしはじめる。

「う、うむ……」

瞳はくぐもったうめき声をあげた。

いや、こんなところでッ……胸の内で狂おしいまでに叫びながらも、身体から力が抜けていく。

口を吸われ、太腿を撫でまわされることで、催淫クリームが一気に効き目を表わした。

「う、う……うむむ……」

瞳は舌を吸われて唾液を流しこまれながら、背筋のふるえがとまらない。そして太腿を奥へと這いあがってくる氷室の手に、熱いたぎりがジクジクとあふれるのをどうしようもなかった。膝がガクガクと、ひとりでにゆるんで開いてしまう。

ああ、こんなことって……だめ、だめよ……ああ、なんて浅ましい……。

身体の芯が燃えてならない。氷室の手が媚肉にのびてこないのが、瞳はむしろじれったい。

「フフフ、たまらなくなってきたか、奥さん。オマ×コに太いものを欲しくなったったか」

ようやく唇を離した氷室は、ニヤニヤと笑った。

瞳は我れを忘れてガクガクとうなずいた。うなずいてしまってからハッとして、顔を横に振っても遅かった。

「オマ×コはどんな具合いかな、フフフ」

氷室はゆるんだ内腿に手を這わせた。ガクガクと膝が揺れながらも、瞳はゆるんだ太腿を閉じ合わせようとはしない。

「あ、あ……」

瞳は息づかいを乱してあえいだ。

氷室の指先が内腿をすべって媚肉に触れると、瞳はビクッとふるえた。媚肉に分け入ってまさぐってくる指に、身体の芯がカアッと灼けた。

待ちかねたように肉襞が指にからみついて、しとどの蜜にくるまれるのがわかった。

「こりゃすげえ。洪水じゃねえか、奥さん、フフフ、太いのを欲しいはずだぜ」

氷室は瞳の耳たぶを軽くかんでささやいた。その間も指先は瞳の柔肉をまさぐりつづける。

もう瞳は意地の悪いからかいに反発する気力もなかった。それどころか、からかわれることで肉がしびれた。

ああ、たまらない……も、もっと……。

そんな声がのどまで出かかって、瞳はあわててキリキリと唇をかみしめた。だが、瞳の気持ちを見抜いた氷室は、わざと指のうごめきを中途半端にしか与えなかった。まさぐりはしても、女芯には触れず、深く指を押し入れることもしない。

「ああ……お、お願い……」

じらされているのと同じで、瞳は思わず指を深く咥えこもうと、腰をせりあげた。

「どうした、奥さん、フフフ」

「……お願い……あなたのお部屋で……」

「だからなんだと言ってるんだ」

氷室はとことん意地悪だ。

瞳は弱々しく頭を振ったが、催淫クリームの強烈な効き目に、もう身体は抑えがきかなくなった。

「……もっと……あなたのお部屋で、して……ああ、してほしい……」

瞳は息も絶えだえに声をふるわせた。

「フフフ、好きだな、奥さん」

氷室は瞳の耳もとであざ笑った。

「それじゃ今夜はこの公園でやるとするか、奥さん。外で犯られるのも好きだろう」

「……いや、こんなところでなんて……あなたのお部屋で……」

「フフフ、心配しなくても、向こうの茂みの陰へ連れていってやるよ」

氷室は瞳の腰を抱いてベンチから立ちあがった。そのままさらに公園の奥へと瞳を連れていく。

「ゆ、許して……外では、いや……」

すすり泣く瞳は声をふるわせながらも、もうあらがう気力はとっくになくなっていた。歩かされる足がガクガクとして、ハイヒールが崩れそうになり、そのたびに氷室に腰を抱き支えられた。まるで瞳が動きだすのをどこかでじっと待っていたみたいに、いくつもの黒い影がいっせいにあとをつけてくる。

瞳はそれに気づく余裕もない。

氷室は、アジサイの群生にかこまれた芝の上に瞳を座らせた。アジサイに隠れて、まわりからは氷室と瞳の姿は見えなくなったとはいえ、外灯が近くにあって、あたりをほんのりと照らしだしていた。

「フフフ、ここなら人も来ないし、楽しめるぜ、奥さん。来るのはのぞきくらいのもんだ」

「ああ、いや……こんなところ……ああ、もっと暗いところで……」

「オマ×コをメロメロにして、ガタガタ言うなよ、フフフ。ほれ、もっとこっちへ来な」

氷室は後ろから瞳を抱き寄せた。

瞳のうなじに唇を押しつけつつ、またもスーツの上衣とブラウスのボタンをはずして前をはだけ、ノーブラの乳房を剝きだした。

けぶるような白さでブルンと揺れるのを両手でわしづかみにして、タプタプと揉みこむ。乳首をつまみながら、氷室は瞳のうなじに唇を押しつけたまま、さりげなくあたりを見まわした。

アジサイの茂みのなかに、いくつもの眼がギラギラと光っていた。ベンチからつけてきた黒い影の男たちだ。ざっと見ても十二、三人はいる。そして、そのなかに鬼頭の姿もあった。

フフフ、ちゃんと打ち合わせ通りだ。それにしても、こんなに集めてくるとは……。

氷室は思わずニンマリとした。

鬼頭にしてみれば、のぞきの名所で瞳の美しさをもってすれば、十二、三人ののぞきマニアを集めるのは苦もないことである。

そんなこととは知らぬ瞳は、乳房をいじられただけでもう哀願の言葉も消え、氷室に身体をゆだねてあえぎだした。

「あ……あ、ああ……」

「うんと気分出せよ、奥さん。たっぷりと可愛がってやるからな」

氷室は瞳の耳もとでささやきながら、もう一方の手でスカートをまくりあげた。

ムチッと官能美あふれる瞳の太腿が、妖しいまでに白く浮かびあがった。

ゆっくりと氷室の手が太腿に這った。

「あ、ああ……いや……」

瞳の声がうわずって、待ちきれないように両膝が割れて太腿がゆるんだ。

「膝を立ててもっとおっぴろげろ」

氷室の言葉にあやつられ、瞳の両膝が立ち、両脚がMの字に開いた。

「……し、して……」

いよいよ催淫クリームに耐えられなくなったのか、瞳は腰をせりあげるようにしてあえいだ。まさか正面の茂みに、鬼頭とのぞきの男たちの眼が光っているなどとは、夢にも思わない。

茂みに光る眼が、瞳の開ききった股間に氷室の手がのびるのに気づき、いっそう淫らな輝きを増した。ゴクリと生唾を呑む気配がする。

外灯のほのかな明かりでは、いくら太腿が開ききっていても、スカートの奥底までは見えない。だが、それがかえって、のぞいている男たちの淫らな欲情を煽りたてるのだ。

た。

「ああ……して……あああ……」

媚肉をまさぐる氷室の指に瞳は、あられもない声をあげて腰をうねらせた。今度は氷室の指は、ズバリ女芯をいじり、指を二本膣に深く差し入れて肉襞をまさぐってきた。

「ああ、もっと……もっとッ……」

「どうだ、奥さん」

「フフフ、指だけじゃものたりねえっていうのか、奥さん。よしよし、それじゃ太いのを咥えさせてやるか」

氷室はわざとらしく言うと、瞳の身体を芝の上にあおむけに倒した。すばやくスカートのホックをはずし、ファスナーをさげて脱がせる。外灯に瞳の裸の下半身が白く剝きだしになった。

瞳がパンストもパンティもつけていないのに気づいて、茂みの男たちが息を呑む気配が、氷室にまで伝わった。

「大きく脚を開くんだ」

氷室はハイヒールをはいた瞳の足首をつかむと、左右へ思いっきり割りひろげた。

「ああ、早く……」

瞳はもう羞じらうことも忘れ、催淫クリームに苛まれた。身体じゅうの肉がただれ

そうだ。

「このまま股をおっぴろげてるんだぜ」

氷室が足首から手を離しても、瞳は左右へ開ききった両脚を閉じ合わせようとはしなかった。それどころか、腰をせりあげるようにして、氷室を求めている。

のぞきの男たちの眼が茂みのなかでいっそう血走り、息も荒くなった。

瞳ほどの美女が、下半身も露わに股を開いて求めている姿など、こたえられない光景である。開ききった股間に、柔肉がボウッと妖しく剝きだされている。それは外灯の明かりにしとどの蜜を光らせていた。

のぞきの男たちにとって、これほどの獲物はないだろう。地に這うようにして、気づかれないギリギリのところまで、男たちはジワジワにじり寄った。

これからだぜ、面白くなるのは。フフフ、鬼頭、うまくやれよ……。

腹のなかで言うと、氷室は瞳の首のあたりをまたいで両膝を芝の上についた。ズボンをずらして肉棒をつかみだす。

「オマ×コに入れる前に、口でもっと大きくしてもらおうか。両脚を開いたまましゃぶるんだ、奥さん」

「ああ……うむ……」

瞳になにか言う間も与えず、氷室はたくましく屹立した肉棒をあえぐ口に押しつけた。一気にガボッと押し入れる。

瞳は白眼を剝いてうめいた。のどまでふさがれて、息もできない。

だが、その肉棒で何度も絶頂にのたうちまわらされた記憶が瞳の肉を疼かせ、催淫クリームの効き目をいっそうたまらないものにした。瞳は我れを忘れて舌をまつわりつかせ、頭を揺らしだした。

それにつれて太腿を開いたままの腰も、ひとりでに揺れだした。

早く来い、鬼頭……。

氷室は耳をすました。

後ろの茂みがガサガサと鳴って、鬼頭が姿を現わした。

鬼頭はのぞきの常習犯になりすまして、地を這うように氷室の後ろから瞳に近づいた。アベックに近づく場合、男のほうに気づかれないように後ろからしのび寄るのは、のぞきの基本である。左右へ開いた瞳の太腿の間に顔を入れるようにして、鬼頭は股間をのぞきこんだ。ペンシルライトで、瞳の股間を照らしだした。

それに煽られたように、茂みの男たちがいっせいに這ってきて、瞳の両脚の間に顔がひしめき合った。

フフフ、来たきた。オマ×コパックリの大サービスだぜ。じっくりのぞけよ……。

瞳の口に肉棒をしゃぶらせつつ、氷室は腹のなかで笑った。

自分の足もとに十数人もの男たちが群がっているとはまったく気づかない瞳だ。

鬼頭とのぞきの男たちは、開ききった瞳の股間を食い入るようにのぞきこんでいる。どの眼もギラギラと血走り、舌なめずりをする者に涎れを垂らす者など、すっかり妖しい女体に魅せられていた。瞳の剝きだしの媚肉は、指をそえなくても割れ目を開き、しとどに濡れそぼった肉の構造を見せた。ヒクヒクと充血した肉襞をうごめかせるのが生々しい。

もう鬼頭が先に立ってのぞきの男たちを煽る必要はなかった。

男の一人が瞳の媚肉にそっと手をのばした。瞳の身悶えが露わになるだけで、気づかれないとわかると、いっせいに男たちの手が瞳の下半身にのびた。瞳の媚肉に指先が分け入り、女芯がつまみあげられ、肉襞がまさぐられる。そこからあふれた手は、茂みをいじりまわし、下腹や腰や太腿と這いまわった。大胆にも瞳の乳房を揉みこむ手もあった。

「うむ……ううッ、うむ……」

瞳はうめき、のたうった。

冷静に考えれば、氷室以外に何人もの男たちがいるのがわかるのだが、催淫クリームで炎と化した瞳の身体は、もう正常な判断をできる状態ではなかった。

氷室に愛撫されているとしか思わず、瞳は我れを忘れて肉棒をしゃぶり、手でつかんで口のリズムと合わせてしごいた。

ああ、入れて……も、もう、欲しいッ……イカせて……。

胸の内で叫びながら、瞳はのぞきの男たちにいじりまわされる下半身をうねらせ、揺すりたてた。

のぞきの男たちにオマ×コをいじらせて、よがり狂ってやがる。フフフ、まだまだ、これからだぜ、奥さん……。

氷室はあられもない瞳の身悶えに、腹のなかであざ笑った。

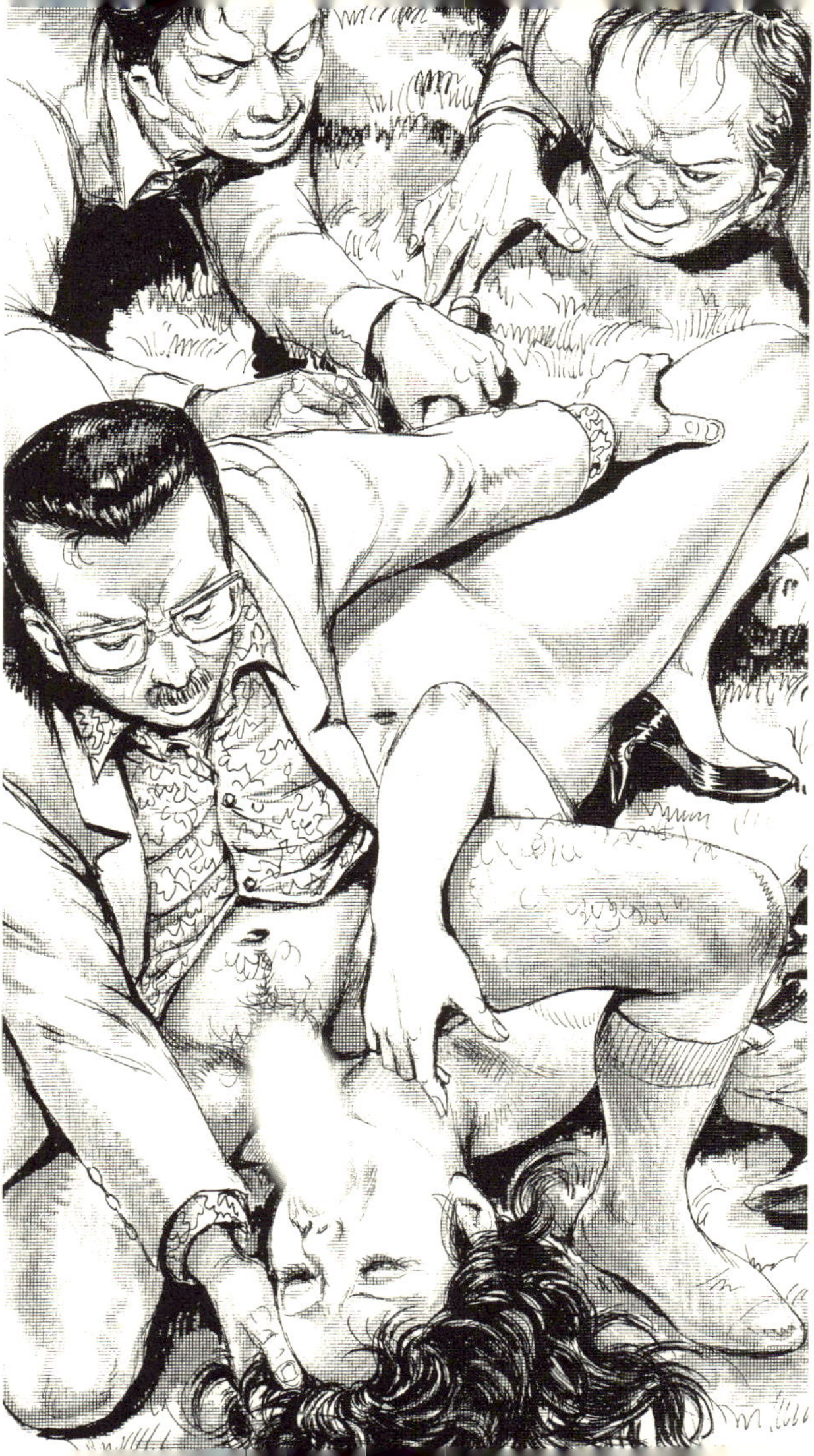

「オマ×コに入れてほしいか、奥さん」

のぞきの男たちにも聞こえるように、氷室は大きな声で言った。

瞳は口いっぱいに肉棒をほおばりながら、ガクガクとうなずいた。

「よしよし、それじゃオマ×コに入れてやるとするか。悦びすぎて大きな声を出すと、のぞき魔たちが集まってくるかもしれねえぜ、フフフ」

そう言って氷室がようやく肉棒を瞳の口から抜き取ると、まるで波でも引くように群がった男たちはまた、茂みのなかへ身をひそめた。

フフフ、見事なもんだな。さすがにのぞきのベテランだ……。

妙なところに感心しながら、氷室は体をずらして、瞳の太腿の間に腰を割り入れていった。

6

氷室は瞳の両脚を左右の肩にかつぎあげると、膝を腹部へ押しつけるように折り曲げた。開ききった媚肉に、たくましく屹立した肉棒をこすりつける。

「あ、あああ……早く……」

瞳は顔をのけぞらせてあえいだ。もう瞳の媚肉はたくましい肉棒を求めてうなりださんばかりだった。

氷室はニヤニヤと瞳の顔をのぞきつつ、わずかに肉棒の頭を柔肉に含ませた。

「あぁッ……も、もっとッ……」

瞳の腰がわななき、さらに肉棒を咥えこもうと肉層がざわめきを見せた。

「い、入れてッ……もっと深く……ああ、変になってしまう……」

「静かにッ」

あたりをうかがうふりをして、氷室は瞳の口を手で押さえた。

「誰かのぞいてるみたいだ……奥さんが大きな声を出すからだぜ」

「ヒッ……」

ふさがれた口のなかで悲鳴をあげ、瞳は思わず身体を硬張らせた。ヒクヒクとあえいでいた媚肉が、キュウと収縮した。

次の瞬間、氷室は一気に奥まで貫いた。収縮した柔肉を引きずりこむようにして、ズンと子宮口を突きあげた。

「う、うむッ……」

瞳は白眼を剝いてのけぞったまま、総身を揉み絞った。ようやく与えられた悦びに、肉襞がからみつき、しっかりとくるみこんでうごめくのがわかった。

こ、こんな……。

誰かにのぞかれているというのに、瞳は自分の身体の成りゆきが信じられない。

氷室は瞳の子宮口を突きあげたまま動かず、わざとらしくまたあたりを見まわすふりをしてから、瞳の顔をのぞきこんだ。

「やっぱりのぞかれているみたいだぜ」

ささやいて瞳の口から手を離した。

「……ああ……そ、そんな……」

「おとなしくしてねえと、もっと人が集まってくるぜ、奥さん」

「い、いや……」

「いやと言ったって、もうしっかりつながってんだ。オマ×コはヒクヒク締めつけてくるじゃねえか、奥さん」

ささやきながら、氷室はゆっくりと腰を動かしはじめた。子宮口を肉棒の先端でえぐり、こねまわす。

「あ……」

瞳はキリキリと唇をかみしばった。

こんな浅ましい姿を誰かにのぞかれていると思うと生きた心地もなく、そのくせ身体は燃えてならなかった。

肉がひとりでに快美を貪る動きを見せ、おそろしいと思う意識さえたちまち官能の渦に呑みこまれていく。

「ああ……あむむ、あう……」

恥ずかしい声がもれでて、瞳はあわてて歯をかみしばった。が、それも長くはつづかない。

「あ、あ……あああ……いい……」

瞳は我れを忘れて声をあげ、ガクガクと自ら腰を揺すりたてた。

「あ、あ、もうッ……」

「今日はやけに早いな、奥さん。のぞかれているというのに、気をやるのか」

氷室は容赦なく責めたてて、意地悪く聞いた。のぞきこんだ瞳の顔は、もう苦痛と見まがうばかりの快美にのたうつ牝そのものだった。

「……………」

瞳はなにか言ったが、言葉にならなかった。

フフフ、こりゃたいした悦びようじゃねえか。上品な人妻が、淫らな牝になりやがった……。

茂みのなかからのぞいている鬼頭は、瞳の身悶えの生々しさにあきれはてる。すべてが氷室と打ち合わせた計画通りだ。鬼頭が集めたのぞきの男たちは、もう瞳の妖しい美しさの虜になって、我れを忘れている。今や鬼頭がきっかけさえつくってやれば、連中は男の本能を剝きだしにして、瞳に襲いかかるはずだった。

まだ早いな。もう少し氷室に楽しませてやらねえと、フフフ……。

鬼頭はニヤニヤと笑って、のぞきの男たちと一緒にのぞきこんだ。

後ろから手をのばしてペンシルライトの光を氷室と瞳の結合部にあてる。

瞳の媚肉を割ってドス黒い肉棒が食いこみリズミカルに出入りを繰りかえしているのがはっきり見えた。柔肉はしとどの蜜に濡れ、肉棒が律動するたびにさらにジクジクと蜜をあふれさせた。

そして、そのわずか下の肛門までが蜜にまみれてヒクヒクとあえいでいた。しゃぶりつきたくなる艶っぽい光景だ。

のぞきこんでいるうちにも、瞳の下半身にブルブルと痙攣が走りはじめた。

「ああ、ああ、イッてしまいますッ……」

そう口走ったと思うと、瞳はガクガクとのけぞった。

声にならない声が、のどの奥から絞りだされた。総身が激しく収縮し、肩にかついだ両脚が突っ張る動きを見せて爪先が反りかえった。突きあげるものをキリキリと食い締めて絞りたてた。

瞳が官能の絶頂へと昇りつめたのは、のぞいている男たちにもはっきりとわかった。

ペンシルライトの照らしだす瞳の媚肉が、生々しい収縮を見せてドッと蜜を吐きだしたのである。

のぞきの常習者たちであっても、女肉がこれほど激しく昇りつめるのを間近に見たことはなかった。

のぞきの男たちのなかから、思わず低いうめき声が出た。胴ぶるいに、茂みもガサガサ揺れた。

それに気づく余裕など瞳にはなかった。グッタリとする間もなく、氷室にたてつづけに責められて泣き声をかすれさせた。

「そ、そんな……もう、いや……休ませて」

「こっちはまだ出してねえんだ。自分だけ楽しもうってのか」

「かんにんして……」

「オマ×コはもっとと言ってるぜ」

氷室はグイグイと突きあげた。瞳の両脚を肩にかついだまま、のしかかるようにして激しく打ちこむ。瞳の腰の骨がきしむようだ。

「ああ……あうう……」

絶頂感がおさまるひまもなく、再びめくるめく恍惚に翻弄されて、瞳は息も絶えだえにあえぎはじめた。

それにつれて瞳の肛門もヒクヒクとあえぎ、ふっくらととろけだした。

た、たまらねえ……。

鬼頭は欲望を抑えられなくなって、モゾモゾと茂みから這いでた。氷室の背中のほうから這い寄ると、手をのばして瞳の肛門に触れた。

「ああ……ああ、あう……」

瞳は双臀をブルブルとふるわせた。

鬼頭の指先で肛門がキュウとすぼまり、すぐにヒクヒクとゆるみ、またすぼまることを繰りかえす。まるで鬼頭の指を咥えこみたがっているようだ。

欲望のおもむくままに、鬼頭はゆっくりと指を沈めた。

「あ、あ……いい……」

瞳はうわずった泣き声をあげ、肛門はとろけるような柔らかさで鬼頭の指を咥えこんだ。それでいて、指が付け根まで入ると、キリキリと食い締めてくる。

もう官能の炎に身を灼かれ、身体じゅうの肉をドロドロにとろけさせた瞳は、肛門に指を入れられていることもわからないのか。

フフフ、いい尻の穴をしやがって。クイクイ締めつけてきやがる……。

鬼頭はゆっくりと指をまわし、瞳の腸襞をまさぐった。

薄い粘膜をへだてて氷室の肉棒が動いているのが感じ取れた。

氷室はさっきから後ろに鬼頭が来ていて、瞳の肛門をまさぐっているのはわかっていたが、気づかないふりをして、リズミカルに瞳の子宮口を突きあげつづけた。

「どうだ、奥さん。いいのか」

氷室はわざとらしく聞いた。

「いい……ああ、たまらないわ……」

「フフフ、たいした悦びようだな。すっかり可愛い牝になりやがって」

「ああ……また、また、イキそうッ……い、いいッ……」

「今夜は何度でもイカせてやるぜ。今によってたかってな、フフフ」

氷室は思わせぶりに言ったが、瞳はもうなにを言われているかわからない。

茂みのほうがまたガサガサとした。瞳の肛門までいじる鬼頭の大胆さに引きつけられ、のぞきの男たちがモゾモゾと這いだしてきたのである。

「もうはじめていいか、氷室。こっちはそろそろ限界だぜ」

鬼頭は氷室の背中で、そっとささやいた。

氷室がうなずき、指でGOサインを出す。いよいよ最高の見せ場である。

氷室はのぞきの男たちを背後に充分に引きつけ、男たちの手が瞳の身体にのびるのを確かめてから、体位を変えるふりをして後ろをふりかえった。

「な、なんだ、お前らはッ」

氷室はおおげさに驚くふりをして叫んだ。

一瞬静止画面を見るように、ギョッとしたのぞきの男たちの動きがとまった。だが、鬼頭はすばやく立ちあがるなり、

「こんないい女をひとり占めはねえぜ、色男」

鬼頭のパンチが氷室の腹部にめりこんだ。つづいて氷室のあごにアッパーカットが。氷室はあおむけに吹っ飛んだ。

もちろん鬼頭のパンチはまともに入ってはいない。氷室もオーバーに倒れて、そのまま気を失ったふりをした。

瞳はすぐにはなにが起こったのか理解できなかった。氷室と鬼頭の仕組んだ芝居とはわかるはずもない。

そんなことよりも、あと一歩で昇りつめるところで突然に氷室の体が離れ、あとには十数人の男たち……めくるめく官能の波も消し飛んだように、瞳の総身が凍りついた。

「ヒッ、ヒイーッ……」

悲鳴をあげる瞳の口を鬼頭はすばやく手で押さえた。

「なにしてるんだ。早く女の手と足を押さえつけろッ」

鬼頭に鋭い口調で言われて、あっけにとられた男たちはあわてて瞳に群がり、手足を押さえた。

「せっかくオマ×コをとろけさせてるんだ。ごちそうにならねえ手はねえぜ。ましてこれだけの美人だ」

鬼頭は手拭いで瞳の口にさるぐつわをかませながら、男たちの欲情を煽った。男たちは互いに欲情した顔を見合わせた。

「確かにこんなチャンスはもう二度とないだろうな。これほど美人でいい身体した女なんて、もう……」

「犯ろうぜ。人妻にちがいないぜ。人妻の浮気だったら、こっちも遠慮することなんかねえ」

のぞいて触りはしても、レイプまではしない……それがのぞきの常習犯たちの暗黙の掟だったが、そんなものは瞳の肉づきの前ではどこかへ吹っ飛んだ。

「フフフ、決まったか。それじゃ輪姦といこうぜ」

鬼頭はニヤリと笑って舌なめずりをすると、男たちに手伝わせて瞳のスーツの上衣とブラウスを脱がし、ハイヒールをはいただけの全裸にした。

さらに瞳の両手を背中へねじあげて交差させ、取りだした縄で縛る。その縄尻を瞳の乳房の上下にも巻きつけて、ギリギリと絞りあげた。

「うむ……ううむ……」

瞳は恐怖に美貌をひきつらせ、さるぐつわの下で泣き叫んで身を揉んだ。おそろしさのあまり、男たちのなかに鬼頭がいるのも気づいていない。

「さあ、お楽しみだぜ、奥さん。腰が抜けるまで気をやらせてもらいな」

瞳を後ろ手に縛りあげると耳もとでささやき、鬼頭は飢えた獣のなかへ瞳を突き離した。たちまち男たちは瞳に襲いかかった。

「いいおっぱいしてやがる。たまらねえぜ」

瞳の乳房にしゃぶりつき、乳首をかむ者に、タプタプと揉みこむ者。

「なんて綺麗な肌をしてるんだ。それにこの肉づき」

瞳の肌を撫でまわしてうなる者に、唇を押しつけてところかまわず舐めまわす者。

「ほれ、さっきみたいに脚を開くんだ。そっちの足を頼むぞ」

「まかしとけって。さあ、開いた開いた」

左右から瞳の足首をつかんで割りひろげる者もいれば、

「なんていいオマ×コしてるんだ。洪水じゃねえか、フフフ」

「ちょうど食べごろだ。早くぶちこんでやりてえぜ」

食い入るようにのぞきこんで手をのばす者と、瞳の身体じゅうに無数の手がひしめき合った。

もう鬼頭はニヤニヤと見ているだけでよかった。煽らなくとも、あとは男たちは先を争って瞳を犯してくれる。

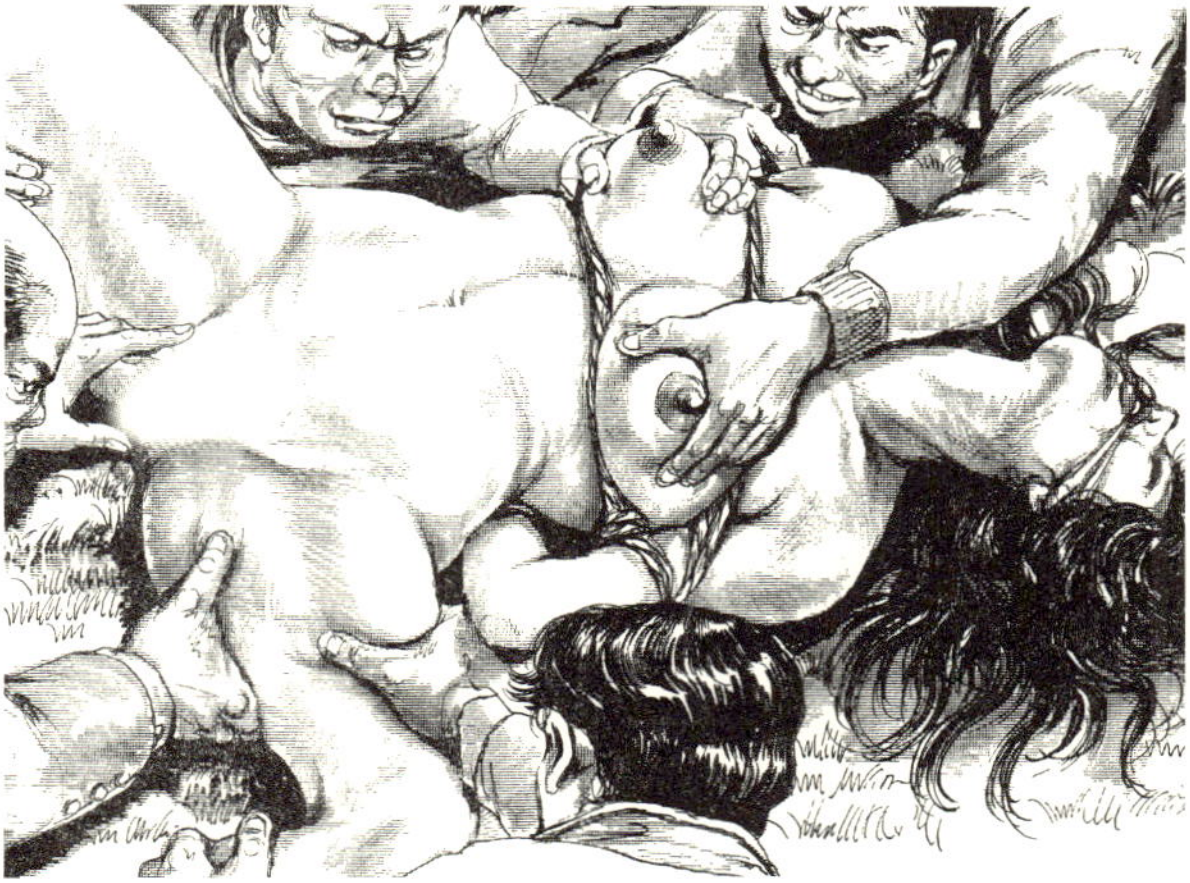

芝の上に倒れた氷室も、気を失ったふりをして、ニヤニヤと瞳を見ていた。男たちのなかで瞳の白い肌がのたうつのがチラチラと見え、それがなんともいえぬ妖しさを感じさせて、氷室と鬼頭の嗜虐の欲情をそそった。

複数の男たちにいっせいにまとわりつかれ、よってたかってなぶられる女体が、こんなにも美しいものだとは思わなかった。

「こうもうまくいくとはな、鬼頭。あとはじっくり見物といこうじゃねえか」

「フフフ、お前の芝居もたいしたもんだったぜ。いっそお前も入っちゃどうなんだ」

氷室と鬼頭は顔を見合わせて、ニヤリと顔を崩した。それに気づく余裕もなく、男たちは夢中で瞳の身体に貪りついている。

「うむ……ううむ……」

瞳はさるぐつわの口でうめき、ヒッヒッとのどを鳴らしてのたうつのだが、かえって男たちの淫らな欲情を煽りたてるだけだ。

早くも一番手の男がズボンをずらし、瞳の太腿の間に腰を割りこませて犯しにかかった。

「うむむッ」

ひときわ瞳のうめき声が大きくなって、必死に腰をよじる。

「おとなしくしろ。さっきの男となら浮気をしても、俺じゃいやっていうのか。人妻のくせしやがって」

ののしるように言って、男は荒々しく瞳の媚肉を貫いた。

「うむ、うむむ……」

「くらえッ……ほれ、ほれッ」

「う、うぐぐ……ヒッ、ヒッ……」

瞳はガクガクとのけぞって、のどを絞った。そののどにさえ別の男の口が吸いついてきて、身体じゅうに無数の手と口が這いまわった。

「ち、ちくしょうッ……なんていい身体してやがるんだ。たまらねえぜ、奥さんのオマ×コ」

男は荒々しく腰を揺すって、瞳を突きあげる。泣きうめきながらも、すでに氷室によって昇りつめる寸前だった肉は、熱くからみついてヒクヒクと締めつけてくる。そして、瞳が逃れようと腰をよじるたびに、いっそう肉がきつく締まるのがたまらなかった。

その妖美な肉の感触に、男はひとたまりもなかった。男は顔を真っ赤にして、うめきながら果てた。

「ヒッ、ヒイーッ」

灼けるような白濁のしぶきを子宮口に感じて、瞳はのどを絞った。たちまち官能の炎が総身をおおい、瞳はただれるような肉の快美にのたうった。

すぐに二番手の男がとってかわり、瞳に挑みかかった。

「楽しませてもらうぜ、奥さん」

男は瞳の両脚を左右の肩にかつぎあげ、身体を二つ折りにして上からのしかかっていった。激しい欲情を物語るように、一気に押し入った。ズシッと先端が子宮口を突きあげた。

「うむ……ううむ……」

瞳は白眼を剥き、今にも気がいきそうにのけぞった。

こんな……こんなッ……。

見知らぬ男たちに襲われて犯されているというのに、瞳はひとりでに腰が揺れて肉棒を貪る動きを見せる。

「フフフ、そろそろ尻のほうも可愛がってやるか」

「ほどほどにな、鬼頭」

「わかってるって。男がかわるたびに一個ずつなら、途中でもらすこともねえだろう」

鬼頭はポケットからイチジク浣腸を取りだして、ニヤリと笑った。

「一発で気をやらせてみせるぜ」

氷室を見て鬼頭は片眼をつぶった。

イチジク浣腸を手にして、鬼頭は再び男たちの間にもぐりこんでいった。

眼の前に瞳の白い双臀がヌラヌラと光って揺れていた。男の肉棒が媚肉を貫いて出入りし、鬼頭の狙う肛門がヒクヒクとあえいでいる。

「フフフ、奥さんの大好きなことをしてやるからな」

そうつぶやくなり、鬼頭は手をのばしてイチジク浣腸を瞳の肛門に差しこんだ。一気に押しつぶして、チュルチュルと注入する。

「う、うむッ……」

なにをされたかもわからず、瞳は総身をブルブル痙攣させて、灼きつくされるような絶頂へと昇りつめた。

第六章　屈辱の肛虐痴姦地獄

1

男たちによる輪姦がようやく終わった。瞳はもうグッタリと死んだようだ。両脚はタガがはずれたみたいに開いたままで、股間もしとどに濡れて赤くひろがりきったまま、注ぎこまれた白濁をトロトロと吐きだしていた。

そして瞳の剝きだしの肌は、どこも油を塗ったみたいにヌラヌラと光って、乱れ髪が汗で額や頰にへばりついていた。

瞳の身体をたっぷりと楽しんだのぞき男たちはさっさと逃げて姿がなく、あとには氷室と鬼頭の二人が残っている。

「どうだ、満足したか、奥さん、フフフ。十四人もの男を相手に何度気をやったか、覚えているのか」

「次から次へと男を咥えこんで自分から腰を振りたくってたからな、奥さん、とても上品な人妻とは思えなかったぜ。フフフ、本当に好きものなんだな」

氷室と鬼頭はからかいながら瞳を抱き起こして、後ろ手縛りの縄を解き、手拭いのさるぐつわをはずした。

「しっかりしねえか」

鬼頭に揺さぶられて、瞳は乱れ髪の奥にうつろな眼を開いた。ワナワナと唇をふるわせたが、なにも言わない。シクシクとすすり泣きだした。

氷室と鬼頭が左右から瞳の腕を取って立ちあがらせても、腰がフラついて膝がガクガクし、瞳はひとりで立っていられない。トロトロとあふれでる白濁が、瞳の内腿にしたたった。

「ほれ、服を着ろ。ただし上だけだ。下はそいつを洗ってからでねえとな、フフフ」

「グズグズしてやがると、素っ裸のまま公園のなかを引きまわすぜ」

瞳はあわてて衣服に手をのばした。

シクシクとすすり泣きながらブラジャーをつけ、白のシルクのブラウスと黒のスーツの上衣を着た。パンティとスカートはつけることを許されない。下半身はハイヒールをはいただけの裸である。

夜の闇に瞳の剝きだしの下半身が白くボウッとけぶるように浮かびあがって、それがたまらなく妖しい色気を漂わせた。

「ああ……」

ブルルッと腰のあたりをふるわせたかと思うと、瞳は顔をあげた。

「……お願い……お、おトイレに……」

瞳はワナワナと唇をふるわせた。

にわかに便意が駆けくだってきた。輪姦で男たちが入れかわるたびに、鬼頭によってイチジク浣腸をひとつずつ注入された瞳である。十四個ものイチジク浣腸をされた計算になる。

「お、おトイレに……行かせて……」

「フフフ、まだだ、奥さん。あれくらいの浣腸でだらしないぜ。オマ×コを綺麗にするのが先だ」

氷室がせせら笑った。

鬼頭もニヤニヤと顔を崩して、パシッと瞳の裸の双臀をはたいた。

「さっさと歩け。いい尻しやがって弱音を吐くんじゃねえよ」

「ああ……こんなかっこうで……」

瞳は左右から鬼頭と氷室とに腕を取られ、無理やりに歩かされた。

夜の公園は闇につつまれているとはいえ、ところどころに外灯があり、アベックの姿もまだ多い。そんななかを、内腿に白濁をしたたらせた裸の下半身を剝きだしにして引きたてられ、瞳は生きた心地がなかった。

「か、かんにんして……」

瞳はすすり泣く声で哀願し、両手で剝きだしの股間を隠そうとした。だが、左右から腕を取られていては、それもできない。

何組かのアベックが瞳の下半身に気づいて好奇の眼を向ける。

ああ、いや……こんなみじめな姿を見られて……。

瞳はキリキリと唇をかみしばって、泣き声があがりそうなのを必死にこらえた。もう顔もあげられない。

さらしものにされているというおそろしさと、ふくれあがる便意とに、瞳は今にも気が遠くなりそうだ。十数人の男たちに輪姦されたショックに打ちひしがれている余裕もない。

膝がガクガクと崩れそうになって、そのたびに左右からつかまれた腕で支えられ、瞳はグイッと引き起こされた。

「も、もう、許して……」

瞳の口から思わず哀願の泣き声が出た。

「甘えるな、奥さん。素っ裸でないだけでも感謝してもらいたいぜ」

「フフフ、もっと色っぽく尻を振って歩かねえかよ。ほれ、みんな奥さんを見てるぜ」

氷室と鬼頭は瞳の耳もとでからかっては、ニヤニヤと笑った。

やがてブランコや砂場のある遊び場へ出た。まわりは木々にかこまれ、さいわいアベックの姿はない。

「……ああ、おトイレに……」

遊び場の隅に公衆トイレがあるのに気づいた瞳は、すすり泣く声で言った。

瞳の腰のあたりがブルブルとふるえてとまらない。

「まだだ。オマ×コを綺麗に洗ってやると言っただろうが」

「それとも、もっと男たちの精を呑みこんだままでいて、孕みたいとでもいうのか」

氷室と鬼頭は瞳を遊び場の水飲み場へ連れていく。

一メートルほどの高さのコンクリート台の上に、こけしのような形をした水道の蛇口が取りつけてあった。栓をひねると蛇口から水が噴水のように噴きだす。

その蛇口に鬼頭はニヤニヤと笑いながら、ポケットから取りだした怪しげなクリームをたっぷりと塗りたくった。

「フフフ、これなら奥さんのオマ×コの奥まで洗えるってもんだぜ」

「そ、そんな……いや……」

瞳は美貌をひきつらせ、思わずあとずさろうとした。

なにをされるか知って、瞳はさし迫った便意さえ一瞬忘れるほどのショックに見舞われ、すぐには声も出なかった。

「この上にあがって股をおっぴろげ、オマ×コに蛇口を咥えこむんだ、奥さん」

「……か、かんにんして……いや、いやです……そんなこと……」

「世話をやかすんじゃねえよ、奥さん」

氷室と鬼頭は左右から瞳の身体に手をのばすと、笑いながら抱きあげた。剝きだしの瞳の太腿の裏側に手をあてて両脚をすくいあげ、幼児におしっこをさせるかっこうに割り開いた。

「あ、ああ、いや……いやです。そんなことかんにんして……」

狼狽の泣き声をあげる瞳を噴水型の蛇口の上へ運んだ。

開ききった瞳の股間の真下に、蛇口がにぶく光って鎌首をもたげている。

2

「いや……いや……」

瞳は泣きながら黒髪を振りたくり、矛先をそらそうと腰をよじった。

「フフフ、しっかり咥えこめば、すぐに気持ちよくなるぜ、奥さん」

「できるだけ深く入れてやるからな。うんと気分出していいんだぜ」

氷室と鬼頭はあざ笑って、ゆっくりと蛇口めがけて瞳の身体をおろしはじめた。

「許して……いや……」

「腰をうねらせるのはまだ早いぜ。うんと深く咥えこんでからだ」

「い、いやッ……あ……ああ……」

いくら腰をよじりたてても、開ききった媚肉は、待ちかまえる金属の屹立を避けようもなかった。瞳のおびえと身悶えをあざ笑うように冷たい金属が内腿に触れ、媚肉のひろがりに触れた。

「ヒッ……」

腰をはねあげ、瞳はのどを絞ってのけぞった。

その氷のような冷たさがジワジワと瞳の媚肉にもぐりこんでくる。まだ輪姦の直後とあって熱くたぎった柔肉に、冷たさが痛いほどだ。

「許してッ……ヒッ、ヒッ……」

瞳は顔をのけぞらせたまま、剝きだしの下半身をブルブルとふるわせた。左右から抱きあげられた瞳の両脚は、爪先が内側へかがまり、ハイヒールが今にも脱げ落ちそうになった。

「フフフ、オマ×コはうまそうに咥えこんでいくじゃねえか、奥さん」

「その調子じゃまた気をやるかもな。十四人ものぞきの野郎たちを咥えたあとだってのに、好きな奥さんだぜ」

氷室と鬼頭はそんなことを言い合いながら、さらに瞳の身体をゆっくりとおろしていく。

もう蛇口の頭はすっかり柔肉のなかに隠れ、ジワジワと深く呑みこんでいくさまが、外灯の薄明かりに生々しかった。

そして蛇口の先端が瞳の子宮口に達したのだろう、「ヒイッ」と瞳はひときわのけぞって白眼を剝いた。それでもさらに入ってくる。子宮が押しあげられ、胃まで突きあげられるようだ。

グッタリした瞳の頰を鬼頭がはたいた。

「まだのびるのは早いぜ、奥さん。面白くなるのは、これからだからよ」

「それにしても、ずいぶんと深く咥えこんだじゃねえかよ、奥さん」

瞳の顔をのぞきこんで、氷室と鬼頭はニヤニヤと笑った。

瞳は気を失うことさえ許されない。もうろうとした意識に、頭をグラグラと左右に揺らしている。

「ああ……」

瞳はなにか言おうと唇をわななかせるが、あえぎにしかならなかった。

「フフフ、もっとよくしてやるからな」

「じっくりと楽しみな、奥さん」

氷室と鬼頭は媚肉を深々と貫いた蛇口を軸にして、ゆっくりと瞳の身体を回転させはじめた。

「あ、あ……いや……ああ、やめて……」

ビクッと瞳の腰が硬直した。

身体の中心で蛇口がまわり、肉襞にこすれる。子宮口も蛇口の頭でこねまわされる。その妖しい感覚がしびれるような快感を呼び、まだ疼く肉が再びとろかされる。冷たい金属でなぶられているというのに、熱くたぎって身ぶるいをこらえられない。

「いや、いやですッ……」

瞳の泣き声が火のように熱くなった。

右まわりに回転させられ、次は左まわり。そして再び右まわりと繰りかえし瞳の身体は氷室と鬼頭の手であやつられた。

「どうだ、奥さん。気持ちいいか」

「フフフ、これじゃどうだ」

氷室と鬼頭はさらに瞳の身体を上下に揺らした。回転に抽送が加わった。

「ああ、そんな……いや、ああ……」

瞳のすすり泣く声がうわずった。身体の芯がひきつるような収縮を繰りかえしはじめ、肉がひとりでに快感を貪る動きを見せて、瞳は声が出るのをこらえきれなくなった。

「か、かんにんして……また、変になってしまいます……ああ……」

「フフフ、また変になるほど気持ちいいってわけか、奥さん」

「やめて……ああ、これ以上は……」

瞳の言葉は途中であえぎに呑みこまれた。もうクタクタなはずなのに、瞳の性は官能の残り火に油を注がれたように燃えあがった。子宮が熱く疼き、背筋が灼けただれる。

「あ、ああ……瞳、また……あああ……」

「また気をやりそうってのか、奥さん。クイクイ蛇口を締めつけやがって」

氷室と鬼頭はゲラゲラと笑いながら、瞳をあやつりつづけた。瞳の身体が回転し、上下に揺れる。

「あ、あむ……あああ……」

瞳は美貌をのけぞらせ、ハイヒールの爪先を反りかえらせたまま、いちだんと身悶えを露わにした。もうそこが公園の遊び場であることも、我が身の浅ましさをふりかえる余裕すらない。

そんな瞳に追い討ちをかけるように、鬼頭は蛇口の栓に手をのばした。

不意に氷のような水流が蛇口の先端から噴きあげ、瞳の子宮を襲った。

「あ……ヒッ、ヒイッ……」

今にも気がいきそうに、瞳はのどを絞った。熱くたぎった子宮口に冷水の射精は強烈で、子宮のなかまで流しこまれるようだ。

ああッ、イッちゃうッ……。

今にも昇りつめようとする寸前で、水流が突然とまった。そして回転と上下の動きもピタリとやんだ。

「ああ……」

瞳は唇をワナワナとふるわせ、肩で大きく息をしながら、切なげになにか訴えるような眼で氷室と鬼頭を見た。

「……ああ……許して……」

「フフフ、そりゃもうやめてほしいってことか。それともじらさないで、ひと思いにやらせてほしいってことか」

「…………」

瞳は唇をわななかせたが、声にはならなかった。

だが、あと一歩というところまで昇らされた瞳の身体は、もう行きつくところまで行かないとおさまりがつかなくなった。瞳の腰がひとりでにうねり、媚肉がヒクヒクと蛇口を締めつけて貪るうごめきを見せた。

「身体は正直だぜ、奥さん。素直に気をやりたいと言やいいものをよ、フフフ」

「こいつは射精無制限だからな。何回でもいけるぜ、奥さん」

氷室と鬼頭はニンマリすると、再び瞳の身体をあやつりはじめた。同時に蛇口の栓を開いた。

「ああッ……ヒッ、ヒッ……だめッ」

抱きあげられた両脚を突っ張らせ、瞳はガクガクとのけぞった。ドッと噴きあげる水流に、身体じゅうの肉がカアッと灼けた。

「い、イクッ……ヒイーッ」

総身がおそろしいばかりに収縮し、瞳は蛇口をキリキリ食い締めた。

3

それでも氷室と鬼頭は瞳を許そうとはしなかった。蛇口の栓を開いたまま、瞳の身体を回転させ上下させてあやつりつづける。

「も、もう、かんにんして……」

瞳はグッタリと余韻に沈むことすら許されなかった。

「フフフ、何度でも気をやらせてやると言っただろうが」

「それにまだオマ×コの奥まで綺麗に洗えてねえようだしな。洗ってもすぐにベトベトになっちまうぜ、奥さん」

氷室と鬼頭はゲラゲラと笑った。

その間にも瞳はたてつづけに昇りつめる。瞳はもうのけぞりっぱなしだ。

「ヒッ、ヒッ、イッちゃうッ……」

ガクガクとはねる瞳の剝きだしの下半身に、また激しく痙攣が走った。

蛇口から噴きあげる水流が、瞳の媚肉からショボショボとこぼれる。それが一瞬とまるかと思うほどに肉が締まった。

「まだまだ、これからだぜ、奥さん」

鬼頭がうれしそうに舌なめずりした。

「いや……ああ、もう、もう……」

瞳は泣きながら身を揉んだ。

だがすぐに、また身も心も官能の炎にくるまれ灼きつくされて、瞳はわけがわからなくなっていく。

蛇口と水流とに弄ばれる柔肉だけが、ヒクヒクといっそう身悶えを露わにした。

いったい何度たてつづけに気をやらされたのだろう。それすら瞳にはもうわからない。

どのくらいの時間がたったのか、気がつくと瞳は氷室の運転する車のなかにいた。

「こいつを着な。もうすぐ家へ着くぜ」

鬼頭がスカートとパンティを瞳の膝に置いた。

「早く着ろ。もう十二時だからよ。奥さんの帰りが遅いんで、亭主がイライラしてるだろうぜ、フフフ」

鬼頭はニヤニヤと瞳の美貌をのぞきこんだ。夫のことを言われて、放心状態だった瞳はハッと我れにかえった。

「ああ……」

瞳の美貌がひきつって、今にも泣きだしそうになった。ワナワナと唇がふるえ、身体が硬張る。

友人のパーティに呼ばれ、夫を家に残して出かけたことを、瞳は思いだしたのだ。十時にはもどると夫に言ってきた。それがもう午前零時をまわっている。心配し苛立っている夫の顔が、瞳の脳裡に浮かんだ。

「ああ、どうすればいいの……夫に、夫になんと言いわけすれば……」

「フフフ、まさか十四人もの男たちを次々と咥えこんでたなんて言えねえわな」

「……いや……ああ、こんな……こんな姿でなんて帰れない……」

瞳の黒髪は乱れ、疲れきったような美貌や首筋、肌は汗にヌラヌラと光って、情事のあとの妖しさがあった。

「も、もう、だめ……ああ、すべて夫に知られてしまうわ……」

「フフフ、そんなに知られるのがおそろしいか、奥さん」

「ああ……夫を……愛しているんです……」

こらえきれなくなって瞳はシクシクと泣きだした。スカートとパンティを身につける余裕すらない。

氷室と鬼頭は顔を見合わせてニンマリと笑った。

「フフフ、心配するなって、奥さん。亭主にはわからねえように、俺たちがうまくやってやるからよ」

「なんたって俺たちは医者だ。俺たちにまかせて奥さんは言う通りにしてりゃいいんだ」

「………」

すがるように氷室と鬼頭とを見た。

「フフフ、奥さんはパーティの帰り道で突然の腹痛で倒れた。そこへ運よく医者が通りかかって、奥さんを家まで送ってきたって筋書きだぜ」

「うまく亭主をだませるかどうかは、奥さんしだいだぜ、フフフ」

氷室と鬼頭は瞳の顔をのぞきこんで、意味ありげに笑った。

「奥さんは病人らしくふるまってりゃいいんだから簡単だろうが」

「…………」

瞳はワナワナと唇をふるわせただけだった。

氷室と鬼頭の言葉の裏に、またどんなおそろしいたくらみが隠されていようと、今の瞳は夫のことを思うとワラにでもすがりたい気持ちだった。

「……お願い……その前におトイレに……」

瞳はすすり泣く声で哀願した。水飲み場で何度も気をやらされても、まだトイレに行くことを許されていない。

また荒々しい便意が駆けくだってきて、瞳はブルブルとふるえだした。

「だめだ。そのほうが急病人らしくていいぜ、奥さん」

「亭主をだますためと思って、もう少し我慢するんだな、フフフ」

氷室と鬼頭はゲラゲラと笑った。

いくら哀願しても聞いてくれる男たちではない。瞳はキリキリと歯をかみしばって、剝きだしの下半身にパンティをつけ、スカートをはいた。

すぐに車は瞳の家の前にとまった。

夫は心配し、瞳の帰ってくるのを今か今かと待っているのだろう。家の窓には明かりが煌々と輝いていた。

「こ、こわい……」

瞳の身体のふるえが大きくなった。

氷室と鬼頭はわざとらしく白衣をまとって診察カバンを手にすると、左右から瞳の腕を取って車からおろした。

鬼頭が瞳をあおむけに抱きあげた。

「あ、いや……なにをするの、おろして……」

「急病人が歩いちゃおかしいだろうが。すべてを亭主に知られたくなきゃ、奥さんは言う通りにするんだよ」

「そんな……ああ……」

氷室が玄関のチャイムを押すのに気づいて、瞳はもうなにも言えなくなった。待ちかまえたように、足早に瞳の夫が出てきた。

「こんな時間までなにをしていたんだ」

苛立った声をあげた夫は、白衣の氷室と鬼頭に抱きあげられた瞳に気づくと、びっくりした顔をした。

「どうしたんだ、瞳」

ひと目見たとたん、夫は瞳のただならぬ様子に気づいた。

「ご主人ですね。私は医師の氷室といいます。こちらは鬼頭医師です」

氷室は落ちついた口調で言った。

「実は奥さんは駅前で突然苦しみだして倒れまして。ちょうどそこへ我々が通りかかったものですから」

もっともらしく平然と氷室は言った。夫がうなずく。あぶら汗にまみれてブルブルとふるえる瞳を前に、夫は氷室の話をまったく疑うふうではなかった。妻がさんざん弄ばれ、浣腸までされて便意に苦悶しているとは夢にも思わないようだ。

夫は心配そうに瞳の顔をのぞきこんだ。

「それで具合いは……」

「たいしたことはないと思いますが……いちおう診察しておきましょう。ベッドルームはどちらですか」

「はい、こちらです」

夫が先に立って案内した。

寝室へ入ると、鬼頭は瞳をベッドの上へおろしてあおむけに横たえた。

ああ、いや……なにをしようというの……夫の前では、いや……。

胸の内では狂おしいまでに叫びながら、瞳はなにも言えない。心配そうな夫の顔を見るのがつらかった。夫と眼を合わせれば、わあッと泣きだしてしまいそうだ。

許して、あなた……瞳はもう……ああ、あなた……。

瞳は何度も胸の内で夫にわびた。夫に向かってなにも言うことができず、駆けくだる便意の苦痛を急病と思わせて夫を偽っているのがつらい。

だが、すべてを夫に知られるのは、もっとつらかった。ベッドに横たえられても、瞳は逃げることも許されない。

「それじゃ診察しますから、奥さんの胸を開いてください」

氷室は平然と瞳の夫に言うと、診察カバンから聴診器を取りだした。

夫は言われるままに瞳のスーツの上衣の前を開くと、ブラウスのボタンをはずしてブラジャーのフロントホックをはずした。

ああ、いや……あなた……。

瞳は唇をかみしめて顔を横に伏せた。男たちにさんざんいじられ、しゃぶりまわされた乳房だ。瞳は生きた心地がなかった。ブルンと瞳の乳房が揺れ、露わになった。油でも塗ったように汗でヌラヌラ光って、乳首はまだツンと尖っている。

「すごい汗ですね、奥さん。そんなに苦しいですか」

氷室はしらじらしく言いながら、瞳の肌に聴診器を押しあてた。もっともらしく聴診していく。

心配そうに見守っていた夫が、瞳の乳房や首筋のところどころにつけられたキスマークに気づいた。

「そ、それは……」

「肌にこういう炎症を起こしているのは、腸に問題がある場合が多いんですよ」

鬼頭が機転をきかせる。

「一種のアレルギー症状のようなものでして。それじゃ下も診ますから脱がせてください」

瞳の夫に疑いをいだかせる余地もないほどの、氷室と鬼頭の落ちついた態度だ。相手が医者であるということが、簡単に夫を納得させてしまう。

それでなくても荒れ狂う便意に瞳があぶら汗にまみれて苦しんでいる姿は、誰が見ても急病人と思う。

夫は瞳のスカートのホックをはずし、ファスナーをさげて脱がせた。下腹や内腿にまでキスマークがあったが、もう夫は肌の炎症と信じてしまっている。

ああ、やめて……もう、いや……かんにんして……。

瞳は顔を横に伏せてキリキリと唇をかみしばり、両手でシーツをギュッと握りしめた。もう瞳の身体の正面は、パンティをはいただけの裸だ。

氷室は瞳の腹部に聴診器をあて、さらに指で下腹部を押すようにして診察していく。

「う、うむ……」

下腹部を押されて今にも便がもれそうになり、瞳は思わずうめいた。

「ここは苦しいですか、奥さん」

氷室は平然と聞いた。

「う、ううッ」

口をきくこともできず、瞳はあぶら汗にまみれてギリギリと歯をかみしばった。少しでも力を抜くと、荒々しい便意がドッとほとばしりそうだ。

「やはり腸に問題があるようですね」

「そのようですな。まず浣腸しましょう」

氷室と鬼頭は顔を見合わせ、平然と言ってのけた。

浣腸という言葉に、瞳はビクンとふるえた。信じられない言葉だ。すでにイチジク浣腸をしておきながら、さらに夫の眼の前で浣腸しようとしている。

いやッ……許してッ……。

おびえた瞳の眼に、鬼頭が診察カバンからガラス製の注射型浣腸器を取りだすのが見えた。ブルッとふるえが背筋を走った。

い、いやあ……。

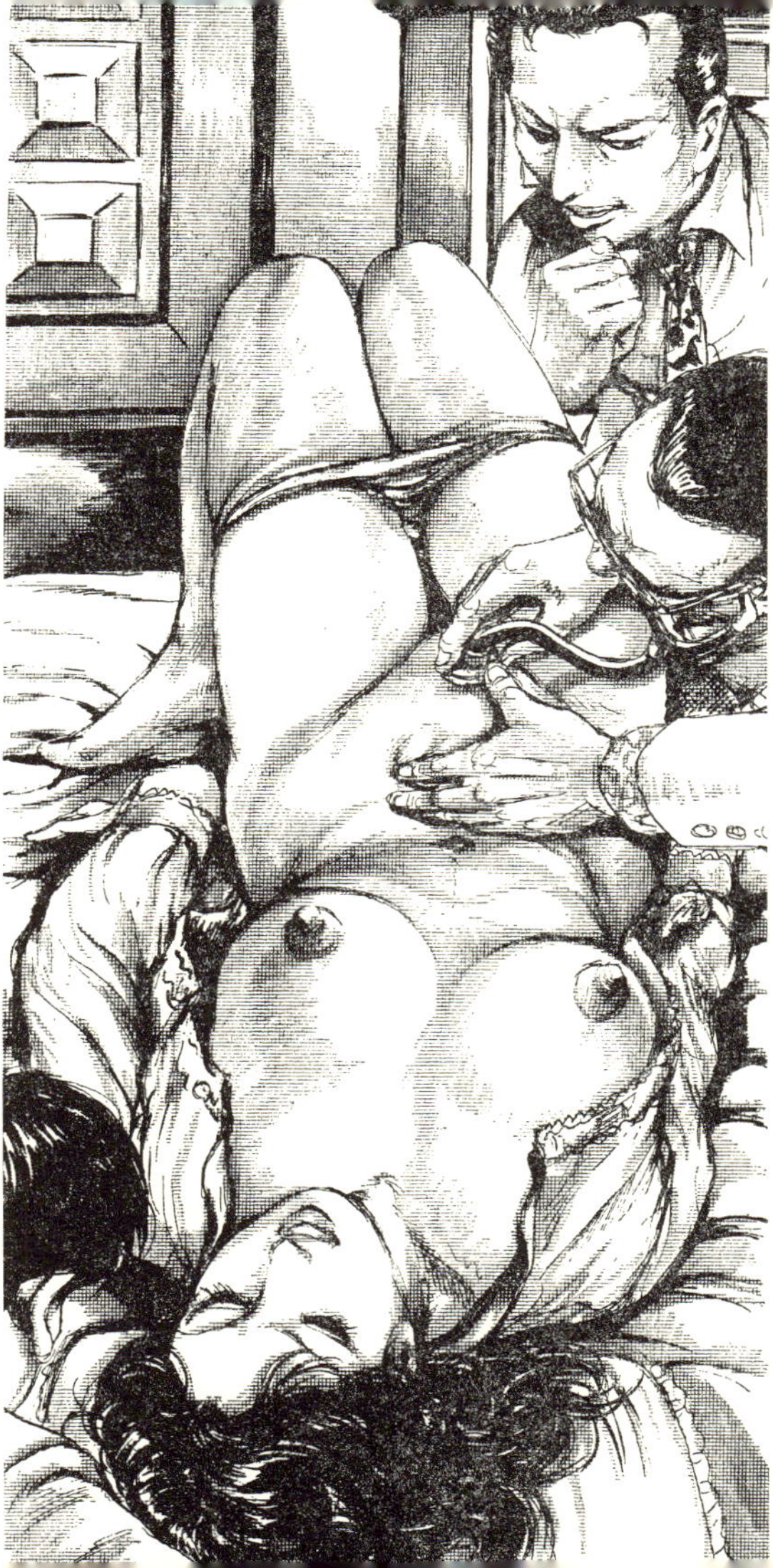

思わず悲鳴をあげそうになって、瞳はあわてて歯をかみしばって声を殺した。だがそれも、夫には瞳が苦しがっているとしか見えないようだ。

「すみませんが洗面器とタオル、ティッシュを用意してもらえませんか」

と氷室に言われて、夫はあわてて寝室を出ていった。

「ああ、ひどい……そんなこと、夫の前では許して」

夫の姿が見えなくなると、瞳は耐えきれないように泣き声をあげた。

「俺たちのお蔭で亭主はすっかり奥さんが急病だと信じてるのによ」

「俺たちがいなきゃ、キスマークだって説明がつかねえだろうが、フフフ」

氷室と鬼頭はせせら笑った。

瞳はいやいやと黒髪を振りたくった。これから夫の前でおぞましい浣腸をされると思うと、瞳は気が狂いそうになる。

「やめて、それだけは……ああ、浣腸なんて、いや……」

「フフフ、ここでやめちゃ、かえって亭主に怪しまれるぜ、奥さん」

「かんにんして……お願い、いや、それだけは……ああ、いやです……」

瞳は必死に哀願して氷室にすがった。それをあざ笑うように、鬼頭は浣腸器にグリセリン原液を吸いあげていく。

キィーッとガラスが鳴って、五百ＣＣのグリセリン原液が不気味に充満した。

「どうしてもいやだってなら、あばれて逃げるんだな。フフフ、そのほうが面白くなるかもな」

「そのかわりに亭主に嘘がバレるぜ。奥さんが何人もの男を咥えこんでよがり狂う牝だってわかってもいいのかな、フフフ」

氷室と鬼頭は意地悪く言ってせせら笑った。

「ああ……」

瞳はワナワナとふるえる唇をかみしめた。かえす言葉もなく、氷室にすがりつく手から力が抜けた。

4

すぐに夫は洗面器やタオルを持ってもどってきた。瞳はなにも言えずに、唇をかみしめた美貌を横に伏せた。

あ、あなた……。

ガタガタと瞳の裸身がふるえだしてとまらない。かみしめた歯もガチガチ鳴る。

「それでは奥さんに浣腸しますから、手伝ってください」

瞳の両足首をつかんで上へ持ちあげながら氷室は夫に向かって言った。

「は、はい。なにをすれば……」

「奥さんの足をこうやって押さえていてください。ご主人のほうが奥さんも安心すると思いますので」

氷室は瞳の両足首を持ちあげ、膝を乳房に押しつける姿勢にして、夫に瞳の両足首をつかませた。

そうしておいて、瞳のパンティを双臀のほうからクルリと剝いて、太腿のなかばまでずりさげた。

ああ、そんなッ……いや、いやッ……かんにんしてッ……あなたッ……ああ、た、助けて……。

胸の内で泣き叫びながら、瞳は右に左にと汗まみれの美貌を打ち振った。

「すぐに楽にしてあげますからね、奥さん。少しの間我慢してください」

鬼頭はそんなことを言いながら、指先に催淫媚薬クリームをすくい取った。

瞳の臀丘の谷間を氷室が左右に割りひろげて、その奥の肛門を剝きだしにする。瞳の肛門は必死に便意をこらえて、キュッとすぼまっていた。鬼頭の指先が触れ、クリームをゆるゆると塗りこむと、おびえるようにヒクヒクとふるえ、さらにキュウと締まった。

「あ、あ……いや……」

かみしめた瞳の口から思わず声が出た。夫に見られていると思うと、いっそ死んでしまいたい。

いや、いやあッ……やめて……。

今にも噴きあがりそうな泣き声を必死にかみ殺して、瞳はブルブルと双臀をふるわせた。

指先で肛門を揉みこまれる感覚に、いっそう便意が荒れ狂う。フッと肛門がゆるみそうになるのだ。

「あ、うむ……ううむ……」

瞳はまともに声すら出せなくなった。それをあざ笑うように、指先にかわってガラスの嘴管が瞳の肛門を貫いてきた。

「あ……ああッ……うむ……」

瞳は唇をかみしばってのけぞり、絶望に両手で顔をおおった。

キィーッとガラスが鳴ってシリンダーが押され、グリセリン原液が瞳のなかへ注入されはじめた。

ドクッ、ドクッと入ってくる感覚に、瞳はこらえきれずにヒイッとのどを絞った。

今にも駆けくだろうとする便意を押しとどめ、逆流させて、強烈なグリセリン原液が流れこんでくる。

さらに便意が荒れ狂って、内臓がかきむしられるようだ。ドッとあぶら汗が噴きだして、玉となってふるえる肌をすべり落ちる。

「どうです、奥さん。入っていくのがわかりますか」

「奥さんがなにも言わないので、ご主人が心配していますよ」

鬼頭と氷室がそう言っても、瞳はもう返事をする余裕もない。

く、苦しいッ……ああ、早く、すませて……お願いッ……。

今にも爆ぜそうな肛門を必死に引きすぼめているのがやっとだ。

「うむ、ううむ……」

気を失わんばかりに瞳はうめいた。片時もじっとしていられなくなったように腰がうごめき、ブルブルとふるえてとまらない。

グルルと瞳の腹部が鳴った。

「もう少しですからね、奥さん」

鬼頭は瞳の苦悶を楽しむように、わざとゆっくりと注入していく。じれったいまでののろさだ。

瞳の臀丘を割りひろげている氷室も、時折り触診するふりをして瞳の下腹をまさぐり、ぴっちりと嘴管を咥えこんだ肛門の周辺まで指を這わせた。そして夫の眼を盗んでは、瞳の媚肉の割れ目にまでスッ、スッと触れる。

瞳の夫は時々、浣腸されている状態をのぞくものの、心配そうに瞳の美貌に眼をやったままだ。

「大丈夫かい、瞳。しっかりするんだ。すぐに先生が楽にしてくれるからね」

あまりの瞳の苦しみように、夫は気が気でない。それでなくても瞳の美貌は、あぶら汗にまみれて、まなじりをひきつらせ、唇をかみしばって苦悶に総毛立っている。もう夫に顔をのぞかれても狼狽する余裕すらない。

「う、ううむ……」

瞳の失神寸前の意識を、極限に迫った便意だけがジリジリと灼いた。今からでは、もうとてもトイレまではもたない。

「ううむ……あ、ああ、もうッ……もう、我慢できないッ……」

気力をふり絞るようにして、瞳は叫んだ。

「お、おトイレにッ……」

「もう少し我慢してください、奥さん。すっかり入れてしまわなくてはねえ」

「そ、そんな……もれちゃう……」

瞳は血の気を失った美貌をグラグラと揺らして、ヒイヒイのどを絞った。

「どうしても我慢できなくなったら、その時はご主人が洗面器をあてがってくれますからね。心配はいりませんよ」

夫がそう言う間にも、瞳の肛門がヒクヒクと痙攣しつつ、内からふくらみはじめた。

「瞳、トイレまで我慢できないのかい。ここでなんて……」

いよいよ限界なのは夫にもわかり、オロオロする。

瞳は肛門の痙攣を自覚した。

「ああ……あ、あ、出ちゃうッ……」

それすら瞳は気づかない。

氷室が洗面器を夫に手渡し、かわって瞳の両足首をつかんで押さえる。

「それではご主人に洗面器をあてがってもらいますか、奥さん」

「もう、だめッ……ああ、で、出ちゃうッ」

うち、瞳はヒッヒッと泣き声をひきつらせた。

だがその声も、もう瞳には聞こえない。極限に迫った便意にあぶら汗のなかにのた
嘴管を引き抜き、綿で瞳の肛門を揉みながら、鬼頭は意地悪く言った。

「すっかり入りました。奥さん、十分ほど我慢してもらいますよ」

ッとのどを絞った。

鬼頭が一気にシリンダーを底まで押しきった。まるで昇りつめたように、瞳はヒイ
瞳の声は言葉にはならない。

「い、いや……」

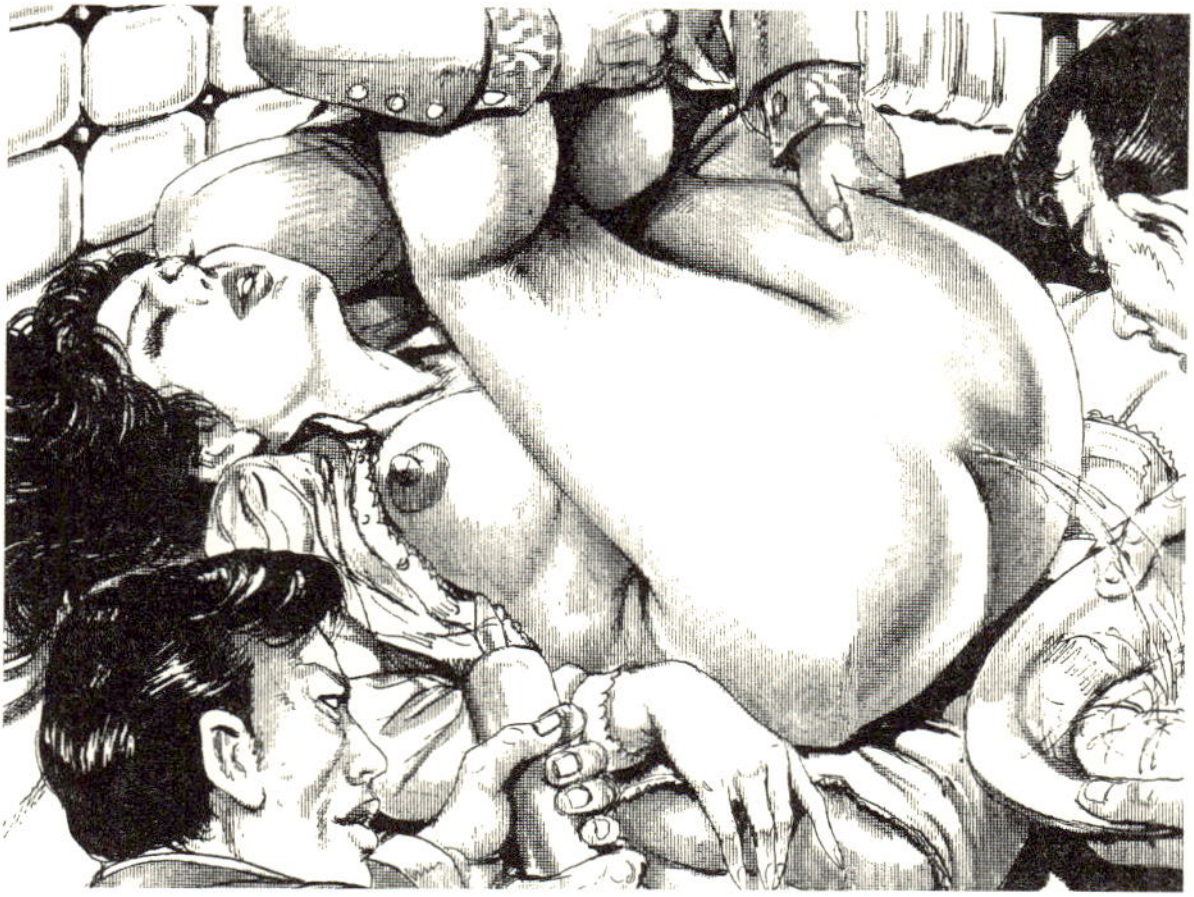

「あ、あッ……あなたッ……ああ、もう、出るう……」

「瞳ッ……」

　夫があわてて洗面器をあてがうや、瞳の肛門がドッと爆発した。

　一度堰を切ったものは押しとどめようもなく、あとからあとからしぶきだした。ブルブルと双臀が痙攣した。

　ああッ……死にたいッ……いやあ……あなた、あなたッ……。

　瞳は歯をかみしばったまま泣いた。こんな浅ましい姿まで夫に見られ、あまりのことに瞳は頭のなかが白く灼かれるようだ。

　そのままなにもわからなくなってしまいたかった。だが、鬼頭のおそろしい声が瞳を現実へと引きもどす。

「すっかり絞りだしましたか、奥さん。どうです、ずいぶんと楽になったでしょう」

ようやく絞りきった瞳の肛門を、鬼頭はティッシュで拭いた。

夫は洗面器を持ってすばやくトイレへ向かった。少しでも早く片づけるという瞳への思いやりだ。

「フフフ、トイレまで我慢できねえで亭主の前で派手にひりだすとは、あきれた奥さんだぜ。亭主に後始末までさせてよ」

「それもあんなにたっぷりとひりだすとはよ。フフフ、亭主もびっくりしてたぜ」

鬼頭と氷室が瞳の耳もとでささやいても、瞳は固く両眼をつぶったまま、ハアハアと汗まみれの乳房から腹部をあえがせるばかりだ。

夫の前で排泄までしてしまったショックに、瞳は頭のなかもうつろだ。

洗面器の始末をした夫がもどってくると、鬼頭と氷室は瞳の身体をあおむけからうつ伏せへとひっくりかえした。腹部の下に枕を押し入れ、両脚を左右へ割り開いた。

そうされても瞳は、もう放心状態に陥ったようにされるがままだった。

「これで奥さんはだいぶ楽になったと思いますよ」

「すっかり綺麗になったところで、腸を診察してみましょう」

氷室と鬼頭は瞳の夫に向かって言った。

はじめの予定では瞳に排泄させたら引きあげるつもりだったのだが、瞳の夫がまったく疑っていないので、さらに瞳を弄んでみたくなった。

鬼頭が瞳の双臀に手をのばすと、臀丘の谷間を左右へ割って、再び肛門を剝きだす。瞳の肛門はまだ腫れぼったくふくれ、おびえるようにヒクヒクふるえていた。

「鬼頭先生、いつでもオーケイですよ」

「それでは肛門拡張といきますか」

鬼頭は診察カバンのなかから金属の肛門拡張器をガチャガチャと取りだした。

瞳はビクッとなったが、固く閉ざした眼を開けようとはしない。

こ、肛門拡張って？……そんな……そんなこと、いやよ……もう、いや……。

胸の内で狂いたつほどに叫びながら、瞳はなにも言わなかった。もう口をきく気力も萎えた。

再び催淫媚薬クリームが瞳の肛門に塗りたくられる。

「力を抜いてくださいい、奥さん。肛門を開きますからね」

鬼頭は肛門拡張器の金属の先端を瞳の肛門にあてがった。

肛門の粘膜を裂くようにジワジワと沈めにかかる。浣腸と排泄の直後とあって、瞳の肛門はとろけるような柔らかさで金属のくちばしを受け入れていく。

「あ、あ……ヒイィ……」

冷たい金属でまた熱く疼く肛門を貫かれる。瞳はビクンとのけぞって声をあげ、耐えきれずにキリキリとシーツをかみしばった。夫の前で浣腸しただけでは飽きたらず、おぞましい排泄孔を押し開くことまでしようとするのだ。

鬼頭は金属のくちばしを根元まで埋めこむと、ゆっくりと開きはじめた。ぴっちりと咥えこんだ瞳の肛門が、内からジワジワと押しひろげられていく。

「あ……ああッ、いや……」

瞳は思わず、ベッドの上をずりあがろうとした。

だが、瞳の臀丘を割りひろげる氷室が、それを許さない。あざ笑うようにがっしりと押さえつけて、さらに割りひろげて肛門をいっぱいに剝きだした。

鬼頭は肛門拡張器を持つ手が汗ばむのか、何度も白衣で拭って持ち直しては、ジワジワと瞳の肛門を押しひろげていく。

「ああ、あむ……い、いや……あああ……裂けちゃう……」

「大丈夫ですよ、奥さん。肛門は伸縮性に富んでいて、これくらいじゃ裂けませんよ」

「ああッ……あ、あ……」

もう瞳は満足に口もきけず、息すらつけない。のけぞらせた口をパクパクさせ、双臀をガクガク揺すりたてた。

それでも耐えられず、次にはまたシーツをかみしばって、両手もギュウとシーツを

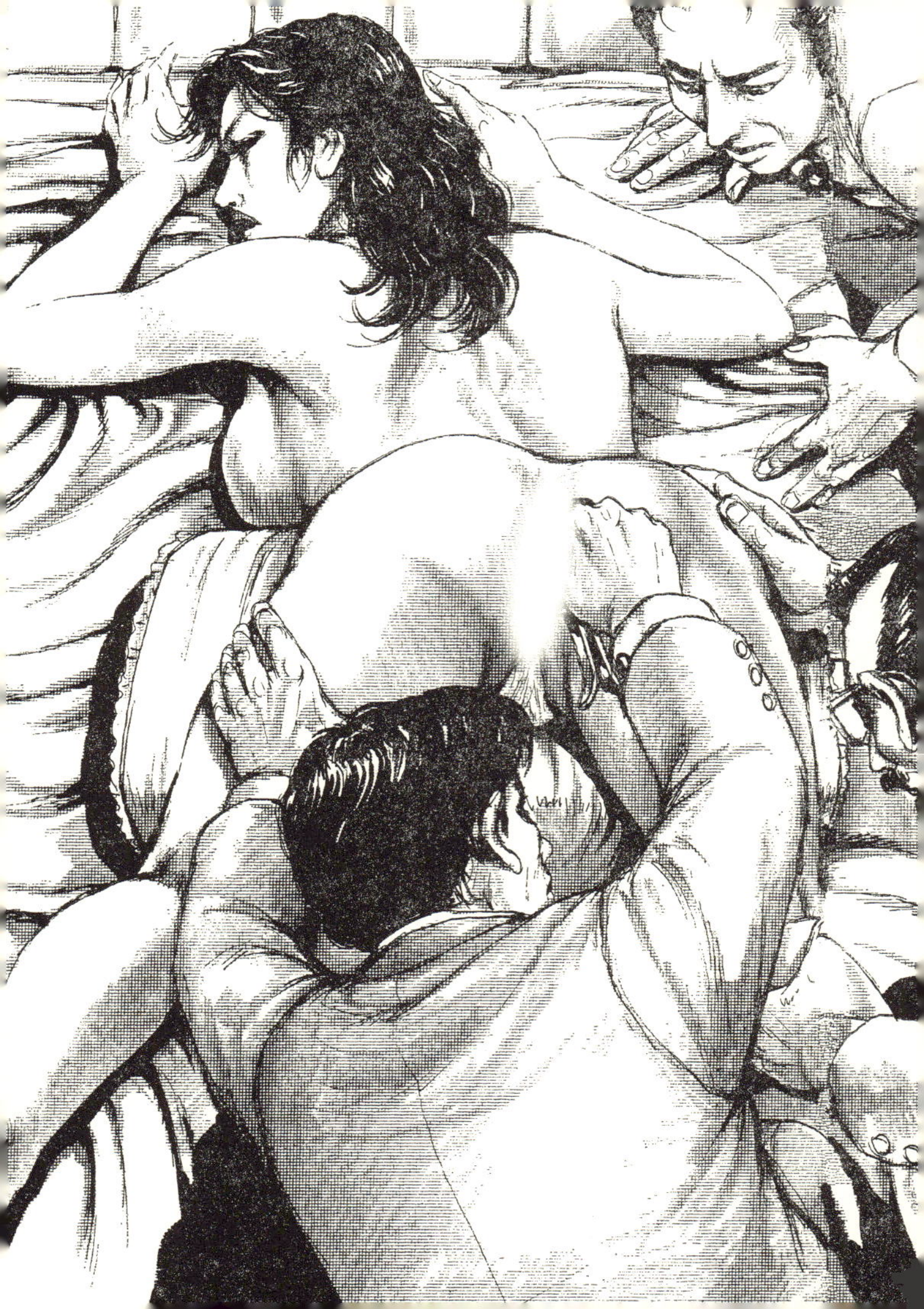

握りしめる。

「なかを診察するには、これくらいは開かなくてはねえ。つらくても少しの間、我慢してくださいよ、奥さん」

鬼頭はようやく金属のくちばしを固定して、チラッと瞳の夫の様子をうかがった。

夫はすさまじい肛門拡張に声すら失って、じっと見つめている。

瞳の肛門はのびきったチューブのようにいっぱいに拡張され、生々しく腸腔をのぞかせた。粘液にまみれた腸襞が、綺麗な肉の色を見せてヒクヒクとうごめいていた。

夫はその生々しさに圧倒され、まさかそんなふうに瞳がなぶられているなどとは夢にも思わない。

さすがの鬼頭と氷室も思わずゴクリと生唾を呑みこんだ。思わず瞳の肛門にしゃぶりつきたくなる衝動を、グッとこらえた。

「それじゃ、まず直腸の診察からはじめますよ、奥さん」

鬼頭は感情を押し殺した声で言った。

人差し指と中指とをそろえて、金属のくちばしの間から瞳の直腸へ挿入する。ゆるゆると腸襞をまさぐった。

指先がとろけるように熱く柔らかい。そしてヒクヒクとうごめく感触が、鬼頭はたまらなかった。

「どうです、奥さん。痛いところはありませんか。ここはどうです?」

わざとらしく言いながら、鬼頭は丹念に瞳の直腸をまさぐりつづけた。

「う……うう……」

瞳はもう低くうめくばかりで、なかば気を失っている。さっきまで蒼白だった美貌はいつしか血の色が昇り、汗にヌラヌラと光る裸身も、匂うようなピンクにくるまれていく。

そして拡張された肛門のわずか下、瞳の媚肉の合わせ目に熱くたぎるものがねっとりと光った。それに気づいた氷室が、眼で鬼頭に教えた。

フフフ、なかはもうヌルヌルってところだな。今にあふれだして亭主に気づかれるかもな……。

尻の穴をひろげられて感じてると知ったら、亭主はどんな顔をするかな、フフフ。

それにしても敏感な尻だぜ……。

氷室と鬼頭は無表情をよそおいながら、腹のなかでニンマリと笑った。

「アレルギー性の急性腸炎だと思いますが、念のために腸カメラで診てみましょう」

もっともらしく言って、鬼頭は腸カメラを取りだした。親指ほどの太さで、先端に超小型カメラのついたファイバースコープといわれるものだ。

それを金属のくちばしの間から、ゆっくりと瞳の腸腔へと押し入れていく。

「あ……あむ……」

瞳の双臀がブルルッとふるえた。そして媚肉の合わせ目からジクジクと蜜があふれはじめ、茂みを濡らして、みるみるシーツにシミをつくっていく。

それに気づいた鬼頭はゲラゲラと笑いだしたいのをこらえて、腸カメラをのぞきこんだ。

5

氷室と鬼頭が瞳の家をあとにしてマンションへもどったのは、夜中の二時をまわっていた。部屋に入るなり、二人はゲラゲラと笑いだした。

「自分の女房がおもちゃにされているとも知らず、おめでたい亭主だぜ」

「瞳のオマ×コからお汁があふれだしたのに気づいた時の亭主ときたら。それでも診察と信じきってるんだからな」

「まったくだぜ。それにしても人妻を亭主の前で責めるってのは、こたえられねえな」

まだ興奮さめやらぬ様子で、氷室と鬼頭はビールをあおった。

「面白かったが、亭主がいちゃ犯るわけにはいかねえし、それが問題だな」

「フフフ、そう欲張るなって、鬼頭。亭主にバレちゃ元も子もねえ」

「だが、いつかは亭主の前で犯ってみてえもんだぜ」

そう言って鬼頭は一気にグラスのビールを飲みほした。眼が異様にギラギラ光っている。

不意に鬼頭は立ちあがった。

「人妻の次は女医さんといこうぜ、氷室。今から女医さんのところへしのびこんで、サンドイッチパーティといこうじゃねえか」

鬼頭は興奮した声で言った。

「あせるなって。もう二時半だぜ。明日になりゃ、病院でたっぷり楽しめるってもんだ」

氷室はあきれたように言った。さすがの氷室でさえ、とどまるところを知らない鬼頭の欲望には驚かされる。女を責めることしか頭にないのだ。

「そう言わねえで行こうぜ。押し入って、女医をレイプするのも面白えぜ、氷室」

「それで騒がれてつかまったのを忘れたのか。なにもあぶねえ橋を渡ることはねえだろうが。もう女医はこっちのものなんだ」

氷室にさとされて、鬼頭は渋々と従った。鬼頭にしても、臭い飯を食うのは二度とご免だ。

「しようがねえ。朝まで待つか」

鬼頭は自分に言い聞かせるように言って、また一気にビールをあおった。

朝、鬼頭はいつもより早く眼をさました。鬼頭がゴソゴソとたてる音に、氷室も布団のなかから眠そうな顔をあげた。

「なにやってんだ、鬼頭。こんな早くから」

「フフフ、朝になったからな。女医さんを待ち伏せて痴漢プレーをやろうと思ってな」

「お前も好きだな。病院でいくらでも女医を責める時間はあるってのによ」

氷室はあきれたように言って、また布団に頭をもぐりこませてしまった。

「フフフ、病院で責める前の準備運動みてえなもんだぜ」

鬼頭はニンマリと舌なめずりした。

ひとり女医の森下慶子の住むマンションへ向かった。

マンションの前に着いたのは、ちょうど七時半だった。もうマンションの前の通りは、出勤するサラリーマンや登校する学生たちの姿が、駅へ向かって流れていく。

「どうした、女医さん。早く出てこい、フフフ。痴漢タイムだぜ」

煙草を咥えながら、鬼頭はマンションの玄関をうかがい、ひとりブツブツとつぶやいた。二本、三本と足もとに煙草の吸殻が増えていく。

二十分近くも待っただろうか。マンションの玄関から女医の森下慶子が出てきた。

三日前に鬼頭に襲われて凌辱の限りをつくされたことなど嘘みたいに、慶子はツンとすまして知的な美しさにあふれていた。黒色の上衣とタイトスカートにぴっちりと身をつつみ、スカートからのびた両脚も黒いパンストにおおわれ、ハイヒールもやはり黒だった。それがいっそう女医らしい落ちつきを感じさせた。

「気どりやがって、牝が」

鬼頭はニヤリと口もとを崩した。

三日前にラブホテルで鬼頭に犯され、口もとから涎れを垂らしてヒイヒイよがり、腰を振っていた慶子とはまるで別人だ。

「フフフ、待ってたぜ、森下先生よう」

鬼頭は慶子の前に立ちはだかった。

ツンとすましていた慶子の顔が、たちまちひきつって血の気を失った。

「い、いや……」

声にならない声を出して、思わずあとずさり逃げだそうとする。鬼頭はすばやく慶子の手をつかんでいた。

「どこへ行こうってんだ。この俺から逃げられると思ってるのか」

「離してッ……大きな声を出しますわよ」

美貌をひきつらせながらも、慶子は弱みを見せまいときつい口調で言った。鬼頭の手をふりほどこうとする。

「大きな声を出してみろ。恥をかくのは先生のほうだぜ、フフフ」

鬼頭はポケットから写真を一枚取りだして見せた。眼隠ししながら、全裸で縛られた慶子が太腿を大きく割り開かれ、前には張型を後ろにはねじり棒を押し入れられて、よがり狂っている。

「ああ、いやッ」

慶子はあわてて写真を取ろうとした。そんな浅ましい写真を撮られていたなど、慶子には信じられない。

だが、鬼頭は慶子の手をかわしては写真をヒラヒラとさせてからかい、ニヤニヤと笑う。

「これで自分の立場がわかっただろうが。今さら気どったってサマにならねえぜ」

「卑劣だわ。そんな写真を撮っていたなんて……かえしてッ」

「フフフ、たっぷり楽しませたあと、二日も放っておいたんで、すねているのか」

「すねてるなんて……」

屈辱に慶子は頭のなかがカアッと灼けた。

だがそれとは裏腹に、身体からは鬼頭の手を振り払おうとする力も抜けた。手をつかまれたまま物陰に引きこまれてもあらがうこともできず、鬼頭に細腰を抱き寄せられてしまう。

必死にそむけようとする首筋に鬼頭の唇を押しつけられ、双臀をスカートの上からゆるゆると撫でまわされた。

「いや……は、離してください……」

「どうだ、思いだしたか、フフフ」

鬼頭のズボンの前で硬くなったものを、慶子は下腹に押しつけられた。

ああ……。慶子は弱々しく頭を振った。鬼頭に二度と立ち直れないと思うまでに凌辱され、この世のものと思えない肉の愉悦に狂わされた記憶が、慶子の気力を萎えさせる。どうしてあんなことになってしまったのか、今でも慶子はわからない。

「フフフ、パンストとパンティを脱ぎな、女医さん」

慶子の身体から手を離して鬼頭は言った。

「いや……そんなこと、できません……」

「ガタガタ言わねえで、さっさとノーパンになりな。グズグズしてると、ここで素っ裸にひん剝くぜ」

「い、いやです……ああ、もう私につきまとわないで……」

言い終わらないうちに、鬼頭の平手が慶子の頬を打った。

ヒイッと慶子はのけぞり、フラついた。打たれた頬を手で押さえ、慶子はわななく唇をかみしめた。その美貌がおびえの色を浮かびあがらせてうなだれた。

鬼頭のおそろしさがドッと甦った。言うことを聞かなければ、鬼頭は本当にここで慶子を全裸にするだろう。

「もう一度しか言わねえぞ。ノーパンになれ」

「ああ……」

慶子は鬼頭の言葉にあやつられるように、ふるえる手をスカートの裾へもっていく。手をもぐりこませると、タイトスカートのため裾がずりあがって慶子の太腿が剝きだしになった。

キリキリと唇をかみしばって、慶子はパンストとパンティをずりさげた。恥ずかしいところが見えないように一方の手でスカートの裾を押さえつつ、もう一方の手でパンストとパンティを太腿からすべらせた。

爪先から抜き取ったパンストとパンティを、鬼頭は慶子の手からひったくった。

「こんなものはいてやがって。フフフ、女医さんにはノーパンが似合うんだよ。これからはいつもノーパンでいろ」

「……………」

慶子は唇をかみしめてスカートの裾を押さえたまま、なにも言わなかった。もうさっきまでのツンとすました表情は消えて、今にもベソをかきそうになっている。

「どれ、スカートをまくって、ノーパンなのを見せろ」

「そんな……こんなところで、かんにんして……いやです……」

「さっさとしろッ」

鬼頭は声を荒らげた。

ビクッと慶子は身体を硬張らせた。一度恨めしそうに鬼頭を見ると、もう絶望したように眼をそらした。

どうしてあらがわないのか、慶子は自分でもわからない。鬼頭に強く命じられると、抵抗することができなくなってしまう。

おずおずとタイトスカートの裾をずりあげていく。ムチムチと白く官能味あふれる慶子の太腿が、しだいに露わになった。そしてぴっちりと固く閉じ合わせた太腿の付け根に、剃毛された股間がのぞいた。

「よしよし、やっぱり女医さんはノーパンがよく似合うぜ、フフフ」

「ああ……こんなところで……」

もし誰かにのぞかれたらと思うと、慶子は生きた心地もない。

鬼頭が慶子の前にかがみこんで、股間に鼻が触れんばかりに顔を近づけた。

「股を開いてオマ×コを見せろ」

「そ、そんな……」

「何度も言わせるなよ」

「ああ……ひ、ひどい……」

慶子は固く閉じ合わせた太腿の力をゆるめ、両脚を左右へ開いた。スカートの裾をつかんでまくっている手がブルブルとふるえる。膝もガクガクとして、ハイヒールが崩れそうだった。

剃毛された小高い丘から、肉の割れ目が縦に妖しく切れこんでいた。それはひっそりとしたたたずまいを見せ、わずかにほころびた割れ目からピンクの肉襞をのぞかせている。

鬼頭はニヤニヤとのぞきこんで舌なめずりをした。

「じっとしてろよ、女医さん。いいことをしてやるからな、フフフ」

「ああ……変なことはしないで……お願い、変なことだけは……」

「いいことってのは変なことに決まってるじゃねえかよ。本当はされてえんだろ」

「い、いや……」

慶子は弱々しく頭を振った。

それをあざ笑うように、鬼頭はポケットからグロテスクな張型を取りだした。

ひと目見て慶子はヒッと小さく悲鳴をあげ、反射的に太腿を閉じ合わせた。

「いや……そんなもの、使わないで……」

「誰が股を閉じてもいいと言った。こいつをオマ×コに咥えやすいようにおっぴろげてろ」

張型に催淫媚薬クリームをたっぷりと塗りつけつつ、鬼頭はまた声を荒らげた。

「ああ、そんなものでなぶられるのは、いやです……どこまで辱しめれば……」

「うるせえッ」

鬼頭の平手がまた慶子の頬を張った。

「ああ……」

今にもすすり泣きそうな慶子は再びスカートをまくりあげ、太腿を左右へ割り開いた。

鬼頭の手が媚肉に触れるのを感じて、慶子はビクッと腰を硬張らせ、キリキリと唇をかみしめ、両眼を閉じた。

媚肉の合わせ目が指先でひろげられ、グロテスクな張型の先端が分け入った。

「あ……かんにんして……」

慶子の腰が硬直したままブルブルとふるえ、膝とハイヒールがガクガクする。

それをあざ笑うように張型がジワジワと柔肉を割ってもぐりこんでいく。まったく愛撫なしのいきなりの挿入だ。

「あ、あ……痛い……許して、ああ、き、きついわ……」

「きつけりゃ自分から濡らすんだな。ほれ、もっと深く咥えこめ」

「う、うむ……ううむ……きつい……」

慶子は苦悶のうめき声をあげて、かぶりを振りたくった。いやいやと腰をよじりたてるのが、まるで挿入をうながしているようだ。

「うう、うむ……いきなりなんて無理です……待って、ああッ……」

「無理かどうかは俺が決める。女医さんは気分を出すことだけ考えてりゃいいんだ」

「そんな……ひ、ひどいわ……ああ、ヒッ、ヒイッ……」

グイグイと深くねじりこまれて、慶子はのけぞらせたのどを絞った。

張型の先端が子宮口に達して、ズンと突きあげた。ヒイッと慶子は我れを忘れて太腿を閉じ合わせ、それが埋めこまれたものの形と大きさとをいっそう感じ取らされることになって、あわてて太腿をゆるめる。

「フフフ、しっかり咥えこむんだ。落とすんじゃねえぞ」

鬼頭は張型から手を離した。

しっとりはしているものの、とても濡れているとはいえぬ柔肉に、グロテスクな張型が杭のように食いこんでいる。それはブルブルと腰のふるえとともに、妖しくふる

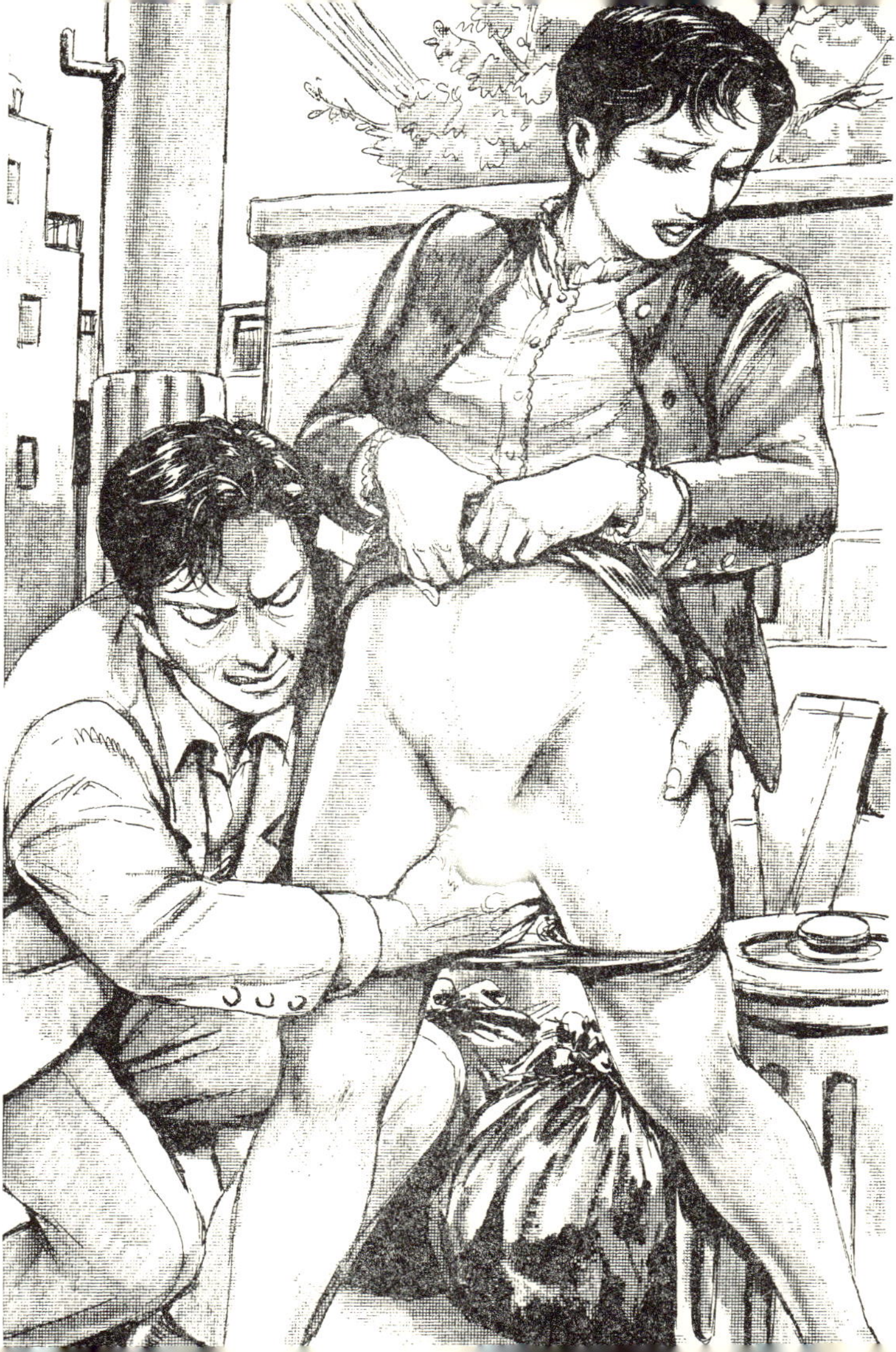

える。

「ああ、こんな……」

慶子は膝をガクガクさせて唇をかみしめた。

「フフフ、落としたら仕置きだぜ。その場で素っ裸に剝いて浣腸するからな」

「ゆ、許して……」

「しっかり食い締めて、歩け」

鬼頭は慶子がまくりあげたスカートを直させると、バシッと双臀をはたいた。慶子の腕を取って通りに連れだし、駅に向かって歩かせる。

「あ、あ……いや……」

数歩も歩かないうちに、慶子はスカートの上から太腿の付け根を手で押さえるようにして、立ちどまってしまった。

足を進ませるたびに、身体のなかで張型が微妙にうごめいて、媚肉を貫いているものをいやでも感じ取らされてしまう。身体の芯が熱く灼けて背筋がしびれ、いやでも両膝とハイヒールのふるえがガクガクと大きくなった。

「どうした、森下慶子先生よう」

「……歩けない……ああ、こんな……」

「歩くんだ。オマ×コが気持ちいいはずだぜ、フフフ。駅までは七分くらいあるから楽しめるだろうが」

鬼頭は慶子の腕を取って強引に歩かせた。

慶子はあらがうこともできず、唇をかみしめて一歩また一歩と足を進めていく。

太腿を閉じ合わせれば、張型の妖しい感覚がいっそう強まり、太腿をゆるめれば張型がズルズルと抜け落ちそうだ。

「あ……あ……」

いくらこらえようとしても、慶子の口から思わず声が出た。道行く人々に気づかれはしないかと、慶子は生きた心地もない。それでなくても慶子の美しさに気づいた男たちが、何人も見つめてくるのだ。

6

ようやく駅に着いた時には、慶子は鬼頭に抱き支えられてハアハアとあえいでいた。

「……もう、かんにんして……」

「まだしっかり咥えてろ。お楽しみはこれからじゃねえか」

「そんな……お願い、これ以上……ひどいことはしないで」

「フフフ、女医さんは俺の言う通りにしてりゃいいんだ」

鬼頭は慶子を抱き支えて駅のホームへとあがった。

ちょうど朝のラッシュですごい人だ。都心へと向かう電車を待つ人の列で、ホームはあふれんばかりだった。

そこへ満員の電車が入ってくる。

「ああ、かんにんして……」

慶子はすがるような眼で鬼頭を見た。もうなにをされるのか聞かなくてもわかったようだ。

「フフフ、三日前に電車のなかでいたずらされたのを思いだしただろ、女医さん。今日はその痴漢パート2だぜ」

耳もとでささやき、鬼頭は慶子を抱きしめてドッとなだれこむ人の列に押し入った。

「あ、あ……」

電車のなかへ押しこまれながら、慶子は鬼頭の手がスカートをまくりあげてくるのを感じた。あわてて鬼頭の手を押さえようとしても、身動きすらままならぬすさまじい混みようだ。

タイトスカートのためにまくりあげられたら簡単にはもとにもどらない。もう慶子は腰のあたりまでスカートをまくられ、下着をつけない下半身は剝きだしだった。

そ、そんな……。

カアッと顔が熱くなって、慶子は気が遠くなりそうだ。電車のなかは超満員で、慶子の下半身はまったく見えないとはいえ、公衆の真っただなかで裸の下半身を剝きだしにされているなど、信じられないことだ。偶然でもとなりの乗客の手が慶子の太腿に触れたら、下半身が裸なのを知られてしまう。

「フフフ、どうだ、こういうところでいたずらされる気分は」

鬼頭は慶子の耳もとでささやきつつ、剝きだしの太腿や双臀に手を這わせて、ネチネチと撫でまわした。指先にムチムチとした豊かな肉づきが、もう汗ばんでふるえている。

かんにんして……。

慶子は唇をかみしめて、必死に平静をよそおった。電車に押しこまれた時から、慶子はまわりの男たちのまぶしいものでも見るような眼を感じていた。もしその男たちが手をのばしてきて、剝きだしの裸の下半身に気づいたら……。

「フフフ、オマ×コの具合いはどうだ。しっかり咥えて気分出してるか」

慶子の耳もとでささやきながら、鬼頭は太腿を撫でまわしていた手を上に移動した。茂みを失った恥丘をいたぶるようにいじってから、媚肉の張型に触れた。

「よしよし、しっかり咥えこんでいるな。もっと触りやすいように股を開きな」

鬼頭は耳もとでささやいた。

許して、こんなところで……。

今にも泣きだしそうな眼で鬼頭に哀願しつつも、慶子は指先でうながされるままに太腿をゆるめた。

鬼頭の指先が媚肉に分け入って、ぴっちりと張型を咥えこんでいる肉をゆっくりとまさぐりはじめる。

「やっぱり濡らしてやがる。オマ×コをこんなに熱くヌルヌルさせて、歩きながら気分出してたわけか」

「あ……」

思わず声をあげそうになって、慶子は歯をかみしめて声を殺した。

鬼頭の指先がうごめくたびに、慶子の腰がピクッ、ピクッとふるえた。いやでも柔肉は充血して灼けるようになり、ジクジクと蜜があふれた。張型にたっぷり塗られた催淫クリームが、肉を熱くとろかせる。

「ますます濡れてくるぜ。電車のなかでいじられるのが、そんなにいいのか」

意地の悪いささやきに答えることもできずに、慶子は首筋まで真っ赤にして唇をわななかせた。自然と頭が垂れて顔をあげられなくなり、ハアハアと息づかいが乱れる。

電車はまだ動きださなかった。乗りきれない人にドアが閉まらず、さらにギュウギュウと押された。

それをいいことに鬼頭は張型をつかむと、ゆっくりと回転させた。

「あ、いやッ……」

慶子は思わず声をあげて腰をブルルッとおののかせた。

あわてて唇をかみしめても遅かった。慶子の悲鳴はまわりにいる者たちにはっきり聞かれてしまった。

だが、さいわいなことにまわりの者たちは、慶子がさらに押しこまれて悲鳴をあげたとしか思わないようだ。まさか慶子が下半身を剝きだしにされて、張型でなぶられているなどとは思いもしないだろう。

「いくら気持ちいいからって、そんな声を出すと気づかれるぜ」

鬼頭は慶子の耳もとでささやきながら、ゆっくりと張型を回転させていく。

そしてようやく電車が走りだしてガタンと揺れると、張型に抽送を加えた。

「いやッ……ああッ……」

こらえきれずに慶子の口からまた声が出た。

深々と咥えこまされた張型が、熱くとろけた肉襞をめくりだすように引き抜かれ、次には巻きこむように再び深く沈む。

すでに熱くたぎった慶子の媚肉は、そんな仕打ちに耐えられるはずがない。女の官能がカアッと灼けて燃えあがり、身体の芯がひきつるように収縮を繰りかえした。

ああ、いや……あ、ああ、たまらないッ……。

我れを忘れて肉が張型にからみつき、貪る動きを見せ、慶子は腰を振りたくなった。

こんな……ああ、こんなことって……ああ、だめよ……。

満員電車のなかでいたずらされているというのに、自分の身体の成りゆきが信じられない。

「フフフ、好きだな。クイクイと締めつけやがって」

電車の振動に合わせて張型を抽送させながら、鬼頭はまた慶子の耳もとでささやいた。

もう、許して……これ以上されたら……ああ、声が出てしまいますッ……。

慶子は顔をあげて鬼頭を見ると、必死に眼で哀願したが、すぐにまた頭が垂れた。

加えられる抽送にもう自分の身体を支える力もなくなって、慶子の膝とハイヒールがガクガクとした。だが、その場に崩れ落ちることもできないすごい混雑である。

慶子はキリキリと歯をかみしめて両眼を閉じた。かみしめた歯がカチカチと鳴りだした。

もう耐えられない。恥ずかしい声が出てしまう……。

「……あ……あ……」

慶子がよがり声をあげかけた時、その反応をうかがう鬼頭はピタリと動きをとめた。

かろうじてまわりの者たちに恥ずかしい声を聞かれないですんだものの、慶子の身体は突然とまった動きを求めるように、キリキリと張型を食い締めた。

ひとりでに腰が鬼頭のいたぶりを求めるように押しつけられた。

だが、鬼頭はそ知らぬ顔で、まわりの乗客の一人になりすましている。

ああ……。

慶子は恨めしさとみじめさとに、声をあげて泣きだしたかった。それを懸命にこらえた。

「フフフ、もうオマ×コはベチョベチョだけどよ。しっかり咥えて落とすんじゃねえぞ」

鬼頭はあざ笑うようにささやくと、張型をつかんでいた手を慶子の双臀へまわした。ムチッとはちきれんばかりの慶子の双臀をゆっくりと撫でまわす。

「いい尻しやがって。今度は尻の穴にいたずらしてやるぜ」

鬼頭は慶子の臀丘の谷間を割り開いて指先に肛門をとらえた。

「あ……」

狼狽の声とともに、鬼頭の指先で慶子の肛門がキュウとすぼまった。

その妖しい感触を楽しみつつ、鬼頭はゆるゆると揉みこむ。肛門の粘膜が指先に吸いつくようだ。

たちまち慶子は息をするのも苦しいほどに昂り、ブルブルと双臀をふるわせた。きつくすぼめた肛門をいやおうなくほぐされ、開かされていく感覚がたまらない。それでなくても張型のいたぶりで火と化した慶子の身体だ。

「フフフ、尻の穴はヒクヒクしてるぜ。ほれ、自分からもゆるめるようにしろ」

「いや……やめて、そこは……」

慶子はカチカチ歯を鳴らしつつ言ったが、言葉にはならない。

ヒクヒクと反応する慶子の肛門は、いつしかふっくらとゆるんでとろけるような柔らかさを見せはじめた。

次の駅に電車が入り、ブレーキがかかって満員の乗客が大きく揺れる。その時を狙って、鬼頭は指先で慶子の肛門を貫いた。

「ああッ、いや……ああッ……」

舌をもつれさせながら、慶子は悲鳴をあげた。深く縫ってくる指に、今にもつきはてそうな感覚がせりあがり、胴ぶるいがとまらない。

「い、いやあッ……」

「押されたくらいでオーバーな声を出すんじゃねえよ。俺が痴漢してると疑われるじゃねえか」

鬼頭はまわりにも聞こえる声でわざとらしく言った。

まわりじゅうの眼がいっせいに慶子に集中し、慶子はなにも言えなくなった。好奇の眼があざ笑っているような気がして、ますます顔をあげられない。

7

鬼頭の指はジワジワと沈んで、もう根元まで慶子の肛門に入った。

ああ、たまらない……本当に変になってしまう……。

慶子はブルブルと双臀をふるわせて、鬼頭の指をキリキリ食い締めた。

「よく締まる尻の穴だぜ、フフフ。もう男を知った尻には、指じゃものたりねえんじゃねえのか」

「ああ……」

「そんな声を出すと、牝の匂いをかぎつけた痴漢たちが寄ってくるぞ」

耳もとでからかって、鬼頭は慶子の肛門を深く貫いた指で腸腔をまさぐった。薄い粘膜をへだてて前の張型が感じ取れる。

あ、あ……そんな……ああ……。

肛門の指で前の張型をまさぐられる感覚に、慶子は眼がくらんだ。三日前に前と後ろを同時に責められ、気も狂うほどの愉悦にのたうった記憶が、まざまざと甦った。

このままではまた錯乱の状態に陥ってしまう。

電車がとまって乗りおりする人の波に、慶子はさらに揉みくちゃにされた。だがその間も慶子はスカートをまくられ、肛門を鬼頭の指で貫かれたままだ。

「あ、あ……いや……」

さらにドッと乗りこんでくる人の波に、慶子は息をするのも苦しく、張型と指とに貫かれた身体をハアハアッとあえがせた。いつの間にかいやらしい眼つきの男たちに取りかこまれているのも気がつかなかった。

フフフ、本当に痴漢たちが寄ってきやがったぜ……。こいつは面白えことになったな……。

鬼頭は腹のなかでニヤリと笑った。

慶子を取りかこんだ男たちは、電車が動きだすとその揺れに合わせるようにさりげなく手をのばしてきた。

いきなり慶子の太腿や下腹の素肌に触れると、びっくりしたように手がとまった。だが、スカートがまくりあげられ、パンストもパンティもつけない裸と知ると、男たちの手はいっせいに大胆になった。争うように慶子の太腿を撫で、下腹から茂みを失った恥肉にのびた。あるべきものがない異常さに一瞬またびっくりしたように手がとまったが、すぐに股間へもぐりこもうとする。

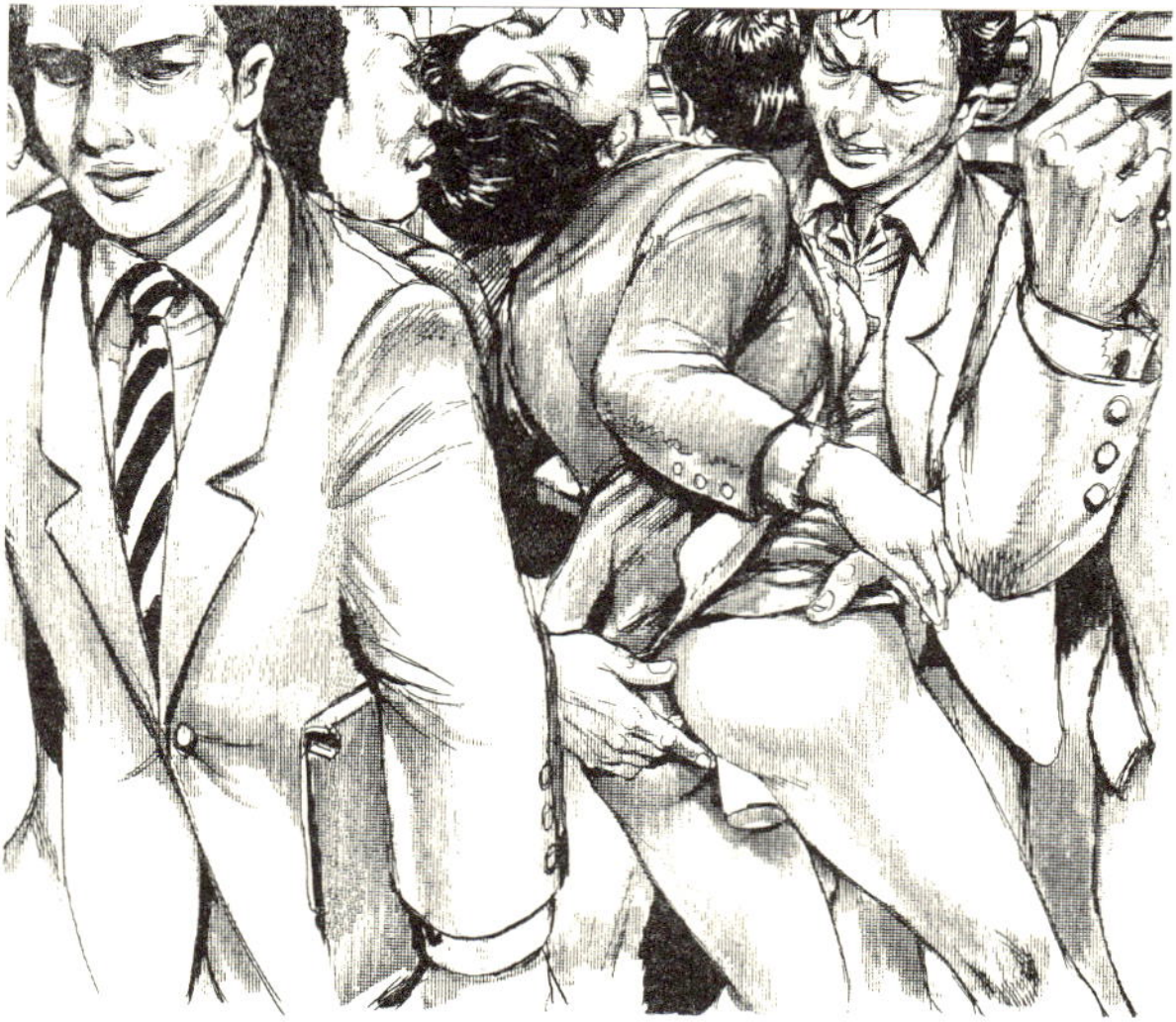

あ……そんな……。

慶子はハッとした。まわりじゅうから股間めざしてのびてくる何本もの手……鬼頭以外にもいやらしい痴漢がいることにやっと気づいた。

「じっとしてろ。たっぷりといたずらしてもらうんだ」

鬼頭はまた肛門に埋めこんだ指で腸腔をまさぐりながら、低い声で慶子にささやいた。

「フフフ、うれしいだろ、エッチしてくれる奴らが増えてよ」

そうささやくうちにも、男たちの手は慶子の媚肉に埋めこまれた張型に気づいた。

「あ、あ……」

慶子は男たちが張型をあやつってくることを覚悟して、両眼を閉じて唇をかみしばった。

しかし男たちは張型で慶子を責めようとはせず、ズルズルと引きだしてしまう。みんな、少しでも慶子の秘肉に触ろうと、先を争って媚肉をまさぐってくる。男たちの指先が慶子の媚肉に分け入って、ネチネチと音をたてんばかりにうごめいた。

やめてッ……ああ、いや、いやあッ……。

慶子はかみしばった口のなかで悲鳴をあげ、男たちの手を振り払おうと腰をよじりたてた。

だが、慶子の腰は肛門を貫いた鬼頭の指でつなぎとめられ、また男たちの指は蛭のように離れない。指がググッと深く沈んで、熱くたぎった肉襞をまさぐり、女芯がつまみあげられ、いびられる。男たちの手が慶子の股間でひしめいて、まさぐってくる指が次々と入れかわる。

「あ、ああ……いや、ああ……」

こらえられずにかみしばった慶子の口からすすり泣くような声が出た。

薄い粘膜をへだてて前と後ろとで指がこすれ合い、肉芽が指先でこすられ、双臀や太腿にもそこらじゅうから手が這った。

身体の芯が灼けただれる。ジクジクとあふれる蜜が内腿をツーッとしたたり流れる。

股間は火になった。

ああ、狂ってしまう……いや、いやよ……もう、やめて……。

胸の内で狂おしいまでにいくら叫んでも、身動きすらできない混雑のなかでは逃れる術はない。もうひとりでは立っていられず、身体を鬼頭や男たちにあずけて、ブルブルと肉をふるわせるばかりだ。これが電車のなかでなければ、慶子はとっくに我を忘れて鬼頭にしがみつき、自分から腰を振りたてているところだった。

「……あ……あ……」

もう慶子はまともに声も出せず、息すらできない。汗にヌラヌラと光るのどをふるわせた。

「気をやったっていいんだぜ、フフフ、もうたまらねえだろ。色っぽい顔しやがって」

鬼頭は低い声でささやくと、慶子の肛門を貫いた指を回転させ、抽送を加えて出し入れを繰りかえした。

「ああッ……」

慶子の肛門がキリキリと締まって鬼頭の指を食い締めたかと思うと、次にはフッとゆるんでまた締まる。そして鬼頭の指の動きに合わせるように、媚肉をいじっている男たちの手もうごめいて、指が抽送された。

あ、だめ……狂ってしまう……あうッ、あああ……。

慶子は歯をギリギリかみしばって、必死に噴きあがろうとする声をかみ殺した。必死にこらえようとする気持ちが、かえってうごめく指を敏感に感じさせた。火となった身体にさらに火花が走って、肉という肉がドロドロにただれる。

ああ、いや……あうう……い、いい……。

慶子はもう我れを忘れてガクガクと腰を振りたてた。めくるめく官能に翻弄され、身も心も燃えつきる瞬間に向かって息せききって走りだす身体を、慶子はどうしようもなかった。

「あ、ああ……あう……」

慶子の口からはっきりよがり声とわかる声が出た。まわりの乗客たちがいっせいに好奇の眼を慶子に向けたが、それを気にする余裕もない。

だめ……あ、あああ、慶子、もう……い、イッちゃう……。

慶子の身体に痙攣が走りはじめた次の瞬間、電車のドアが開いた。他の乗客の波とともに、慶子はドッとホームに押しだされた。

慶子はすぐにはなにが起こったのかわからない。好奇の眼で慶子を見て、ニヤニヤと笑っている男たち、そして腰のあたりまでまくれたままのスカートと剝きだしの慶子の下半身……。

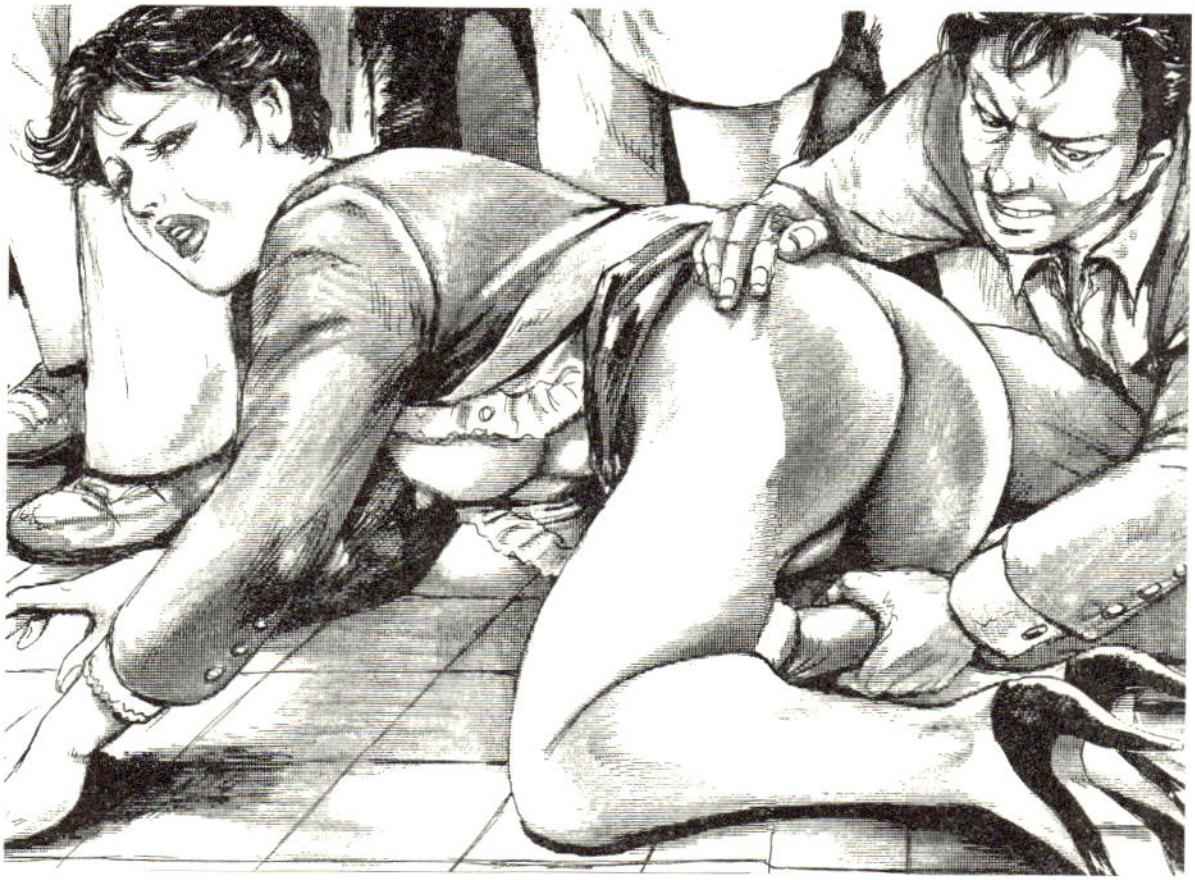

「ヒイッ、いやぁ……」

慶子は悲鳴をあげ、まくれあがったスカートをあわてて直し、その場にしゃがみこんでしまった。

「ほれ、シャンとしねえか、森下慶子」

鬼頭は慶子の腕を取って引き起こした。

「あとちょっとで気をやれたってのに、駅に着いちまって残念だったな。なあに、張型を落とした罰もかねて、あとでたっぷりイカせてやるぜ。腰が抜けるまでな」

慶子の耳もとでささやいて、鬼頭はせせら笑った。

第七章　美肛を蝕む肉の凶器

1

駅の改札口を出て表通りから一本はずれた路地へ入ると、慶子はこらえきれなくなり、シクシクと泣きだした。

「ひどい……ああ、あんまりです……」

「なにがひどいだ。いじりまわされてよがり狂ってもう少しで気をやるところだったくせによ、フフフ」

慶子の腰を抱いて歩かせながら、鬼頭はせせら笑った。

「気をやれなかったからって、すねるんじゃねえよ。じらされたほうが、あとの快感も大きいってもんだぜ、女医さん」

「いや……」

慶子は唇をかみしめて、弱々しく頭を振った。

電車のなかで鬼頭だけでなく、何人もの痴漢にさんざんいじりまわされ、スカートをまくられて裸の下半身を剝きだしのままホームにおろされ、大勢の見世物にされたのだ。

なのに鬼頭はまだ、ネチネチと慶子の双臀をスカートの上から撫でまわしてくる。

「まだ痴漢ゴッコは終わってねえぜ」

あたりに人影がないとわかると、鬼頭は慶子を歩かせながらスカートのなかへ手をすべりこませた。パンティをつけない慶子の裸の双臀をネチネチと撫でまわす。ムチムチとはずむ肉はじっとりと汗ばんで、手に吸いつくようだ。

「あ、もう、やめて……こ、こんなところで……許して……」

慶子はあわてて鬼頭の手を振り払おうと、腰をよじった。

「おとなしくしてねえと、スカートを脱がしちまうぞ、女医さん。そうなりゃ、ここじゃなにも隠してくれるものがないから丸見えだ」

「ああ、そ、そんな……」

鬼頭の言葉が慶子のあらがいの気力を萎えさせた。慶子があらがえば、鬼頭は本気でスカートを脱がすだろう。

「ゆ、許して……」

「ガタガタ言うんじゃねえよ。電車のなかでは触らせても、道じゃいやだってのか」

鬼頭はスカートのなかで慶子の臀丘の谷間を割りひろげて、指先に肛門をとらえた。

「いやッ……ああ、そこはもう、かんにんしてッ……いや、そこだけはッ」

慶子は双臀を振りたてて鬼頭の指先をそらそうとしたが、指は蛭のように肛門に吸いついて離れない。

「ほら、歩くんだよ、女医さん。病院に遅刻するぜ、フフフ」

強引に慶子を歩かせながら、鬼頭はゆるゆると肛門を揉みこんだ。電車のなかでさんざんいじりまわした慶子の肛門は、すでにとろけるような柔らかさ。ふっくらとふくらんで水分をたっぷり含んだ真綿みたいだ。それがおびえてキュッとすぼまろうとするうごめきが指先に心地いい。指先に力を加えると、たちまちズブズブと付け根まで沈んだ。

「あ、あ……かんにんして……」

慶子はキリキリと唇をかんで、頭を左右に振った。

足を進ませるたびに、肛門を深く貫いた指をいやでも感じさせられ、慶子は立ちどまってその場にしゃがみこみたくなる。だが、慶子は肛門を縫った指で吊りあげられるように引き起こされ、さらに強引に歩かされた。

「ああ……いや、あ、ああ……」

いくら唇をかみしばっても、慶子の口から声が出てしまう。

おぞましいと思うものの、慶子は肛門が疼き、それが身体の芯をとろかせる。すでに電車のなかで気をやる寸前まで仕上げられた慶子の身体は、肛門に指一本入れられただけで、今にも灼きつくされそうになった。

「フフフ、また感じてきたな。指をクイクイ締めつけてくるじゃねえか」

「かんにんして……ああ……」

「面白くなるのは、これからじゃねえかよ。フフフ、気をやってもいいんだぜ」

鬼頭は慶子を歩かせながら、肛門に根元まで埋めこんだ指を回転させ、ゆっくりと抽送した。

「ああ、いやッ……やめて、歩けないッ……そ、そんなにされたら……」

「歩かねえと変に思われるぜ。ほれ、向こうから人が来るからよ」

鬼頭の言葉にハッと前方を見た慶子の眼に、若い学生ふうの男が三人近づいてくるのが見えた。

たちまち慶子の美貌がひきつり、唇がワナワナとふるえた。

「い、いや、手をどけてッ……ああ、見られてしまいますッ」

「フフフ、おとなしくしてりゃ、スカートのなかへ手を入れられてるのはわかっても、まさか尻の穴につっこまれてるのまではわかりゃしねえよ」

「そ、そんな……いや、いやですッ……かんにんしてッ……」

「ガタガタ言うとスカートを脱がすと言ったはずだぜ」

「ああ……」

慶子はもうなにも言えない。あらがうこともできず、顔もあげられない。

こ、こっちを見ないで……。

慶子は一時も早く若い男たちとすれちがって、彼らが遠ざかってくれることを願った。

だが美しい慶子はいやでも男たちの眼を引きつけてしまう。

「もっと気持ちいいことをしてやるからな。じっくり味わいな、フフフ」

慶子の耳もとでささやいた鬼頭は、若者たちがすぐ近くまで来ると、慶子の肛門に入れた指をスッと引き抜いた。

2

なにをされると思う間もなく、細く硬質な感覚が指にとってかわった。そしてチュルチュルと注入される感覚。慶子は背筋に悪寒が走った。

「あ……」

思わず声をあげかけて、慶子はあわててキリキリと唇をかみしめた。こんなところでイチジク浣腸をされるなど信じられない。

押しつぶされたプラスチックの容器が、慶子のスカートのなかから足もとに落下した。

ああ、そんな……気づかれてしまう……。

慶子は生きた心地もない。膝とハイヒールとがガクガクした。

だが、慶子の美貌に見とれている若者たちは、足もとのつぶれたプラスチック容器には気づかない。

膝がガクガクする慶子の身体を支えるように、二つ目のイチジク浣腸が慶子の肛門をえぐった。

「あぁッ……」

チュルチュルと流入する冷たい薬液。慶子は思わずヒイッとのどを絞りたてた。

あわてて唇をかみしばっても遅い。慶子に見とれていた若者たちはびっくりして、あらためて慶子を見た。

ちょうどすれちがったところで、若者たちがいっせいに慶子をふりかえる形になった。その若者たちの眼に、鬼頭の手が慶子のスカートのなかへもぐりこんでいるのがはっきりと見えた。

太腿のなかばまでずりあがったスカートと、双臀のあたりでモゾモゾとうごめいている鬼頭の手、そして今度は押しつぶされたプラスチック容器が慶子の足もとに落ちるのが、若者たちにもはっきりとわかった。

「スカートのなかでなにやってんだろう。見たか、足もとに落ちたものを」

「イチジク浣腸みたいだけど、まさかな」

「こんな朝っぱらからイチャイチャとは、好きだな」

そんなことをささやき合いながら、若者たちの眼が好奇の色に変わった。もう立ちどまって慶子をふりかえったままだ。

鬼頭はポケットからまたイチジク浣腸を取りだして、若者たちにわざと見せつけるようにしてスカートのなかへもぐりこませた。

「どうだ、こういうところで浣腸されるのも気持ちいいもんだろうが、フフフ」

わざと聞こえるように大きな声で言って、イチジク浣腸を慶子の肛門に突き刺した。

「あ、いや……」

思わず声をあげて、慶子はブルルッと双臀をふるわせた。

後ろから若者たちが見つめてくるのが痛いまでにわかり、慶子は生きた心地もない。

キリキリと唇をかみしめて、泣き声が噴きあがりそうなのをこらえた。

「驚いたな。やっぱり浣腸してるんだぜ」

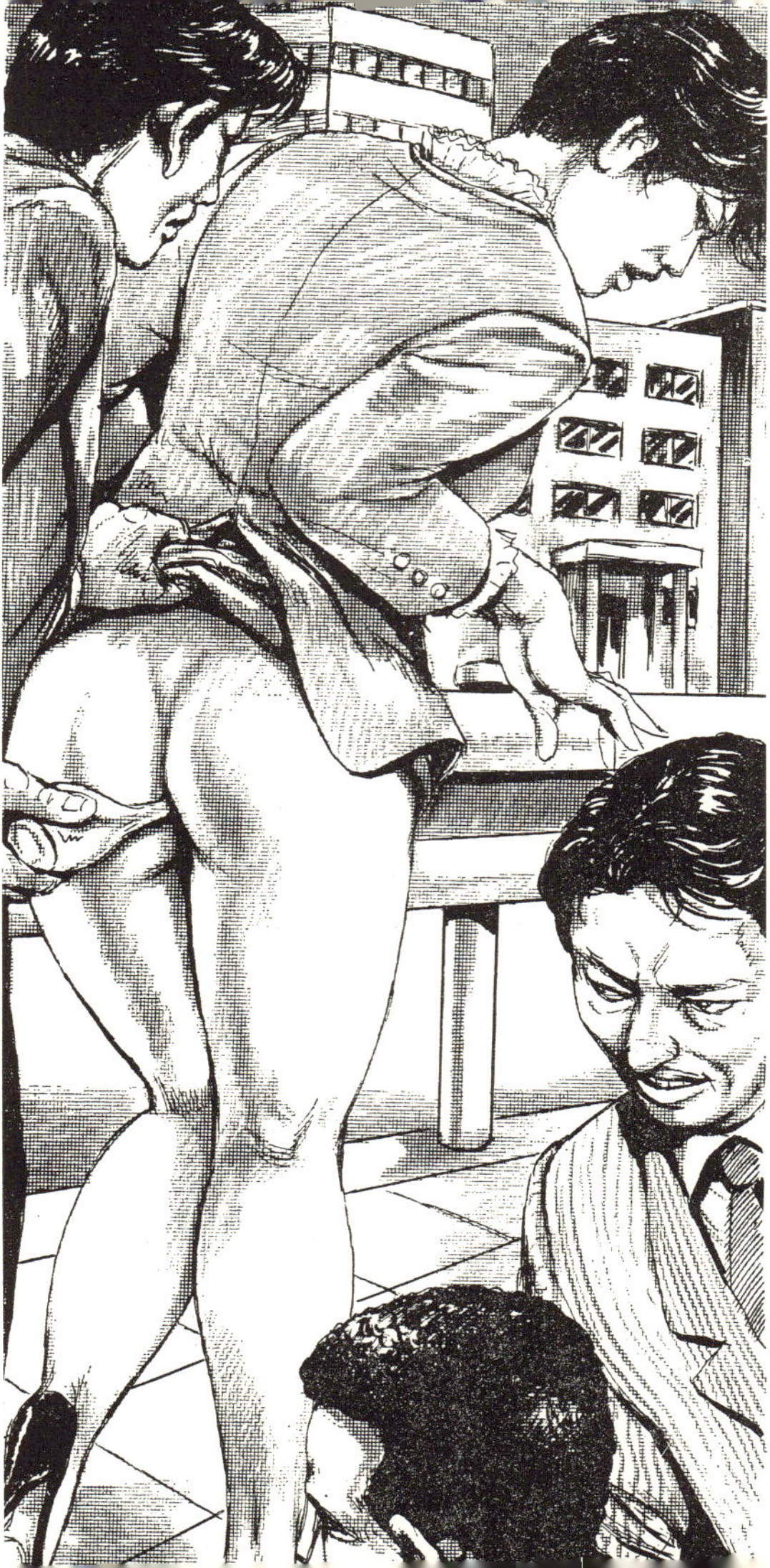

「……あんなすごい美人が……信じられねえよ」

「あんな美人なら、俺もしてみてえ」

そんな好奇のささやきが、慶子にも聞こえてくる。

ああ、知られてしまったわ……こ、こんな恥ずかしいこと……。

慶子は眼の前が真っ暗だ。ハイヒールをはいた足がガクガクして、双臀がブルブルとふるえる。それをあざ笑うように、またチュルチュルと薬液が流入した。

「あ……あ……」

慶子は唇をかみしめた。注入に足が進まなくなり、その場に立ちどまる。だが、それはいつまでも若者たちのさらしものにされることを意味する。

少しでも早くこの場から立ち去らねばと、慶子は気力をふり絞って一歩また一歩と踏みだした。

「フフフ、いい呑みっぷりじゃねえか。尻の穴が気持ちよさそうにヒクヒクしてるぜ。歩きながら浣腸されるのが、そんなにいいのか、女医さん」

鬼頭は意地悪くささやきながら、押しつぶしたプラスチック容器を落とした。

スカートのなかから落ちたプラスチック容器が、慶子の足もとにころがった。が、それを気にしている余裕は慶子にはなかった。

次のイチジク浣腸がすばやく突き立てられてくるのだ。

ああ、もう、やめてッ……声が、声が出てしまいますッ……。

いくら歯をかみしばってもガチガチと鳴りだし、低いうめき声が出た。もし見つめてくる若者たちがいなかったら、慶子はその場にうずくまって泣きだしていただろう。

またチュルチュルと注入される薬液に、慶子の腹部がグルグル鳴った。そして荒々しい便意。

もうどのくらい歩いただろうか。慶子の歩いたあとには、押しつぶされたイチジク浣腸のプラスチック容器が、点々ところがっていた。

後ろには若者たちの姿はもう見えなかったが、ホッとする余裕は慶子にはなかった。

ああ、早くおトイレに行かなくては……こ、このままでは我慢できなくなる……。

もしこんな通りで便意が限界を越えたら……。悪寒が身体を駆けまわりだした。慶子はカチカチ鳴る歯をかみしめ、足を進ませた。

「こんなことなら、もっとイチジク浣腸を用意しとくんだったな」

最後のひとつを使いきると、鬼頭はまた指先で慶子の肛門をゆるゆると揉みはじめた。

「あ、ああ……いや……触らないで……」

ブルルッと慶子の双臀がおののき、声をあげたが言葉にはならない。一時も早く病院のトイレに駆けこもうと、慶子の足が速まる。

ああ、おトイレに……。

慶子の身体が胴ぶるいしつつ、ドッとあぶら汗を噴いた。グルル……また慶子の腹部が鳴って、さらに荒々しい便意が駆けくだってくる。

「う、うむ……」

慶子は思わず立ちどまって、汗にまみれた蒼白な美貌をあげ、哀訴の眼で鬼頭を見た。

だが慶子は唇をワナワナとふるわせるだけで、なにも言えなかった。

おトイレに行かせて……。

のどまで出かかったが、そんなことを言えば鬼頭は面白がって、またどんな辱しめを加えてくるかわからない。

「どうした、女医さん。やけにふるえてるじゃねえかよ」

鬼頭はわざととぼけて、意地悪く慶子の顔をのぞきこんで聞いた。

慶子の便意が荒れ狂っているのは、双臀のふるえや指先でおののき必死にすぼまる肛門のうごめきからも鬼頭にわかった。

「フフフ、もうひりだしたいのか」

「い、いやッ……」

慶子はあわてて黒髪を振りたくった。

病院の白い大きなビルが見える。なんとかあそこまでは耐えなければ……。慶子は懸命に自分自身に言い聞かせた。

ようやく路地から病院側の大通りに出た。車も人通りも多く、さすがに鬼頭も慶子のスカートのなかから手を引っこめた。が、慶子の腕はしっかりつかまえたままだ。

「……病院はすぐそこです……も、もう、離して……帰ってください」

慶子はワナワナとふるえる唇で、あえぐように言った。

「ひりだしたいんだろ、女医さん。それに気をやらなくていいのか」

意地の悪い鬼頭の言葉に、慶子はいやいやと声もなく、弱々しく頭を振った。

もうグズグズしている余裕はない。

それを知って鬼頭はわざと病院の前で立ちどまり、大きな声をあげた。

「そんな蒼い顔してふるえていると、ウンチがしたいとみんなに教えているようなもんだぜ、森下慶子先生」

「い、いやッ」

慶子は夢中で鬼頭の手を振り払うと、病院のなかへ駆けこんだ。

3

鬼頭はあとを追わない。

フフフ、氷室の奴、ちゃんと起きてきてるだろうな。打ち合わせ通り頼むぜ……。

ニヤリと笑って舌なめずりをする。

そんなことを知らない慶子は、あとを追ってこない鬼頭に救われる思いで、今にも駆けくだりそうな便意をこらえて、トイレへと急いだ。

「おはようございます、森下先生」

すれちがう看護婦があいさつしてくるのに、慶子はまともに応えられない。ガクガクと膝が鳴り、崩折れそうだ。

トイレの前には白衣の氷室が待ちかまえていた。ちょうど通りかかったふりをして、トイレのドアと慶子の間に立ちはだかった。

「これは森下先生。どうされたんですか」

氷室はわざとらしく言って、慶子の顔をのぞきこんだ。

いつもはツンとすました知的な美貌が、今ではじっとりとあぶら汗を浮かべて蒼ざめ、唇をわななかせている。それが氷室の嗜虐の欲情をそそった。

慶子は氷室を見て一瞬、不快感を露わにしたが、

「そ、そこをどいてください」

懸命に平静をよそおった。それでも声がうわずっている。

「いやあ、無遅刻無欠勤の森下先生が二日も休んだので、心配してたんですよ」

氷室は慶子の言葉を無視して言った。慶子が鬼頭に浣腸されてトイレに入りたがっていることは、ひと目でわかる。

「なにかあったんですか、森下先生」

「なにも……なにもありませんわ。少しばかり風邪をひいたものですから……」

「それならいいんですがね。三日前に電車のなかで森下先生が痴漢にいたずらされたあと、突然姿が見えなくなったもんですから、痴漢にどこかへ連れこまれてレイプされたのかと心配したんですよ」

氷室は笑いだしたいのをこらえて、真顔でネチネチと話しかけた。

ギュッと握りしめた慶子の両手がブルブルとふるえだした。

「ち、違いますッ……氷室先生、変な想像はなさらないでッ」

慶子は吐くように言った。

その間も便意があばれまわり、キリキリと内臓をかきむしった。少しでも下半身の力を抜くと、ドッとほとばしりそうだ。

「そこをどいてください、氷室先生」

「ひとつ、先生が電車のなかで痴漢にいたずらされた感想を聞かせていただきたいですな、フフフ。どんなことをされたか、具体的な分析を……」

「聞こえなかったのですか。そ、そこをどいてくださいと言ったのですわ」

「フフフ、なるほど、そんなに血相を変えているのは、トイレに行きたいわけなんですか……」

氷室は言いながら慶子の診察室のほうをさりげなく見る。

慶子の後方に鬼頭が現われ、氷室に向かって片眼をつぶると、診察室へ入るのが見えた。すべて氷室と鬼頭の打ち合わせ通りだ。

「それにしても顔色が悪い、森下先生。まるで浣腸されてるみたいですよ、フフフ」

「…………」

慶子はかえす言葉を失った。浣腸という言葉に、すべてを氷室に見抜かれている気がして、カアッと血が昇った。

もう無理にトイレに入ることは、氷室がそばにいるだけにできない。ここはいったん自分の診察室へ入って、氷室をやりすごしてからトイレへ行こうと思い直し、慶子は氷室を無視して歩きだした。

「冗談ですよ、森下先生。まさか先生ほどのインテリ美人が、浣腸なんてしてるわけありませんからね」

氷室はしつこくつきまとったが、慶子の診察室までは入ってこなかった。

診察室へ入ると、慶子は屈辱に涙があふれそうになって、キリキリと唇をかみしめて黒髪を振りたくった。便意は容赦なく押し寄せてきて、もうじっとしていられない。

「フフフ、トイレにはまだ行ってねえようだな、女医さん」

突然に鬼頭の声がして、慶子はハッと後ろをふりかえった。

診察室の机に、鬼頭がニヤニヤと座っていた。ヒッと慶子は総身を凍りつかせた。

「……い、いや……」

慶子はあとずさったが、逃げることはできなかった。ドアを開ければ、まだ廊下には氷室がいる。それではすべてを氷室に知られることになる。

「……帰って、帰ってください……こんなところまで来るなんて、ひどい……」

「フフフ、そのムチムチした身体を前にして、浣腸だけで帰れるかよ。まだ気もやらせてねえしな」

「そ、そんな……帰って……看護婦が来ます……早く、帰って……」

「看護婦は気をきかして、入ってきやしねえよ。先生がいい声で泣けばな、フフフ」

鬼頭はせせら笑った。

すでに鬼頭は、慶子と研究の打ち合わせをやるからと看護婦を追い払ったのだが、慶子はそのことを知らない。鬼頭が氷室の紹介で新任の医師として、この病院に来たことさえ知らないのだ。

鬼頭は立ちあがるとニヤニヤと笑って舌なめずりし、おびえる慶子を壁のほうへ追いつめるようにゆっくりと近づいた。手には乗馬用の鞭を持っていて、ビュッビュッと空を切る。

「そこで素っ裸になりな、女医さん」

「いや……ここでそんなこと、できません……い、いやです」

「俺の手で剝かれてえのか。服を破かれたら、この部屋から出る時に着ていくものがなくなるぜ、フフフ」

「そんな……ああ……」

おびえと絶望にブルブルとふるえ、慶子は唇をわななかせた。

「かんにんして……ここでなぶられるのは、いや……お願い、他で……」

「さっさと素っ裸になれッ」

慶子の哀願を無視して、鬼頭は鞭を振りあげた。

ヒッと慶子はおびえ、美しい顔をベソをかかんばかりにひきつらせた。慶子のように知的で気位が高い女ほど、暴力には弱い。

「ぶ、ぶたないでッ……」

「素っ裸になりゃな、フフフ」

そう言って、スカートの上から慶子の双臀のあたりを、ピシッと打った。

「ヒイッ……」

慶子は悲鳴をあげ、あわてて服のボタンをはずし、ファスナーを引いて脱いでいく。すでにパンストとパンティを脱がされた慶子が、ハイヒールをはいただけの全裸になるのに、さして時間はかからなかった。

少しでも服を脱ぐ手がとまると、容赦なく鞭が慶子の双臀に弾けた。

「ああ、こんなことって……ひどい……あんまりです……」

慶子は一方の手で豊満な乳房を隠し、もう一方の手で無毛の股間を隠すようにして、ハイヒールをはいただけの全裸を鬼頭の眼にさらした。片脚をくの字に折って、固く太腿を閉じ合わせる。

自分の診察室で患者みたいに裸身をさらしている屈辱。これからなにをされるのかという恐怖。そして荒れ狂う便意。慶子の裸身がブルブルふるえてとまらない。

慶子はシクシクとすすり泣きだした。

「フフフ、なんだ、もううれし泣きか。泣くのは責められてからにしな」

鬼頭はせせら笑ってゆっくりと慶子のまわりをまわった。どこもかもムチムチと官能味あふれた肉づきに、鬼頭の眼がまぶしいものでも見るように細くなった。

思わず涎れをすすりあげて、鬼頭は舌なめずりをした。

「女医にしとくのがもったいねえほどいい身体をしてやがる。たっぷりと可愛がってやるから、この上にあがって四つん這いになりな」

鬼頭は鞭でレザー張りの診察用のベッドの上をピタピタとたたいた。

慶子は唇をわななかせて、おびえた美貌を左右に振った。

「いや、許して……言われた通りに裸になったのですから、これでかんにんしてください……」

「なにを甘ったれたことを言ってやがる。お楽しみはこれからじゃねえか。さっさとしろッ」

そう言うなり、鬼頭は鞭で慶子の双臀をピシッと打った。

「ヒッ……やめて、打たれるのは、いやですッ……」

「言うことを聞かねえからだ」

ピシッ……また鞭が白くシミひとつない慶子の双臀に弾けた。軽く打っているのだが、それでも慶子を恐怖させるには充分だ。

「か、かんにんして……」

鞭に追われて慶子はレザー張りの診察用ベッドの上にあがると、命じられるままに四つん這いになった。

「もっと膝を開いて尻を高くしろ」

「ああ……」

慶子の両脚が左右に割れ、上体を低くして双臀が高くもたげられた。

「フフフ、それでいい。そのかっこうを崩したら、今度はもっときつい鞭だからな」

鬼頭は慶子をおどしつつ、ネチネチと双臀を撫でまわした。

慶子の双臀がブルブルふるえ、必死に臀丘の谷間を閉じ合わせる。

「もっと尻の力を抜けよ。自分から尻の穴を見せるようにしてみろ」

「ああ、またそんなところを……も、もう、かんにんして……」

「浣腸までさせたくせして、今さらなにを気どってやがる」

鬼頭は強引に慶子の臀丘の谷間を左右へ割りひろげた。

剝きだされた慶子の肛門は、荒れ狂う便意を必死にこらえてすぼまっていた。そしておののくようにヒクヒクとふるえを見せた。

時々、内からふくらむようなうごめきを見せては、あわててキュウとすぼまる。

「フフフ、ひりだしたくてしようがないというところだな。なかはどうかな」

鬼頭は指先を慶子の肛門に押しあてると、ズブズブと縫うように貫きはじめる。

「ああッ、いや……や、やめて、そんなッ……もれてしまいますッ」

慶子は狼狽の声をあげて、ブルブルとふるえる双臀をよじりたてた。必死にすぼめた肛門を指で押し開かれて貫かれることで、いっそう便意があばれまわる。

「ここでもらしちゃ大変なことになるぜ、フフフ。森下慶子先生がひりだしたものとなりゃ、病院じゅう大騒ぎだ」

からかいながら、鬼頭は指を根元まで埋めこんだ。

なかは熱くたぎって排泄欲が渦巻いている。そしてキリキリと指の根元を食い千切らんばかりの締まりが、その激しさを物語った。

「あ……う、うむ……おトイレに……」

慶子は唇をかみしばってうめき、黒髪を振りたくった。ブルブルとふるえる肌に、またあぶら汗がドッと噴きだした。

鬼頭はニヤニヤと笑いながら、ゆっくりと指を回転させて慶子の腸管をまさぐった。

「う、うう……かんにんして……ううむ……」

「フフフ、さっきトイレの前で話していた氷室という医者、女医さんにぞっこんなようだな。犯りたくてしようがねえといった顔してやがったぜ」

「く、苦しい……そんなにされたら……う、うむ、指を動かさないで……」

「言い寄る医者と、それを冷たくあしらう女医といった感じだったが……あの氷室という医者を毛嫌いしてるのか」

慶子の哀願を無視して指で肛門を苛みつつ、鬼頭はネチネチとしゃべりつづける。

どうして鬼頭は氷室のことなど言うのか、慶子には考える余裕もなかった。荒れ狂う便意に頭のなかまでうつろだ。

「氷室という医者が嫌いか。どうだ、こんなふうに責められたいと思ったことはねえのか。ほれ、答えるんだ」

「ああ、嫌いです……い、いや、あんな人……うむ、もう、お尻、かんにんしてッ」

「となりゃ、ますます女医さんにあの氷室という医者の相手をさせてみたくなったぜ」

鬼頭はしらじらしく言って笑った。

慶子はハッとして後ろをふりかえり、おびえた表情で鬼頭を見た。ワナワナと唇がふるえた。

「フフフ、今日はまずその嫌いな氷室の相手をしてもらうぜ、慶子先生」

「そ、そんな……いや、いやですッ」

「いやでもそうするしかなくなるぜ、たっぷりといじめてもらうんだな。もちろんこの俺も手伝ってやるぜ」

鬼頭は慶子の肛門から指を引き抜くと、パシッと双臀をはたいた。

4

鬼頭は慶子に白衣を投げた。

「そいつを着な。そろそろ氷室医師がやってくるころだ」

白衣で肌を隠すようにして、慶子はおびえた眼で鬼頭を見た。

「氷室先生が来るって、どういうことなの……なんの用ですか」

「そいつは氷室医師に直接聞くんだな。グズグズしてると、素っ裸でご対面になるぜ」

「そ、そんな……」

慶子はハイヒールをはいただけの全裸にあわてて白衣をまとった。

氷室がここへやってくる。慶子はブルブルとふるえだした。

「いいな、氷室医師の言うことは逆らうんじゃねえぞ。逆らったら、氷室の前でウンチさせるぜ」

「か、かんにんして……ああ、お願い……もう、おトイレに行かせて」

慶子はふるえる声で言った。荒々しい便意に苛まれているところへ本当に氷室が来たら……。

「トイレへ行くのは氷室医師を楽しませてからだ。うんとサービスして早く満足させりゃ、それだけトイレに行くのも早くなる」

鬼頭は慶子を机のところへ連れていくと、椅子に座らせた。そして自分は机の下にもぐりこむ。

そして慶子の右足首に縄を巻きつけて縛ると、逃げられないように縄尻をつかんだ。

「いいな、忘れるんじゃねえぞ。逆らったら氷室医師の前でひりださせるからな」

もう一度念を押した。

それを待っていたかのように、ドアがノックされた。

「ああ、いや、いやです……これ以上、ひどいことは……」

言い終わらぬうちに、慶子はビクッと身体を硬直させた。

ドアが開いて白衣の氷室が入ってくる。慶子はこれが現実とは信じられない。鬼頭と氷室とが仲間だとは夢にも思わないのだ。

「あ……」

思わず声をあげかけ、慶子はあわてて唇をかみしめた。

「森下先生、いろいろお聞きしたいことがありましてね、フフフ」

氷室は後ろ手にドアをロックすると、慶子に歩み寄って机の前に座った。

「な、なんの用でしょうか……困ります、患者も待っているし」

慶子は必死に平静をよそおった。さりげなく白衣の襟もとを合わせ、白衣の下は全裸であることを見やぶられないようにする。

「今日は森下先生は休診ということにしておきましたから、誰も来ませんよ」

「そ、そんな勝手なことを……」

言いながら慶子は声が途切れた。

机の下で鬼頭がニヤニヤと笑いながら手をのばし、慶子の太腿をねっとりと撫でまわしはじめたのだ。

氷室からは見えないが、慶子の太腿は白衣から剝きだしで、フルフルとふるえていた。

「まず先日の電車のなかでのことをお聞きしたいんですがね、森下先生。痴漢にどんなことをされたんですか」

氷室はニヤニヤと慶子の顔を見つめながら聞いた。

いきなり慶子を追いつめては面白くない。ジワジワといびって慶子の反応を見ながらのほうが、楽しみも大きいというものだ。

「どんなことをされたか、くわしく話してくれませんかねえ、森下先生」

「……氷室先生には関係ありませんわ……お話しすることなどありません」

「それが関係ありましてね。気になる情報が入っているんですよ」

もったいぶった言い方をして、氷室は煙草を取りだすと火をつけた。フウーとうま

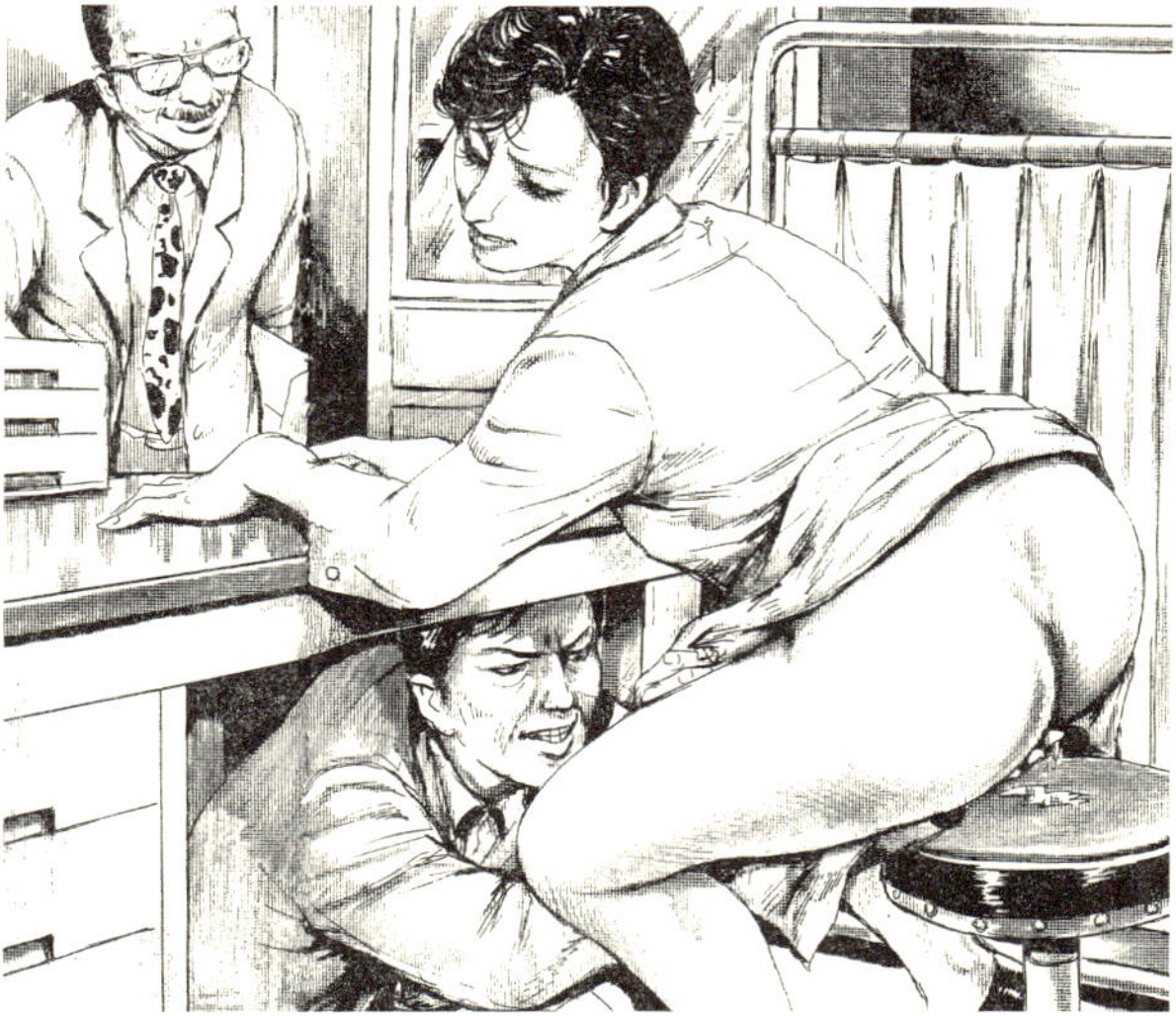

そうに煙を吐く。

「実は森下先生が、電車のなかで痴漢に、スカートのなかに手を入れられ、パンティをずりさげられて――」

「やめてくださいッ……そ、そんなこと、噓です」

慶子は吐くように叫んだ。美しい顔に狼狽の色が走り、唇がワナワナふるえた。

慶子は氷室に向かってだけ叫んだのではなかった。机の下の鬼頭が慶子の太腿を左右へ開いて、股間に手をのばしてきたのだ。指先で無毛の恥丘をじらすようにいじりつつ、媚肉の合わせ目に指先を分け入らせる。

あ、あ、いや……こんな時に……ああ、やめてッ……。

胸の内で狂おしく叫びながら、慶子は鬼頭の手を振り払うことも、腰をよじることもできない。そんなことをすれば、たちまち氷室に気づかれてしまう。

机の上で握りしめた慶子の手が小さくふるえているのが、氷室にわかった。事前に鬼頭と打ち合わせていた氷室は、すべてわかっているだけに、慶子の狼狽が愉快でならない。だが、気づかないふりをしてしゃべりつづける。

「そのうえ森下先生は肛門にまで痴漢の指を入れられ、アソコをビチョビチョに濡らしてたというじゃないですか。まるで発情した牝みたいだと」

「やめてッ……それ以上、変なことを言うのは、やめてッ」

慶子は今にも泣きださんばかりだ。

どうして氷室がそんなことを知っているのか。冷静に考えようとするのを、媚肉をまさぐる鬼頭の指がさまたげる。いやらしい指先が媚肉に分け入って肉層をまさぐり、女芯を剝きあげいじってくる。

眼の前に嫌いな氷室がいるというのに、すでに一度気をやる直前まで燃えあがらされた慶子の身体は、そんな指のいたぶりに耐えられるはずがない。身体の芯が疼き、媚肉が熱く灼けて、また熱いものがたぎりはじめた。

いや、そんな……ああ、声が出てしまいます……あ、あ、もう、かんにんして……。

フッと下半身の力が抜けそうになって、そのたびに荒々しい便意が駆けくだる。慶子はあわてて肉を引き締めた。

「それだけじゃありませんよ。森下先生はその痴漢を誘ってホテルへ入り、ひと晩じゅうお楽しみだったとか、フフフ」

氷室はしつこく話しかけて、ニヤニヤと慶子の美貌をのぞきこんだ。

「う、嘘です……もう、そんなお話、聞きたくありません……」

「嘘じゃありませんよ。さっき私のところへこんなものが郵送されてきましてね」

氷室は大きな封筒から一枚の写真を取りだした。

それは慶子がスカートをまくられ、パンティもつけない裸の双臀を剝きだしにされ、男の手で撫でまわされながら駅前広場を行く写真だった。

「あ……」

慶子の眼が凍りついた。

氷室はニヤニヤと笑うだけでなにも言わずに、二枚目の写真を取りだして机の上に置いた。

今度は慶子がスカートをまくられて裸の双臀を剝きだされたまま男に抱かれ、ラブホテルへ入っていく写真だった。

さらにラブホテルの廊下を全裸で男に抱きあげられていく写真、後ろ手に縛られ眼隠しをされ媚肉をドス黒い肉棒で深々と貫かれてよがり狂っている慶子の写真、そして慶子が、二人の男に前と後ろから媚肉と肛門とを貫かれている写真とつづく。どれも慶子の顔は写っているが、男の顔は巧妙に隠れていた。

「どうです、フフフ、このよがり顔なんか誰が見ても慶子先生ですよ。それにしてもすごい」

「………」

慶子は美貌をひきつらせ、唇をワナワナとふるわせて、すぐには声も出ないほどのショックに襲われている。

「これなんか太いペニスが森下先生の肛門に入っているのを、はっきり写してますよ。フフフ、それにしても慶子先生がアナルマニアとは」

「い……いやあッ……」

慶子は悲鳴をあげて、写真を奪い取ろうとした。その手を氷室はがっしりとつかんだ。

「おっとと、これは大事な証拠写真です。病院の理事会に提出しないと」

「そ、そんなッ……」

そんな恥ずかしい写真が理事会に提出されたら、それこそ身の破滅だ。

「やめてくださいッ……そんな写真を提出することだけは……お願いです」

慶子は泣きださんばかりだ。

「私だってこんなすごい写真を見せびらかしたくないんですがね……」

「お願い……そんな写真をみんなに見られたら……ああ、もう生きていられない……氷室先生、私を助けると思って、そんなことだけはッ……」

「森下先生がそこまで言われるのなら、私のところで、とめておいてもいいですけど、フフフ」

氷室は考えるふりをして、慶子を見た。さっきまでの嫌悪と、時として軽蔑の慶子の眼が、今では必死にすがりつかんばかりになっていた。

「とにかく一度、痴漢にいじりまわされてよがり狂った身体を見せてもらいますか」

「………」

「魚心あれば水心というものですよ、フフフ」

氷室はニンマリと舌なめずりした。

やはり氷室は代償に身体を求めているのだ。絶望がドス黒く慶子をおおった。言う通りにしろ。逆らうと今すぐここでウンチをひりださせるぜ……。

机の下で右足首の縄を解きながら鬼頭の眼はそう言っていた。

慶子は氷室を見て、なにか言おうとするように、唇をわななかせた。氷室にまで裸身をさらして見せねばならない。しかも氷室がただ裸を見るだけですむわけがない。

「……わかりました……か、身体を見せますから、写真はかえしてください……」

慶子は氷室の眼を見ずに、必死に感情を押し殺した声で言った。氷室の眼を見たら、いやあッと泣きだしてしまいそうだ。

「では森下慶子先生の裸を見せてもらうとしますか、フフフ」

氷室はうれしそうに言った。

慶子はキリキリと唇をかみしめ、一瞬すがるように机の下の鬼頭を見た。だが慶子はなにも言わなかった。

もう観念したように、慶子は椅子から立ちあがった。ふるえる手で白衣のボタンをひとつずつはずしはじめる。

鬼頭の手が引いた太腿を固く閉じ合わせるのだが、股間は熱いたぎりでヌルヌルだった。こんな身体を氷室にさらして見せなければならないのだ。慶子は羞恥と屈辱とに眼に涙があふれた。

ああ、いっそ死んでしまいたい……。

慶子はかみしめた歯をカチカチ鳴らしながら、白衣を脱いだ。下はハイヒールをはいただけの全裸だ。一瞬、慶子の白い肌に、あたりが明るくなった。

「これは驚いた。下になにも着ていないとは、あきれた先生だ」

知ってるくせに、氷室はオーバーに驚いてみせる。

「言わないで……ああ……」

慶子は弱々しく頭を振りながら、耐えきれなくなったようにすすり泣きだした。慶子は氷室のいやらしい視線が舐めるように身体を這うのが痛いまでにわかって、慶子はブルブルと身体のふるえがとまらない。身体じゅうがカアッと灼けた。

「すばらしい。見事な身体ですね、森下先生。これじゃ痴漢に狙われる、というより
も男を挑発しているようなもんだ」

そう言って氷室はわざとらしくあざ笑った。笑っても眼は慶子に吸いついて離れない。

「こっちへ来て、もっとよく見せてもらいましょうか、森下先生」

氷室は勝ち誇ったように言って舌なめずりをした。

5

ハイヒールをはいただけの全裸で立つ慶子のまわりを、氷室はゆっくりとまわった。ツンと形よく尖った豊満な乳房、なめらかな腹部と細い腰、そして双臀から太腿にかけてのムンムンと色気が匂うような肉づき、どこをとっても妖しいまでに美しい慶子の身体だ。白くシミひとつない肌は、汗にじっとりと濡れ光って、それがいっそう

妖美な色気を浮きあがらせる。

「どんな男をも狂わせる淫らな身体だ。牝と言ったほうがいいかな」

そんなことを言いながら、氷室は鼻がくっつきそうにじっくりと慶子の身体をながめていく。

「おや、オマ×コの毛がないですねえ。まさか男に剃らせたんじゃ……フフフ」

「う、う……」

慶子はキリキリと唇をかみしばって、じっと羞恥と屈辱に耐えた。

氷室の熱い息が肌にかかるのを感じると、慶子は背筋に寒いものが走り、膝とハイヒールがガクガクするのをとめられなかった。

「フフフ、この淫らな身体を使って男を痴漢に変身させ、誘ったわけですか」

「違いますッ……ああ、なんてひどいことを……」

「森下先生のほうから男を誘ってホテルへ、しかも部屋まで我慢できなくて廊下で裸になって、部屋では男二人も咥えこんだんでしょうが。写真が証拠ですよ。フフフ、もっともこの身体を見ればすべて、わかりますがね」

「ひ、ひどい……そんなこと、嘘、嘘ですッ……ああ……」

「嘘かどうか、すぐにわかりますよ」

氷室はいきなり慶子の双臀に手をのばして撫ではじめた。もう一方の手は豊満な乳房をギュッとわしづかみにする。

「あッ、いやッ……なにをするのッ」

慶子は戦慄の悲鳴をあげると、我れを忘れて氷室を突きとばした。

不意をくらって氷室は尻もちをついた。氷室は苦笑いをして、ゆっくりと起きあがって慶子を見た。

「わかりましたよ。やはりこの写真は理事会に報告するしかないようですな、フフフ」

写真の入った大封筒を手に、氷室はわざとらしく診察室を出ていこうとした。

「ああッ、待って……そんなことはしないで、もう逆らったりしませんッ」

慶子はあわてて氷室にすがりついた。

「ほう、もう逆らわないと言うのですか。どんなことをされても」

「は、はい」

慶子はすすり泣くばかりだ。

おぞましい写真が理事会に提出されることだけは、どんなことをしてもふせがねばならない。そして、氷室に逆らって机の下の鬼頭を怒らせることがおそろしかった。

氷室はニヤニヤと笑うと、持ってきたバッグのなかからゴム管を取りだした。静脈注射をする時に腕を締めるもので、長さは三メートルほどある。

「念のためにこれで森下先生を縛らせてもらいますよ、フフフ」

「そ、そんな……」

慶子は激しく狼狽した。慶子はブルブルとふるえて、思わず一歩二歩とあとずさった。

「そんなこと……縛らなくても、言うことを聞きます……」

「写真でも縛られてたじゃないですか、森下先生。縛られていじめられるのが好きなマゾなんでしょうが」

「違いますッ……縛られるのは、いや……」

「いやでも両手を背中へまわすんですよ。もう逆らわないと言ったのは、嘘ですかな」

「ああ……」

慶子は恨めしげに氷室を見て唇をわななかせたが、ガックリと頭を垂れると、おずおずと両腕を後ろへまわした。肩をふるわせてすすり泣きだす。

氷室はすばやく慶子の背中で交差させた両手首にゴム管を巻きつけて縛った。さらにゴム管を慶子の豊満な乳房の上下に巻きつけてグイグイ絞りあげた。

「ほう、さすがにマゾだけあって、森下慶子先生は縛られた姿がよくお似合いだ。色っぽいですな、フフフ」

まっすぐに立たせた慶子の裸身を、氷室はあらためてニヤニヤとながめた。そうして後ろから慶子に抱きつくようにして、両手で乳房をわしづかみにした。タプタプと音をたてんばかりに揉みこみ、乳首をつまんでいびる。

「あ、あ……」

慶子は泣き声をあげて、弱々しく頭を振りたてた。

「敏感そうな身体をしていますね、森下先生。もうオマ×コはビチョビチョじゃないんですか、フフフ」

「いや……ああ、許して……」

「オマ×コを見せてもらいますよ」

氷室は慶子の乳房を揉みながら、椅子のところへ連れていく。

他の診察室と違って、精神科の診察室に患者をリラックスさせるための安楽椅子が置いてある。

その椅子に慶子を浅く座らせ、上体を背もたれに寄りかからせる。さらに足首をつかんで持ちあげ、左右へ開いて肘かけに膝をかけさせた。

「ああ、こんな……恥ずかしい……」

「そのまま股を開いているんですよ、森下先生。勝手に閉じたら理事会に写真を提出しますからね」

「ああ……」

慶子はとらされたかっこうの恥ずかしさに、黒髪を振りたくった。

椅子の上に慶子はほとんどあおむけで、両脚を水平に近いまで開ききって椅子の肘かけに乗せあげている。肩から頭にかけては背もたれのため、開ききった自分の股間をのぞきこむ姿勢になる。

その開ききった股間の前に、氷室はしゃがみこんだ。

「いやッ、見ないでッ……ああ、いやあ……」

慶子は悲鳴をあげた。

それをあざ笑うように、氷室は舌なめずりをして、食い入るようにのぞきこんだ。

開ききった白い内腿がピクピクと筋をふるわせ、あるべきはずの繊毛を失った肉丘が、妖しく女の匂いをたち昇らせながら、氷室の眼の前にあった。

あられもなく剝きだされた肉の花園は、内腿の筋に引っ張られるように媚肉の合わせ目をほころばせていた。ピンクの肉層は充血してヒクヒクとうごめき、しとどの蜜をたぎらせている。

「これが森下慶子先生の……フフフ、やっぱりこんなに濡らしているじゃないですか」

「ああ、いや……見ては、いや……」

「フフフ、見るだけじゃないですよ、森下慶子先生。たまらないオマ×コだ」

氷室はそう言うなり、口を尖らせるようにして押しつけた。

「そんなッ……やめてッ……」

慶子は悲鳴をあげて、ビクンと腰をはねあげた。

氷室は振りたてられる慶子の腰をがっしり押さえつけて、大きく開けた口いっぱいに媚肉をほおばり、チュウチュウ音をたてて吸った。

次には舌先を肉層に分け入らせて、ペロペロと舐めまわす。まるでおいしいものでもほおばるように口を動かす。

「ヒッ、ヒイッ、い、いやあッ……」

慶子の悲鳴が氷室に心地よく響き、嗜虐の欲情をそそられる。

フフフ、うんと狂え。メロメロによがらせてやるぜ。ほれ……ほれ……。

氷室はグチュグチュと口を鳴らし、丹念に肉襞を舐めまわしてはすすりあげた。舌先を尖らせるようにして、膣のなかまで舐めまわし、さらに肉芽を吸う。

「いやッ……ああ、やめて……あああ……」

いくら腰をよじりたてても氷室の口は蛭のように吸いついて離れない。

「ああ……あああ、許して……」

いやらしい氷室に女としてもっとも恥ずかしいところを舐めまわされているという

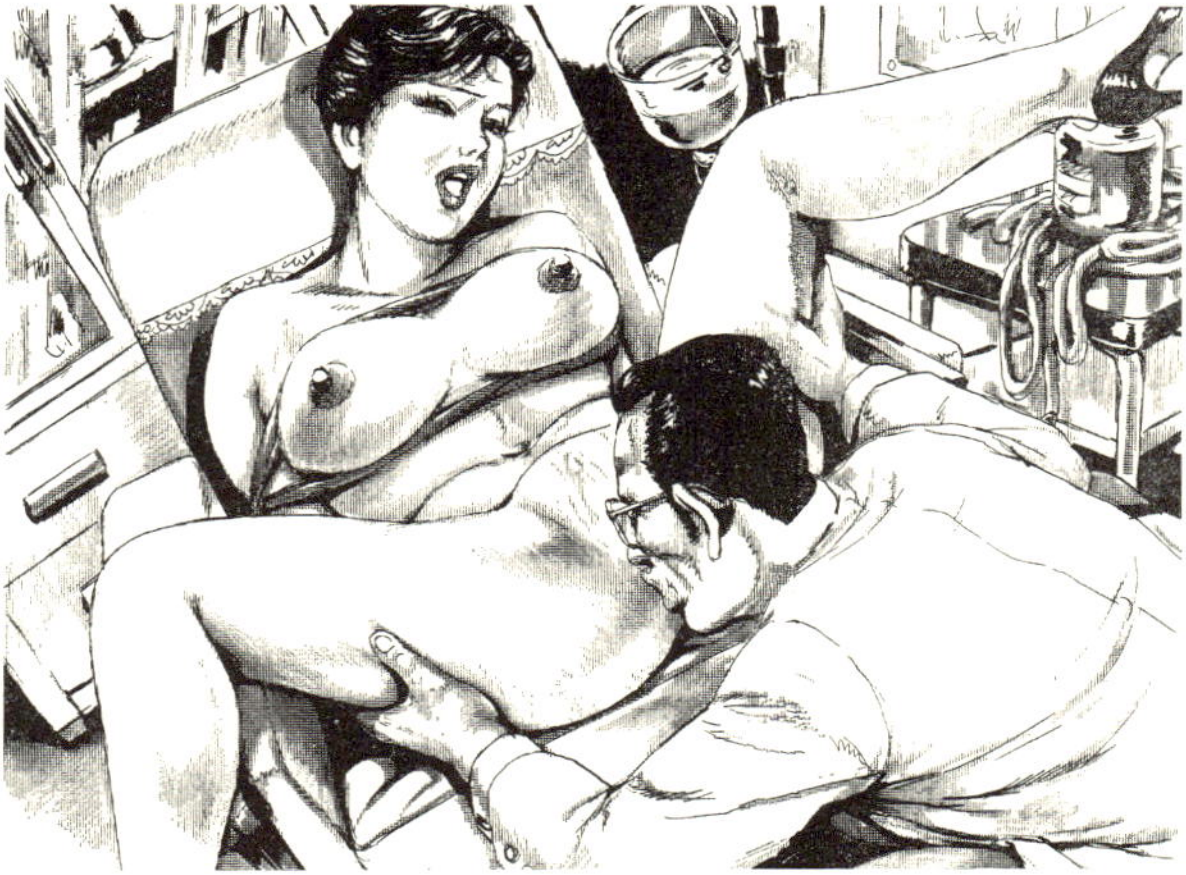

のに、慶子はおぞましいと思う心とは裏腹に、胴ぶるいがとまらなくなった。

くすぶっていた官能の残り火が、氷室の唇と舌とでどうしようもなく燃えあがる。

フフフ、ますますお汁があふれてきたぜ。敏感なオマ×コしやがって……。

氷室がニヤニヤと笑う間にも、慶子の媚肉はヒクヒクうごめき、熱い蜜をしたたらせている。

氷室はしゃぶりついたまま、上眼使いに慶子の顔を見た。汗にじっとりと光ってあえぐ慶子の美貌は、もう嫌悪と屈辱の表情も消えて、めくるめく愉悦にうつろだ。

そして安楽椅子の後ろには、机の下からしのびでた鬼頭がニヤニヤと笑っているのが氷室に見えた。

鬼頭は慶子に気づかれないように、氷室に向かって片眼をつぶってみせた。氷室も口をグチュグチュ鳴らしながら、片眼をつぶって応えた。

「あ、ああ……もう、許して……ああ、あうう……」

慶子があられもない声をあげ、身悶えを露わにしはじめると、氷室はようやく媚肉から口を離した。

ニヤニヤと舌なめずりをして、慶子の顔をのぞきこむ。

「どうです、森下先生。気をやりたくて太いのが欲しくなってきたんじゃないですか」

「……いや……これ以上は、許して……ああ、も、もう……」

「遠慮はいりませんよ。痴漢を誘った時みたいに、自分に正直になるんです。オマ×コをこんなにとろけさせて、我慢できるわけがないですよ、フフフ」

氷室は立ちあがるとズボンを脱いだ。白衣の前からたくましい肉棒が鎌首をもたげた蛇みたいにのぞいた。ドス黒く不気味に脈打っている。

「ヒッ……」

慶子の美貌がひきつり、ハアハアとあえいでいた裸身がビクッと硬張った。

「い、いや、それだけはッ……ああ、かんにんしてッ……」

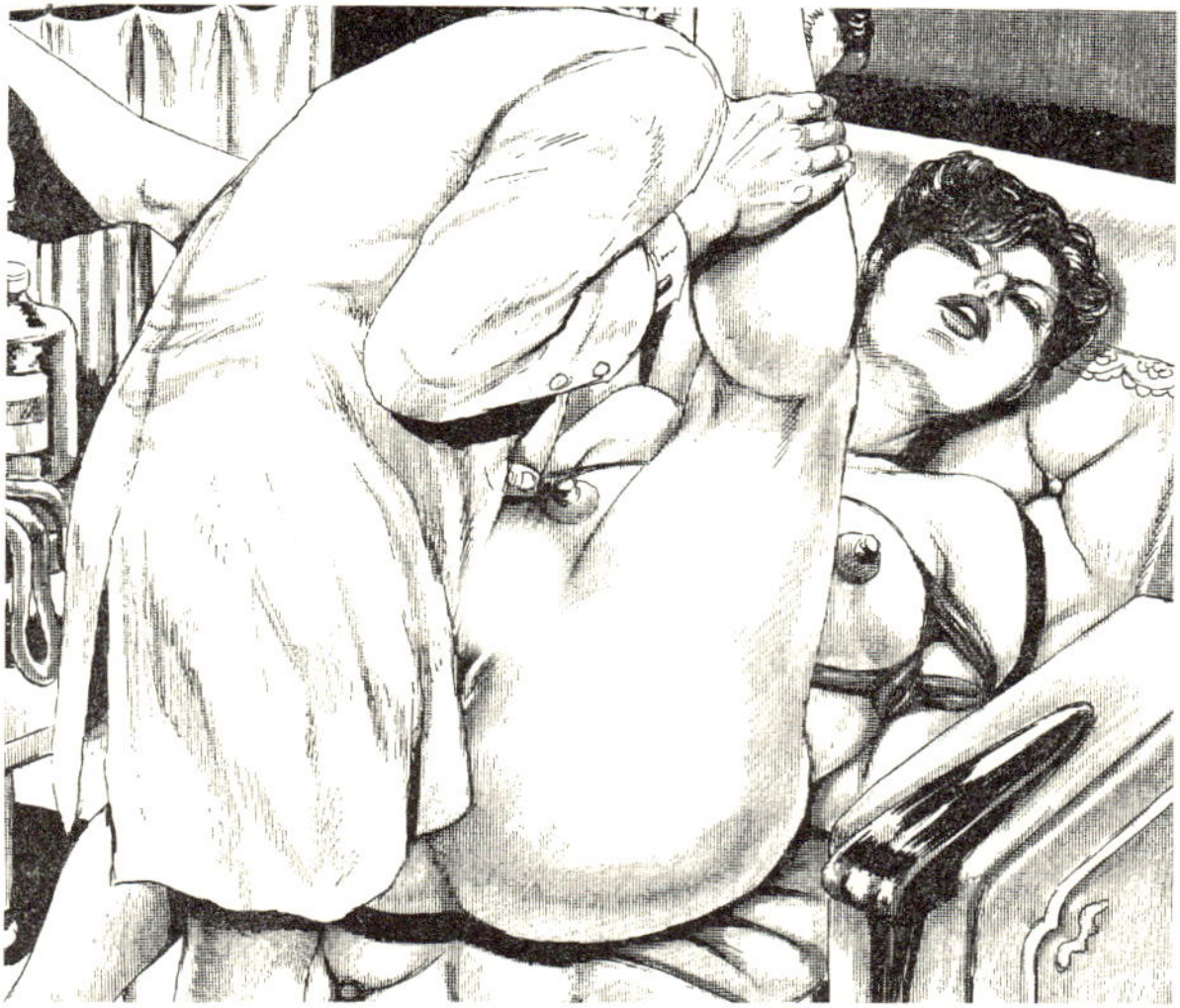

「フフフ、写真じゃあんなに堂々と咥えこんでいるくせに、気どるんじゃないですよ、森下先生。オマ×コは早く欲しいとヒクヒクしてますよ」

「いやッ、許して……かんにんして……」

　とうとう氷室と肉の交わりを持たされるのか。覚悟はしていたものの、おぞましい肉棒は吐き気をもよおす。

「いや、いやですッ……や、やめてッ……」

「自分に正直に、このたくましいのが欲しいと言うんですよ」

　氷室は肉棒を揺すってみせながら、慶子の乳房や内腿に押しつけていく。

「い、いやあッ……」

慶子は悲鳴をあげ、逃げようともがいた。

だが、椅子の肘かけに乗せあげた慶子の両脚は、氷室にすばやく足首をつかまれた。

さらに高く持ちあげ、慶子の身体を二つ折りにするように両膝を乳房へ押しつけられた。

「ああッ……」

絶望と屈辱とに慶子の美貌がひきつり、悲痛な叫びが噴きあがった。

灼熱の先端が、開ききった慶子の媚肉に押しあてられ、そのひろがりにそって一度二度となぞった。

慶子は狂おしく黒髪を振りたくって腰をよじり、ずりあがって矛先をそらそうとする。

「かんにんしてッ……いや、いやあッ」

「さんざん男を咥えこんでいるくせに、バージンみたいに泣くんじゃないですよ」

氷室は泣きじゃくり悩乱する慶子の美貌を見おろしながら、ゆっくりと貫いていった。

「う、うむ……」

慶子は唇をかみしばって絶息せんばかりの声をあげ、裸身を揉み絞り、のけぞった。

6

もうまともに息もつけない。たくましい肉棒に深々と貫かれ、その先端は子宮口にまで達して子宮を押しあげる。

「あ、あむむ……うむ……」

慶子は火のようになった美貌を右に左にと伏せた。

いやらしい氷室に犯されているというのに慶子の身体はカアッと灼けて、まるで待ちかねていたように柔肉が肉棒にからみついていく。

「フフフ、どうです、私とつながった気分は。私のは人並み以上の大きさだから、ズンといいでしょうが」

氷室が聞いても慶子はまともに返事もできない。

深々と貫いたまま氷室はまだ動きだしていないのに、慶子の身体の芯はひきつるように収縮を繰りかえした。そして貫かれた柔肉が、ひとりでに快感を貪るようにうごめきを見せはじめる。

こんな……ああ、こんなことって……。

慶子は自分の身体の成りゆきが恨めしく、おそろしい。

同時に、身体を二つ折りにされて媚肉を貫かれたことで腹部が圧迫され、忘れかけていた便意が急激に甦った。イチジク浣腸とはいえ、注入されてから一時間近くになる。

「……も、もう、かんにんして……」

慶子はブルルッと身ぶるいすると、息も絶えだえにあえいだ。

「フフフ、やけにふるえているじゃないですか、森下先生。どうしたのかな、気持ちよすぎてですかな」

氷室はせせら笑った。慶子が鬼頭によってイチジク浣腸されているのを知ってるくせに、わざととぼけた。

ああ……おトイレに……。

肉の快美と便意の苦痛とがからまりもつれ合って、慶子をいっそう混迷に落とした。氷室が深く押し入ったまま、まだ動きださないのがせめてもの救いだ。突きあげられたら、いつまで耐えられるか……。

氷室はもう一度慶子の顔をのぞきこんでニンマリと笑うと、

「もっとたまらなくしてあげますからね、森下慶子先生」

慶子の腰をいっそう深く自分のほうへ抱きこむようにして、媚肉を深々と貫いたまま慶子をじょじょに抱き起こしにかかった。

「あ……あぁッ、い、いやあッ」

慶子の腰が、つづいて背中と頭が椅子から浮きあがり、上体が起こされるにつれて自分の身体の重みで結合がさらに深くなっていく。

「あ……そんな……う、うむッ……」

肉棒の先端が食いこまんばかりに子宮を押しあげ、慶子はヒイッとのどを絞って顔をのけぞらせた。

もう慶子の身体は、立ったままの氷室が双臀を抱き支える両手と、身体の中心を真下から垂直に貫いている肉棒とだけで宙に浮いていた。

「クイクイ締めつけてくるじゃないですか。このかっこうが気に入ったのかな」

氷室が話しかけても、慶子はキリキリと唇をかみしばって氷室の肩に顔を隠すようにしているばかりだ。

氷室は慶子に見えないように、椅子の背の陰に隠れた鬼頭に合図を送った。

いつの間にか白衣をまとった鬼頭が、慶子の背後からそっと近づいてきた。その手には便器と肛門用のねじり棒を持っている。

鬼頭は便器を足もとに置くと、慶子の後ろにしゃがみこんだ。眼の前に氷室の手で抱き支えられた慶子の双臀が、ムチッと張っていた。そして必死に引き締められている肛門、その前の媚肉には太い氷室の肉棒が杭のように打ちこまれている。

フフフ、こりゃまさに串刺しってところだな。いいながめだ……。

鬼頭は腹のなかで笑いながら、じっくりとのぞきこんだ。

肉棒をせいいっぱいというように咥えこんだ柔肉が蜜をにじませ、ヒクヒクとうごめいている。必死にすぼめた肛門も、ヒクヒクとおののいてふくらむ気配を見せては、キュウと引き締まった。

慶子の便意が荒れ狂い、限界が近いことは鬼頭にもわかった。並みの女ならとっくにもらしているだろう。

鬼頭が慶子の後ろにしゃがみこむのを確かめてから、氷室は慶子の黒髪をつかんで顔をあげさせた。慶子はまだ後ろの鬼頭に気づいていない。

「ウンチがしたいんでしょう、森下先生。このままひりだしてからお楽しみといきますか。それとも楽しみながらひりだしたほうがいいのかな」

氷室の言葉に慶子はハッとした。どうして氷室は慶子の便意に気づいているのか。

「いずれにしても心配いりませんよ。肛門科の鬼頭先生が来てくれてますからね」

氷室が言うと、慶子の後ろで鬼頭が低い声で笑った。

慶子は、あわててふりかえった。

「ああ……」

「フフフ、いつでもウンチさせてやるぜ」

鬼頭は慶子の顔を見あげてニヤリと笑った。氷室もニヤリと笑った。

「今度この病院を手伝ってくれることになった鬼頭先生ですよ、森下先生。フフ、鬼頭先生は私の昔からの親友でしてね」

「フフフ、女を楽しむのも、いつも一緒の仲だぜ。俺と氷室とはよ」

氷室と鬼頭はそう言ってゲラゲラ笑った。

「そ、そんな……」

慶子はすぐにかえす言葉も出ない。

氷室と鬼頭がはじめからグルだったとは。三日前にラブホテルで眼隠しをされて二人がかりで弄ばれた時、鬼頭の他のもう一人が氷室だったということは、もう聞くまでもなかった。すべては鬼頭と氷室の二人によって仕組まれたことなのだ。

ひどい……ひどすぎる……慶子の裸身のふるえが、ブルッ、ブルルッと大きくなった。

「……い、いや、いやあッ……」

慶子の唇がワナワナとふるえたかと思うと、悲鳴にも似た叫びが噴きあがった。

それをあざ笑うように、鬼頭はねじり棒の先端を慶子の肛門にあてがった。必死に引き締めているのをほぐすように、先端で肛門の粘膜をなぶる。

「なにをオーバーに騒いでやがる。俺と氷室と二人がかりで責められるのは、三日前のラブホテルでもう経験ずみじゃねえかよ」

「いや、いやッ……許してッ……」

「いつまで気どってんだ。ひりだすほうが先か、それとも気をやるほうが先か」

「ど、どっちも、いやッ……」

慶子は泣きながら黒髪を振りたくった。後ろ手に縛られ、媚肉を氷室に深々と貫かれていては、逃げる術もない。

「しようがねえ女医さんだぜ、フフフ」

鬼頭は慶子の肛門をなぶっていたねじり棒をおもむろに巻きこみはじめた。

「あ……やめてッ……ああッ……」

ねじりこむように入ってくる感覚に、慶子は顔をのけぞらせてのどをピクピクとふるわせた。

必死にすぼめている肛門の粘膜がジワジワと押しひろげられ、ねじりに巻きこまれていく。それが一気に荒々しい便意を駆けくだらせたが、栓と化して押しとどめ、なおも入ってくるねじり棒……。

「く、苦しいッ……お腹、裂けちゃう……」

慶子はキリキリと歯をかみしばってうめいた。それでも癒えぬ苦痛に口をパクパク

とさせて息をつこうとする。

苦悶だけではなかった。ジワジワとねじりこまれるねじり棒は、薄い粘膜をへだて媚肉を貫いている肉棒と絶えずこすれ合った。それが肉をただれさせた。

「あ、あああ……かんにんして……た、たまらないッ……ああ、あむ……」

今にも気がいかんばかりに、慶子はガクガク腰をふるわせて、のどを絞った。慶子のなかで便意の苦悶と肉の快美とがからまりもつれ合い、灼けただれるように狂乱へと追いこまれていく。

「こりゃすごい。オマ×コがグイグイと締まりますよ、森下先生」

氷室がうなるように言った。

もうねじり棒は十二センチも入っただろうか。慶子の肛門は四センチあまりも押しひろげられて、ぴっちりとねじり棒を咥えこんでいた。のびきったゴムのチューブみたいな慶子の肛門の粘膜が、ヒクヒクとひきつるようにうごめく。

鬼頭はねじり棒をゆっくりとまわした。少し巻きもどして巻きこみ、また巻きもどすことを繰りかえす。

「あ……あむ……う、うむむ……」

歯をかみしばってうめき、さらにヒイッと絶息するようにのどを絞る。

氷室が動きださなくても、慶子がひとり氷室に抱かれたまま宙でのたうった。まるで慶子のほうから氷室に積極的に挑みかかっているようだ。氷室にとってはたまらない肉の感触だ。

「この前より激しいじゃないですか、森下先生。気をやりたくてしようがないんでしょう。飢えた牝そのものですよ」

「フフフ、ぼちぼちイカせてやれよ、氷室。こっちもぼちぼちひりださせるぜ」

「それじゃ、森下慶子がひりだしはじめたら、一気に追いあげる」

氷室と鬼頭は顔を見合わせてゲラゲラ笑った。

だが、そんな二人の話も慶子にはもう、まともに聞こえない。苦悶の表情をさらして、ヒイヒイのどを鳴らしている。火となって燃えあがる身体に、苦痛と快美がもつれ合う。

7

鬼頭はニンマリすると、ねじり棒をまわす動きをいちだんと大きくした。慶子の便がもれるギリギリのところまで巻きもどしては、また巻きこむということを何度も繰りかえす。

「あ、そんな……うむ、うむむ……」

慶子は身悶えを露わにした。

ねじり棒が巻きもどされると、それにつれて便意も一気に駆けくだろうとする。が、すぐに巻きこまれて栓をされるのだから、便意の苦痛だけがふくれあがった。

そしてその苦痛に肉の快美も呑みこまれそうだ。だが氷室のほうも今度はじっとしているだけではない。

「うんと気分を出して気をやってもいいんですよ、森下先生、フフフ」

と、双臀を抱き支えた両手で慶子を揺さぶり、ゆっくりと肉棒で子宮口を突きあげはじめた。

ふくれあがる便意に巻きかえしをはかるように、快美のさざ波が大きくなっていく。薄い粘膜をへだてて肉棒がねじり棒とこすれ合う感覚が、いっそう肉の快美を増幅し火花を走らせる。

「あ、ああッ……死んじゃうッ……」

限界に達した便意と、今にもつきはてそうな官能の昂りとで、慶子はわけがわからなくなった。

「フフフ、よがりながらひりだすんだ。思いっきり尻の穴を開けよ」

鬼頭は便器を取りあげてあてがうと、一気にねじり棒を巻きもどした。

「あ、あ、出ちゃうッ……ああッ……」

「フフフ、オマ×コをえぐられながらひりだすのもオツなもんだぜ」

「いやッ……ああッ、いやあッ……」

ねじり棒が巻きもどされてゆるむにつれ、ショボショボともれはじめた。一度堰を切ってもれはじめたものは押しとどめようもなく、ねじり棒が引き抜かれると同時に、ドッとほとばしった。

「派手にひりだしてやがるぜ、氷室」

「そうか、フフフ、それじゃひりだしながら気をやらせてあげますよ、森下慶子先生」

氷室は激しく慶子を突きあげ、一気に追いこみにかかった。

「そんなッ……いやあッ……あ、あああッ……変になるうッ……」

「変になっていいんですよ。それ、イクんだ……それ、それ、それッ」

「あ、あううッ……」

あてがわれた便器に激しくほとばしらせながら、慶子はめくるめく絶頂へ暴走していく自分の身体を、もうとめられなかった。うねりのたうつ白い裸身に、ガクガクと痙攣が走った。

鬼頭はティッシュで慶子の肛門を拭いながら、ニヤニヤと笑った。氷室も深くつながったまま、慶子の媚肉の余韻の痙攣をじっくりと味わっている。

「フフフ、本当にひりだしながら気をやるとはな。発情した牝でなけりゃ、できることじゃねえぜ」

「思いっきりひりだして気をやって、満足しましたかな、森下先生」

鬼頭と氷室が慶子の顔をのぞきこんでも、慶子は両眼を閉じてグッタリとし、ハアハアとあえぐだけで反応はなかった。

「返事がないところを見ると、まだものたりないのかな、フフフ」

氷室が慶子の細腰をつかんで揺さぶった。

まだ痙攣のおさまりきらぬ子宮を突きあげられて、慶子は低くうめいた。

「そのようだぜ、氷室。尻の穴をヒクヒクさせて、太いのを咥えこみたがってやがる」

「なるほど、森下先生はサンドイッチにされたいというわけですか」

鬼頭と氷室はわざとらしく言ってせせら笑った。

鬼頭が指先に催淫媚薬クリームをすくい取って、まだ腫れぼったくふくれて腸襞をのぞかせている慶子の肛門に塗りつけていく。ブルブルッと慶子は双臀をふるわせた。

「……ああ……も、もう、かんにんして……これ以上は、いや……」

慶子はうつろに眼を開いて、あえぐように言った。

「まだまだ、腰が抜けるまでたっぷりと満足させてやるぜ、フフフ」

「いや……ああ、もう充分です……気が変になりそうな、恥ずかしい姿まで見せたのよ……」

「確かにウンチをひりだしながら気をやるとは、ちょっと見られねえな、フフフ」

「ひどい……ああ……死にたいわ」

慶子は肩をふるわせてシクシクと泣きだした。乱れ髪が汗と涙とで額や頬にへばりついて、それが美しい慶子の顔を凄艶にしている。

「ガタガタ言うなよ。お楽しみはまだはじまったばかりじゃねえか。こんな尻の穴を見せられちゃ、放っておけねえぜ」

「森下先生は気をやったけど、こっちはまだなんですよ。今までのはほんの準備体操みたいなもの」

鬼頭と氷室は慶子をからかって、ゲラゲラと笑った。鬼頭は立ちあがると、後ろから慶子の裸身にまとわりついた。灼熱の肉棒をムチッと張った慶子の臀丘にこすりつける。

「ヒイッ……いやあッ……」

サンドイッチにされると知って、慶子は絶叫する。

三日前に二人がかりで前から後ろから犯された時のおそろしさが甦った。股間でひしめき合う二本の肉棒に、本当に身体が引き裂かれると思った。そしてその二本の肉の凶器に、気が狂う寸前までよがり狂わされ、身体じゅうの肉がドロドロにただれさせられたのだ。

「お、お尻は、いやッ……ああ、かんにんして……ふ、二人一緒なんて、もう、いやッ……二度と、いやあッ」

慶子は泣き叫んで腰をよじりたて、鬼頭の肉棒から逃げようともがいたが、いくら逃げようとしても、慶子の腰は媚肉を貫いた氷室の肉棒で杭のようにつなぎとめられている。

「ヒッ、ヒイーッ……」

灼熱の先端がまだゆるんだままの肛門に押しつけられ、ジワッとのめりこんでくる。のけぞった慶子ののどから悲鳴が噴きあがった。

しびれ潤んでいた肛門の粘膜がメリメリと音をたててきしむ。媚肉に氷室が押し入っていることで、肛門が圧迫されて引き裂かれるような苦痛を感じさせるのか。それとも二人の男を同時に受け入れさせられる恐怖が苦痛を呼ぶのか。

「う、うむ……裂けちゃうッ……」

「裂けるかよ。この前、何度もぶちこんでるんだ。ほれ、自分からも尻の穴を開いて咥えこむようにしたじゃねえか」

「こわいッ……あ……う、うむッ……」

たちまち慶子はあぶら汗にまみれた。慶子の肛門は痛々しいまでに押しひろげられて、たくましい鬼頭の肉棒の頭を呑みこもうとしていた。

氷室に抱き支えられた双臂にブルブルと痙攣が走る。

「う、ううむ……ヒイーッ……」

不気味に押し入ってくる感覚に、火のようになった身体のなかを、さらに灼けただれるような火花が走った。薄い粘膜をへだてて二本の肉棒がこすれ合い、まるで電気がショートするようにバチバチと火花を散らす。

「……死ぬう……」

慶子の眼の前が暗くなった。

「ほうれ、根元まですっかり呑みこんだぜ」

「俺もわかるぜ、鬼頭。オマ×コの締まりがグッとよくなったからな。グイグイ締めつけてきやがる」

「こっちもすげえぜ。食い千切られそうだ」

慶子をなかにはさんで、鬼頭と氷室は後ろと前とで口々に言った。

慶子は美しい顔を真っ赤にして、満足に口もきけず、息もできない。ヒイヒイのどをあえがせ、キリキリと歯をかみしばっている。

「どうです、森下慶子先生。サンドイッチにされて満足ですかな」

「か、かんにんして……うむ……ああ、死んじゃう……」

「この前もそう言ってよがり狂ったじゃねえか。死ぬほど気持ちいいってわけだな」

「……助けて……うう……」

氷室と鬼頭はあざ笑うと、リズムを合わせて前と後ろからゆっくりと慶子を突きあげはじめた。

「あ……あむむ……いや……ああッ」

狼狽の声をあげて黒髪を振りたくったかと思うと、慶子はたちまち半狂乱に泣きわめきだした。なにがなんだかわからぬままに、身体じゅうの肉がドロドロになって灼きつくされていく。

「ヒ、ヒイーッ……ヒイーッ……」

慶子は口の端から涎れさえ垂らしはじめる。

「こりゃ激しい、フフフ。まるで狂ったようですよ、森下先生」

「一度気をやったら、今度は底なしってわけか。本当に好きなんだな、フフフ」

氷室と鬼頭は慶子をサンドイッチにするのはこれが二度目とあって、余裕をもって責めたてた。

それでも慶子の身体は、氷室と鬼頭の間で揉みつぶされ、絞りだされる油みたいに、慶子の身体から噴きでる汗があたりに飛び散る。

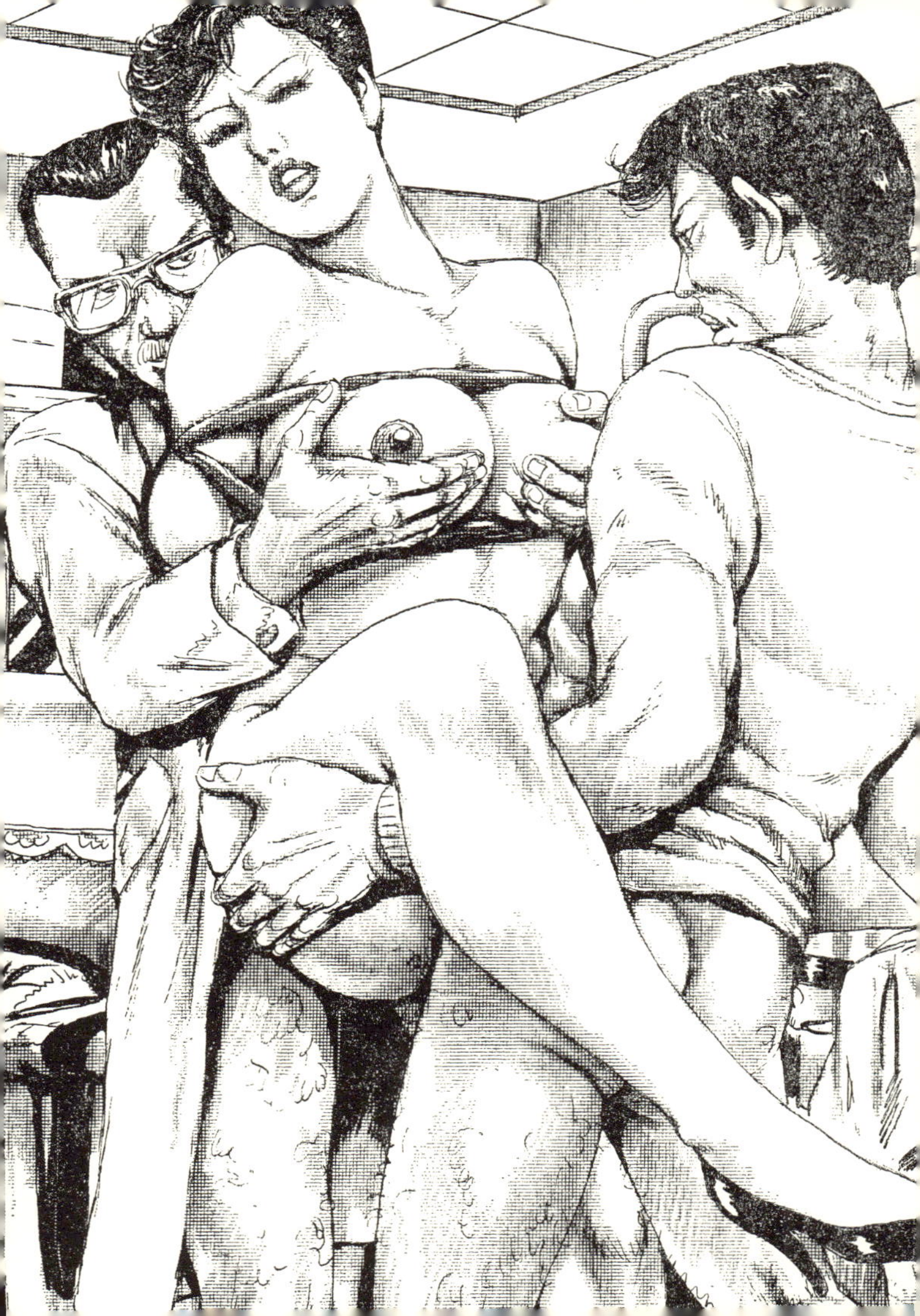

「た、たまらないッ……死ぬ……あああ……許してッ」

この世のものならぬ肉の愉悦に、慶子はたちまち翻弄された。ああ……死ぬ……。

次の瞬間、真っ赤に灼けた火柱が慶子の身体の芯を貫いた。

「あッ……あああッ……」

両脚を激しく突っ張らせて、慶子はガクンガクンとのけぞった。

「ヒッ……い、イクッ……ヒイーッ」

慶子は裸身をおそろしいばかりに収縮させ、前も後ろも突きあげてくるものをキリキリ食い締めた。二度三度、汗まみれの白い肌に痙攣が走った。

「なんだ、もうイッたのか。今日はやけに早いじゃねえか」

「だんだん身体が欲張りになってくるようですな、森下慶子先生」

鬼頭と氷室はきつい収縮にドッと精を放ちたいのをこらえて、慶子を責めつづける。

慶子はグッタリと余韻に沈むことも許されない。

「……そ、そんな……い、いやあッ」

慶子の悲鳴は途中であえぎに呑みこまれ、ヒッヒッとのどが鳴る。

も、もう、やめて……慶子、こわれちゃう……あ、あああ……いや……。

慶子は絶頂感がおさまるひまもなく、再び追いあげられる。

小鼻を吹きひろげ、まなじりを吊りあげて唇をかみしめ、汗と涙とに洗われた慶子の表情は凄惨ですらあった。もうまともに息さえできず、肉だけを氷室と鬼頭の間でブルブルふるわせる。

「ヒイッ……ヒッ、ヒイーッ……」

またイッちゃうッ……とばかりに慶子は半狂乱のていで身体をガクンガクンとはねあげた。突っ張った両脚が宙で痙攣した。

「イクッ……ああッ、イクう……」

慶子は白眼を剥いた顔をのけぞらせ、激しく痙攣を繰りかえした。

今度は氷室も鬼頭も耐えられない。あまり最初から飛ばしすぎて慶子がクタクタになってしまっては面白くない。氷室と鬼頭は前と後ろからタイミングを合わせるようにドッと白濁を放った。

「ああッ……ヒイーッ……」

灼けるようなしぶきが子宮口と直腸に浴びせられた。慶子はさらにガクンガクンとのけぞって総身を収縮させた。

慶子の頭のなかはなにもかも白く灼きつくされた。氷室と鬼頭はフウーッと大きく息を吐き、足もとにグッタリとした慶子を見おろした。

「いい味をしてましたよ、森下先生。もっと気をやりたいかもしれないけど、あとでまたたっぷりとイカせてあげますからね」

「時間はたっぷりあるからな。もっといろいろなことをしてやる。今までのはほんの序の口だぜ」

氷室と鬼頭がからかっても、慶子の反応はない。汗にヌラヌラと光る乳房から腹部にかけて嵐のようにあえがせるばかり。開いたままの股間は、前も後ろも赤く充血して、たっぷりと注ぎこまれた白濁をゆっくりと吐きだしている。しゃがみこんだ氷室が、その汚れをティッシュで拭う。そんなことをされても、慶子はグッタリとされるがままだ。

「場所を変えてお楽しみといくか、鬼頭。あんまりここに閉じこもっていると、看護婦に怪しまれるからな」

拭き終わった氷室が言うと、鬼頭はニンマリとうなずいた。

鬼頭は診察室を出ると、すぐに患者を運ぶ簡易の移動ベッドを押してもどってきた。慶子を抱きあげると、そのベッドの上にうつ伏せに横たえる。

慶子の両手は背中でゴム管で縛ったままで、さらに左右の足首もベッドのパイプにゴム管で縛りつけた。

「フフ、ただ運ぶだけじゃ能がねえからよ。ちょいと細工してやろうぜ」

鬼頭はベッドの頭のところに取りつけた点滴用のパイプに、ガラス容器をぶらさげた。ガラス容器には千五百ＣＣのグリセリン原液がすでに充満し、その底からはゴム管が垂れさがっていた。大量浣腸用のイルリガートル浣腸器である。

「また浣腸か、鬼頭。おめえも好きだな。フフフ、用意のいいことだ」

「森下慶子先生の点滴ってわけだぜ。このムチムチした尻にしねえでどうする、フフフ」

鬼頭はうれしそうに笑いながら、ゴム管の先端のノズルをつかんだ。汗にヌメ光る慶子の臀丘を割りひろげて肛門を剝きだすと、ゆっくりとノズルを突き刺した。

「……ああ……」

まだ腫れぼったく疼く肛門に押し入ってくる異物の刺激に、慶子はうつろに眼を開いた。

肛門の異物とそこからのびたゴム管、頭の上に吊りさげられたガラス容器……。女医である慶子は、なにをされるのかすぐにわかった。ハッと我れにかえる。

「い、いや……もう、もう、やめて……ああ、そんなこと、しないで」

「フフフ、おとなしくしてねえと、恥をかくのは森下先生ですよ」

氷室はあざ笑いながら、慶子の上にタオルをかけて裸身を足もとから首まですっぽりとおおった。

ガラス容器の底からのびたゴム管は、タオルのなかへ消えている。それが慶子の肛門につながっていると思うと、妙に妖しい雰囲気を感じさせた。

「ああ、どこまで辱しめれば、気がすむの……もう、かんにんして……」

ブルブルと双臀をふるわせながら、慶子は泣き声で言った。

氷室と鬼頭はゲラゲラと笑った。笑いながら鬼頭がガラス容器の元栓を少し開いた。

グリセリン原液が不気味に泡立ってゴム管を流れ、慶子の肛門から流入しはじめる。

「あ、ああ、いや……と、とめてッ……」

ブルルッとひときわ双臀をふるわせると、慶子は黒髪を振りたくった。

「いや、いやッ……浣腸は、もう、いやッ」

「フフフ、そんな声を出してると、人が大勢集まってきますよ、森下先生」

氷室がゆっくりとベッドを押して廊下へと出た。

「そんな……」

部屋から看護婦や患者の行きかう廊下へ連れだされると知って、慶子は総身が凍りついた。

第八章　狂気の女体解剖台

1

午前中の病院はどこもかなりの混雑だ。廊下にまで人があふれ、看護婦や患者がいそがしそうに行きかう。

その廊下を氷室と鬼頭の二人は、女医の森下慶子を乗せた移動式の簡易ベッドを押してゆっくりと歩いていく。すれちがう看護婦が氷室と鬼頭にあいさつしたが、簡易ベッドに不審を持つ余裕など、まったくないいそがしさだ。

「フフフ、どうです、森下先生、こんなところで浣腸される気分は。スリルがあってズンといいでしょう」

「まさか美人で有名な森下慶子先生が、タオルの下は素っ裸でイルリガートル浣腸されてるなんて、誰も思わねえだろうな」

氷室と鬼頭はニヤニヤとベッドの上の慶子の顔をのぞきこみ、意地悪くささやいた。慶子はキリキリと唇をかみしばったまま、その美しい顔をベッドに埋めてなにも言わない。

後ろ手にゴム管で縛られた全裸で簡易ベッドにうつ伏せにされ、上にはタオルをかけられているとはいえ、看護婦や患者の行きかう廊下を運ばれていくのだ。

そのうえ、ベッドの頭のところに取りつけた点滴用パイプには、イルリガートル浣腸器がぶらさげられ、その底からのびたゴム管はタオルのなかにもぐりこんで、慶子の肛門へとつながっている。

ああ……こ、こんなことって……。

慶子は声が出せるわけもなかった。看護婦や患者が近くを通るたびに、生きた心地もない。

もし気づかれたら……そう思うと、慶子は身動きすることもできなくなった。そしてチビチビと少しずつ、だが絶え間なく肛門から流れこんでくるグリセリン原液が、慶子の気力をいっそう萎えさせた。

「フフフ、感じてるんだろ、森下先生。いくら浣腸が気持ちいいからって、気分を出したらみんなに気づかれるぜ」

鬼頭がしつこくささやいてくる。

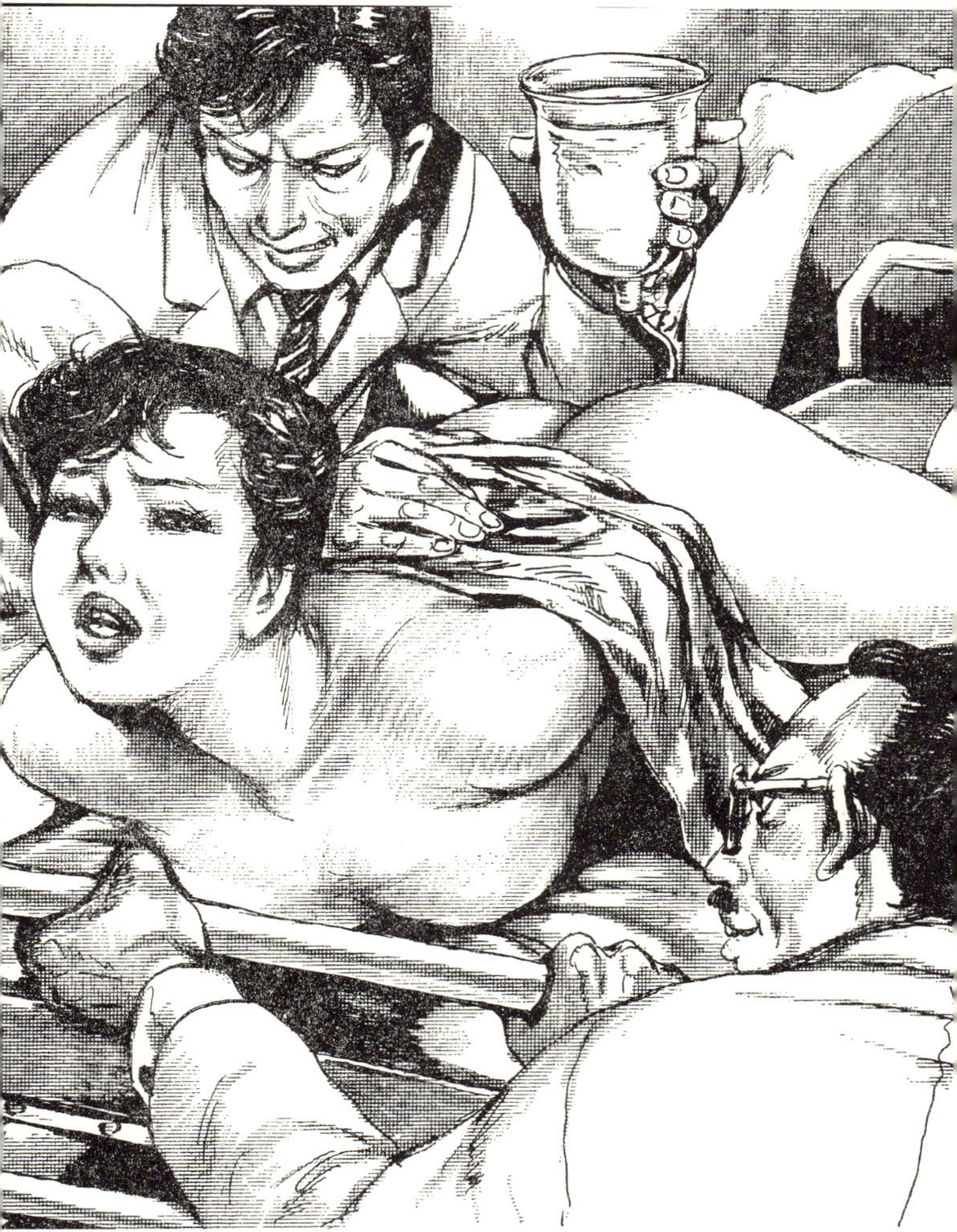

慶子はかみしめた唇をワナワナとふるわせて、今にも泣きだしそうな気配だ。

ひどい……こんな恥ずかしいことをされるくらいなら……いっそ、死んでしまいたいわ……ああ……。

一刻も早く、人目のないところへ連れていってほしかった。

まわりの看護婦や患者たちがみんな、こっちを見てあざ笑っているのではないか。

慶子は思わず悲鳴をあげそうになって、あわてて歯をかみしばった。

だが氷室と鬼頭はわざとゆっくりと移動ベッドを押していく。そして何度も意地悪く慶子の顔をのぞきこんだ。

「おとなしいじゃないですか、森下先生。大声で助けを求めたっていいんですよ。浣腸されてるから助けてほしいってね、フフフ」

「大騒ぎになるだろうね。美人女医の素っ裸を見てみんな大喜びするぜ」

慶子は歯をかみしばったまま、氷室と鬼頭から必死に顔をそむけた。恥ずかしさと屈辱とに身体がブルブルとふるえだしてとまらない。

ああ、こんな……お願い、早く人のいないところへ……。

慶子は胸の内で叫びつづけた。だが鬼頭はわざとゆっくりと簡易ベッドを押すだけでなく、ひときわ人の多い薬局の前まで来ると、さりげなくタオルの下に片手をもぐりこませてきた。

「あ……」

タオルの下で裸の双臀を撫でられ、慶子はビクッとふるえて声が出そうになるのを必死にこらえた。

「フフフ、こんなにムチッといい尻しやがって、みんなに見せてやりてえぐらいだぜ」

鬼頭はゆるゆると慶子の双臀を撫でまわしながらささやいた。ムチムチとした肉づきに指が弾かれる。

さらに指先を慶子の臀丘の谷間へもぐりこませる。

「あ……やめて……こ、こんなところで……人に、気づかれる……」

慶子はブルブルと硬直させた双臀をふるわせて、消え入るようにやっとそれだけ言った。

「こんなところだから、美人の女医さんの尻の穴に触りてえんだよ、フフフ。気づかれたくなきゃ、じっとおとなしくしてることだ」

「ああ……いや……」

「浣腸器のゴム管をしっかり咥えこんで、いやもねえもんだぜ」

鬼頭は硬直して閉じ合わせた慶子の臀丘の谷間を強引に割りひろげ、指先に肛門をとらえた。

慶子の肛門はイルリガートル浣腸器のゴム管をぴっちりと咥え、流れこんでくるグリセリン原液にヒクヒクとふるえた。それはおびえているようであり、あえいでいるようでもあった。

「気持ちよくって離したくねえらしいな。尻の穴はしっかり咥えこんでやがる」

「オマ×コのほうはどうかな、フフフ」

氷室も反対側からタオルのなかへ片手をもぐりこませた。

「ああ……」

悲鳴をあげかけて、慶子はあわてて唇をかみしばった。

氷室の手は慶子の内腿を撫でまわし、這いのぼって媚肉にのびた。

「……やめて……いや……」

「やっぱり浣腸で感じてますね、森下先生。オマ×コをもう濡らしてるんでしょう」

「ち、違います……」

慶子は唇をワナワナとふるわせて、消え入るような声で言った。

大きな声を出すこともできず、腰をよじりたてて手をそらすこともできないのがつらい。それをいいことに、氷室の指先は慶子の媚肉の割れ目に分け入って、肉層をまさぐった。

とろけるような柔肉が、じっとりと熱く氷室の指をつつみこんだ。肉襞がざわめく。

「なにが違うですか、フフフ、それならこれはなにかな」

氷室は手を引いて、指先にねっとりと糸を引くのを慶子に見せつけ、ゲラゲラとあざ笑った。

「い、いや……」

慶子はキリキリと歯をかみしばって、悲鳴をかみ殺した。すでに鬼頭と氷室の二人にさんざん弄ばれた身体は、慶子にも信じられないほど敏感になっていた。

「か、かんにんして……もう、これ以上辱しめないで……」

「まだまだこれからだぜ。美人で上品な女医さんがどこまで牝になりきれるか、今日はじっくりと見せてもらうぜ」

鬼頭はイルリガートル浣腸器のゴム管をぴっちりと咥えた慶子の肛門を指先でまさぐりながら、うれしそうに言った。

「フフフ、なぶられて牝になっていく女の心理を、精神科カウンセラーの立場から分析してみてはどうです、森下先生。自分の身体を使うのだから、よくわかるはず」

氷室も再び指先を慶子の媚肉に分け入らせてあざ笑った。肉層をなぞり、肉芽を剝きあげていじる。

「あ、あ……」

小さく狼狽の声をあげて、慶子は腰をブルブルとふるわせ、よじった。

患者たちで混み合う薬局の待合室の前で、浣腸されながら肛門と媚肉とをいじられるなど、慶子には信じられない。患者たちの無数の眼が慶子をおびえさせた。

そのくせ身体の芯がしびれ、熱く疼きだすのが、いっそう慶子を狼狽させた。肛門をなぞってくる鬼頭の指、肉芽を剝いてつまむ氷室の指、そして叫びだしたくなるほどののろさでチビチビと入ってくるグリセリン原液、それらの感覚が入り混じって慶子の肉をとろけさせる。

ああ、そんな……だ、だめ……ああ、こんなことって……。

慶子は自分の身体のなりゆきが信じられず、恨めしかった。

いくら耐えようとしても、すでに一度官能の絶頂へ昇りつめさせられたばかりの慶子の肉は、こらえられるはずがなかった。大勢の患者たちに気づかれないようにしなければと思うほどに、かえって身体じゅうの神経はなぶられる肉に集中した。

「……許して……も、もう、いや……」

こらえきれずに慶子が腰をよじったとたん、鬼頭はわざとタオルがずり落ちたようにしてタオルの端を引いた。

うつ伏せの慶子の裸身が、後ろ手に縛られた背中を隠して腰から下が剝きだしになった。

「いッ、いやッ……」

慶子は悲鳴をあげて、反射的に顔をベッドに埋めた。裸の下半身を患者たちに見られるのもおそろしいが、それ以上に女医の森下慶子だと知られるのがおそろしかった。

まわりの患者たちがみな、いっせいに慶子のほうを見た。

タオルから剝きでた女体の下半身は白くまぶしく、太腿は官能味あふれる肉づきを見せ、双臀が見事なまでの肉の形でムチッと張っている。そして、その臀丘の谷間へは、黒いゴム管がもぐりこんで、それを点検するように鬼頭と氷室の手が股間でうごめいていた。

それは見る者を圧倒せずにはおかない妖しいながめだった。声を失って見とれる者、思わずゴクリとのどを鳴らす者、そしてニヤニヤと好奇の眼を向けてくる者など、たちまちベッドのまわりに人垣ができた。

「どうしたんだろう。足をベッドに縛られてるよ」

「発作でも起こしたんじゃないのか。それにしても綺麗な肌だな。見ろよ、あの尻のかっこうのいいこと」

「あの尻のゴム管はなんだ……点滴か、いや、浣腸されているんだ」

「浣腸だって、フフフ」

そんな好奇のささやきが慶子の耳にまで聞こえてくる。そして好奇の視線がそこらじゅうから双臀に突き刺さってくるのが、慶子は痛いまでにわかった。

ブルブルと慶子の剝きだしの肌がふるえてとまらない。

取りかこむ患者たちは慶子に驚きや好奇の眼を向けても、まるで疑いは持たないようだ。白衣をまとった医者の氷室と鬼頭がいるので、慶子のことを急患か手術室へ向かう患者だとでも思っているのだろう。

それをいいことに、鬼頭は点検するふりをして、まだ慶子の肛門をまさぐっていた。

「あとの治療のためにも、しっかり薬を入れておかなくてはねえ」

と、もっともらしいことを言って慶子の肛門をなぞりつつ、氷室を見た。

氷室はもう慶子の媚肉からは手を引いて、うなずいてみせた。が、その眼は鬼頭にいいかげんやめるように言っていた。

それでも鬼頭はすぐにはやめようとはしない。聴診器を慶子の肛門に押しあてるようにして、グリセリン原液が流入していく具合いを診る。

いや、いやあ……も、もう、やめて……ああ、こんなことって……。

ベッドに伏せて隠した顔をあげることもできず、慶子はキリキリと歯をかみしばって胸の内で泣き叫んだ。

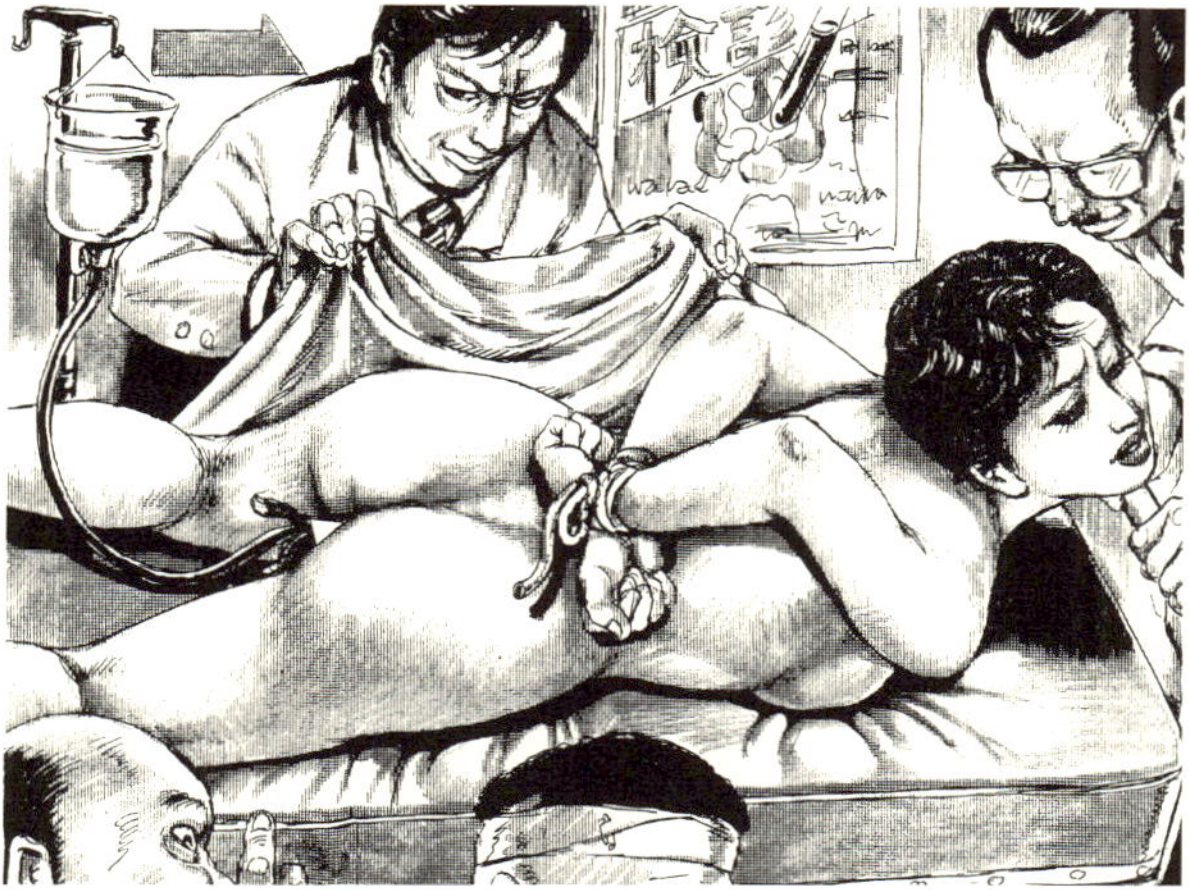

「女性が浣腸されている姿を、そんなにジロジロと見るもんじゃないですよ。見世物じゃないんだから」

　さんざん見せつけておいて、鬼頭はまわりの者たちにしらじらしく言った。そして、ようやくタオルで剝きだしの慶子の下半身をおおって隠すと、患者たちをかき分けるようにして、再び簡易ベッドを押しはじめた。

「鬼頭、あんまり派手にやるなよ。看護婦でも来たらヤバいぜ」

　氷室が苦笑いをしながら、鬼頭に小さな声で言った。

「フフフ、心配ねえって。すんなりと通りすぎちゃ面白くねえだろうが」

「そりゃそうだが、見とがめられたらどう言い抜けるか、こっちは冷や汗もんだぜ」

「その時は氷室に悪知恵を働かしてもらわなくちゃよ、フフフ」

鬼頭と氷室はそんなことを言いながら、再びタオルの下へ手をもぐりこませた。

3

エレベーターで地下へおりた。ようやく人気のないところへ来ると、氷室と鬼頭はタオルを剝いで慶子を全裸にした。

慶子の白い裸身は汗でビッショリ。ベッドに伏せたままの美貌は汗で上気してハアハアとあえいでいた。

「フフフ、こんなに汗をかいて、患者たちに見られて感じたのかな、森下先生」

「露出狂のマゾという気分になったんじゃねえのか。どんな気分か心理学的に分析してみろよ、女医さん」

氷室と鬼頭が左右からピタピタと双臀をたたいても、慶子はハアハアとあえぐだけでなにも言わない。

二人のからかいに反発する気力もなく、それよりもひとまず無数の患者たちの眼から引き離されたことで、慶子は一気に身体じゅうから緊張の力が抜け落ちた。だが、これで終わったわけではない。まだじれったいまでののろさで流れこんでくるグリセリン原液の感覚が、いやでも慶子にこれから待ちうける地獄を告げた。

「……ああ……け、けだものだわ……」

今までのことと、これからのことがドッと押し寄せて、慶子は肩をふるわせて泣きだした。

「おやおや、うれし泣きですか、森下先生」

「泣くのはまだ早いぜ。実験にかけられりゃ、いやでもヒイヒイ泣くことになるんだからよ、フフフ」

氷室と鬼頭はゲラゲラと笑った。

「いや……ああ、もう、いやですッ」

慶子は泣きながら頭を振りたくった。

「いやでも実験にかけられるんだよ。森下慶子先生は我々の実験材料ってわけだ」

鬼頭は慶子の顔をのぞきこんで笑いながら言った。慶子はハッとして、ワナワナと唇をふるわせた。おびえた眼が鬼頭を見た。

「……じ、実験って……なにをしようというの……なにを……」

声がふるえて慶子は言葉がつづかない。

「決まってるじゃねえかよ。綺麗で上品な女医さんがどこまで牝になりきれるか、実験しようというんじゃねえか」

「つまり森下先生の身体を使って、女体の性反応の奥深さを実験するわけですよ。たとえば森下先生が気をやる時の膣の締まり具合いとか、子宮の動きなんかを調べる。妊娠させるのも面白いですねえ、フフフ」

「もちろん女医さんの肛門の性反応も実験してやるからよ」

鬼頭と氷室は意地悪くネチネチと慶子に語りかけた。

慶子は歯がカチカチと鳴りだし、身体のふるえが大きくなってとまらない。

「……いや……そ、そんなこと、絶対にいやですッ」

慶子は泣き声をひきつらせて叫んでいた。

「いや、いやッ……バカなことは、やめて……ああ、いやよッ」

「フフフ、森下先生は実験にかけられるたびに、その時の自分の気持ちを心理学的に分析したらどうです。それを参考にすれば、我々ももっといろいろな実験を先生にしてあげられますがね」

「いやッ……狂ってるわ……そんなこと、やめて、いやですッ……」

「女医たるものが実験をいやがってどうするんだ。医学のために自分から進んで協力するもんだぜ」

氷室と鬼頭はあざ笑いながら簡易ベッドを押して、地下のいちばん奥の部屋へ入った。

そこは氷室が実験室として専用に確保した部屋だ。以前は死体解剖安置室だったのを、研究室として使うということで病院に認めさせた。父親が理事長である氷室にしてみれば、たやすいことだ。

地下で防音はしっかりしていて、死体解剖台や医療器具などそのまま残っている。来る人もなく、氷室と鬼頭が慶子を責めるには最適といえた。

「フフフ、ここならいくら泣き叫んでも大丈夫ですよ、森下先生」

氷室は背中でぶ厚いドアを閉めてロックした。これで完全な密室である。

「ああ……た、助けて……」

慶子はおそろしさに声もかすれた。

この地下室が以前は死体解剖室だったことは慶子も知っている。そのことが慶子をいっそうおびえさせた。

そんなおびえようをあざ笑いながら、氷室と鬼頭は簡易ベッドの慶子を解剖台に移した。後ろ手に縛ったまま今度は解剖台にあおむけに横たえる。

「いやあ……ヒイッ……」

肌に触れる解剖台の氷のような冷たさに、慶子は悲鳴をあげて両脚を縮こまらせようとした。

だが、その両脚も氷室と鬼頭とに左右から足首をつかまれ、容赦なく割り開かれていく。

「かんにんしてッ……いやあッ、いやッ、やめてえ……実験なんて、いやあッ」

慶子は絶叫した。

ガクンと限界まで割り開かれると、左右の足首に縄が巻きつけられ、慶子の両脚はまっすぐ天井に向けて股間を開ききったかっこうで吊られた。

天井には太いパイプが何本も剝きだしで走って、縄をかけるところには不自由しない。

「いやあッ」

「まったく往生際の悪い実験材料だぜ、フフフ。もっともそのくらいのほうが実験の楽しみも大きくなるけどな」

「か、かんにんしてッ……いや、いやッ……」

慶子の限界まで開かれた両脚の付け根が、筋を浮き立ててヒクヒクとつった。

その間もイルリガートル浣腸器の黒いゴム管は慶子の肛門につながったままで、ゆっくりとグリセリン原液を流しこんでくる。

「まだ二百ＣＣか。千五百全部入るには、だいぶ時間があるな」

イルリガートル浣腸器のガラス容器をのぞきこんで、鬼頭は言った。

「それじゃ浣腸をつづけながら、実験のほうをはじめようじゃないか、鬼頭」

氷室のほうはもうなにやら医療器具を解剖台の横に並べて準備をはじめている。鬼頭もニヤニヤして手伝った。産婦人科で使う膣鏡などの医療器具に、大小のグロテスクな張型、ガーゼなどがそろえられた。

「ああッ……」

それらを見る慶子の美貌が恐怖にひきつった。かみしめた唇がワナワナとふるえる。

「やめて……変なことは、しないで……」

「フフフ、これから実験にかけられる気分はどうです、森下先生」

「いや、実験なんていやです……ああ、許して……」

「口ではそんなことを言っても、身体のほうは期待してオマ×コが疼くんじゃねえのか、森下慶子先生よう」

両脚を高く吊りあげられて開ききった股間の前に氷室が、その横に鬼頭がニヤニヤして腰をおろした。

眼の前に、慶子の女のすべてが、妖しい牝の匂いをたち昇らせてフルフルとふるえていた。繊毛を失った恥丘は小高く、そこから柔肉の割れ目を艶やかに切れこませている。

両脚を左右へいっぱいに開かれているために、柔肉の割れ目は内腿の筋に引っ張られ、媚肉を生々しくのぞかせていた。

「ああ……いや……み、見ないで……」

「見るだけじゃないですよ。どれ、オマ×コの具合いはどうかな」

「いやあッ」

氷室の指が触れるよりも早く、慶子は悲鳴をあげた。頭を振りたくり、吊りあげられた両脚をうねらせて腰をよじる。

さっきまでさんざん弄ばれた身体をのぞかれる屈辱と羞恥、そしてこれから実験にかけられるおそろしさ──。

慶子は生きた心地もなくドッと生汗を噴きださせた。

氷室は左右から媚肉の合わせ目をつまんでゆっくりとひろげた。

「いやあッ……やめて、いやッ……」

慶子は泣きながら悲鳴をあげてのけぞった。

「フフフ、灼けるみたいだ。充血していい色になってますよ、森下先生」

「濡れきってあふれそうじゃねえか。やっぱりこんなに感じやがってよ」

氷室と鬼頭は食い入るようにのぞきこんでせせら笑った。

「いや、いや……ああ……」

灼けるように熱を孕んだ秘肉に、粘りつくような男たちの視線と外気とが流れこんでくる感覚。慶子は嗚咽をかみ殺してうめいた。

氷室は媚肉のひろがりにそって、ゆっくりと指を這わせた。じっとりと濡れた肉襞が、ざわめくようにヒクヒクうごめくのがたまらない。

「……や、やめてッ……かんにんして……」

慶子は吊りあげられた両脚をうねらせてあえいだ。

それをあざ笑うように、氷室は媚肉をまさぐりつづける。

「まずはじっくりと森下先生の性反応を調べさせてもらいますよ」

「フフフ、これまでは欲求不満の女医さんを満足させるのでいそがしくて、じっくり観察するひまもなかったからな」

鬼頭も手をのばして慶子の媚肉の割れ目の頂点にポッチリとのぞいている女芯に触れた。グイと女芯の包皮を剝きあげ、肉芽をさらけだした。

「あ……ああッ……」

ビクッと慶子の腰がおののいた。

「い、いやッ……ああ、触らないでッ」

「フフフ、ここが感じるのか、女医さん」

鬼頭はすぐには肉芽に触ろうとはせずに、肉芽を剝きあげては包皮をもどし、また剝きあげるということを繰りかえした。

その繰りかえしに慶子の女芯は、しだいに充血してツンと尖りだし、ヒクヒクとむずかるようなうごめきを見せた。

「あ、あ……いやあ……」

慶子は両脚をうねらせて腰をよじりたてた。泣き声に悲鳴とあえぎとが入り混じった。

「いい声で泣くじゃないですか。そんなに気持ちいいんですか、フフフ」

氷室も指先をゆるゆると媚肉に這わせつづける。膣にはわざと押し入れずに女体の反応を見守った。

いやがって泣きながら柔肉を妖しくうごめかせ、ジクジクと蜜をあふれさせる女体の反応に、氷室と鬼頭は今さらながらに慶子の敏感さを思い知らされる。

「どんどん反応してくるじゃないですか、森下先生。素直に気持ちいいと言ったらどうですか。遠慮なく太いのが欲しいとおねだりしていいんですよ」

「もう洪水だぜ。上品な女医さんがクリトリスをこんなに大きく尖らせてよ。身体は太いのを欲しくてしようがねえとわめいてやがる、フフフ」

氷室と鬼頭がからかっても、慶子はブルブルと腰をふるわせ、美貌を左に右に振って泣くばかりだ。

いや、もう、こんな男たちのなぶりものにされるのは、いや……。

いくらそう思っても、憎いまでに女の弱点をまさぐってくる氷室と鬼頭の指に、身体が燃えてならない。そしてチビチビと肛門から流れこんでくるグリセリン原液の感覚が男の射精を思わせて、いっそう慶子の肉を狂わせる。

「どんな気分ですか、森下先生」

氷室はニヤニヤと慶子の顔をのぞきこんだ。

慶子は返事もできず、泣きながら黒髪を振りたくった。

「すっかり発情してやがるくせして、太いのが欲しくて声も出ねえのか」

「医学的に見てもクリトリスが充血して、ラビアも肥大、膣は収縮と弛緩とを繰りかえし、バルトリン液の分泌も充分。子宮のほうもいつでも男の精を受けて受胎しようとしているはずですよ、森下先生」

「フフフ、子宮の具合いを診てやれよ、氷室。ほれ、こいつを使うんだろ」

鬼頭が膣鏡を手にすると、氷室に手渡してニンマリとした。

慶子はハッとして、泣き悶えていた裸身を硬張らせた。

「い、いや……そんなもの、使わないでッ」

「これを使わないと、受胎しようとする子宮の反応を観察できないでしょうが」

「そんな……受胎だなんて……い、いやあッ、かんにんしてッ」

受胎という言葉が恐怖を呼び、慶子は泣き声を大きくした。子宮までのぞかれいじられるということが、受胎の恐怖をいっそうふくれあがらせた。

それをあざ笑って、氷室はゆっくりと膣鏡の先端を慶子の媚肉へ分け入らせた。

「あ……ヒイッ……」

のけぞった慶子ののどから悲鳴が噴きあがった。

4

ジワジワと媚肉を割り裂き、深く沈んでくる膣鏡。

「いや……あ、ああッ……いやあッ……」

慶子は腰をよじりたて、思わずずりあがろうとしたが、がっしりと腰をつかんだ鬼頭の手が許さない。

「や、やめてッ……」

ブルブルとふるえよじれる慶子の腰をあざ笑うように、膣鏡はゆっくりと柔肉を押しひろげる。

「そ、そんなッ……いや、いやあ……」

慶子はのけぞらせた口をパクパクあえがせ、次にはキリキリとかみしばる。が、それでもこらえきれず、何度も悲鳴をあげた。

ここがかつて死体解剖室だったせいか、慶子は生きながらに解剖されていく錯覚に陥った。もう慶子の媚肉はいっぱいに引きのばされ、グイッと拡張された。

「フフフ、このくらい開けば充分でしょう。森下先生、オマ×コを開かれているのがわかるでしょう、どうです」

「なんとか言え。それとももっと開かれてえのか、女医さんよう」

慶子は口をきく余裕もなくキリキリと唇をかみしばった。

「どれ、森下慶子先生の子宮を見せてもらいますかな。知っての通り私は産婦人科の医師ですからね。じっくりと発情した子宮を診察してあげますよ」

そう言って氷室はニヤニヤと舌なめずりをすると、食い入るように膣鏡のなかをのぞきこんだ。鬼頭も一緒にのぞきこむ。

金属のくちばしが、しとどに濡れた慶子の柔肉を押しひろげ、膣が生々しく開口していた。妖しい女の匂いが、ムッと鼻をついた。そして膣の奥底に慶子の子宮口が秘められた姿をのぞかせた。綺麗な肉の色を見せた肉環が、しとどの蜜にまみれてヒクヒクとうごめいていた。

それはおびえおののいているようにも見えるし、燃えあがった官能に男の精のほとばしりを待ちかねているようにも見えた。

「さすがに森下先生。子宮口まで形も色も綺麗なもんだ。フフフ、これはいろいろと

「鬼頭、はじめから森下先生をそんなにおどすんじゃないぜ。いきなり妊娠じゃな」
「人工受精で妊娠させる実験ってのも、面白えな、フフフ」
実験しがいがありそうだ」

　氷室と鬼頭はわざとらしく言って慶子に聞かせ、ゲラゲラと笑った。

「い、いやあッ」

　妊娠という言葉が、また慶子に悲鳴をあげさせた。さんざん弄ばれたあげく、妊娠させられてしまうなんて……。

「許して、それだけは……ああ、もう、かんにんして……」
「これくらいで許してちゃ、実験になりませんよ、森下先生。妊娠はともかくとして、まだまだこれから」

　氷室はニヤニヤと慶子のなかをのぞきこんで、膣襞や子宮口を丹念に調べはじめた。綿棒でゆっくりとまさぐっていく。たちまち綿棒は蜜を吸ってグチュグチュになり、次々と取りかえられた。

　子宮口の肉環を円を描くようにゆるゆるとなぞってやると、慶子はプルルッと腰をふるわせて泣き声をうわずらせた。そして肉襞を細い綿棒にからみつかせたげにうごめかせ、膣鏡を押しつぶそうとする。子宮口もググッと下降する気配を見せて、ヒクヒクと肉環をあえがせた。

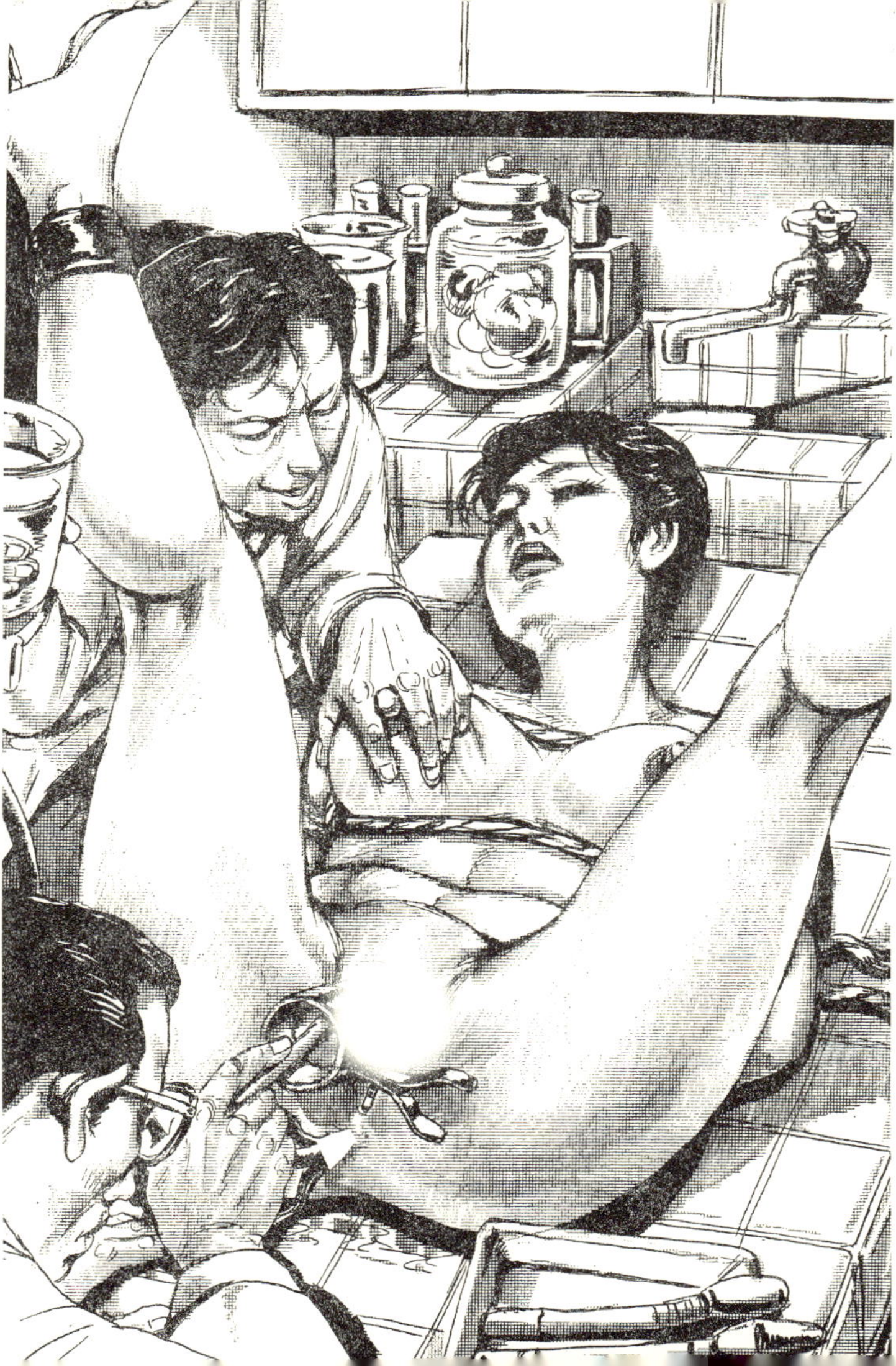

「あ、あ……かんにんして……」

うわずった泣き声をあげながら、慶子の腰がひとりでにうねりだした。

「こんなに細い綿棒じゃものたりないんでしょう、森下先生」

「いや……ああ、いや……」

「本当に好きなんですね、フフフ。たいした反応だ。子宮口までヒクつかせて催促してますよ」

氷室は綿棒の先端になにやらクリームをすくい取ると、ゆっくりと慶子の子宮口に塗りはじめた。子宮口の頸管を弛緩させ、粘膜を刺激する薬の入ったクリームだ。

「あ、ああ……やめて、お願い……も、もう……ああ……」

慶子はすすり泣き、あえぎをうわずらせ、ずりあがろうとした。

「……そこは、かんにんして……」

「もう子宮のなかまでいじりまわされたいはずですよ、森下先生」

氷室は小指の太さほどの細長い金属の器具を取りあげた。丸く少し太くなっている先端を膣鏡から挿入して、子宮口に押しあてた。

弛緩薬用クリームをさらに塗りこむようにして、ゆっくりと慶子の子宮口を揉みほぐしていく。

「ああ……なにをしているの、ああ……」

「フフフ、実験材料はおとなしくされるがままでいいんだよ」

鬼頭はせせら笑うと、一方の手で慶子の乳房をつかんでタプタプと揉みはじめ、もう一方の手で膣鏡に押しつぶされんばかりの女芯をいじりはじめた。

「ほれ、もっと気分を出してオマ×コをとろけさせねえか」

「や、やめてッ……ああッ……」

慶子は悲鳴とともに腰をよじりたて、泣き濡れた美貌をのけぞらせた。血を噴かんばかりに充血して尖った肉芽が、鬼頭の指でこすられ、つまみあげられ、ピンと弾かれる。それはツンと硬くなった乳首も同じだった。

「ああ、許して……変になっちゃう……」

すぐに慶子の悲鳴はすすり泣くようなあえぎに変わった。よじりたてられていた腰も、急速に力を失ってうねるようなふるえに変化した。

ジクジクとあふれる汁も濃厚さを増すようで、もうゴム管を咥えこまされている慶子の肛門を蜜にまみれさせて、解剖台の上までしたたり流れていた。

「あ、あ……ああ……」

汗にヌラヌラと光る慶子の白い裸身は、いつしか匂うようなピンクにくるまれ、吐く息が火になった。

それを待っていたように、氷室は慶子の子宮口をまさぐっていた金属棒の先端を、ゆっくりと入れはじめた。子宮口の肉環の真ん中のくぼんだところから、少しずつ慎重に頸管を押しひろげていく。

「あ、あ……」

慶子はこれまで経験したことのない異様な感覚に、思わず裸身を硬張らせた。

「なにを……なにをしてるの……」

「フフフ、森下先生の子宮口を開いているんですよ。ほんの小指ぐらいの太さなんですが、これでもなかなか大変でしてね」

「そ、そんな……」

氷室のあまりの言葉に、慶子は声がつづかない。

子宮口を開かれる……慶子はおそろしさに唇をわななかせるだけで、身動きすることさえできなくなった。ただブルブルとふるえるばかりだ。

「森下先生も医者なんだから、女の子宮口は出産時には十センチ近く開くのは知っているでしょう、フフフ」

「十センチは無理としても、女医さんの子宮口はどこまでかな」

氷室と鬼頭は慶子をからかってニヤニヤとうれしそうに笑った。

その間にも金属棒はジワジワとゆっくり慶子の子宮口を押しひろげている。

「あ、あ、いや……ああ、ど、どうして、そんなこと……」

ハアハアとあえぎ、慶子は声をふるわせる。

「フフフ、女医のくせして、そんなこともわからねえのか。動物の牝ってのは交尾する時に、牡のペニスを子宮のなかまで受け入れるんだぜ」

「そのほうが牡の精子が確実に子宮内に射精されて、受胎の可能性が大きくなるからですよ」

鬼頭と氷室は思わせぶりに言った。

慶子の美貌がひきつって、歯がカチカチと鳴りだした。

……ま、まさか……そんなことって……ああ、そんなおそろしいこと……。

口に出して言うのが慶子はおそろしい。開ききった媚肉の奥底でゆっくりと頸管を貫く金属棒の感覚が、おそろしい予感をいっそうふくれあがらせた。

「……許して……」

慶子はそう言うのがやっとだった。

氷室と鬼頭はニヤニヤと笑っただけで、なにも言わない。鬼頭はまだ慶子の乳房をいじりつつ、時々肉芽をこすり、氷室のほうは慎重に金属棒で慶子の子宮口を貫いていく。

「フフフ、森下先生のオマ×コがこんなにもとろけているんで、思ったよりもスムーズに入りましたよ。どうです、子宮口を貫かれているのがわかるでしょう」

金属棒から手を離して、氷室はひと息ついたように言った。

「ああ、いや……取って……」

慶子は身悶えることもできず、声をふるわせて哀願した。

「まだまだ、そんなに緊張しないで自分からも子宮口を開くようにするんですよ」

「かんにんして……ああ、取って……お願いッ、こんなの、いや……いっそ、ひと思いに犯して」

「フフフ、子宮口が充分にゆるんだら、言われなくても犯ってあげますよ」

氷室はすぐには金属棒を引き抜こうとはしなかった。慶子の子宮口が貫いているものに充分になじむのを待ってから、ようやく引き抜いてさらに数ミリほど太いのに取りかえる。

氷室の横の台には、ガーゼの上に金属棒が細いのから順に太くなって十本ほど並べられていた。

「いや……ああ、もう、いや……」

慶子は泣きながら哀願した。

「これぐらいでいやがって、それでもお医者さんですか、森下先生。このいちばん太いのだって直径は四センチしかないんですよ」

「ガタガタ言ってやがると、十センチまで開くぞ。それを今日は四センチで許してやろうというんだから、感謝してもらいたいぜ」

「じょじょに太くなっていくから、自分からオマ×コをとろけさせて、子宮口を開くようにしないと、つらいだけですよ」

氷室は金属棒を慎重に慶子の子宮口に挿入しながら言った。

氷室の言う通り、金属棒は取りかえられるたびに少しずつ太くなっていく。それとともに膣の奥底が拡張されていく感覚もふくれあがって、慶子はキリキリと歯をかみしばってうめき声をあげた。

汗まみれの慶子の裸身は、もう油でも塗ったようにヌラヌラと光って、玉の汗がツーッと肌をすべり落ちた。

「フフ、だいぶ開くようになってきましたよ、森下先生」

「ううッ……も、もう、これ以上は……うッ、うむ……かんにんして……」

「あとひと息ですよ。確実にするためにも、もう少し開いておかなくては」

氷室はさらに金属棒を取りかえていく。

なにがあとひと息で、確実にするためなのか……慶子のなかで恐怖がふくれあがった。だがその恐怖も、再びジワジワと入ってくる金属棒にかすんだ。

「たいした腕だな、氷室。こうスムーズに開くとは思ってなかったぜ」

「好きこそものの上手なれってな。実験材料がいいと腕もあがるぜ」

「このぶんなら本当に子宮セックスってのがやれそうじゃねえかよ」

鬼頭と氷室は顔を見合わせて、ニヤニヤと顔を崩した。

「う、うむ……」

そんな話も聞こえていない慶子は弱々しく頭を振ってうめき、あえぐばかり。汗まみれの肉がブルブルとふるえてとまらなかった。

5

子宮口を開かれるおそろしさに、慶子は肛門からチビチビと入ってくるグリセリン原液のことも忘れた。いつしか、吊りさげられたガラス容器はグリセリン原液の目盛りが千CCから六百CCにまでさがっていた。

「あ……う、うむ……」

最後の金属棒を子宮口に挿入された慶子は、荒々しい便意を自覚した。だいぶ前から便意はあったのだが、それを気にする余裕もなかった。だが、もう便意の高まりを慶子は耐えることができなかった。

「ま、待って……ああ、おトイレに……行かせて……」

慶子はワナワナと唇をふるわせた。

「突然なにを言いだすんだ。せっかくここまで子宮口を開いてるってのに」

「それとも肛門にもいたずらしてほしいという催促ですかな、森下先生」

「そいつは気がつかなかったぜ。心配しなくても肛門もしてやるからよ」

鬼頭と氷室はゲラゲラと笑った。

鬼頭は慶子の乳房をいじりながら、時々女芯に触っていたが、おもむろに立ちあがるとイルリガートル浣腸器の栓をさらに開いた。

チビチビと流入していたグリセリン原液がにわかに勢いを増した。ドクッドクッと荒々しく流れこむ。

「あ……そんな……うむむ……」

慶子は狼狽の声をあげて、キリキリと唇をかみしばった。それまでがじれったいまでの注入だっただけに、不意におびただしく射精されたようで、今にも気がいかんばかりに昂った。

「あ、あああ……たまんないッ……」

慶子は吊りあげられた両脚から双臀にかけてブルブルとふるわせ、泣き声をうわずらせた。だがそれもすぐに、荒れ狂う便意に変わって、苦悶が押し寄せる。

「う、うむッ……もう、入れないで……ううッ、お腹が……」

「実験材料がなにを言ってやがる。オマ×コじゃ子宮口がしっかりとろけて、尻の穴じゃ千五百ＣＣ一滴残さず呑むんだよ」

「いやあ……かんにんしてッ……」

慶子の言葉は苦悶のうめき声に呑みこまれた。汗にヌラヌラと光る裸身に、さらにあぶら汗がドッと噴きでた。

「うむ、ううむ……く、苦しいッ……」

一時もじっとしていられない。慶子の裸身がふるえ、うねった。

膣鏡で女肉を押しひろげられ、子宮口まで少しずつ開かれているだけでも気が遠くなりそうなのに、追い討ちをかけるようなグリセリン原液の荒々しい注入が肛門を襲った。

吊りさげられたイルリガートル浣腸器のガラス容器の目盛りが、たちまち五百五十、五百、四百五十、二百……とダウンしていく。

「ううッ、もう、入れないで……やめて、お願いッ……」

慶子がいくら哀願しても、氷室と鬼頭はニヤニヤと笑うだけだ。子宮口に挿入した金属棒も抜こうとはせず、頸管が金属棒になじむのを待っている。便意の苦痛がふくれあがるにもかかわらず、慶子の媚肉はますます熱く燃える。

「フフフ、氷室、もう大丈夫じゃねえのか。ここらで一度試してみようぜ、子宮セックスってのをよ」

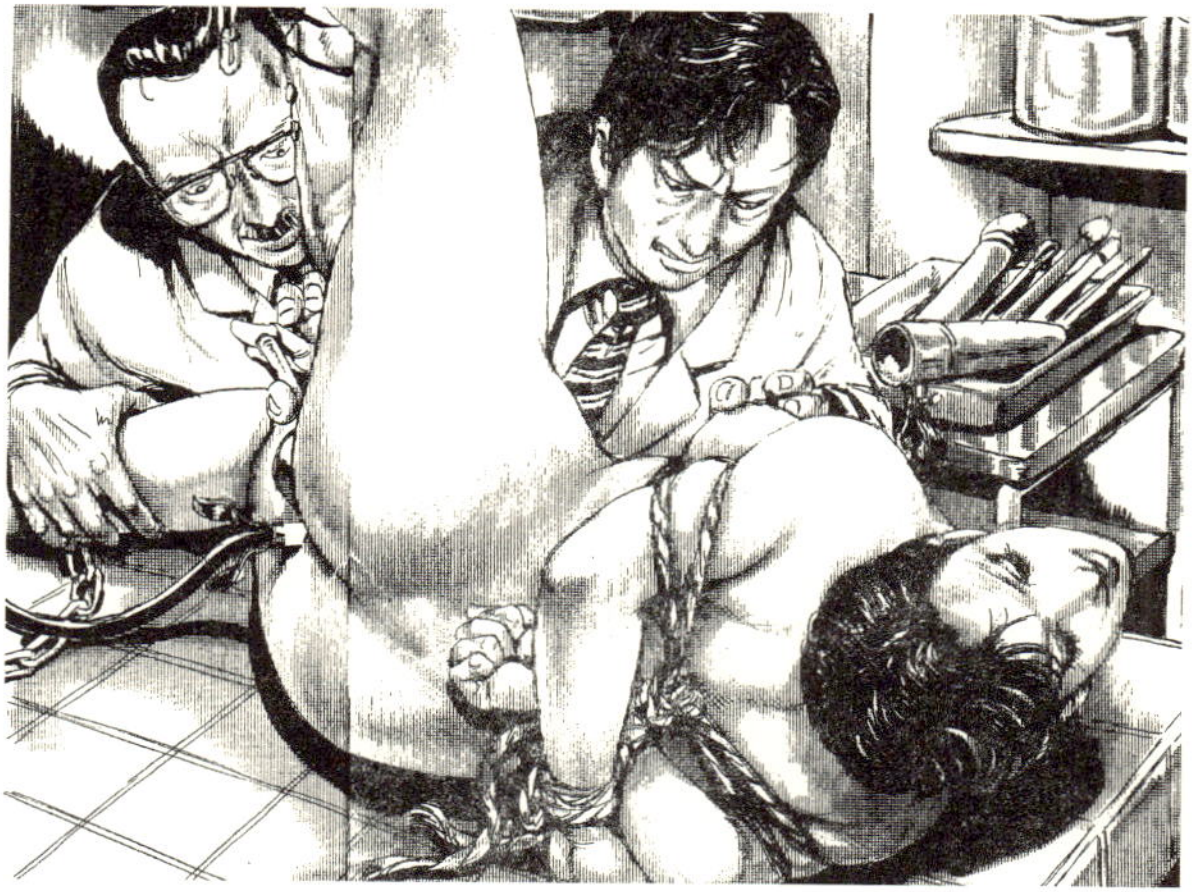

「あせるな。裂けちゃ元も子もないぜ。まずはこいつでテストしてからだ」

　氷室が取りだしたのはグロテスクな張型だ。太さは平均的だが、長さのほうは三十センチほどもある。それを慶子には見えないようにして、たっぷりと弛緩剤入りのクリームを塗りたくる。

　そんなことも知らず、慶子はもうあぶら汗にビッショリまみれていた。荒れ狂う便意に悪寒が総身を駆けまわり、頭のなかが灼けただれる。

「う、うッ……もう、だめ……ああ、もれちゃうッ……」

　慶子は息も絶えだえにあえいだ。かみしめた歯がカチカチ鳴ってとまらない。

「もらしやがったら、今度は倍の量を入れるからな、女医さん」

鬼頭がそう言う間にも、ガラス容器がズズーと不気味な音をたてて空になった。千五百CC一滴残らず流入した。

「お、おトイレに……」

慶子はもう声を出すのも苦しいようだ。鬼頭はニヤニヤと慶子の顔をのぞきこんで舌なめずりをした。

「こんなに時間をかけて入れたのに、すぐ出しちゃもったいねえというもんだ。それにまだオマ×コに実験中だしよ」

「せっかくここまで子宮口が開いたのに、中断はできませんよ、森下先生。さらに実験をつづけなくては、フフフ」

氷室と鬼頭に意地悪く言われて、慶子は声もなく頭をいやいやと振った。便意は今にもドッと駆けくだりそうで、肛門を必死に引き締めているのがやっとだ。

「お、お願い……我慢できない……う、ううむッ……」

「これを子宮に入れたら、ひりださせてあげるから、それまで我慢して、森下先生」

ニヤニヤと笑いながら、氷室は長い張型を慶子の眼の前にかざしてみせた。

「………」

一瞬、慶子は眼が凍りついて声を失った。長さ三十センチもあるグロテスクな張型……それは氷室が慶子の子宮責め用に特注したものであることは、ひと目でわかった。

氷室が張型のスイッチを入れると、ジジーッと不気味な電動音とともに、張型の頭がうねり、長い胴が振動した。

「女医さんの子宮のなかまで牝のようにこねくりまわされるには、ぴったりの責め具だろうが、フフフ」

「……いや……そ、そんなもの、使わないで……そんなこと……」

唇をわななかせながら、慶子はやっとの思いで言った。あまりのショックに荒れ狂う便意さえ、どこかへ吹っ飛んでしまったほどだ。

「そんなひどいことだけは……お願い、かんにんしてッ」

「森下慶子先生を牝にしてやると言ったでしょう。牝はペニスを子宮のなかまで受け入れることも言ったはず、フフフ」

「かんにんして……」

言い終わらないうちに淫らな振動を開ききった内腿に押しあてられて、慶子はつんざくような悲鳴を噴きあげた。

後ろ手に縛られて両脚を吊りあげられていては、おぞましい責め具から逃れる術はなかった。そのうえ、媚肉は膣鏡でパックリと開かれている。

氷室はニヤニヤと笑いながら張型の頭を慶子の内腿に這わせ、膣鏡のひろがりにそってなぞった。淫らなうねりと振動に膣鏡までがふるえ、女芯が弄ばれる。

「ヒッ、ヒッ……かんにんして……そんなひどいこと……やめて……」

子宮のなかにまで入れられるおそろしさに、慶子の泣き声はかすれ、まともな言葉にならない。

氷室はさんざん慶子をおびえさせ、すぐに挿入しようとはしない。

「早く子宮のなかまで入れてほしいんでしょうが、森下先生」

「子宮に入れてほしい、とおねだりしねえか。牝のくせしやがって」

鬼頭が手をのばして、子宮口に挿入している金属棒には触れずに膣鏡だけをゆっくりとはずした。

ヒクヒクと柔肉が金属棒にからみつかんばかりに、開ききった口を閉じていく。まるで軟体生物だ。しとどの蜜が金属棒にしたたり流れる。

「あ、あ……」

不意に慶子に便意が甦った。もはや荒れ狂う便意は限界である。

「うむ、ううッ……我慢できないッ……」

「オマ×コの実験中に騒ぐんじゃねえ。実験が終わるまで待てねえのか」

「だ、だめッ……ああ、出ちゃう……」

慶子は血の気を失った美貌を右に左にと振って、ヒイヒイとのどを絞った。

「まったくこらえ性のねえ女医さんだぜ。実験中にウンチがしたいとはよ。そんなにこらえ性がねえなら、栓をしてやろうか」

「フフフ、させてやれよ、鬼頭。ひりださせながらでも実験はできるぜ」

「お前がそう言うなら……そっちのほうが面白えかもな、フフフ」

鬼頭と氷室は互いにニンマリとうなずき合った。便器を取りあげてあてがうと、鬼頭はゆっくりと慶子の肛門からイルリガートル浣腸器のゴム管を引き抜きにかかった。それに合わせて氷室は、慶子の媚肉から金属棒をゆっくりと引き抜く。

「あ、あむむ……で、出ちゃうッ……」

慶子はせっぱつまった悲鳴をあげるのと腰をブルブルッと痙攣させるのと同時だった。引きだされるゴム管に肛門が内からふくらむように盛りあがったと思うと、グリセリン原液がドッとしぶきでた。すでに一度たっぷりと浣腸されているので、出てくるのはグリセリン原液ばかりだ。

「ああ……見ないでッ、ああ……」

双臀をブルブルふるわせたまま、慶子は泣きじゃくった。

「派手に出しやがる。尻の穴もあんなに生々しく開いてよ、フフフ」

「ひりだしている時はオマ×コのほうも力が抜けてるはずだから、今がチャンスってわけよ。おっぱじめるとするか」

氷室は手にした張型の先端を、金属棒にかわって慶子の媚肉に分け入らせた。

「あ、いやッ……こ、こんな時に、いやあッ……ああ、待ってッ」

慶子は戦慄の悲鳴をあげた。

排泄している時に張型を媚肉に入れようとする氷室の行為が信じられない。だがグロテスクな張型は、慶子の狼狽をあざ笑うようにジワジワと媚肉を割って入ってくる。柔らかくとろけた肉襞が、張型に巻きこまれて振動とうねりとにこねまわされた。

「いやッ……いや、ああッ……」

慶子はキリキリと歯をかみしばって、総身を揉み絞った。激しく肛門からほとばしるグリセリン原液が一度途切れ、またドッとしぶきでる。

「ああ……こんな時に、やめてッ……」

「フフフ、オマ×コはうれしそうに呑みこんでいきますよ、森下先生。ひりだしながらオマ×コに入れられるのも、いいもんでしょ」

「い、いやあ……」

慶子は深く入ってくる張型に、満足に声も出せず、息もつけない。

ズンと張型の先端が慶子の子宮口に届き、振動が子宮口を舐めまわした。

ヒイッ……と慶子はのけぞった。肉がひとりでに快美を貪ろうと、身体の芯がひきつるような収縮を繰りかえすのがわかった。

「あ、あああッ……」

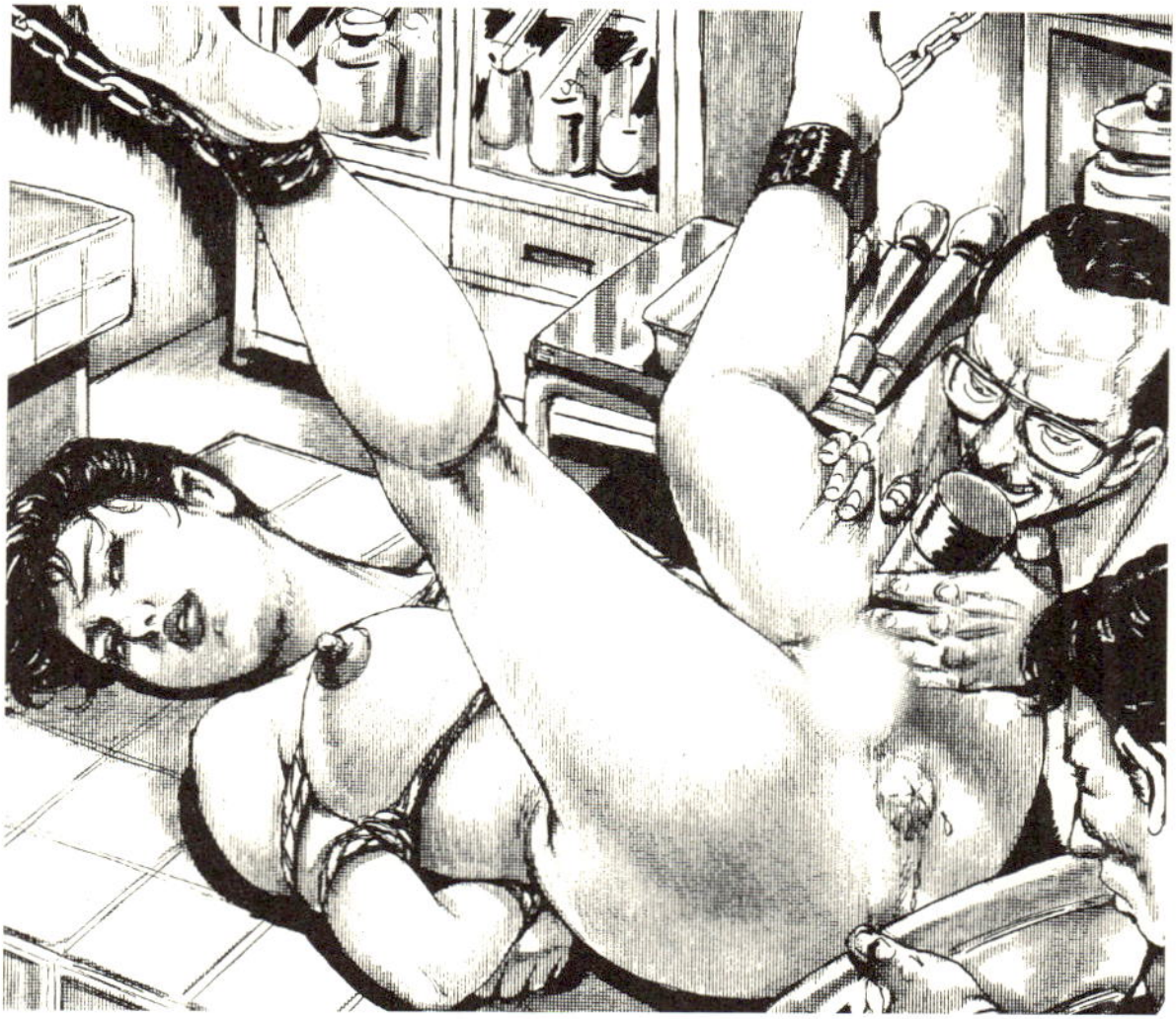

慶子の排泄がまた途切れて、そしてドッとほとばしらせる。

便意の苦痛からの解放感による快感、そして張型による肉の快美とが入り混じって、慶子をいっそう悩乱させて官能の渦へと巻きこんでいく。

「すごい感じようじゃないですか、森下先生。張型がもっと奥まで吸いこまれていくようですよ、フフフ」

氷室はからかいながら張型の淫らな振動を慶子の子宮口に押しあて、ゆるゆるとこねまわした。

しとどに濡れそぼった肉襞が張型にからみつき、貪るうごめきを見せてさらにジクジクと蜜をあふれさせた。

「ああッ……狂っちゃう……あむ、あうう……かんにんしてッ」

もう氷室のからかいに反発する余裕すらなく、慶子はあられもない声を噴きあげた。

ひとりでに腰がうねる。

「フフフ、ひりだしながらよがってやがる。そんなにいいのか」

「すぐにもっとよくしてあげますよ、森下先生。一発でいくかな」

鬼頭と氷室はゲラゲラと笑った。

そして、慶子の肛門がほとんどグリセリン原液を絞りだしたと見るや、氷室は子宮口に押しあてた張型をジワジワと沈めにかかった。

「そんなッ……いや、いやあッ……」

ひと息つく間もなく、慶子はのけぞった汗まみれののどから悲鳴を噴きあげた。

子宮口はすでにとろけてゆるんでいるのに、引き裂かれるようだ。

「う、うむ……死んじゃう……」

「もう少しですよ、森下先生。力を抜いて」

淫らな振動とうねりとが慶子の子宮口を揉みほぐすように入ってくる。

「あッ……うむ……ああッ……」

吊りあげられた両脚をピンと突っ張らせて、慶子はのけぞった。

「ヒッ、ヒイーッ」

張型の頭がもぐりこむのを感じた時、慶子は身体の中心から脳天へと電気が走った。総身がおそろしいばかりに収縮し、なおも入ってくるものをキリキリ食い締めて絞りたてた。

6

しとどの汗のなかにグッタリとして、慶子はハアハアとあえいでいた。両眼は固く閉じて、半開きの唇が悩ましい。

「フフフ、本当に一発で気をやるとは。さすがにいい身体をしているだけのことはありますね、森下先生」

「どうだ、子宮で気をやった気分は。そうやって張型を子宮のなかまで咥えこんでいると、牝らしい気分だろうが」

氷室と鬼頭がからかっても、慶子はあえぐばかりでなにも言わない。

慶子の媚肉にはまだ深々と子宮まで張型が押し入れられ、もうバイブレーターのスイッチも切られているのに、余韻の痙攣にヒクヒクとうごめいている。

ああ……。

慶子の頭のなかは真っ白に灼きつくされた。子宮まで突きあげられて、これまで経験したことのない肉の快美に、身体じゅうの肉が灼けただれた。

「フフフ、オマ×コも尻の穴もベトベトじゃねえか。それでも女医か」

鬼頭は洗浄器を手にすると、慶子の媚肉から肛門にかけて洗い流しはじめた。

「う、う……」

張型を咥えこまされたままの媚肉や肛門にかけられる湯と指のうごめきに、慶子はうつつのなかにうめき声をあげ、腰をうごめかせた。

しっかりと張型を咥えた媚肉はヒクヒクと余韻の痙攣を見せ、肛門は排泄のあとも生々しく、まだ腫れぼったくふくれている。

「それじゃ、いよいよ子宮セックス本番といくか、鬼頭」

「たっぷりと精を子宮に注いで、女医さんを孕ませてやるか、フフフ」

「なんだ、お前はアナルを犯るんじゃねえのか。アナル派のお前も、さすがに子宮セックスはやってみてえというわけか」

「一度犯ってみたかったんだ」

氷室と鬼頭は顔を見合わせて、ニヤリとした。二人とも子宮まで入れるのははじめてだけに、声がうわずっている。

「最初は俺でいいな」

氷室はモゾモゾとズボンを脱いだ。欲情の昂りを物語るように、若くたくましい肉棒は天を突かんばかりに脈打っていた。

氷室は張型をゆっくりと引き抜くと、吊りあげられた慶子の両脚の間に腰を割り入れた。

「ああ……な、なにを……」

張型が引き抜かれて氷室がおおいかぶさってくる気配に、慶子はうつろに眼を開いた。

すぐになにをされようとしているのかわかって、慶子の瞳がハッと大きく見開かれた。

「ヒッ……いやあッ……」

慶子の瞳は恐怖に吊りあがり、悲鳴が噴きあがった。

眼の前でニヤニヤと笑っている氷室のいやらしい顔、そして開ききった内腿にこすりつけられる灼熱……。今度は男の生身で子宮まで貫かれるのだ。

慶子は背筋が凍りついた。

「いやッ……ああ、いやッ、こわいッ……」

「張型ではうまくいったんだから、いつまでおびえてるんですか、森下先生。さあ、子宮で私とつながるんですよ」

「いやあッ……そんなこと、もう、いやッ」

逃げようとよじりたてる腰は、上から氷室にのしかかられてどうしようもなく、ただ吊りあげられた両脚をうねらせるばかり。

「オマ×コは欲しがってヒクヒクしてますよ。身体は正直だ」

氷室はのぞきこんで灼熱で媚肉のひろがりを二度三度とこすりあげ、慶子に悲鳴をあげさせてから、おもむろに貫きにかかった。

「あッ……い、いやッ」

おそろしいものが柔肉をゆっくりと分け入ってくる。

「いやあッ……う、うむ……」

慶子は黒髪を振り乱し、乳房を揺さぶりたてて腰をよじり、かみしばった唇からうめき声を絞りだした。うつつのなかに柔肉を押しひろげられ、張り裂けんばかりに呑みこまされるのを感じた。

「う、うむ……あむむ……」

おそろしいはずなのに、媚肉がざわめいていて待ちかねたように肉襞がからみついていく。

自分の身体ながら慶子には信じられなかった。身体の芯が火になって燃えはじめる。そして灼熱の先端が慶子の子宮口を舐めた。それでも肉棒はさらに子宮口を押しひろげて入りこもうとする。

「かんにんしてッ」

鬼頭が気を失った慶子の黒髪をつかんで揺すり、頬をてのひらで張った。

「ここでのびられちゃ、面白くねえぜ。子宮のなかまで貫かれるのを、しっかり感じ取るんだ」

「こ、こわいッ……」

ギリギリと歯をかみしばって、慶子はずりあがろうとする。だが、身体の芯は熱くたぎってドロドロにとろけて力が入らない。

ジワジワと氷室の肉棒が子宮口を押しひろげてもぐりこんできた。

「う、うむ」

慶子は悶絶するようなうめき声をあげ、汗まみれの裸身を揉み、痙攣させた。

「おおッ、入るぞ。す、すげえ……」

氷室もうなり声をあげ、恍惚に表情をゆがめた。強引に一気に押し入れたいのをこらえて、氷室はゆっくりと進めた。

「鬼頭、とうとう森下慶子の子宮まで入れたぞ」

「こりゃ驚いた。本当に入ったじゃねえか。どうだ、子宮まで入れた感じは」

結合部をのぞきこみながら鬼頭が聞いた。慶子の媚肉がぴっちりと肉棒を咥え、当然のことながらこれまでよりずっと深くつながっているのがわかった。

「すげえぜ。これほどとはな。チ×ポがとろけちまいそうだ、鬼頭」

「締まりのほうはどうだ、フフフ」

「クイクイ締めつけてきやがる。チ×ポの頭と根元と二段締めだ。とくに先のほうはすごい締まりだぜ」

「そんなにすげえのか」

氷室と鬼頭がそんなことを話し合っても、慶子は意識もうろうとして、グラグラ頭を揺らしてあえぎ、うめき声をこぼす。

ああ、こんなことって……子宮にまでなんて……ひ、ひどすぎる……。

そう思う意識さえ、慶子は深く押し入っているものに呑みこまれそうになった。ただ、自分を貫いている深さを思い知らされるばかりだ。

氷室はすぐには動きだそうとはしなかった。じっくりと子宮まで押し入った妖美の感覚を味わい、また、慶子の子宮に肉棒が入っていることを思い知らせ、肉棒になじんでくるのを待っている。

「フフフ、どうです、森下先生。私が子宮のなかまで入っているのがわかるでしょう」

氷室はニヤニヤと慶子の顔をのぞきこんだ。慶子の顔は汗にビッショリでキリキリと歯をかみしばり、まなじりをひきつらせて必死に耐えている。口をパクパクさせてあえぐ。もう満足に息もできない。

「気を失うのはまだ早いですよ」

氷室が少しでも腰を動かすと、ビクッと慶子はふるえて重いうめきをのけぞらせたのどから絞りだした。

だが、そんな意識もうつろになって灼けただれるような状態にもかかわらず、しだいに肉が疼きを大きくしてトロトロとろけだすのを、慶子は感じた。

身体じゅうの肉がただれるような快感がふくれあがり、子宮が、押し入っているものになじんでいく。

「あ……あ……」

慶子の口から思わず声が出た。明らかにこれまでと違って、どこか艶めいた響きがあった。

そんな慶子の身体のとろけようを確かめるように、氷室は少しだけ腰を動かしてみせた。慶子の反応を見ながら、ゆっくりと。

「ああ……ううむ……い、いや……」

慶子は狼狽の声をあげたが、もう苦悶するというふうではなかった。

はじめより動きがスムーズになって、膣襞がいっせいにからみついてくる。ジクジクと蜜がおびただしくあふれるのがわかった。

「フフフ、これなら遠慮なく責めても大丈夫だ。やっぱり身体は本能的に受胎しようと反応するようですね、森下先生」

「いや……ああ、かんにんして、いや……」

「森下先生が子宮でどこまで牝になりきれるか、じっくり見せてもらいますよ」

氷室はうれしそうに言うと、慶子の美貌を見おろしながら、ゆっくりと腰を動かしはじめた。ニヤニヤと鬼頭は慶子の乳房に手をのばし、指を食いこませて締めあげるようにして揉みはじめ、氷室を手伝う。

「あ、ああッ……動かないで……いや、変になっちゃうッ……」

揺さぶられながら慶子は泣き声を噴きこぼした。

その声はふいごに煽られる火のように熱くなった。背筋が灼けただれ、息もつまるかと思われる肉の快美がふくれあがる。

「感じてやがる、フフフ。氷室、どうだ、子宮セックスの味は」

慶子の乳房を揉みこみながら鬼頭が聞いた。見ているだけでも鬼頭は欲情が昂るらしい。

「こんなのははじめてだぜ。二段締めに負けそうだ……おお、たまらねえ」

「お前が負けそうになるくらい、そんなにすごいのか」

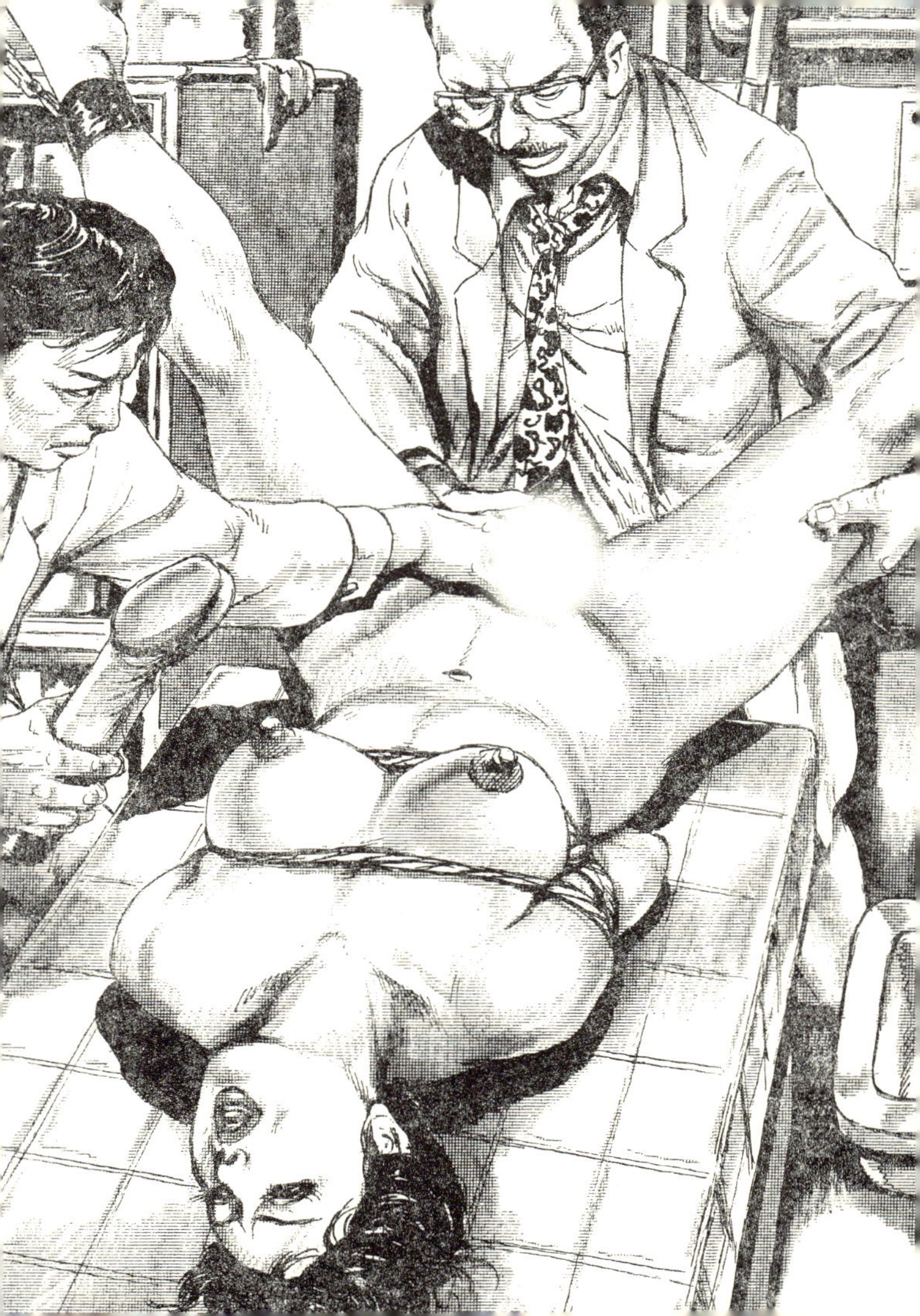

「犯ってみりゃわかるぜ」

さすがの氷室もしだいに余裕がなくなっていく。少しでも気を抜くと、今にもドッと果てそうになった。

そう長い時間はもたないな……そう思った氷室は、慶子を追いあげることに精力を集中した。負けることは氷室の誇りが許さない。

「あ……ああ、許して……た、たまらない、ああ……」

慶子はもう半狂乱になって泣きじゃくっている。すさまじいまでの肉の快美に、自分がなにをされているのかもわからない。牝を剝きだしにした。

「狂っちゃうッ……あうッ……あああ、死ぬ、死んじゃうッ……」

のけぞらせた口の端から涎れを垂らして白眼を剝き、慶子は泣き、うめき、よがり叫んだ。

身体じゅうの骨がドロドロになって、肉という肉が灼けただれ、腰がバラバラになると思うほどの、この世のものと思えぬ愉悦。

慶子はいつしか、我れを忘れて自分から腰を揺すりだした。

「ああッ、も、もうッ……ああッ……」

慶子の腰がブルブルとふるえだしたかと思うと、上体がひときわ大きくのけぞった。

「もうイクのか、女医さん。やけに早いじゃねえかよ」

鬼頭がそう言った次の瞬間には、慶子は凄絶な表情をさらして白眼を剝き、歯をかみしばってガクガクと腰をはねあげた。

「あぁッ……イクッ……う、ううむ……」

絶息せんばかりの声を絞りだして、慶子は吊りあげられた両脚を突っ張らせ、汗まみれの裸身をキリキリと収縮させた。

肉棒の頭と根元とを二重に締めつけてくるきつい収縮に、さすがの氷室も耐えられなかった。獣のように吠えて、白濁の精をおびただしく放った。

「ヒッ、ヒイーッ」

灼けるような白濁のほとばしりを子宮のなかに生々しく感じ取って、慶子はもう一度ガクンとのけぞり、総身を収縮させた。

「よし、次は俺だぜ、フフフ。氷室、バトンタッチだ」

まだ氷室が慶子から離れないというのに、鬼頭は待ちきれないようにたくましい肉棒をつかんで、慶子の裸身にしゃぶりついた。

7

たっぷりと慶子の子宮を味わった鬼頭がようやく離れた時には、慶子はもう死んだようにグッタリとしていた。両眼を閉じた美貌は陶酔に輝くばかりで、乳房から腹部にかけてあえぎ波打たせている。匂うような色にくるまれた裸身は、まるで湯でもかけられたようにビッショリの汗だ。

「フフフ、子宮セックスってのはこたえられねえな。二段締めがたまらねえぜ」

「さすがの俺たちも一発でアウトだからな。まあ何度かやるうちに、少しはもつようになるだろうぜ。それにしてもいい味してたぜ」

氷室と鬼頭は一服しながら、快美の子宮セックスをふりかえってニヤニヤと笑った。二人の愉悦も大きかったが、慶子の狂いようもこれまでになく激しかった。それだけ慶子の快美も大きかったということだ。

「こりゃ本当に孕むかもしれねえぜ、氷室」

「森下慶子は妊娠させるつもりさ。他の獲物と違って亭主なしだから、問題もねえしよ、フフフ」

「女医の孕み腹か、こりゃ面白え」

鬼頭と氷室は互いに顔を見合わせて、ゲラゲラと笑った。

慶子ならこのまま実験室に監禁することもできるし、妊娠させて出産させることも、中絶させることもできる。ひとり身の慶子はなにも家へ帰ることもないし、妊娠しても誰も不審に思わないだろう。

「どれ、一服したところでもう一発、子宮セックスといくか」

鬼頭は煙草を揉み消して、氷室に向かって言った。

「はじめてなんだからほどほどにしとけよ、鬼頭。それより次は肛門実験といこうじゃねえか、フフフ」

「そうそう、俺としたことが肛門のほうを忘れてたぜ。あんまし子宮セックスがよかったもんでよ」

氷室と鬼頭は慶子の足首の縄を解くと、吊りあげた両脚をおろした。

そして後ろ手に縛った縄はそのままに、慶子の裸身を解剖台の上であおむけの姿勢からうつ伏せへとひっくりかえした。慶子の両脚を大きく左右へ開いて、足首を解剖台のパイプにつないだ。

そうされても慶子は両眼を閉じたまま、動こうとしない。まだ意識が恍惚の余韻に吸いこまれている。

「いつまでのびてるんだ。しっかりしろッ」

鬼頭がパシッと慶子の双臀をはたいた。

ムチッと張って汗にまみれた臀丘から、まるで水面をたたいたように玉の汗が弾け飛んだ。

それでも慶子は低くうめいただけで、眼を開こうとしない。

また手を振りあげた鬼頭を、氷室がとめた。

「フフフ、こいつを使えばいやでも眼をさますぜ」

氷室が鬼頭に手渡したのは、ねじり棒だ。ねじりの入った先細のロウソクに似た、女の肛門を掘る責め具。長さは三十センチほどで、先端から一センチごとに目盛りがついていて、根元の太さは直径七センチもあった。

ニヤリと笑った鬼頭は、ねじり棒にたっぷりと肛門弛緩クリームを塗った。そして氷室が両手で慶子の臀丘の谷間を割り開いて肛門を剝きだすと、鬼頭はおもむろに先端をあてがった。

ゆっくりとねじりこむようにねじり棒を沈めていく。

「……あ……ああ……」

それまでグッタリとしていた慶子が、うつろな瞳をもたげた。

「ああッ……」

なにをされているのか、慶子はすぐにわかった。ブルブルッと双臀がふるえ、硬張った。

「い、いやあッ……」

死んだようだった慶子の身体が、生きかえったようにのけぞった。

「やめてッ……もう、もう、いやッ……」

「今度は肛門実験ですよ、森下先生。アナルセックスはもう経験ずみだから、一度どこまで森下先生の肛門が開くか、調べておこうと思いましてね」

「そんなッ……ど、どこまで辱しめれば……いやあッ……」

「子宮とともに女の肛門ってのは、牝にとって重要なんだぜ。子宮と肛門、そのどっちでも感じてこそ、牝になれるってわけだよ、女医さん」

「やめてッ……もう、かんにんしてッ」

硬張らせた腰をあざ笑うように、ねじり棒はゆっくりと肉襞をまさぐりつつ入ってくる。ねじり棒が巻きこまれるたびに、肛門の粘膜がねじりに巻きこまれ、ジワジワと押しひろげられながら深くなってくる。

「ああッ……いや……あ、あむ……」

慶子はキリキリと唇をかみしばってこらえようとするが、とても耐えられずに口をパクパクあえがせて腰を揺すりたてた。

浣腸と排泄とで、まだ慶子の肛門は腫れぼったくふくれ、そのうえに子宮セックスで二度にわたって気をやらされたこともあって、信じられないくらい敏感になっていた。そこをねじり棒でいたぶられ、とてもじっとしていられない。

「ヒッ、ヒイッ……いやあ……」

慶子は黒髪を振りたくり、腰をよじりたてた。ただれるかと思うばかりの感覚だ。

おぞましさに必死に肛門をすぼめれば、いやでもねじりこまれる感覚が強くなった。かといってゆるめれば、どこまでも入ってきそうだ。

「フフフ、十センチ入ったぜ、女医さん。ちょうど尻の穴は三センチひろげられたことになる」

鬼頭はねじり棒を動かす手をいったんとめて言った。

慶子の肛門はぴっちりとねじり棒を咥えこんで、ヒクヒクとふるえていた。肛門の粘膜がねじりに巻きこまれているのが、見た眼にもわかる。

慶子は後ろ手に縛られた背中を、ハアハアとあえがせた。

「さすがにアナルセックスをしてるだけあって、ここまではスムーズに開きましたね、森下先生」

「……も、もう、許して……ああ、かんにんして……」

「まだこれからじゃねえか。これくらい開かれたくらいで弱音を吐くな、フフフ」

鬼頭はせせら笑って一度ピシッと慶子の双臀をはたくと、またゆっくりとねじり棒をまわしはじめた。

「あ……いや、いやッ……裂けちゃう……」

ぴっちりと咥えこんだのをジワジワと押しひろげられ、肛門の粘膜がミシミシときしんだ。それがねじりに巻きこまれていく。

「う、うむ……ヒイィ……」

「自分から尻の穴を開くようにしねえか」

「ううむ」

慶子は眼の前が暗くなって、その闇に苦痛の火花が散った。

慶子の肛門は限界まで押しひろげられていくようだ。汗まみれの双臀が痙攣するようにふるえてとまらない。

「ずいぶんと開いたな、フフフ」

鬼頭はまた、ねじり棒を動かす手をとめて、ニヤニヤとのぞきこんだ。

「何センチだ、鬼頭」

「深さで二十センチ、太さで五センチというところだな」

「そりゃすげえ」

氷室ものぞきこみながら、あきれたように笑った。アナルセックスの経験がなければ、とっくに裂けているところだ。

「調教すりゃこいつの根元まで入れられるようになるぜ。今のところは、これが女医さんの限界ってところかな」

ねじり棒をぴっちりと咥えこんだ慶子の肛門を指先でなぞりながら、鬼頭は言った。

さらに押しひろげたい衝動に駆られたが、あせって慶子の肛門を裂いてしまいたくはない。

「……もう、許して……」

慶子は息も絶えだえに哀願した。ねじり棒で肛門を五センチほども押しひろげられて、身体が二つに引き裂かれていくようだ。

そのくせ慶子は身体の芯が妖しくしびれだすのをうつつに感じていた。このままではまた肉がただれ、狂わされてしまう。アナルセックスで何度か狂わされた記憶が、慶子におびえを呼ぶのだ。

それを見すかしたように、鬼頭はゆっくりとねじり棒を巻きもどし、また巻きこむことを繰りかえしはじめた。

「あ……あむ……やめて……」

慶子はブルルッと双臀をふるわせると、苦悶の美貌をのけぞらせて、汗に光るのどをピクピクひきつらせた。

「やめて、狂っちゃう……」

「狂っていいんですよ。肛門でどのくらい発情するか調べるのも実験のうちでしてね」

「そんな……あ、ああ……」

「フフフ、感じるんでしょう、森下先生」

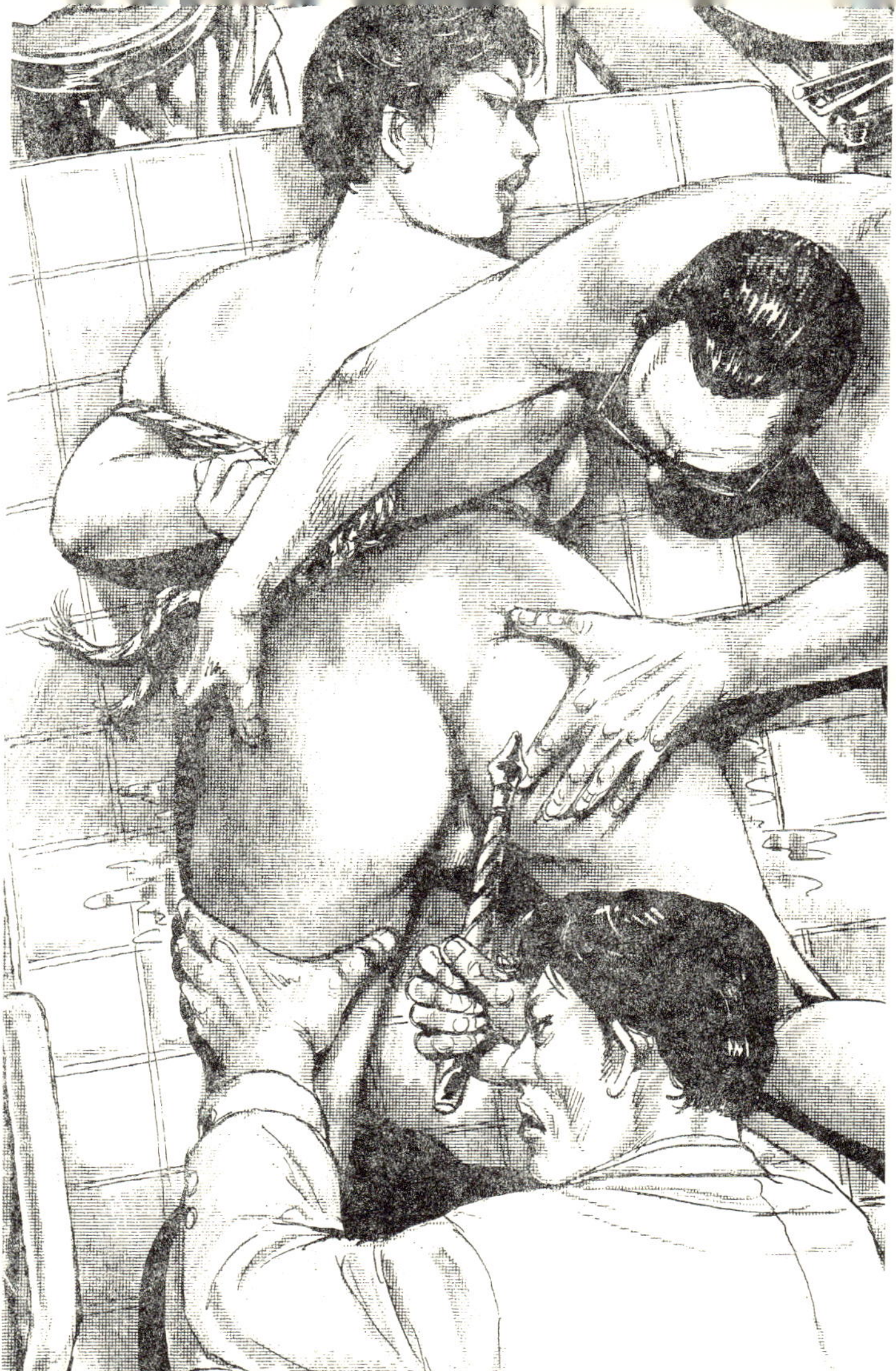

　氷室は、のぞきこんだ慶子の媚肉から、子宮セックスの名残りとは違う新たな蜜が湧きだしはじめているのを見逃さなかった。

　赤く充血した肉襞を妖しくうごめかせ、ジクジクと蜜をあふれさせ、それは恥丘を濡らして解剖台の上までしたたりはじめた。

「尻の穴もオマ×コも、まったく敏感な女医さんだぜ」

　鬼頭はあざ笑いながら、ねじり棒を回転させる動きに、ゆっくりとした抽送を加えた。

「あ、あああ……たまらないッ……ヒッ、ヒッ……ううむ……」

　たちまち慶子は息ができなくなって、ヒイヒイのどを絞った。キリキリと肛門でねじり棒を食い締めつつ、媚肉がしとどの蜜のなかに弛緩と収縮とを繰りかえした。

　こんな……ああ、こんなことって……。

　肛門だけを責められているというのに、どうしてこうなるのか……。慶子は自分の身体がわからない。

「……いやッ……いや……」

　回転され抽送されるねじり棒に肛門をからみつかせて食い締め、慶子は灼けるような狂乱へと追いこまれた。

「ああ……あああ……お尻が……」

「お尻がどうしたんだ、女医さん。はっきりと言わねえかよ」

「あ、あ……お尻が、いい……ああ、たまらないわッ……」

慶子はもう、口にする言葉の恥ずかしさをかえりみる余裕もなかった。肛門の快美が媚肉へと連動し、身体じゅうにひろがっていく。

鬼頭と氷室は顔を見合わせてニヤニヤと笑った。ビンビンと露わな反応を見せる慶子に酔いしれる思いだ。

「尻の穴にしてと言え」

「ああ、して……お尻の穴に、して……」

「フフフ、慶子の尻の穴を太いので犯して、と言うんですよ、森下先生。かわるがわる犯してともね」

「……あうう……慶子の……お尻の穴を、太いので犯して……ああ、か、かわるがわる犯して……」

慶子はもう自分でもなにを言っているのかわからない。命じられるままに、よがり声を交えて口走る。

「よしよし。ずいぶんと牝らしくなってきたじゃねえか、女医さん」

「やっぱり子宮セックス実験と肛門実験が効いたようだな。気の強い美人女医が、すっかり淫乱で可愛くなった」

鬼頭と氷室はゲラゲラと笑った。

その間も、ねじり棒は回転させられ、ゆっくりと抽送されて慶子を翻弄する。慶子のよがり声がヒイヒイという悲鳴にも似て、今にも気がいきそうだ。

「フフフ、慶子は実験材料になります、と言うんだ。オマ×コと尻の穴に、いっぱい実験してと言え」

「ああ、あうッ……慶子は、実験材料になります……オ、オマ×コとお尻の穴に、いっぱい……いっぱい実験して……ああ……」

「可愛いことを言いやがる。それじゃ女医さんの望み通り、まずかわるがわるアナルセックスをやってやるぜ」

鬼頭と氷室はたくましく屹立した肉棒を揺すって、またゲラゲラと笑った。

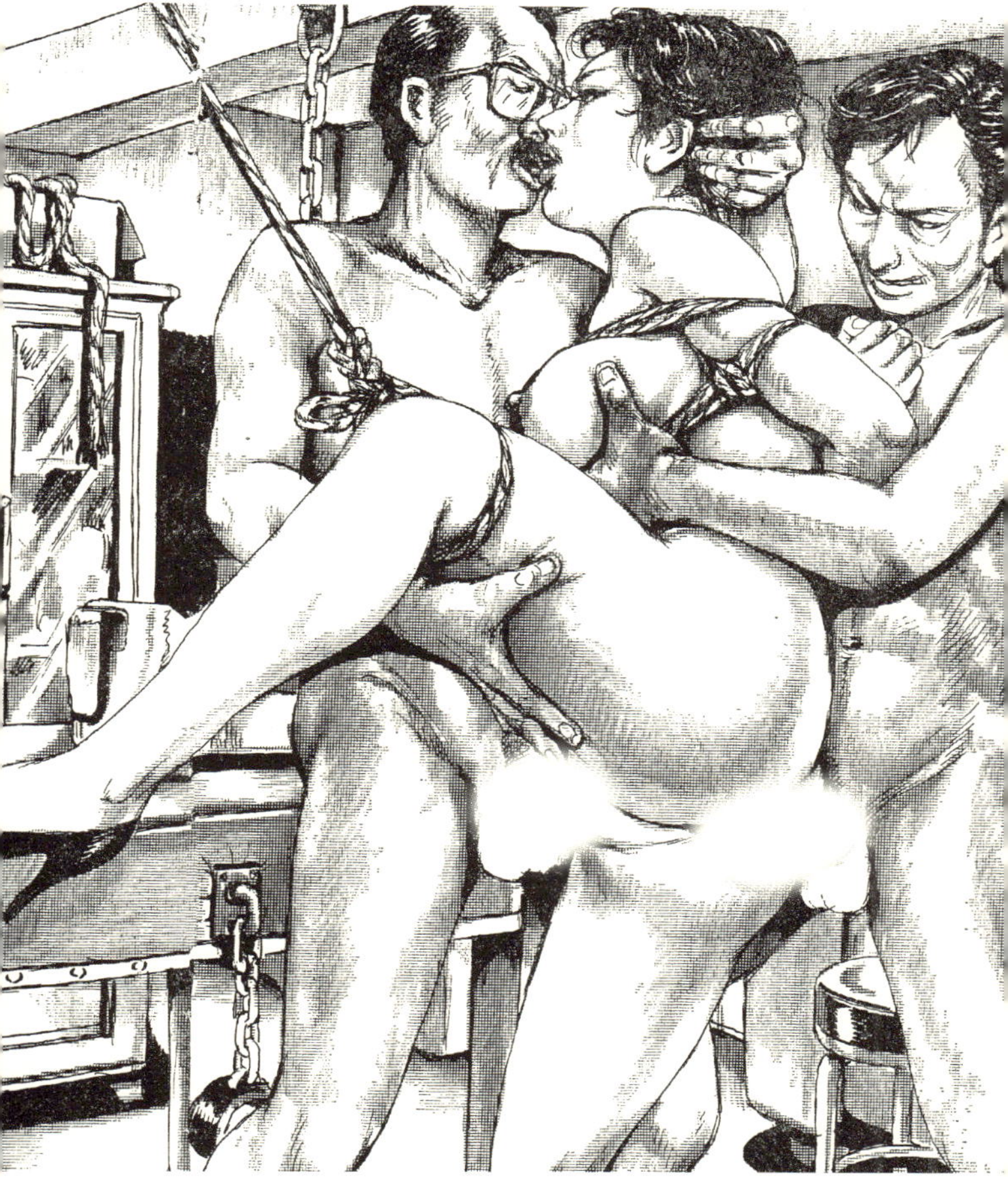

第九章　魔虐に支配された牝檻

1

氷室と鬼頭が慶子を地下の実験室に監禁して、丸三日がたった。

慶子は一糸まとわぬ全裸を内診台に革ベルトで固定され、汗でビッショリの裸身をハアハアとあえがせる。両脚は大きく開かれて足台に固定され、しとどに濡れた媚肉を赤く充血させ、ヒクヒクとうごめかせている。

そんな慶子を見つめながら、氷室と鬼頭は満足げに笑った。この三日間、ほとんど実験室にこもりっきりで、存分に慶子の媚肉を味わった。

「フフフ、子宮セックスってのは、たまらねえな。ほどほどにしようと思っても、やめられなかったぜ」

「これで妊娠するかもな。子宮のなかへたっぷりと精をぶちこんでやったんだ」

氷室と鬼頭がからかうように言っても、慶子はハアハアとあえぐだけだ。激しかった責めに意識もうつろで、もう口をきく気力もない。

いったい何度、慶子は錯乱のうちに気をやらされただろう。子宮のなかまで犯され、おびただしく精を注がれるなど信じられなかった。

だが、それがこの世ならぬ肉の愉悦を生み、慶子は声も出せず息もできず、ヒイヒイのどを絞って絶頂へと昇りつめた。

その時の慶子の苦悶と快美な表情、狂おしい身悶えが、まだ氷室と鬼頭の眼にはっきりと灼きついている。そして肉棒には、食い千切らんばかりのきつい収縮の感覚が残った。

「フフフ、まったくいい味をした女医だぜ。こりゃ子宮セックスがクセになりそうだな」

「あの吸いこまれて二重に絞られる感じが、なんともいえねえぜ」

妖美の快感を思いだして、鬼頭と氷室はニヤニヤと舌なめずりした。

「どれ、少し休ませるか。そろそろ診察室へもどらなきゃな」

氷室は時計を見て言った。もう朝の九時半をまわっていた。

実験室を出ようとする氷室を、鬼頭は呼びもどした。

「待てよ。氷室。ただ休ませちゃ面白くねえ。ひとりでも楽しめるようにしてやろうじゃねえか」

鬼頭は長大な張型を取りあげてニヤリとした。張型に催淫媚薬クリームをたっぷりと塗りこむ。

氷室はあきれたように鬼頭を見て、苦笑いした。

「ガタガタにしちまうのかよ、鬼頭」

「なあに、これだけいい身体をしてんだ。それに万一ガタガタになっちまったって、人妻の瞳も三枝子もいるじゃねえか」

「そりゃそうだけどよ……お前にかかっちゃ森下慶子先生も地獄だな、フフフ」

氷室も手伝って、鬼頭はゆっくりと長大な張型を慶子の媚肉に分け入れはじめた。

「あ、あ……」

慶子は汗にヌラヌラと光る腰をブルルッとふるわせて、右に左にと頭を振った。うつろな瞳を開いた慶子は、すぐになにをされるのかわかった。

「も、もう、やめて……」

慶子の唇がワナワナとふるえただけで、声にはならない。さんざん弄ばれた柔肉を巻きこむようにして入ってくる張型に、慶子ののどがヒッ、ヒッと鳴った。

「いや……ああ、もう、かんにんして……うむ、ううむ……」

たちまち慶子は満足に息もできず、黒髪を振りたくった。さんざんなぶられて萎えきった身体を、さらにおぞましい道具で責められるのだ。もうクタクタに疲れきっているはずなのに、腰が受け入れようとするかのようにうねってしまう。

「いや……うむ、もういやあ……」

「フフフ、オマ×コはこんなにうまそうに咥えこんでいくのに、気どるなよ。子宮まで入れてやるからな」

「あ、ああ……」

ズシッと、長大な張型の先端が子宮口に達した。それでもなお入ってくる。まだゆるんだままの子宮口から、さらに奥へとジワジワもぐりこんでくる。

慶子の身体の芯がひきつるような収縮を繰りかえし、肉がざわめき、うごめき、長大な肉棒にからみついた。

「どうだ、女医さん。子宮のなかまで入ったのがわかるだろう、フフフ」

「オマ×コをこんなにヒクヒクさせて、もう子宮まで入れられるのがクセになったのかな、森下慶子先生」

鬼頭と氷室は慶子をからかって、ゲラゲラと笑った。

それに反発する余裕もなく、慶子はドッと生汗の噴きだす裸身をあえぎ波打たせて、泣き声をあげた。

「ああ、気が狂ってしまう……もう、もう、かんにんして……あああ……」

「狂っていいぜ。バイブは十五分おきに五分間振動する。俺たちがもどってくるまで、退屈はしねえはずだ」

「そ、そんなッ……」

慶子はワナワナと唇をふるわせて、泣き声を高くした。

氷室と鬼頭はそんな慶子をあざ笑いながら、子宮まで押し入れた張型をゴムのベルトで慶子の腰に固定した。これで慶子がいくら悶えのたうっても、張型が抜け落ちることはない。

さらに張型の底からのびたコードを、タイマーに接続した。

「ああ、いや……こんなの、かんにんして……ああ、許して……」

慶子は泣き濡れた眼を氷室に向けて、哀願の声をあげた。

「お願い……許して……」

「許してたら実験になりませんよ、森下先生。これも森下先生をいつも発情した状態にしておくためです、フフフ」

「そんな……本当に狂ってしまいます」

「本当に狂うかどうか、俺たちがもどってくる時には、はっきりしてるぜ」

氷室と鬼頭は慶子の顔をのぞきこんで、ゲラゲラと笑った。

慶子は唇をわななかせ、美しい顔をおびえにひきつらせて、黒髪を振りたくった。

こんな状態で何時間も放っておかれたら、しかも十五分おきにバイブレーターが作動すると思うと、おそろしさに息がつまりそうだ。

「フフフ、こうなると尻の穴のほうがさびしいな。こんなふっくらとろけるのによ」

鬼頭はニヤニヤと慶子の肛門をのぞきこんで舌なめずりした。

鬼頭も氷室も子宮セックスに夢中になって、慶子の肛門はここ半日ほど責めていない。かといって、慶子の肛門をいたずらしているひまはなかった。

「そういえば、女医さんにまだ朝のエサをやってなかったな。じっくり楽しむためにもスタミナをつけとかなくちゃよ」

わざとらしく言って、鬼頭は氷室を見た。

鬼頭がなにを考えているのかすぐにわかって、氷室はまた苦笑いした。

「鬼頭、こいつを使おうっていうんだろ。お前がアヌスを放っとくわけねえからな」

氷室はイルリガートル浣腸器を取りあげて言った。

鬼頭はニンマリとうなずいた。ガラス容器の不気味な光が、鬼頭の嗜虐の欲情をそそる。氷室がガラス容器を点滴用のパイプにひっかけると、鬼頭はそのガラス容器になにやらトロリとした液体を流しこんでいく。

「フフフ、うんとスタミナがつくように栄養満点にしといたぜ、女医さん。二千CCもありゃ、腹いっぱいになるだろう」

「わかるでしょう、森下先生。滋養浣腸というヤツですよ」

鬼頭と氷室の言葉に、慶子は歯がガチガチと鳴りだした。張型を子宮にまで入れただけでは飽きたらず、このうえ滋養浣腸まで。とどまるところを知らない男たちのいたぶりだ。

「い、いやッ……そんなこと、しないでッ」

慶子は悲鳴をあげて、逃げようと腰をよじりたてた。そんなことをすれば、いやでも子宮まで入った長大な張型を感じさせられるのだが。

「かんにんしてッ……これ以上、そんなことをされたら……もう、もう……」

「もう、よがり狂って気をやるとでもいうのかい、女医さん」

「違いますッ……もう、いやッ、いやあッ」

「フフフ、エサをやる時は、どんな実験動物でも喜ぶもんだぜ」

慶子が泣き叫ぶのをあざ笑い、ゴム管の先端の太いノズルが、ジワジワと肛門を貫きはじめた。

「あ、ああ、いやあ……ヒッ、ヒッ……許してッ」

ひきつった美貌をのけぞらせ、黒髪を振り乱し、乳房を揺さぶり、慶子はかみしばった唇から泣き声を絞りだした。

だが、どんなに拒もうとしても、慶子の肛門はヒクヒクとあえいで太いノズルをス

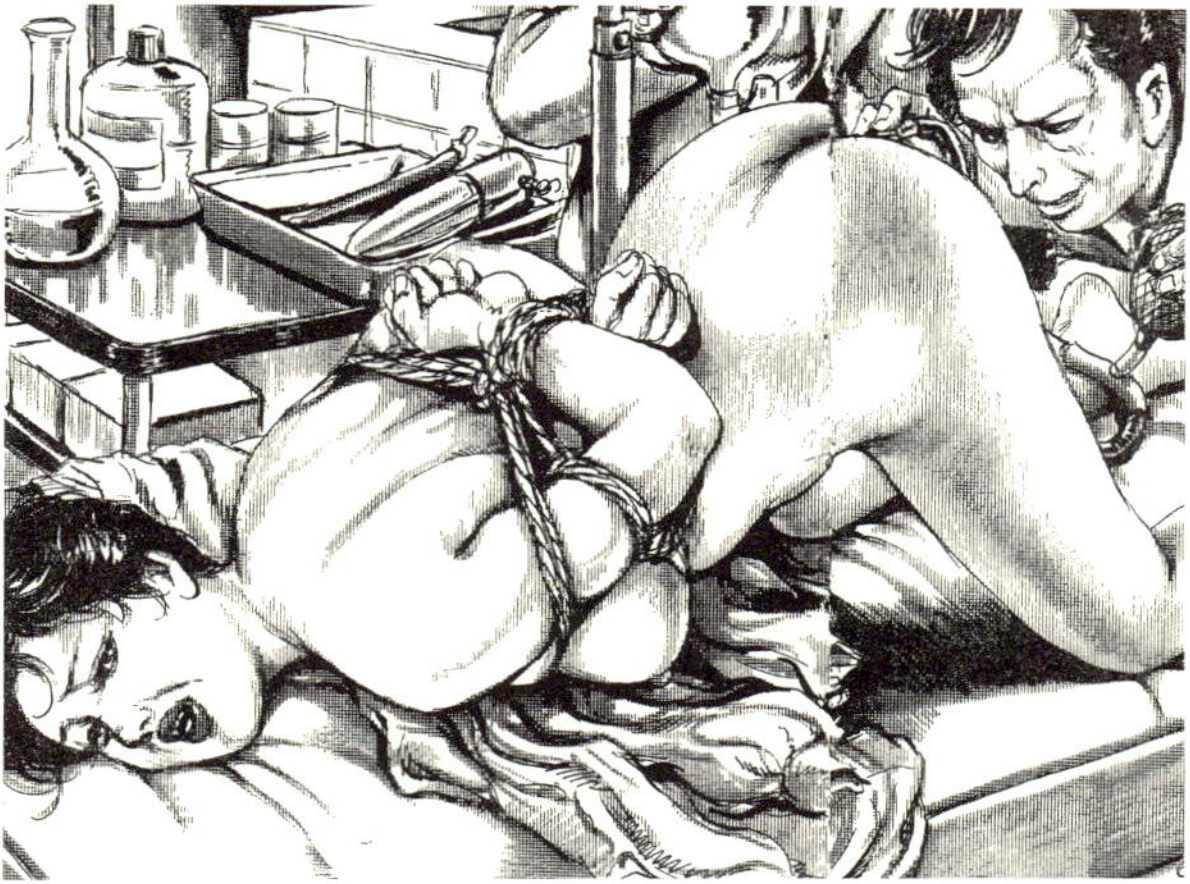

ムーズに受け入れてしまう。しかもそれは、肛門をこねるような淫らな動きとともに、薄い粘膜をへだてて前の張型ともこすれ合った。

「そんなッ……」

「なにがそんなだ。根元まですっかり咥えこんでるくせしてよ、フフフ」

「か、かんにんして……ああ……」

「まだだ。せっかくのエサがもれねえようにしねえとな、女医さん」

鬼頭はニンマリとした。

太いノズルの根元近くには薄いゴムが巻きついていて、そこからのびた二十センチほどの長さのもう一本のゴム管の先端には、ゴム球のポンプがついていた。

そのポンプを鬼頭が握りつぶすと、慶子の肛門の奥でノズルのまわりのゴムが風船のようにふくらみはじめる。

「あ、そんな……ああ、あむ……」

内から肛門を押しひろげられる異様な感覚に、慶子はキリキリ唇をかんでのけぞり、腰をふるわせた。

慶子の肛門の奥で、ノズルを中心に浮き袋のようにふくらんだゴムは、たちまち強烈な栓に――。

「これでエサをひりだそうとしても、まったくもれねえぜ、女医さん。じっくり味わえるってわけだ」

「二千CCを三時間かけて入れるようにセットしてあげますからね。充分に消化できるはずですよ、フフフ」

鬼頭と氷室はすすり泣く慶子を見おろして、ゲラゲラと笑った。

ガラス容器の根元に取りつけられたタイマーが、五分おきに五十CC注入してくれるはずだ。

滋養浣腸と子宮まで挿入された張型が五分おき、あるいは十五分おきに作動した時、慶子がひとりどんなふうに泣き悶えるかと思うと、鬼頭と氷室はますます笑いがとまらなくなった。

「俺たちがもどってくるまで、ひとりで楽しんでるんだな。何度気をやったってかまわねえんだぜ、女医さん」

「あんまり悦びすぎて、本当に気が狂わないようにするんですね、森下先生、フフフ」

鬼頭と氷室がそう言って実験室を出ていこうとすると、慶子は悲鳴をあげた。

「行かないでッ……お願いッ」

慶子は必死にすがる眼で氷室を見つめた。

「こ、こんなままで、ひとりにしないでッ……いや、いやッ……このままでは、いやあ」

「フフフ、自分が実験材料の牝であることを、ひとりでじっくりかみしめるんですね、森下先生」

氷室はあざ笑う。

「お願いッ……ああ、かんにんして……ひ、ひとりにしないでッ」

必死に哀願する慶子の身体が、不意にビクンとふるえて硬直した。

次の瞬間、悲鳴にも似た泣き声が、のけぞったのどから噴きあがった。

「あ、いやあッ……ヒッ、ヒッ、あああッ」

もう十五分もたったのか、慶子の子宮のなかで長大な張型がジジーッと不気味な電動音をたて、淫らな振動とうねりをはじめた。そのあとを追うように、肛門のノズルからもチュルチュルと流れこんでくる。

「あぁッ……あぁッ、とめて、とめてッ……い、いやあ……」

慶子は泣き叫んだ。

淫らな振動とうねり、そしておぞましい注入とが薄い粘膜をへだてて前と後ろとで共鳴し合い、慶子を悩乱へと引きずりこんだ。身体の芯が灼けただれ、肉という肉があぶられる。

慶子はひとたまりもなく、官能の炎にくるまれ翻弄されていく。

「いい声で泣くじゃねえか。それならひとりで充分楽しめるってもんだ」

「もどってきた時に森下先生がどうなっているか、楽しみだ」

鬼頭と氷室は慶子の泣き叫ぶ声を背中にして、実験室の出口へ向かった。

「いやあッ……ひとりにしないで、とめて、ああ、とめてッ」

慶子の悲痛な叫びも、ぶ厚いドアを閉めると、まったく聞こえなかった。

2

研究棟の地下からとなりの病棟へもどると、事務室も医局もちょっとした騒ぎになっていた。

「氷室先生、森下先生のことをご存知ないですか」

事務長が氷室に気づいて寄ってきた。

「さあ……そういえば、ここ三日ほど森下先生の姿を見ていませんね」

氷室は平然ととぼけた。

「そうですか。実は森下先生が行方不明でしてね。それが誘拐ではないかと……」

精神カウンセラーの診察室に慶子の衣服が下着までそっくり残されていたので、一時は大騒ぎになったという。

氷室と鬼頭は思わず顔を見合わせた。慶子を診察室から連れだしたのが氷室と鬼頭だとは、まったく気づかれていない。

「森下先生はあれだけの美人だし、彼氏とどこかへ逃避行なんていうことは」

「裸でですか」

事務長にそう言われると、氷室はそれ以上言えなかった。

「服をそのままにしといたのは、うかつだったたな」

診察室へ向かいながら、氷室は鬼頭に向かって言った。

「なあに、そう気にすることはねえよ。まさか俺たちが地下の実験室に監禁してるなんて誰も思いやしねえって」

「そうならいいんだが……警察にでも連絡されたら、面倒なことになるかもな」

万事楽天的な鬼頭に較べ、氷室は一抹の不安が残るようだ。

だがそれも、産婦人科の待合室に人妻の須藤三枝子の姿を見たとたん、どこかに消し飛んだ。

「鬼頭、見ろよ。三枝子が来てるぜ」

「時間通りってわけだな、フフフ」

氷室と鬼頭は顔を見合わせて、ニヤリと笑った。

昨夜、今日の午前十時に診察を受けに来るように、電話で三枝子に命じておいた。その時に浣腸してくるようにと、イチジク浣腸を三個、前の診察のあとで渡してある。

氷室と鬼頭はすばやく医局に入って白衣をつけると、聴診器を首からさげた。待合室の三枝子のところへ向かった。

診察を待つ患者は二、三十人もいたが、そのなかで三枝子はひときわ輝いていた。目立たないようにと濃紺のワンピースを身につけて、化粧もひかえめなのだが、三枝子の美しさはまばゆいばかりだ。

氷室と鬼頭に気づいた三枝子はハッと、身体を硬張らせた。あわてて眼をそらし、伏せてしまう。

「須藤三枝子さん、どうですか具合いは。ちゃんと浣腸してきましたか」

氷室は、わざと大きな声で言った。

まわりの視線が集中して、三枝子は首筋まで真っ赤になった。顔をあげて氷室を見ることもできず、なにも言えない。

「どうしたんです、奥さん。自分でちゃんと浣腸してきましたか」

鬼頭がもう一度わざとらしく聞いた。

い、いやッ……。

三枝子は病院へ来たことを後悔した。さんざん凌辱され、それをビデオに撮られて脅迫されたとはいえ、病院へ来ればなにをされるかは明らかだ。

ああ、いや……あんなこと、二度といやです……帰らなければ……。

思わず立ちあがった三枝子の腕を、氷室がつかんだ。

「奥さん、今日は肛門科の診察室のほうで診ますからね」

鬼頭も三枝子のもう一方の腕を取って、有無を言わせない。

「………」

三枝子の美貌がベソをかかんばかりになって、なにか言おうと唇がワナワナとふるえた。いくら帰らなくてはと思っても、氷室と鬼頭に腕を取られたことで、情けないまでに三枝子はあらがいの力が萎えた。あやつり人形のように歩かされていく。

肛門科は産婦人科のすぐとなりだった。産婦人科とは一転して、男の患者ばかりの待合室のなかを三枝子は引きたてられた。

「ちゃんと自分で浣腸してきたんでしょうね、奥さん」

「浣腸してきたかどうか、奥さんの肛門のなかを調べればわかるんですよ」

わざとそんなことを言う氷室と鬼頭に、三枝子は生きた心地もない。待合室の男の患者たちの好奇の視線が突き刺さってくるのが、三枝子は痛いまでにわかった。

膝とハイヒールとがガクガクして、思わずその場に崩れそうになり、左右から氷室と鬼頭にグイと引き起こされた。そして今にも泣きだしてしまいそうになって、三枝子はキリキリと唇をかみしばった。ようやくいちばん奥の診察室へ連れこまれた。

鬼頭は診察室のドアを閉めず、カーテンだけを引いた。それもきちんと引かず、隙間から待合室がのぞけた。

「それじゃ奥さん、パンティを脱いで診察台の上にうつ伏せになってください」

氷室は感情を押し殺して、わざと大きな声で言った。待合室にまで、はっきりと聞こえるはずだ。

「………」

三枝子は声もなくいやいやと顔を振った。氷室はビデオテープを取りだすと、三枝子の前に置いた。

それになにが録画されているか、三枝子は聞くまでもない。氷室と鬼頭にあらがえば、そのビデオテープが夫のところへ送られ、町じゅうにバラまかれるだろう。

「これはダビングした一本でしてね。あとはいつでも郵送できますよ」

「ああ……それだけは……」

そんなものが夫に送られ、町じゅうでバラまかれたら、それこそ身の破滅だ。夫に知られるのだけは、なんとしてもふせがねば。

「さあ、早くしてください、奥さん」

鬼頭がわざとらしく大きな声で言った。三枝子は一度、すがるように氷室と鬼頭を見たが、もうなにも言わずにキリキリと唇をかみしめると、観念したように手をスカートのなかへもぐりこませた。

スカートの裾がまくれあがらないように一方の手で押さえこみながら、もう一方の手でパンストとパンティをずりおろす。足首から抜き取ると小さく丸めて脱衣籠に入れ、バッグで隠した。

三枝子はなにも言わなかったが、ブルブルとふるえる身体と今にもベソをかかんばかりの表情が、胸の内を物語った。

「スカートをまくって尻を出して、診察台の上にうつ伏せになってください、奥さん」

氷室に命じられるままに、三枝子はふるえる手でおずおずとスカートをずりあげていく。

いや、もうおもちゃにされるのは、いや……ああ、誰か……助けて……。

胸の内で狂おしいまでに叫びながら、三枝子は麻薬にでも侵されているようにあらがうことができない。

官能美あふれる太腿がしだいに露わになり、やがてムチッと張った白い双臀がまぶしいばかりにさらけだされた。スカートをまくった三枝子の手が、ブルブルふるえる。

三枝子は前かがみになって、太腿の付け根を手で隠しながら、診察台の上へうつ伏せに横たわった。固く太腿を閉じ合わせ、臀丘を引き締める。

「何度見ても見事な尻ですね。着やせするタイプですな、奥さんは。たいした肉づきだ」

三枝子の腹部の下へ高さ二十センチほどのクッションを押しこみながら、氷室は言った。

「色も白いし形もいい。キュッと吊りあがってフランス人形みたいですな」

鬼頭もそんなことを言いながら、三枝子の足首を診察台の左右に錘をつけた革ベルトで固定し、さらにスカートをまくった。

「ああ……」

三枝子はキリキリと唇をかみしばり、両手で顔をおおった。

氷室と鬼頭はわざと待合室に聞こえるようにしゃべり、男の患者たちが聞き耳を立ていると思うと、三枝子はなにも言えなかった。

いや……いやあ……。

氷室と鬼頭の淫らな視線が双臀に粘りついてくる。三枝子は身ぶるいした。

それだけではない。クッションで高くもたげさせられた双臀は、待合室からもカーテンの隙間にはっきりと見える。いくつもの好奇の視線がのぞいてくるのが、三枝子にもはっきりわかった。

お願い、ドアを閉めて……せめてカーテンだけでも、しっかり閉めてください……。

そう哀願したくても、三枝子は今にも泣きだしてしまいそうで、声にならない。

鬼頭が三枝子の足もとから双臀に向かう形で椅子に座ると、氷室は逆に三枝子の頭のほうから双臀に向かう。

「尻の力を抜いてくださいい、奥さん。肛門を診ますからね」

氷室がわざと大きな声で言い、一度ゆるりと三枝子の双臀を撫でると、腰を押さえつけるようにして両手を臀丘へまわした。左右からムチッと張った臀丘に指先を食いこませ、ゆっくりと臀丘の谷間を割り開きにかかった。

「あ……ああッ……」

ビクッと三枝子の双臀がふるえ、かみしばった口から思わず戦慄の声がもれでた。

それをからかうように、氷室が大きな声で言った。

「もっと尻の力を抜いてください、奥さん。この前は素直に肛門を見せたじゃないですか。今日はどうしたんですか」

「…………」

三枝子は声もなくかぶりを振った。先日までは氷室と鬼頭は、三枝子にとってあくまで医者であった。だが今は欲情を剝きだしにしたおそろしい変質者なのだ。

「女性にとって肛門を見られるのは恥ずかしいでしょうが、見なくては診察できませんからね」

もっともらしいことを言いながら、氷室は強引に三枝子の臀丘を割りひろげた。

「ああ、いやッ」

秘められた臀丘の谷間に外気とともに食い入るような視線がもぐりこんでくるのを感じて、三枝子は小さな悲鳴をあげた。ムチッと盛りあがった臀丘の谷間は深く、それが左右へいっぱいに割りひろげられる感覚がたまらない。

「見えましたよ、奥さんの肛門」

鬼頭は意地悪く教えた。割りひろげられた谷間の奥に、三枝子の肛門がひっそりとのぞいていた。可憐なまでにすぼまっている。淫らな視線を感じるのか、おびえるようにさらにキュッとすぼまろうとするのが色っぽい。

「奥さんの肛門は、色といい形といい綺麗なもんですな」

待合室にまで聞こえるようにわざとらしく言って、鬼頭は手をのばすと三枝子の肛門を指先にとらえた。

「あ、ヒイッ……」

悲鳴とともに三枝子の肛門がキュウとすぼまるのが、鬼頭の指先にわかった。肛門の粘膜が妖しく指先に吸いつく。ゆるゆると揉みこむように指先を動かすと、三枝子ののどがヒッ、ヒッと鳴った。

「や、やめて……お尻は、いや……」

待合室に聞こえないようにと、三枝子は消え入るような声で哀願した。腰をよじりたてて指先をそらそうとしても、臀丘を割りひろげられた氷室の手でがっしりと押さえられている。双臀がブルブルとふるえるばかりだ。

「あ、ああ……」

「どうです、奥さん。こうやって肛門をマッサージされるのも気持ちいいでしょう」

「いや、そんなこと言わないで……聞こえてしまいます……ああ、やめて……」

黒髪を振りたくっただけで、三枝子の言葉は声にならなかった。

どんなにいやらしい、おぞましいと思っても、三枝子の肛門は揉みほぐされて、ふっくらとふくらみはじめた。必死にすぼめていたのが、ヒクヒクとあえぐようにとろけ、妖美なまでの柔らかさを見せる。

「それじゃ、なかを診ますから、奥さんの肛門に指を入れますよ」

「そ、そんな……」

「大丈夫。こんなに肛門は柔らかくとろけてきてますからね」

「あ、あ……いや……」

声を出した時には、鬼頭の指先はジワジワと三枝子の肛門を貫きはじめた。泣き声とともに三枝子の美貌が反りかえった。

3

いくら拒もうとしても、もうむず痒くゆるんだ三枝子の肛門は、楽々と鬼頭の指で貫かれた。

鬼頭は氷室と顔を見合わせて、ニヤリと笑った。えもいえぬしっとりとした緊縮感。指が熱くとろけそうだ。しかもヒクヒクとおののくようにうごめくのがたまらない。

「どうです。指が付け根まで奥さんの肛門に入っているのが、わかるでしょう」

「…………」

三枝子は唇をかんで泣き声を殺し、右に左にと頭を振った。ブルッ、ブルッと双臀のふるえがとまらない。

「奥さん、病院へ来る前にちゃんと浣腸してきたんでしょうね」

氷室がもう一度わざとらしく聞いた。三枝子の返事はない。そんなことに答えられるはずはなかった。

だが、三枝子が浣腸していることは、鬼頭にはわかっていた。ヒクヒクとふるえる肛門と指先で熱くざわめくものが、それを物語った。便意が駆けくだっている証拠だ。

「しようがないですね、奥さん。まあ、浣腸してきているかいないか、調べればすぐにわかることですがね」

鬼頭は付け根まで埋めこんだ指をゆっくりとまわした。指先をやや曲げ気味にして腸襞をまさぐり、指の関節で肛門の粘膜を刺激してこねまわす。

「あ……やめて、ああ……」

こらえきれずに三枝子は泣き声をあげた。

指のまわる異常な感覚が、以前肛門をなぶられた時の恥ずかしさ、おぞましさを、いやでも思いださせる。そして肛門を指で貫かれてこねまわされている姿を、カーテンの隙間から待合室の男たちにのぞかれているのだ。三枝子は生きた心地もない。

「ゆ、許して……ああ……」

「許してとはオーバーですな、奥さん。これも、浣腸してきたか調べながらの診察なんですよ」

氷室がからかうように言った。

「ああ、してきています……ですから、もう……やめてください……」

「ほう、三個とも使ったんですか、奥さん」

「……ひ、ひとつだけです……」

「あとの二個はどうしました」

「ああ……恥ずかしくて……ひとつだけでも……それ以上は……」

三枝子はおぞましい指の動きから逃れたい一心で言った。イチジク浣腸ひとつするだけでも、やっとだった。

「もちろんまだ排便してないでしょうね」

「は、はい……」

三枝子は両手で顔をおおって、シクシクと泣きだした。

待合室で男たちが聞き耳を立てているのだ。その間にも、肛門でうごめき回転する鬼頭の指に、ジワジワと便意がふくれあがった。イチジク浣腸ひとつなので、今すぐ耐えられなくなるというほどではない。

「ちゃんと医師の指示に従って、浣腸してこないと困りますね。今からたりないぶんを浣腸しますよ」

鬼頭はこみあげる笑いをこらえて言った。

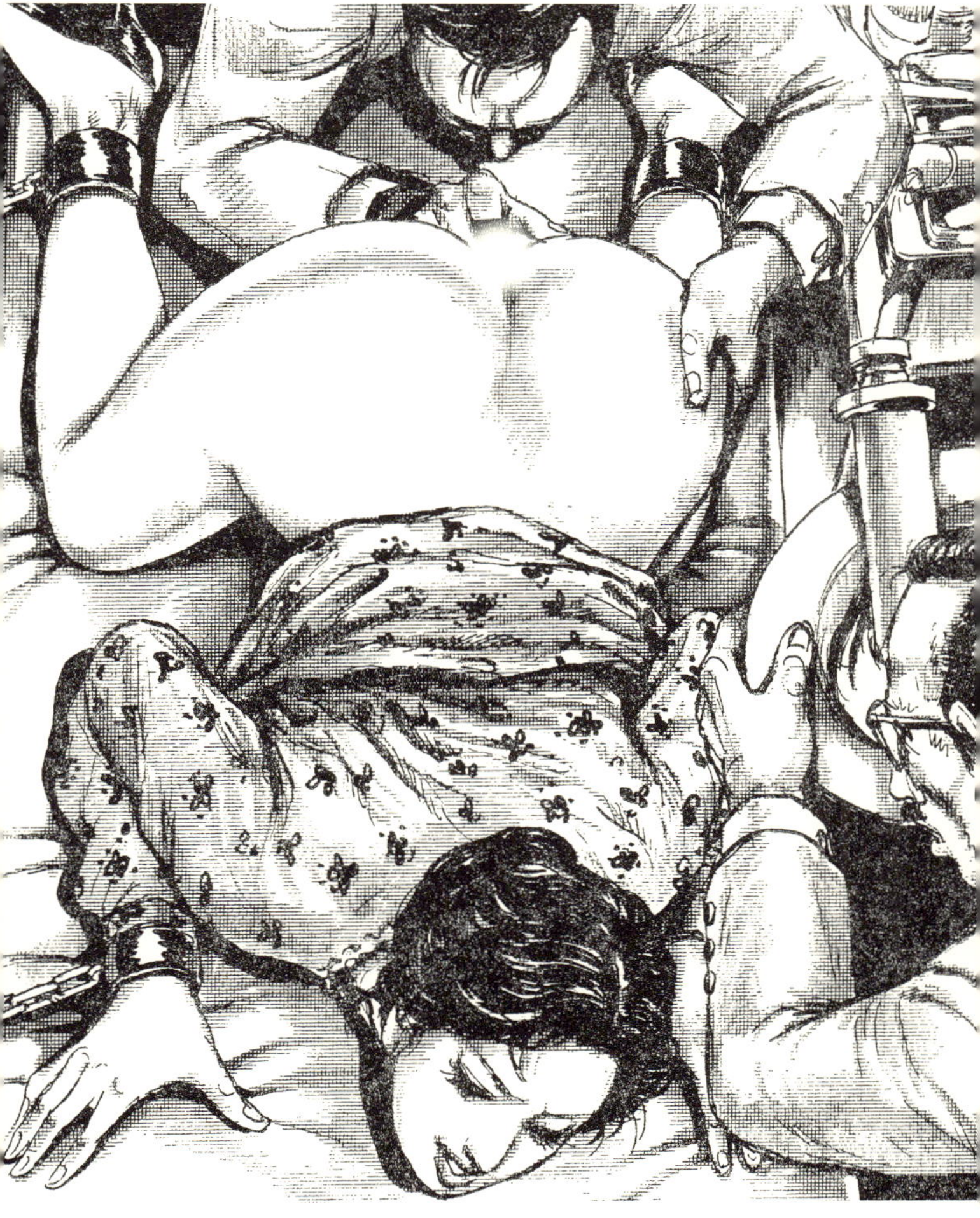

「そ、そんな……ああ、それだけは……」

「奥さんがちゃんと浣腸してこないからですよ。全部入れてくるようにと言ったはず」

「…………」

三枝子は歯をカチカチと鳴らしてかぶりを振った。

その前で氷室が浣腸の準備をはじめた。三枝子がイチジク浣腸をしてこようがこなかろうが、はじめから浣腸するつもりだった。それだけに、容量五百CCの注射型のガラス製浣腸器に、グリセリン原液を吸いあげていく。ガラスがキィーッと不気味に鳴った。

「あ、ああ……」

たっぷりと薬液を吸ったガラス筒に気づいて、三枝子は美貌をひきつらせた。浣腸の恥ずかしさと汚辱感は、思いだすだけでも三枝子を戦慄させた。その汚辱を、待合室からのぞかれながら繰りかえさせられるのだ。

それをあざ笑うように、鬼頭はまだ三枝子の肛門を深く貫いた指をこねまわしつづける。

「鬼頭先生、浣腸の準備ができましたよ。薬の量は少し多めにしておきました」

氷室が差しだす浣腸器を鬼頭は受け取って、ニヤリとした。

少し多めどころではない。五百ＣＣだからイチジク浣腸二個の十倍もの量だ。

氷室が再び三枝子の臀丘を左右へ割りひろげるのを待ってから、鬼頭は三枝子の肛門から指を抜くと同時に、嘴管の先端で深々と貫いた。

「あ……ああッ……いや……」

三枝子はブルルッと双臀をおののかせ、唇をかみしばって顔をのけぞらせた。

「動くとノズルが折れますよ」

いっそう三枝子をおびえさせながら、鬼頭はチラリと待合室のほうを見た。カーテンの隙間にいくつものギラついた眼が光っていた。その眼には三枝子のムチッと張った白い双臀と、その谷間に突き刺さったガラス製の浣腸器が、はっきりと見えているはずだ。

それは三枝子にもわかった。

「ああ、お願い……カーテンを全部閉めて……み、見られてます……」

「奥さんはそんなことを気にしないで、じっくり薬を肛門で呑むことを考えていればいいんですよ」

あざ笑うように言って、鬼頭はのぞいている男たちにわざと見せつけようと、嘴管の先端で三枝子の肛門をこねまわした。氷室もいっそう三枝子の臀丘の谷間を割りひろげ、いっぱいに肛門を剝きだした。

「あ……いや……あむ……」

不意にシリンダーが押され、グリセリン原液がチュルチュルと入ってきた。三枝子はキリキリ唇をかんで黒髪を振りたくり、背中をワナワナとふるわせた。まるで男に犯されて精を注がれているようで、歯がガチガチと鳴りだし、ドッと生汗の噴きでる双臀がひとりでによじれる。

「そ、そんなッ……うむ、ううッ……」

「薬が入っていくのがわかるでしょう。じっくりと味わってくださいよ」

「あ……ああ……うむ……いやあ……」

男たちが聞き耳を立て、カーテンの隙間からのぞいているのも忘れて、三枝子は泣き声をあげた。

「そんな声を出して、奥さん。気持ちいいんですかな」

「他の患者さんはもっとおとなしくしてますよ。じっくりと味わえないのかな」

「それだけ肛門が敏感ということじゃないですか、氷室先生」

鬼頭と氷室がからかっても、三枝子はそれを気にする余裕もない。

チュルチュルと入ってくる薬液に、とてもじっとしていられずに泣き悶えるばかり。

鬼頭の指でさんざんいじりまわされた肛門の粘膜に、グリセリン原液がしみて腸のなかまで灼かれる。

だがそれも、百ＣＣも注入されて便意がふくれあがるにつれて、三枝子はシクシクとすすりあげつつ、なよなよと双臀を揺するばかりになった。

「これはこれは。やはり浣腸が気持ちいいんですね、奥さん。クリトリスがこんなに大きくなっていますよ」

氷室が臀丘を割りひろげた指で媚肉の合わせ目をひろげて、さも今気づいたように言った。

「ああ、いや……」

三枝子は黒髪を振りたくった。

自分でも気づかないうちに、媚肉は甘い蜜にじっとりと濡れ、女芯をヒクヒクとうごめかせた。羞恥の反応を指摘されたことで、いっそう媚肉の感覚が鋭くなる。

ああ、どうして、こんな……こんなことって……ああ……。

おぞましい浣腸でなぶられ、それを何人もの男たちにのぞかれているというのに、三枝子は自分の反応が信じられない。あまりの我が身の浅ましさ、情けなさに消えてなくなりたい。

「恥ずかしがることはないですよ。なにもかもさらけだしてこそ、適切な治療もできるというものですよ」

「その通りです。気持ちいいなら遠慮せずに楽しんでいいんですよ。そのほうが診察もしやすい」

氷室と鬼頭はもっともらしいことを言って、腹のなかでゲラゲラと笑った。

三枝子はもうかえす言葉もない。チュルチュルと注入される感覚が、三枝子の子宮をしびれさせ、肉を疼かせるのをどうしようもない。便意がふくれあがるのと同時に、官能の波もふくれあがってからまり、もつれ合う。

「ああ……ああ……」

ようやく五百ＣＣ一滴残さず注入しきった時には、三枝子はあぶら汗にまみれて息も絶えだえだった。

嘴管が引き抜かれるや、三枝子はすすり泣き声をうわずらせた。

「お、お願いッ……おトイレに……」

早くしないとトイレまで間に合わなくなる。先日と同じように排泄を見られるなど、二度と耐えられない。

「今入れ終わったばかりですよ、奥さん。すぐ出しては薬の効き目がないですからね」

「それに今日は、出す前にちょっと治療をしますから、我慢してください」

鬼頭は指先で三枝子の肛門をマッサージしはじめ、氷室はなにやらゴソゴソと準備をはじめた。

「そんな……おトイレに、行かせてください……お願い」

三枝子はあえぎながら哀願した。

グルル……と腹部が鳴った。もう声を出すのもつらい。さっきまで真っ赤だった三枝子の美貌は、今では蒼白だ。かみしめた唇が、ワナワナとふるえる。

「奥さん、今日の治療は少しばかりつらいですからね」

そんなことを言いながら、氷室はギュウと握りしめた三枝子の手をつかみ、手首を診察台の革ベルトで固定した。

「ああ、なにをしようというのですか……」

三枝子はおびえて蒼白な顔をひきつらせた。

「治療に決まっているじゃないですか、奥さん。それより、もらさないように肛門をしっかり締めてくださいよ」

氷室はもっともらしく言った。

三枝子はブルブルとふるえだした。またなにかいやらしいことをされるのはわかっている。おそろしさに、肛門を鬼頭の指で揉みこまれていることも忘れた。

「……許して……」

声をふるわせる三枝子をあざ笑うように、氷室はなにやら鬼頭に渡した。親指ほどの太さで長さ二十センチほどの金属の棒だった。その根元からはコードがのびて、メーターとダイヤル式スイッチのついたボックスにつながっていた。なにをするものなのかわからないだけに、三枝子の恐怖もふくれあがった。思わず起きあがって逃げようとしたが、三枝子の手足は革ベルトで診察台の四脚にしっかりつながれている。むなしく腰をよじり、黒髪を振りたてただけだった。

後ろをふりかえると、鬼頭が金属棒に妖しげなクリームをたっぷりと塗りつけているのが見えた。

「奥さん、これを肛門に入れますからね。最新の治療ですよ」

鬼頭は平然とうそぶいて、ニヤリと笑った。

「……そんな……」

便意の荒れ狂う肛門にそんなものを入れたら……三枝子は絶句した。

4

不意に、冷たい金属棒の先端を肛門に押しあてられて、三枝子はヒイッと顔をのけぞらせ、双臀を硬直させた。

「やめて……そんなもの、入れないで……」

三枝子の言葉は、悲鳴に呑みこまれた。金属棒は、必死に引き締めた三枝子の肛門をジワジワと押し開き入ってくる。その押し開かれる感覚が、さらに激しい便意を呼んだ。今にもドッと堰を切りそうだ。

だが、その便意を押しとどめ、逆流させるように金属棒が入ってくるのだ。金属棒は凍るほど冷たく、灼きつくされるようだ。

「あ、あ……いや……ああ……」

「もう少しですよ。奥さんの肛門に十五センチほど入れないと……ほうれ、こんなにどんどん入っていく」

「許して……あ、ああ……」

三枝子は手足の革ベルトを解こうともがき、歯をかみしばった。

「そんな声を出すと、待合室の男たちがもっと寄ってくるぜ」

氷室がささやいても、気にする余裕は三枝子からとっくになくなっていた。いや氷室のささやきを聞く余裕すらない。

「これでよしと……しっかりと咥えこんでますね、奥さん」

金属棒には目盛りがついていて、ちょうど十五センチまで入れたところで、鬼頭はとめた。荒々しい便意のざわめきが、金属棒を伝わって鬼頭の手にまで感じ取れる。

「クイクイ締めつけてるじゃないですか」

鬼頭がからかっても、三枝子はハアハアとあえぐだけだ。だがこれで終わったわけでなく、それがおぞましい責めのはじまりなのだ。

「少しきついけど我慢するんですよ、奥さん」

「慣れれば気持ちよくなるかもしれませんよ。それまでは我慢して」

氷室が三枝子の陰部に手をのばし、左右から割れ目をひろげて、ツンと尖って充血した女芯を剝きだした。ヒクヒクうごめき、あふれでた蜜にまみれている。それをのぞきこみながら、鬼頭は五センチほどのピンのようなものを取りあげた。電気器具などに使われる端子だ。そこからのびたコードは金属棒のコードと同じボックスにつながっていた。

鬼頭はボックスのダイヤル式スイッチをまわすと、メーターの針が揺れた。ハアハアとあえぐ三枝子には、鬼頭が手にした端子もボックスも見えない。今度は媚肉をいじられるのかと思っているようだった。

「も、もう……かんにんして……おトイレに、行かせて……」

三枝子がそう言ったとたん、鬼頭は手をのばして、剝きだされた肉芽に端子の先端をチョンと触れさせた。

「あ、ヒイッ」

悲鳴を噴きあげて、ビクンと三枝子の腰が躍った。

三枝子はなにをされたのかさえわからなかった。一瞬ではあるが、肉芽から肛門へ

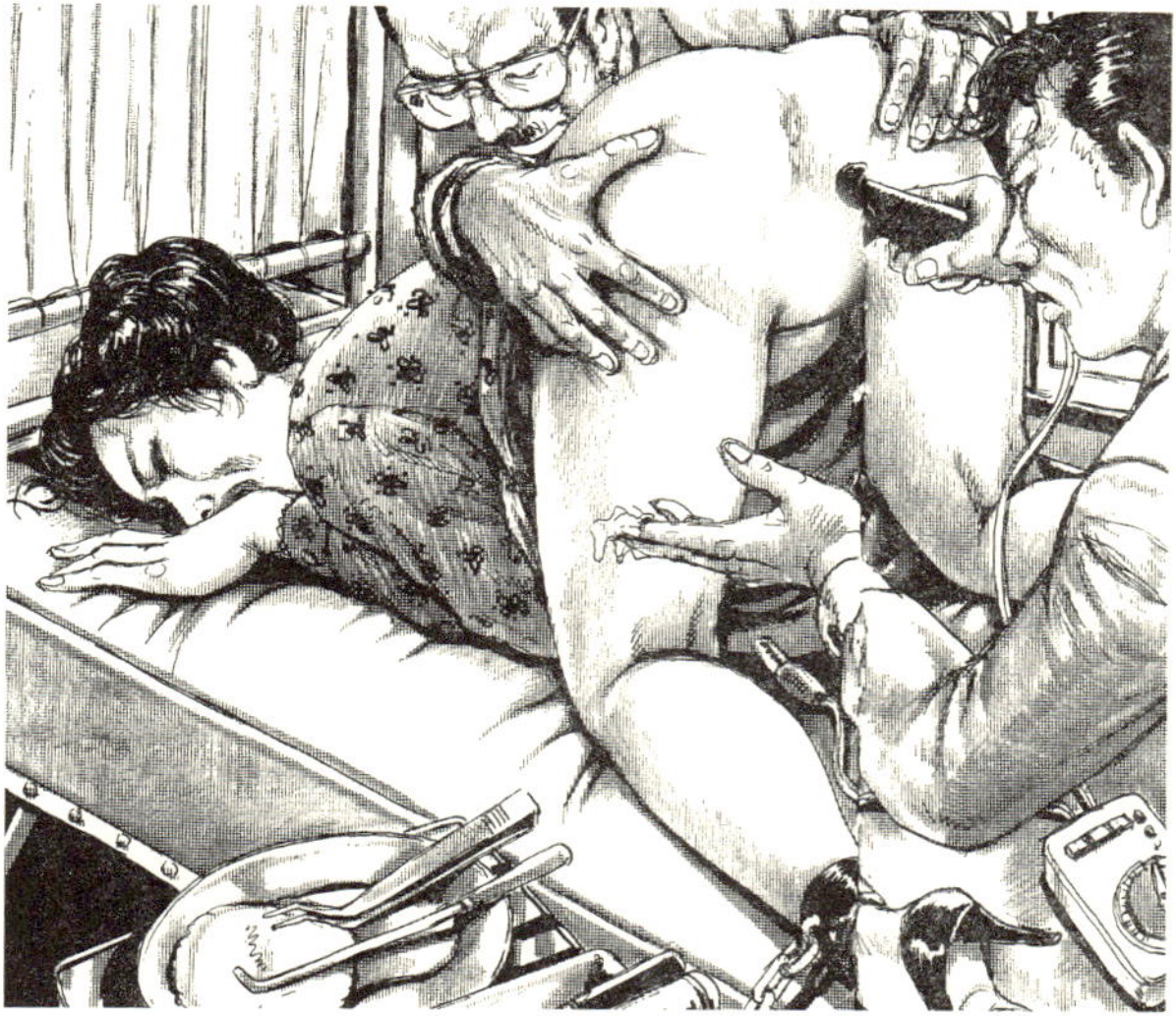

と電撃が走った。

「ああっ、なにを……なにをしたの……」

おびえた三枝子の声がひきつった。

「奥さんは治療を受けることに専念していればいいんですよ」

鬼頭はまた端子をチョンと三枝子の肉芽に触れた。

「ヒイッ」

硬直した三枝子の双臀がビクンとふるえて、美貌がのけぞる。

それは電気ショックそのものだった。鬼頭の手にあるピン状の端子と肛門の金属棒が、それぞれの電極をなしているのだ。

鬼頭はさらに少しだけ電圧をあ

げた。とはいっても気を失うほどの強さではない。三枝子に苦痛を与えることが目的ではなく、電気で官能を刺激しようとしている。

再び端子が三枝子の肉芽を、チョンチョンと襲った。

「ヒッ、ヒイィ……」

三枝子の腰が媚肉をひろげた氷室の両手を弾きとばさんばかりに躍った。ほとばしる悲鳴の大きさに驚いた氷室が片手で三枝子の口をふさいだほどだ。

それでも鬼頭は端子を肉芽に触れさせるのをやめない。

「我慢するんだ、奥さん」

「うむッ……ううむッ……」

けだものじみたうめき声を放って、三枝子は手足を革ベルトで固定された身体をのたうたせた。端子が触れるたびに高くもたげた双臀が、ガクガクとはね躍った。

そして肛門の金属棒をキリキリ食い締めて、錯乱のうちに三枝子は絶頂へ昇りつめた。充血した肉芽がピクピクと躍り、熱い蜜がしぶいた。

「うむむ……」

三枝子の身体に痙攣が何度も走った。

「これは驚いた。奥さん、気をやったんですか」

「本当に肛門が敏感なんですね。これはますます治療が必要だ」

氷室と鬼頭はわざとらしく言った。

それは待合室からのぞいている男たちにもわかったらしく、騒然となった。

だが、三枝子はあまりにも突然だったので、なにがどうなったのかもわからない。

強烈な感覚に、一気に灼きつくされたようだ。身体じゅうビッショリの汗になって、三枝子は両眼を閉じたままハアハアとあえいだ。あまりの衝撃に、荒れ狂う便意のことも忘れたようだ。

「……も、もう、かんにんして……」

乱れ髪の奥にうつろな眼をもたげた三枝子は、あえぎながら口にしようとした。その口に氷室がすばやくハンカチを押しこんでかませた。

それを確認してから、鬼頭は再び端子を三枝子の肉芽に断続的に触れさせた。肉芽から肛門の金属棒へと電流が流れる。

「う、うむ……ううむ……」

ガクガクと身体をのたうたせて、三枝子はふさがれた口の奥で、ヒイッ、ヒイーッとのどを絞った。白眼を剝き、あふれでる唾液でハンカチはベトベト。身体じゅうの肉がドロドロにただれた。

「どうです、奥さん。少しきついけど我慢してください」

「ちょっとはよくなってきたんじゃないですか。また気をやりそうなんでしょう」

氷室と鬼頭がからかう間にも、三枝子はまた絶頂に向けて一気に追いあげられる。

「うむ……うぐぐッ……」

電気にあやつられる肉の人形、三枝子の身体はピクン、ピクンとはね、躍り、のたうった。

そんな三枝子にいっそう嗜虐の欲情をそそられ、鬼頭はさらに電圧をあげようとした。が、その手を氷室がとめた。

「のぞかれてるのにヤバいぜ、鬼頭。ここではこのくらいに」

氷室は低い声でささやいた。

そう言われると鬼頭も従うしかない。鬼頭には、かつて氷室の言うことを聞かず、欲情のままに突っ走って、五年半も臭い飯を食わされた苦い経験がある。

ようやく電流のスイッチを切ると、のたうっていた三枝子の身体がグッタリと沈んだ。あとは余韻の痙攣を見せながら、ハアハアとあえぐばかり。

のぞきこんだ三枝子の美貌は汗に濡れ光って、初産を終えた若妻みたいに輝くばかりの美しさだ。鬼頭も氷室も思わず胴ぶるいがくるほどだ。

「ずいぶんと気をやりましたね、奥さん。今日の治療はこのくらいにしておきましょう」

「さあ、トイレに行かせてあげますよ。浣腸してからそろそろ五十分、よく我慢しましたね、奥さん」

わざとらしく言いながら、鬼頭と氷室は三枝子の手足の革ベルトをはずした。診察台からおろしても、三枝子は左右から支えられないと、ひとりでは立っていることもできない。

「ああ……もう……ああ……」

三枝子は腰と膝がガクガクして、身体がふるえだした。余韻が引くにつれて、再び荒々しい便意が甦った。

「さ、トイレはこっちですよ」

のぞいている男たちの未練がましい視線を背後に感じながら、三枝子は奥の部屋へと連れこまれた。今度はドアがしっかり閉められた。

だが、奥の部屋にはトイレなどはじめからなかった。

「ああ、おトイレは……」

三枝子はやっとの思いで言った。肛門にはまだ金属棒が埋めこまれていて、それがなければとっくにもれていたかもしれない。

鬼頭と氷室はニヤニヤと笑って舌なめずりをした。

「まだだ。お楽しみが終わってからだぜ、奥さん、フフフ」

「奥さんは何度も気をやったかもしれねえが、こっちは一発も犯ってねえぜ」

のぞいている男たちもいなくなったので、氷室と鬼頭の口調がガラリと変わった。

「……いや……もう、もう、いやですッ……ああ、いやあ……ああ、もう、耐えられない……」

三枝子は唇をわななかせて、頭を振りたくった。反射的に、逃げようともがいた。

「甘えるんじゃねえよ。奥さんは俺たちの牝なんだ」

いきなり鬼頭は三枝子のワンピースに手をかけて引き裂いた。

「いやあッ……助けてッ」

三枝子が泣き叫ぶのもかまわず、鬼頭は引き裂いたワンピースをむしり取り、ブラジャーをむしった。

ブルンと、形のいい乳房が剝きだされ、三枝子はハイヒールをはいただけの全裸にされてしまった。

「いや、いやあッ」

「おとなしくするんだ。たっぷりと可愛がってやるからよ」

後ろから氷室が三枝子に抱きついて、両手を背中へねじあげる。その手首に鬼頭がすばやく縄を巻きつけて縛った。豊満な乳房の上下にも縄がグイグイと食いこんだ。

さらに手拭いで三枝子の口にさるぐつわがかまされた。

「こうなったらこの奥さんも実験用に地下で飼うしかねえようだな、フフフ」

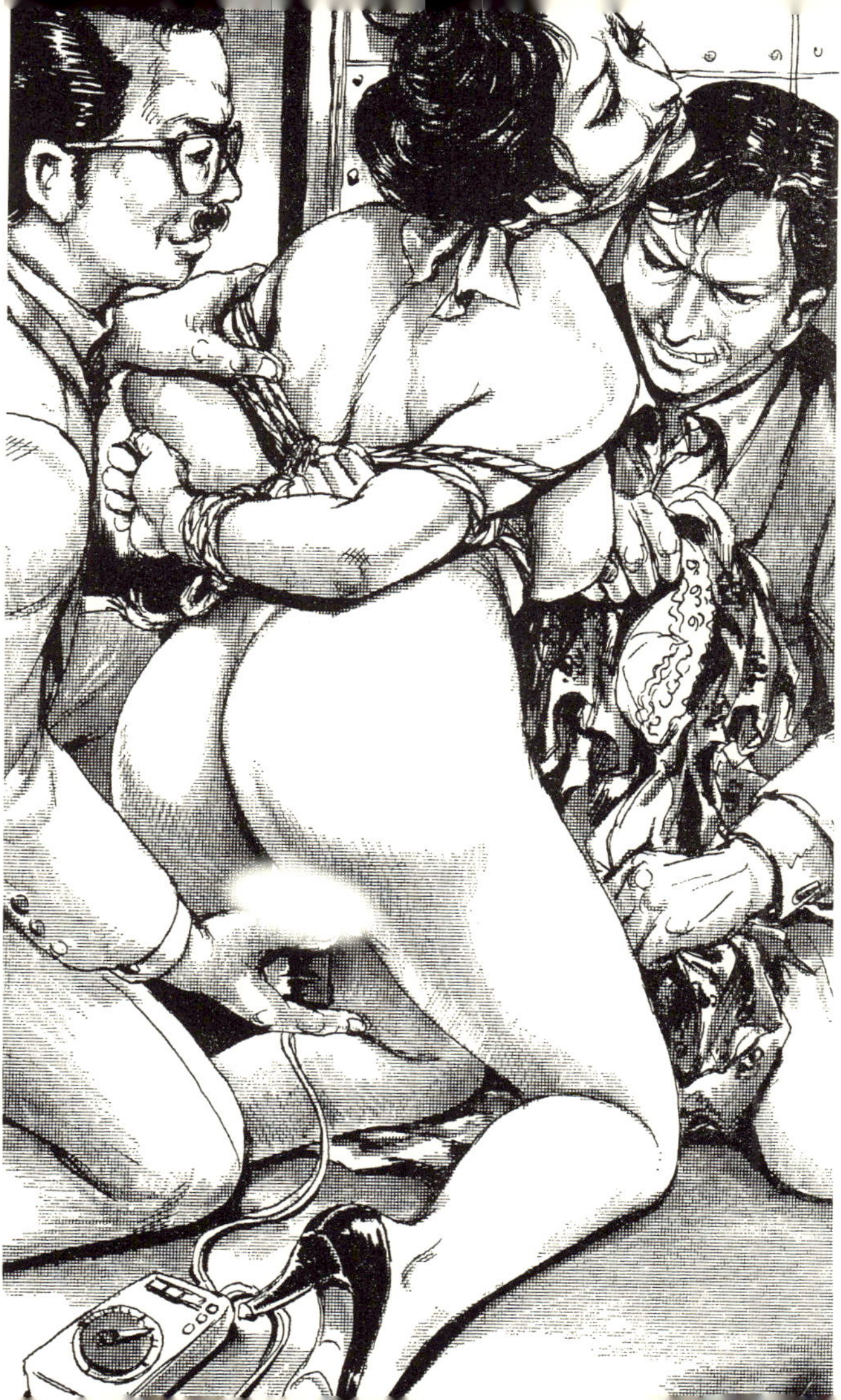

「しようがねえな。本当は放し飼いのほうが面白いのによ。それに人妻は行方不明ってことになると、やっかいだぜ、鬼頭」

「だがこうなると、いくらビデオテープでおどしても、いつ亭主に打ち明けるかもわからねえぜ。そのほうがやっかいだろうが」

鬼頭と氷室がそんなおそろしいことを話しているのにもかかわらず、三枝子はさるぐつわから苦悶のうめき声をもらし、ブルブルと裸身をふるわせるばかりだった。

「うむ……ううむ……」

「フフフ、いやでもすぐに泣きわめかせてやるからな。それまでおとなしくしてな」

鬼頭は三枝子の肛門の金属棒が抜け落ちないように、さらに深く押し入れ、パシッと双臀をはたいた。

「行方不明というんじゃまずいな。奥さんには男ができて駆け落ちしたということにして、亭主に手紙でも書かせるか、フフフ」

氷室はニヤニヤと顔を崩した。

「それじゃお楽しみは地下の実験室でやるとするか」

「森下先生も悶々として待っているだろうしな、フフフ」

鬼頭と氷室はゲラゲラと笑うと、左右から三枝子の腕を取った。

5

鬼頭と氷室が三枝子を引きずるようにして地下の実験室へ入ると、慶子が内診台の上で息も絶えだえにあえいでいた。慶子の媚肉は長大な張型を深々と子宮まで咥えさせられたままで、肛門の滋養浣腸がガラス容器にわずかの量を残すだけだ。

「ああ、もう許して……たまらない、死んでしまいますッ……」

氷室と鬼頭に気づいて、慶子は泣き声をあげた。慶子の眼はうつろで、あえぐ口の端からは唾液を垂らしている。

「だいぶ楽しんだようだな。オマ×コも尻の穴もビチョビチョじゃねえか」

「どうです。何回気をやったんですか、森下先生」

鬼頭と氷室は三枝子を天井の鎖から爪先立ちに吊ると、ニヤニヤと慶子の身体をのぞきこんだ。

「……も、もう、はずして……ああ、耐えられません……」

「女医ともあろうもんが、これくらいでだらしねえぜ、フフフ」

鬼頭は慶子の内腿を撫でまわしながら、せせら笑った。しとどの汗にヌラヌラとする内腿は、ブルブルと小さくふるえた。

「もうちょい待ちな、女医さん」

「その奥さんを治療するのが先でしてね、フフフ」

三枝子のことを言われても、慶子は気にする余裕もない。

それは三枝子も同じだ。内診台の上の裸の美女を気にする余裕もなく、荒れ狂う便意に苛まれている。苦悶の汗がブルブルとふるえる三枝子の肌をすべり落ちた。

「うむ、ううむッ」

三枝子はもう片時もじっとしていられない。腰をうねらせ、振りたてる美貌はまなじりをひきつらせ、さるぐつわからうめき声をもらしている。

ああ、苦しいッ……もう、もう、だめッ……許して……。

三枝子は哀願の眼を氷室と鬼頭に向けた。

氷室と鬼頭はニヤニヤと笑って、三枝子と慶子を見較べた。どっちもしゃぶりつきたくなるほどの美女だ。

慶子はどこかツンとすました気品がある美女だが、三枝子はしっとりとした人妻のつつましさを感じさせる。そして身体は甲乙つけがたい見事な肉づきである。乳房も双臀も形のうえではムチッと引き締まった慶子のほうだったが、肉づきの成熟度と色気の点では三枝子が上だろう。

「お願い……もう、はずして……ああ、かんにんしてッ」

慶子もまた哀願の眼を氷室と鬼頭に向け、泣き声をあえがせた。

「両手に花とはこのことだぜ、フフフ、たまらねえ」

「たまらねえところで、さっそく奥さんを可愛がってやろうじゃねえか。そろそろ限界だ」

鬼頭と氷室は服を脱いで裸になると、ニヤニヤと三枝子に近づいた。もう二人の股間には、若く、たくましい肉の狂気が天を突かんばかり。

三枝子の左脚の膝に縄を巻きつけると、その縄尻を天井のパイプにひっかけ、横へ開くように高々と吊る。

「う、うむ……」

三枝子は片脚でバランスをとりながら、おびえてうめき声をあげた。なぜ片脚を高く吊られたか、三枝子にはよくわかっている。

氷室は三枝子の前へまわって、開ききった股間をニヤニヤとのぞきこんだ。吊りあげられた左脚に引っ張られて、媚肉の割れ目は開き、肉襞までのぞかせた。さっきの電気ショック責めのあとも生々しく、しとどに濡れてヒクヒクとうごめき、肉芽も血を噴かんばかりだ。

「フフフ、早く太いのを咥えこみたくて、しようがないというところだな」

氷室は眼を細めて舌なめずりした。そして正面から三枝子の腰を抱き寄せた。灼熱の肉の凶器が、三枝子の茂みに押しつけられた。

三枝子はまるで焼け火箸でも押しあてられたように腰を振りたて、そらそうともがく。

「うむッ……」

「フフフ、立ったままなんて亭主はしてくれないだろ、奥さん」

氷室は三枝子のあらがいを楽しみながら、ゆっくりと肉棒の先端を媚肉に分け入らせていく。

「う、うむ……ううンッ……」

さるぐつわの顔を振りたて、吊られた片脚をキリキリよじって、三枝子はのけぞった。

「待ちかねていたように、からみついてきますよ、奥さん。いいんでしょう」

「うむむ……」

「立ったままなんで、ちょっと窮屈だな、まるで生娘とやっているみたいだ」

氷室はうれしそうに言った。熱くとろけた肉がまつわりついてくるのを味わいつつ、底まで埋める。

「おっと、奥さんの色っぽい声を聞かねえ手はねえや、フフフ」

鬼頭がニヤニヤと笑って、三枝子の口のさるぐつわをはずした。

「……い、いやあッ……」

ズンと子宮口を突きあげられて、三枝子は白眼を剝いてヒイーッとのどを絞った。身体じゅうにドッと玉の汗が噴きだした。

「フフフ、いい身体しやがって」

強引に押し入った氷室はひと息ついた。さらに三枝子の子宮まで押しこみたい欲望に駆られたが、今はやめた。

ニヤニヤとのぞきこんだ美貌は、泣き顔をひきつらせてヒイヒイと苦しげにあえいだ。

それに煽られたように、氷室はゆっくりと腰を突き動かしはじめた。

「ああ、いやッ……やめてッ、いやあッ」

三枝子はのけぞって泣き叫んだ。

だが、泣き叫ぶのとは裏腹に柔肉がいっそうからみついて、肉が締まった。片脚吊りの身体をバランスをとろうとする動きが、さらに肉を締まらせた。

「いや、いやあッ……」

「ここならいくら声を出しても大丈夫だぜ、奥さん。ほれ、もっと泣くんだ」

氷室は笑いながら動きを激しくし、腰を三枝子の肉奥にたたきこんだ。

それをニヤニヤとながめていた鬼頭は、三枝子の後ろへまわってしゃがみこんだ。

ムッチリと官能味あふれる三枝子の双臀が、氷室にあやつられてうねっている。そして肛門に深く突き立てられたままの金属棒が、ブルブルとふるえた。

そのわずか前には、ドス黒い氷室の肉棒が三枝子の媚肉を貫いて律動しているのが、はっきりと見えた。

「フフフ、オマ×コも尻の穴もしっかりと咥えこんでやがる」

鬼頭は手をのばして、ぴっちりと金属棒を咥えこんだ三枝子の肛門を指でなぞった。

「あ、いやッ……お尻は、いやッ……」

「フフフ、オマ×コを犯られながらひりださせてやろうというんじゃねえか。それとも、もっとこいつを咥えこんでいたいのか」

「ああ、かんにんしてッ……」

三枝子の泣き声をあざ笑うように、鬼頭は金属棒をつかむとゆっくりと抽送した。

「あ、あッ……いやあ……や、やめて、動かさないでッ」

三枝子はガクガクと腰をよじりたてて、泣き叫んだ。荒々しい便意が猛烈にあばれ、内臓が引き裂かれそうだ。そして腰をよじれば、いやでも膣内の氷室の肉棒をいっそう感じさせられ、気も狂うような肉の快美が生じた。

突きあげてくる肉棒と抽送される金属棒と、それが薄い粘膜をへだてて前と後ろとでこすれ合う感覚、それに荒れ狂う便意が入り混じって、三枝子は半狂乱だ。それにつられたように、慶子もヒイヒイと泣きだした。

「ヒッ、ヒイッ……とめてッ……狂ってしまいますッ……あああ……」

十五分おきに作動するようにセットされたバイブレーターが、また慶子の子宮のなかで淫らな振動をはじめた。内診台の上の慶子の身体が、はねあがらんばかりにのたうった。

「とめてッ……ヒッ、ヒイッ……」

鬼頭はゲラゲラと笑いだした。

「騒がしいことだぜ。奥さんも女医さんもいい声で泣くじゃねえか。こりゃ、よがり競争でもやれば、いい勝負だな」

鬼頭は三枝子と慶子とを交互に見た。それから慶子のほうへ手をのばすと、十五分おきに五分間だけ作動するようセットしたスイッチを連続作動に切りかえた。

「これでバイブは動きっぱなしだぜ、女医さん。たっぷり楽しめるだろうが、フフフ」

「そんなッ……とめて、ああ、狂っちゃうッ」

慶子はおびえて叫んだが、それも途中であえぎと泣き声に呑みこまれた。

「狂ったっていいんだ、女医さん。それも実験なんだぜ」

鬼頭はそう言うと、便器を取りあげて今度は三枝子のほうを向く。

肉棒と金属棒とで前から後ろから責められて、三枝子は半狂乱に泣き、うめき、そして叫んだ。鬼頭が便器を手にしたのも気づいていない。

「どれ、よがりながらひりださせてやるぜ、奥さん。終わったら太いのを尻の穴にぶちこんでやるから、思いっきり尻の穴を開いてひりだすんだ」

鬼頭はそう言うなり、抽送していた金属棒を一気に抜き取った。

ヒイッと三枝子はのけぞった。金属棒を引き抜かれる感覚が、ドッと便意を駆けくだらせた。もう押しとどめるのは不可能だ。

「あ、ああッ……だめッ……」

汗まみれの三枝子の裸身がブルルッとふるえたと思うと、肛門が内からふくれあがった。あてがわれた便器におびただしくしぶきでた。

「フフフ、オマ×コをしながらウンチをするとは、奥さんも器用ですな」

氷室はゲラゲラと笑いながら、三枝子を突きあげることをやめようとしない。

「ああッ……ああッ……やめて……」

揺さぶられて三枝子は、のけぞらせたのどから号泣を噴きあげた。

激しくほとばしるものが、まるでホースで水をまき散らすように揺れた。

それだけではない。子宮口を突きあげてくる肉棒に三枝子の肉が締まり、そのたびに激しくほとばしるものは途切れ、またドッと噴きでた。

「派手にひりだすじゃねえか、フフフ。尻の穴も早く太いのを入れてほしいと、よく

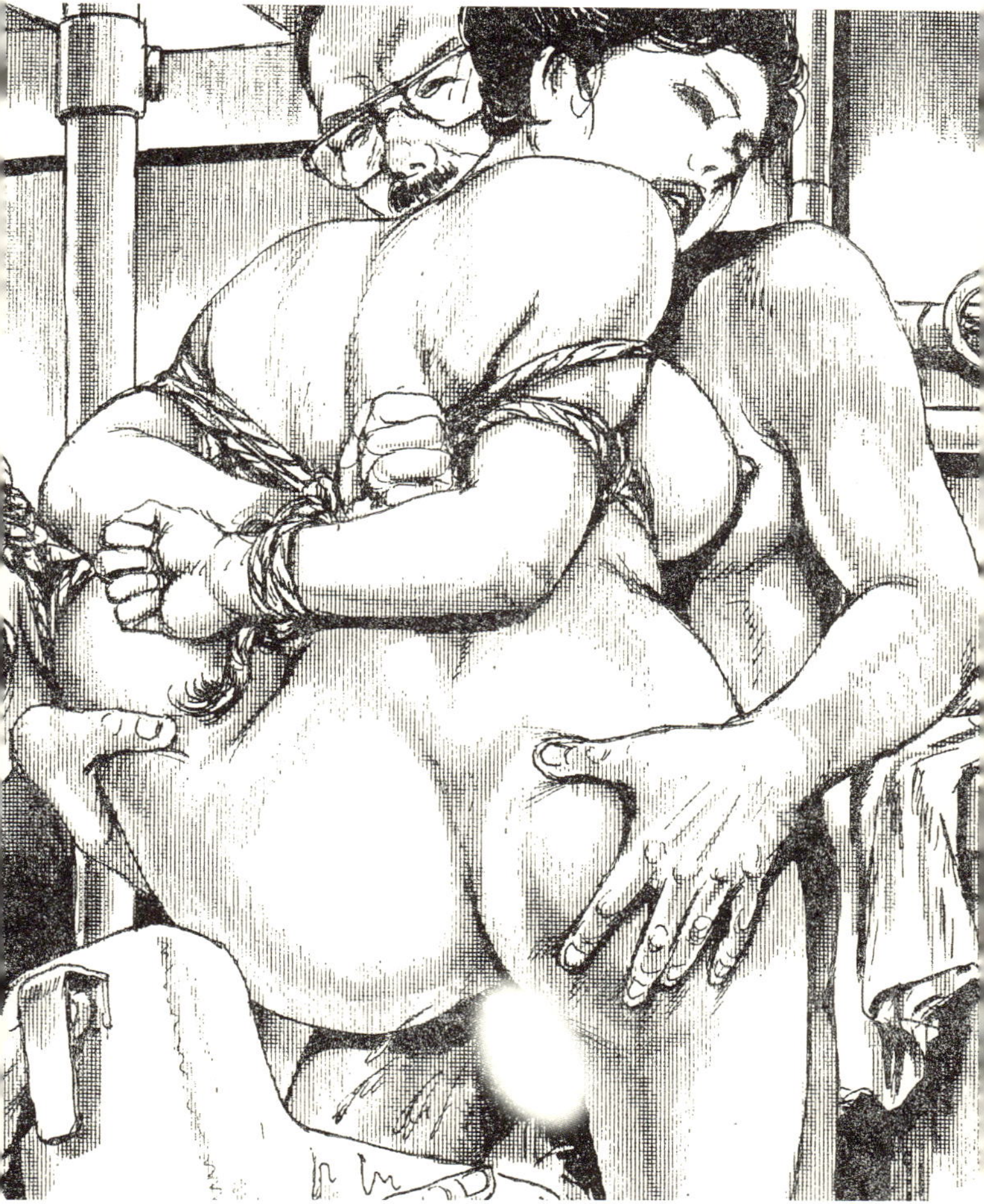

開いてやがる」

食い入るようにのぞきこみながら、鬼頭は何度も舌なめずりをした。肛姦の欲情にゾクゾクとして、剝きだしの肉棒は脈打たんばかりにいっそう大きく硬くなった。

子宮セックスもいいが、鬼頭にとってはやはりアナルセックスにそそられる。三枝子が排泄しているのもかまわず、一気に押し入れたい。

ようやく絞りきった時には、三枝子は氷室に揺さぶられながらすすり泣き、ハアハアとあえぐばかりになった。便意の苦痛からの解放感が、いっそう官能の炎を燃えあがらせる。

「もうすっかりひりだしたのか、奥さん」

「…………」

「フフフ、尻の穴をヒクヒクさせてよ。そそられるぜ」

鬼頭がニヤニヤとのぞきこんだ三枝子の肛門は、腫れぼったくふくれて腸襞までのぞかせ、ヒクヒクとふるえた。

「それじゃ入れてやるか。サンドイッチで楽しませてやるぜ、奥さん」

「フフフ、一発で気をやるかもな」

氷室も動きをとめ、両手を三枝子の双臀へまわして鬼頭を待ちかまえた。

「……もう、いや……これ以上は……」

三枝子はあえぐように言って声をかすれさせた。

だがそれも、後ろから鬼頭がまとわりついてきて、灼熱が肛門に押しあてられると、悲鳴に変わった。

「ああ、お尻はいやッ……いやあッ……ヒッ、ヒイーッ……」

それに慶子の叫ぶ声が重なった。内診台の上でひとりのたうちながら、慶子の裸身に痙攣が走りはじめる。

「あああッ……死ぬッ……あうう……」

痙攣が断続的にさらに激しくなったかと思うと、ガクガクとのけぞって慶子は総身を収縮させた。

「イクッ……イクッ……」

絞りだされる叫びが、また三枝子の悲鳴と共鳴して、えもいえぬ二重奏をかなでた。

6

女医の森下慶子につづいて人妻の須藤三枝子まで地下の実験室に監禁して、一週間がたとうとしていた。

慶子には病院あての退職届を書かせた。そして人妻の三枝子には、好きな男ができたので夫とはもう一緒に暮らせないといった趣旨の手紙を書かせ、それぞれ郵送した。

そのせいか、森下慶子が誘拐されたのではと一時騒ぎになった病院も、すっかり落ちつきを取りもどした。

氷室と鬼頭は何気ない顔で、午前中は診察室に入り午後からは実験室にこもるという日々を繰りかえした。

「なあ、氷室。黒田瞳も実験用の牝にしちまおうじゃねえかよ」

地下の実験室へ向かいながら、鬼頭は言った。氷室は立ちどまって鬼頭の顔を見た。実は氷室も同じことを考えていたのだ。

「そうするか。おととい病院へ来るように電話したのに、来なかったしな」

「フフフ、亭主の前で浣腸されたのがショックだったらしいな。監禁しちまえば、呼びだす手間をはぶけるってもんだ」

「そろそろ人工受精の実験をしようと思ってたところだし、実験用の牝は多いほうがいいってわけだ、フフフ」

氷室と鬼頭は顔を見合わせて、ニヤニヤと笑った。

そうとなれば早いほうがいいと、氷室と鬼頭は向きを変えて駐車場へ向かった。瞳の家へと車を走らせる。

「フフフ……」

「フフフ……」

慶子と三枝子、そして瞳の三人を並べて地下の実験室で責めなぶる時のことを考えると、氷室と鬼頭は笑いがとまらなかった。二十分も車を走らせただろうか。瞳の家の前に着いた氷室と鬼頭は、庭のほうから家のなかの様子をそっとうかがった。

平日の昼とあって、瞳の亭主のいる気配はなかった。それどころか、どの窓もカーテンが閉まっている。

「瞳の奴、逃げたんじゃねえだろうな」

「まさか。ちょっとそこらにでも出かけてるんじゃねえのか。とにかくいるかいないか確かめようじゃねえか」

鬼頭と氷室が車をおりて門に向かって歩きだした時、玄関から瞳が出てきた。瞳は外出用のベージュ色のスーツを着ていた。うつむき気味の瞳は、すぐには氷室と鬼頭に気づかない。

「どこへ行こうってんだ、奥さん」

氷室の声にはじめて気づき、瞳はハッと身体を固くした。

「病院へ来いと言ったはずだぜ。すっぽかしやがってよ」

「……す、すみません……これから行こうと思っていたんです……」

ワナワナと唇をふるわせながらも、瞳は逃げようとはしなかった。

「……お話があるんです……」

「ほう、車のなかで聞こうか」

鬼頭は瞳の背中を押した。氷室と瞳が後部座席に座ると、鬼頭は運転席に乗って車をスタートさせた。

膝の上にハンドバッグを置き、スーツのスカートの裾をつかんで、瞳は身体を固くした。

「……お願いです……もう、もう、あんなひどいこと、耐えられません……」

瞳はふるえる声で氷室に言った。

「このままでは瞳、だめになってしまいます……もう、自由にして……お願い、これで……」

瞳はハンドバッグのなかからぶ厚い封筒を取りだして、氷室に差しだした。

氷室はなにも言わずに受け取ると、中身を見た。

「ほう、手切れ金ってわけか、奥さん」

「……七百万円あります……それで……」

「フフフ……」

氷室と鬼頭は笑いだした。

本当なら瞳をどなりつけて頬を張るところだが、もう瞳も地下の実験室に監禁すると決めたのだから、ここで事を荒立てることはなかった。

「あわてることはねえぜ。その話はあとでしようじゃねえか」

「七百万ももらえるんじゃ、奥さんを自由にしねえこともねえぜ。奥さんの態度しだいでな、フフフ」

鬼頭と氷室は平然と嘘をつく。

「も、もう、耐えられないんです……お願いですから、このお金で……」

「わかってるって、フフフ」

氷室はニヤニヤと笑いながら、手をのばして瞳のふくらはぎに触れ、膝から太腿へとスカートのなかへもぐりこませようとした。

「ああ、いや……やめてください……」

瞳はあわてて氷室の手を押さえた。

「奥さんの態度しだいと言ったはずだぜ。なにも今までみたいに、いやらしいことをしようというんじゃねえ。記念に奥さんのパンティが欲しいんだ」

「ああ、そんな……」

「いやなら七百万で奥さんを自由にしてやる話はなしだ」

「ああ……」

瞳の手から力が抜けた。

氷室は瞳のスカートをまくりあげ、剝きだした太腿をネチネチと撫でまわした。

「パンティを脱いで渡しな、奥さん」

「……………」

瞳はもうなにも言わずに腰を浮かせると、双臀のほうからパンティとパンティストッキングとを一緒にクルリと剝きおろした。太腿をすべらせて爪先から抜き取ると、おずおずと氷室に渡した。氷室は白いパンティを鼻のところへもっていき、顔を埋めて匂いをかいだ。

「ああ……」

瞳はあわてて顔をそむけた。

その間も氷室の手は、素脚になった瞳の太腿を撫でまわしている。だが、それを振り払うことは、瞳には許されなかった。

「ブラジャーもだぜ、奥さん」

瞳のパンティの匂いをかぎながら、氷室はさらに命じた。

「……………」

なにか言おうと瞳の唇がわなないた。が、瞳は唇をかみしめると、スーツの上着を脱いでブラウスのボタンをはずしはじめた。ブラウスの前からのぞいたブラジャーも白だ。スリップはつけていない。

瞳はブラジャーのホックをはずすと、こぼれる豊満な乳房を手で隠しながら取った。そして氷室の眼を見ずに差しだした。もう瞳はノーパンノーブラでスカートとブラウスをつけただけの姿だ。しかもスカートには氷室の手がもぐりこんで、太腿を撫でまわしている。さらにブラウスのボタンをはめようとした手もどかされ、乳房をわしづかみにされた。

「あ、ああ……そんなこと、いや……さ、触らないで……」

太腿を撫でまわされ、乳房を揉みこまれて、瞳は声をうわずらせた。

「お願いです……もう、瞳を自由にしてください……」

「よしよし、病院に着いたら今までのネガもビデオテープも全部かえしてやるぜ」

「ほ、本当ですか……」

「嘘はつかねえよ。だからそれまで餞別のつもりで触らせな、奥さん」

悪魔のような男たちから自由になりたい一心で、瞳はじっとしたまま、あらがおうとはしなかった。太腿を撫でまわされていた手がさらにもぐりこんで、瞳の股間へ割りこもうとする。

「股をおっぴろげろ。これが奥さんのオマ×コの触りおさめだからな」

「あ、あ……ああ……」

瞳の太腿から力が抜けて、左右へ開いた。両膝がガクガクとふるえた。

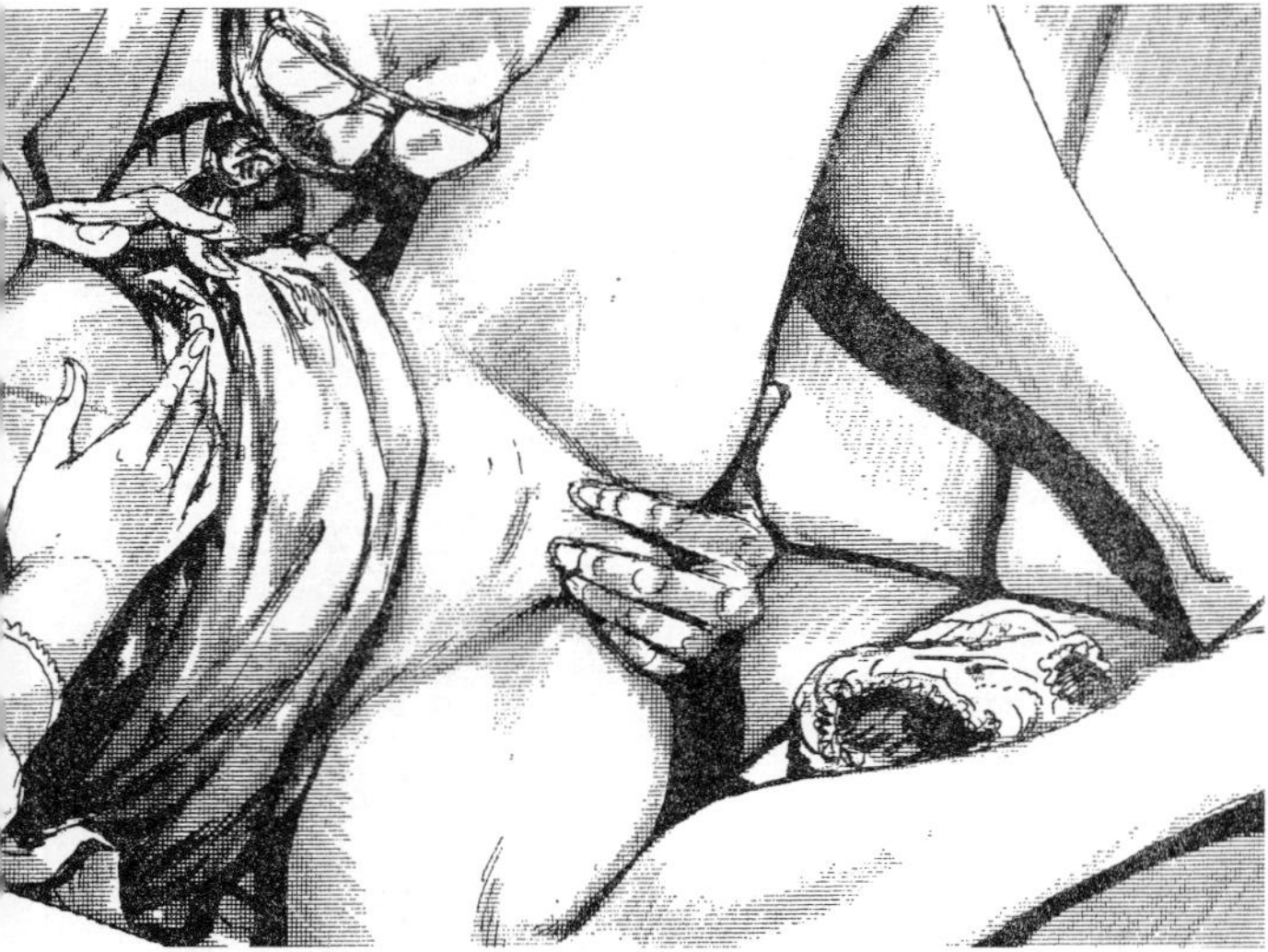

ああ、これさえ耐えれば……ああ、これで悪夢も終わるのよ……。

瞳は一抹の不安を感じながらも、必死に胸の内で自分に言い聞かせた。

氷室の指先が茂みをかき混ぜ、媚肉の割れ目にそってスーッとなぞってくる。

「あ、ああ……許して……」

いくら唇をかみしばっても、声が出てしまう。

氷室の指先は二度三度なぞってから、ゆっくりと媚肉に分け入った。ゆるゆると肉襞がまさぐられた。

「ああ……そんな、ああ……」

身体に火をつけられるのがこわ

いように、瞳は声をあげた。氷室にさんさん弄ばれ、幾度となくめくるめく恍惚に狂わされた身体だ。どんなにおぞましくても、身体は氷室の責めを覚えこまされている。

「かんにんして……そんなにされたら、瞳……ああ……」

「どうなるというんだ、奥さん、フフフ」

「ああ……あ、うう……」

いくらこらえようとしてもだめだった。瞳は身体の奥が熱くしびれだし、まさぐられる肉が疼きだすのを感じた。氷室の指の動きのひとつひとつが官能を呼び起こし、ただれるような肉の快美を思いださせる。

「あ、ああ……もう、許してください、ああ……」

揉みこまれる瞳の乳房は、乳首を硬くツンと尖らせていた。そして媚肉は熱い蜜がジクジクとたぎりはじめる。

フフフ、瞳は俺のものだって証拠だぜ。これほどの女を手離すなんて、そんなもったいねえことができるかよ。これからは実験用の牝として、死ぬまで可愛がってやるからな……。

氷室は腹のなかでゲラゲラと笑った。


ようやく車が病院の駐車場にもどった時には、瞳はしとどの蜜を車のシートにまであふれさせ、めくるめく官能に翻弄されていた。ブラウスの前からのぞく豊満な乳房が、あえぎ、波打っている。

「着いたぜ、氷室」

鬼頭がそう言わなければ、氷室も瞳も気づかなかったほどだった。

瞳はハッと我れにかえると、まくれあがったスカートをあわてて直し、ブラウスのボタンをはめた。スーツの上衣を着る余裕もなく、瞳は鬼頭に腕をつかまれて車からおろされた。

「ネガとビデオテープはこっちだぜ」

もう一方の腕も氷室に取られて、瞳は歩かされた。

人目を避けて裏から病院へ入ると、まっすぐ研究実験棟へ向かった。

「あ、あ……」

瞳は膝とハイヒールがガクガクとして、何度もしゃがみこみそうになった。スカートのなかで瞳の股間は蜜でヌルヌルになっていて、それが両腿の力を萎えさせる。そのたびに左右から氷室と鬼頭に身体を抱き支えられ、引き起こされた。

地下室へ連れていかれるとわかった瞳は、にわかにおびえた。

「いや……どこへ……ああ、どこへ連れていくのですか」

女の本能がなにかただならぬ気配を感じ取らせるようだ。

「ネガとビデオテープをかえしてほしいんだろうが。この地下にあるんだよ」

「すぐそこだ。さ、歩くんだ」

鬼頭と氷室が瞳を引きたてる。瞳の美貌がベソをかかんばかりだ。

「ほ、本当にかえしてくれるのね……もう変なことはしないと、約束してください」

「いくらでも約束してやるよ……」

「……信じていいのね……」

瞳の声はふるえていた。

地下へおりると、薄暗いなかをいちばん奥へと進んだ。鉄のドアがあった。

「ここですよ、奥さん。この地下室に」

「フフフ……」

いきなり氷室と鬼頭は瞳の服を脱がせにかかった。ブラウスが引き裂かれ、スカートのホックがはずされてファスナーが引きさげられる。

「ああ、なにをするんですかッ……」

「ここには女は素っ裸で入ると決まってんだよ。ほれ、裸にならねえか」

「いやあ……」

スカートがすべり落ちて、よろめくハイヒールのまわりに輪を描いた。

すでにブラジャーとパンティを脱がされていた瞳は、たちまちハイヒールをはいただけの全裸に剝かれた。

「いや、いやあッ……ああ……」

瞳の泣き声をあざ笑うように、鉄のドアがギイィと不気味な音をたてて開いた。

「ここは実験室だぜ。今から奥さんは俺たちの実験用の牝ってわけだ」

「このムチムチとした身体に、いろいろといやらしい実験をしてやるからな。楽しみにしていな、奥さん」

おそろしい言葉に瞳の総身が凍りついた。だまされたと思っても、もう遅かった。

「約束が違いますッ……いや、いやあッ……た、助けてッ」

いくら泣き叫んでもだめだった。ズルズルと瞳は実験室のなかへ引きこまれた。

第十章　実験用牝たちの黒い運命

1

地下の実験室には、ムンムンと淫らな熱気が充満している。女の匂いにむせるほどだ。

人妻の瞳と三枝子、そして女医の慶子の三人がハイヒールをはいただけの全裸を縄で後ろ手に縛られ、天井から爪先立ちの姿で並んで吊られている。

左右の瞳と三枝子は肩をふるわせてすすり泣いた。真ん中の慶子は唇をかみしめて観念したように頭を垂れている。

「フフフ、こうやって三人並べるとすげえな。どれも見事な身体をしてやがるぜ」

「目移りしてしようがねえや。まったくたまらねえながめだぜ」

氷室と鬼頭はまぶしいものでも見るように、眼を細めて何度も舌なめずりした。

どれもムチムチと官能味あふれる見事な肉づきである。欲情をそそられずにはいられない。甲乙つけがたく、手当たりしだいしゃぶりつきたいほどだ。

そんななかでも、肌の張りと乳房や双臀の形のよさでは、女医の慶子が一歩抜けている。ピチピチとまるで女子大生のような肉づきだ。だが、成熟美という点では、やはり人妻の瞳か三枝子だろう。ムンムンとした肉づきが、ボウッとけぶるようだ。

「フフフ、氷室、お前ならどの肉だ？」

「むずかしいな。こりゃ毎度、誰を実験にかけるかで悩むことになりそうだ」

「ぜいたくな悩みじゃねえかよ、フフフ」

鬼頭と氷室は、瞳から慶子、そして三枝子とゆっくりとながめていきながら、ニヤニヤと舌なめずりした。

瞳も慶子も三枝子も、ブルブルと白い裸身をふるわせた。弱々しく黒髪を振り、唇をかみしめて太腿を固く閉じ合わせている。膝とハイヒールがガクガクして、太腿の付け根を飾る茂みもフルフルとふるえ、いやらしい視線におののいている。

「フフフ、誰を実験にかけてやるかな」

わざとらしく言いながら、氷室は瞳の前にしゃがみこんで、手をのばして茂みに触れた。

ビクッと瞳の裸身が硬直した。

「ああ、いやッ」

かみしめた瞳の口から、思わずおびえた声が出た。

それをあざ笑うように、氷室は茂みを指先でかき混ぜては梳きあげた。

「股を開いてオマ×コを見せるんだ、奥さん」

「いや……か、かんにんして……じ、実験なんていやです……ああ、こわいことしないで……」

「さっさとおっぴろげねえと、すぐに実験だぜ。尻の穴も見せな」

後ろにしゃがみこんだ鬼頭が、ゆるゆると瞳の双臀を撫でまわしてきた。ピタピタとたたいたりはしても、強引に割り開こうとはしない。

「どうした。おっぴろげろと言ったんだぜ」

「ああ……実験になんてかけないで……お願い……」

すすり泣く声で言いながら、瞳は自分からおずおずと両脚を開いた。必死に閉じ合わせた太腿がブルブルとふるえ、左右に割れていく。

「もっと思いっきり開かねえか。尻の穴が見えねえだろうが」

鬼頭がパシッと瞳の双臀をはたいた。

「ああッ……」

さらに瞳の両脚が開いた。膝とハイヒールがガクガクして、内腿の筋がピクピクと浮きあがってつった。

艶やかにもつれ合った繊毛におおわれた小高い丘から、媚肉の割れ目がくっきりと剝きだされた。割れ目はわずかにほぐれ、初々しいまでの肉の色をのぞかせる。

そして後ろは、臀丘の谷間の奥に可憐なまでの瞳の肛門が、ひっそりとのぞいていた。

「そのままおっぴろげてろよ、奥さん。勝手に閉じたら、実験だからな」

「フフフ、何度見てもたまらねえオマ×コと尻の穴をしてやがる」

氷室と鬼頭は前と後ろから瞳の股間をニヤニヤとのぞきながら、指先になにやら怪しげな瓶の中身をすくい取った。催淫クリームである。

それを瞳の媚肉と肛門とに塗りつけはじめた。

「あ……いや……や、やめてッ……」

瞳は狼狽の声をあげて、ガクガク腰を揺さぶった。

氷室の指先が媚肉の割れ目に分け入って、繊細な肉襞をまさぐってくる。そして鬼頭の指先は瞳の肛門をとらえ、円を描くようにゆるゆる弄んできた。

「いや、いやッ……ああ、許して……」

泣き声をあげて黒髪を振りたくり、乳房を揺さぶって腰をよじりたてる。それでも自分から大きく割り開いた両脚をうねらせるだけで、閉じ合わせようとしないのは、実験にかけられる恐怖からだ。

「フフフ、オマ×コも尻の穴もうんととろけるように、たっぷりと塗ってやるからな」

「すぐに太いのを咥えこみたくて、たまらなくなるぜ、奥さん」

氷室と鬼頭は催淫媚薬クリームを塗りこみつつ、ゲラゲラと笑った。

「ああ……いや、あ、あ……もう、かんにんして……これ以上されたら……」

瞳の泣き声と身悶えが、しだいに力を失ってどこか艶めいてくる。どんなにこらえようとしても、前から後ろからいじり合わされては、成熟した人妻の性はひとたまりもなかった。

2

媚肉は充血してさらに割れ目をほころばせ、まさぐられる肉襞をヒクヒクうごめかせだした。女芯も包皮を剝いて、ツンと尖ってくる。

鬼頭にまさぐられる瞳の肛門は、ピクピクとあえぎつつ、いつしかふっくらとして、とろけるような柔らかさを見せた。

「これくらいでいいだろう。こいつの効き目は強烈だからな」

「太いのが欲しくなったら、いつでもおねだりしな、奥さん」

瞳の身体に火をつけておいて、氷室と鬼頭はスッと手を引いた。

「ああッ……」

キリキリと唇をかみしばって、瞳は黒髪を振りたくった。

氷室と鬼頭はゲラゲラと笑った。

「次は女医さんの番だぜ。ほれ、股をおっぴろげな」

「さっきからいじられたくて、ウズウズしてたんだろう、女医さん」

と、慶子の前と後ろにしゃがみこむ。

ヒッと美貌をひきつらせて、慶子は裸身を硬張らせた。

「……か、かんにんして……」

「なにを気どってやがる。実験にかけるのは、女医さんに決めたっていいんだぜ」

鬼頭がバシッと慶子の形のいい双臀をはたいた。

「ああ、それだけは……」

慶子は固く閉じ合わせた太腿から力を抜いた。ふるえながら左右へ開いていく。

氷室と鬼頭は前と後ろからニヤニヤとのぞきこんだ。開いていく肉の奥へと淫らな視線がもぐりこんだ。二週間ほど前に剃毛された茂みがのびかけている。

「なんだ。もうオマ×コを濡らしてやがる。となりで瞳がいじりまわされてるのを見て、感じたんだな」

「フフフ、尻の穴もふっくらとろけて、ヒクヒクさせてやがる。好きだな、女医さん」

氷室と鬼頭はわざとらしく言って、ゲラゲラと笑った。股間にヌラヌラと光るものは、熱くたぎって今にもあふれそうなのが、はっきりとわかった。

「いやッ……ああ、そんなに見ないで……」

恥ずかしい反応を知られ、慶子は泣き声を高くして黒髪を振りたくった。前から後ろからのぞかれて痛いまでに視線を感じ、いっそう身体の芯が疼きだすのを、慶子はどうしようもなかった。

「こりゃ媚薬を塗る必要もねえくらいだな。フフフ、敏感な身体しやがって」

「だが塗るのをやめるほど、俺たちは甘くねえぜ、女医さん。オマ×コも尻の穴もたっぷり塗られたがって、ヒクヒクしてるしな」

氷室と鬼頭は指先にたっぷりと催淫クリームをすくい取ると、慶子にまた、前から後ろから手をのばした。

「あ、ああッ……いや、ああ……」

媚肉と肛門とをまさぐってくる指に、慶子はガクガク腰を振りたてて泣いた。

「まだ腰を振るのは早いぜ、森下先生。もっとオマ×コと尻の穴をおっぴろげさせてからだよ、フフフ」

「いつでもおねだりしていいぜ。太いのを咥えこみたくなったらな」

氷室と鬼頭はせせら笑うと、媚薬クリームをゴシゴシと容赦なく塗りこんだ。

「い、いやあッ……ああ……ああッ……」

慶子は形のいい乳房を揺すり、腰をよじりたてて泣き叫んだ。そのくせ、ジクジクとあふれでた蜜が、ブルブルふるえる内腿をツーッとしたたった。

慶子の泣き声につられたように、瞳は泣き声を高くした。三枝子はおびえきり、ヒッヒッと悲鳴に近い声をかみ殺して、ワナワナと唇をふるわせている。

「フフフ、次は奥さんの番だぜ。股をおっぴろげて待ってな」

氷室がそう言って笑うと、三枝子はヒイッといっそうおびえ、ふるえを大きくした。とても慶子のほうを見ていられず、三枝子は必死に反対側に顔をそむけた。

「ああ……」

三枝子は身体がブルブルふるえてとまらなかった。氷室と鬼頭がニヤニヤと自分の前と後ろへ移ってくるのがわかった。

「い、いやあッ……」

三枝子は悲鳴をあげてのけぞった。

氷室は手をのばして茂みに触り、鬼頭はパシッと三枝子の双臀をはたいた。

「股をひろげて待ってろと言ったはずだぜ、奥さん。実験にかけられてえのか」

「奥さんの場合は妊娠三カ月だからな。一度亭主の子を中絶しておいて、俺たちが孕ませてやってもいいんだぜ」

ヒイッ……と三枝子の身悶えが激しくなった。中絶されるなど、考えただけでもおそろしい。

「そ、それだけは……許してッ……」

三枝子は悲痛な声で叫び、泣きながら自ら両脚を開いた。

「いいオマ×コだ。とても妊娠三カ月とは思えねえぜ、フフフ」

茂みをかきあげつつ、氷室は鼻がくっつきそうにのぞきこんだ。

瞳や慶子に較べてひっそりと割れ目を見せて、柔肉の濡れも目立たない。おびえきっているのか。

鬼頭がのぞきこんだ三枝子の肛門も、キュウと必死にすぼまっていた。

「どうせメロメロにされるのに気どりやがって、フフフ」

「なんたって、この媚薬クリームはどんな女でも泣きわめかせて、牝にしちまうというんだからよ」

氷室と鬼頭は前後から手をのばして、三枝子の泣き声を楽しみながら、たっぷりと催淫媚薬クリームを塗りたくった。

「いやッ……ああ、いやあ……」

三枝子は悲鳴をあげて反射的に両脚を閉じ合わせようとしたが、かえって男たちの指をしっかり咥えこむことになって、またガクガクと開いた。

「あ、ああッ……だめ……」

「フフフ、感じるのか、奥さん。よしよし、もっとたまらなくしてあげるよ」

「い、いや……許して……」

「遠慮するなって。思いっきり感じてちょうだい」

鬼頭はたっぷりと媚薬クリームを塗ると、立ちあがって鞭を手にした。

鞭の先端で双臀をなぞられて、三枝子はヒッと息を呑んだ。美貌をひきつらせ、ブルブルとふるえだす。

「もっと気分を出させてやろうというんだ。うれしそうな顔をしねえか」

「そ、そんな……」

三枝子のおびえた眼に、後ろで鬼頭がニヤニヤと鞭を振りかぶるのが見えた。

「ああ、やめてッ……鞭なんて、いやッ、許してッ」

三枝子はおびえ、うわずった金切り声をあげた。次の瞬間、ピシッと鞭が三枝子の双臀に弾けて、鋭い痛みが走った。

「ヒイーッ……打たないでッ」

ビクンと三枝子はのけぞって、硬直した双臀をブルルッとふるわせた。

「フフフ、打ちがいのある尻だぜ」

鬼頭はわざとゆっくり鞭を振りあげた。ひきつる美貌とふるえおののく双臀、ピシッと弾ける鞭によって肉に走る痙攣と悲鳴、それが鬼頭を楽しませる。

ピシッ……。

「ヒイーッ……」

「ああッ……いやッ……」

瞳と慶子までが鞭の音におびえ、三枝子につられて悲鳴をあげた。

「こっちも鞭打たれてえのか、フフフ」

氷室も鞭を手にして、瞳と慶子の後ろへまわった。瞳、慶子とかわるがわる鞭の先端でなぞっておいて、

「どっちだ。打たれてえ尻は。森下先生か」

と、慶子を打つと見せかけて、瞳の双臀にピシッと弾けさせた。

鬼頭は今度は三枝子を打つと見せかけ、慶子の双臀を狙った。

「ヒイーッ……」

瞳と慶子と三枝子の悲鳴がひとつになって噴きあがる。そしておののき痙攣してのたうつ三つの女体……氷室と鬼頭は鞭をふるいつつ、ゲラゲラと笑った。

3

鞭が振りおろされるたびに、えもいえぬ甘美な悲鳴の三重唱が氷室と鬼頭の耳を楽しませた。そして白くムチムチとした双臀が、どれもボウッと色づいてひとまわり大きくなったようで、ブルブルふるえながらうねる。

「も、もう、かんにんして……」

「ああ……もう鞭はいや……これ以上は、許して……」

「……ああ……いや……」

瞳と慶子と三枝子は、総身に汗をヌラヌラと光らせて、声をふるわせる。

「フフフ、感じてきたな」

「媚薬クリームを塗ってやってるから、鞭がたまらねえだろうが」

ピシッ、ピシッ、ピシッ……。

氷室と鬼頭は一人ずつ双臀を打ってから、ようやく鞭を置いた。

「ずいぶんといい色になったじゃねえか」

「猿は発情すると尻が赤くなるから、猿並みだともう充分とろけてるわけだぜ」

氷室と鬼頭は一人ずつゆるゆると双臀を撫でた。

赤く浮きでた鞭痕を指でなぞると、三枝子も瞳も慶子も、決まったように泣き声を高くして、双臀をふるわせた。鞭打ちでいっそう媚薬クリームが効き目を表わしはじめたようだ。ヒイヒイとよがり泣くのも時間の問題だ。

「フフフ、いちばん先に音をあげるのは誰かな」

「やっぱり女医さんじゃねえか。それとも瞳かな」

「案外、三枝子みたいなのが一度崩れると、メロメロになるんだぜ」

氷室と鬼頭がそんなことを言ってからかううちにも、三つの女体の身悶えが露わになっていく。片時もじっとしていられないように腰がうごめき、膝とハイヒールとががクガク揺れる。

「……もう、許して……ああ、た、たまらない……」

最初に音をあげたのは瞳だった。右に左にと頭を振り、わななく唇をかみしめて、うつろな眼を氷室と鬼頭に向けた。

「どうしたんだ、そんな声出して」

氷室はわざととぼけた。

瞳は一度キリキリと唇をかみしめたが、もうこらえきれない。

「たまらないッ……ああ、お願い、どうにかしてッ……」

「どうしてほしいんだ、奥さん」

鬼頭がニヤニヤと顔をのぞきこむと、瞳はいっそう泣き声と身悶えを激しくした。

「し、して……」

「だからなにをしてほしいんだよ」

「ああ……わかってるくせに、いじめないで……お願い……」

「フフフ、太いのでオマ×コと尻の穴をえぐられてえんだな、奥さん」

鬼頭のあからさまな言葉にも、瞳は我れを忘れてガクガクとうなずいた。そして、こらえきれないように、刺激を求めて淫らがましいまでに腰を振りはじめる。

「してッ……は、早く、ああ……たまらないのッ」

一気に堰を切ったように、もう瞳はとなりに慶子や三枝子がいるのも忘れて、恥も外聞もなかった。

三枝子と慶子はそんな瞳の身悶えに巻きこまれまいと、キリキリと唇をかみしめて必死に耐えている。瞳から顔をそむけ、固く両眼を閉じたまま、ひとりでに腰がうねるのをなんとかこらえた。

だがそれも、そう長くはつづかない。

「ああ……もう、だめ……ああ、もう我慢できないッ……」

屈服の声をあげたのは、三枝子だった。あられもなく腰を揺らして、からみつくような視線を氷室と鬼頭に向けた。

「お願いッ……してッ……」

三枝子は声をあげて泣きだした。

氷室と鬼頭はゲラゲラとオーバーに笑って顔を見合わせた。

「次に音をあげたのが三枝子とは、意外だったな、フフフ」

「瞳にしろ三枝子にしろ、やっぱり人妻ってのは好きもんだぜ。なんたって肉が熟しきってやがるからよ」

「女医さんのほうは相変わらず強情だな。もうたまらなくなったくせして、フフフ」

言い終わらないうちに、慶子が声をあげはじめた。瞳と三枝子に巻きこまれたのだ。

「ああッ……ああ、こんなことって……もう、もうッ……」

いくらこらえようとしても、瞳と三枝子のあられもない泣き声が身体の芯にビンビンと響いて、媚薬でカアッと肉が灼ける。

「も、もう、入れてッ……ああ、してッ……」

一度堰を切ると、慶子は底なしに狂うようだった。我れを忘れて氷室と鬼頭を求めた。

「ああ、お願いッ……してくださいッ……」

「は、早く……三枝子、気が狂ってしまう……ああッ……」

瞳と三枝子も負けじと声を張りあげた。たくましいものを求めて腰をせりだす。

誰もがハッとするほど胸をときめかす美女が、あられもなく腰をうねらせて男を求める姿が、それも三人並んで同時など、めったに見られるものではない。

氷室と鬼頭は舌なめずりをしつつ、しばしニヤニヤとながめた。

「どれ、望み通りにしてやるか、フフフ」

氷室はいやらしく両手をすり合わせると、三枝子の後ろにまわって乳房をわしづかみにした。指先で乳首をつまんでしごき、豊満な乳房をタプタプと揉みこむ。

「あ、ああ……」

三枝子は泣き声をうわずらせた。たちまち乳首をツンとしこらせ、氷室が後ろから押し入ってくるのをねだるように、腰をうねらせた。

「早くッ……お願い……」

太腿を自ら割り開いて、三枝子は狂おしく求めた。強烈な媚薬の効き目に、我が身の浅ましさをふりかえる余裕もない。

太腿の奥に剝きだされた媚肉は、充血してヒクヒクうごめく肉層をのぞかせ、ジクジクとあふれでる花蜜をツーッと内腿にまでしたたらせた。

「こりゃすげえ。とろけきってやがる。早いとこ太いのを咥えこませてやらないと、ただれちまうぜ、フフフ」

鬼頭はニヤニヤとのぞきこんで、張型を取りだした。

普通の張型ではない。長さは三十センチ、両端がグロテスクな肉棒を型どった双頭

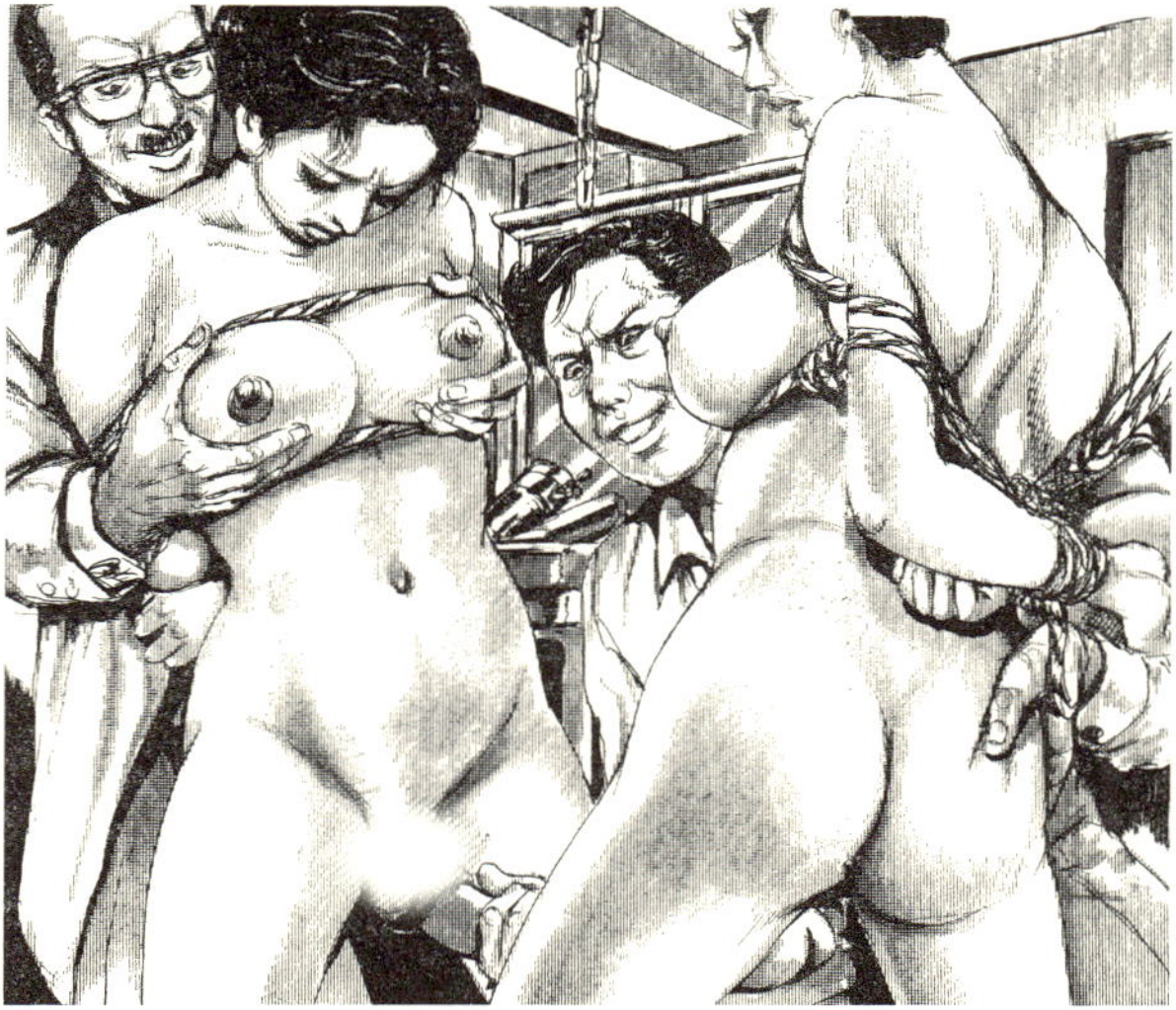

の張型だ。

「……そんな……そんなものでなんて……」

　三枝子はワナワナと唇をふるわせたが、おびえて、あらがう気力は、もうとっくになくなった。

「こいつをオマ×コに入れてほしいか」

「…………」

「はっきり言わねえと、となりの女医のところへ行っちまうぜ」

「いやッ……」

　三枝子は思わず叫んでいた。

　双頭の張型の一方を媚肉のひろがりにそって這わされ、三枝子は快感の声をあげながら腰をせりだした。

「そ、それを……ああ、入れてッ……このままでは、狂っちゃうッ……」

「どこに入れてほしい、奥さん」

「ああ……三枝子の……三枝子のオマ×コに入れてッ……」

三枝子は腰を前後に突き動かしつつ、うわ言のように口走った。

「い、いやあ……瞳にもしてッ……ああ、お願いッ……」

「ああ、それを慶子に……慶子にしてッ……もう、たまらない……」

瞳と慶子も焦点を失った眼を張型にからませて、泣き声をあげた。

「フフフ、がっつくんじゃねえよ。まったくクリームの効き目は、たいしたもんじゃねえか」

三枝子の乳房をタプタプと揉みなぶりつつ氷室がせせら笑った。

鬼頭が張型の頭を三枝子の媚肉に分け入らせて、ジワジワと貫きにかかると、

「あ、ああッ……ああッ……」

三枝子はキリキリと唇をかんで、狂おしく黒髪を振りたてた。腰が悦びにわななくて、秘肉が待ちかねたように張型にからみつき、自ら吸いこもうとうごめいた。

「うれしそうに咥えこんでいくじゃねえかよ、奥さん。そんなにいいのか」

「ああ、あうッ……あうう……」

「フフフ、そんな声を出すと、瞳と慶子が妬くぜ」

鬼頭はせせら笑いながら張型の頭を底まで埋めた。

子宮口を突きあげられて、三枝子はヒイッとのけぞって、今にも気がいかんばかりに総身を揉み絞った。

「このましっかり咥えてろよ、フフフ。言うまでもねえか。もう離さないとクイクイ締めつけてやがる」

「ああ、してッ……もっとッ……」

埋めこまれただけで与えられぬ抽送を求めて、三枝子は腰を突き動かした。まるで男のように股間から突きだしている張型の、もう一方が淫らに揺れた。

「自分だけ楽しもうってのか。楽しみは牝同士分かち合うものだぜ、フフフ」

乳房をいじっている氷室が、三枝子の身体の正面を慶子のほうへ向けた。

鬼頭は慶子の後ろにまわって、両手で乳房をわしづかみにし、慶子の身体を三枝子と向かい合わせる。

「ああ、どうしようというの……ああ……」

「あ、あ、して……慶子にも、して……」

乳房や腹部、太腿が触れ合って、三枝子と慶子は泣き声を露わにして身悶えた。

つまみあげられた乳首が互いにこすり合わされ、三枝子の股間に取りつけられた張型が慶子の下腹や太腿に触れる。それがいっそう三枝子と慶子とを悩乱させた。

双頭の張型を見せられた時から、女同士つながらされるのはわかっていたが、いざ互いに向き合って肌を触れさせせると、戦慄が三枝子と慶子の身体を走った。

「いや、こんなの……ああ、許して……」

「普通にして……」

弱々しくかぶりを振る三枝子と慶子だった。戦慄さえ催淫クリームの猛烈な効き目の前には、どこかへ消し飛んでしまいそうだ。

「フフフ、欲しくてウズウズしてるくせして、気どるなよ、女医さん」

鬼頭が乳房をいじっている一方の手を慶子の股間へすべらせ、媚肉を押しひろげるようにして待ちかまえた。

剝きだされた秘肉は、しとどに濡れそぼって張型を求め、ヒクヒクとただれんばかりにあえいだ。

「いや、レズはいや……ああ……」

慶子はそう言いながらも、もうあらがうふうではない。それどころか、慶子の腰はひとりでに三枝子のほうへ突きでる動きを見せた。

「奥さんもひとり占めしてねえで、慶子とつながって一緒に楽しむんだ」

氷室も、乳房をいじっている一方の手を三枝子の股間へもっていき、双頭の張型をつかんで慶子の股間に狙いを定める。

「あ、ああ……」

三枝子はもう、慶子とつながらされることを気にするどころではなくなった。与えられぬ抽送を求めて、腰をうねらせるばかりだ。

三枝子の股間から突きでた張型の頭が、慶子の濡れそぼって赤く開いた媚肉にこすりつけられた。

「あ、あッ……いや、ああ……入れてッ……」

我れを忘れて慶子は叫んだ。わずかに残った理性も、一気に官能の誘惑に呑みこまれた。慶子の腰が待ちきれないようにガクガクとせりでた。

「フフフ、そうこなくちゃよ」

氷室は後ろから三枝子の腰を押しだしつつ、まつわりからみついてくる慶子の柔肉を引きずりこむように張型を押し入れた。

「ああッ……ヒイィ……」

愉悦に腰を揉み絞るようにして、慶子は汗に光るのどをさらしてのけぞった。

慶子がブルブルと腰を揉み絞るのが張型を伝って三枝子にも感じ取れ、それが三枝子をものけぞらせた。

「あ、あああ……いいッ……」

「あう、ああ……たまらないッ……」

三枝子と慶子の愉悦の声がからまりもつれ合い、ドロドロとひとつになった。

4

あられもなくからみ合う三枝子と慶子の横で、ひとり取り残された瞳は息も絶えだえにあえいでいた。むなしくひとり、腰を切なげにうねらせている。

「ああ、狂っちゃう……お願い、して……瞳にも入れて……」

三枝子と慶子の身悶えに巻きこまれたように、瞳は自分から股をひろげて腰を揺すり、催促した。

ハアハアッとあえぐような息づかいと、氷室や鬼頭を見るうつろな眼つき、そしてさらけだされた媚肉は指をそえなくても生々しく花開き、しとどに濡れた柔肉をヒクヒクうごめかせた。

「してッ……ああ、どうして……」

瞳は泣きながら浅ましい哀願を繰りかえした。

だが氷室と鬼頭はわざと無視して、ニヤニヤ笑って三枝子と慶子にかかりっきりだ。

「フフフ、どうだ、女同士でこうやってつながってる気分は」

「いいんだろ。三枝子も慶子もクイクイ締めつけてやがる」

そんなことを言いながら、三枝子と慶子の双臀に手をやって、ゆっくりと揺さぶってやる。

「あ、あッ……ああ……」

「ああ……あうう……」

三枝子と慶子の乳房や下腹がこすれ合い、両脚がもつれ合うようにうごめいて、泣き声が露わになった。

二人の肉をつないだ張型が見え隠れして、つながれた部分が淫らな音をたてた。

「ああ、あうッ……み、三枝子さんッ……」

「ああ、先生ッ……慶子先生ッ」

三枝子と慶子は我れを忘れて互いの名を呼び合った。それだけ押し寄せる官能の波が大きいのだろう。

「まるで恋人同士だな、フフフ。キスしてみせろよ」

氷室に命じられて、三枝子と慶子はどちらからともなく唇を重ね、うめきながら舌をからませた。

「そうだ。二人で気を合わせて互いに楽しませるんだ」

「そうすりゃ、もっと気持ちよくてたまらなくしてやるからよ」

氷室と鬼頭はゲラゲラと笑う。わざとらしく笑いながら鬼頭はチラッと瞳のほうを見た。

瞳はいっそう泣き声を高くしながら、黒髪を振りたくった。まるで三枝子と慶子に合わせるように、腰をうねらせる。

「……してッ……どうして瞳だけ……も、もう、して……」

「フフフ、飢えた牝丸出しか。太いのを咥えこめるなら、どうなってもいいってんだな」

ようやく鬼頭は瞳の前へ行った。鬼頭の手には、もうひとつの双頭の張型が握られていた。今、三枝子と慶子とをつないでいるのと同じものだ。

それに気づいた瞳は、うつろな視線をからみつかせて声をあげた。

「ああ、欲しいッ……そ、それを瞳に、入れて、お願いッ」

瞳は我れを忘れて腰を振りたてた。双頭の張型をどう使われるか、気にする余裕などない。

「あせるな。すぐに咥えこませてやるからよ、奥さん」

瞳に向かってそう言った鬼頭は、悩ましげに揺れる慶子の双臀を、いきなりバシッとはたいた。

「ヒイッ」

慶子は今にも気がいかんばかりに悲鳴をあげ、ブルブルと双臀をふるわせた。

なにをされるかと思う間もなく、慶子は鬼頭の手で臀丘の谷間を割られた。剝きだされた肛門に、双頭の張型の一方の頭がグッと押しあてられた。

「あ、ああッ……」

ジワジワとめりこんでくる張型に、慶子は背筋がとろけるような戦慄を走らせて、声を放った。

「そ、そんなッ……」

「尻の穴もたまらねえはずだぜ。たっぷりと媚薬を塗ってやってるからな。ほれ、女医さん、しっかり咥えこみな」

「ああッ……ああ、あむむッ……」

媚肉に張型を咥えこんでいるせいか、ジワジワと肛門に入ってくる張型に引き裂かれそうだ。そのくせ、ただれるような快美に慶子は眼がくらんだ。

しかも、二本の張型は薄い粘膜をへだてて前と後ろでこすれ合った。

慶子はたちまち、満足に息もできなくなった。深く肛門を貫いてくる張型を食い締めつつ、ヒイーッ、ヒイーッとのどを絞る。

その慶子のうごめきが三枝子にも伝わって、三枝子までがヒイヒイ泣いて腰を振りたてはじめた。

「あ、あ……慶子先生ッ……」

「あああ……ヒッ、ヒイーッ……あぁッ……」

三枝子と慶子は、互いにつながった張型で激しくせめぎ合う。

「激しいな、フフフ」

氷室がせせら笑った。

慶子の肛門にしっかり埋めこまれた張型は、もう一方の頭を屹立させてブルブルとふるえている。

「待たせたな、奥さん。ほれ、自分からオマ×コで咥えこみな」

鬼頭は瞳の身体に手をのばすと、慶子の双臀から突きでた張型のほうへ向けた。

「ああ……」

瞳は泣き声をうわずらせた。

慶子が腰をうねらせ振りたてるたびに、双臀の張型が瞳の下腹や茂みに触れ、瞳の官能の火に油を注ぐ。

「ああ……あぁッ……」

ひとりでに瞳の腰が張型に向けてせりでてしまう。やらされようとしてることの浅ましさをかえりみる余裕は、今の瞳にはなかった。もうなにもかもが官能の欲求に呑みこまれている。

「フフフ、そんなに腰を振って自分ばかり楽しんでねえで、瞳に咥えさせてやれよ、女医さん」

「なかなかつながれなくて、瞳が苦労してるじゃねえか。これ以上じらすと、瞳は本当に狂っちまう」

氷室と鬼頭はからかって、またゲラゲラと笑った。

そんなからかいも聞こえないように、瞳は慶子の双臀の張型を求め、泣きながら腰をうごめかせた。

「あ、ああ……」

催淫媚薬クリームの効き目に、今にも身体がただれて気が狂いそうだ。瞳の脳裡にはもう、張型を咥えこむことしかない。

張型の先端が瞳の媚肉に触れ、瞳は我れを忘れて自ら貫かれていく。慶子の背中に乳房を押しつけ、下腹を双臀にこすりつけて必死に咥えこんだ。

「あ、あむ……あああ……」

ようやく与えられるものに、瞳は白い歯を剥いて愉悦の声をあげた。

瞳の腰が激しくうねり、張型を咥えこんだ柔肉は決して離すまいとキリキリと締まった。

「ああッ……ああッ……死んじゃうッ……」

「ああ……せ、先生ッ……」

慶子と三枝子も負けじと締めつけて腰を使った。

三つの女体が二つの張型でひとつにつながって、淫らな音をあげながら揺れ、妖しくうねる。しとどの汗にヌラヌラと光って、ひとつに溶け合う。

とくに真ん中の慶子の狂いようはすごかった。前からは三枝子が、後ろからは瞳が責めたてる。

「あううッ……死ぬッ、ヒッ、ヒッ……」

慶子はめくるめく官能に翻弄されながら口もとから涎れを垂らしはじめた。

「ああッ……慶子、もう……ああ、だめッ」

「ま、待ってッ……あぁッ……」

慶子が耐えきれぬ愉悦に叫べば、

「あ、あああ……もう、もうッ……」

三枝子と瞳も泣き声をひきつらせて、いちだんと動きを激しくした。

三人は互いを責め合いつつ、ただれるような肉悦のなかへ溺れこんでいく。

「激しいな。さすがにみんな、いい身体してるだけのことはあるぜ」

「いちばん先に気をやるのは誰かな、フフフ」

氷室と鬼頭はニヤニヤと舌なめずりをしてながめた。もう手を貸してやらなくても、女体は互いに激しくせめぎ合っている。氷室と鬼頭が見ていることさえ忘れている。

「あ、あッ……もう、だめッ……」

慶子が感きわまったような声をあげ、ブルブルと汗まみれの裸身を痙攣させはじめた。上気した顔はのけぞったまま、腰の痙攣が激しくなっていく。

それが三枝子と瞳を追いあげた。だが、三枝子と瞳の昂りが、さらに慶子をも追いあげる。

「い、イッちゃうッ……ああ、慶子、イク、イクッ……」

慶子はのけぞらせた美貌の白眼を剝き、ガクガクと腰を痙攣させて、両脚を激しく突っ張らせた。

前も後ろも張型をキリキリ締めつけて痙攣し収縮するのが、三枝子と瞳の肉奥にまで、はっきりと感じ取れた。

「ああッ……瞳もッ……イクうッ」

「う、うむッ……イキますッ」

ほとんど同時に叫んで、瞳と三枝子はめくるめく絶頂を貪り取ろうと、痙攣する腰を慶子によじり合わせた。

そして三人は汗まみれのなかにヒイヒイと肩をあえがせ、まるでひとつに溶け合ったかのようにつながった腰を余韻の痙攣にうごめかした。

「たいした気のやりようじゃねえかよ。女三人であきれたもんだ、フフフ」

「実験用の牝三匹、よく気が合うとみえる。どれ、仕上げといくか」

氷室と鬼頭はモゾモゾとズボンを脱ぎはじめた。

たくましい肉棒を剝きだしにして、氷室は三枝子の後ろへ、鬼頭は瞳の後ろへまわった。

慶子を真ん中に三枝子と瞳はひとつにつながったまま、ハアハアとあえいでいる。氷室と鬼頭が肉棒を屹立させているのも気づかない。

「フフフ、尻の穴にも入れてやるぜ、奥さん方よう。女医さんだけサンドイッチじゃ不公平だからな」

「それに、尻の穴だって太いのを咥えたくて、たまらねえんだろ、奥さん」

鬼頭と氷室は、それぞれ瞳と三枝子の腰をつかむと、灼熱を双臀に押しつけた。

「あ、ああッ……」

「ああ、そんな……気が狂ってしまう……」

まだ余韻もおさまらぬうちに、ジワジワと肛門を貫かれて、瞳と三枝子はブルブルと双臀をふるわせ、気もそぞろな声を張りあげた。

カアッと官能の炎が灼けるようで、瞳と三枝子は眼の前に火花が散った。

そんな瞳と三枝子の身悶えが、真ん中の慶子までまた狂わせはじめる。つながっている張型が、いやでも慶子の前と後ろとを突きあげてくるのだ。

「た、たまんないッ……あぁッ……」

「あぁッ……あああ、ヒッ、ヒッ……」

「あうぅッ……またッ……あぁッ……」

三人の悩ましい声がひとつになって、氷室と鬼頭とをいっそう昂らせる。

氷室と鬼頭は三枝子と瞳の肛門をグイグイと突きあげた。その間で三つの女体はのたうち、ギシギシときしむ。

5

たっぷりと楽しんだ氷室と鬼頭は、しとどの汗にまみれグッタリと崩れた女体を前に一服した。煙草がうまい。

「フフフ、まったくいい味をした牝たちだぜ。ヒイヒイよがり狂って、最後にはみんなイキっぱなしだからな」

「これだけいい牝が三匹そろうと、誰を実験にかけるか、ますます迷うぜ」

鬼頭と氷室はうれしそうに、ニヤニヤと舌なめずりした。たっぷり楽しんだばかりだというのに、また淫らな欲望がムズムズとざわめく。

三枝子と慶子、そして瞳はもう双頭の張型もはずれて、床にうずくまりハアハアとあえいでいた。両手はまだ後ろ手に縛られたままだ。どの身体も湯上がりのように色づき、まるで油でも塗ったようにヌラヌラと光っている。それがハアハアとあえぎ波打つのが劣情をそそる。

「これだけいい身体をしてだらしねえぞ。シャンとしねえか」

鞭を手にした氷室は、いきなり三枝子の双臀をピシッと打った。

「ほれ、四つん這いになって尻をあげろ」

鬼頭も鞭で瞳の双臀を打った。つづけざまに慶子の双臀にも鞭を弾けさせた。

「あぁッ……」

「あ、あッ……」

鋭い鞭の痛みに、三枝子と瞳は混濁の底から引きあげられた。ノロノロとけだるげな動きで身体を起こし、命じられるままに四つん這いになった。両膝を床について上体を平伏し、双臀を高くもたげる姿勢は、慶子も同じだ。

右から三枝子、慶子、瞳と官能味あふれる双臀が、ムチッと三つ並んだ。どれもいたぶりのあとも生々しく、赤く充血した肉層や腫れぼったくふくれた肛門を見せている。とくに生身の肉棒で貫かれた三枝子と瞳の肛門は、注ぎこまれた白濁をトロリとしたたらせていた。

「フフフ、どうだ、肉もすっかりとろけたことだし、実験にかけられたくなったんじ

ゃねえのか」

氷室が鞭でピタピタと女たちの双臀を順にたたいてからかう。

「いやッ……それだけは……」

「ああ……実験なんて、かんにんして……」

「ゆ、許してッ……」

たてつづけにおびえ声があがった。並んだ双臀がブルブルとふるえた。

「実験にかけられてえ牝はいねえのか」

「フフフ、実験用の牝が実験をいやがっててどうする」

氷室と鬼頭は交互に鞭をふるいながら、ゲラゲラと笑った。

鋭く打つというのではなくて軽

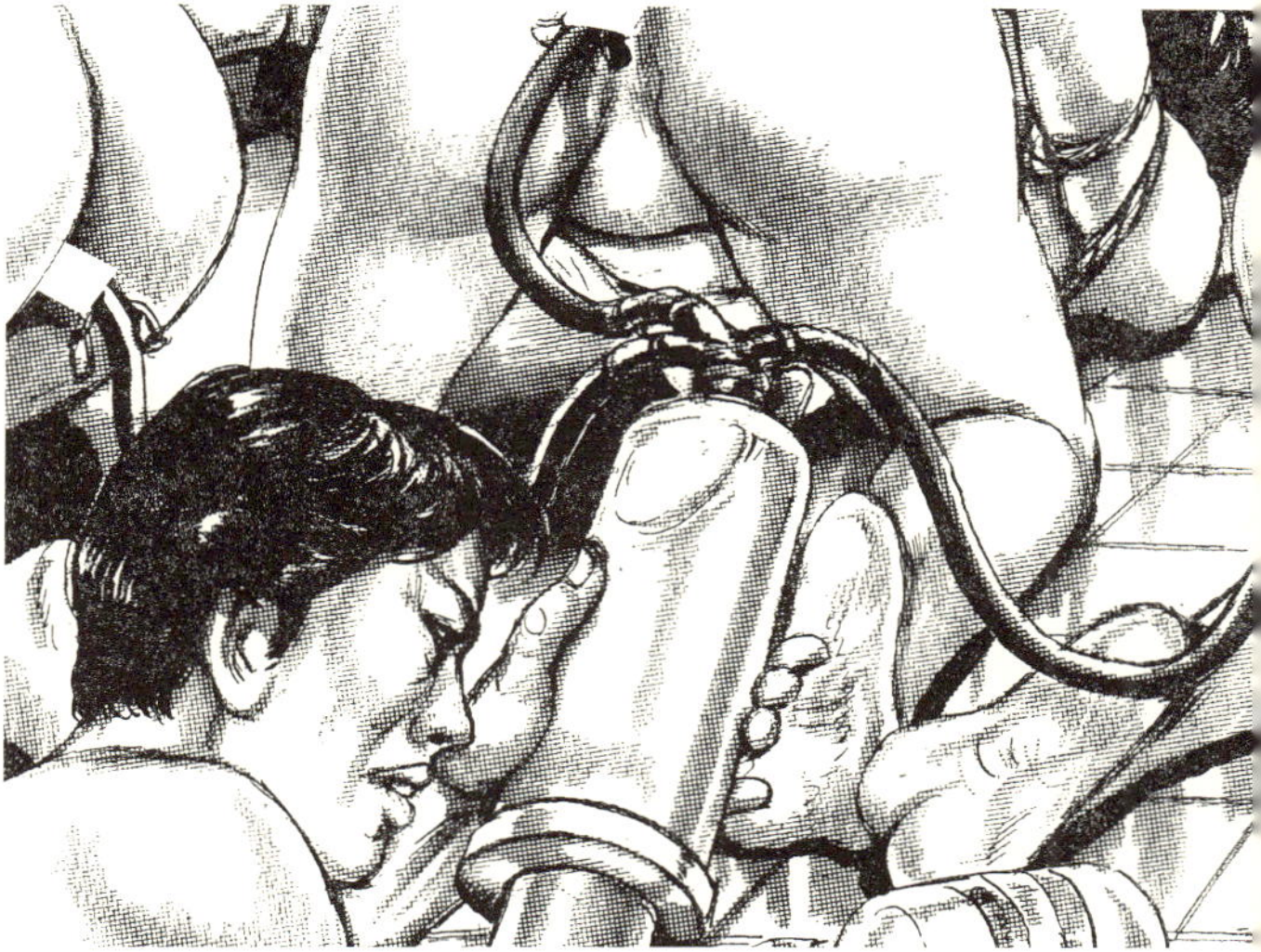

くあてるのだが、それでも女たちはおびえに悲鳴を放って美貌をひきつらせた。

「牝のくせに気どりやがって。かたっぱしから人工受精で妊娠させる実験にかけたっていいんだぜ」

「そうおどすなよ、鬼頭。ここは身体に聞いてみようじゃねえか、フフフ」

「となりゃ、まずはやっぱり浣腸だな」

　鬼頭は鞭を置くと、ニヤニヤと笑って長大なガラス製の注射型浣腸器を取りだした。ガラス筒の目盛りは三千CCまであった。それにグリセリン原液をいっぱいに吸いあげる。ガラスがキィーッと不まらない。

「ああ、やめて……そんなことッ……」

慶子が唇をワナワナとふるわせて、泣き声をあげた。歯がカチカチと鳴りだしてと

「も、もう、許して……これ以上は……」

「ああ……いや……」

三枝子と瞳も声もふるわせて、弱々しくかぶりを振った。

もうさんざん弄ばれた身体を、さらに浣腸でいたぶられる。三人は発狂しそうだった。

鬼頭は嘴管の先端にゴム管を取りつけた。長さ一メートルほどのゴム管は、先のほうが三つに分かれていて、それぞれ太いノズルが取りつけてある。

それを見れば、どのように浣腸されるか、聞くまでもなかった。

「フフフ、一人千CCずつ入れてやるぜ。こらえ性がなくて、いちばん先にもらした奴が今日の実験材料というわけだ」

「いやあッ……」

三枝子と慶子、そして瞳の三人は、異口同音に悲鳴をあげた。

それをあざ笑うように氷室と鬼頭はゆるゆると女たちの双臀をてのひらで撫でまわ

した。

「四つん這いの姿勢を崩したり、勝手にノズルを引き抜いたりしたら、すぐに実験にかける」

念を押しておいてから、三つに分かれたゴム管の先端のノズルを、女たちの肛門に一本ずつ刺した。

「あ……ああッ……許して……」

「ああッ……ああ……」

「かんにんしてッ……あむむ……」

一様に泣き声を昂らせて、瞳と三枝子と慶子は高くもたげた双臀をよじった。

腫れぼったくふくれた肛門がノズルを咥えこんでヒクヒクとおののき、キュウと締まった。次にはフッとゆるむ気配を見せ、またすぼまる。

それでも実験にかけられるのをおそれて、逃げようとする者はいない。

「フフフ、実験材料には誰がなるか、こいつは楽しみだぜ」

鬼頭は長大な浣腸器を手にして、うれしそうに言った。

一升瓶の倍以上の大きさの長大な浣腸器は、たっぷりと薬液を吸ってズッシリと重い。

「今度は浣腸器で三人がつながれて、実験用の牝同士、仲のいいことだぜ」

三つの双臀がゴム管でひとつの浣腸器につながっているのを見て、氷室はわざとらしくゲラゲラと笑った。

「それじゃ入れてやるぜ。じっくりと味わうんだな、フフフ」

鬼頭がゆっくりと長大なシリンダーを押しはじめた。

チュルチュル……とグリセリン原液が流入する感覚に、女たちの裸身がビクッとふるえたかと思うと、ヒイッとのどを絞りたてた。さんざん肛門を犯された直後だけに、グリセリン原液が粘膜にしみて灼かれるようだ。とてもじっとしていられず、三枝子と慶子は双臀をブルブルとふるわせ、瞳はくねくねと揺らして、かみしめた歯をガチガチ鳴らした。

「どうだ、うまいか」

氷室に聞かれても、女たちは返事をする余裕すらない。早くも便意がジワジワとふくれあがる。

瞳と三枝子はわななく唇をキリキリとかみしめ、じっとこらえようとしている。それに較べて慶子は、肩や背中をあえがせ、腰を揉んで泣きじゃくる。

「ああッ……いや、ああ……かんにんしてッ……もう、もう、いやあッ」

「そんなにあばれると、かえってつらいだけだぜ。女医のくせに、わからねえのか」

「だ、だってッ……ああッ……ううむ……」

慶子は声をあげて泣いた。二人の人妻に較べて浣腸の経験が少ないせいか、それとも人一倍浣腸に感じるのか。

三枝子と瞳は、そんな慶子に巻きこまれまいと、必死に歯をかみしばった。それでも時々、耐えきれなくなったようにブルブルッと身ぶるいして、ヒッ、ヒイッとのどを鳴らした。

「……も、もう、許して……」

三枝子が哀願の声をあげた。じっと耐えようとしても、慶子の身悶えに引きこまれたようだ。

「ああッ……これ以上は、入れないで……ああ、お願いッ……」

「一人たった千CCずつじゃねえかよ。まだ半分しか入ってねえのに、だらしねえぞ、奥さん」

「ゆ、許して……ああ、かんにんして……」

三枝子は黒髪を振りたくった。汗がヌラヌラと光る裸身に、さらに玉の汗が噴きでて、ふるえる肌をツーッとすべり落ちる。

「ここでやめたっていいんだぜ。ただし、すぐに実験にかけることになるけどよ」

「その場合は、まずはどのくらいの量が入るかの大量浣腸実験からだな」

氷室と鬼頭はゲラゲラと笑った。

鬼頭は長大なシリンダーを押す手をいったんとめると、今度は少量ずつ区切って断続的に注入しはじめた。グリセリン原液がピュッ、ピュピュッと流入する。

「あ、あああッ……」

「ああッ……ヒッ、ヒッ……」

慶子と三枝子が背筋をわななかせて、今にも気がいかんばかりにのどを絞った。

唇をキリキリとかみしめて耐えていた瞳までが、こらえきれずに声を放って身悶えだす。

「そ、そんなッ……ああッ、いやあ……あむ、あああ……たまらないッ」

「そんなにたまらねえか。フフフ、これで三人そろっていい声で泣きだしたな」

氷室が愉快でならないというように笑った。

慶子と三枝子、そして瞳の泣き声がからみもつれ合い、うめき声をあげ時には悲鳴が入り混じった。

ようやく鬼頭がシリンダーを底まで押しきった時には、女たちは泣き声も途切れてあぶら汗のなかに息も絶えだえだった。

「フフフ、勝負はこれからだぜ。こらえ性のないのは誰かな」

「せいぜい尻の穴を締めて苦しむんだな。そのほうがグリセリンもよく効くってもんだ」

鬼頭と氷室はせせら笑ってノズルを抜くと、双臀の前にひとつずつ便器を置いた。あとはニヤニヤとながめて待っていればいい。

三枝子も慶子も瞳も、カチカチと歯をかみ鳴らしつつ、身ぶるいを抑えようと必死になった。あばれればそれだけ耐えられなくなることは、三人ともすでに何度も思い知らされている。

しかし、いくらこらえようとしても、ひとりでに腰がうごめき、ブルブルとふるえだした。そして、荒れ狂う便意に腹部がグルグルと鳴った。

「う、ううむ……」

慶子のうめきとふるえが大きくなった。

「やっぱりいちばん先にダウンするのは女医さんかな、フフフ」

「そのようだな。女医のくせして浣腸のされ方がなってねえからよ」

鬼頭と氷室は意地悪く慶子をからかった。

「い、いやッ……」

慶子は歯をギリギリかみしばって、必死に身悶えを抑えた。

「奥さん、いちばん先にもらすんだぜ。奥さんを実験にかけてえからよ」

氷室は三枝子に声をかけてからかった。

「俺が実験にかけてみてえのは、やっぱり瞳だぜ」

面白がって鬼頭も瞳をからかう。

いやあッ……と三枝子と瞳も声をあげたが、言葉にはならず、うめき声に呑みこまれた。

その間も女たちの苦悶のふるえが露わになっていく。かみしばった唇がワナワナとふるえ、あぶら汗を噴いて、今にも爆ぜそうな肛門を必死に引き締めるのでやっとのようだ。

「あ、あ、もう我慢が……許してッ……」

最初に声を放ったのは、やはり慶子だった。もう慶子は片時もじっとしていられない。ガクガクと双臀をふるわせ、もう満足に声も出せない。

「フフフ、もらしたら実験は女医さんに決まりだぜ」

氷室がのぞきこんだ慶子の美貌は、あぶら汗のなかにまなじりをひきつらせて唇をかみしばり、襲いかかる便意に鳥肌立っていた。

それは三枝子と瞳も同じことだったが、便意の苦痛は慶子がほんの少し上まわっているようだ。

「いや、いやッ……う、うむ……お腹が、苦しいッ……ああ、もう……」

慶子は、実験にかけられる恐怖さえ、便意の苦痛に呑みこまれた。

「だ、だめッ……出ちゃうッ……」

「フフフ、出したら実験だぞ、女医さん」

「いやあッ……あ、ああッ……で、出るうッ」

慶子は肛門の痙攣を自覚した。

最後の気力をふり絞ってこらえようとしたが、肛門が内からふくらんだと思うと、限界を越えた便意がドッとほとばしった。

「いや、いやあッ」

噴きこぼしながら、号泣が慶子ののどをかきむしった。

それに巻きこまれ、三枝子と瞳の双臀もブルブルと痙攣して、ひきつった泣き声があがった。

「だめ、だめッ……ああッ……」

「も、もう、我慢できないッ……出ちゃうッ」

三枝子が、つづいて瞳が生々しく双臀を痙攣させた。荒れ狂う便意を激しくほとばしらせながら、三枝子と瞳もまた号泣がのどをかきむしった。

鬼頭と氷室はのぞきこみながら、ゲラゲラと笑った。

6

まぶしいばかりの美女が三人並んで排泄する姿は、どれも豊満で艶っぽい双臀を見せているがゆえに、絶景だった。

「まったく派手にひりだしたもんだぜ。すげえながめだったな」

「しまいには小便までしやがって、ますます牝らしくなってきやがる」

鬼頭と氷室はまだ興奮さめやらず、声をうわずらせた。

三枝子と慶子、瞳の三人はまだ四つん這いで並んだまま、肩をふるわせてシクシクと泣いた。鬼頭と氷室に洗浄器で汚れを洗い流されても、されるがままだ。

どの肛門も排泄の直後で腫れぼったくふくれ、妖しく開いて鮮紅色の腸襞をのぞかせている。そして、まだおびえているかのようにヒクヒクとふるえた。

「フフフ、いちばん先にもらしたのは、この尻だったな」

鬼頭と氷室が慶子の双臀を、バシッバシッとはたいた。

「ヒイッ……」

慶子は恐怖にのどを絞ると、わあッと声をあげて泣きだした。

「いや、いやあッ……」

「なにがいやだ。こらえ性がなくて、真っ先にひりだしたくせしやがって」

「実験にかけられたくて、わざともらしたんじゃねえのか、女医さん」

氷室と鬼頭は残酷に笑った。

「いやあ……実験にかけないでッ……ああ、助けてッ……」

慶子は総身を揉み絞った。

どんな実験にかけられるにしろ、氷室が産婦人科の医師であることが、慶子の恐怖をふくれあがらせる。もし人工受精で妊娠させられたら……。

「かんにんして、お願いッ……実験はいや、それだけは……」

「女医のくせして、まるで解剖されて殺されるようにオーバーに騒ぎやがって。もっともそれくらいいやがってくれたほうが、実験のかけがいがあるかな、フフフ」

「いやあッ……こわい、こわいッ……」

慶子が泣き叫んでもがくのもかまわず、氷室と鬼頭は左右から抱きあげ、内診台の上へ運んだ。あおむけに乗せ、両脚を左右へいっぱいに開かせ足台に革ベルトで固定する。慶子の内腿の筋が浮きあがって、ヒクヒクひきつるほどの開脚だ。

「いや、いやッ……助けて……ああ、実験なんて、こわいッ……」

慶子は内診台の上で右に左にと顔を振りながら泣きじゃくった。ブルブルと身体のふるえがとまらない。

そんな慶子をニヤニヤとながめながら、氷室は大きく開いた足台の前の椅子に腰をおろした。

「フフフ、森下先生、実験にかけられる気分はどうですかな。自分の身体を使って実験され、医学に貢献できるんだから、医師として満足でしょう」

氷室は病院で慶子に接した時の口調をわざと使った。

慶子はおそろしさのあまり、まともに答えることはできない。

「いやッ……ああ、いやあ……」

「まったく何度見ても見事な肉の構造ですね、森下慶子先生。実験にかけるには理想的だ」

わざとらしい口調で言いながら、氷室は慶子の媚肉を洗浄していく。媚肉の合わせ目を指でひろげ、肉層を丹念にまさぐりつつ清めていく。

鬼頭のほうは瞳と三枝子を内診台の前まで連れてくると、後ろ手縛りのまま天井から爪先立ちに並べて吊った。

「フフフ、ここで女医さんがどんなふうに実験にかけられるか、よく見てろよ」

瞳と三枝子の双臀を両手で撫でまわしながら、鬼頭は言った。

少しでも瞳と三枝子が眼をそらすと、バシッと鋭く双臀を張る。

「眼をそらしたら肛門実験にかけるぜ、奥さん」

鬼頭はドスのきいた声でおどした。

「ああ……」

瞳と三枝子は弱々しくかぶりを振って、おびえた眼を内診台の慶子に向けた。思わずビクッと裸身がふるえ、唇がワナワナとおののいた。

慶子は媚肉の洗浄も終わって、膣拡張器の金属を挿入されているところだった。ちょうどペリカンのくちばしのような金属がジワジワと柔肉に沈み、もうハンドルの部分を残すばかりなのが、三枝子と瞳にもはっきりと見ることができた。

「あ、あ、いや……許して……」

おびえきった慶子の泣き声が、すぐにのどを絞りたてる悲鳴に変わった。金属のくちばしが、内からジワジワと慶子の膣をひろげていく。

「ヒッ……やめてッ、実験はいやあッ……ヒッ、ヒイッ」

慶子の腰が硬直してブルブルとひきつった。たちまち慶子は悲鳴もかすれ、満足に声も出せず、息すらできない。

「フフフ、あばれるとつらいだけですよ……五センチ開いた……まだまだ……」

「う、うむッ……裂けちゃう……」

「なあに、女は出産の時は十センチは開くんですからね。ほれ、六センチ……七センチ……」

「うむ、ううむ……ヒイーッ……」

八センチ近くまで開かれて、慶子は白眼を剝いてのけぞり、苦痛に腰をせりあげて痙攣させた。

「ああ……」

「ひ、ひどい……」

三枝子と瞳はとても見ていられずに、思わず眼をそらした。

「見てるんだ。肛門実験にかけられてえのかよ、フフフ」

鬼頭はバシッと三枝子と瞳の双臀をはたいた。それから指先を臀丘の谷間にもぐりこませて、肛門をとらえた。

「あ、あ、もう、そこは……」

「ああッ……ああッ……」

肛門を指でジワジワと縫われながら、三枝子と瞳はあわてて慶子に眼をもどした。

だがその時には、浣腸でほぐれた三枝子と瞳の肛門は、とろけるような柔らかさで鬼頭の指を根元まで咥えこんでいた。それもすぐにキュウと締まって、ヒクヒクと食い締めてくる。

内診台の慶子が、拡張された金属のくちばしの間からなにやら細長い金属棒を入れられているのを見て、思わず三枝子と瞳の身体が硬直したからだ。

「フフフ、女医がなにをされているか、わかるか?……奥さんたちも経験があるはずだぜ」

「…………」

三枝子と瞳の唇がワナワナとふるえた。

「女医の子宮口を少しずつひろげているんだぜ。なんのために子宮口を開かれると思う？」

鬼頭は三枝子と瞳の肛門に埋めこんだ指をゆっくりとまわしながら、ニヤニヤと笑った。

「人工受精で妊娠させるためさ。フフフ、黒人の精子と卵子が手に入ったんだ。その受精卵を女医の子宮に着床させようってわけだ。借り腹妊娠ってのを聞いたことがあるだろう」

鬼頭はネチネチと話しかけた。

「奥さんたちの時は、受精卵を何個も入れて五つ子や六つ子を産ませることになるかもな」

恐怖が腹の底からこみあがり、三枝子と瞳は肛門をこねまわしてくる指のことも忘れ、美貌をひきつらせて歯をカチカチ鳴らすばかりで、声を失った。

「いや……いや……」

慶子はもう弱々しく頭を振りながら、すすり泣いてうわ言のように繰りかえすばかり。大きく割り開かれて足台に固定された両脚が、ブルブルとふるえている。

「肉がすっかりとろけているので、思ったよりスムーズに子宮口が開いていきますよ」

氷室は意地悪く教えながら、次々と金属棒を取りかえた。ヘガール氏棒といわれるもので、取りかえるごとに少しずつ太くなって子宮口をひろげていく。

「……かんにんして……も、もう、許して……こわいッ……」

「女医ともあろうものが、子宮をいじりまわされるくらいでこわがってどうするんですか。フフフ、まだこれからですよ」

「いや……もう、もう、いやあ……」

慶子はまた泣き声を大きくした。

氷室がまだ医者の口調なのが、かえって不気味だ。それに氷室は、慶子をどんな実験にかけるか、はっきりとは言っていない。不安と恐怖におののく慶子の反応を、じっくり楽しむつもりだ。

「これだけ子宮口が開けば充分かな。それとも森下先生はもっと開かれたいのかな」

「い、いやッ……」

「女は出産の時に子宮口が全開して、十センチも開くんですよ。これくらいで、なにがいやです、フフフ」

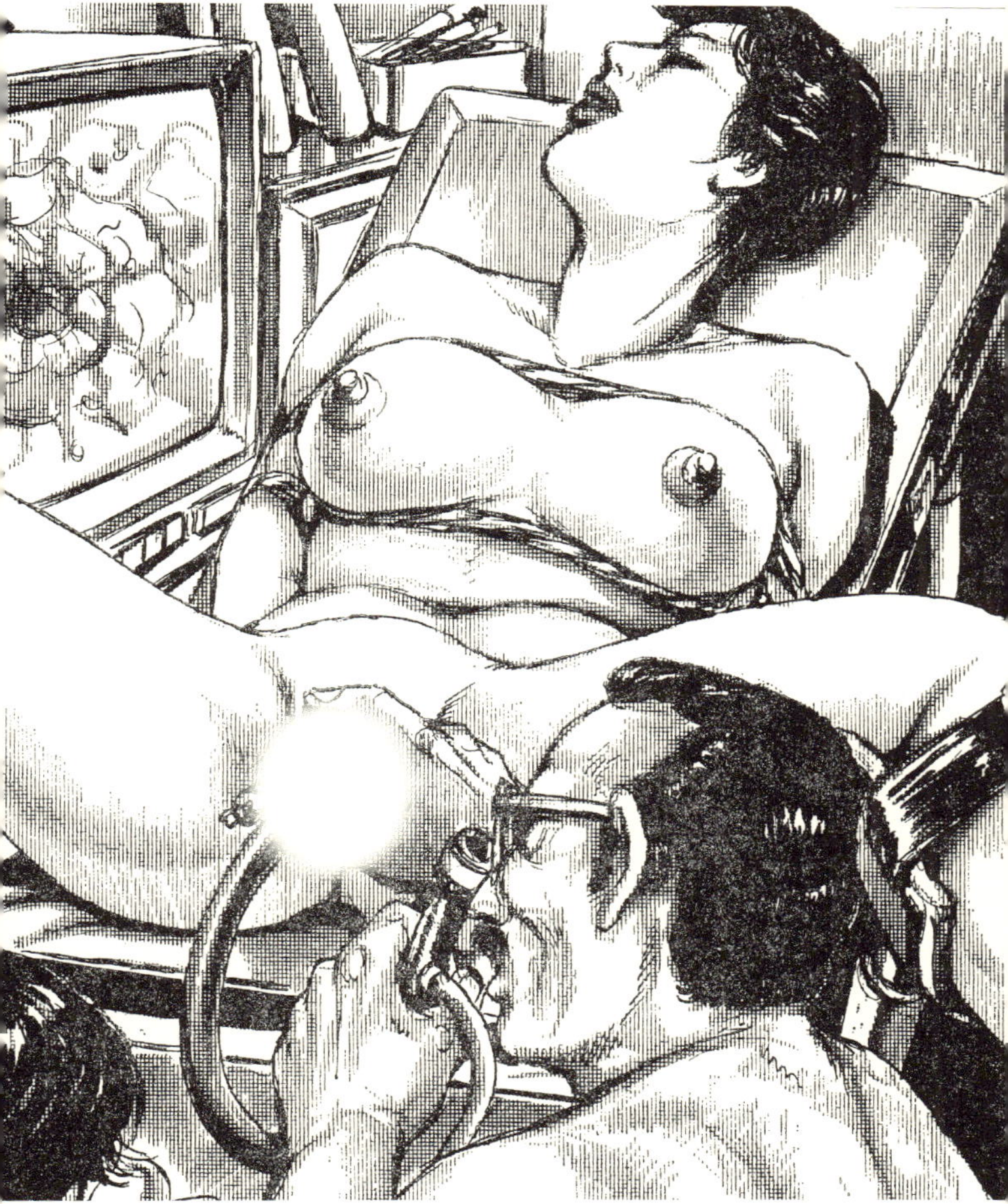

氷室はからかいながら、なにやらゴム管のような太いコードのようなものを取りあげた。一方の端はアイカメラが内蔵されており、もう一方の端は卓上顕微鏡の上半分のような器具が取りつけてあった。

「子宮のなかをのぞかせてもらいますよ、森下慶子先生」

そう言うなり、氷室は金属棒にかわってアイカメラをゆっくりと慶子の子宮口から挿入しはじめた。

「ああッ……痛い……」

「痛いわけがないですよ。これより太いヘガール氏棒を咥えてたんですからね。オーバーな森下先生だ、フフフ」

「あ、ああ……ああッ……」

子宮のなかにまで異物を入れられる恐怖が、慶子に苦痛を感じさせるのか。

「子宮セックスまで経験している森下先生には、これくらい楽なはず。細くてものたりないんじゃないのかな」

氷室はアイカメラを深く入れていきながら、顕微鏡ののぞき口のようなところからなかをのぞきこんだ。

慶子の子宮のなかが生々しいまでにはっきりと見えた。ヌラヌラと光る柔肉が、ウネウネとうごめいている。

「ああ……いや……いや……」

慶子はなかば気を失ったようになって、小さくすすり泣くばかり。子宮のなかまで入れられていると思うと、もう身動きするのもこわい。

氷室はコードを接続したテレビにも慶子の子宮口を映しだして、鬼頭にも見せた。テレビの画面いっぱいに生々しい内臓が浮かびあがって、鬼頭は思わずゴクリとのどを鳴らした。

「こりゃ、すげえや……」

三枝子と瞳は、ヒイッと悲鳴をあげて反射的に顔をそむけた。思わず身体が硬直して、キリキリと肛門の指を食い締めた。

「フフフ、奥さんの時が楽しみだな。妊娠三カ月の子宮のなかを見るのがよ」

「そんな……いやあッ……」

三枝子は恐怖に美貌をひきつらせてのけぞった。

鬼頭は次に瞳の顔をのぞきこむと、

「奥さんの時は、子宮より尻の穴にするかな。うんと深く入れて、大腸だけでなく小腸までのぞいてやるか」

「………」

瞳は声もなく黒髪を振りたくった。ガチガチと歯の根が合わなくなって、膝とハイヒールのふるえがとまらない。

「いよいよ人工受精だぜ、フフフ」

鬼頭はニヤニヤと瞳と三枝子の耳もとでささやいた。氷室は執拗に慶子の子宮のなかをのぞきこんでいたが、

「あれほど精を注がれたのに、どうやらまだ妊娠していないようですね、森下先生。これでますます実験のしがいがありますよ」

アイカメラをゆっくりと引きだすと、長さ三十センチほどもある金属棒のスポイトのようなものを取りあげた。そのなかに黒人の精子と卵子とをかけ合わせた受精卵が入っている。

「いやッ……ああ、なにを、なにをするの……こわいッ……」

慶子がまた、おびえた声をあげた。ゆっくりと子宮のなかへ入ってくるスポイトの先端に、なにかただならぬ気配を感じた。

「言ってッ……なにをするのッ……」

「フフフ、森下先生の子宮を借りて、黒人の子を産ませてみようと思いましてね」

氷室はゆっくりと受精卵を注入しながら、せせら笑った。

慶子の総身が凍りついた。

「……………」

あまりの恐怖に唇がわななないただけで、すぐには声も出なかった。

「……ヒッ、ヒイーッ、ヒイーッ……」

次の瞬間、慶子ののどから絶叫がほとばしった。

7

氷室と鬼頭が地下の実験室からいったん診察室へもどると、客が待っていた。

病院の応接室のソファに初老の男が一人腰をおろし、その後ろにがっしりとした精悍な感じの男が二人、ボディガードのように立っていた。

氷室も鬼頭も男たちに面識はなかったが、相手は氷室と鬼頭を名ざしで面会に来ている。

「私が氷室ですが、なにか……」

初老の男はいきなり、ヒヒヒと笑いだした。

「先生方はなかなかすばらしい実験用の牝を飼ってるようですな。それも三人、いや、三匹も、ヒヒヒ」

初老の男はそう言って名刺をテーブルの上へ差しだした。

大手製薬会社の研究所長、岩倉洋三と書かれてあった。

「実はうちの研究所でも実験用の牝が不足してましてね、ヒヒヒ。戸田、説明を」

「はい」

岩倉に言われて、後ろの一人が話しはじめた。

実験用の牝を物色していた戸田が、駅で眼をつけたのが女医の森下慶子だった。だが、すでに慶子には鬼頭がまとわりついていて、電車のなかでいたずらするのを目撃した。それから戸田の慶子と鬼頭へのマークがはじまり、すべて判明したという。

「どうです、我々と組みませんか。先生方のためにうちの研究所に実験室を用意しますが、ヒヒヒ」

岩倉の言葉に、思わず氷室と鬼頭は顔を見合わせた。

「悪い話じゃねえな」

「いつまでもここの地下で実験しているわけにもいかねえしな」

氷室も鬼頭も本能的に岩倉が自分の同類であることを感じた。岩倉とてそれがわかっているからこそ、話をもちかけてきたのだろう。

岩倉はぶ厚い封筒を二つ出すと、テーブルの上に置いた。

「先生方にうちの研究所で協力していただく支度金です、ヒヒヒ」

氷室と鬼頭はニヤリと笑うと、封筒をポケットにしまった。交渉成立だ。

「それじゃ、さっそく牝たちを見てもらいますか、岩倉所長」

「話がまとまったからには、牝を研究所へ移すのは、なるべく早いほうがいいからな」

そう言って鬼頭と氷室は、岩倉たちを地下の実験室に案内した。

そんなおそろしいことが決まったとも知らずに、三枝子と慶子と瞳は肩をふるわせてすすり泣いていた。

三枝子と瞳は後ろ手に縛られた裸身を天井から爪先立ちに吊られたままだ。慶子も内診台に乗せられて、大きく開かされた両脚を足台に固定されたままである。

「ああ……助けて……」

人工受精の実験にかけられた慶子は、すすり泣くなかにも時折り、耐えられなくなったように泣き声を大きくした。氷室と鬼頭がいなくなったことで、あらためて恐怖がジワリとふくれあがる。そこへ氷室と鬼頭がもどってきたのに気づいて、慶子と三枝子と瞳はヒイッと裸身を硬張らせた。しかも見知らぬ男が三人一緒だ。

「ああッ……いやッ……」

「ヒッ、ヒイッ……」

「あ、いや……ああッ……」

女たちは悲鳴をあげて、裸身を少しでも隠そうともがいた。

「ヒヒヒ、おるおる、すばらしい実験用の牝が三匹もな」

岩倉はいやらしく歯を剝いてニタニタと笑いながら、ブルブルとふるえ、悶える女体をひとつひとつながめまわした。その眼が氷室や鬼頭と同じ嗜虐の色を濃くして、ギラギラと光っている。いや、女を物としか、実験材料としか見ない冷たく濁った眼だ。

「あ、ああッ……」

こんな男たちを連れてきて、なにをされるのかという恐怖に、女たちは生きた心地もなく、美貌をひきつらせた。

「ヒヒヒ、これが森下慶子か。なんとすばらしい身体じゃ」

岩倉は開ききった慶子の股間をのぞきこみながら、遠慮のない手で乳房を揉み、腰や太腿に触った。肉づきや肌の状態を品定めしている。

「いや、いやあッ……」

慶子は総身を揉んで泣き叫んだ。岩倉の手は異様に熱くベトベトして、ゾッとする感触だ。

その手が内腿から股間へとすべって、媚肉をいじってきた。

「ヒイッ……やめてッ……いやあ……」

「ヒヒヒ、だいぶ責められたようだが、綺麗な肉の構造をしとる」

慶子が泣き叫ぶのを楽しむように、岩倉は媚肉をくつろげて指先でまさぐった。さらに肛門までいじった。

岩倉もまた、女の肛門に興味を持っているようだ。

「ヒヒヒ、これだけ美人でいい身体をしている牝もめずらしい。気に入ったわい」

岩倉はうれしそうに舌なめずりをすると、次は三枝子のところに移った。

「これが須藤三枝子か、ヒヒヒ。さすがに人妻だけあって、ムチムチした肉づきをしておるのう」

「ヒイッ……いやッ、来ないでッ……」

三枝子は悲鳴をあげて逃げようともがいた。

岩倉の手が三枝子の乳房をいじり、双臀を撫でまわしてくる。三枝子もまた、岩倉の異様に熱くベトベトした手の感触に、総毛立ってのけぞった。

タプタプと乳房が揉みこまれ、乳首がつままれてしごかれる。ムチムチと張った三枝子の双臀も撫でまわされ、揉みこまれ、肉をわしづかみにして揺さぶられた。

「いや、いやッ……」

三枝子は泣きながら黒髪を振りたくった。それを無視して、氷室は自慢げに岩倉に話しかける。

「どうです。実にいい身体をしてるでしょう。三枝子は今、妊娠三カ月なんですよ」

「ほう、妊娠しとるのか。そりゃ面白い実験がやれそうじゃ、ヒヒヒ」

岩倉はいきなり三枝子の股間に手をもぐりこませて、媚肉をいじりはじめた。

「ヒイッ……いやあッ……」

「なにがいやだ。股をおっぴろげて、じっくり品定めしてもらわねえかよ、奥さん」

鬼頭が三枝子の右足首をつかんで持ちあげ、犬がおしっこするかっこうのように横へ開いた。

岩倉は指先を媚肉に分け入らせつつ、ニヤニヤとのぞきこんだ。

「綺麗じゃのう。とても妊娠しとるとは思えん、ヒヒヒ」

「はじめての妊娠ですからね。綺麗なだけでなくて、味も格別ですよ」

「そうじゃろう。こりゃ実験だけでなく、味見も楽しみじゃ」

泣きじゃくる三枝子を無視して、岩倉と氷室と鬼頭は、あれやこれやと卑猥な会話をかわした。

「ヒヒヒ、そしてこれが人妻の黒田瞳か」

岩倉は瞳のところへ移った。

「ああ……いやあ……」

同じように乳房や双臀をいじられ、品定めをされて、瞳は悲鳴をあげた。

「これもまた、よく熟しとるのう。なんという肉づきじゃ」

「フフフ、瞳はかなり調教してありますからね。きつい実験に向いてますよ」

「とくに尻の穴は使えますぜ、フフフ、開くのも締まりもとびきりですからね」

氷室と鬼頭は左右から瞳の双臀に手をかけると、臀丘の谷間を底まで割りひろげた。

「ああ、かんにんしてッ……いや、そこは、いやあッ……」

岩倉がのぞきこんでくるのが、瞳は痛いまでにわかった。

「可愛い尻の穴をしとるじゃないか。ぴっちりすぼめておって」

「さっき浣腸してやった時は、ふっくらとゆるんで口を開いてたんでね」

「浣腸か、ヒヒヒ、私の好みでねえ。こういう尻の穴に浣腸してみたいと、以前から思っとったんじゃ」

そんなことを言いながら、岩倉は手をのばして瞳の肛門に触れた。ゆるゆると指先で揉みこむ。

「いやッ……ああ、そんな……いやですッ」

双臀を振りたてながら、瞳は泣き声を昂らせた。

「なるほど、こりゃ浣腸実験向きのようじゃ、ヒヒヒ、味もよさそうじゃ」

岩倉がうれしそうに言った。

「これだけ上等の実験用の牝を、よく三匹も集めましたな。先生方はたいした腕だ。ヒヒヒ、こういう牝が研究所では欲しかったんですよ」

「必要なら、まだまだ集められるぜ」

「そりゃ、ぜひともお願いしたいですな。もちろんお礼のほうは充分させてもらいます」

「フフフ、面白くなってきやがった」

岩倉と氷室と鬼頭は顔を見合わせて、ゲラゲラと笑った。

岩倉の女たちの品定めが終わると、つきそってきた二人の男がすばやく三枝子と瞳、そして慶子にさるぐつわをかませた。悲鳴をあげる隙すら与えない。

「ヒヒヒ、それじゃ研究所へ行きましょうかねえ、極上の牝三匹を連れて」

岩倉が言うと、鬼頭が瞳を、男二人が三枝子と慶子を、後ろ手に縛ったまま肩にかつぎあげた。

氷室が廊下に人の姿のないことを確かめつつ先導する。病院の裏庭に出る階段をあがると、すでにそこには岩倉のワゴン車がまわしてあった。

「うむ、うぐぐ……」

どこへ連れていかれるのか……瞳と慶子と三枝子は泣き叫んでいる。だが、さるぐつわをされていては、くぐもったうめき声にしかならなかった。

うめきもがく女たちを、すばやくワゴン車の後ろに運びこんだ。

すぐにワゴン車は走りだした。窓は厚いカーテンでおおわれているため、外からは車のなかがまったく見えない。

「うむ……ううむ……」

「うぐぐ……」

瞳と慶子、そして三枝子は、岩倉や氷室と鬼頭の腕のなかでうめき、さるぐつわをされた顔をひきつらせて振っている。恐怖に生きた心地もない。

そのおびえようが男たちの手にも、ブルブルとはっきり伝わってくる。

「どうした、うれし泣きか、フフフ」

氷室が意地悪く三枝子の顔をのぞきこんで言えば、

「泣くのはまだ早いぜ。実験にかけられりゃ、いやでもヒイヒイ泣き叫ぶことになるからな、奥さん」

鬼頭はニヤニヤと瞳の顔をのぞきこんだ。岩倉もうれしそうに顔を崩して、タプタプと慶子の乳房を揉みこんでいる。そしてなにやらさかんに耳もとでささやいているのだが、そのたびに慶子はヒイヒイのどを鳴らして、岩倉の腕のなかで悶えた。

「ヒヒヒ、今からこのおびえようでは、実験本番ではどうなることやら」

「なあに、そのほうが面白いというもんだぜ、岩倉所長」

「そういうことじゃ。やはり実験用の牝はいやがってあばれてくれなくてはねえ」

男たちは互いに顔を見合わせて、ゲラゲラと笑った。

一時間も走っただろうか。やがてワゴン車は、まるで刑務所のような高い壁にかこまれた研究所の正門に着いた。

正門にはガードマンが何人もいて、厳重な警備がされていた。正面のぶ厚い鉄の扉は電動式になっている。

その扉がゆっくり開くと、ワゴン車は吸いこまれるように走りだした。

（完）

本作は『魔虐の実験病棟（上）人妻三枝子・生贄解剖』『魔虐の実験病棟（下）女医慶子・凌辱監禁』（結城彩雨文庫）を再構成し、刊行した。

フランス書院文庫X

【完全版《かんぜんばん》】魔《ま》虐《ぎゃく》の実験病棟《じっけんびょうとう》

著　者　結城彩雨（ゆうき・さいう）
挿　画　楡畑雄二（にれはた・ゆうじ）
発行所　株式会社フランス書院
〒102-0072　東京都千代田区飯田橋3-3-1
https://www.france.jp
印　刷　誠宏印刷
製　本　若林製本工場

ISBN978-4-8296-7943-2 C0193